«Wir sollen den verlorenen Adler der Siebzehnten suchen?»,
brachte Vespasian endlich heraus. Er konnte nicht glauben, dass
noch irgendjemand außer Caligula wahnsinnig genug wäre, an
so etwas zu denken, zweiunddreißig Jahre, nachdem die Standarte verlorengegangen war.

«Ja», bestätigte Narcissus. «Wenn wir Roms gefallenen Adler
in Claudius' Namen wieder aufrichten können, dann werden
die Legionen auf seiner Seite sein, und dann werden sie auch an
Bord dieser Schiffe gehen und in Britannien einmarschieren. So
bekommt Claudius seinen Sieg, und seine Stellung – und vor allem auch die unsere – ist gesichert.»

«Und wenn wir uns darauf einlassen, bleibe ich am Leben?»,
erkundigte sich Sabinus vorsichtig.

Narcissus lächelte freudlos. «Nein. Wenn es Euch gelingt,
bleibt Ihr am Leben. Wobei ich denke, wenn es Euch nicht gelingt, werdet Ihr ohnehin bei dem Versuch Euer Leben lassen.»

Robert Fabbri, geboren 1961, lebt in London und Berlin. Er
arbeitete nach seinem Studium an der University of London
25 Jahre lang als Regieassistent und war an so unterschiedlichen
Filmen beteiligt wie «Die Stunde der Patrioten», «Hellraiser»,
«Hornblower» und «Billy Elliot – I Will Dance». Aus Leiden-
schaft für antike Geschichte bemalte er 3500 mazedonische,
thrakische, galatische, römische und viele andere Zinnsolda-
ten – und begann schließlich zu schreiben. Mit seiner epischen
historischen Romanserie «Vespasian» über das Leben des späteren römischen Kaisers wurde Robert Fabbri in Großbritannien
Bestsellerautor.

Mehr zum Autor und zu seinen Büchern:
www.robertfabbri.com

ROBERT FABBRI

VESPASIAN

DER GEFALLENE ADLER

Historischer Roman

Aus dem Englischen
von Anja Schünemann

Rowohlt Taschenbuch Verlag

Die Originalausgabe erschien 2013 unter dem Titel
«Vespasian. Rome's Fallen Eagle»
bei Corvus / Atlantic Books, Ltd., London.

4. Auflage März 2022

Deutsche Erstausgabe
Veröffentlicht im Rowohlt Taschenbuch Verlag,
Reinbek bei Hamburg, März 2019
Copyright © 2019 by Rowohlt Verlag GmbH, Reinbek bei Hamburg
«Vespasian. Rome's Fallen Eagle» Copyright © 2013 by Robert Fabbri
Redaktion Tobias Schumacher-Hernández
Karte © Peter Palm, Berlin
Umschlaggestaltung HAUPTMANN & KOMPANIE
Werbeagentur, Zürich,
nach der Originalausgabe von Atlantic Books Ltd.
Umschlagabbildung Tim Byrne
Satz aus der Stempel Garamond bei hanseatenSatz-bremen, Bremen
Druck und Bindung GGP Media GmbH, Pößneck, Germany
ISBN 978 3 499 27544 9

FÜR MEINE SCHWESTER
TANYA POTTER, IHREN MANN JAMES
UND IHRE DREI WUNDERBAREN TÖCHTER
ALICE, CLARA UND LUCY.

PS: An alle, die sich fragen, was aus meiner Widmung
im vorigen Band geworden ist: Ihr werdet euch freuen
zu erfahren, dass Anja ja gesagt hat!

Prolog

Eine grell bemalte Komödiantenmaske mit großen Augen grinste dem Publikum starr entgegen. Der Träger führte ein kleines Freudentänzchen auf, den linken Handrücken unter das Kinn gelegt, den rechten Arm ausgestreckt. «Die Tat, die dir *so große* Sorge macht, *tat* ich selbst, bekenn' es offen.»

Die Zuschauer brüllten vor Lachen über diese gut vorgetragenen, bewusst zweideutigen Verse, schlugen sich auf die Schenkel und klatschten in die Hände. Der Schauspieler, der den jungen Liebhaber darstellte, neigte dankend den maskierten Kopf, dann wandte er sich seinem Kollegen auf der Bühne zu, der die groteskere, düstere Maske des Schurken trug.

Ehe die Schauspieler die Szene fortsetzen konnten, sprang Caligula auf. «Wartet!»

Die zehntausend Zuschauer in dem provisorischen Theater am Nordhang des Palatin wandten sich der kaiserlichen Loge zu, die auf hölzernen Stützen genau in der Mitte des Baus aus den Rängen hervorragte.

Caligula imitierte die Haltung des Schauspielers. «Plautus hätte gewollt, dass diese Zeilen so vorgetragen werden.» Er tanzte das Freudentänzchen fehlerfrei, wobei er das breite Grinsen der Maske nachahmte und die eingesunkenen Augen weit aufriss. Das Weiß darin bildete einen scharfen Kontrast zu den dunklen Tränensäcken darunter, den Spuren seiner Schlaflosigkeit. «Die Tat, die *dir so* große Sorge macht, tat *ich selbst*, bekenn' es offen.» Bei der letzten Silbe fasste er sich mit der linken Hand, die zuvor unter dem Kinn gelegen hatte, an die Stirn und warf mit melodramatischer Geste den Kopf zurück.

Das Publikum brach in noch lauteres und stürmischeres Gelächter aus als beim ersten Vortrag, doch die Heiterkeit war erzwungen. Die beiden Schauspieler hielten sich die Bäuche vor Lachen. Caligula gab seine Pose auf, ein höhnisches Grinsen auf dem Gesicht, breitete die Arme weit aus und drehte sich langsam erst nach links, dann nach rechts, um von allen Seiten in dem halbrunden Bau die Verehrung des Publikums entgegenzunehmen.

Ganz zuhinterst im Theater stehend, im Schatten eines der zahlreichen Sonnendächer, die über den steil ansteigenden Sitzreihen angebracht waren, blickte Titus Flavius Sabinus unter seiner Kapuze hervor voller Abscheu auf seinen Kaiser hinunter.

Caligula hob einen Arm, die Handfläche dem Publikum zugewandt, das fast augenblicklich verstummte. Er nahm wieder Platz. «Fahrt fort!»

Während die Schauspieler seinem Befehl gehorchten, begann ein Mann mittleren Alters in Senatorentoga, der Caligula zu Füßen saß, die roten Pantoffeln des jungen Kaisers mit Küssen zu bedecken und sie zu streicheln, als hätte er nie etwas Schöneres gesehen.

Sabinus wandte sich an seinen Begleiter, einen blassen

Mann in den Dreißigern mit schmalem Gesicht und rötlichem Haar. «Wer ist dieser schamlose Speichellecker, Clemens?»

«Das, mein lieber Schwager, ist Quintus Pomponius Secundus, der diesjährige erste Konsul, und im Amt vertritt er ungefähr so eigenständige Ansichten wie jetzt gerade.»

Sabinus spuckte aus und umklammerte den Griff des Schwerts, das er unter seinem Mantel verborgen trug. Seine Handfläche war feucht. «Das hier kommt nicht einen Augenblick zu früh.»

«Im Gegenteil, es ist längst überfällig. Meine Schwester lebt seit nunmehr über zwei Jahren mit der Schande, dass Caligula ihr Gewalt angetan hat – weit länger, als es die Ehre zulässt.»

Unten auf der Bühne streckte ein herzhafter Tritt des jungen Liebhabers ins Hinterteil seines Sklaven denselben zu Boden, und das Publikum brach erneut in Gelächter aus. Die Heiterkeit steigerte sich noch, als die Schauspieler eine Verfolgungsjagd über die Bühne begannen, wobei sie immer wieder stolperten, Haken schlugen und sich gegenseitig knapp verfehlten. In der kaiserlichen Loge gab Caligula indessen seine eigene Version einer komödiantischen Verfolgungsjagd zum Besten, indem er seinen lahmen Onkel Claudius hin und her jagte, diesmal zur echten Belustigung der Menge, die Späße auf Kosten eines Krüppels stets genoss. Sogar die sechzehn bärtigen Germanen der Leibgarde an der Rückseite der Loge weideten sich mit allen anderen daran, wie der unselige Mann erniedrigt wurde. Die zwei Prätorianertribune, die zu beiden Seiten standen, unternahmen keinen Versuch, ihre Untergebenen zur Ordnung zu rufen.

«Wollt ihr wirklich diesen Tölpel zum Kaiser machen?», fragte Sabinus. Er musste die Stimme heben, um das immer lauter werdende Gelächter zu übertönen, da nun Claudius' schwache Beine einknickten und er der Länge nach hinschlug.

«Was bleibt uns anderes übrig? Er ist der letzte erwachsene Nachfahr der julisch-claudischen Linie. Meine Prätorianer würden eine Wiedereinführung der Republik nicht hinnehmen. Sie wissen, dass die Garde dann aufgelöst würde. Sie würden meutern und mich und jeden anderen Befehlshaber, der sich ihnen in den Weg stellt, umbringen, und dann würden sie Claudius ohnehin zum Kaiser machen.»

«Nicht, wenn wir auch ihn töten.»

Clemens schüttelte den Kopf. «Es wäre gegen meine Ehre, seinen Tod zu befehlen, ich bin sein Klient.» Er deutete auf die beiden Prätorianertribune in der Loge, wo Caligula es indessen leid geworden war, seinen Onkel zu drangsalieren, und wieder Platz nahm. Während das Publikum zur Ruhe kam und sich erneut der Darbietung auf der Bühne zuwandte, fuhr Clemens mit gesenkter Stimme fort: «Cassius Chaerea, Cornelius Sabinus und ich sind übereingekommen, dass Claudius Kaiser werden muss. So besteht für uns am ehesten die Hoffnung, das hier zu überleben. Wir haben insgeheim mit seinen Freigelassenen Narcissus und Pallas verhandelt und auch mit Caligulas Freigelassenem Callistus. Er hat erkannt, in welche Richtung die Dinge sich entwickeln, und sich Claudius' Befürwortern angeschlossen. Sie haben uns zugesichert, dass sie sich bemühen werden, uns vor Vergeltungsaktionen durch Claudius zu schützen. Dessen Ehre würde natürlich verlangen, dass er den Mord an einem Angehörigen rächt, auch wenn er selbst der Nutznießer ist – ein höchst überraschter Nutznießer.»

«Claudius weiß von alldem noch nichts?»

Clemens zog eine Augenbraue hoch. «Würdest du diesem geschwätzigen Trottel solch ein Geheimnis anvertrauen?»

«Und doch wollt ihr ihm das Reich anvertrauen?»

Clemens zuckte die Schultern.

«Ich sage, er sollte sterben.»

«Nein, Sabinus, und ich verlange, dass du das bei Mithras schwörst. Wir hätten unseren Plan schon vor ein paar Monaten umsetzen können, aber wir haben gewartet, bis du nach Rom zurückkehren konntest, um die Tat selbst auszuführen und deine Ehre wiederherzustellen. Bei Jupiters prallem Sack, ich habe bereits eine andere Verschwörung gegen den Kaiser aufgedeckt, um sicherzustellen, dass wir das Vergnügen haben, ihn zu töten.»

Sabinus knurrte zustimmend, denn ihm war sehr wohl bewusst, dass er nicht in der Position war, Einwände zu erheben. In den zwei Jahren seit der Vergewaltigung seiner Frau Clementina und seiner Ernennung zum Legatus der VIIII Hispana durch denselben Mann, der die ungeheuerliche Tat begangen hatte, war er mit seiner Legion fernab von Rom an der Nordgrenze der Provinz Pannonien stationiert gewesen. Ihm war nichts anderes übrig geblieben, als zu warten, bis Clementinas Bruder Clemens – einer der beiden Präfekten der Prätorianergarde – unter seinen Befehlshabern einige ausgemacht hatte, denen Caligulas Exzesse so zuwider waren, dass sie bereit waren, durch einen Mordanschlag ihr Leben aufs Spiel zu setzen. Das hatte sich, wie

Sabinus aus Clemens' verschlüsselten Briefen erfahren hatte, als langwierig erwiesen, da sich seine Männer verständlicherweise scheuten, über solchen Verrat zu sprechen. Hätten sie sich dem Falschen anvertraut, dann wären sie auf der Stelle hingerichtet worden.

Im vergangenen Jahr war die Stimmung endlich gekippt, nachdem Caligula von einer halbherzigen Strafexpedition nach Germanien und einer abgebrochenen Invasion Britanniens zurückgekehrt war, wo die Legionen sich geweigert hatten, an Bord der Schiffe zu gehen. Er hatte sie für ihre Befehlsverweigerung gedemütigt, indem er sie gezwungen hatte, Muscheln zu sammeln, die er dann bei einem Triumphzug durch Rom zur Feier seines vermeintlichen Sieges präsentierte. Nachdem er die Armee gegen sich aufgebracht hatte, war ihm dasselbe auch mit dem Senat und der Prätorianergarde gelungen, sodass er nun gänzlich ohne Freunde dastand, da er seine Absicht erklärt hatte, Alexandria statt Rom zur Hauptstadt des Reiches zu machen. Das hatte sowohl bei den Befehlshabern als auch bei den neuntausend Soldaten der Prätorianergarde für Fassungslosigkeit gesorgt. Sie befürchteten, entweder in die unerträglich heiße Provinz Ägypten übersiedeln zu müssen oder, schlimmer noch, zurückzubleiben und in Bedeutungslosigkeit zu versinken, da der Kaiser, der ihr Daseinsgrund war, in weiter Ferne wäre.

Durch die Befürchtungen über ihre Zukunft geeint, hatten die Befehlshaber zögerlich begonnen, miteinander über ihr Unbehagen zu sprechen. Bald war es Clemens gelungen, den Tribun Cassius Chaerea auf seine Seite zu ziehen. Er hatte schon lange geargwöhnt, dass dieser Mordabsichten gegen Caligula hegte, der sich unablässig über seine hohe

Stimme lustig machte. Chaerea hatte seinen engen Freund und Kollegen, den Tribun Cornelius Sabinus, sowie zwei vergrätzte Centurionen mit in die Verschwörung eingebracht. Nachdem endlich genug Verschwörer zusammengekommen waren, hatte Clemens sein Versprechen gegenüber Sabinus eingelöst, er solle derjenige sein, der den ersten Streich führte. Er hatte Sabinus also geschrieben, alles sei bereit und er solle heimlich nach Rom zurückkommen, und so war Sabinus vor zwei Tagen eingetroffen. Seitdem hatte er sich in Clemens' Haus versteckt gehalten. Nicht einmal sein Bruder Vespasian oder sein Onkel, der Senator Gaius Pollo, die er jetzt nebeneinander nahe der kaiserlichen Loge sitzen sah, wussten, dass er sich in der Stadt aufhielt. Sobald die Tat getan war, würde er auf seinen Posten zurückkehren. Er war zuversichtlich, die Stadt unbemerkt wieder verlassen zu können. Die Unterbefehlshaber, denen er das Kommando über seine Legion im Winterquartier übertragen hatte, glaubten, er habe seine Frau und seine beiden Kinder besucht, die außerhalb von Caligulas Reichweite bei seinen Eltern in Aventicum im Süden der Germania Superior lebten. Auf diese Weise, so hatte Clemens argumentiert, würde Clementina im Fall einer Vergeltungsaktion gegen die Verschwörer nur ihren Bruder verlieren und nicht zugleich auch ihren Ehemann.

Unten auf der Bühne hatten die Verwicklungen inzwischen ein glückliches Ende gefunden, und die Figuren zogen durch eine Tür in der *Scenae Frons* zum Hochzeitsmahl – der zwei Stockwerke hohen Schauwand an der Rückseite der Bühne, die mit Säulen, Fenstern, Türen und Bögen bemalt war. Sabinus verbarg sein Gesicht noch tiefer in der

Kapuze, als der letzte Schauspieler sich umwandte, um zum Publikum zu sprechen.

«Gern würden wir all unsere Freunde hier mit einladen. Aber auch wenn genug so gut ist wie ein Festmahl, so ist genug für sechs doch eine karge Mahlzeit für so viele tausend. Daher wünschen wir Euch, zu Hause gut zu speisen, und bitten unsererseits um einen Applaus.»

Während das Publikum in Beifall ausbrach, teilte sich die Reihe der germanischen Leibgarde, um einen hochgewachsenen Mann durchzulassen, der in ein purpurnes Gewand gehüllt war und ein goldenes Diadem auf dem Kopf trug. Er betrat die kaiserliche Loge und verbeugte sich vor Caligula in der Manier des Ostens, indem er beide Hände an die Brust legte.

«Was macht der denn hier?», fragte Sabinus überrascht, an Clemens gerichtet.

«Herodes Agrippa? Er ist schon seit drei Monaten in Rom. Er will, dass der Kaiser sein Königreich erweitert. Caligula spielt mit ihm und lässt ihn für seine Habgier leiden. Er behandelt ihn beinahe so schlecht wie Claudius.»

Sabinus beobachtete, wie der König von Judäa neben Claudius Platz nahm und ein paar Worte mit ihm wechselte.

«Caligula wird bald aufbrechen, um sein Bad zu nehmen», sagte Clemens, als der Applaus allmählich verebbte. «Auf dem Weg dorthin will er eine Probe einer Gruppe aitolischer Jünglinge anhören, die morgen auftreten sollen. Callistus lässt sie oben vor dem Haus des Augustus warten, gleich neben dem Zugang, der direkt zu der Treppe bei der kaiserlichen Loge führt. Du kannst durch diesen Ausgang dorthin gelangen.» Er zeigte auf das äußerste linke Tor an der Rückwand des Theaters. «Klopfe dreimal an, dann warte kurz und wiederhole das Signal. Das Tor wird von zwei meiner Centurionen bewacht. Sie erwarten dich schon und werden dich durchlassen. Das Losungswort lautet ‹Freiheit›. Zieh dir dein Halstuch über das Gesicht. Je weniger Leute dich erkennen, desto besser, falls es zum Schlimmsten kommen sollte. Chaerea, Cornelius und ich geleiten Caligula aus der Loge und die Treppe hinauf. Sobald du uns losgehen siehst, machst du dich auf den Weg und folgst dem Gang. Wir werden uns etwa auf der Hälfte begegnen. Ich werde seiner germanischen Leibgarde befehlen, zurückzubleiben und dafür zu sorgen, dass uns niemand folgt. So gewinnen wir ein wenig Zeit, wenn auch nicht viel. Schlag zu, sobald du kannst.» Clemens streckte den rechten Arm aus.

«Das werde ich, mein Freund», erwiderte Sabinus und ergriff ihn. «Ich ziele direkt auf den Hals.»

Sie blickten einander einen Moment lang in die Augen, und der Griff um ihre Unterarme war fester als je zuvor, dann nickten sie und trennten sich ohne ein weiteres Wort. Beiden war bewusst, dass dieser Tag vielleicht ihr letzter sein würde.

Sabinus beobachtete, wie Clemens die kaiserliche Loge betrat, und auf einmal durchströmte ihn Ruhe. Es kümmerte ihn nicht mehr, ob er überlebte oder am Ende des Tages tot sein würde. Seine einzige Sorge war, die mehrfache brutale Vergewaltigung Clementinas zu rächen, begangen von dem Mann, der sich selbst als unsterblicher Gott über alle Menschen erhaben wähnte. Das Bild von Clementina, wie sie ihn anflehte, sie vor diesem Schicksal zu bewahren, hatte sich in seine Erinnerung eingebrannt. Damals hatte er sie im Stich gelassen – doch heute nicht. Wieder umklammerte er den Griff seines Schwerts, aber diesmal war seine Hand trocken. Er atmete tief und fühlte, wie sein Herz langsam und stetig schlug.

Auf der Bühne erschien jetzt ein Trupp Akrobaten, die Sprünge vollführten, Rad schlugen, Pirouetten drehten und andere Kapriolen darboten, vom Publikum jedoch nichts als desinteressiertes Gemurmel ernteten, ganz gleich, wie hoch und weit sie sprangen. Alle Blicke waren auf den Kaiser gerichtet, der sich anschickte zu gehen.

Sabinus sah, wie die Germanen vor Clemens salutierten, als er ihnen einen barschen Befehl zurief. Cassius Chaerea und Cornelius Sabinus verließen ihre Posten und traten hinter den Stuhl des Kaisers. Der erste Konsul bedeckte die herrlichen roten Pantoffeln mit ein paar letzten leidenschaftlichen Küssen, ehe er von den Objekten seiner Verehrung mit einem Tritt beiseitegestoßen wurde, als Caligula sich erhob.

Die Menge jubelte und huldigte Caligula als ihrem Gott und Kaiser, doch ihr Gott und Kaiser beachtete sie gar nicht. Stattdessen schaute er auf Claudius hinunter und hob dessen Kinn an, um seinen Hals zu betrachten. Dabei fuhr er mit dem Finger quer darüber wie mit einem Messer. Claudius zuckte, und sein Speichel lief über die Hand seines Neffen. Mit angewidertem Blick wischte Caligula den Speichel an Claudius' grauem Haar ab und schrie seinem Onkel etwas ins Gesicht, das über den Lärm hinweg nicht zu verstehen war. Sogleich stand Claudius auf und hinkte aus der Loge. Die Reihe der Germanen teilte sich, um ihn durchzulassen, und er verschwand, so schnell seine schwachen Beine ihn trugen. Sabinus konzentrierte sich weiter auf Caligula, der seine Aufmerksamkeit nun auf Herodes Agrippa richtete. Auf ein paar schroffe Sätze verbeugte sich dieser unterwürfig und verließ ebenfalls die Loge. Caligula warf den Kopf zurück und lachte, dann äffte er Herodes Agrippas kriecherischen Abgang nach, sehr zur Erheiterung der Menge. Nachdem er die Komik der Situation ausgekostet hatte, ging er mit langen Schritten hinaus, wobei er im Vorbeigehen Chaerea auf den Hintern schlug. Sabinus sah, wie der Tribun sich versteifte und seine Hand nach dem Schwert zuckte, doch er hielt mitten in der Bewegung inne, als er Clemens' Blick auffing. Chaerea ließ die Hand wieder sinken und ballte mehrmals die Faust, während er und Cornelius Caligula zur Treppe folgten. Ehe Clemens die Loge verließ, sah er kurz zu Sabinus auf, und seine Augen weiteten sich ein wenig. Dann marschierte er an der germanischen Leibgarde vorbei, deren eine Hälfte ihm folgte, um die Treppe abzusperren, sodass die Öffentlichkeit keinen Zugang hatte, während der Kaiser mit seinem Gefolge hinaufstieg. Zurück blieben der Konsul, der sich das geschundene Gesicht rieb, und die übrigen acht Germanen, welche die kaiserliche Loge bewachten.

Alles war bereit.

Sabinus drehte sich um und ging hinter der letzten Sitzreihe entlang zu dem Tor, das Clemens ihm gezeigt hatte. Er zog sein Halstuch über Mund und Nase hoch, dann gab er das vereinbarte Klopfzeichen. Augenblicklich hörte er einen Riegel zurückgleiten, das Tor wurde einen Spalt geöffnet, und er starrte in die dunklen, harten Augen eines Centurios der Prätorianergarde.

17

«Freiheit», flüsterte Sabinus.

Mit einer leichten Neigung des Kopfes trat der Centurio zurück und öffnete das Tor weiter. Sabinus ging hindurch.

«Hier entlang, Herr», sagte ein zweiter Centurio, der ihm bereits den Rücken gekehrt hatte, während der erste das Tor wieder schloss und verriegelte.

Sabinus folgte dem Mann über einen gepflasterten Weg, der die letzten paar Fuß bis zur Kuppe des Palatin sanft anstieg. Von oben tönte klagender Chorgesang herab. Hinter sich hörte er das rhythmische Klappern der genagelten Sandalen des ersten Centurios, der ihm folgte.

Nach dreißig Schritten erreichten sie den Gipfel. Zu seiner Linken sah Sabinus zwei Centurien Prätorianer, in Tuniken und Togen gekleidet, in lockerer Haltung neben den aitolischen Jünglingen stehen, die ihren melancholischen Gesang vor den Überresten der imposanten Fassade vom Haus des Augustus probten. Einst eine architektonische Studie in Eleganz, gepaart mit Macht, war sie jetzt durch eine Reihe von Anbauten verunstaltet, die Caligula hinzugefügt hatte. Sie schlängelten sich vorwärts, jeder vulgärer und unüberlegter als der andere, und ergossen sich den Hügel hinunter bis zum Tempel von Castor und Pollux am Fuß des Palatin. Dieser diente jetzt – was viele insgeheim als Sakrileg empfanden – als Vorhalle für den ganzen Palastkomplex. Der Centurio führte Sabinus zum nächsten dieser Anbauten, der direkt vor ihm lag.

Mit einem Schlüssel, den er am Gürtel trug, schloss der Centurio eine schwere Tür aus Eichenholz auf. Sie ließ sich geräuschlos öffnen, da die Scharniere mit Gänsefett geschmiert waren, und dahinter tat sich ein breiter Gang auf.

«Nach rechts, Herr», sagte der Centurio und trat zur Seite, um Sabinus durchzulassen. «Wir bleiben hier, um zu verhindern, dass jemand Euch folgt.»

Sabinus nickte und trat in den Gang, der durch Fenster an beiden Seiten von Sonnenlicht erhellt wurde. Er zog sein Schwert aus der Scheide unter dem Mantel und einen Dolch aus seinem Gürtel, dann folgte er entschlossen dem Gang. Das Geräusch seiner Schritte hallte von den weiß getünchten, verputzten Wänden wider.

Nach ein paar Dutzend Schritten hörte er hinter einer Biegung nach links Stimmen und beschleunigte seinen Schritt. Aus dem Theater unten ertönte neuerliches Gelächter, gefolgt von Applaus. Sabinus näherte sich der Ecke. Die Stimmen klangen jetzt sehr nah. Er hob sein Schwert und machte sich zum Schlag bereit, dann sprang er vor. Ihm stockte das Herz, als ihn ein schriller Aufschrei empfing und er in ein Paar entsetzter Augen in einem langen, schiefen Gesicht blickte; aus der ausgeprägten Nase lief Schleim. Claudius' Schrei blieb ihm in der Kehle stecken, und er starrte mit offenem Mund erst das Schwert an, das direkt auf ihn gerichtet war, dann wieder Sabinus. Herodes Agrippa stand stocksteif neben ihm, das Gesicht zu einer angstvollen Grimasse verzerrt.

Sabinus wich zurück. Er hatte Clemens sein Wort gegeben, Claudius nicht zu töten. «Verschwindet von hier, alle beide!», rief er.

Nach einem Augenblick verwirrten Zögerns hinkte Claudius zuckend und vor sich hin brabbelnd davon, wobei er eine Urinlache zurückließ. Herodes Agrippa bückte sich schwer atmend, um unter die Kapuze zu spähen, die Sabinus' Gesicht verbarg. Für einen Moment trafen sich ihre

Blicke, und Herodes' Augen weiteten sich ein wenig. Dann machte Sabinus eine drohende Geste mit dem Schwert, und der Judäer rannte davon, Claudius nach.

Sabinus fluchte und betete zu Mithras, der König möge ihn nicht erkannt haben. Gleich darauf drangen Stimmen durch den Gang zu ihm und vertrieben den Gedanken. Eine der Stimmen war ganz unverkennbar Caligulas. Sabinus zog sich wieder hinter die Ecke zurück und wartete, während die Männer näher kamen.

«Wenn diese aitolischen Jungen hübsch aussehen, nehme ich vielleicht ein paar von ihnen mit ins Bad», sagte Caligula gerade. «Möchtet Ihr auch welche, Clemens?»

«Wenn sie hübsch aussehen, göttlicher Gaius.»

«Aber wenn nicht, haben wir ja immer noch Chaerea. Ich würde so gern einmal hören, wie seine liebliche Stimme vor Ekstase stöhnt.» Caligula kicherte. Seine Begleiter stimmten nicht ein.

Sabinus stürzte um die Ecke, das Schwert erhoben.

Caligulas Lachen verstummte, und seine tiefliegenden Augen weiteten sich vor Angst. Er machte einen Satz rückwärts, da umklammerten Chaereas starke Hände seine Oberarme und hielten ihn fest.

Sabinus ließ sein Schwert durch die Luft sausen, bis es sich am Halsansatz in Caligulas Fleisch grub. Caligula kreischte, und Blut spritzte Chaerea ins Gesicht. Ein Ruck durchfuhr Sabinus' Schwertarm, und der Griff der Waffe entglitt ihm, als die Klinge im Schlüsselbein stecken blieb.

Einen Moment lang herrschte entsetzte Stille.

Caligula starrte mit aufgerissenen Augen auf das Schwert hinunter, das in ihm steckte, dann brach er plötzlich in irres

Gelächter aus. «Ihr könnt mich nicht töten! Ich lebe noch, ich bin ein G–» Er zitterte heftig, den Mund noch immer aufgerissen, und die Augen traten hervor.

«Dies ist das letzte Mal, dass Ihr meine *liebliche* Stimme hört», flüsterte Chaerea ihm ins Ohr. Mit der linken Hand hielt er noch immer Caligula fest, doch die andere war nicht mehr zu sehen. Chaerea machte mit der Kraft seines ganzen Körpers eine ruckartige Drehung nach links, sodass die Spitze eines *Gladius* aus Caligulas Brust hervorbrach. Sein Kopf fiel zurück, und er stieß heftig die Luft aus, wobei er einen feinen purpurroten Nebel versprühte. Sabinus riss seine Waffe heraus und zog sein Halstuch herunter. Der falsche Gott sollte wissen, wer seinem Leben ein Ende gemacht hatte und warum.

«Sabinus!», krächzte Caligula, während ihm Blut über das Kinn lief. «Ihr seid mein Freund!»

«Nein, Caligula, ich bin Euer Schaf, erinnert Ihr Euch?» Damit rammte er seine Klinge in Caligulas Unterleib. Clemens und Cornelius zogen ebenfalls ihre Schwerter und durchbohrten den verwundeten Kaiser von beiden Seiten.

Mit dem bitteren Genuss der Rache drehte Sabinus lächelnd aus dem Handgelenk die Klinge in Caligulas Eingeweiden nach rechts und links, dann stieß er sie weiter hinein, bis er fühlte, wie sie unten am Gesäß wieder austrat.

Alle vier Mörder zogen ihre Schwerter gleichzeitig zurück. Caligula blieb einen Moment lang frei stehen, dann brach er ohne einen Laut in Claudius' Urinlache auf dem Boden zusammen.

Sabinus starrte auf seinen einstigen Freund hinunter, zog die Nase hoch und spuckte ihm einen Klumpen Schleim ins

Gesicht, dann zog er sein Halstuch wieder hoch. Chaerea zielte einen Tritt in Caligulas blutigen Unterleib.

«Wir müssen es zu Ende bringen», sagte Clemens leise und wandte sich zum Gehen. «Schnell, die Germanen werden die Leiche bald finden. Ich habe ihnen befohlen, so lange zu warten, bis sie bis fünfhundert gezählt haben, um zu verhindern, dass jemand hinter uns die Stufen heraufkommt.»

Die vier Mörder gingen raschen Schrittes zurück durch den Gang. Die beiden Centurionen warteten an der Tür.

«Lupus, führt Eure Centurie in den Palast», befahl Clemens im Vorbeigehen. «Aetius, Ihr bleibt mit Eurer draußen und lasst niemanden ein. Und schafft diese jaulenden Aitolier weg.»

«Haben Claudius und Herodes Agrippa Euch gesehen?», erkundigte sich Sabinus.

«Nein, Herr», antwortete Lupus. «Wir sahen sie kommen und sind nach draußen gegangen, bis sie vorbei waren.»

«Gut. Dann los.»

Die beiden Centurionen grüßten zackig und gingen durch die Tür hinaus zu ihren Männern. Von weiter unten im Gang ertönten kehlige Rufe.

«Scheiße!», zischte Clemens. «Diese verdammten Germanen können nicht zählen. Lauft!»

Sabinus sprintete los und warf dabei einen Blick über die Schulter. Um die Ecke erschienen die Silhouetten von acht Mann mit gezogenen Schwertern. Einer machte kehrt und rannte zurück in die Richtung des Theaters, die übrigen sieben nahmen die Verfolgung auf.

Clemens stieß, ohne innezuhalten, eine Tür auf und

führte sie eine Marmortreppe hoch, durch einen hohen Raum voller lebensecht bemalter Statuen von Caligula und seinen Schwestern und weiter in den Palast. Dort bogen sie nach links ab und erreichten das Atrium, als gerade die ersten von Lupus' Männern zur Tür hereinkamen.

«Bringt Eure Jungs in Stellung, Centurio», rief Clemens. «Es scheint, als müssten sie ein paar Germanen töten.»

Auf einen scharfen Befehl von Lupus wurde eine Linie gebildet, da stürmten auch schon die Germanen ins Atrium. «Schwerter!», schrie Lupus.

Mit der Präzision, die von den Elitesoldaten Roms erwartet wurde, zogen die achtzig Prätorianer ihre Schwerter wie ein Mann.

Hoffnungslos in der Unterzahl, aber rasend wütend über die Ermordung des Kaisers, dem sie bedingungslose Treue schuldeten, griffen die Germanen an, wobei sie die Schlachtrufe ihrer von düsteren Wäldern überzogenen Heimat hinausschrien. Sabinus, Clemens und die zwei Tribune zogen sich hinter die Linie der Prätorianer zurück. Im nächsten Moment krachte Metall gegen Metall, dass es laut zwischen den Säulen im Raum widerhallte, da die Germanen sich mit ihren Schilden mit voller Wucht gegen die Prätorianer warfen. Sie zielten mit ihren langen Schwertern auf die Köpfe und Leiber der Verteidiger, die keine Schilde hatten. Vier gingen unter dem wüsten Ansturm sofort zu Boden, doch ihre Kameraden hielten die Linie, teilten mit dem linken Arm anstelle eines Schilds Schläge aus und stießen mit ihren kürzeren Schwertern nach den Unterleibern und Oberschenkeln der Angreifer, deren Zahl rasch schrumpfte. Bald lagen fünf ihrer Gefährten tot oder sterbend am Boden, und die letzten zwei Germanen gaben den Kampf auf und traten Hals über Kopf den Rückzug an.

Eine schrille Frauenstimme drang durch den Lärm: «Was geht hier vor sich?»

Sabinus wandte sich um und sah eine hochgewachsene Frau mit langem Pferdegesicht und einer ausgeprägten Aristokratennase. Sie hielt ein kleines Mädchen von etwa zwei Jahren im Arm. Das Kind starrte begierig auf das Blut am Boden.

«Mein Mann wird davon erfahren.»

«Euer Mann wird überhaupt nichts mehr erfahren, Milonia Caesonia», versetzte Clemens kalt. «Nie mehr.»

Einen Moment lang zögerte sie, dann richtete sie sich zu ihrer vollen Größe auf und blickte Clemens an. Ihre Augen funkelten vor Trotz. «Wenn Ihr auch mich töten wollt, so wird mein Bruder mich rächen.»

«Nein, das wird er nicht. Euer *Halb*bruder Corbulo findet, dass Ihr Schande über die Familie gebracht und ihre Ehre beschmutzt habt. Wenn er vernünftig ist, wird er seine Legion, die Zweite Augusta, dazu bringen, dem neuen Kaiser die Treue zu schwören. Anschließend, wenn er seine Zeit als Legatus gedient hat, wird er nach Rom zurückkehren und darauf hoffen, dass die Zeit den Fleck auf seiner Ehre tilgt, den Ihr hinterlassen habt.»

Milonia Caesonia schloss die Augen, als müsste sie sich selbst die Wahrheit dieser Feststellung eingestehen.

Clemens ging mit gezogenem Schwert auf sie zu.

Sie hielt das Kind hoch. «Werdet Ihr wenigstens Iulia Drusilla verschonen?»

«Nein.»

Milonia Caesonia drückte ihre Tochter fest an die Brust.

«Aber Euch zuliebe werde ich Euch zuerst töten, damit Ihr nicht zusehen müsst, wie sie stirbt.»

«Danke, Clemens.» Milonia Caesonia küsste ihre Tochter auf die Stirn und setzte sie ab. Sofort begann das Kind zu weinen, streckte die Arme nach seiner Mutter aus und hüpfte auf und ab, um wieder hochgenommen zu werden. Als die Mutter sie nicht beachtete, fiel die Kleine in einem Wutanfall über sie her und zerriss mit scharfen Nägeln und Zähnen ihre *Stola*.

Milonia Caesonia schaute mit müdem Blick auf das schreiende Balg zu ihren Füßen hinunter. «Tut es jetzt, Clemens.»

Clemens packte sie mit der linken Hand an der Schulter und stieß sein Schwert aufwärts unter ihre Rippen. Ihre Augen traten hervor, und der Atem entwich ihr leise. Das Kind schaute einen Moment lang verständnislos auf das Blut, das aus der Wunde drang, dann begann es zu lachen. Clemens stieß sein Schwert noch tiefer hinein, und Milonia Caesonias Augen schlossen sich. Als er die Waffe mit einem Ruck herauszog, erstarb das Lachen des Kindes. Mit einem verängstigten Aufschrei drehte es sich um und lief davon.

«Lupus! Fangt das kleine Ungeheuer ein», rief Clemens und ließ den Leichnam zu Boden sinken.

Der Centurio holte die kleine Gestalt mit wenigen Schritten ein. Sie kratzte seinen Arm blutig, als er sie hochhob, dann schlug sie die Zähne in sein Handgelenk. Mit einem Schmerzensschrei packte Lupus sie am Fußknöchel und hielt sie kopfunter auf Armeslänge von sich, während die Kleine kreischte und zappelte.

«Um der Götter willen, bringt es zu Ende!», befahl Clemens.

Ein schriller Aufschrei endete in einem widerlichen Knirschen. Sabinus zuckte zusammen.

Nach einem raschen Blick auf sein Werk warf Lupus den leblosen Körper beiseite, sodass er verrenkt und zerschunden an der Basis der blutigen Säule liegen blieb.

«Gut», sagte Clemens, ebenso wie alle anderen erleichtert über die plötzliche Stille. «Jetzt nehmt die Hälfte Eurer Männer und sucht die Ostseite des Palastes nach Claudius ab.» Er zeigte auf einen Optio der Prätorianer. «Gratus, du führst die andere Hälfte in den Westteil.»

Lupus und Gratus salutierten, dann führten sie ihre Männer davon.

Clemens wandte sich an Sabinus. «Ich werde schon herausfinden, wo mein sabbernder Schwachkopf von einem Patron sich versteckt hat. Du solltest jetzt gehen, mein Freund, die Tat ist getan. Verschwinde aus Rom, ehe sie entdeckt wird.»

«Ich glaube, sie wurde bereits entdeckt», erwiderte Sabinus. Der fröhliche Lärm aus dem Theater unten hatte sich in aufgebrachtes Geschrei verwandelt.

Sabinus fasste seinen Schwager an der Schulter, dann wandte er sich ab und lief aus dem Palast. Gebrüll und panische Schreie zerrissen die Luft, während er den Palatin hinunterrannte.

Das Töten hatte begonnen.

TEIL
I

ROM,
AM SELBEN TAG

I

Vespasian hatte die Aufführung trotz der ständigen Unterbrechungen durch den Kaiser genossen. *Der Goldtopf* war nicht sein Lieblingsstück von Plautus, aber die doppeldeutigen Dialoge, die Missverständnisse und komischen Verfolgungsjagden, während derer der geizige Protagonist Euklio versuchte, seinen neuerworbenen Reichtum zu bewahren, brachten ihn immer wieder zum Lachen. Sein Problem mit dem Stück bestand darin, dass er im Grunde Euklios Bestreben, so wenig wie möglich von seinem Geld herzugeben, durchaus nachempfinden konnte.

Die Truppe junger männlicher Akrobaten, die jetzt auf der Bühne umhersprangen, faszinierte Vespasian nicht so wie seinen Onkel Gaius Vespasius Pollo, der neben ihm saß. Deshalb wartete er mit geschlossenen Augen auf den Beginn der nächsten Komödie, döste vor sich hin und dachte an seinen kleinen Sohn Titus, der jetzt etwas über ein Jahr alt war.

Vespasian schrak auf, als ein heiserer Schrei den halbherzigen Applaus für die Akrobaten übertönte, deren Darbietung gerade ein rasantes Finale erreichte. Er ließ den Blick über die Zuschauermenge gleiten und versuchte, die Quelle und Ursache des Schreis auszumachen. Zwanzig Schritt

zu seiner Linken kam ein Germane der kaiserlichen Leibgarde eine überdachte Treppe heruntergestürmt. Er hielt die
rechte Hand hoch, die blutverschmiert war, schrie Unverständliches in seiner Muttersprache und rannte auf acht seiner Kollegen am Eingang zur kaiserlichen Loge zu, welche
der Kaiser erst kürzlich verlassen hatte. Die Zuschauer in
der Nähe starrten erschrocken den Mann an, der mit seiner
blutigen Hand vor den Gesichtern seiner Kameraden fuchtelte.

Vespasian wandte sich an seinen Onkel. Der applaudierte
noch immer den spärlich bekleideten Jünglingen, die jetzt
die Bühne verließen. Vespasian stand auf und zog Gaius am
Ärmel seiner Tunika. «Ich habe das Gefühl, dass jeden Moment etwas Schlimmes passieren wird. Wir sollten sofort gehen.»

«Was ist denn, lieber Junge?», fragte Gaius geistesabwe-
send.

«Wir müssen gehen, jetzt sofort!»

Die Dringlichkeit in der Stimme seines Neffen veranlasste Gaius, seinen korpulenten Leib hochzustemmen. Er
strich sich eine sorgfältig gedrehte Locke aus den Augen
und schaute noch einmal den Akrobaten nach, ehe sie ganz
verschwunden waren.

Vespasian warf einen nervösen Blick über die Schulter. Die Germanen der Leibgarde zogen jetzt gleichzeitig
ihre langen Schwerter. Ihre wütenden Schreie brachten die
Menge in ihrer Nähe zum Schweigen, und die Stille breitete
sich wie eine Welle durch das ganze Publikum aus.

Die Germanen reckten ihre Schwerter in die Höhe, die
Gesichter wutverzerrt, und für einen Moment lag eine tiefe,

angespannte Stille über dem gesamten Theater. Alle Blicke waren fragend auf die neun Barbaren gerichtet. Dann schnellte ein Schwert durch die Luft, ein Kopf flog, und Blut regnete auf die Leute hinunter, die mit offenen Mündern entgeistert den grausigen Flugkörper beobachteten. Der Rumpf des enthaupteten Zuschauers – eines Senators – blieb noch zwei oder drei Herzschläge lang aufrecht und reglos sitzen und verspritzte Blut über die Umsitzenden, die ihn entsetzt anstarrten. Dann kippte er vornüber auf einen alten Mann in der Sitzreihe davor, ebenfalls einen Senator, der mit weitaufgerissenen Augen verständnislos dasaß. Er drehte sich um, da wurde auch schon ein Schwert in seinen offenen Mund gerammt, dass die Spitze hinten am Schädel wieder austrat, ohne dass sich der Ausdruck seiner Augen verändert hätte.

Noch einen halben Herzschlag lang blieb es völlig still, dann zerriss der Schrei einer Frau die Luft, da der Kopf in ihrem Schoß gelandet war, und eine Kakophonie des Grauens brach los. Die Schwertklingen der Germanen sausten blitzschnell durch die Luft und schlugen eine Schneise in die Menge, wobei sie unterschiedslos alle töteten oder verstümmelten, die sich nicht schnell genug in Sicherheit bringen konnten. Der Sturm auf die Ausgänge begann. In der kaiserlichen Loge starrte der erste Konsul einen Moment lang entgeistert einem Barbaren entgegen, der sich mit gebleckten Zähnen auf ihn stürzen wollte, dann sprang er über die Balustrade der Loge und fiel, mit Armen und Beinen rudernd, mitten in die panische Menge hinunter.

Vespasian schob seinen Onkel vorwärts, wobei er eine kreischende Matrone beiseitestieß, und steuerte auf den nächsten Durchgang zu, der zwischen den Sitzreihen zur

Bühne hinunterführte. «Jetzt ist keine Zeit für gute Manieren, Onkel.» Während er sich einen Weg durch das Gedränge bahnte und seinen beleibten Onkel wie einen Rammbock einsetzte, nahm er verschwommen das Chaos und Gemetzel um sich herum wahr. Zu seiner Linken gingen zwei Senatoren unter einem Hagel von Schwerthieben zu Boden. Hinter ihm schlugen drei wütende Germanen eine blutige Schneise durch die wogende Menschenmasse geradewegs in seine Richtung. Vespasian fing den Blick des Anführers auf. «Anscheinend haben sie es hauptsächlich auf Senatoren abgesehen, Onkel», schrie er und zerrte die Toga von seiner rechten Schulter, damit der breite purpurne Streifen nicht so deutlich sichtbar war.

«Warum?», schrie Gaius zurück, während er über einen Unglücklichen hinwegtrampelte, der in dem Gedränge zu Boden gegangen war.

«Ich weiß es nicht, lauf einfach weiter.»

Mit ihrem vereinten Gewicht und dem Schwung, den sie bergab gewannen, gelang es ihnen, ihren Vorsprung vor den Germanen zu vergrößern, denn diese waren in der Masse der Toten und Sterbenden ins Stocken geraten. Als sie die *Orchestra* zwischen den Sitzreihen und der eigentlichen Bühne erreichten, wo weit weniger Gedränge herrschte, wagte Vespasian noch einen Blick hinter sich. Er war erschüttert, welches Gemetzel nur neun bewaffnete Männer unter so vielen wehrlosen Leuten anrichten konnten: Die Sitzreihen waren mit Leichen übersät, von denen nicht wenige blutige Senatorentogen trugen. Vespasian packte seinen Onkel am Arm und fing an zu rennen. Über eine kurze Treppe gelangte er auf die Bühne. Er lief weiter, so schnell Gaius eben watscheln konnte, auf einen Durchgang in der Scenae Frons auf der anderen Seite zu, der völlig verstopft war, da die Leute verzweifelt zu entkommen suchten. Sie stürzten sich in das Getümmel, drängten und schoben, schwitzend vor Anstrengung, hatten Mühe, auf den Beinen zu bleiben, und fühlten unter ihren Füßen die Körper derer, denen es nicht gelungen war, ehe sie endlich aus dem Theaterbau auf eine Straße am Fuß des Palatin hinausstürzten.

Die Menge wandte sich nach rechts, da von links die dröhnenden, gleichmäßigen Schritte von drei Centurien der Cohortes urbanae ertönten, die im Laufschritt nahten. Vespasian und Gaius blieb nichts anderes übrig, als mit dem Strom zu laufen. Dabei versuchten sie jedoch, an den Rand der Menge zu gelangen. Sobald er mit der linken Schulter die Mauer streifte, begann Vespasian, nach einer Abzweigung Ausschau zu halten.

«Bereit, Onkel?», rief er, als sie sich der Einmündung einer Gasse näherten.

Gaius nickte nur keuchend und schnaufend. Der Schweiß lief ihm in Strömen über die feisten Wangen. Vespasian zerrte ihn energisch nach links, und endlich waren sie der panischen Masse entkommen.

Als sie der Gasse weiter folgten, wäre Vespasian beinahe über die Leiche eines Germanen der kaiserlichen Leibgarde gestolpert, die quer auf dem schlammigen Boden lag. Kurz vor dem Ende der Gasse sprangen sie über einen weiteren Germanen hinweg, kahlköpfig, jedoch mit langem blondem Vollbart, der an eine Hauswand gelehnt saß und den Stumpf seines rechten Arms umklammerte in dem Versuch, den Blutfluss einzudämmen. Er starrte entsetzt auf die abgetrennte Hand hinunter, die neben ihm lag, noch um den Griff seines Schwerts geschlossen. Am Ende der Gasse angekommen, rang Gaius schwer nach Luft, während Vespasian sich hastig umsah. Zu seiner Rechten hinkte ein Mann mit gesenktem Kopf davon. Blut lief unter seinem Mantel hervor am rechten Bein hinunter, und in der Hand hielt er ein blutiges Schwert.

Vespasian rannte nach links in Richtung der Via Sacra. Gaius mühte sich schwerfällig, ihm zu folgen, doch er wurde mit jedem rasselnden Atemzug langsamer.

«Schnell, Onkel», rief Vespasian über die Schulter, «wir müssen dein Haus erreichen, ehe sich die Gewalt womöglich in der ganzen Stadt ausbreitet.»

Gaius blieb keuchend stehen, die Hände auf die Knie gestützt. «Lauf nur voraus, lieber Junge, ich kann nicht mithalten. Ich gehe zum Senatsgebäude. Kümmere du dich um Flavia und den kleinen Titus. Ich komme nach, sobald ich in Erfahrung gebracht habe, was geschehen ist.»

Vespasian hob die Hand zum Zeichen des Einverständnisses und rannte weiter, um nach seiner Frau und seinem Sohn zu sehen. Er bog gerade auf die Via Sacra in Richtung des Forum Romanum ein, als zwei Centurien der Prätorianergarde mit hallenden Marschtritten den Palatin herunterkamen. Hinter ihnen ertönten vom Nordhang noch immer Rufe und gequälte Schreie. Vespasian war gezwungen zu warten, bis die Prätorianer die Via Sacra überquert hatten. In ihrer Mitte saß in einer Sänfte Claudius. Er zuckte und sabberte, Tränen liefen ihm über das Gesicht, und er flehte um sein Leben.

«Verschließe und verriegele die Tür», befahl Vespasian dem jungen und äußerst attraktiven Türhüter, der ihn eben ins Haus seines Onkels eingelassen hatte. «Und dann geh um das Haus herum und sieh nach, ob alle Fenster geschlossen sind.»

Der Jüngling verbeugte sich und rannte davon, um den Befehl auszuführen.

«Tata!»

Vespasian drehte sich um, atmete tief durch und lächelte seinen dreizehn Monate alten Sohn an, der eifrig über den Mosaikboden des Atriums auf ihn zu krabbelte.

«Was ist los?», fragte Flavia Domitilla, die seit zwei Jahren Vespasians Frau war, und blickte von ihrem Spinnrad an der Feuerstelle im Atrium auf.

«Ich weiß es nicht genau, aber den Göttern sei Dank, dass ihr beide wohlauf seid.» Vespasian nahm seinen Sohn hoch und küsste ihn erleichtert auf beide Wangen, während er zu ihr hinüberging.

«Warum sollten wir nicht wohlauf sein?»

Vespasian setzte sich seiner Frau gegenüber und ließ Titus auf seinem Knie reiten. «Ich bin nicht sicher, aber ich glaube, jemand hat endlich –»

«Sei vorsichtig mit dem Kleinen, die Amme hat ihn eben erst gefüttert», fiel Flavia ihm mit missbilligendem Blick ins Wort.

Vespasian überhörte den Einwurf seiner Frau und ließ Titus seinen wilden Ritt fortsetzen. «Er verträgt das schon, er ist ein wackerer kleiner Kerl.» Er betrachtete strahlend seinen kichernden, pausbäckigen Sohn und kniff ihn in die Wange. «Nicht wahr, Titus?» Der Kleine krähte vor Vergnügen, dann kreischte er, als Vespasian mit dem Knie eine plötzliche Bewegung nach links machte, sodass der winzige Reiter beinahe abgestürzt wäre. «Ich glaube, jemand hat endlich Caligula umgebracht, und ich bete um Sabinus' willen, dass es nicht Clemens war.»

Flavia machte vor Aufregung große Augen. «Wenn Caligula tot ist, dann kannst du endlich etwas von deinem Geld ausgeben, ohne befürchten zu müssen, dass er dich tötet, um dein Vermögen an sich zu bringen.»

«Flavia, das ist im Augenblick meine geringste Sorge. Wenn der Kaiser ermordet wurde, muss ich überlegen, wie ich während des Regimewechsels für unser aller Sicherheit sorge. Sofern wir die törichte Praxis beibehalten, wieder einen Nachkommen von Iulius Caesar zum Kaiser zu machen, wäre Claudius die nächstliegende Wahl. Das könnte sich für die Familie günstig auswirken.»

Flavia tat die Worte ihres Mannes mit einer Handbewegung ab. «Du kannst nicht von mir erwarten, ewig im Haus deines Onkels wohnen zu bleiben.» Sie deutete auf die vielen homoerotischen Kunstwerke, mit denen das Atrium dekoriert war, und den geschmeidigen, flachsblonden germanischen Jüngling, der diskret an der Tür zum *Triclinium* stand, um ihnen aufzuwarten. «Wie viel länger muss ich all das noch ertragen, dieses, dieses …» Sie verstummte. Ihr fehlten die Worte für Senator Gaius Vespasius Pollos Vorlieben hinsichtlich der Raumgestaltung und der Auswahl seiner Sklaven.

«Wenn du Abwechslung wünschst, kannst du mich auf meinen Hof bei Cosa begleiten.»

«Und was soll ich dort? Maultiere zählen und mich mit Freigelassenen gemein machen?»

«Nun, meine Liebe, wenn du darauf bestehst, in Rom zu bleiben, dann wohnst du eben hier. Mein Onkel hat sich sehr großzügig gegen uns gezeigt, und ich habe nicht die Absicht, seine Gastfreundschaft zu beleidigen, indem ich ausziehe, wo doch reichlich Platz für uns alle ist.»

«Du meinst wohl, du hast nicht die Absicht, die Kosten für ein eigenes Haus auf dich zu nehmen», versetzte Flavia und drehte mürrisch ihre Spindel.

«Auch das», räumte Vespasian ein und ließ Titus noch einmal in vollem Galopp reiten. «Ich kann es mir nicht leisten, als Prätor hatte ich nicht genügend zusätzliche Einnahmen.»

«Das war vor zwei Jahren. Was hast du seither getan?»

«Es geschafft, zu überleben, indem ich den Anschein erweckte, arm zu sein!» Vespasian warf einen strengen Blick auf seine Frau mit ihrer makellosen Erscheinung, der Frisur nach der neuesten Mode und erheblich mehr Schmuck, als er für nötig hielt. Er bedauerte, dass sie sich in finanziellen Dingen niemals einig waren. Doch der unverbesserliche Eigensinn in ihren großen braunen Augen, der Reiz ihrer vollen Brüste und die Wölbung ihres schwangeren Leibes – schon wieder unter einer neuen Stola, wie ihm schien – erinnerten ihn an die drei Hauptgründe, aus denen er sie geheiratet hatte. Er versuchte es mit Vernunft. «Flavia, meine Liebe, Caligula hat viele Senatoren hinrichten lassen, die ebenso vermögend waren wie ich, um in den Besitz ihres Geldes zu gelangen. Darum lasse ich mein Geld auf dem Landgut festgelegt, fernab von Rom, und lebe im Haus meines Onkels. Mitunter kann es lebensrettend sein, arm zu erscheinen.»

«Ich rede nicht von dem Landgut, ich rede von dem Geld, das du aus Alexandria mitgebracht hast.»

«Das ist noch immer versteckt und wird es so lange bleiben, bis ich sicher bin, dass wir einen Kaiser haben, der weniger darauf aus ist, sich den Besitz seiner Untertanen anzueignen – und wo wir schon davon sprechen, auch deren Frauen.»

«Und was ist mit ihren Mätressen?»

Titus bekam plötzlich heftigen Schluckauf, und gleich darauf ergoss sich ein Schwall halbverdauter Linsen über Vespasians Schoß, doch ihm kam die Ablenkung ganz gelegen. Unterredungen mit seiner Frau über Geld verliefen niemals angenehm, erst recht, da unweigerlich zur Sprache kam, dass er sich eine Mätresse hielt. Er wusste, dass Flavia nicht in sexueller Hinsicht eifersüchtig auf Caenis war. Ihr ging es um das Geld, das er vermeintlich für seine Mätresse ausgab, während sie, seine legitime Ehefrau, fand, dass ihr Annehmlichkeiten vorenthalten blieben, insbesondere ein eigenes Haus in Rom.

«Was habe ich dir gesagt?», rief Flavia aus. «Elpis! Wo bist du?»

Eine gutaussehende Sklavin mittleren Alters eilte herbei. «Ja, Herrin?»

«Das Kind hat sich auf den Herrn erbrochen. Mach das weg.»

Vespasian stand auf und übergab Titus seiner Amme, wobei die Linsen auf den Boden kleckerten.

«Komm her, du kleiner Racker», gurrte Elpis und fasste Titus unter den Armen. «Ach, du bist deinem Vater wirklich wie aus dem Gesicht geschnitten.»

Vespasian lächelte. «Ja, der arme kleine Kerl wird später auch ein rundes Gesicht und eine so lange Nase haben.»

«Hoffen wir, dass er einmal einen größeren Geldbeutel hat», murmelte Flavia.

Ein lautes Klopfen an der Haustür enthob Vespasian einer Erwiderung. Der attraktive Türhüter schaute durch den Sehschlitz und öffnete sofort den Riegel. Gaius hastete durch die Vorhalle ins Atrium, wobei seine Leibesfülle heftig unter der Toga wabbelte. Seine Locken klebten ihm schweißnass an Stirn und Wangen.

«Clemens hat das Ungeheuer umgebracht. Dieser tollkühne Schwachkopf», verkündete Gaius mit dröhnender Stimme, noch ehe er recht zu Atem gekommen war.

Vespasian schüttelte bedauernd den Kopf. «Nein, dieser *mutige* Schwachkopf. Aber nach dem, was Caligula seiner Schwester angetan hat, war es wohl unvermeidlich. Ich dachte nur, nach zwei Jahren sollte sein Selbsterhaltungstrieb wieder die Oberhand gewonnen haben. Den Göttern sei Dank, dass Sabinus nicht in Rom ist, sonst hätte er sich ihm angeschlossen. Ich habe gehört, wie die beiden einen Pakt schlossen, es gemeinsam zu tun, und dann hätte meine Ehre verlangt, dass ich ihnen helfe. Clemens ist ein toter Mann.»

«Das fürchte ich auch. Nicht einmal Claudius wäre töricht genug, ihn am Leben zu lassen. Er wurde ins Lager der Prätorianer gebracht.»

«Ja, das habe ich gesehen. Nach dem Wahnsinnigen bekommen wir nun den Schwachkopf. Wie lange kann es noch so weitergehen, Onkel?»

«So lange, wie die Blutlinie Caesars fortbesteht, und ich fürchte, dieses Blut fließt auch in Claudius' missgestaltetem Körper.»

«Der Schwachkopf hat um sein Leben gefleht. Ihm war gar nicht klar, dass sie ihn in Sicherheit bringen wollten, bis der Senat ihn zum Kaiser erklärt hat.»

«Was sicher sehr bald geschehen wird. Zieh dir eine frische Tunika an, lieber Junge, die Konsuln haben in einer Stunde eine Versammlung des Senats im Jupitertempel anberaumt.»

Über die Gemonische Treppe zum Gipfel des Kapitols waren sie langsam vorangekommen, da sich dort nicht nur Senatoren drängten, die dem Ruf ihres Konsuls folgten, sondern auch Sklaventrupps, die viele schwere Truhen hinauftrugen. Der gesamte Inhalt der Schatzkammer sollte jetzt oben im Jupitertempel, dem heiligsten Gebäude Roms, sicher untergebracht werden. Am Fuß der Treppe, vor dem Concordiatempel auf dem Forum, waren auf Befehl des Stadtpräfekten Cossus Cornelius Lentulus alle drei Kohorten der Cohortes urbanae in Stellung gegangen für den Fall, dass die Prätorianer versuchten, sich Roms Schätze anzueignen. Auf der anderen Seite des Forums, auf dem Palatin, stand das provisorische Theater verlassen da, nur die Leichen lagen noch kreuz und quer in den leeren Sitzreihen.

Endlich waren mehr als vierhundert Senatoren in dem riesigen, düsteren Raum versammelt. Um sie herum ging der Transport der Schatztruhen weiter, indes die Konsuln der Gottheit des Hauses einen Widder opferten.

«Das könnte unschön werden», flüsterte Gaius Vespasian zu, während Quintus Pomponius Secundus, der erste Konsul, die Auspizien einholte und sein Kollege Gnaeus Sentius Saturninus ihm dabei assistierte. «Wenn sie den Inhalt der

Schatzkammer hier heraufbringen, ziehen sie offenbar in Erwägung, den Prätorianern zu trotzen.»

«Dann sollten wir von hier verschwinden, Onkel. Dass Claudius Kaiser wird, ist unvermeidlich.»

«Nicht unbedingt, lieber Junge. Lass uns erst anhören, was die Leute zu sagen haben, ehe wir irgendwelche voreiligen und womöglich gefährlichen Schlüsse ziehen.»

Zufrieden mit dem, was er sah, erklärte Pomponius Secundus die Auspizien des Tages im Hinblick auf die Geschäfte des Senats für günstig und betrat die Rednerfläche. Sein Gesicht wies einen Bluterguss auf, wo Caligula ihn vorhin getreten hatte. «Patres Conscripti und Gleichgesinnte in der Liebe zur Freiheit, heute ist der Tag, an dem sich unsere Welt gewandelt hat. Heute ist der Tag, da der Mann, den wir gleichermaßen hassten und fürchteten, endlich vernichtet wurde.»

Um seinen Worten Nachdruck zu verleihen, wies er mit einer Kopfbewegung auf das Standbild von Caligula neben der sitzenden Statue von Roms heiligstem Gott. Eine Gruppe Sklaven stieß von hinten gegen das Bildnis des ermordeten Kaisers, und es stürzte krachend auf den Marmorboden, wo es in unzählige Einzelteile zersprang. Die Senatoren brachen in Jubel aus, der im Saal widerhallte. Einen Moment lang erinnerte Vespasian sich an den umgänglichen, lebhaften Jüngling, den er einst gekannt hatte, und er bedauerte den Verlust eines Freundes. Doch dann kehrten die Erinnerungen an das Ungeheuer zurück, in das dieser sich verwandelt hatte, und er stimmte in den Jubel ein.

«Heute ist der Tag», fuhr Pomponius Secundus lauter fort, um den Lärm zu übertönen, «da wir alle, die wir uns so furchtlos der tyrannischen Herrschaft Caligulas widersetzt haben, uns endlich wieder freie Männer nennen können.»

«‹Furchtlos widersetzt› – und das sagt einer, der im Theater Caligulas Pantoffeln geküsst hat», murmelte Gaius in den neuerlichen Jubel hinein, den diese Feststellung auslöste. Nach dem Ausdruck auf zahlreichen Gesichtern zu urteilen, nahm Vespasian an, dass sein Onkel mit seiner Ansicht nicht allein war.

Der erste Konsul redete weiter, ohne wahrzunehmen, dass ein Teil des Beifalls jetzt ironisch war: «Die Prätorianergarde hat sich zum Ziel gemacht, uns einen neuen Kaiser aufzuzwingen: Caligulas Onkel Claudius. Patres Conscripti, ich sage nein! Nicht nur, weil Claudius stottert, sabbert und hinkt und dadurch die Würde des Amtes beflecken würde, sondern auch, weil die Legionen ihn nicht kennen und daher nicht lieben. Wir können nicht zulassen, dass die Prätorianer uns einen solchen Kaiser aufzwingen. Wenn die Legionen am Rhenus oder Danuvius beschlössen, ihre eigenen, kriegstüchtigeren Kandidaten aufzustellen, so käme ein neuer Bürgerkrieg auf uns zu. Als freie Männer sollten wir einen aus unseren Reihen zum neuen Kaiser wählen, damit er gemeinsam mit einem treuen Senat herrscht. Es sollte ein Mann sein, den wir, die Legionen und die Prätorianergarde als Kaiser akzeptieren können. Es sollte –»

«Ihr solltet derjenige sein, darauf wollt Ihr doch hinaus», rief Gnaeus Sentius Saturninus, der zweite Konsul, und sprang auf, wobei seine feisten Wangen und sein Bauch wabbelten. Er zeigte anklagend mit dem Finger auf seinen Kollegen, dann blickte er sich mit seinen durchdringenden blauen Augen im Tempel um. «Dieser Mann will, dass wir die bekannte Tyrannei einer Familie durch die unbekannte Tyrannei einer anderen ersetzen. Ist das die Art freier Männer? Nein!» Auf diese Worte hin erhob sich zustimmendes Raunen, und Saturninus warf sich in eine so staatsmännische Pose, wie seine fette Gestalt es zuließ, den linken Arm, über den die Toga drapiert war, quer vor dem Körper, den rechten ausgestreckt an seiner Seite. «Patres Conscripti, heute haben wir eine historische Gelegenheit, uns wieder zu unserer früheren Macht aufzuschwingen und erneut die legitime Regierung Roms zu werden. Befreien wir uns von diesen Kaisern und kehren zur wahren Freiheit unserer Vorväter zurück, einer Freiheit, die uns so lange verwehrt wurde, dass nur ganz wenige unter uns sie je gekostet haben; einer Freiheit, die in einer Zeit herrschte, da die ältesten der hier anwesenden Männer noch Knaben waren: der Freiheit einer Republik.»

«Lass dir nichts anmerken, lieber Junge», zischte Gaius Vespasian ins Ohr. «Jetzt ist nicht der Augenblick, sich zu einer Meinung zu bekennen.»

Fast die Hälfte der Versammlung brach in begeisterten Applaus und Jubel aus, nicht wenige jedoch machten finstere Mienen und begannen, untereinander zu tuscheln. Die Übrigen standen mit ausdruckslosen Gesichtern da und zogen es ebenso wie Gaius vor abzuwarten, welche Partei die Oberhand gewinnen würde.

Gaius zog Vespasian am Ellenbogen zum hinteren Rand der Menge. «Wir täten gut daran, unauffällig zu beobachten, bis diese Angelegenheit entschieden ist, so oder so.»

«Und dann werden wir uns zur Siegerseite bekennen, nicht wahr, Onkel?»

«Das ist eine vernünftige Vorgehensweise. So hat man

weitaus größere Überlebenschancen, als wenn man voreilig für das jubelt, woran man glaubt.»

«Ich stimme dir voll und ganz zu.»

Der Beifall verebbte allmählich, und der vormalige Konsul Aulus Plautius betrat die Rednerfläche.

«Jetzt wird es interessant», murmelte Gaius. «Plautius hat großes Geschick darin, sich die Gunst der Herrschenden zu sichern.»

Vespasian grinste schief. «Du meinst wohl, er hat großes Geschick darin, die Seiten zu wechseln.» Fast zehn Jahre zuvor hatte Aulus Plautius sich selbst gerettet, indem er als Erster den Tod seines einstigen Wohltäters Seianus gefordert hatte, dessen Anhänger er zuvor gewesen war.

«Patres Conscripti», deklamierte Plautius, straffte seine breiten Schultern und warf sich in die Brust. Die Adern an seinem kräftigen Hals traten hervor. «Auch wenn ich die unterschiedlichen Ansichten unserer beiden geschätzten Konsuln durchaus verstehe und erkenne, dass jede ihre Vorzüge hat und der Diskussion würdig ist, so möchte ich das Haus doch daran erinnern, dass eines bislang nicht berücksichtigt wurde: die Macht der Prätorianergarde. Wer kann sich gegen sie durchsetzen?» Er wandte sich an den Stadtpräfekten Cossus Cornelius Lentulus. «Eure Cohortes urbanae, Lentulus? Drei Kohorten von nicht ganz fünfhundert Mann gegen die neun Kohorten der Prätorianer, von denen jede fast tausend Mann stark ist? Selbst wenn Ihr die Vigiles zur Verstärkung hinzunehmen würdet, wären die Prätorianer Euch zahlenmäßig noch immer dreifach überlegen.»

«Das Volk würde sich uns anschließen», entgegnete Lentulus.

Plautius schürzte verächtlich die Lippen. «Das Volk! Und mit welchen Waffen würde das Volk gegen die Elitetruppe Roms antreten? Mit Essmessern und Hackbeilen, mit Backblechen als Schilden und altem Brot als Schleudergeschossen? Pah! Vergesst das Volk. Patres Conscripti, sosehr es gegen Eure *Dignitas* gehen mag, ich sage Euch, praktisch gesehen liegt diese Angelegenheit nicht in Eurer Hand.»

Vespasian beobachtete von seinem Platz am hinteren Rand der Versammlung die Reaktionen und sah, dass die Senatoren widerwillig die Wahrheit von Plautius' Feststellung erkannten.

Plautius' Blick verhärtete sich, da auch er bemerkte, dass sein Argument wirkte. «Ich schlage Folgendes vor, Patres Conscripti: Wir sollten eine Abordnung zum Lager der Prätorianer schicken, um mit Claudius zu sprechen. Wir müssen uns vergewissern, ob er wirklich unser Kaiser sein will, und wenn ja, wie er zu herrschen gedenkt. Wenn er es nicht will und sich überreden lässt, das Angebot der Prätorianer abzulehnen, wen würden sie an seiner statt akzeptieren? Denn etwas kann ich Euch mit Gewissheit sagen: Wenn die Prätorianer eines nicht hinnehmen werden, dann die Rückkehr zur Republik.»

Die Senatoren schwiegen, während das letzte Wort durch den Raum hallte, bis es schließlich verklungen war, wie die vage Erinnerung an einen schönen Traum dahinschwindet, wenn man in die Wirklichkeit des Alltags zurückkehrt.

«Wir sollten sofort gehen», flüsterte Vespasian Gaius ins Ohr, «und bei Claudius vorsprechen.»

«Und was, wenn der Senat Claudius tatsächlich dazu

bringt, das Amt abzulehnen? Wo würden wir dann stehen? Es ist noch zu früh, eine solche Entscheidung zu treffen. Wir bleiben bei der Herde.»

Vespasian runzelte die Stirn, und Zweifel trübte seine Gedanken. «Zum jetzigen Zeitpunkt ist alles, was wir tun könnten, gefährlich. Wir sollten auf den wahrscheinlichsten Ausgang der Angelegenheit setzen.»

«Willst du wirklich das Leben deiner Frau und deines Kindes aufs Spiel setzen?»

Vespasian brauchte nicht über die Antwort nachzudenken. «Nein.»

«Dann halte dich bedeckt und triff keine Entscheidung, solange du nicht alle Informationen hast.»

Der erste Konsul trat vor, jetzt deutlich kleinlauter. «Ich sehe mich gezwungen, dem vormaligen Konsul beizupflichten, und schlage vor, dass wir eine Abordnung ernennen, welche die Würde dieses Hauses in vollem Maße repräsentiert. Sämtliche Konsuln und Prätoren, ehemalige wie derzeitige, sollen ihr angehören.»

Zustimmendes Raunen erhob sich.

«Sehr schön, Konsul», höhnte Plautius, «und wer soll diese Delegation anführen?»

«Als erster Konsul selbstverständlich –»

«Nein, durchaus nicht selbstverständlich. Euch würde man als möglichen Kandidaten für das Amt und somit nicht als unvoreingenommen ansehen. Diese Abordnung muss von jemandem angeführt werden, der zwar Senatorenrang innehat, aber nicht als Kaiser oder auch nur als Konsul in Frage kommt. Es muss jemand sein, den Claudius als Freund betrachtet, damit er nicht das Gefühl hat, bedrängt oder überlistet zu werden. Kurz, keiner der hier Anwesenden kommt in Betracht.»

Secundus schaute verwirrt drein. «Wer dann?»

«König Herodes Agrippa.»

Die Dunkelheit war hereingebrochen, als der König von Judäa endlich ausfindig gemacht und vor den Senat bestellt worden war. Im Tempel waren Fackeln und Wandleuchten entzündet worden, deren Licht sich auf dem polierten Marmor spiegelte, sodass der Raum von tanzendem Licht erfüllt war, viel heller als bei Tag. Die sitzende Statue der Schutzgottheit Roms wachte über die Beratungen. Hätte Jupiters strenges Gesicht Gefühle zeigen können, so hätte es beim Anblick der geschrumpften Versammlung womöglich einen verächtlichen Ausdruck angenommen. Während der letzten paar Stunden – nachdem klargeworden war, dass die Prätorianer die Oberhand hatten – waren vielen der Senatoren, die sich öffentlich für die Wiedereinführung der Republik ausgesprochen hatten, plötzlich dringende Gründe eingefallen, eilends ihre Landgüter außerhalb von Rom aufzusuchen. Vespasian und Gaius waren geblieben. Sie wähnten sich nicht in Gefahr, da sie sich bislang mit ihrer Meinung zurückgehalten hatten.

Herodes Agrippas dunkle Augen in dem hakennasigen Gesicht funkelten belustigt, als er in die Runde der verbliebenen Senatoren blickte. «Es wird mir eine große Freude sein, Eure Delegation anzuführen, Patres Conscripti. Eure Einladung ehrt mich. Allerdings ist mir nicht klar, was diese Delegation ausrichten kann.»

«Wir möchten wissen, wie Claudius zu der Angelegenheit steht», erwiderte Pomponius Secundus gereizt. «Möglicherweise wäre er gewillt, das Angebot der Prätorianer, ihn zum Kaiser zu machen, abzulehnen.»

«Das hat er versucht, doch er wurde überredet, seine Meinung zu ändern.»

«Durch die Prätorianer, mit gezogenen Schwertern?»

«Nein, Secundus, durch mich.»

«Durch Euch!» Pomponius Secundus verschluckte sich und musste sich auf die Brust klopfen. Ungläubig starrte er Herodes Agrippa an, der in seinem goldbestickten purpurnen Gewand und mit dem königlichen Diadem aus Gold gelassen vor ihm saß.

«Nun, jemand musste es tun.»

«Niemand musste es tun», platzte der erste Konsul heraus, «am allerwenigsten Ihr, ein schmieriger kleiner Klientelkönig aus dem Osten, der es nicht einmal über sich bringt, Schweinefleisch zu essen wie jeder Römer, der etwas auf sich hält.»

«Ich glaube, das war die letzte Information, die ich noch brauchte, um eine Entscheidung zu treffen, Onkel», raunte Vespasian verstohlen.

Gaius nickte bedächtig. «Ich bin soeben zum glühenden Anhänger von Claudius geworden. Ich war schon immer der Meinung, dass er der beste Mann für dieses Amt ist, ein geborener Herrscher.»

Herodes Agrippa ließ sich durch den Ausbruch des Konsuls nicht aus der Ruhe bringen. «Dieser schmierige kleine Klientelkönig aus dem Osten – der, nebenbei bemerkt, sehr gern Schweinefleisch isst – hat es heute auf sich genommen, Eure törichten Köpfe zu retten, weil ich erkannt habe, dass der Ausgang unvermeidlich ist. Anders als manche anderen bin ich Claudius ins Lager der Prätorianer gefolgt und war dabei, als sie ihn zum Kaiser erklärten. Allerdings fand Claudius, es sei verfassungswidrig, dass die Prätorianer ihm den Purpur zusprechen –»

Gnaeus Sentius Saturninus sprang auf, da er vor latent republikanischer Entrüstung nicht mehr an sich halten konnte. «Es ist absolut verfassungswidrig, das darf nur der Senat!»

Herodes Agrippa lächelte milde. «Ja, das fand Claudius auch, obwohl die Prätorianer das Gegenteil bewiesen haben, indem sie einen Kaiser töteten und durch einen anderen ersetzten. Claudius war sehr daran gelegen – er hat sogar darauf bestanden, sobald man ihn in das Lager gebracht hatte –, dass der Senat ihn zum Kaiser erklärt. Er wollte, dass seine Ernennung wenigstens zum Schein auf Antrag dieses Hauses geschieht. Er wartete stundenlang, hörte jedoch nichts von Euch. Stattdessen habt Ihr hier oben auf den Schatztruhen gesessen und Pläne und Intrigen geschmiedet, über deren Inhalt er nur Vermutungen anstellen konnte. Eines wusste er allerdings sicher: Euer Zögern, ihn zum Kaiser zu erklären, konnte nur bedeuten, dass Ihr ihn nicht wolltet.»

«Das haben wir nie gesagt», stellte Pomponius Secundus tonlos fest.

«Erniedrigt Euch nicht selbst, indem Ihr mich anlügt. Jedes Wort, das hier gefallen ist, wurde Claudius jüngst von ein paar Senatoren hinterbracht, unter anderem auch von einem der Prätoren. Diese Männer legten großen Wert darauf zu betonen, dass sie nichts mit der Angelegenheit zu tun hatten, aber seltsamerweise haben sie ihn dennoch um Verzeihung gebeten.

So, wie ich es sehe, ist der Einzige unter Euch, der hier eine einigermaßen gute Figur abgegeben hat, Aulus Plautius.»

Herodes lächelte verkniffen in die Runde, während jeder der Anwesenden versuchte, sich genau zu erinnern, welche Ansichten er in den Debatten des vergangenen Nachmittags geäußert hatte. «Nachdem Euer Schweigen ihm ein paar Stunden lang in den Ohren gedröhnt hatte, entschied Claudius, zu seiner eigenen Sicherheit wäre es vielleicht das Beste, das Amt abzulehnen, ehe die Angelegenheit womöglich eskaliert und es zu bewaffneten Auseinandersetzungen kommt. Ich habe ihn überzeugt, das nicht zu tun, und argumentiert, dass er damit quasi sein und Euer aller Todesurteil unterzeichnen würde. Seine Freigelassenen haben mir zugestimmt. Deshalb hat er die Ernennung durch die Prätorianer angenommen und ihnen seinen Dank ausgedrückt, indem er ihnen ein Geschenk von hundertfünfzig goldenen Aurei pro Kopf in Aussicht stellte.» Die Nennung dieser unglaublichen Summe wurde mit leisen Pfiffen quittiert. «Jetzt fühlt er sich ganz und gar sicher und beabsichtigt, Kaiser zu bleiben. Seht den Tatsachen ins Auge, meine Herren. Indem Ihr es versäumt habt, die Initiative zu ergreifen und das Unvermeidliche rasch anzunehmen, habt Ihr den Prätorianern und Claudius die Gelegenheit gegeben, einen äußerst unschönen Präzedenzfall zu schaffen: Von nun an können die Prätorianer Kaiser machen, und die Kaiser werden sie reichlich dafür belohnen. Ihr habt die wenige Macht, die Euch noch geblieben war, verspielt.»

Cossus Cornelius Lentulus, der Stadtpräfekt, erhob sich. «Ich habe genug gehört. Ich gehe mit den Cohortes urbanae Claudius die Treue schwören.»

«Das könnt Ihr nicht tun», rief der zweite Konsul, «ihre Aufgabe ist es, den Senat zu schützen.»

«Wovor zu schützen? Der Senat ist soeben unbedeutend

geworden», fuhr Lentulus ihn an. «Und selbst wenn die Prätorianer mit einem Kaiser an der Spitze kämen, um den Senat anzugreifen – glaubt Ihr, meine Männer würden gegen sie kämpfen? Sie werden sich hüten.» Er wandte sich ab und verließ den Saal.

Gaius und Vespasian wechselten einen Blick und waren sich sofort einig. «Wir begleiten Euch, Lentulus», rief Vespasian. Er und Gaius standen auf.

Weitere Rufe wurden laut, da die anderen Senatoren ihrem Beispiel folgten.

Während sie sich dem Stadtpräfekten anschlossen, schaute Vespasian auf dem Weg zum Ausgang kurz Herodes Agrippa an, der seinen Blick auffing und die Stirn runzelte. Dann schien ihm etwas klarzuwerden, und der Ansatz eines Lächelns umspielte seine Lippen.

Als Vespasian vorbei war, wandte sich der König von Judäa wieder Secundus zu. «Wünscht Ihr noch immer, dass ich diese Delegation anführe, erster Konsul?», fragte er unschuldig über den Lärm hinweg.

Pomponius Secundus bedachte ihn mit einem finsteren Blick und verließ wütend den Tempel.

Die Straßen Roms waren fast menschenleer, als der Senat die Cohortes urbanae über den Vicus Patricius zur Porta Viminalis führte, dem Stadttor, vor dem sich das Lager der Prätorianergarde befand. Da an dieser Straße zahlreiche Bordelle lagen, herrschte hier auf den Gehwegen normalerweise zu jeder Tages- und Nachtzeit reger Betrieb, doch an diesem Abend lief das Geschäft nur schleppend. Nicht ein einziger Wagen oder Karren rumpelte wie sonst zur nächtlichen Stunde über das Pflaster, da tagsüber keine Fuhrwerke in die Stadt durften. Das gemeine Volk von Rom hatte sich überwiegend hinter verschlossene Türen und Fensterläden zurückgezogen, um abzuwarten, bis das Ringen um die Macht entschieden war und erneut Normalität einkehrte. Die Leute würden sich erst wieder sicher fühlen, wenn sie wussten, dass jemand – wer es war, kümmerte sie nicht – dafür zuständig war, die kostenlosen Getreiderationen auszugeben und die Spiele zu finanzieren.

Als sie durch die Porta Viminalis gingen, holte Vespasian tief Luft. Hundert Schritt vor ihnen standen in einer Linie quer vor dem Lager drei Kohorten Prätorianer unter vollen Waffen. Das polierte Eisen ihrer Helme und Schuppenpanzer und die bronzenen Einfassungen und Buckel ihrer ovalen Schilde spiegelten den flackernden Schein der Fackeln wider. In ihrer Mitte saß auf einem Podium der neue Kaiser, und zu beiden Seiten von ihm standen die wenigen Senatoren, die ihm bereits die Treue erklärt hatten.

Hinter Claudius auf dem Podium erkannte Vespasian Claudius' Freigelassene Narcissus und Pallas sowie Caligulas vormaligen Freigelassenen Callistus, alle drei in der schlichten weißen Toga des römischen Bürgers.

«Ich gehe voran», sagte Herodes Agrippa zu den beiden Konsuln, die zögernd innehielten, obwohl jeder von zwölf Liktoren mit *Fasces* eskortiert wurde – Rutenbündeln mit einem Beil darin, dem Symbol für die Macht der Magistrate.

Die Konsuln nickten. Obwohl es ihre Dignitas verletzte, waren sie einverstanden, einem Klientelkönig den Vortritt zu lassen.

Im Näherkommen erkannte Vespasian, dass ein belustigter Ausdruck auf Narcissus' feistem Gesicht spielte, während er sich mit einer Hand, an der Ringe mit großen Edelsteinen steckten, über den geölten schwarzen Spitzbart strich. Er hatte von jeher Claudius gedient, und Vespasian wusste, dass er während der Herrschaft von Tiberius und Caligula für die Sicherheit seines Herrn gesorgt hatte, indem er ihn ermutigt hatte, den Schwachkopf zu spielen – auch wenn dazu nicht viel Zuspruch nötig gewesen war. Heute zahlte sich diese Politik aus. Pallas, groß, schlank und mit Vollbart, ließ sich wie immer keinerlei Gefühlsregung anmerken. Er hatte ursprünglich Vespasians verstorbener Patronin gedient, der werten Antonia, hatte nach ihrem Tod jedoch seine Treue auf ihren Sohn Claudius als den ältesten männlichen Nachkommen ihrer Familie übertragen. Vespasian bemühte sich vergeblich, Pallas' Blick aufzufangen. Er hoffte, dass ihre frühere Bekanntschaft – man konnte sogar von Freundschaft sprechen – noch immer etwas zählte. Den drahtigen Callistus mit dem kahlrasierten Kopf kannte Vespasian nicht so gut, auch wenn er ihm ein paarmal begegnet war, erst in seiner Eigenschaft als Caligulas Sklave und später als sein Freigelassener. Wie es ihm gelungen war, seine Treue noch vor Caligulas Ermordung auf Claudius zu übertragen – gerade rechtzeitig, um sich selbst zu retten –, wusste Vespasian nicht. Es überraschte ihn allerdings nicht, denn eines wusste er von allen drei Männern, die jetzt hinter dem Kaiser standen: Sie besaßen herausragendes politisches Geschick – nicht als Demagogen in der Öffentlichkeit, sondern in heimlichen Intrigen, die sie mit einem subtilen und tiefgehenden Verständnis der kaiserlichen Politik spannen.

Als Herodes Agrippa noch zehn Schritt von dem Podium entfernt war, ertönte ein scharfer Befehl, gefolgt vom tiefen Dröhnen eines *Cornu*, des Horns, das gewöhnlich für Signale auf dem Schlachtfeld verwendet wurde. Sofort wurden dreitausend Schwerter gleichzeitig aus den Scheiden gezogen. Die Konsuln erstarrten.

«Der Senat und die Cohortes urbanae sind gekommen, um dem Kaiser die Treue zu schwören», rief Herodes Agrippa und trat dann rasch zur Seite.

«D-d-das wurde auch Zeit!», schrie Claudius den Senatoren entgegen, wobei er Speichel versprühte. Sein linker Arm zitterte unkontrollierbar, als er die Armlehne seines kurulischen Stuhls packte. «Ich wollte, dass Ihr mich gemäß der Verfassung zum K-K-K-Kaiser macht. Stattdessen wird nun bei meiner ersten Münzprägung auf der Vorderseite mein Kopf sein, und auf der Rückseite wird stehen ‹Kaiser dank der P-P-P-Prätorianergarde› statt ‹dank dem Senat und dem römischen Volk›. Warum habt Ihr gezögert? Wolltet Ihr keinen Krüppel zum Kaiser?»

«Das ist uns niemals in den Sinn gekommen, Princeps», log Pomponius Secundus.

Claudius hob die rechte Hand, woraufhin Narcissus ein Schriftstück entrollte und nach einer kurzen Pause, um die Wirkung der Worte zu steigern, zu lesen begann: «‹Nicht nur, weil Claudius stottert, sabbert und hinkt und dadurch die Würde des Amtes beflecken würde, sondern auch, weil die Legionen ihn nicht kennen und daher nicht lieben.›» Narcissus ließ das Schriftstück sinken und zog leicht die Augenbrauen hoch, als er Pomponius Secundus' entgeistertem Blick begegnete.

Claudius wandte sich an einen Senator Anfang dreißig,

der nahe dem Podium stand. «Das hat er gesagt, nicht wahr, Geta?»

«Wortwörtlich, Princeps», bestätigte Gnaeus Hosidius Geta mit selbstgefälliger Miene. «Ich habe mich geschämt, dass ein Konsul Roms solche Unwahrheiten über –»

«Ja, ja, das g-g-genügt. Ihr braucht es nicht zu übertreiben, Prätor.» Claudius richtete seine Aufmerksamkeit wieder auf den zutiefst beschämten Konsul. «Könnt Ihr mir irgendeinen Grund nennen, weshalb ich Euch nicht hinrichten lassen sollte? Kann mir überhaupt irgendjemand einen Grund nennen, warum ich nicht den ganzen S-S-Senat hinrichten lassen sollte?»

«Weil Ihr dann niemanden mehr hättet, der es wert wäre, beherrscht zu werden, Princeps?», schlug Herodes Agrippa vor.

Einen Moment lang herrschte verblüfftes Schweigen, dann brach Claudius in schallendes Gelächter aus. «Ach, Herodes, Ihr heitert mich wirklich auf, mein Freund.»

Herodes lächelte süffisant und verbeugte sich mit übertriebener Geste, beide Hände auf die Brust gelegt.

Claudius nickte ihm zu, dann wandte er sich mit starrer, missfälliger Miene wieder an den ersten Konsul. «Was den Punkt betrifft, dass die Legionen mich n-n-nicht kennen und lieben, d-d-da irrt Ihr. Ich bin der Bruder des großen G-G-G-Germanicus. Sie werden mich lieben, wie sie ihn geliebt haben, weil ich sie lieben werde, wie er es tat. Ich werde –» Narcissus legte ihm von hinten unauffällig eine Hand auf die Schulter, und sofort verstummte Claudius. Pallas beugte sich vor, um ihm etwas ins Ohr zu flüstern.

«Mir scheint, wir bekommen hier einen Vorgeschmack

darauf, wie es in Zukunft zugehen wird», bemerkte Vespasian. «Aber wenigstens können wir Pallas noch immer als unseren Freund betrachten.»

Gaius runzelte die Stirn. «Hoffen wir es, auch wenn man sich nicht immer auf alte Freundschaften verlassen kann, wenn sich die politische Landschaft verändert. Wie stehen die Dinge zwischen dir und Narcissus? Hat er dir verziehen, dass du diesen Bankscheck von Claudius eingelöst hast, als du in Alexandria warst?»

«Er schuldet mir mehrere große Gefallen, aber ich nehme an, einer ist damit beglichen.»

Claudius nickte seinem Freigelassenen zu, während Pallas sich wieder aufrichtete. Dann erhob er sich mühsam zum Zeichen, dass die spontane Audienz beendet war. «Ich werde mich jetzt zur Ruhe begeben. Ihr werdet Euch morgen zur zweiten Stunde bei mir einfinden und mich zum Forum geleiten, wo Ihr Eure einstimmige Entscheidung kundtun werdet, Euch dem Willen der Prätorianergarde anzuschließen. Anschließend werdet Ihr mir im Senatsgebäude die Treue schwören. Ich erwarte, dass Ihr alle anwesend seid. Geht jetzt!»

Claudius ließ sich von Narcissus von dem Podium helfen. Callistus und Pallas versuchten, einander in Höflichkeit zu überbieten, indem jeder dem anderen die Ehre überlassen wollte, als Nächster die Stufen hinunterzugehen, ehe sie schließlich gemeinsam gingen. Die Senatoren und die Cohortes urbanae brachen in Huldigungsrufe aus, während die Prätorianer mit zwei schnellen Bewegungen ihre Schwerter wieder in die Scheiden steckten und dann mit lauten Fußtritten strammstanden.

Claudius verschwand zwischen den Reihen seiner zu neuem Reichtum gelangten Prätorianer, und die Senatoren wandten sich zum Gehen.

«Nun, einen besseren Ausgang hätten wir kaum erwarten dürfen», kommentierte Gaius.

Vespasian verzog das Gesicht. «Ich denke, wir können uns von dem neuen Regime keine allzu große Gunst erhoffen. Wir hätten etwas wagen sollen wie Geta und die anderen und herkommen, um unsere Treue zu erklären, ehe wir dazu gezwungen waren. Nachdem die Prätorianer sich hinter ihn gestellt hatten, war es unvermeidlich, wie Herodes Agrippa sagte.»

«Es freut mich sehr, dass Ihr meine Weisheit zu schätzen wisst», raunte eine Stimme Vespasian von hinten ins Ohr.

Vespasian drehte sich um und blickte in das kalt lächelnde Gesicht von Herodes Agrippa.

«Claudius' Freigelassene wussten sie auch zu schätzen, sogar so sehr, dass sie Claudius empfehlen werden, mich als König zu bestätigen und meinem Reich noch ein paar höchst einträgliche Gebiete hinzuzufügen. Möchtet Ihr wissen, warum?»

Vespasian zuckte die Achseln. «Müssen wir das wissen?»

«Ihr müsst nicht, aber es könnte Euch dennoch interessieren. Wisst Ihr, ich habe nicht nur Claudius geholfen, seine Position vorerst abzusichern, was seine Freigelassenen zu sehr einflussreichen Männern macht. Darüber hinaus habe ich Narcissus und Pallas beraten, wie sie ihre Macht bewahren können, indem sie einen neuen Präzedenzfall schaffen, damit die Prätorianer es sich nicht zur Gewohnheit machen, den Kaiser auszutauschen. Habt Ihr Euren Freund Clemens an seinem rechtmäßigen Platz als Prätorianerpräfekt an der Seite des Kaisers gesehen? Oder seine Tribune Cassius Chaerea und Cornelius Sabinus? Nein, natürlich nicht.»

Vespasian zeigte sich unbeeindruckt. «Sie haben ihr eigenes Todesurteil unterzeichnet, indem sie Caligula töteten.»

«Natürlich, auch wenn Claudius sie unklugerweise verschonen, ja sogar belohnen wollte, erst recht, da sie behaupteten, sie hätten ein Abkommen mit Narcissus und Pallas geschlossen, mit diesem Fuchs Callistus als Vermittler. Selbstverständlich haben Narcissus, Pallas und Callistus abgestritten, irgendetwas von dieser Angelegenheit gewusst zu haben, denn wie Ihr ja selbst eben angedeutet habt, kann es nicht angehen, dass Leute, die einen Kaiser ermorden, mit dem Leben davonkommen. Ich allerdings habe noch einen weiteren Schritt in Gang gesetzt.» Herodes Agrippa schwieg einen Moment lang selbstgefällig. «Der zweite Prätorianerpräfekt, Lucius Arruntius Stella, wurde ebenfalls verhaftet, obwohl er nicht an der Verschwörung beteiligt war. Ich habe Narcissus und Pallas nahegelegt, es wäre vielleicht gut, den künftigen Präfekten bewusst zu machen, dass es ein wichtiger Bestandteil ihrer Pflichten ist, ein Auge auf ihre Kollegen zu haben. Narcissus und Pallas fanden das eine ausgezeichnete Idee, und so wird Stella gemeinsam mit allen anderen Verschwörern hingerichtet.» Herodes Agrippa näherte sein Gesicht dem von Vespasian und schaute ihn mit gespielter Unschuld an. «Und übrigens beabsichtige ich, dafür zu sorgen, dass es wirklich *alle* sein werden.»

II

Caenis legte den Kopf auf Vespasians Brust und zeichnete mit ihrem schlanken Finger die Form seiner gut
ausgeprägten Brustmuskeln nach, dann strich sie langsam
weiter abwärts über seinen Bauch. «Es ist eine leere Drohung, mein Liebster. Herodes Agrippa kann dich unmöglich mit Caligulas Mördern in Verbindung bringen.»

Vespasian küsste ihre vollen schwarzen Locken, genoss
ihren süßen Duft, dann starrte er im Halbdunkel zur weiß
getünchten Decke ihres Schlafzimmers empor. Sie lagen gemeinsam in dem Haus, das Caenis' einstige Besitzerin Antonia ihr zusammen mit ihrer Freilassung geschenkt hatte,
am selben Tag, an dem sie sich die Adern geöffnet hatte. Die
ersten Strahlen der Morgensonne drangen in den Raum, und
draußen gurrte eine Taube – ein sanfter, beruhigender Laut.
Vespasian atmete tief durch und seufzte. Er hatte in den wenigen Stunden, die sie im Bett verbracht hatten, nicht geschlafen, denn seine Gedanken waren ständig um die Frage
gekreist, was Herodes Agrippa gemeint hatte. «Sabinus ist
mit Clemens' Schwester verheiratet, das stellt eine starke
Verbindung zwischen ihm und mir dar. Vielleicht spekuliert
Herodes nur.»

«Warum sollte er das tun?»

«Aus Rache dafür, dass Antonia ihn damals vor sechs Jahren einsperren ließ. Sabinus war es, der in ihrem Auftrag das belastende Material dem Senat vortrug.»

«Dann sollte er sich an Sabinus rächen.»

«Sabinus ist Hunderte Meilen entfernt, vielleicht hält er sich deshalb an den jüngeren Bruder.»

«Das ist keine Rache, das ist pure Bosheit.»

Vespasian stöhnte zufrieden, als ihre Hand noch tiefer glitt und ihn sanft massierte. «Außerdem war ich Zeuge, als er in Alexandria verspottet wurde, und ich habe dem damaligen Präfekten von Ägypten, Flaccus, von seinem illegalen Getreidevorrat erzählt.»

«Wie sollte er erfahren haben, dass Flaccus die Information von dir hatte? Im Übrigen hat er sich für den Verlust seines Getreides schon vor zwei Jahren gerächt, in dem Brief an Caligula, in dem er die Gesandtschaft der Juden von Alexandria unterstützte, die sich über Flaccus beklagten. Das Ganze endete damit, dass Flaccus hingerichtet wurde. Nein, mein Liebster, dies ist nichts als eine leere Drohung.» Sie verstärkte ihre Bemühungen mit der Hand und spielte zugleich mit der Zungenspitze an seiner Brustwarze.

Vespasian fühlte, wie er sich zum ersten Mal seit seiner Begegnung mit Herodes Agrippa entspannte. «Jetzt, da Caligula endlich tot ist», murmelte er und streichelte ihr Haar, «kannst du dich gefahrlos in der Öffentlichkeit zeigen.»

«Vielleicht bleibe ich lieber im Haus.» Caenis ließ von seiner Brustwarze ab und begann, seine Haut von der Brust abwärts mit Küssen zu bedecken.

Vespasian schob die Decken zurück und streckte sich aus. Ihre blauen Augen glänzten im blassen Dämmerlicht, als sie lächelnd zu ihm aufblickte, dann arbeitete sie sich weiter nach unten vor.

Ein sachtes Klopfen an der Tür unterbrach sie.

«Herrin?», rief eine leise Stimme.

«Was gibt es?», erwiderte Caenis, die sich keine Mühe gab, ihren Ärger über die Störung zu verbergen.

«Hier ist ein Mann, der den Herrn sprechen will.»

«Kann das nicht warten?»

«Nein, er sagt, es sei dringend.»

Caenis blickte wieder zu Vespasian auf. «Tut mir leid, mein Liebster, vielleicht sollten wir uns später wieder treffen.»

Vespasian lächelte bedauernd. «Es hätte nicht lange gedauert.» Er schwang die Beine über sie hinweg und setzte sich auf die Bettkante. «Sag ihm, ich komme», rief er und schaute Caenis grinsend an. Sie kicherte. «Wie heißt der Mann?»

«Er lässt ausrichten, er sei Euer Freund Magnus, Herr.»

«Ich habe Euch doch hoffentlich nicht bei irgendwas gestört, Herr?», fragte Magnus mit einem Ausdruck gespielter Sorge auf seinem von Kampfspuren gezeichneten Gesicht, das von seiner Vergangenheit als Boxer zeugte. Vespasian schlenderte gerade ins Atrium und band im Gehen seinen Gürtel.

«Doch, das hast du, und zwar bei etwas ziemlich Vergnüglichem.»

«Ich nehme an, das meiste, was in diesem Raum vor sich geht, ist vergnüglich.»

Vespasian grinste seinen Freund an. «Nur wenn Caenis daran Anteil hat, und in diesem Fall hatte sie.»

«Na ja, tut mir leid, dass ich ihre Anteilnahme unterbrochen habe, so tief sie auch gewesen sein mag, wenn Ihr versteht, was ich meine?»

«Ich verstehe, aber du liegst falsch, wir waren auf andere Weise beschäftigt.»

Magnus' Augen weiteten sich vor Vergnügen. «Ah, eine kleine frühmorgendliche Wäsche, wie nett von ihr. Nun, Eure Waschungen müssen warten. Wir müssen zum Haus Eures Onkels.»

«Warum?»

«Ich fürchte, wir haben ein großes Problem, Herr. Es geht um Sabinus.»

«Sabinus ist in Pannonien.»

«Ich wünschte, er wäre dort, aber ich fürchte, dem ist nicht so. Ich habe ihn eben noch gesehen, er ist hier in Rom.»

Vespasian blickte ihn bestürzt an. Jetzt begriff er, was Herodes Agrippa in Wahrheit gemeint hatte.

«In der Taverne deiner Bruderschaft!», rief Gaius entsetzt aus. «Was im Namen aller Götter macht er dort? Er sollte in Pannonien sein.»

Magnus zuckte die Schultern. «Schon, aber da ist er nicht, Herr. Er kam vor ein paar Stunden an, wackelig auf den Beinen wie eine betrunkene Vestalin und ganz geschwächt vom Blutverlust. Er hat eine üble Wunde am Bein.»

«Wie wurde er verletzt?»

«Ich weiß nicht, er verliert immer wieder das Bewusstsein. Ich habe den Arzt gerufen, den wir in solchen Fällen hinzuziehen – einen, der nicht viele Fragen stellt –, und er hat die Wunde ausgebrannt und genäht. Er sagt, mit gutem Essen und Ruhe dürfte Sabinus in ein paar Tagen wieder wohlauf sein.»

Gaius ließ sich in einen Lehnstuhl an der Feuerstelle des Atriums fallen und griff nach einem Becher heißen, süßen Weins, um sich zu beruhigen. «Der junge Narr war an dem Mord beteiligt, nicht wahr?»

Vespasian lief unruhig auf und ab. «Warum sonst hätte er nach Rom kommen sollen, ohne uns etwas davon zu sagen? Und wenn er versucht hat, seine Beteiligung geheim zu halten, so ist es ihm nicht gelungen. Herodes Agrippa weiß Bescheid, dessen bin ich sicher, und wie wir alle wissen, ist er Sabinus nicht sonderlich zugetan.»

Gaius trank einen Schluck von seinem Wein. «Dann müssen wir ihn so schnell wie möglich aus Rom fortschaffen.»

«Aber wohin, Onkel? Wenn er verurteilt wird, kann er nicht nach Pannonien zu seiner Legion zurückkehren, und auf einem unserer Landgüter würden sie ihn finden. Vorerst ist er bei Magnus am sichersten. Inzwischen müssen wir dafür sorgen, dass er nicht verurteilt wird.»

«Und wie können wir das verhindern?»

«Indem wir das neue Regierungssystem ausnutzen. Du hast gestern Abend gesehen, wie es funktioniert: Claudius' Freigelassene beherrschen ihn.»

«Aber natürlich!» Gaius sah erleichtert aus – zum ersten Mal, seit man ihn aus dem Bett geholt hatte, um ihm die schlimme Nachricht mitzuteilen. «Ich schicke Pallas eine Botschaft, dass wir ihn nach der Zeremonie heute Morgen so bald wie möglich sprechen müssen. Dann werden wir sehen, ob wir noch auf seine Freundschaft zählen können.»

Das Volk von Rom strömte zu Hunderttausenden zusammen, um mitzuerleben, wie der neue Kaiser von seinem nunmehr loyalen Senat und den Cohortes urbanae den Treueeid entgegennahm. Dass sie ihn früher regelmäßig ausgelacht und über seinen missgestalteten Körper gespottet hatten, während sein Vorgänger ihn öffentlich gedemütigt hatte, daran schien sich der größte Teil der Massen, die sich jetzt auf dem Forum Romanum und entlang der Via Sacra drängten, wohlweislich nicht mehr zu erinnern. Allerdings hatten weder Claudius noch jene, die ihm nahestanden, den Hohn vergessen, und so hatte die gesamte Prätorianergarde entlang des Prozessionsweges Aufstellung genommen. Die Soldaten trugen volle Militäruniform statt der Togen, die sie gewöhnlich zum Dienst innerhalb der Stadt anlegten. So sollten die Bürger daran erinnert werden, dass militärische Macht Claudius erhöht hatte und ihn in seiner Position halten würde, und mit dieser Macht war nicht zu spaßen. Auf die Empfindlichkeiten des Senats und des römischen Volkes konnte keine Rücksicht genommen werden, da es galt, die Dignitas des neuen Kaisers zu wahren. Jeder, der in Verdacht geriet, sich über ihn lustig zu machen, wurde davongezerrt und erhielt eine gründliche Lektion darin, wie schnell es passieren konnte, dass ein Mann hinkte und unkontrollierbar sabberte.

Prächtig in frischgekalkten, leuchtend weißen Togen mit breitem Streifen, der ihren Rang kenntlich machte, führten die Senatoren die Prozession an. Ihre Zahl war wieder auf mehr als fünfhundert angewachsen, da jene, die am Vortag die Stadt verlassen hatten, eilends zurückgekehrt waren. Nun hofften sie, der neue Kaiser möge die republikanische

Gesinnung, die sie zum Ausdruck gebracht hatten, vergessen oder zumindest darüber hinwegsehen, wenn sie ihm erst die Treue geschworen hatten. Die Senatoren schritten langsam und würdevoll dahin, ohne nach rechts oder links zu schauen, hocherhobenen Hauptes, den linken Arm, über dem die Falten der Toga lagen, angewinkelt vor dem Körper. Jeder höhere Amtsträger wurde von der entsprechenden Anzahl Liktoren mit Fasces begleitet, um seine Würde zu unterstreichen, und jeder, der dazu berechtigt war, trug eine Militärkrone, wie sie für besondere Tapferkeit in den Legionen verliehen wurde.

Claudius wurde von sechzehn Sklaven schulterhoch in einer offenen Sänfte getragen, sodass alle ihn sehen konnten, und zwölf Liktoren gingen ihm voran. Hinter ihm folgte, in einem von Pferden gezogenen Wagen liegend, der mit Kissen gepolstert und mit Blumengirlanden geschmückt war, seine Frau Messalina. Obwohl hochschwanger, trat sie zu diesem Anlass an die Öffentlichkeit. Ihre Tochter Claudia Octavia, erst achtzehn Monate alt, begleitete sie und beobachtete verwirrt das Treiben.

Dahinter kamen in langsamem Marschtritt die Cohortes urbanae, deren genagelte Militärsandalen laut auf den Pflastersteinen knallten, begleitet von schallenden Signalen der *Bucinae.*

Claudius und Messalina waren von drei Centurien der kaiserlichen Leibgarde aus Germanen umgeben, die eher schlenderten als marschierten, eine Hand am Heft ihres Schwerts hinter dem flachen ovalen Schild, die blassblauen Augen fest auf die Menge geheftet. Langhaarig und vollbärtig, mit Hosen bekleidet, jeder Mann über sechs Fuß groß, hoben sich diese Barbaren stark von der übrigen geordneten, durch und durch römischen Prozession ab.

Die Massen schrien und jubelten sich heiser und schwenkten leuchtend bunte Tücher oder die Farben ihrer Renngesellschaften in der Luft, während die Prozession langsam vorbeizog. Sie säumten die Straßen, drängten sich auf den Stufen vor Tempeln und öffentlichen Gebäuden, balancierten auf Säulenbasen, kletterten auf die Sockel von Reiterstandbildern oder auf Fenstersimse. Kleine Kinder saßen auf den Schultern ihrer Väter, während ihre älteren Geschwister behände die Aussichtsposten erklommen, die für einen Erwachsenen zu klein oder zu unsicher waren.

Es schien, als wäre das ganze gemeine Volk von Rom, Freie, Freigelassene und Sklaven gleichermaßen, herbeigeströmt, um den neuen Kaiser zu begrüßen. Nicht weil sie den alten besonders abgelehnt hätten oder weil sie Claudius besonders mochten – es kümmerte sie nicht, wer an der Macht war. Sie waren gekommen, weil sie sich noch immer an die Spiele, die großzügigen Geschenke und die Festessen zu Caligulas Amtsantritt erinnerten und sich durch ihren stürmischen Jubel für den neuen Kaiser noch einmal eine solch verschwenderische Großzügigkeit verdienen wollten, womöglich noch mehr. Allerdings gab es eine nicht unbeträchtliche Minderheit in der Menge, deren Erinnerung weiter zurückreichte. Diese Leute bejubelten Claudius nicht um seiner selbst willen, sondern als Bruder des großen Germanicus, des Mannes, von dem viele gewünscht hatten, er würde nach Augustus den Purpur tragen.

Claudius indessen saß so gelassen, wie er es vermochte, in seiner Sänfte. Er nahm den Jubel der Massen mit ruckartigen Gesten und plötzlichem Kopfnicken entgegen und hielt sich hin und wieder ein Taschentuch ans Kinn, um den Speichelfluss aufzufangen, der ebenso wie sein nervöses Zucken bei diesem Anlass deutlich stärker war als sonst. Das verriet, wie aufgeregt er war, da er zum ersten Mal in seinem fünfzigjährigen Leben öffentlichen Beifall erhielt.

Messalina beachtete die Menge gar nicht. Sie hielt ihre kleine Tochter fest im Arm, strich sich mit der anderen Hand zärtlich über ihren gerundeten Leib und richtete den Blick starr geradeaus auf ihren Mann, einen selbstzufriedenen Ausdruck auf dem Gesicht.

Endlich näherte sich der Zug dem Senatsgebäude, vor dem ungeheuerlicherweise – dergleichen hatte es nie zuvor gegeben – Narcissus, Pallas und Callistus standen.

Die Konsuln, die sich nach Kräften bemühten, den Affront zu ignorieren, stiegen die Stufen hinauf und nahmen zu beiden Seiten der offenen Tür Aufstellung, um ihren Kaiser zu empfangen. Die übrigen Senatoren verteilten sich nach der Rangfolge geordnet auf den Stufen, wobei sie für Claudius eine Gasse frei ließen.

Die kaiserliche Sänfte erreichte den Fuß der Treppe zum Senatsgebäude.

«Jetzt wird es interessant», bemerkte Gaius, an Vespasian gerichtet, als die schwitzenden Sklaven stehen blieben und sich anschickten, die Sänfte abzustellen. Sie schwankte leicht.

Panik zeichnete sich auf Claudius' Gesicht ab, und er umklammerte seine Armlehnen.

Vespasian schloss halb die Augen. «Ich kann es kaum mit ansehen. Ich weiß nicht, wie sie ihn da hinaufbekommen haben, aber ganz sicher ist es ohne Publikum geschehen. Mir scheint, über diesen Teil haben sie nicht nachgedacht.»

«Wartet!» Narcissus schrie fast, um den Lärm zu übertönen. Claudius schaute ihn dankbar an und zuckte beinahe unkontrollierbar.

Narcissus stieg die Stufen hinauf und sprach kurz mit dem ersten Konsul. Secundus' Gesicht nahm einen angespannten Ausdruck an. Er richtete sich zu seiner vollen Größe auf und funkelte den Freigelassenen entrüstet an. Narcissus sagte noch ein paar leise Worte zu ihm, dann zog er fragend die Augenbrauen hoch und durchbohrte den Konsul mit stählernem Blick.

Nach kurzem Zögern ließ Secundus die Schultern hängen und nickte kaum wahrnehmbar. Er stieg die Stufen hinunter, trat neben Claudius' Sänfte und blickte zu ihm auf. «Princeps, es ist nicht nötig, dass Ihr zu uns herunterkommt. Wir werden den Eid hier auf den Stufen zur Curia ablegen.»

In der Menge rings um Vespasian und Gaius entstand Unruhe, die Leute tuschelten. Wie konnte ein Emporkömmling von einem Freigelassenen es wagen, die altehrwürdige Regierungsinstitution Roms derart zu beleidigen? Doch niemand wagte es, vorzutreten und seinen Protest laut zu äußern.

«Uns bleibt immer noch ein Trost, lieber Junge», murmelte Gaius, während die Auspizien vorbereitet wurden. «Sosehr Claudius' Freigelassene auch versuchen, die Macht an sich zu reißen, Claudius wird doch immer auf Angehörige des Senatorenstandes angewiesen sein, die seine Legionen befehligen und die Provinzen regieren. Das können Narcissus, Pallas und Callistus uns niemals abnehmen.»

«Mag sein, aber wer wird entscheiden, wer diese Posten bekommt? Sie oder der Kaiser?» Vespasian warf einen Blick zu Pallas hinüber, doch das Gesicht des Freigelassenen verriet wie immer keinerlei Regung.

Die Auspizien wurden eingeholt, und wenig überraschend wurde der Tag für die Angelegenheiten Roms als überaus günstig befunden. Der Wille des Senats, dass Claudius Kaiser werden sollte, wurde überall auf dem Forum verkündet und mit überschwänglichem Jubel aufgenommen. Anschließend wurde dem Senat und den Cohortes urbanae der Treueeid abgenommen. Darauf folgte eine Erklärung, sämtliche Legionen des Reiches sollten dem neuen Kaiser ihre Treue schwören.

Dann kamen die Reden.

Bis der letzte Redner zu einem langatmigen Abschluss kam, war bereits die achte Stunde des Tages vergangen, und alle sehnten sich danach, endlich nach Hause gehen zu können. Claudius hielt eine kurze Dankesrede, kündigte siebentägige Spiele an, was mit stürmischem Beifall aufgenommen wurde, und dann machte die Prozession kehrt und zog wieder in Richtung Palatin. Die einzigen Störungen im Ablauf waren Messalinas vorzeitiger, ungeplanter Aufbruch und der Zusammenbruch eines der Träger von Claudius' Sänfte gewesen, doch beides hatte niemanden überrascht.

Der Kaiser und sein Gefolge verschwanden die Via Sacra hinauf, und die riesige Menschenmenge begann sich zu zerstreuen, wobei die Leute sich angeregt über die bevorstehenden Spiele unterhielten.

«Wieder einmal stehen der Schatzkammer teure Zeiten

bevor», stellte Gaius fest, während er und Vespasian sich im Gedränge der Senatoren einen Weg die Stufen hinunterbahnten.

Vespasian grinste schief. «Das ist immer noch weniger kostspielig, als die Prätorianer zu kaufen.»

«Aber Letzteres war eine vernünftige Investition, da werdet Ihr mir doch gewiss beipflichten, meine Herren.» Vespasian und Gaius schauten sich um und sahen Pallas, der jedem einen Arm um die Schultern legte und leise hinzufügte: «Auch wenn es vielleicht nicht genügen wird, um Claudius' Position dauerhaft abzusichern. Geht doch ein Stück mit mir, meine Freunde.»

Pallas führte Vespasian und Gaius vom Senatsgebäude fort. Viele der anderen Senatoren warfen den beiden neidische Blicke zu, da sie so offen die Gunst eines der neuen Machthaber Roms genossen – so tief dieser auch im Rang unter ihnen stehen mochte.

«Seid versichert, dass ich Euch beide heute auch aufgesucht hätte, wenn Ihr mir diese Nachricht nicht geschickt hättet, Senator Pollo», sagte Pallas, als niemand von Bedeutung mehr in Hörweite war.

Gaius neigte dankend den Kopf. «Das ist gut zu wissen, Pallas, aber bitte, nenne mich doch Gaius, wenn wir unter uns sind. Schließlich sind wir Freunde, nicht wahr?»

«Wir sind Freunde, auch wenn wir nicht denselben gesellschaftlichen Stand haben.»

Vespasian blickte Pallas in die Augen und fügte hinzu: «Und nicht denselben Einfluss.»

Der sonst so ernste Pallas zeigte den Ansatz eines Lächelns. «Ja, Vespasian, ich fürchte, da habt Ihr recht, mein Einfluss wird beträchtlich sein. Ich werde der kaiserliche Sekretär der Schatzkammer.»

Gaius fehlten die Worte.

Vespasian schaute Pallas ungläubig an. «Aber ein solches Amt gibt es nicht!»

«Jetzt schon. Ihr müsst wissen, meine Herren, Narcissus, Callistus und ich wussten lange im Voraus von diesem Regierungswechsel und hatten Zeit, zu planen, wie die Interessen unseres Patrons am besten durchzusetzen wären. Wie Ihr beide wisst, auch wenn es sonst nur wenigen in Rom bekannt ist, verfügt er, obwohl etwas desorganisiert, durchaus über einigen Verstand, überschätzt jedoch seine eigenen Talente maßlos und unterschätzt diejenigen anderer. Daher hegt er vor allem einen unsäglichen Groll darüber, wie er verspottet und missachtet wurde.»

«Aber Caligula hat ihn zum Konsul gemacht», gab Vespasian zu bedenken.

Pallas zog eine buschige Augenbraue hoch. «Im Scherz, auch wenn ich glaube, alle, ganz besonders seine Mutter, waren überrascht, wie gut er sich gehalten hat. Aber das Entscheidende ist, dass er nun jedem misstraut, der ihn in der Vergangenheit nicht unterstützt hat, und das sind fast alle in Rom, mit ganz wenigen Ausnahmen.»

Gaius schlug Pallas auf den Rücken. «Und die wichtigsten Ausnahmen sind wohl seine Freigelassenen, nehme ich an?»

«Ganz recht, Gaius. Und als der Senat sich anfangs weigerte, Claudius zum Kaiser zu erklären – eine Möglichkeit, mit der wir gerechnet hatten –, wusste er sicher, dass er ihnen niemals würde trauen können. An diesem Punkt war es ein Leichtes, ihn für unseren Plan zu gewinnen.»

«Den Senat zu übergehen?», fragte Vespasian. Sie kamen jetzt auf das Caesarforum, das von einem riesigen Reiterstandbild des Mannes beherrscht wurde, der einst versucht hatte, Rom unter seinen Willen zu beugen.

«Wir sprechen lieber davon, die Regierung zu zentralisieren. Von nun an werden alle Entscheidungen vom Kaiser getroffen.»

«Mit der Hilfe jener, die ihm am nächsten stehen», ergänzte Gaius.

«Selbstverständlich ist die Regierung des Reiches eine zu gewaltige Aufgabe für einen einzelnen Mann, deshalb werden seine treuen Freigelassenen ihn unterstützen: ich selbst in der Schatzkammer, Callistus bei den Gerichten und Narcissus … nun, Narcissus wird seine Korrespondenz übernehmen.»

Gaius begriff sofort. «Mit anderen Worten, den Zugang zu ihm. Das bedeutet, er hat Macht über innen- und außenpolitische Angelegenheiten, Audienzen und …», Gaius hielt kurz inne und warf Pallas einen vielsagenden Blick zu, «und über Gnadengesuche an den Kaiser in Angelegenheiten um Leben und Tod?»

Pallas nickte langsam.

«Dann kannst du uns mit unserem Problem nicht helfen?»

«Nicht direkt, so gern ich es auch täte, da Ihr und Vespasian mir in der Vergangenheit so große Höflichkeit erwiesen habt. Narcissus, Callistus und ich haben vereinbart, dass keiner sich in die Einflusssphäre des anderen einmischt, und auch wenn ich nicht glaube, dass sich das dauerhaft umsetzen lässt, ist es doch das Beste, diese Vereinbarung so lange wie möglich einzuhalten. Sabinus' Leben liegt nicht in meinen Händen. Ihr müsst Euch an Narcissus wenden.»

«Wir könnten auch direkt an Claudius appellieren.»

«Das ist unmöglich, und außerdem wäre es unklug. Claudius weiß nicht, dass Sabinus an dem Mord beteiligt war, und so sollte es auch bleiben. Heute Morgen hat Herodes Agrippa Narcissus und mir mitgeteilt – für meinen Geschmack mit deutlich zu viel Häme –, er wisse jetzt, dass der maskierte Mörder, dem er und Claudius in dem Gang begegnet sind, Sabinus war. Es wurde ihm klar, als er gestern im Senat Eure Augen sah, Vespasian, das hat seinem Gedächtnis auf die Sprünge geholfen.»

«Wir sehen uns sehr ähnlich, aber warum dachte er nicht, dass ich es war?»

«Weil der Mörder nicht mit sabinischem Akzent sprach wie Ihr. Also musste es Euer Bruder sein, denn es ist allgemein bekannt, dass er seine Herkunft verleugnet. Wir hielten das natürlich für unmöglich, aber Herodes war fest davon überzeugt. Er bestand darauf, dass wir Sabinus ausfindig machen und morgen mit all den anderen hinrichten lassen. Andernfalls würde er sich an Claudius wenden.»

«Er hätte sich auch direkt an ihn wenden können.»

«Das wäre seinen Interessen nicht dienlich gewesen. Er sinnt nicht nur auf Rache, sondern strebt auch nach Macht. Er will um jeden Preis erreichen, dass Claudius ihm vertraut und ihn in seinem Königreich in Ruhe lässt. Wir sprechen uns dagegen aus. Herodes hoffte, wir würden seine Forderung ablehnen, dann hätte er zu Claudius gehen und ihm erzählen können, dass seine Freigelassenen einen der Mörder seines Neffen decken. So hätte er selbst im Vergleich zu uns als der vertrauenswürdigere Ratgeber dagestanden. Doch Narcissus hat ihn enttäuscht und eingewilligt. Daraufhin blieb mir nichts anderes übrig, als dasselbe zu tun.»

Vespasian und Gaius starrten Pallas entgeistert an.

«Du wirst dafür verantwortlich sein, dass Sabinus gefunden und hingerichtet wird?» Vespasian schrie die Worte fast heraus.

Pallas blieb ruhig. «Das habe ich nicht gesagt. Ich sagte, ich habe eingewilligt, das zu tun. Ich hatte keine Wahl, nachdem Narcissus nun seine Identität kennt. Ich musste den Eindruck erwecken, mit meinem Kollegen zu kooperieren. Wäre Herodes Agrippa zu mir allein gekommen, dann hätte ich ihm in einer Weise drohen können, die sein Schweigen sichergestellt hätte. Doch das hat er nun einmal nicht getan, also müssen wir die Dinge jetzt so nehmen, wie sie sind.

Bislang habe ich mich in keiner Weise darum bemüht, dass Sabinus gefunden wird, auch wenn ich mir denken kann, wo er sich aufhält. Wir wissen, dass er verwundet wurde. Zwei Germanen von der Leibgarde haben ihren törichten Angriff auf Lupus' Centurie überlebt, sich zurückgezogen und gewartet, bis sie sahen, wie einer der Mörder den Palastkomplex verließ. Sie sind ihm gefolgt und haben ihm am Fuß des Palatin aufgelauert. Der Mörder hat einen von ihnen getötet und den anderen verwundet. Callistus hat den Verwundeten befragen lassen, aber zum Glück hat er das Gesicht des Mörders nicht gesehen. Allerdings behauptet er, den Mann am Bein verletzt zu haben, also muss Sabinus sich noch in Rom befinden.»

Vespasian griff sich an die Stirn. «Ich habe ihn gesehen! Es war, als wir aus der Gasse kamen, Onkel, da lief ein Mann hinkend davon. Das muss Sabinus gewesen sein. Ich bin dann weggerannt, weil er bewaffnet war.»

«Das war auch besser so», bemerkte Pallas. «Wäret Ihr ihm dort begegnet und hättet ihn mit nach Hause genommen, dann säße er jetzt in einer Zelle. Nun, da Narcissus weiß, dass es Sabinus war, hat er heute Morgen während der Zeremonie Euer Haus durchsuchen lassen, Gaius, und auch Sabinus' Haus auf dem Aventin sowie das von Caenis.»

«Er hat *was* getan? Wie kann er es wagen!», platzte Gaius heraus.

Vespasian fragte sich besorgt, wie Flavia und Caenis wohl auf diese Verletzung ihrer Privatsphäre reagiert haben mochten. Ihm war nicht wohl bei der Aussicht darauf, ihnen die Angelegenheit erklären zu müssen.

«Die Zeiten haben sich geändert, Gaius», sagte Pallas leise. «Narcissus wagt es, weil er die Macht dazu hat, und auch, weil er es muss. Hier steht mehr auf dem Spiel als das Leben eines einzelnen Mannes. Wir dürfen nicht zulassen, dass Herodes Agrippa sich Claudius' rückhaltloses Vertrauen sichert. Seit Caligula ihn vor drei Jahren in seinem Königreich einsetzte, hat er begonnen, die Verteidigungsanlagen von Jerusalem instand zu setzen und es so zu einer der am besten gesicherten Städte im Osten zu machen. Er hat Claudius geschworen, es gehe ihm darum, die Interessen Roms gegen die Parther zu verteidigen. Claudius glaubt ihm und hat ihn als König bestätigt. Aber wir alle wissen, dass die Verteidigungsanlagen Jerusalems ebenso nach Westen gerichtet sind wie nach Osten, und wir alle wissen auch, was die Juden von der römischen Herrschaft halten. Wenn Judäa sich erhebt, könnte die Revolte wie ein Flächenbrand im gesamten Osten um sich greifen, angefacht von den Parthern, die begierig darauf sind, wieder Zugang zum Mare Nostrum zu erlangen, der ihnen seit Alexanders Zeiten verwehrt ist. Wir müssen Claudius' Vertrauen zu Herodes Agrippa untergraben, um ihn letztendlich stürzen zu können. Doch das wäre von vornherein zum Scheitern verurteilt, würde Herodes Claudius berichten, dass wir einen von Caligulas Mördern schützen.»

Vespasian erkannte widerstrebend die Logik. «Und was können wir dann tun, Pallas?»

«Zuerst einmal müsst Ihr Sabinus aus seinem jetzigen Versteck fortbringen. Ich nehme an, er befindet sich in der Taverne von Magnus' Bruderschaft der Straße. Es dürfte nicht lange dauern, bis Narcissus sich an die Verbindung Eurer Familie zu Magnus erinnert, auch wenn ich nichts getan habe, um sie ihm ins Gedächtnis zu rufen. Ihr solltet ihn in Euer Haus bringen, Gaius. Nachdem es bereits durchsucht wurde, wird er dort sicher sein. Dann gibt es nur noch eine Möglichkeit, wie wir hoffen können, dass Narcissus Sabinus verschont: Es darf nie bekannt werden, dass er an dem Mord beteiligt war.»

«Aber was ist mit Herodes Agrippa?», wandte Gaius ein.

«Er ist ein lösbares Problem, das versichere ich Euch. Glücklicherweise können wir uns darauf verlassen, dass Herodes Agrippa seine Macht wichtiger ist als seine Rache.»

Vespasian zog die Unterlippe zwischen die Zähne. «Immerhin müssen wir nur Narcissus überzeugen, und er schuldet mir wenigstens einen Gefallen.»

«Ich weiß, und Sabinus ist er auch etwas schuldig – eine Tatsache, an die ich ihn heute Morgen erinnert habe.»

«Dafür danke ich dir, mein Freund», sagte Vespasian innig.

Pallas zuckte die Schultern. «Es war nicht das Einzige, was ich für Euch tun konnte. Als wir im vergangenen Monat darüber berieten, wie wir die Stellung unseres Patrons am besten absichern können, kamen Euer beider Namen zur Sprache. Sabinus könnte uns noch nützlich sein. Doch zuerst muss Narcissus in eine Lage manövriert werden, die ihm das Gefühl gibt, ihn verschonen zu können.»

«Du meinst, Sabinus könnte sich durch einen Gefallen sein Leben erkaufen?»

«Das werden wir sehen. Ich habe für Euch morgen zur zweiten Stunde einen Termin bei Narcissus vereinbart. Ich denke, Ihr solltet ihn überraschen, indem Ihr Sabinus zu dem Gespräch mitbringt.»

III

Die Sonne ging gerade unter und warf lange Schatten voraus, als Vespasian und Gaius ostwärts über die belebte, von Mietshäusern gesäumte Alta Semita gingen. Hier, genau an der Kreuzung zum Vicus Longus am Südhang des Quirinal, stand ein dreigeschossiges Gebäude, an dem Vespasian viele Male vorbeigegangen war, das er jedoch noch nie betreten hatte: die Taverne von Magnus' Bruderschaft der Straße. Sie diente den Brüdern vom südlichen Quirinal, deren Anführer Magnus war, als Hauptquartier. Von hier aus gingen sie ihrem Gewerbe nach, das im Wesentlichen darin bestand, gegen Bezahlung die örtlichen Kaufleute und Anwohner zu beschützen. Außerdem befand sich hier auch der Schrein für die Laren der Straßenkreuzung, deren Verehrung die Hauptaufgabe der Bruderschaft und ihr ursprünglicher Existenzgrund war.

Die schlichten Holztische und -bänke vor der Taverne waren leer bis auf zwei wüst aussehende Männer. Vespasian nahm an, dass sie die Aufgabe hatten, Reisenden aufzulauern, welche wohlhabend genug erschienen, sich den Schutz der Bruderschaft zu erkaufen, wenn sie durch ihr Revier kamen. Auch seine eigene Familie war bei ihrer Ankunft in Rom von dieser Bruderschaft aufgehalten worden, damals vor mehr als fünfzehn Jahren, als er selbst noch ein Jüngling von sechzehn gewesen war.

Er und Gaius nickten den beiden Männern zu, dann traten sie durch die niedrige Tür in die laute, stickige Gaststube. Mit einem Schlag verstummten die Gespräche, und alle Blicke richteten sich auf sie.

«Bei Venus' knackigem Hintern! Ich hätte nie gedacht, dass ich mal zwei Senatoren durch diese Tür kommen sehe, und dann auch noch keine Geringeren als vormalige Prätoren», rief Magnus grinsend aus und erhob sich von einem Ecktisch. Sein Gefährte, ein alter Mann mit faltigem Hals und knotigen Händen, starrte mit milchigen Augen in die ungefähre Richtung der Neuankömmlinge. Magnus legte ihm eine Hand auf die Schulter. «Hast du hier drin schon jemals einen Senator gesehen, Servius?»

Servius schüttelte den Kopf. «Nein, und das werde ich auch nie.»

«Da hast du auch wieder recht, Bruder.» Magnus klopfte Servius auf den Rücken, dann ging er Vespasian und Gaius entgegen. «Folgt mir.»

Der Boden war klebrig von vergossenem Wein, sodass ihre roten Senatorenschuhe beim Gehen daran hafteten. Ein leises, erstauntes Raunen begleitete sie auf ihrem Weg durch den Raum.

«Wir müssen ihn von hier fortbringen, Magnus», erklärte Vespasian, sobald sie durch die Tür neben dem mit Amphoren bestückten Tresen getreten waren.

«Was, jetzt?»

«Sobald es dunkel ist.»

«Er ist momentan nicht so gut auf den Beinen.»

«Das kann ich mir denken, aber Narcissus weiß, dass er verwundet ist und sich irgendwo in Rom aufhält, also wird es nicht lange dauern, bis ihr Besuch bekommt. Wer außer uns weiß, dass er hier ist?»

Magnus begann, eine schiefe Holztreppe hinaufzusteigen. «Nur mein Stellvertreter Servius, Ziri und dann noch Sextus und Marius – die beiden hatten gestern Abend Wache, als Sabinus angekrochen kam.»

«Gut, sie können uns helfen, ihn fortzubringen. Gibt es einen Hinterausgang?»

Magnus warf seinem Freund einen Blick über die Schulter zu und setzte eine gespielt finstere Miene auf.

«Entschuldige, das war eine dumme Frage.»

«Genau genommen gibt es drei», teilte Magnus ihm mit. Er führte sie jetzt durch einen dunklen Korridor, an dessen Ende er eine niedrige Tür öffnete. «Willkommen in meinem bescheidenen Heim, meine Herren», sagte er und trat ein.

Vespasian und Gaius folgten ihm in einen schwachbeleuchteten Raum, nicht größer als zehn Fuß im Quadrat, mit einem Tisch und zwei Stühlen an einer Seite und einem niedrigen Bett an der anderen. Darin lag Sabinus und schlief. Sein Gesicht wirkte selbst in dem dämmrigen Licht blass. Auf einem der Stühle saß Ziri, Magnus' Sklave.

«Wie geht es ihm, Ziri?», erkundigte sich Magnus.

«Besser, Herr», antwortete der drahtige, braunhäutige Marmaride und zeigte auf eine leere Schale auf dem Tisch. «Seht, er hat vorhin alles Schweinefleisch aufgegessen.»

Sabinus regte sich und schlug die Augen auf. Als er hinter Magnus seinen Bruder und seinen Onkel erblickte, stöhnte er. «Ihr hättet nicht herkommen sollen.»

«Nein, du Schwachkopf, *du* hättest nicht herkommen sollen!», platzte Vespasian heraus. Die Anspannung der letzten Stunden brach sich tief aus seinem Inneren Bahn. «Verdammt, was hast du dir nur dabei gedacht? Du warst in Pannonien in Sicherheit, und Clementina und die Kinder waren bei unseren Eltern. Warum hast du es nicht einfach dabei belassen und gewartet, bis jemand anders die selbstmörderische Tat begeht?»

Sabinus schloss die Augen wieder. «Hör mal, Vespasian, wenn du nur hergekommen bist, um mich anzuschreien, weil ich meine Ehre wiederhergestellt habe, dann kannst du dich gleich wieder verpissen. Ich habe dich aus der Sache herausgehalten, ich bin bewusst heimlich hergekommen, damit du dich nicht durch Blutsbande verpflichtet fühlst, mich zu unterstützen.»

«Das ist mir klar, und dafür bin ich dir dankbar. Aber ich fühle mich ebenso durch Blutsbande verpflichtet, dir zu sagen, dass du nichts als ein Pferdearsch bist, und wenn du nicht verdammtes Glück hast, wirst du bald ein *toter* Pferdearsch sein.»

Gaius trat zwischen die zwei Brüder. «Meine lieben Jungen, das führt doch zu nichts. Sabinus, wie fühlst du dich? Wir müssen dich nämlich von hier fortbringen, Narcissus' Männer suchen ganz Rom nach dir ab.»

«Dann hat Herodes Agrippa mich erkannt?»

«Ich fürchte, ja.»

Ein schwaches Lächeln umspielte Sabinus' Lippen. «Dieser schmierige Hundesohn. Ich wette, er genießt es, jedem davon zu erzählen, der es hören will.»

«Glücklicherweise ist er zu sehr damit beschäftigt, politischen Profit aus der Information zu schlagen. So besteht noch die Möglichkeit, dich zu retten.»

«Mich zu retten? Soll das heißen, die anderen wurden hingerichtet?»

«Sie werden morgen hingerichtet.»

«Aber Clemens hatte eine Vereinbarung.»

«Sei nicht so naiv. Es war doch klar, dass Narcissus sich nicht daran halten würde.»

«Aber Pallas?»

«Pallas ist der Einzige, der uns hilft, doch für Clemens und die Übrigen kann er nichts tun. Es ist allgemein bekannt, dass sie es waren. Sie sind tote Männer.»

Sabinus seufzte. «Man sollte ihnen dankbar sein, statt sie zu töten.»

«Ich bin sicher, Narcissus ist ihnen insgeheim dankbar, aber er wird sie trotzdem hinrichten lassen. Und jetzt, lieber Junge, ist Eile geboten. Magnus, hol deine Männer.»

Magnus nickte und verließ den Raum.

«Wie geht es weiter, Onkel?», fragte Sabinus und stemmte sich mühsam auf die Ellenbogen hoch.

«Zunächst einmal bringen wir dich in mein Haus. Morgen stellst du dich dann Narcissus, und sosehr es dir zuwider sein mag, vor einem Freigelassenen zu kriechen, du wirst ihn um dein Leben anflehen.»

Gaius klopfte an seine eigene Haustür, und prompt öffnete der äußerst attraktive junge Türhüter. «Sag Gernot Bescheid, er soll ein Kohlenbecken in ein leeres Schlafzimmer bringen und dann dem Koch auftragen, eine Suppe zuzubereiten», befahl Gaius dem Jüngling.

Der blickte verängstigt zu seinem Herrn auf. «Herr, vorhin wurde das –»

«Ja, ich weiß, Ortwin, das Haus wurde durchsucht. Mach dir keine Gedanken, du hättest es nicht verhindern können. Jetzt geh.»

Ortwin blinzelte, dann lief er durch die Vorhalle davon. Gaius schaute ihm wohlgefällig nach, denn die sehr kurze Tunika des Jungen gab beim Laufen den Blick auf das frei, was eigentlich hätte verborgen bleiben sollen. Dann wandte er sich wieder an die Brüder der Straße. «Bringt ihn herein, Magnus.» Er schaute Vespasian an. «Flavia darf die Wahrheit nicht erfahren, lieber Junge. Ich verstehe ja nichts von Frauen, aber ich habe mir sagen lassen, sie tratschen untereinander.»

Vespasian kicherte. «Ich verstehe, Onkel, natürlich werde ich ihr nicht die Wahrheit sagen. Allerdings fällt mir keine befriedigende Erklärung für all das ein.»

«Dann versuche erst gar nicht, ihr etwas zu erklären.»

Vespasian staunte, dass sein Onkel glauben konnte, die Sache sei so einfach.

«Seid vorsichtig mit ihm, Jungs», ermahnte Magnus Marius und Sextus. «Legt jeder einen Arm um ihn und hebt ihn dann behutsam hoch.»

«Einen Arm um ihn legen und behutsam hochheben», wiederholte Sextus, der wie immer etwas länger brauchte, um seine Befehle zu verarbeiten.

Marius nickte. «Alles klar, Magnus.»

Vespasian beobachtete voller Sorge, wie Marius und Sextus Sabinus von dem Handkarren hoben, mit dem sie ihn transportiert hatten. Ziri hielt indessen das Gefährt fest. Sabinus verzog das Gesicht, als die beiden Brüder der Straße ihn stützten und er aufrecht auf dem linken Fuß stand. Etwas Blut war durch den dicken Verband an seinem rechten Oberschenkel gesickert, da er auf dem Weg über den Quirinal ziemlich durchgerüttelt worden war. Mit der Hilfe der Brüder hinkte er unter Schmerzen ins Haus.

«Bring den Karren nach hinten, Magnus», bat Vespasian, «wir werden ihn morgen wieder brauchen.»

«Und was ist mit uns, Herr? Braucht Ihr morgen früh auch eine Eskorte?»

«Ja, kannst du mit den Jungs bei Tagesanbruch wiederkommen?»

«Wir werden pünktlich hier sein», versprach Magnus, während Ziri den Handkarren zu der Gasse neben dem Haus zog.

Vespasian durchquerte die Vorhalle und trat ins Atrium, wo sich ihm ein Bild bot, das er nie zuvor gesehen hatte: seine Ehefrau und seine Mätresse im selben Raum. Beide schienen alles andere als erfreut. Gaius war nirgends zu sehen.

«Was in aller Welt geht hier vor sich?», wollte Flavia wissen, und ihre Stimme klang schrill vor Entrüstung. «In unser beider Häuser wurde gewaltsam eingedrungen, und unsere Schlafzimmer wurden von Männern durchsucht, die noch schlechtere Manieren hatten als diese.» Sie zeigte anklagend mit dem Finger auf Sextus und Marius, die Sabinus gerade auf ein Sofa halfen. «Dann wird Sabinus hergekarrt, mehr tot als lebendig, wo er doch, wenn alles mit rechten Dingen zuginge, tausend Meilen entfernt sein müsste. Und als ich von deinem Onkel eine Erklärung verlangte, hat er mich nur angeschaut und sich in sein Studierzimmer geflüchtet.»

Dass Gaius den Rückzug angetreten hatte, überraschte Vespasian nicht. Flavia erinnerte ihn in unliebsamer Weise an seine Mutter, und er empfand tiefes Mitgefühl mit seinem Vater, der in seinem Leben viele solcher Tiraden über sich hatte ergehen lassen müssen. Ein unbehaglicher Gedanke schoss ihm durch den Kopf: Hatte er Flavia geheiratet, weil sie ihn an seine Mutter erinnerte, ohne dass es ihm bewusst gewesen war? Er warf einen Blick zu Caenis, die neben Flavia stand, als gehöre sie nicht hierher, und schloss aus ihrem Gesichtsausdruck, dass er von dieser Seite wenig Unterstützung zu erhoffen hatte.

«Nun, Vespasian? Wir warten», beharrte Flavia und legte einen Arm um Caenis.

Der Anblick behagte Vespasian ganz und gar nicht.

«Was hast du getan, dass diese Leute so grob in unsere Privatsphäre eingedrungen sind?»

Vespasian erinnerte sich, dass sein Vater die besten Erfolge erzielt hatte, indem er in solchen Situationen in die Offensive gegangen war – wenn auch erst reichlich spät in seinem Leben. «Jetzt ist nicht die Zeit für Wutausbrüche und Schuldzuweisungen, Frau. Und eine Erklärung wird es nicht geben! Sorge dafür, dass Sabinus' Zimmer bereit gemacht wird, und dann sage dem Koch, er soll ihm Suppe bringen.»

Flavia legte eine Hand auf ihren gerundeten Leib. «Ich hätte über all der Aufregung mein Kind verlieren können. Ich verlange eine Erkl–»

«Du bekommst keine, Frau! Kümmere dich darum, dass Sabinus versorgt wird. Geh jetzt!»

Angesichts dieses nachdrücklichen Befehls starrte Flavia

ihn nur an, dann tauschte sie einen Blick wechselseitigen Verständnisses mit Caenis, wandte sich ab und marschierte hinaus.

«Caenis, sieh nach Sabinus' Verband, er muss gewechselt werden», befahl Vespasian deutlich schroffer als beabsichtigt.

Caenis öffnete den Mund, doch sie schloss ihn sofort wieder, als Vespasian ihr einen warnenden Blick zuwarf. Er wollte sie nicht anschreien, und sie verstand. Sie ging zu Sabinus, der jetzt auf Kissen gebettet auf dem Sofa lag. Der Ausdruck seines blassen Gesichts verriet, dass er es genossen hatte, selbst mitzuerleben, wie die komplizierten häuslichen Verhältnisse seines Bruders für Konflikte sorgten. Sextus und Marius standen neben ihm und wussten sichtlich nicht, wohin sie schauen oder wie sie der Situation entkommen sollten.

«Danke, Jungs», sagte Vespasian, der seine Fassung wiedergewann. Er griff in seinen Geldbeutel und gab jedem der Brüder zwei Sesterzen. «Bis morgen.»

«Danke, Herr», nuschelte Marius und strebte zur Tür. Sextus gab einen unverständlichen Laut von sich und folgte ihm nach draußen, wobei keiner der beiden Vespasian in die Augen sah.

«Die Naht hat gehalten», stellte Caenis fest, die Sabinus den Verband abgenommen hatte und seine Wunde untersuchte. «Es genügt, das mit Essig abzutupfen und frisch zu verbinden. Ich hole alles Nötige.»

Mit gesenktem Blick verließ sie den Raum.

Vespasian ließ sich in einen Lehnstuhl sinken und wischte sich mit seiner Toga den Schweiß von der Stirn, wobei er einen weißen Kreidestreifen hinterließ.

Sabinus schaute ihn an, zu schwach, um mehr als ein Kichern herauszubringen. «Ich nehme an, das war das erste Mal, dass ihr drei zusammen im selben Raum wart?»

«Und hoffentlich auch das letzte Mal.»

«Außer vielleicht in deinem Schlafzimmer?»

Vespasian funkelte seinen Bruder erbost an. «Halt die Klappe, Sabinus!»

Ehe noch ein weiterer Kommentar zu dem Thema fallen konnte, steckte Gaius den Kopf aus seinem Studierzimmer. «Sind sie fort?»

«Ja, Onkel, aber sie kommen wieder.»

Gaius zog sich hastig zurück.

Vespasian nahm einen Krug von dem Tisch neben ihm und schenkte sich reichlich von dem unverdünnten Wein ein. Er trank einen tiefen Zug und genoss den Geschmack mit geschlossenen Augen. Dabei wünschte er sich, was er eben miterlebt hatte, möge nicht wahr sein.

Doch leider bestätigte es sich wenig später: Vom *Tablinum* am anderen Ende des Atriums näherten sich die Schritte zweier Personen. Vespasian trank noch einen sehr großen Schluck von seinem Wein. Flavia und Caenis traten zusammen ein, Flavia mit einer Schale Suppe und einem Laib Brot, Caenis mit einer Flasche Essig und frischen Binden.

Schweigend versorgten sie gemeinsam Sabinus, bis seine Suppenschale leer und seine Wunde neu verbunden war. Dann riefen sie ein paar Sklaven herbei, die helfen sollten, ihn in sein Zimmer zu bringen.

Als sie zurückkehrten, traten sie vor Vespasian hin, der noch immer in sich zusammengesunken in seinem Stuhl saß, nunmehr den zweiten Becher Wein in den Händen.

«Ich gehe jetzt nach Hause», sagte Caenis leise.

Flavia sah zerknirscht aus. «Es tut mir leid, mein Gemahl, du hattest recht, mir nichts erzählen zu wollen. Caenis hat erraten, was geschehen ist … warum Sabinus sich in Rom aufhält. Er hat Clementina Gerechtigkeit widerfahren lassen. Ich weiß, du hättest dasselbe getan.»

Caenis ging zur Tür. Im Vorbeigehen berührte sie Vespasian leicht an der Schulter. Sie nahm ihren Mantel von einem Haken in der Vorhalle, legte ihn sich um die Schultern, dann schaute sie sich noch einmal um. «Uns beiden ist bewusst, wie wichtig es ist, diese Angelegenheit geheim zu halten. Wir werden niemals ein Sterbenswort darüber verlieren, Vespasian, zu niemandem. Nicht wahr, Flavia?»

«Nein, meine Liebe, kein Sterbenswort.»

«Wie ich hörte, seid Ihr gestern Abend in eine etwas heikle Situation geraten, Herr», bemerkte Magnus im Plauderton, als er Vespasian und Gaius am nächsten Morgen den Quirinal hinunterbegleitete. Sein Atem war in der frühmorgendlichen Kühle schwach sichtbar. Aus dem grauen, wolkenverhangenen Himmel fiel ein leichter Nieselregen.

Vespasian warf einen missbilligenden Blick über die Schulter zu Sextus und Marius, die den Handkarren mit Sabinus schoben. Sein Gesicht war tief in der Kapuze verborgen. «Ich dachte, nur Frauen tratschen über die häuslichen Probleme anderer Leute.»

«Macht den Jungs keinen Vorwurf. Ich habe das Geschrei bis nach draußen gehört, deshalb habe ich sie, als sie herauskamen, gefragt, was los war.»

«Es war ein furchterregender Anblick, mein Freund»,

ließ Gaius sich vernehmen, der bei der Erinnerung erbleichte. «Eine erzürnte Frau ist schon schlimm genug, aber ein Gespann aus zweien? Unerträglich!» Gaius schüttelte den Kopf und sog die Luft zwischen den Zähnen ein. «Sie standen beide da, mit lodernden Blicken, geeint durch das Gefühl, dass ihnen Unrecht widerfahren war. Aller frühere Hass und alle Eifersucht waren vergessen, als sie ihrem gemeinsamen Feind begegneten. Grässlich! Ein Glück, dass ich dringende Korrespondenz zu erledigen hatte.»

«Du meinst wohl, du hast die Flucht ergriffen, Onkel.»

«Mein lieber Junge, es ist nicht meine Aufgabe, mich mit deinem überaus komplizierten häuslichen Arrangement herumzuschlagen, erst recht nicht, wenn die beiden sich in einer widernatürlichen Allianz der Rache verbündet haben. So etwas erfordert eine Entschlossenheit, wie nur Männer sie aufbringen, die auch tollkühn genug sind, in eine Verhandlung zu gehen, ohne etwas in der Hand zu haben.»

«Wie Ihr eben im Begriff seid, es zu tun, Senator», bemerkte Magnus.

Gaius knurrte unbehaglich, und Vespasian schmunzelte vor sich hin, obwohl es stimmte, was Magnus gesagt hatte. Sie hatten Narcissus tatsächlich nichts zu bieten, womit sie Sabinus' Leben erkaufen konnten. Ihnen blieb nur zu hoffen, Narcissus möge sich daran erinnern, dass er in ihrer beider Schuld stand. Zehn Jahre zuvor hatten Vespasian und sein Bruder Stillschweigen über einen verschlüsselten Brief bewahrt, dessen Inhalt Verrat war und der in Claudius' Namen – und mit seinem Wissen – von seinem inzwischen verstorbenen Freigelassenen Boter geschrieben worden war. Sie hatten den Brief niemand anderem als Claudius' Mutter, der werten Antonia, gezeigt, die ihn dem zutiefst beschämten Narcissus hatte vorlesen lassen. Er hatte daraufhin geschworen, die Angelegenheiten seines Patrons – der leicht zu beeinflussen, allerdings maßlos ehrgeizig war – fester in die Hand zu nehmen. Narcissus hatte den beiden Brüdern seinen Dank für ihre Verschwiegenheit ausgesprochen. In den Händen von Tiberius oder Seianus hätten diese Informationen für Claudius Verbannung oder Tod bedeuten können und für ihn, Narcissus, das Ende seiner Karriere. Er hatte versprochen, den Gefallen zu vergelten, wenn er je die Möglichkeit hätte.

Die zweite Schuld war eine weit schändlichere Angelegenheit, und Vespasian empfand noch immer Scham bei der Erinnerung daran. Auf Geheiß der werten Antonia hatten er und sein aristokratischer Freund Corbulo Poppaeus Sabinus ermordet, der Seianus' Nachfolger Macro in seinem Streben nach Macht finanziell unterstützt hatte. Die Tat war in Claudius' Haus ausgeführt worden, mit der Hilfe von Narcissus und Pallas, als Claudius, um seine Schulden von vierzehn Millionen Denar bei Poppaeus zu begleichen, diesem gerade sieben seiner wertvollen Landgüter in der Provinz Ägypten übertragen hatte. Claudius war als sehr reicher Mann aus der Angelegenheit hervorgegangen, da er seine Schulden getilgt hatte und die sieben Landgüter dennoch in seinem Besitz verblieben waren. Dies war der Gefallen, von dem Vespasian hoffte, dass Narcissus ihn jetzt vergelten würde. Zwar hatte Narcissus damals eingestanden, in seiner Schuld zu stehen, doch Vespasian war klar, dass er keine Möglichkeit hatte, diese Schuld einzufordern. Narcissus hätte alles abstreiten können, denn sie hatten es so aussehen lassen, als sei Poppaeus eines natürlichen Todes gestorben.

Diese Gedanken gingen Vespasian durch den Kopf, während sie in düsterem Schweigen den Palatin hinaufstapften, bis sie schließlich vor dem Palastkomplex standen.

Vespasian war bestürzt über den Anblick, der sich ihnen bot: Vor dem Gebäude drängten sich Hunderte Senatoren und Angehörige des Ritterstandes, die in dem schlechten Wetter die Schultern hochzogen und mit den Füßen stampften. «Was machen die alle hier draußen in der Kälte?», fragte er sich laut. «Das Atrium kann doch nicht schon voll sein.»

«Jedermann in Rom will wissen, woran er bei dem neuen Regime ist», vermutete Gaius. «Magnus, warte hier mit Sabinus und den Jungs. Wir gehen und versuchen herauszufinden, was los ist.»

Vespasian und Gaius schoben sich durch die mürrische Menge, grüßten im Vorbeigehen Rivalen und Bekannte, bis sie den Grund für das Gedränge erkannten: Vor dem Haupteingang war eine Centurie Prätorianer in Stellung, ungeheuerlicherweise noch immer in voller Militäruniform. Davor standen vier Tische, hinter denen kaiserliche Schreiber saßen. Senatoren und Ritter gleichermaßen nannten ihnen ihre Namen, damit die Schreiber sie mit einer Liste der Personen abglichen, die heute eingelassen werden sollten. Der Gesichtsausdruck derer, welche abgewiesen wurden, zeigte deutlich, welche Schmach es für die Angehörigen der höchsten gesellschaftlichen Klassen war, dass niedere Sklaven ihnen den Zugang zu ihrem Kaiser verwehrten.

«So weit ist nicht einmal Caligula gegangen», schimpfte

Gaius leise. «Im Gegenteil, er hat die Leute ja geradezu eingeladen, ihn jeden Morgen zu begrüßen.»

«Weil er sich unsterblich fühlte und deshalb keine Angst vor Meuchelmördern hatte.»

Gaius und Vespasian drehten sich um und sahen Pallas vor sich, dem es wieder einmal gelungen war, sich ihnen unbemerkt zu nähern.

«Guten Morgen, meine Herren», sagte er und legte jedem einen Arm um die vom Regen feuchten Schultern. «Ich habe Euch erwartet, um Euch zu helfen, Sabinus an Narcissus' neu eingeführter Eingangskontrolle vorbeizuschleusen. Wo ist er?»

Vespasian deutete zum hinteren Rand der Menge. «Dort drüben bei Magnus auf einem Handkarren. Er kann kaum gehen.»

«Ich sorge dafür, dass meine Männer sie durch einen Nebeneingang hineinbringen.» Pallas winkte ein paar Schreiber heran. Nach einem kurzen, leisen Wortwechsel, in dem Pallas einen bestimmten Punkt noch einmal zu betonen schien, liefen sie davon, um seinen Auftrag auszuführen. «Sie bringen ihn in meine neuen Räume. Dort kann er bis zu dem Gespräch warten. Nun sorgen wir dafür, dass Ihr hineinkommt.»

«Geht das jetzt jeden Tag so?», fragte Vespasian.

«Ja, nur wer einen Termin hat, wird eingelassen, und dann werden die Leute noch von den Prätorianern nach Waffen durchsucht.»

«Senatoren werden durchsucht?», vergewisserte sich Gaius erzürnt.

«Iulius Caesar hätte gut daran getan, solche Vorkehrungen zu treffen», bemerkte Vespasian in dem Versuch, seinen Onkel aufzuheitern. «Dann wäre unsere Welt heute vielleicht eine andere.»

Pallas verzog keine Miene. «Das bezweifle ich stark.»

Eine halbe Stunde später, nachdem sie endlich das weitläufige, imposante Atrium durchquert hatten – das von Augustus darauf ausgelegt war, ausländische Gesandtschaften mit der schlichten Würde und Erhabenheit Roms zu überwältigen –, sah Vespasian überrascht, wie wenige Leute darauf warteten, vorgelassen zu werden. Ihre leisen Unterhaltungen wurden beinahe vom Plätschern des Springbrunnens in der Mitte und den Schritten der sehr zahlreichen kaiserlichen Amtsträger übertönt, die mit Wachstafeln und Schriftrollen umhergingen. Allerdings stellte Vespasian mit Erleichterung fest, dass in den zwei Tagen seit Caligulas Ermordung der vulgäre Raumschmuck, der dem ungestümen jungen Kaiser so gefallen hatte, größtenteils verschwunden war. Stattdessen sah er wieder die dezenteren, jedoch handwerklich exzellenten Möbel, den Zierrat und die Statuen, die er bewundert hatte, als er zum ersten Mal in diesem Raum gewesen war.

«Ich lasse Euch hier allein, meine Herren», sagte Pallas und deutete auf zwei Stühle zu beiden Seiten eines Tisches bei einer stark beschönigenden Statue, die anscheinend Claudius darstellen sollte. «Ihr werdet aufgerufen, wenn Ihr an der Reihe seid. Einer meiner Männer wird mir Bescheid geben, wenn Ihr hineingeht, dann bringe ich Sabinus. Viel Glück.»

«Danke, Pallas.» Vespasian streckte ihm seinen Arm entgegen. «Danke für all deine Unterstützung.»

Pallas wich zurück. «Ich kann Euren Arm nicht nehmen, mein Freund, nicht in der Öffentlichkeit. Wenn Narcissus davon erführe, würde er denken, dass Ihr mit mir gemeinsame Sache macht, nicht mit ihm. In Eurem eigenen Interesse solltet Ihr Euch jetzt um seine Gunst bemühen, denn er ist derjenige, der hier wirkliche Macht hat. Callistus und ich kommen erst an zweiter Stelle.» Er wandte sich zum Gehen, dann fügte er noch leise hinzu: «Allerdings ist Claudius erst fünfzig und hat noch einige Jahre zu leben.»

Ein Sklave bot ihnen verschiedene Fruchtsäfte auf einem Tablett an, als sie Platz nahmen und Pallas nachblickten, der zwischen den Säulen verschwand.

«Allmählich denke ich, dass wir unter Caligula vielleicht doch besser dran waren», bemerkte Gaius und nahm sich einen Becher.

Vespasian trat seinem Onkel unter dem Tisch gegen das Schienbein, während er ein Getränk auswählte und darauf wartete, dass der Sklave sich wieder entfernte. «Gib acht, was du sagst, Onkel. Wir sind treue Anhänger von Claudius, schon vergessen? Das ist zurzeit der einzig gangbare Weg. Wenigstens will er sich nicht zum Gott über uns erheben.»

Gaius verzog das Gesicht. «Auch wenn sein liebster Freigelassener anfängt, sich wie einer aufzuführen?»

Vespasian wandte sich ab, um sich das Lachen zu verbeißen, da sah er zu seinem Unbehagen Marcus Valerius Messala Corvinus durch den Haupteingang hereinkommen. Den Mann, der, indem er Clementina entführt und sie Caligula ausgeliefert hatte, wissentlich die Ereigniskette in Gang gesetzt hatte, durch die Caligula schließlich ermordet worden und seine Schwester Messalina zur Kaiserin aufgestiegen war. Corvinus' markantes Patriziergesicht zeigte einen Ausdruck unsäglicher Befriedigung, und er schritt durch das Atrium, als wäre er der Hausherr persönlich.

Vespasian war dem Mann zum ersten Mal begegnet, als er als Quästor in der Kyrenaika gedient hatte, und dort hatte auch ihre Feindschaft ihren Anfang genommen. Jetzt wandte er sich ab, damit Corvinus ihn nicht erkannte, doch es war zu spät.

«Was macht Ihr denn hier, Bauerntölpel?», fragte Corvinus höhnisch und blickte ihn über seine lange Aristokratennase herablassend an. «Ich kann mir nicht vorstellen, dass man hier Verwendung für tollkühne Jungen vom Land hat, denen es Vergnügen bereitet, Männer von Stand in die Hände von Sklavenhändlern fallen zu lassen und mehr als hundert Soldaten in der Wüste zu verlieren.»

Vespasian erhob sich mit verbissener Miene. Es stimmte, dass es tollkühn von ihm gewesen war, gegen den Wüstenstamm der Marmariden auszuziehen – er hatte es einzig getan, um Flavia zu beeindrucken –, doch er wurde nicht gern daran erinnert. «Meine Familie hat wegen der Angelegenheit mit Clementina noch eine Rechnung mit Euch offen, Corvinus.»

«Wirklich? Ich würde sagen, wir sind quitt.»

«Nicht nach dem, was Caligula ihr angetan hat.»

«Würde es Euch helfen, wenn ich Euch sage, dass hauptsächlich geschäftliche Überlegungen dahintersteckten? Auch wenn ich zugeben muss, dass es mir durchaus ein gewisses Vergnügen bereitet hat. Ich wusste, der Einzige, der eine reelle Chance hätte, Caligula zu töten, wäre ein Prätorianerpräfekt. Deshalb war Clementina einfach das ideale Mittel, um mich an Euch zu rächen und Clemens dazu zu bringen, den Weg frei zu machen, damit meine Schwester Kaiserin werden konnte. Euer schwachköpfiger Bruder hat mir sogar versehentlich verraten, wo sie sich aufhielt. Es hat mich überrascht, dass er den Mord nicht gemeinsam mit Clemens begangen hat – oder stört es ihn nicht, ein ehrloser Hahnrei zu sein?»

«Ich warne Euch, macht es nicht noch schlimmer.»

«Eine leere Drohung, Bauerntölpel. Ich rede mit Euch, wie es mir beliebt. Messalina ist jetzt Kaiserin, und wenn ich Euch einen guten Rat geben darf: Betrachtet uns als quitt.»

Vespasian wollte gerade widersprechen, als ein Schreiber neben ihnen sich räusperte. «Der kaiserliche Sekretär wird Euch jetzt empfangen, meine Herren.»

Corvinus rümpfte die Nase, als wäre er in etwas Unappetitliches getreten, dann machte er auf dem Absatz kehrt und schlenderte davon, als hätte er keine Sorgen.

«Folgt mir, meine Herren», sagte der Schreiber und wandte sich zum Gehen.

«Das, mein lieber Junge», flüsterte Gaius, «ist ein Mann mit ausgezeichneten Verbindungen, mit dem du dich besser nicht anlegen solltest.»

«Danke, Onkel», versetzte Vespasian unwirsch. «Aber ich glaube, im Augenblick habe ich dringendere Sorgen. Zum Beispiel die um Sabinus' Leben.»

IIII

Außerhalb des Atriums schien der Palast fast menschenleer. Gelegentlich kamen sie in den hohen, breiten Gängen an einzelnen kaiserlichen Amtsträgern vorbei, während sie tiefer in den Komplex hineingeführt wurden. An diesem trüben Tag drangen nur sehr wenig Licht und Wärme durch die wenigen, hoch angebrachten Fenster, sodass im Inneren eine frostige, düstere Atmosphäre herrschte. Das Klappern der harten Ledersohlen ihrer roten Senatorenschuhe hallte von den Wänden wider und gab Vespasian das Gefühl, als würde er in ein Gefängnis geführt, nicht in das Zentrum der Macht.

Endlich blieb der Schreiber vor einer großen Doppeltür stehen und klopfte an das schwarz lackierte Holz.

«Herein», befahl eine vertraute Stimme träge.

Der Schreiber öffnete die schwere Tür langsam und geräuschlos und winkte Vespasian und Gaius in einen Raum, der überwiegend in Tiefrot gehalten und von flackerndem goldenem Licht erfüllt war.

«Einen guten Tag Euch, Senatoren Pollo und Vespasian», begrüßte Narcissus sie in sanftem Ton. Er saß hinter einem wuchtigen Schreibtisch aus Eichenholz, auf dem zahlreiche gerollte Dokumente lagen, und stand nicht auf. Ihm gegenüber waren fünf Stühle im Halbkreis angeordnet; auf dem äußersten linken saß schon jemand.

«Guten Tag, kaiserlicher Sekretär», erwiderten Vespasian und Gaius fast wie aus einem Mund.

Narcissus deutete auf den schmächtigen Mann mit rasiertem Kopf, der bereits saß. «Ihr kennt meinen Kollegen, den Freigelassenen Callistus?»

«Unsere Wege haben sich bereits gekreuzt», bestätigte Vespasian.

Callistus nickte ihnen knapp zu. «Meine Herren Senatoren.»

«Bitte, nehmt doch Platz», forderte Narcissus sie auf.

Sie gingen weiter in den Raum hinein. In den Ecken standen vier identische silberne Kerzenleuchter, jeder vor einem gebogenen Spiegel aus polierter Bronze. Die Leuchter hatten je zehn Arme und standen auf vier Beinen, die in kunstvoll gearbeiteten Löwenpranken endeten. Sie waren mannshoch und spendeten ein herrlich goldenes Licht.

Gaius und Vespasian wählten die beiden freien Stühle in der Mitte und setzten sich steif auf das harte Holz. Offenbar wollte Narcissus nicht, dass seine Gesprächspartner sich wohlfühlten. Als sie Platz nahmen, umfing sie der Geruch seiner reichlich verwendeten Pomade.

Der Freigelassene betrachtete sie eine Weile lang, wobei er die Spitzen seiner mit protzigen Ringen geschmückten Finger aneinanderlegte und damit seine vollen, feuchten Lippen berührte, die ein gepflegter Bart umrahmte. Er legte den Kopf ein wenig schief, wie um sie eingehender zu mustern, dabei schaukelten zwei schwere goldene Ohrringe, die im strahlenden Kerzenschein glänzten. Hinter ihm floss der

Regen in Strömen an einem Fenster hinunter, dessen fast durchsichtige Glasscheiben in einen Gitterrahmen gefasst waren. Daneben hielt ein schwerer Vorhang den Luftzug durch die Ritzen einer Tür ab, die nach draußen führte.

Vespasian hatte Narcissus seit wenigstens zwei Jahren nicht mehr aus der Nähe gesehen, und ihm fiel auf, dass sein wohlgenährtes, hellhäutiges Gesicht neue Sorgenfalten aufwies. Außerdem begann sein Haar offenbar zu ergrauen, denn auf der Haut am Haaransatz waren verräterische Farbflecken zu erkennen.

Vespasian und Gaius saßen unter seinem Blick in angespanntem Schweigen da, unsicher, ob sie das Gespräch eröffnen sollten oder nicht.

Ein Hauch von Belustigung schien in Narcissus' eisblauen Augen auf, als er ihr Unbehagen wahrnahm. Er verschränkte die Finger und legte seine Hände sacht auf den Tisch. «Nun, was ist ein Leben wohl wert?», fragte er beinahe rhetorisch. Er ließ die Frage kurz im Raum stehen, dann richtete er den Blick direkt auf Vespasian.

«Das hängt davon ab, wer kauft und wer verkauft.»

Narcissus' Mundwinkel hoben sich ein wenig, und er nickte kaum wahrnehmbar. «Ja, Vespasian, Marktkräfte spielen immer eine Rolle, erst recht bei der Ware, um die wir gegenwärtig verhandeln. Deshalb befinde ich mich in diesem Fall in einer solch heiklen Position: Beide Parteien dieses Handels haben bereits Investitionen getätigt, und ich muss einräumen, dass eine die andere überwiegt.»

Vespasian spannte sich innerlich an. Erinnerte Narcissus sich an seine Schuld? Ein Klopfen an der Tür unterbrach das Schweigen, und Vespasian fuhr erschrocken zusammen.

«Ah!», rief Narcissus aus. «Da kommt gewiss der Gegenstand unserer Verhandlungen. Herein!»

Vespasian runzelte die Stirn. Woher wusste Narcissus, dass Sabinus anwesend war? Gaius rutschte unbehaglich auf seinem Stuhl herum, der so klein war, dass sein ausladendes Hinterteil an den Seiten überquoll.

Die Tür wurde geöffnet, und Pallas trat ein. Ihm folgte Sabinus, der sich auf Magnus stützte.

«Sekretär der Schatzkammer, wie nett von dir, dass du mir den maskierten Mörder bringst.»

Falls Pallas überrascht war, dass Narcissus sie erwartete, so ließ er es sich nicht anmerken. «Es freut mich, dass ich behilflich sein kann, diese Angelegenheit zu klären, kaiserlicher Sekretär.»

«Äußerst behilflich, mein lieber Pallas, bitte bleibe doch», drängte Narcissus, und seine Stimme troff vor übertriebener Liebenswürdigkeit. «Ich habe fünf Stühle aufstellen lassen.»

Pallas neigte den Kopf. «Mit Vergnügen, mein lieber Narcissus. Schließlich möchte ich nicht deine Sitzordnung stören.» Er nahm auf dem Stuhl zwischen Gaius und Callistus Platz.

Vespasian war verwirrt. Wer überraschte hier wen? Oder schauspielerten die Freigelassenen das alles und hatten dieses Treffen im Voraus geplant?

Narcissus richtete den Blick jetzt auf Sabinus, der blass war und sich auf Magnus' Schulter stützte. «Unser Überraschungsgast: der Legatus der Neunten Hispana, und so weit von seinem Posten entfernt. Oder besser gesagt, der vormalige Legatus, was wirklich ein Jammer ist, denn meine Kontaktleute in dieser Legion berichten, dass der Lagerpräfekt

Vibianus sowie Primus Pilus Laurentius große Stücke auf Euch halten. Doch das spielt jetzt keine Rolle. Ich dachte mir, dass Ihr es wart, als einer meiner Mittelsmänner vorhin beobachtete, wie ein mit einer Kapuze verhüllter Mann heimlich in Pallas' Räume gebracht wurde. Nun denn. Bitte nehmt Platz, vormaliger Legatus. Ihr scheint von uns allen eine Sitzgelegenheit am nötigsten zu haben.»

«Danke, Narcissus», erwiderte Sabinus und hinkte zu dem Stuhl neben Vespasian.

«Mein Titel lautet ‹kaiserlicher Sekretär›», erinnerte Narcissus ihn mit kalter Stimme.

Sabinus schluckte. «Ich bitte um Verzeihung, kaiserlicher Sekretär.» Magnus half ihm, sich zu setzen.

Narcissus legte nachdenklich einen Finger an die Lippen, dann drohte er Magnus scherzhaft damit. «Der berüchtigte Magnus von der Bruderschaft vom südlichen Quirinal – also dort habt Ihr Euch versteckt, Sabinus. Warum habe ich daran nicht gleich gedacht?» Er wandte sich an Pallas. «Aber du hast gewiss daran gedacht, geschätzter Kollege, oder sind Magnus' Verbindungen zu dieser Familie auch dir entfallen?»

«Offensichtlich nicht, Narcissus.»

Narcissus nickte bedächtig. «Du hast nur vergessen, mit mir darüber zu sprechen. Nun, wir alle können mitunter ein wenig vergesslich sein. Doch das macht nichts, nun ist Sabinus ja bei uns. Ich nehme an, es ist dir gelungen, ihn unbemerkt herzubringen.»

«Außer uns wissen nur Caenis und Vespasians Frau, dass er sich hier in Rom aufhält, und sie werden das Geheimnis bewahren», bestätigte Pallas.

«Und meine beiden Jungs, Herr», warf Magnus ein, «und mein Sklave, aber die sind alle zuverlässig.»

«Daran zweifle ich nicht, Magnus, doch überdies sind sie unbedeutend, ebenso wie du.» Narcissus machte eine wegwerfende Handbewegung. «Du kannst gehen.»

Magnus zuckte die Schultern, wandte sich ab und ging hinaus. Der Schreiber folgte ihm und schloss die Tür.

Narcissus spielte mit der Spitze seines Bartes und schwieg ein Weilchen. «Ich nehme ferner an, du warst gründlich, Pallas, und hast sichergestellt, dass Herodes Agrippa nicht heimlich zu unserem Patron geht und unsere Pläne untergräbt, wenn wir das hier für uns behalten?»

«Sabinus und ich hatten eben ein kurzes Gespräch mit unserem Freund aus dem Osten. Ich habe ihm gesagt, mir stünde der Sinn danach, die Erweiterung seines Königreichs um die zwei Tetrarchien, um die er ersucht, zu verhindern. Immerhin würde sie einen beträchtlichen Verlust an Steuereinnahmen bedeuten, den wir uns nach Caligulas Exzessen schwerlich leisten können. Dann habe ich ihn aufgefordert, sich Sabinus noch einmal genau anzuschauen und mir zu sagen, ob er wirklich überzeugt sei, dass dies der Mann war, dem er unmittelbar vor Caligulas Ermordung begegnet ist.»

Narcissus setzte eine interessierte Miene auf. «Und?»

«Bedauerlicherweise ist er nach reiflicher Überlegung nun zu dem Schluss gelangt, er müsse sich wohl geirrt haben. Er meint, wir werden vielleicht nie erfahren, wer dieser Mann war.»

«Ich verstehe. Somit könnte man Sabinus nun als unschuldig betrachten. Bewundernswert, wie dir das gelungen ist, mein lieber Kollege.» Narcissus warf einen raschen Blick zu Callistus, wie um dessen Gedanken zu erraten. Vespasian vermochte an seinem Gesicht nichts abzulesen, Narcissus jedoch schien etwas zu erkennen. Er nickte bedächtig und schob ein paar Schriftrollen vor sich auf dem Tisch herum. «Dann also zum Geschäftlichen, meine Herren. Ich schlage vor, wir beschränken uns auf klare Worte. Ich denke, jeder weiß, wo der andere steht. Lasst mich also beginnen. Sabinus, wart Ihr der maskierte Mann, der an Caligulas Ermordung beteiligt war?»

«Nein.»

Narcissus deutete vage auf Sabinus' rechten Oberschenkel. «Zieht Eure Tunika hoch.»

Sabinus warf einen Blick zu Pallas, dessen Augen sich ein wenig weiteten, dann entblößte er zögernd das verbundene Bein.

«Ich frage Euch noch einmal: Wart Ihr der maskierte Mann, der an Caligulas Ermordung beteiligt war?»

Sabinus zögerte einen Moment lang, ehe er zugab: «Ja, kaiserlicher Sekretär.»

«Ihr könnt die Förmlichkeiten jetzt beiseitelassen, da wir doch alle, die wir hier sitzen, alte Freunde sind.»

«Gewiss, Narcissus.»

«Schön. Eure Kameraden werden hingerichtet, sobald ich den Befehl dazu erteile. Ich habe ihnen bis heute Aufschub gewährt, damit sie noch ein paar letzte Stunden mit ihren Frauen und Kindern verbringen können. Das habe ich ihnen zugestanden, da mir durchaus bewusst ist, dass sie meinem Patron, mir und ganz Rom, insbesondere seiner Schatzkammer, einen großen Dienst erwiesen haben, indem sie uns endlich von Caligula befreiten. Dennoch müssen sie sterben, aus offensichtlichen Gründen. Und im Augenblick sieht es so aus, dass Ihr Pallas' Bemühungen zum Trotz, Euch zu entlasten, möglicherweise ihr Schicksal teilen werdet.»

Sabinus senkte den Kopf.

Vespasian spürte, wie seine Eingeweide sich zusammenkrampften.

Narcissus hob ein gerolltes Dokument auf und drehte es in den Händen. «Ich weiß nicht, ob Euch allen bewusst ist, dass die Verschwörer eine Vereinbarung mit Pallas, Callistus und mir hatten: Wir sollten sie vor jeglicher Vergeltung schützen im Gegenzug dafür, dass sie Claudius zum Kaiser erklärten. Sie haben ihren Teil der Vereinbarung eingehalten, doch nur ein überaus naiver Narr würde erwarten, dass auch wir den unseren einhalten.» Er warf einen Blick zu Pallas und Callistus.

«Instabilität wäre die unabwendbare Folge», stellte Callistus fest.

Pallas nickte zustimmend.

«Ganz recht», pflichtete Narcissus ihm bei. «Der große Vorteil dieser Vereinbarung war allerdings, dass wir uns bereits seit ein paar Monaten auf den Aufstieg unseres Patrons vorbereiten konnten. Meine Mittelsmänner haben eifrig Leute ausgehorcht, um herauszufinden, wie sie darauf reagieren würden, wenn ein sabbernder Krüppel, der die Zielscheibe zahlloser Spöttereien war, Kaiser wird.» Er entrollte das Schriftstück. «Dies ist eine Zusammenfassung der Berichte meiner Leute in den Legionen am Rhenus, und es ist keine erfreuliche Lektüre.» Er studierte kurz den Inhalt, wie um ihn sich ins Gedächtnis zu rufen. «Ganz und gar nicht erfreulich, und das hier auch nicht.» Er zeigte auf die zweite Rolle, die vor ihm lag. «Diese enthält Berichte vom Danuvius. Kurz gesagt: Die Befehlshaber halten Claudius für eine Witzfigur, und ihre Männer sind bestenfalls gespalten – obwohl er der Bruder ihres geliebten Germanicus ist. Und ich habe keinen Grund, anzunehmen, dass irgendjemand hier in Rom anders über ihn denkt.»

«Unfug, Narcissus», protestierte Gaius. «Wir sind große Bewunderer von Claudius. Seine Kenntnisse in Rechtskunde und Geschichte …»

«Verschont mich mit Euren Platituden, Gaius», fiel Narcissus ihm ins Wort und gestikulierte mit der Schriftrolle. «Ich sagte, wir sollten uns auf klare Worte beschränken. Wollt Ihr wirklich Claudius zum Kaiser?»

Gaius blieb der Mund offen stehen, und seine feisten Wangen zitterten.

«Nun?», bohrte Narcissus nach.

«Die Lösung ist nicht ideal», räumte Gaius ein.

«Nein, für die meisten Leute ist sie nicht ideal. Für mich aber durchaus.» Er blickte seine Kollegen an. «Und für Pallas und Callistus auch.»

«Sie kommt uns hervorragend zupass», bestätigte Callistus.

«Und vor allem ist sie ein Faktum: Claudius *ist* Kaiser», stellte Pallas fest.

«Ja, das ist er.» Narcissus schnurrte fast vor Vergnügen. «Nun lautet jedoch die Frage: Wie stellen wir sicher, dass er es bleibt? Wir haben die Prätorianergarde gekauft, somit ist Claudius in Rom sicher. Aber was, wenn die Legionen am Rhenus meutern, wie sie es bei Tiberius' Amtsantritt taten?

Droht uns dann ein Bürgerkrieg? Eine Spaltung des Reiches? Oder womöglich beides? Das muss verhindert werden. Wie also sichern wir unseren unvollkommenen Patron in seinem Amt ab?» Narcissus schaute in die Runde, bis sein Blick an Vespasian hängen blieb.

Mit plötzlicher Klarheit erkannte Vespasian, dass die drei Freigelassenen gemeinsam an einer anderen Angelegenheit gearbeitet hatten. In diesem Gespräch sollte es von vornherein nicht darum gehen, Sabinus' Leben zu retten, sondern es steckte viel mehr dahinter. Narcissus' Blick verriet ihm, dass es hier um seine, Vespasians, Rolle bei der Absicherung des neuen Regimes ging. Pallas hatte nur die Gelegenheit genutzt, Sabinus in diese Verhandlungen einzubringen. Indem er die Bedrohung durch Herodes Agrippa als Zeugen aus dem Weg schaffte, hatte er Narcissus eine Möglichkeit eröffnet, ihn ohne Gesichtsverlust zu verschonen, obwohl Sabinus seine Schuld eingestanden hatte. Jetzt begriff Vespasian, in welche Richtung dieses Gespräch ging. «Man muss dafür sorgen, dass die Legionen ihn achten, vielleicht sogar lieben. Er braucht einen Sieg.»

«Ganz genau, und zwar bald.» Narcissus rollte den Bericht wieder ein und legte ihn mit angewidertem Blick beiseite. «Aber wo?»

Im Raum wurde es so still, dass sie deutlich die Schritte einer kleinen Kolonne hörten, die draußen vor dem Fenster vorbeimarschierte.

Nach kurzem Schweigen riss Sabinus sich aus seinen düsteren Gedanken. «Germanien kommt nicht in Frage, nachdem Varus dort die Siebzehnte, Achtzehnte und Neunzehnte Legion verloren hat. Die Grenze am Rhenus ist jetzt etabliert. Die Legionen wären nur schwer dazu zu bringen, den Fluss zu überqueren, und selbst wenn sie dazu bereit wären, gäbe es keinen schnellen Sieg.»

«Nein, gewiss nicht», stimmte Pallas ihm leichthin zu. «Und ebenso wenig könnte es in einem oder zwei Jahren gelingen, die Länder nördlich des Danuvius zu erobern.»

«Und als Caligula nach Britannien übersetzen wollte, weigerten sich die Legionen, an Bord der Schiffe zu gehen», fügte Callistus hinzu, als rezitierte er einen gut einstudierten Text.

«Südlich unserer afrikanischen Provinzen gibt es nichts, das zu erobern sich lohnen würde», schloss Narcissus sich fast nahtlos an. «Wir planen, Mauretanien weiter westlich an das Reich anzuschließen. Diese Aufgabe wurde Suetonius Paulinus übertragen, und als Belohnung für seine frühzeitige Treueerklärung hat der Kaiser Hosidius Geta zum Legatus einer der Legionen gemacht, die Paulinus' Befehl unterstehen.» Narcissus hielt einen Moment lang nachdenklich inne, als wäre ihm gerade etwas eingefallen. «Doch Mauretanien ist von geringem Wert, und es wäre keine große kriegerische Errungenschaft. Es wäre kaum einen Triumph wert, auch wenn ich überzeugt bin, dass der Senat Claudius einen votieren wird, den er in seiner Bescheidenheit selbstverständlich ablehnen wird.»

«Wir könnten natürlich Thrakien ans Reich anschließen.»

«Gewiss, mein lieber Callistus, aber wäre das etwa ruhmreich? Und in Armenien im Osten sitzt ein römischer Klientelkönig auf dem Thron. Damit bleibt nur noch Parthien.»

Pallas nickte und spann den Faden ohne Pause weiter. «Allerdings hat Lucius Vitellius dort vor ein paar Jahren einen erfolgreichen Feldzug geführt, und im Augenblick besteht eine Einigung, die unseren Interessen dienlich ist. Wir sollten also den Osten vergessen. Selbst wenn wir in dieser Richtung etwas unternähmen, wäre das Gebiet einfach zu groß, als dass wir es halten könnten. Das würde Ressourcen erfordern, die wir nicht aufbringen können. Damit bleibt nur noch eine finanziell machbare Option.»

«Ja, Pallas, du hast ja so recht. Es bleibt nur Britannien», sagte Narcissus langsam. «Aber diesmal machen wir es richtig. Callistus, bitte.»

Callistus räusperte sich. «Als mein früherer Patron Caligula sich seine planlose Invasion Britanniens in den Kopf setzte, war ich maßgeblich daran beteiligt, all die verschiedenen Elemente zu koordinieren. Ich weiß, dass eine Invasion Britanniens ganz und gar im Bereich des Möglichen liegt. Und sie hätte drei große Vorteile: Erstens haben wir bereits die gesamte Infrastruktur geschaffen, somit bleiben uns Millionenausgaben erspart.» Er zog leicht einen Mundwinkel hoch und warf Pallas einen Blick zu. Vespasian hatte den Eindruck, dass er sich selbst beglückwünschte, und Pallas hob kaum merklich eine Augenbraue zum Zeichen seiner Anerkennung. «Wir haben bereits einen Ausschiffungshafen, Gesoriacum, mitsamt Kornspeichern, Lagerhäusern und Werkstätten. Die gallischen Provinzen sind äußerst fruchtbar, sodass wir über reichlich Vorräte verfügen werden, mit denen wir sie füllen können. Zudem liegen dort oben noch immer zahlreiche Schiffe, wenn auch nicht annähernd die rund tausend, die wir brauchen werden. Doch darum wird sich unser oberster Feldherr an der Nordküste kümmern, Publius Gabinius Secundus, der persönliche Freund des Kaisers.

Zweitens haben wir zwei britannische Könige im Exil,

Adminius und Verica, die sich gegenwärtig hier in Rom aufhalten und uns ersuchen, ihnen wieder zu ihren Thronen zu verhelfen. Das verschafft uns einen Anschein von Legitimität und prorömische Herrscher vor Ort, wenn unsere Unternehmung erst erfolgreich war.

Und der dritte große Vorteil besteht darin, dass die bedeutendste Stadt im Süden der Insel, Camulodunum, vom Ort unserer Landung aus in einem einzigen Sommer zu erreichen ist, wenn wir entschlossen genug kämpfen. Claudius könnte seinen Sieg binnen einer Saison bekommen.»

«Wenn die Legionen sich nicht weigern, an Bord der Schiffe zu gehen», erinnerte Pallas alle Anwesenden.

«*Wenn* die Legionen sich nicht weigern», wiederholte Narcissus. Sein Blick wanderte jetzt zu Sabinus.

«Was schlägst du vor, wie man sie diesmal dazu bewegen kann, Narcissus?», fragte Sabinus interessiert. Er schien seine eigene Notlage für den Moment vergessen zu haben.

«Das ist der Punkt, an dem Ihr und Euer Bruder nun die Chance bekommt, Euer Leben zu retten, mein Freund. Hätte Pallas diese Angelegenheit nicht so überaus geschickt gehandhabt – wenn auch hinter meinem Rücken –, dann wäret Ihr ein toter Mann.» Er schwieg kurz und warf Pallas rasch einen missbilligenden Blick zu, der weit bedeutsamer war, als die winzigen Bewegungen seiner Gesichtsmuskeln äußerlich erkennen ließen. «Nun jedoch befinde ich mich in der Lage, Euch diese Gelegenheit bieten zu können. Schließlich stehe ich noch immer in Eurer Schuld, da Ihr jenen törichten Brief meines Patrons diskret behandelt habt. Nehmt Ihr mein Angebot an, ohne zu wissen, worin es besteht, oder zieht Ihr es vor, mit den anderen zu sterben?»

Vespasian warf seinem Bruder einen Blick zu, und Erleichterung durchströmte ihn. Gaius stieß die Luft aus, als hätte er während der ganzen bisherigen Unterredung nicht geatmet.

Sabinus brauchte nicht lange zu überlegen. «Ich nehme das Angebot an, Narcissus, worin auch immer es besteht.»

«Gut. Palagios!»

Die Tür öffnete sich, und der Schreiber trat ein. «Ja, kaiserlicher Sekretär?»

«Sind die Gefangenen bereit?»

«Jawohl, kaiserlicher Sekretär.»

Narcissus erhob sich. «Kommt mit mir, Sabinus. Vespasian, Ihr solltet ihm helfen.» Er zog den Vorhang zur Seite, öffnete die Tür und trat hindurch.

Vespasian und Sabinus folgten ihm hinaus in einen kleinen Hof, der grau im Nieselregen lag. In der Mitte knieten sechs Männer vor einem Holzklotz, jeder von einem Prätorianer mit blankem Schwert bewacht, unter dem Befehl eines Centurios. Der Gefangene, der ihnen am nächsten war, hob den Kopf mit dem rötlichen Haar und lächelte den Brüdern resigniert entgegen, das schmale Gesicht blasser denn je.

«Fangt an, Centurio», befahl Narcissus. «Es kommt kein Weiterer hinzu. Centurio Lupus als Erster.»

«Jawohl, kaiserlicher Sekretär.»

Als Lupus nach vorn zum Block geführt wurde, packte Sabinus Narcissus am Arm. «Du kannst mich nicht zwingen, mit anzusehen, wie der Bruder meiner Frau hingerichtet wird.»

Narcissus schaute finster auf die Hand hinunter, die seinen Arm umklammerte, und streifte sie ab. «Ihr seid nicht in der Position, Forderungen zu stellen, Sabinus. Es sei denn,

Ihr wolltet den Wunsch äußern, das Schicksal dieser Männer zu teilen.»

Vespasian legte seinem Bruder einen Arm um die Schultern und zog ihn beiseite. «Du kannst nichts erreichen, wenn du dich jetzt mit ihm anlegst.»

Lupus kniete vor dem Holzklotz nieder und legte beide Hände darauf, während der Prätorianer, der ihn bewacht hatte, seinen Nacken mit der Schwertklinge berührte. Als der Soldat die Waffe hob, spannte Lupus sich an und zog die Schultern hoch. Das Schwert fuhr herab, Lupus schrie vor Schmerz auf, denn die Klinge blieb in seinem Nacken stecken, statt den Kopf sauber abzuschlagen. Sofort setzte die Lähmung ein, da das Rückgrat durchtrennt war, und Lupus sackte zu Boden, heftig blutend, aber noch immer am Leben.

Narcissus schnalzte mit der Zunge. «Von einem Centurio der Prätorianer hätte ich erwartet, dass er etwas mehr Würde an den Tag legt und den Nacken streckt, wenn er dem Tod ins Auge blickt.»

Während Lupus' schlaffer Körper mit dem Kopf auf den Block gelegt wurde, die Augen in Angst und Qual aufgerissen, warf Vespasian einen Blick zu Clemens. Der blieb äußerlich ruhig, als der Soldat ein zweites Mal mit dem Schwert zuschlug und Lupus' Kopf abtrennte, sodass das Blut spritzte.

«So ist es besser», kommentierte Narcissus. Der enthauptete Leichnam wurde davongeschleift, wobei er eine breite Blutspur auf den nassen Pflastersteinen hinterließ. «Ich finde, Präfekt Clemens sollte als Nächster an die Reihe kommen. Wir wollen sehen, ob er sich besser hält.»

Sabinus versteifte sich, und seine Kiefermuskeln traten

vor Anspannung hervor, so sehr musste er um Beherrschung ringen. Vespasian hielt einen Arm fest um seine Schultern gelegt.

Narcissus wandte sich an die Brüder. «Wisst Ihr, ich denke, Ihr hattet recht, Sabinus. Es wäre falsch von mir, Euch zu zwingen, Clemens' Hinrichtung mit anzusehen. Ich glaube, es würde Euch Eure eigene prekäre Lage viel besser vor Augen führen, wenn Ihr es selbst tätet.»

«Ich kann Clemens nicht hinrichten!»

«Aber natürlich könnt Ihr das. Wenn Ihr es nicht tut, werde ich ihn zwingen, Euch hinzurichten, ehe er selbst getötet wird.»

«Tu es, Sabinus», rief Clemens, der jetzt zum Richtklotz geführt wurde. «Wenn dieser doppelzüngige, schmierige griechische Freigelassene mir schon nicht die Würde lässt, meinem Leben selbst ein Ende zu machen, dann will ich lieber von deiner Hand sterben, als die Schmach zu erdulden, dass ein niederer Soldat mich tötet.»

Sabinus schüttelte den Kopf, und Tränen stiegen ihm in die Augen.

«Du musst es tun, Bruder», flüsterte Vespasian. «Narcissus zwingt dich dazu, um zu verdeutlichen, welche Macht er über uns hat. Du musst dich ihm fügen oder sterben.»

Sabinus tat einen tiefen Seufzer, das Gesicht in den Händen vergraben. «Hilf mir dort hinüber.»

Vespasian stützte seinen Bruder, und dieser hinkte zu Clemens, der vor dem blutigen Holzklotz kniete. Der Prätorianer reichte ihm sein Schwert mit dem Heft voran. Sabinus nahm es und trat hinter seinen Schwager.

Clemens blickte auf. «Sag Clementina und meiner Frau,

dass du es getan hast, weil ich es so wollte. Sie werden es verstehen und dankbar sein, dass du meinen Tod weniger schmählich gemacht hast.»

«Das werde ich, Clemens. Danke, dass du mir deine Schwester anvertraut hast. Sie ist eine gute Ehefrau und hat mich sehr glücklich gemacht. Ich werde sie immer beschützen.» Sabinus wog das Schwert in der Hand.

Clemens nickte und formte mit den Lippen die Worte: «Räche mich.» Dann legte er beide Hände auf den Holzklotz und streckte den Nacken. «Pass auf meine Kinder auf.»

Mit einer einzigen flüssigen Bewegung hob Sabinus das Schwert über Kopf und ließ es niedersausen. Die Muskeln an seinem Arm traten vor Anstrengung hervor, und die Klinge durchtrennte Fleisch und Knochen, dass es knirschte und das Blut in einer wahren Fontäne spritzte. Clemens' Kopf wurde durch die Kraft des Blutstroms nach vorn geschleudert, schlug auf dem Boden auf und rollte noch ein Stück weiter, ehe er mit dem Gesicht zu Sabinus und Vespasian liegen blieb. Einen Moment lang starrten die noch lebendigen Augen die beiden Brüder an, dann pumpte ein letzter Herzschlag einen Schwall Blut aus dem Rumpf darüber, sodass sie blind wurden – für immer.

Sabinus ließ das Schwert fallen, und ein metallisches Scheppern hallte über den stillen Hof.

Vespasian wandte sich von dem makabren Anblick ab. Er sah, wie Narcissus, der Mann, der solch großen Nutzen aus Clemens' Tat gezogen und ihn doch verraten hatte, ein befriedigtes Lächeln andeutete, ehe er sich umdrehte und wieder hineinging. «Komm, Bruder, es ist vollbracht. Du hast Narcissus gezeigt, dass du seine Macht anerkennst.»

Vespasian hörte draußen einen dritten Körper zu Boden fallen, gerade als er wieder seinen Platz einnahm, doch er hütete sich, seine Verachtung für Narcissus zu zeigen. Mit einem raschen Blick zu Sabinus stellte er fest, dass es seinem Bruder schwerer fiel, seine Gefühle zu verbergen.

Auch Narcissus entging das nicht. «Was immer Ihr von mir denken mögt, weil ich Euch gezwungen habe, den Bruder Eurer Frau hinzurichten – es spielt keine Rolle. Es sei denn natürlich, ich würde jemals argwöhnen, dass Ihr es nicht bei bloßen Gedanken belasst. Sollte das einmal der Fall sein, dann werde ich die Entscheidung, zu der ich hier geführt wurde, rückgängig machen und zudem dafür sorgen, dass Ihr nicht als Einziger leidet.» Er funkelte Sabinus an, dann wanderte sein Blick langsam zu Vespasian und Gaius, während die Drohung im Raum stand. «Doch genug davon, wenden wir uns wieder geschäftlichen Dingen zu. Was verlangen wir von Euch beiden? Nun, da Pallas anscheinend sein Gespann wieder vereint hat, sollte wohl besser er erklären, da es ursprünglich seine Idee war.»

Vespasian schaute Pallas an, und ihm wurde klar, dass dessen Hilfe nicht ganz uneigennützig gewesen war. Pallas fing seinen Blick auf, zeigte jedoch keinerlei Regung. Von draußen war der nächste tödliche Schlag zu hören. «Danke für die Anerkennung, Narcissus», begann Pallas. «Vor einem Monat beschlossen wir, Caligulas Idee einer Eroberung Britanniens erneut aufzugreifen. Wir machten uns Gedanken darüber, wie man die Armee dazu bringen könnte, Claudius hinreichend zu respektieren, dass vier Legionen und eine entsprechende Anzahl Auxiliartruppen für ihn auf eine Insel übersetzen würden, welche die Abergläubischen unter ihnen – also praktisch alle – für einen unheimlichen, von Geistern heimgesuchten Ort halten. Meine Kollegen dachten daran, eine Siegesprämie zu zahlen, doch das kam für mich nicht in Frage, und so suchte ich nach einer kostengünstigeren Möglichkeit. Da kam mir wieder Caligulas andere Idee in den Sinn, in die Fußstapfen seines Vaters Germanicus zu treten, der nach Varus' desaströser Niederlage im Teutoburger Wald den Stolz der Legionen wiederherstellte. Er sicherte sich ihre ewige Liebe, indem er sechs Jahre später erneut nach Germanien vordrang und die Adler der Achtzehnten und Neunzehnten Legion zurückholte. Caligula wollte selbst den dritten Adler finden, der in jener Schlacht gefallen war, allerdings fehlte es ihm an Geduld, den Plan umzusetzen.

Ich erinnerte mich jedoch, mit welcher Begeisterung die Ankündigung damals aufgenommen wurde, und mir wurde klar: Hätte Caligula sein Vorhaben erfolgreich durchgeführt, dann hätte er dadurch solche Beliebtheit erlangt, dass die Legionen sich nicht geweigert hätten, sich nach Britannien einzuschiffen. Also dachte ich mir: Warum sollte Claudius es nicht ebenso machen?» Er schaute die Reihe entlang zu Vespasian und Sabinus, während von draußen ein dumpfer Laut anzeigte, dass nun der fünfte Gefangene sein Leben gelassen hatte. «Selbstverständlich kann Claudius die Expedition nicht persönlich anführen, aber jemand könnte es in seinem Namen tun. Dann erinnerte ich mich daran, wie Ihr beide nach Moesien gegangen seid, um diesen abscheulichen wieselgesichtigen Priester aufzuspüren und herzubringen. Und damit hätten wir die Lösung.»

Vespasian und Sabinus schauten Pallas ungläubig an und

vergaßen für einen Moment sogar das Grauen von Clemens' Hinrichtung. «Wir sollen den verlorenen Adler der Siebzehnten suchen?», brachte Vespasian endlich heraus. Er konnte nicht glauben, dass noch irgendjemand außer Caligula wahnsinnig genug wäre, an so etwas zu denken, zweiunddreißig Jahre, nachdem die Standarte verlorengegangen war.

«Ja», bestätigte Narcissus. «Wenn wir Roms gefallenen Adler in Claudius' Namen wieder aufrichten können, dann werden die Legionen auf seiner Seite sein, und dann werden sie auch an Bord dieser Schiffe gehen und in Britannien einmarschieren. So bekommt Claudius seinen Sieg, und seine Stellung – und vor allem auch die unsere – ist gesichert.»

«Und wenn wir uns darauf einlassen, bleibe ich am Leben?», erkundigte sich Sabinus vorsichtig.

Narcissus lächelte freudlos. «Nein. Wenn es Euch *gelingt*, bleibt Ihr am Leben. Wobei ich denke, wenn es Euch nicht gelingt, werdet Ihr ohnehin bei dem Versuch Euer Leben lassen.»

«Da hast du wahrscheinlich recht. Aber warum sollte mein Bruder mitgehen?»

«Du verstehst nicht, Sabinus», sagte Vespasian und blickte nacheinander in die unbewegten Gesichter der drei Freigelassenen. «Das alles wurde beschlossen, ehe Caligula überhaupt ermordet wurde. Es stand schon vorher fest, dass wir beide gehen würden.»

«Ob wir wollen oder nicht?»

Narcissus neigte den Kopf. «Besser gesagt, ob Ihr es unter diesem Regime zu etwas bringen wollt oder nicht, aber ja. Und jetzt habt Ihr keine andere Wahl mehr, wenn Ihr dieses unselige Missverständnis um die Frage, wer der maskierte Mann war, aus der Welt schaffen wollt.» Er hielt inne, als von draußen ein weiterer Schwertschlag zu hören war, gefolgt vom Geräusch des letzten Körpers, der auf dem Pflaster zusammenbrach.

Vespasian schauderte. Gaius schüttelte betrübt den Kopf und rieb sich den Nacken. Der Centurio befahl seinen Männern barsch, die Köpfe aufzusammeln und die Leichen fortzuschleifen.

Narcissus schürzte die Lippen. «So, das wäre erledigt. Sie waren gute Männer, wenn auch etwas naiv. Ihr habt gut daran getan, ihr Schicksal nicht zu teilen, Sabinus – wenigstens vorerst nicht.» Er wandte sich an Vespasian, als wäre nichts von Bedeutung geschehen. «Ich bin Euch noch etwas schuldig, weil Ihr es so eingerichtet habt, dass mein Patron aus dieser Angelegenheit mit Poppaeus so bereichert hervorging, und diese Schuld werde ich begleichen. Ihr werdet mir wohl zustimmen, dass die andere getilgt ist, da Ihr den Bankscheck in Alexandria eingelöst habt?»

Vespasian zwang sich, nicht mehr daran zu denken, wie Clemens' blutender Kopf an seinem rötlichen Haar hochgehalten wurde. Er nickte.

«Damit wir quitt sind, werde ich – beziehungsweise wird der Kaiser – Euch zum Legatus der Zweiten Augusta ernennen, die in Argentoratum am Rhenus stationiert ist.»

«Aber das ist Corbulos Legion.»

«Gewiss, doch wann wurde jemals ein vormaliger Konsul zum Legatus ernannt? Caligula wollte Corbulo erniedrigen, indem er ihm diesen Posten übertrug, statt ihm eine Provinz zu geben. Corbulo hatte es nämlich gewagt, sich darüber zu beklagen, dass Caligula seine Halbschwester nackt bei Abendgesellschaften vorführte. In Anbetracht seiner verwandtschaftlichen Beziehung zu Caligulas Frau halten wir es für besser, dass Corbulo nach Rom zurückkehrt. Ich bin sicher, er wird dankbar sein, eines Postens enthoben zu werden, den er zweifellos als unter seiner Würde betrachtet. Ihr werdet sein Nachfolger.» Narcissus nahm eine kleine Schriftrolle und hielt sie Vespasian hin. «Dies ist das kaiserliche Mandat, das Eure Ernennung bestätigt. Seid Ihr einverstanden?»

«Ja, Narcissus», erwiderte Vespasian. Unter anderen Umständen hätte eine solche Nachricht einen Mann mit Stolz und Begeisterung erfüllt, doch Vespasian konnte an nichts anderes denken als an Clemens' enthaupteten Körper, der gerade fortgeschleift wurde.

«Gut. Der Kaiserin war sehr daran gelegen, dass ihr Bruder Corvinus den Posten bekommt, doch glücklicherweise ist für ihn nun einer bei der Neunten Hispana frei geworden. Ich frage mich, wie er wohl die Erwartungen des Lagerpräfekten und des Primus Pilus erfüllen wird.»

Sabinus versteifte sich.

Narcissus warf ihm einen kurzen Blick zu, und der Schatten eines freudlosen Lächelns umspielte seine Lippen. «Meine Mittelsmänner werden mir zweifellos darüber berichten.» Er nahm zwei weitere eingerollte Dokumente von seinem Schreibtisch und reichte sie Vespasian. «Dies sind die Befehle für Euch und Corbulo, vom Kaiser unterzeichnet. Ihr werdet die Euren dem Statthalter Galba vorlegen, wenn Ihr in Argentoratum ankommt, er wird die nötigen Vorkehrungen treffen. Übergebt Corbulo seine Befehle persönlich. Ihr werdet so schnell wie möglich mit Sabinus dorthin aufbrechen. Als Legatus steht es Euch frei, die Ressourcen Eurer Legion und der dazugehörigen Auxiliartruppen zu nutzen, um Euren Bruder bei der Suche nach dem Adler zu unterstützen. Ich würde Euch raten, im Teutoburger Wald mit den Nachforschungen zu beginnen.»

«Du spielst mit uns, Pallas», sagte Vespasian anklagend, sobald die Tür zu Pallas' Räumen im zweiten Stockwerk geschlossen war, sodass etwaige Lauscher auf dem Gang ihn nicht hören konnten. «In diesem Gespräch ging es gar nicht darum, um Sabinus' Leben zu verhandeln. Es ging einzig um deinen Ehrgeiz und die Rolle, die ich beim Erreichen deiner Ziele zu spielen habe.»

«Die Rolle, die Ihr beide dabei zu spielen habt», korrigierte Pallas ihn und gab seinem Bediensteten einen Wink, Wein zu bringen. «Ihr müsst beide losziehen. Das Ganze war meine Idee, also hängt mein Ansehen beim Kaiser davon ab. Ich kann es mir nicht leisten, dass die Unternehmung scheitert.»

Vespasian war entrüstet. «Und wenn du keine Verwendung für Sabinus gehabt hättest, dann hättest du ihn wohl seinem Schicksal überlassen?»

«Lieber Junge, beruhige dich», redete Gaius ihm zu und ließ sich auf ein Sofa fallen. «Es spielt doch keine Rolle, wie die Angelegenheit gelöst wurde oder was Pallas' Beweggründe waren, am Ende zählt das Ergebnis: Sabinus wurde verschont.»

Sabinus setzte sich neben ihn, stützte den Kopf in die Hände und atmete tief durch. Erst jetzt konnte er die Erleichterung wirklich spüren.

«Ja, aber nur mit knapper Not. Nar–»

«‹Mit knapper Not› genügt, Vespasian!», fuhr Sabinus auf und funkelte seinen Bruder an. «Ich kann sogar die Schmach ertragen, dass Corvinus von mir das Kommando übernimmt, weil ich weiß, dass ich eine Chance habe zu überleben – und damit auch eine Chance auf Rache.»

Vespasian fasste sich wieder. «Ja, ich weiß. Aber Narcissus schien uns voraus zu sein. Er war nicht überrascht, dass wir dich mitgebracht hatten. Stattdessen hat er uns überrascht, indem er wusste, dass du kommst.»

«Oh doch, wir haben ihn durchaus überrascht», widersprach Pallas, nahm dem Bediensteten, der wieder hereinkam, zwei Becher Wein ab und reichte den einen Vespasian.

Der nahm ihn und trank ein paar Schlucke. «Tatsächlich? Ich habe einen Mann gesehen, der die Situation vollkommen unter Kontrolle hatte.»

«Selbstverständlich», bestätigte Pallas gelassen und nippte an seinem Wein. «Weil er sich gern einbildet, immer die Kontrolle zu haben. Ich habe meinen Schreibern ausdrücklich aufgetragen, es so einzurichten, dass sein Mittelsmann sieht, wie Sabinus hier hereinkommt. So hatte er Zeit, die Überraschung zu verarbeiten und – aus seiner Sicht – wieder die Oberhand zu gewinnen. Ich kenne Narcissus sehr gut und weiß, wenn Sabinus einfach so unangekündigt in sein Amtszimmer gekommen wäre, dann hätte es nichts genutzt, dass ich alles Nötige unternommen hatte, um seine Beteiligung an dem Mord zu vertuschen. Narcissus hätte ihn trotzdem hinrichten lassen, einfach weil er das Gefühl gehabt hätte, überlistet worden zu sein. Narcissus hat ihn nur verschont, weil er glaubte, mich seinerseits überflügelt zu haben. Er hat mir Sabinus' Leben gewissermaßen als Trostpreis geschenkt.»

Vespasian trank noch einen großen Schluck Wein, während er über Pallas' Worte nachdachte. «Warum hast du uns nicht gesagt, dass du das vorhattest, statt uns ahnungslos dort hineinzuschicken?»

«Weil Narcissus die Verwirrung in Euren Gesichtern sehen musste, mein Freund, sonst hätte er erraten, was vor sich ging. Wenn er nicht wirklich überzeugt gewesen wäre, uns einen Schritt voraus zu sein, dann wäre Sabinus jetzt tot.»

Vespasian seufzte. Die Winkelzüge, die Claudius' Freigelassene hinter ihren unbewegten Mienen austüftelten, waren ihm zu hoch. Er schaute sich nach einer Sitzgelegenheit um und bemerkte erst jetzt, wie spärlich der Raum eingerichtet war.

«Ihr müsst entschuldigen», sagte Pallas, «ich bin erst heute Morgen in diese Räume eingezogen, sie werden erst noch nach meinem Geschmack eingerichtet. Bitte hier entlang, meine Herren.»

Pallas führte sie durch drei geräumige Zimmer mit hohen Decken und Blick über den Circus Maximus hinweg auf den Aventin, der jetzt in Nebel gehüllt war. Sklaven waren damit beschäftigt, Möbel aufzustellen, Zierrat zu polieren und ein paar Statuen griechischen anstatt römischen Ursprungs aufzustellen. Vespasian erkannte, dass Pallas beabsichtigte, es sich durchaus behaglich zu machen. Am anderen Ende des dritten Raumes öffnete Pallas eine Tür und winkte sie hindurch in ein Amtszimmer, dessen Wände mit hölzernen Regalen überzogen waren, in denen Hunderte Röhren mit Schriftrollen lagerten.

«Bitte.» Er forderte sie mit einer Geste auf, Platz zu nehmen, und nahm einen der zylindrischen Behälter aus einem Regalfach. Er zog ein gerolltes Dokument heraus und breitete es auf dem Tisch aus. Es handelte sich um eine Landkarte.

«Das hier sind Gallien und Germanien», erklärte Pallas, während er die beiden Ränder mit einem Tintenfass und einer Wachstafel beschwerte, damit das Dokument sich nicht wieder zusammenrollte. «Die beiden militärischen Provinzen am Westufer des Rhenus, die Germania Inferior im Norden und die Germania Superior im Süden, stellen den Puffer zur verlorenen Provinz Germania Magna am östlichen Ufer dar.»

Vespasian, Sabinus und Gaius betrachteten die Karte, die nicht besonders detailliert war.

«Wie Ihr seht, ist der Rhenus deutlich eingezeichnet, ebenso die Lager der Legionen entlang des Westufers.» Pallas zeigte mit seinem sorgfältig manikürten Finger auf jede einzelne, von Norden nach Süden, und hielt bei einer auf der Hälfte des Flusses inne. «Und dies ist Argentoratum, wo die Zweite Augusta stationiert ist.» Dann fuhr er mit dem Finger ein gutes Stück weiter nach Norden und Osten. «Und hier liegt der Schauplatz von Varus' desaströser Niederlage, auf dem Gebiet der Cherusker.»

Vespasian schaute genauer hin, doch an der Stelle, auf die Pallas zeigte, war nichts eingezeichnet. «Woher weißt du das?»

«Ich weiß es nicht genau, aber nach den uns vorliegenden Berichten von vor fünfundzwanzig Jahren, als Germanicus und sein General Caecina die verwesten Leichen unserer

Männer über zwanzig Meilen Waldland verstreut fanden, muss dies ungefähr der Ort sein.»

«Wie sollen wir in dieses entlegene Gebiet gelangen?», fragte Sabinus. «Sollen wir da vielleicht mit einer ganzen Legion einmarschieren und die Hundesöhne einladen, das Ganze zu wiederholen?»

«Ich glaube nicht, dass das sonderlich vernünftig wäre», bemerkte Pallas mit einem Hauch von Herablassung in der Stimme.

Sabinus war sichtlich wütend, hielt sich jedoch zurück.

«Der Adler wird wohl nicht mehr dort sein», sagte Vespasian mit dem Gefühl, dass er zwar etwas Offensichtliches feststellte, es aber dennoch ausgesprochen werden sollte.

Pallas nickte. «Aller Wahrscheinlichkeit nach nicht, aber Narcissus hat recht: Dort solltet Ihr mit der Suche beginnen. Es ist mehr als wahrscheinlich, dass sich der Adler auf dem Gebiet eines der sechs Stämme befindet, die unter dem Anführer Arminius – um ihn bei seinem lateinischen Namen zu nennen – an der Schlacht beteiligt waren. Der Adler der Achtzehnten wurde bei den Marsern gefunden und jener der Neunzehnten bei den Brukterern. Somit bleiben nur noch die Sugambrer, die Chauken, die Chatten und Arminius' eigener Stamm, die Cherusker.» Während er die Stämme aufzählte, zeigte er auf ihre jeweiligen Heimatregionen. «Allerdings ist ein Adler für diese Männer eine mächtige und kostbare Trophäe und als Tauschgut ein Vermögen wert, deshalb gibt es keine Garantie dafür, dass er an dem Ort verblieben ist, an den er zuerst gebracht wurde.»

Vespasian betrachtete die schier endlosen Landstriche jenseits des Rhenus, die sich bis zum Rand der Karte erstreckten, und fragte sich, wie weit nach Osten sie noch reichten und wer oder was dort draußen sein mochte. «Wir gehen also zuerst dorthin, wo die Schlacht stattgefunden hat, aber was dann, Pallas? Dies ist dein Plan, du musst doch eine Idee gehabt haben, als du ihn dir ausdachtest.»

«Arminius wurde von einem Verwandten ermordet, der einen Groll gegen ihn hegte, weil er so mächtig geworden war. Nach seinem Tod zerfiel das Bündnis der Stämme, die er geeint hatte. Allerdings hinterließ er einen Sohn, Thumelicus. Dieser muss jetzt Mitte zwanzig sein. Wenn irgendjemand Euch sagen kann, wo Ihr suchen müsst, dann er.»

«Und er ist im Teutoburger Wald?»

«Das wissen wir nicht. Germanicus nahm seine Mutter Thusnelda gefangen, als sie hochschwanger mit ihm war. Nachdem sie zwei Jahre später in Germanicus' Triumphzug zur Schau gestellt worden waren, wurden sie nach Ravenna ins Exil geschickt. Der Junge wurde zum Gladiator ausgebildet und kämpfte tapfer genug, um das Holzschwert und seine Freiheit zu gewinnen. Danach verschwand er. Höchstwahrscheinlich ist er nach Germanien und zu seinem Stamm zurückgekehrt, den Cheruskern.» Pallas deutete vage auf das riesige Gebiet östlich des Rhenus. «Sofern er noch am Leben ist, hält er sich wahrscheinlich irgendwo dort draußen auf, und darum ist der Teutoburger Wald der beste Ort, um Eure Suche zu beginnen.»

«Du meinst, wenn wir diesen Mann finden, der vielleicht schon tot ist, dann wird er uns möglicherweise erzählen, wo sein Vater, den er nie kennengelernt hat, den Adler der Siebzehnten versteckt haben könnte.»

Pallas zuckte die Schultern.

Die Brüder wechselten einen Blick und brachen in ungläubiges Gelächter aus.

«Es muss noch mehr geben, was du ihnen sagen kannst, Pallas», meldete sich Gaius zu Wort, der die grobe Landkarte studierte und das Unbehagen seiner Neffen teilte.

«Ich habe ihnen alles gesagt, was uns bekannt ist. Wüssten wir mehr, dann wäre der Adler bereits gefunden worden.»

«Sie hätten uns ebenso gut ausschicken können, das Jungfernhäutchen der Venus zu suchen», grummelte Magnus, während sie in der hereinbrechenden Dunkelheit den Palatin hinuntergingen.

«Dann wüssten wir wenigstens, wo wir *nicht* zu suchen bräuchten», versetzte Vespasian düster. «So, wie die Dinge liegen, kann dieser Adler überall jenseits des Rhenus sein.»

«Und jeder dieser Stämme könnte ihn besitzen», ergänzte Sabinus.

Sein Gesicht war unter der Kapuze verborgen, aber Vespasian erkannte an seinem Tonfall, dass er eine finstere Miene machte – und er hatte allen Grund dazu. Sie hatten die letzten hellen Stunden des Tages damit zugebracht, in Pallas' Bibliothek alles über Germanien und die dortigen Stämme zu lesen, was sie auftreiben konnten, außerdem Berichte über die Schlacht im Teutoburger Wald. Es war eine beunruhigende Lektüre gewesen: ein von düsteren Wäldern überzogenes Land, von fremden Göttern beherrscht und von Stämmen bewohnt, welche das mannhafte Streben nach Schlacht und Ehre mit Inbrunst verfolgten und dennoch ihre Frauen überaus hoch achteten. Das Einzige, was diese

Stämme einte, waren ihre wechselseitige Abneigung und ihr Misstrauen gegeneinander. Es schien, als ließe der germanische Ehrenkodex nicht zu, dass ein Stamm die Vorherrschaft über einen anderen hatte, sodass sie sich unablässig bekriegten.

«Immerhin habt ihr auf dem Weg dorthin die Gelegenheit, eure Eltern zu besuchen», bemerkte Gaius in dem Versuch, die Brüder etwas aufzuheitern. «Und du, Sabinus, wirst deine Frau und deine Kinder wiedersehen.»

«Wenn wir Zeit dazu haben.» Sabinus ließ sich nicht so leicht aufmuntern.

«Was macht Ihr mit Flavia und dem kleinen Titus, Herr?», erkundigte sich Magnus.

«Sie bleiben hier», erwiderte Vespasian. «Ich kann mir nicht vorstellen, dass Flavia mich nach Argentoratum begleiten will. Bisher war sie nicht einmal bereit, nach Cosa mitzugehen. Du kannst für mich ein Auge auf sie halten, Magnus, und auch auf Caenis.»

«Und wie soll ich das anstellen, wenn ich tausend Meilen entfernt bin?»

Vespasian runzelte die Stirn. «Wohin gehst du denn?»

«Natürlich mit Euch.»

Vespasian schaute seinen Freund an, als hätte dieser den Verstand verloren. «Warum im Namen sämtlicher Götter, die dir heilig sind, solltest du das wollen?»

«Nun, Ihr braucht doch jemanden, der den Weg kennt und weiß, worauf man achten muss, wenn Ihr versteht, was ich meine?»

Vespasian war nicht klüger als zuvor. «Tut mir leid, das verstehe ich nicht.»

«Ich bitte Euch, Herr, gebraucht Euren Verstand. Ich habe Euch doch damals in Thrakien erzählt, dass ich, ehe ich zu den Cohortes urbanae kam, in der Fünften Alaudae gedient habe.»

«Ja, und?»

«Wir waren am Rhenus stationiert. Wir waren Teil von Caecinas Streitmacht, als er und Germanicus auf der Suche nach Arminius wieder nach Germanien gingen. Ich war am Schauplatz des Massakers im Teutoburger Wald, ich habe die Überreste unserer Jungs gesehen, an Bäume genagelt, in den Zweigen aufgehängt und über den Waldboden verstreut. Wir haben sie begraben, zumindest so viele, wie wir eben finden konnten. Aber was wichtiger ist: Ich war Teil der Truppe, die den Adler der Achtzehnten gefunden hat. Ich habe gesehen, wie sie ihn versteckten, also muss ich mitkommen.»

TEIL II

GERMANIEN,
FRÜHJAHR A. D. 41

V

Jetzt weiß ich, warum unsere Eltern sich entschieden haben, hierzubleiben», sagte Vespasian zu Sabinus, als die Brüder ihre Pferde anhielten. Vor ihnen lag eine neugebaute Villa an einem Hang, der sanft zum Ufer des Murtensees abfiel, im Land der Helvetier. «Vaters Bankgeschäfte laufen offenbar ausgezeichnet, dass er sich all das hier leisten kann.»

«Er wird nie mehr Wein kaufen müssen», bemerkte Sabinus.

Zahllose gleichmäßige Reihen Weinstöcke umgaben die Villa und erstreckten sich dahinter hangaufwärts, sodass das Gebäude von einem hübschen Streifenmuster umrahmt war. Selbst die Sklaventrupps, die zwischen den Reihen arbeiteten, schienen gleichmäßig verteilt zu sein. Das ordentlich bebaute Land auf dem Anwesen stand in krassem Gegensatz zu den unregelmäßigen, blaugrauen Gipfeln der Alpen in der Ferne, auf denen der Schnee weiß leuchtete. Die Frühlingssonne gewann bereits an Kraft, doch dort oben herrschte noch Winter. Hier unten hingegen, an den letzten Ausläufern des Gebirges, das Italien nach Norden hin abschirmte, hielt der Frühling Einzug. Das Weideland unter den Hufen ihrer Pferde, das monatelang unter einer Schneedecke gelegen hatte, verlor seine braune Färbung, und das Gras begann wieder üppig zu sprießen; die Tiere rupften dankbar davon.

Magnus hielt sein Pferd neben ihnen an und ließ die Zügel locker, sodass es ebenfalls grasen konnte. Er sog die kühle Luft tief ein und grinste Ziri an, der neben ihm ritt und zwei Packmaultiere am Zügel führte. «Ich kann mir keinen Ort vorstellen, der weiter von der ausgedörrten, öden Ebene entfernt wäre, die du einmal deine Heimat genannt hast.»

Ziri schaute sich um und schien gänzlich unbeeindruckt. «In der Wüste gibt es nichts, was einen einengt, keine Hindernisse.» Er deutete auf die Ziegelmauer vor dem Grundstück, dann auf die hohen Berge dahinter. «Wie weit kann man in diesem Land geradeaus reiten, bevor man die Richtung ändern muss, weil das Land jemand anderem gehört oder ein unüberwindliches Hindernis im Weg ist?»

«Sehr viel weiter als in Rom, und es stinkt nicht.»

«Aber immer noch nicht so weit wie in der Wüste, Herr, und die stinkt auch nicht.» Ziri entblößte seine weißen Zähne zu einem breiten Grinsen, wobei sich die drei seltsamen geschlängelten Narben auf jeder seiner braunen Wangen verzogen.

Magnus beugte sich hinüber und versetzte seinem Sklaven scherzhaft eine Kopfnuss. «Sklaven behalten nicht das letzte Wort, du kraushaariger Kamelficker. Sklaven sollten überhaupt den Mund halten.»

Vespasian lachte und trieb sein Pferd an, um die letzten paar hundert Schritt des weiten und beschwerlichen Weges zurückzulegen. Erst waren sie mit einem Schiff nach Massalia gefahren, dort auf ein Flussschiff umgestiegen und den Rhodanus hinaufgesegelt bis nach Lugdunum. Hier hatten sie sich vom Befehlshaber der örtlichen Garnison Pferde geben lassen und die hundertfünfzig Meilen über Land nach Aventicum in fünf Tagen bewältigt. Auf dem Forum der schnell wachsenden Stadt hatten sie das Bankgeschäft ihres Vaters ausfindig gemacht und von ein paar überlasteten Schreibern erfahren, dass er seit vier Tagen krank zu Hause geblieben war. Daraufhin hatten sie die letzten paar Meilen aus der Stadt in einiger Besorgnis zurückgelegt – immerhin war Titus, ihr Vater, bereits in den Achtzigern.

Sie ritten in leichtem Galopp durch das Tor in dem hohen Torhaus aus Ziegel und folgten einem geraden Weg zwischen frisch umgegrabenen Gemüsebeeten und kleinen Obstgärten mit Apfel- und Pfirsichbäumen vor langgestreckten, niedrigen Wirtschaftsgebäuden. Der Weg endete an einem kunstvoll gestalteten Garten mit einem Fischteich und einem Springbrunnen in der Mitte. An drei Seiten war der Garten von der zweigeschossigen Villa ihrer Eltern begrenzt. Entlang der Außenseite des Hauses verlief eine hüfthohe hölzerne Balustrade, die eine vier Schritt breite Veranda einfasste. Diese war von einem schrägen Ziegeldach überschattet, das dicht unterhalb der einheitlich quadratischen Fenster im ersten Stockwerk ansetzte und von hölzernen Säulen getragen wurde. Die Säulen waren mit Ranken bewachsen, in deren ersten grünen Frühjahrstrieben der leichte Wind spielte. An den beiden Seitenflügeln der Villa waren Türen und Fenster exakt symmetrisch angeordnet. Als Vespasian und seine Begleiter absaßen, öffnete sich eine der Türen zu ihrer Linken, und eine vertraute Gestalt trat auf die schattige Veranda hinaus.

«Bei Minervas räudiger Fotze», rief Magnus aus. «Artebudz! Was machst du denn hier?»

Vespasian war ebenso überrascht wie Magnus, den vormaligen Jagdsklaven der Thrakerkönigin Tryphaina wiederzusehen, dessen Freilassung er erwirkt hatte, als er als Militärtribun in dem Klientelkönigreich gedient hatte. Er hatte ihn zuletzt vor zehn Jahren gesehen. Damals hatte Artebudz Vespasians Eltern aus Italien nach Norden begleitet, nach dem Überfall auf ihren Hof in Aquae Cutiliae durch Handlanger von Livilla und ihrem Geliebten Seianus.

Artebudz grinste freudig. «Magnus, mein Freund. Vespasian und Sabinus, ich freue mich, Euch wiederzusehen, meine Herren.» Er ging über die Veranda zur zweiflügeligen Tür an der Front des Haupthauses. Vespasian, Sabinus und Magnus überließen ihre Pferde Ziri und einem Stallburschen, der herbeigeeilt war, und gingen ebenfalls zum Eingang.

«Ich bin jetzt seit drei Jahren hier», erklärte Artebudz, ergriff Magnus' ausgestreckten Arm und neigte den Kopf vor Vespasian und Sabinus. Sein lockiges Haar, einst pechschwarz, wies inzwischen graue Strähnen auf. «Nachdem ich mit Euren Eltern Aventicum erreicht hatte, ging ich zunächst weiter in meine Heimatprovinz Noricum. Mein Vater Brogduos war noch am Leben, allerdings schon sehr alt. Als er starb, begrub ich ihn und setzte unser beider Namen auf den Grabstein, dann kehrte ich hierher zurück, um meine Schuld gegenüber Eurer Familie zu begleichen, schließlich verdanke ich Euch meine Freiheit.» Er schaute die Brüder besorgt an und runzelte die Stirn, die ein Brandzeichen in Form des griechischen Buchstabens Sigma trug. «Aber Ihr kommt gerade zur rechten Zeit, meine Herren. Euer Vater ist nun schon eine Weile krank, und seit ein paar Tagen hütet er das Bett. Die Ärzte glauben, dass er an der Schwindsucht leidet. Sein Zustand verschlechtert sich stetig.»

Vespasia Pollas Freude darüber, ihre Söhne nach so langer Zeit wiederzusehen, wurde durch ihre Sorge um ihren Mann getrübt. So umarmte sie die beiden nur flüchtig in dem geräumigen Atrium, dessen hohe Gewölbedecke zum Schutz vor dem nördlichen Klima ganz geschlossen war, dann führte sie sie durch einen Korridor und eine hölzerne Treppe hinauf. Ihr einst so stolzes, schmales Gesicht war jetzt von Sorge gezeichnet, und sie trug ihr ergrauendes Haar unordentlich aufgesteckt. Offenbar legte sie keinen Wert mehr auf ihr Äußeres. Das Funkeln war aus ihren dunklen Augen verschwunden, und darunter hing die Haut in schlaffen Tränensäcken, die vom Weinen und von schlaflosen Nächten zeugten.

«Diese Ärzte hier haben keine Ahnung», klagte sie, während sie die Brüder über einen Flur im ersten Stock mit Ausblick auf die Weingärten und die fernen Alpen führte. «Ich wollte Titus überreden, nach Rom zurückzukehren, als er vor ein paar Monaten begann, sich schwach zu fühlen, aber er hat sich geweigert. Er sagt, was immer die Parzen ihm bestimmt haben, daran wird sich nichts ändern, wenn er statt griechischer Quacksalber in der Germania Superior andere griechische Quacksalber aufsucht, die das doppelte Honorar verlangen, nur weil sie in Rom leben.»

Vespasian konnte die Logik dieses Arguments nachvollziehen, hielt es jedoch für besser, das nicht zu äußern.

Vespasia blieb vor einer schlichten Holztür stehen. «Er sagt, die Zeit, da Morta den Lebensfaden eines Menschen durchschneidet, wird einzig von ihren Launen bestimmt und hat nichts damit zu tun, wo auf der Welt der betreffende Mensch sich aufhält.» Mit missbilligendem Stirnrunzeln öffnete sie die Tür.

Die Brüder traten nach ihr ein und sahen zu ihrer freudigen Überraschung ihren Vater aufrecht im Bett sitzen. Er hob den Blick von dem Schriftstück, das er gerade studierte, und verzog das bleiche, ausgemergelte Gesicht zu einem Lächeln. «Na so etwas, meine Söhne. Entweder haben die Boten Rom und Pannonien in Rekordzeit erreicht, und ihr habt auf eurer Reise hierher diese Rekorde wiederum gebrochen, oder ich habe mein Geld vergeudet, als ich vor vier Tagen Briefe an euch beide sandte mit der Bitte herzukommen.» Er streckte die Hände aus, und Vespasian und Sabinus ergriffen sie. «Aber da ihr nun beide hier seid und ich mich heute etwas besser fühle – auch wenn die Ärzte ihr Möglichstes tun, um mir den Rest zu geben –, werde ich zum Abendessen aufstehen.»

Titus stellte seinen Weinbecher ab und schaute Sabinus ungläubig an. Er rieb sich die wulstige rote Narbe an der Stelle, wo sein linkes Ohr gewesen war, dann wandte er sich an seine Frau, die auf dem Speisesofa neben ihm lag. «Mir scheint, wir haben unseren ältesten Sohn zu einem Schwachkopf mit selbstmörderischem Ehrgefühl erzogen.» Mit einem raschen Blick zu Clementina, die neben ihrem Mann lag, fügte er hinzu: «Auch wenn das Unrecht, das dir, meine Liebe, angetan wurde, natürlich irgendwann gerächt werden musste – aber nicht um den Preis deines Bruders und deines Ehemannes.»

Clementina nickte Titus vage zu, die geröteten Augen voller Tränen um ihren Bruder. Sie trug eine schlichte Stola aus gelber Wolle, und das Haar hing ihr wirr über die Schultern. Vor einer Stunde war sie von einem Spaziergang mit ihren Kindern zurückgekehrt und hatte erfahren, welche Rolle ihre Angehörigen bei der Ermordung Caligulas gespielt hatten. Seither war sie hin- und hergerissen zwischen Trauer um Clemens und Erleichterung darüber, dass Sabinus verschont worden war. Sie hatte entschieden, am Abendessen teilzunehmen, um sich keinen Augenblick von ihrem Mann trennen zu müssen, doch sie war keine sonderlich anregende Tischgesellschaft und hatte nichts gegessen. «Meine Schande war es nicht wert, dass mein Bruder dafür sein Leben opferte und mein Mann das seine aufs Spiel setzte.» Sie strich mit einer Hand über Sabinus' muskulösen Unterarm. «Aber ich danke den Göttern, dass wenigstens er mir noch bleibt.»

Sabinus rutschte unruhig herum und legte eine Hand auf Clementinas. «Nur wenn es uns gelingt, diesen Adler zu finden.»

Vespasian ließ sich von einem Sklaven Wein nachschenken. «Und damit uns das gelingt, müssen wir Arminius' Sohn Thumelicus finden, meint Pallas. Er nimmt an, dass dieser in die Heimat seines Stammes gegangen ist. Aber wie sollen wir das anfangen? Wir wissen nicht einmal, wie er aussieht.»

«Ich nehme an, genau wie sein Vater», sagte Titus. «Wenigstens war er ihm als Kind wie aus dem Gesicht geschnitten.»

Die Brüder starrten ihren Vater verständnislos an.

«Du hast Thumelicus gesehen?», fragte Sabinus stirnrunzelnd.

«Nur als kleines Kind bei Germanicus' Triumphzug. Es war im Mai des Jahres, in dem eure Mutter und ich nach Asia gingen. Zwei Tage später legte unser Schiff von Ostia ab. Ich weiß noch, wie ich eine Bemerkung darüber machte, dass der Junge seinem Vater so ähnlich sah: langes, fast schwarzes Haar, durchdringende blaue Augen und schmale Lippen. Der einzige Unterschied war eine kleine Kinnspalte, die hatte er von seiner Mutter.»

«Aber wieso konntest du die beiden überhaupt vergleichen?»

«Weil ich Arminius als Knaben kannte. Ich habe ihm sogar einmal das Leben gerettet.» Titus lächelte wehmütig. «Im Rückblick betrachtet, wäre vielleicht manches anders gekommen, wenn ich es nicht getan hätte. Wisst ihr, meine Söhne, nicht nur Männer aus den großen Familien können den Lauf der Geschichte ändern.»

«Wie kam es dazu?», fragte Sabinus.

Doch Vespasian erinnerte sich. «Natürlich, du hast bei der Zwanzigsten Legion gedient.»

Als Titus sich an seine kriegerische Jugend erinnerte, ließ der Ausdruck von Stolz auf seinem ausgemergelten Gesicht ihn zwanzig Jahre jünger wirken. «Ja, Vespasian, das habe ich. Nachdem wir die Kantabrer in Hispanien geschlagen hatten, wurden wir nach Germanien geschickt. Wir waren

Teil der Streitmacht von Drusus, Tiberius' älterem Bruder, der Augustus' Politik weiterverfolgte, die Germania Magna bis zum Fluss Albis zu erobern. Mit ihm führten wir Feldzüge überall in diesem von Wäldern überzogenen Land, gegen die Friesen und die Chauken entlang der flachen Küste des kalten nördlichen Meeres und gegen die Chatten und die Marser in den düsteren Wäldern und Bergen im Binnenland. Als ich vierunddreißig und seit zwei Jahren Centurio war, kämpften wir in einer Schlacht gegen die Cherusker, nicht weit vom Ufer des Albis. Wir schlugen sie, und dann unterwarf ihr König Segimerus sich Drusus in einem ihrer heiligen Haine. Um den Pakt zu besiegeln, wurde sein neunjähriger Sohn Erminaz als Geisel nach Rom geschickt. Mir als einem der rangniedersten Centurionen fiel die Aufgabe zu, mit meiner Centurie den Jungen in die Stadt zu eskortieren, sodass ich ihn recht gut kennenlernte. Und ich habe ihn davor bewahrt, von einer Horde Chatten abgeschlachtet zu werden, die uns auf dem Weg zurück zum Rhenus aus dem Hinterhalt überfielen.»

«Erminaz war Arminius, Vater?», fragte Vespasian.

«Ja, sein Name wurde zu Arminius latinisiert. Er blieb sieben Jahre lang in Rom und wurde in den Ritterstand erhoben, dann diente er als Militärtribun in den Legionen. Schließlich kehrte er als Präfekt einer Kohorte einer germanischen Auxiliartruppe in die Germania Magna zurück. Der Rest ist Geschichte: Drei Jahre nach seiner Rückkehr verriet er Varus, und fast fünfundzwanzigtausend Legionäre und Soldaten der Auxiliartruppen wurden niedergemetzelt. Vielleicht hätte ich ihn doch den Chatten überlassen sollen.»

Sabinus nippte an seinem Wein und machte ein unzufriedenes Gesicht. «Was nutzt uns all das, Vater? Du hast Thumelicus gesehen, als er zwei war, und seinen Vater, als er neun war, und du fandest, dass die beiden große Ähnlichkeit hatten. Beide hatten schwarzes Haar und blaue Augen, genau wie viele tausend andere Germanen, nur dass Thumelicus eine Kinnspalte hatte.»

«Genau», schloss Vespasian sich an. «Wir werden Thumelicus wohl kaum aufspüren, indem wir die Germania Magna durchstreifen und jedem Germanen, dem wir begegnen, unter den Bart schauen.»

Titus nickte und griff nach einem verschrumpelten Winterapfel. «Ihr müsst ihn also dazu bringen, zu euch zu kommen.»

Sabinus hätte beinahe höhnisch geschnaubt, doch er besann sich darauf, dass er mit seinem Vater sprach, und setzte einen respektvolleren Ausdruck auf. «Und wie soll uns das gelingen?»

Titus zog sein Messer aus der Scheide am Gürtel und begann, den Apfel zu schälen. «Wie gesagt, ich habe Erminaz – oder Arminius – recht gut kennengelernt. Es dauerte fast zwei Monate, bis wir Rom erreichten. Auf dem Weg wurde dem Jungen allmählich klar, wie weit er von seiner Heimat fortgebracht wurde, und er begann zu fürchten, er werde seine Eltern, vor allem seine Mutter, nie wiedersehen. Die Germanen achten ihre Mütter und ihre Ehefrauen hoch und lassen sich von ihnen sogar in Angelegenheiten beraten, die wir als Männersache betrachten.» Vespasia schnaubte, doch Titus fuhr fort, als hätte er es nicht bemerkt: «Am Morgen, nachdem ich ihn Drusus' Frau Antonia übergeben hatte –»

Vespasian war überrascht. «Du bist Antonia schon einmal begegnet, als du noch jünger warst?»

«Nur flüchtig, sie hat mich fortgeschickt, kaum dass ich zur Tür herein war. Es wäre unter ihrer Würde gewesen, mir Beachtung zu schenken. Jedenfalls, bevor ich ihn in ihrer Obhut zurückließ, gab Arminius mir etwas und nahm mir das Versprechen ab, es seiner Mutter zu bringen. Ich habe ihm das natürlich zugesagt, da ich annahm, ich würde zu meiner Legion zurückkehren. Nur wusste ich nicht, dass Drusus zwei Tage nach unserem Aufbruch vom Pferd gestürzt und einen Monat später gestorben war. Auf dem Rückweg kam uns sein Leichenzug entgegen, und meine Legion begleitete ihn. Dann wurden wir nach Illyricum entsandt, und ein paar Jahre später gingen wir mit Tiberius erneut in der Germania Magna auf Feldzug. Diesmal fielen wir von Süden ein und drangen nicht bis in das Gebiet der Cherusker vor. Wiederum vier Jahre später wurde ich durch einen Speer verwundet und schied als Invalide aus der Legion aus. So kam ich nie wieder ins Land der Cherusker und hatte keine Gelegenheit, Arminius' Mutter diesen Gegenstand zu übergeben. Und bis ich mich von meiner Verletzung erholt hatte und nach Rom zurückgekehrt war, diente Arminius bereits fernab der Stadt in der Armee.»

In Sabinus' Augen glomm Hoffnung auf. «Du hast diesen Gegenstand, was immer es sein mag, also noch immer?»

«Ja, ich gebrauche ihn sogar», erwiderte Titus und schnitt seinen Apfel in Viertel.

Die Brüder starrten auf das Messer in der Hand ihres Vaters. «Dein Messer?», riefen sie gleichzeitig aus.

«Ganz recht, das Messer, das ich tagtäglich benutze. Das

Messer, mit dem ich Obst schäle und Opfertiere töte.» Er hielt die schmale Klinge hoch. «Ich habe es sogar bei den Zeremonien zu euer beider Namensgebung benutzt.»

Vespasian und Sabinus standen auf und gingen zu ihm, um die Klinge, die sie als Kinder täglich gesehen hatten, noch einmal zu betrachten, nun mit anderen Augen.

«Ich glaube nicht, dass es als Anreiz genügen würde, um Thumelicus dazu zu bewegen, euch zu helfen. Aber ich denke durchaus, wenn ihr die Kunde verbreitet, dass ihr Arminius' Messer habt, würde er sich zumindest bereitfinden, mit den Söhnen des Mannes zu sprechen, der seinem Vater einst das Leben rettete – im Tausch gegen ein Andenken an den Vater, den er nie gekannt hat. Danach läge es an euch, ihn zu überzeugen.»

«Aber wieso sollte er glauben, dass das Messer wirklich Arminius gehört hat?», fragte Vespasian, während er die schlichte Waffe bewunderte.

«Sieh dir die Klinge genau an.»

«Ach, da sind doch seltsame Schriftzeichen eingraviert, nicht wahr, Titus?», fragte Vespasia und versuchte stirnrunzelnd, sich zu erinnern. «Dieses Messer hast du mir gegeben, damit ich mir damit das Leben nehme, damals an dem Abend, als Livillas Männer Aquae Cutiliae überfielen. Ich setzte es mir an die Brust und starrte mein Spiegelbild auf der Klinge an. Ich war völlig verängstigt, da ich glaubte, mich selbst zum letzten Mal zu sehen. Da bemerkte ich diese Linien, die mein Bild verzerrten, und versuchte, mich zu beruhigen, indem ich darüber rätselte, was es mit den Zeichen auf sich hat. Ich wollte dich nachher danach fragen, aber über dem Schrecken und der Angst habe ich es vergessen.»

Vespasian kniff die Augen zusammen. Dicht am Heft war auf der Klinge eine Reihe feiner Linien zu sehen, die als Schrift erkennbar waren. «Was sind das für Zeichen, Vater?»

«Es sind Runen, germanische Buchstaben. Arminius sagte zu mir, da stehe ‹Erminaz›.»

Fünf Tage später konnten die Brüder ihren Aufbruch nicht länger hinauszögern. Vespasian saß mit seinen Eltern auf der Veranda vor dem Haus und blickte Sabinus und Clementina entgegen, die mit ihren beiden Kindern, Flavia Sabina und dem kleinen Sabinus, nunmehr elf beziehungsweise neun Jahre, auf sie zukamen. Vor den Stallungen zu ihrer Linken beaufsichtigten Magnus und Artebudz Ziri und ein paar Stallburschen, die ihre Pferde sattelten und Proviant für den hundert Meilen weiten Weg zum Lager der II Augusta in Argentoratum aufluden.

«Ich habe gestern den Verkauf des Bankgeschäfts in die Wege geleitet», verkündete Titus. Er fröstelte ein wenig und hatte sich trotz der warmen Frühlingssonne eine Decke um die Schultern gelegt.

Vespasia schaute ihren Mann stirnrunzelnd an. «Hast du dich endlich doch entschlossen, nach Italien zurückzukehren?»

«Nein, Vespasia, ich werde hier sterben, und zwar bald.»

Vespasian schwieg in dem Wissen, dass sein Vater recht hatte: Angesichts seines Gesundheitszustands würde er den Mittsommer nicht mehr erleben. Dies würde ein Abschied für immer sein.

«Und was wird dann aus mir, Titus?», fragte Vespasia.

«Du kannst tun, was immer du willst. Ich hinterlasse dir dieses Anwesen. Die Einkünfte daraus und das Geld vom Verkauf des Bankunternehmens genügen, um dir ein Leben in aller Annehmlichkeit zu sichern. Du könntest hierbleiben oder auf unsere Landgüter in Italien zurückkehren, entweder auf den Hof in Aquae Cutiliae, den ich Vespasian vererbe, oder auf den in Falacrina, den ich Sabinus hinterlasse.»

«Erwartest du etwa von mir, dass ich in einem Haus lebe, in dem jedes Zimmer mich an dich erinnert? Wie kannst du nach all den Jahren nur so dumm sein?»

Titus kicherte und lächelte seine Frau liebevoll an. «Weil dein Eigensinn nicht zulässt, dass du mich anders siehst, Vespasia.»

Vespasia schien einen Moment verwirrt. «Ich weiß nicht recht, ob das ein Kompliment war oder eine Beleidigung.»

«Beides, meine Liebe.»

Vespasia schnaubte spöttisch. «Titus, wenn du so entschlossen bist, mir wegzusterben, dann werde ich ganz sicher nicht an einem Ort herumsitzen, wo ich unablässig an deine Eigensucht erinnert werde. Flavia wird bald Vespasians zweites Kind zur Welt bringen, und Clementina wird zweifellos mit ihren Kindern zurück nach Rom gehen, also könnte ich mich dort nützlich machen. Ich werde zu meinem Bruder Gaius gehen.»

Vespasian schloss die Augen. Ihn schauderte bei der Vorstellung, dass seine Mutter und Flavia im selben Haus leben sollten. Er fragte sich, wie sein Onkel wohl reagieren würde – wahrscheinlich würde Gaius eine Menge Korrespondenz zu erledigen finden.

«Warum bin ich nicht selbst darauf gekommen?», murmelte Titus schmunzelnd.

Vespasia starrte ihren Mann streng an, dann wurde ihr Ausdruck milder, und sie legte ihm eine Hand aufs Knie. «Ich bin sicher, du bist darauf gekommen, aber du dachtest, ich würde die Idee als dumm abtun.»

Titus legte seine Hand auf die seiner Frau und drückte sie zärtlich, dann schaute er zu den Stallungen hinüber, wo Sabinus gerade seinen kleinen Sohn auf ein Pferd gesetzt und ihm ein Schwert in die Hand gegeben hatte. Der Junge fuchtelte damit über seinem Kopf und stieß einen schrillen Schlachtruf aus, während seine Schwester zusah und begeistert in die Hände klatschte. Sabinus legte einen Arm um seine Frau, und sie sahen gemeinsam ihren Kindern zu.

Titus lächelte zufrieden über diese Familienszene, dann wandte er sich an Vespasian. «Erinnerst du dich an den Eid, den ich dich und deinen Bruder habe schwören lassen, ehe wir damals vor all den Jahren nach Rom aufbrachen?»

«Ja, Vater», erwiderte Vespasian mit einem zurückhaltenden Blick zu seiner Mutter.

«Du kannst ruhig offen darüber sprechen», versicherte Vespasia ihm. «Titus hat mir davon erzählt und mir auch erklärt, warum er euch diesen Eid abgenommen hat.»

Titus beugte sich vor. «Was war der Sinn dieses Schwurs?»

«Wenn einer von uns dem anderen in einer Zeit der Not nicht helfen könnte, weil er durch einen früheren Eid gebunden wäre, dann würde dieser Eid Vorrang haben, da er vor allen Göttern und den Geistern unserer Ahnen geschworen wurde.»

«Und was denkst du, was ich im Sinn hatte, als ich euch das schwören ließ?»

Vespasian fühlte, wie sein Magen sich zusammenkrampfte. Seit fünfzehn Jahren hatte er mit seinem Vater über dieses Thema sprechen wollen, doch er wusste, dass es tabu war. «Er sollte Vorrang vor dem Eid haben, den Mutter dem gesamten Haushalt einschließlich Sabinus abgenommen hat, damals nach der Zeremonie meiner Namensgebung am neunten Tag nach meiner Geburt. Sie ließ alle schwören, niemals über die Omen bei dem Opfer zu sprechen und darüber, was sie angekündigt hatten. Ich weiß nicht, was für Omen das waren, weil niemand bereit ist, es mir zu sagen.»

«Wegen des Eides, den sie alle geleistet haben.»

«Genau. Aber seit damals habe ich zwei andere Prophezeiungen gehört, über die ich viel nachgedacht habe. Die erste am Orakel des Amphiaraos in Griechenland. Sie war vage, schien jedoch zu besagen, der König des Ostens werde eines Tages den Westen beherrschen, wenn er mit einer Gabe den Fußstapfen Alexanders durch den Sand folgte.»

«Was bedeutet das?»

«Ich weiß es nicht, aber als ich in der Oase Siwa war, in der Kyrenaika, wurde ich Zeuge der Wiedergeburt des Phönix.»

Titus und Vespasia schauten ihren jüngeren Sohn mit einer Mischung aus Unglauben und Erstaunen an.

«Ich wurde zum Orakel des Amun geführt, und der Gott sprach zu mir. Er sagte, ich sei zu früh gekommen, um meine Frage zu kennen, und ich solle wiederkommen und eine Gabe mitbringen, die das Schwert, das Alexander dort zurückgelassen hatte, aufwiegen könne.»

«War das die zweite Prophezeiung?», fragte Titus. «Dass du wiederkehren würdest?»

«Nein, es war eher eine Einladung, mit einer Gabe und der richtigen Frage wiederzukommen. Es schien sich auf das zu beziehen, was Amphiaraos gesagt hatte. Die andere Prophezeiung stammte von Thrasyllos, Tiberius' Astrologen. Er sagte, wenn ein Senator in Ägypten den Phönix sähe, würde er die nächste Kaiserdynastie gründen. Aber ich habe den Phönix nicht in Ägypten gesehen. Siwa war zwar früher einmal Teil von Ägypten, doch jetzt gehört es zur Kyrenaika. Deshalb weiß ich nicht recht, was ich denken soll. Ihr müsst mir verraten, was die Omen zu meiner Geburt besagten, damit ich klarer sehe, welcher Weg vor mir liegt.»

«Das können wir nicht, mein Sohn.»

«Nur wegen dieses Eides, den ihr alle geschworen habt», rief Vespasian ungeduldig aus.

«Ich habe recht daran getan, alle schwören zu lassen, dass sie niemals verraten, was dir prophezeit wurde, Vespasian», beteuerte seine Mutter. «Es geschah zu deinem Schutz. Allerdings hat dein Vater auch recht daran getan, Sabinus eine Möglichkeit zu eröffnen, es dir dennoch zu verraten, wenn er findet, du solltest es erfahren.»

Vespasian platzte schier vor Neugier, und es fiel ihm schwer, sich zu beherrschen. «Aber wann wird das sein?»

Titus zuckte die Schultern. «Wer kann das wissen? Eines weiß ich allerdings: Sollte es euch nicht gelingen, den Adler zurückzuholen, und sollte Sabinus' Leben verwirkt sein, dann wird er dir, ehe er stirbt, sagen, was er weiß. Ich habe gestern mit ihm gesprochen und ihn davon überzeugt, dass der zweite Eid ihm das ermöglicht. Du wirst irgendwann seine Hilfe brauchen, und auf diese Weise kann er sie dir über das Grab hinaus zuteilwerden lassen.»

«Hoffen wir, dass es dazu nicht kommt», murmelte Vespasian, auch wenn seine Neugier ihn beinahe zwang, das Gegenteil zu denken.

«Ja, hoffen wir es», bekräftigte Titus. Dann erhob er sich mühsam, von Vespasia gestützt. Er schaute sich auf dem Hof um und lächelte wohlgefällig. «Dies war ein gutes Zuhause für meine letzten Lebensjahre, und die Bevölkerung von Aventicum hat mir zu einem ansehnlichen Einkommen verholfen.» Vespasia reichte ihm seinen Gehstock, und er hinkte zur Tür. Dabei schaute er sich noch einmal nach Vespasian um. «Die Familie sollte diesen Ort irgendwann für all das Gute belohnen, das er für Vespasia und mich getan hat. Vielleicht wirst du eines Tages dafür sorgen, dass er die Rechte einer *Colonia* erhält.»

Vespasian starrte seinem Vater nach, der sich langsam entfernte, und fragte sich, ob der Gedanke, der in seinem Hinterkopf entstanden war – ein absurder Gedanke, den er stets zu unterdrücken versucht hatte –, wahr war. Konnte es denn möglich sein? Würde er wirklich eines Tages in der Position sein, den Wunsch seines Vaters zu erfüllen?

VI

Vertraut wie die Titten der eigenen Mutter», verkündete
Magnus. Er blickte auf das Standlager der II Augusta in
zwei Meilen Entfernung hinunter, das auf ebenem Gelände
eine halbe Meile vom Ufer des Rhenus errichtet war.

Vespasian konnte sich dem Gefühl seines Freundes nur
anschließen, wenn auch nicht seinem Vergleich. «Ich würde
sagen, wie die Augen der eigenen Mutter, aber ich verstehe,
was du meinst.» Er bewunderte die hohen, rechteckig an-
gelegten Wälle aus Stein mit ihren Wachtürmen, die Reihen
regelmäßig angeordneter Baracken, jede genau im vorge-
schriebenen Abstand zur nächsten. Zwischen den Gebäuden und den Wällen lag ein Streifen offenen Geländes, mehr
als zweihundert Schritt breit – so weit, wie ein Pfeil fliegen
konnte –, auf dem Centurien von Legionären exerzierten.
Zwei breite Straßen teilten das Lager in vier Teile. An ihrer
Kreuzung, fast genau in der Mitte des Lagers, standen anstatt der Ziegelbaracken größere Gebäude für die Befehlshaber und die Verwaltung. Höher und aus Stein statt aus Ziegel gebaut, bildeten sie einen eindrucksvollen Mittelpunkt
in dem sonst so tristen, eintönigen Lager. Es sah aus wie ein
beliebiges anderes Legionslager an einem beliebigen anderen Ort.

Was Vespasian jedoch überraschte, war die Landschaft jenseits des Flusses. Er hatte düsteres Waldland erwartet, unberührt vom zivilisierenden Einfluss römischen Rechts, doch stattdessen sah er ordentliche Bauernhöfe, umgeben von bestellten Feldern oder Weideland, auf dem Viehherden grasten. Dies waren nicht die wilden Landschaften Germaniens, wie die Veteranen sie schilderten, wo man tagelang wandern konnte, ohne auch nur einmal den Himmel zu sehen. Allerdings ging in ein paar Meilen Entfernung das bewirtschaftete Land in dunkle, mit Koniferen bestandene Hügel über, die weitaus besser zum verbreiteten Bild der Germania Magna passten. Offenbar wurde mit den Gebieten außerhalb des Reiches schwunghafter Handel getrieben, denn auf dem dreihundert Schritt breiten Fluss verkehrten Boote zwischen beiden Ufern hin und her, und am westlichen Ufer, unweit des Lagers, gab es eine ansehnliche Stadt mit einem kleinen Hafen.

«Das Einzige, was sich überhaupt jemals ändert, ist die Größe der Siedlung, die neben dem Lager entstanden ist», bemerkte Sabinus und trieb sein Pferd an, um den Hang hinunterzureiten.

«Und der Preis der Huren, die darin leben», ergänzte Magnus weise, dann fügte er nach kurzem Nachdenken hinzu: «Und natürlich die Arroganz des befehlshabenden Arschlochs.»

Gnaeus Domitius Corbulo ergriff Vespasians Arm. «Ihr seid also gekommen, um mich abzulösen, Vespasian? Ich könnte nicht behaupten, dass es mir unlieb wäre. Caligula hat mir das Kommando über die Zweite übertragen, um mich zu erniedrigen. Ich hatte zu meiner Halbschwester gesagt, nur weil sie die Frau des Kaisers sei, bräuchte sie nicht Schande über unsere Familie zu bringen, indem sie zuließ, dass er sie nackt bei Essensgesellschaften vorführte. Als vormaligem Konsul hätte mir eine Provinz zugestanden, keine Legion. Für Euch hingegen sollte es der geeignete Posten sein.» Er machte mit der freien Hand eine Geste, die das prächtige Innere des *Praetoriums* einschloss, des Hauptquartiers der Legion. Am anderen Ende stand der Legionsadler in seinem Schrein, umgeben von brennenden Wandleuchten und von acht Legionären bewacht.

«Danke, Corbulo», erwiderte Vespasian, darum bemüht, sich keine Gefühlsregung anmerken zu lassen. «Ich betrachte die Ernennung als Ehre.»

«Gewiss, das solltet Ihr auch», pflichtete Corbulo ihm bei und blickte Vespasian über seine lange Nase hinweg wohlwollend an. Er ignorierte geflissentlich Magnus, der neben ihm stand, und ergriff Sabinus' Arm. «Ich verstehe allerdings nicht, weshalb anscheinend zwei Männer geschickt wurden, um mich abzulösen.» Er machte ein seltsames Geräusch, das klang wie ein Widder, der Schmerzen hatte. Vespasian erkannte, dass er einen seltenen, aber tapferen Versuch unternommen hatte, Humor an den Tag zu legen.

«Vielleicht fand man, ein einziger Nachfolger würde nicht genügend heiße Luft hervorbringen», murmelte Magnus durchaus vernehmlich.

Corbulo konnte seinen Ärger nicht ganz verbergen, doch es wäre unter seiner Würde gewesen, zur Kenntnis zu nehmen, dass eine so niedere Person wie Magnus überhaupt im Raum war, geschweige denn, dass er ihn beleidigt hatte.

«Aber das wird sich zweifellos bald aufklären, Sabinus. Ich werde alle meine Befehlshaber einladen, ihren neuen Legatus zu begrüßen.»

«Das wird eine ideale Gelegenheit sein, diese Frage zu besprechen, Corbulo», erwiderte Sabinus.

«Ich fürchte, ich muss Euch dies geben, Corbulo.» Vespasian hielt ihm das eingerollte Dokument hin, das Narcissus ihm mitgegeben hatte. «Es sind Eure offiziellen Befehle, unterzeichnet vom Kaiser.»

«Ich verstehe», murmelte Corbulo, schaute die Rolle an und runzelte die Stirn. Dann blickte er Vespasian in die Augen.

Vespasian verstand Corbulos Unbehagen. «Nein, ich kenne den Inhalt nicht.»

Corbulo betrachtete die Rolle noch ein paar Augenblicke lang, ehe er sie entgegennahm. «Ich wäre nicht der Erste, der einen Brief mit dem Befehl erhält, sich selbst zu töten.» Er wog das Schriftstück in der Hand, als könnte er daraus auf den Inhalt schließen. «Ich würde Claudius nicht einmal einen Vorwurf machen – er muss glauben, ich wollte einen Blutpreis für diese Schlampe, die meine Halbschwester war. Nun, er hat recht, das will ich, aber nicht mehr Blut, als man aus einem Nadelstich herausdrücken kann.» Wiederum gab er einen Laut von sich, der an einen gequälten Widder erinnerte. Vespasian war geradezu bestürzt, denn er hatte nie zuvor erlebt, dass Corbulo zweimal an einem Tag den Versuch unternahm, Humor zu zeigen. Endlich brach Corbulo das Siegel. «Wisst Ihr, dass ich die Legionen ihre Treue zu Claudius schwören ließ, sobald die Nachricht eintraf? Ich bin ihm treu, so unschön und wenig staatsmännisch er auch aussehen mag.» Er studierte das Dokument und stieß erleichtert die Luft aus. «Offenbar brauche ich mich doch nicht in mein Schwert zu stürzen. Ich muss nur nach Rom zurückkehren und stehe dort unter Hausarrest, bis entschieden ist, ob ich meine Laufbahn fortsetzen kann. Bei Minervas Titten, ich werde nie eine Provinz zu regieren bekommen. Den Göttern sei Dank, dass meine Halbschwester, dieser Bastard, nicht mehr ist! Dass sie die Beine nicht geschlossen halten konnte, hat nichts als Schande über die Familie gebracht, und jetzt steht es meinem Aufstieg im Weg.»

«Ich denke, hätte Narcissus nicht in Eurer Schuld gestanden, dann wäre Euer Aufstieg endgültig zunichte geworden», bemerkte Vespasian. «Dass wir seinerzeit Poppaeus getötet haben, hat seinem Patron großen Gewinn eingebracht.»

Corbulo rümpfte die Nase, als wäre ein übler Geruch in den Raum geweht. «An diese Tat werde ich nicht gern erinnert, Vespasian, aber wenn irgendetwas Gutes aus jenem schändlichen Mord erwachsen ist, umso besser. Dennoch wäre ich Euch dankbar, wenn Ihr die Angelegenheit nie wieder erwähntet. Jetzt möchtet Ihr vielleicht ein Bad nehmen und Eure Uniform anlegen. Ich werde die Befehlshaber in etwa einer Stunde hier versammeln lassen, damit sie Euch kennenlernen. Ich denke, mein erster Tribun, Gaius Licinius Mucianus, wird Euch besonders gefallen.»

«Danke, Corbulo, aber setzt das Treffen besser erst in zwei Stunden an. Ich muss mich vorher noch beim Statthalter melden.»

«Das ist außerordentlich», bellte Servius Sulpicius Galba im selben Kommandoton, in dem er das ganze Gespräch geführt hatte. «Ihr kommt an, um die Legion zu übernehmen, und brecht dann gleich am nächsten Tag zu einer Mission jenseits des Flusses auf, über die Ihr mir nichts verraten könnt? Wirklich ganz und gar außerordentlich. Andererseits erscheint dieser Tage alles ganz und gar außerordentlich, wie? Freigelassene und Krüppel erteilen Männern Befehle, die ihren Familienstammbaum bis in die Frühzeit der Republik und noch weiter zurückverfolgen können. Emporkömmlinge wie Ihr ohne nennenswerte Abstammung werden Legati und lösen vormalige Konsuln ab, die eigentlich Provinzen regieren sollten. Es ist höchste Zeit, dass wir uns wieder auf die römischen Traditionen besinnen. Es fehlt uns an Disziplin, findet Ihr nicht auch, äh …» Er warf rasch einen Blick auf Vespasians Befehle. «Vespasian?»

«Gewiss, Statthalter», erwiderte Vespasian und suchte auf dem unbequemen Holzstuhl nach einer angenehmeren Sitzposition.

Er schaute sich um, während Galba noch einmal das kaiserliche Mandat studierte. Der Raum sah anders aus, als er sich das Amtszimmer des Statthalters einer Provinz vorgestellt hätte. Er war äußerst spärlich eingerichtet, mit schlichten, zweckmäßigen Möbeln, ohne Rücksicht auf Bequemlichkeit und ohne den geringsten Schmuck. Selbst das Tintenfass auf dem groben Holztisch bestand aus einfachem gebranntem Ton.

Galba rollte die Dokumente wieder ein und gab sie Vespasian zurück. «Es war höchst peinlich, als ein Mann von Corbulos Rang mir unterstellt wurde, für beide Seiten. Wenigstens dieses Problem ist durch Eure Ernennung gelöst. Also schön, nehmt Euch, was Ihr für diese Mission braucht. Aber seid gewarnt, die Germanenstämme sind eine blutrünstige Horde disziplinloser Barbaren. Vor ein paar Monaten musste ich einen Kriegertrupp der Chatten über den Fluss zurückschlagen. Sie hatten ihn weiter stromabwärts überquert, als er zugefroren war.»

«Nach den Landkarten zu urteilen, muss ich ihr Gebiet durchqueren.»

«Dann tut es schnell.» Er gestikulierte mit dem kaiserlichen Mandat in Vespasians Richtung. «Ich werde kurz vor Mittag im Lager sein, um Euch das Mandat offiziell zu übergeben und vor den Truppen Eure Ernennung zu bestätigen, auch wenn sich mir nicht erschließt, wozu sie das brauchen. Sie sollten einfach tun, was man ihnen sagt. Keine Disziplin, ich sage Euch, keine Disziplin.»

«Die geeignetste Einheit für diese Aufgabe ist die erste Ala der batavischen Kavallerie», stellte Gaius Licinius Mucianus fest, ohne dass ihn überhaupt jemand nach seiner Meinung gefragt hätte. «Selbstverständlich braucht Ihr eine berittene Truppe, aber diese Jungs sind mehr als das: Ihre Heimat liegt an der Mündung des Rhenus, dort lernen sie schwimmen, fast ehe sie laufen können. Außerdem sind sie großartige Schiffer. Angesichts all der Flüsse, die Ihr vielleicht überqueren müsst, sind solche Fähigkeiten von entscheidender Bedeutung. Zudem sind sie selbst Germanen, sodass sie in der Lage sind, sich mit den einheimischen Stämmen zu verständigen, und sich in der Gegend gut auskennen.»

«Wo sind sie stationiert?», erkundigte sich Vespasian,

dem der Militärtribun mit den breiten Streifen ungemein gefiel. Der Mann hatte das Problem klar erkannt und einen passenden Vorschlag gemacht, sobald er, Vespasian, den ranghohen Offizieren der II Augusta erklärt hatte, was von ihm verlangt wurde.

«In Saletio, etwa dreißig Meilen flussabwärts, also nördlich von hier.»

«Danke, Mucianus.» Vespasian schaute in die Gesichter der übrigen Befehlshaber, die ihm und Sabinus an dem Tisch im Praetorium gegenübersaßen. Die fünf rangniederen Tribune mit schmalen Streifen, deren Namen er sich noch nicht hatte merken können, schienen die Idee zu befürworten, doch er war weniger an den Ansichten der Jungen, Unerfahrenen interessiert als an denen des Primus Pilus Tatius, des obersten Centurio der Legion, und des Lagerpräfekten Publius Anicius Maximus. Letztere beide nickten zustimmend, nur Corbulo schien nicht begeistert. «Wessen Befehl unterstehen sie?»

«Ab jetzt dem Euren», erwiderte Corbulo, «aber ich weiß nicht, ob ihr Präfekt Euch gefallen wird. Er ist ein arroganter junger Mann mit äußerst beschränkten Fähigkeiten und hat keine der Qualitäten seines Vaters. Ich fürchte, Paetus' vorzeitiger Tod hat dazu geführt, dass sein Sohn ohne die nötige väterliche Führung aufwuchs.»

«Ihr sprecht von Lucius, dem Sohn von Publius Iunius Caesennius Paetus?», rief Vespasian und dachte an seinen längst verstorbenen Freund zurück, der ein Kamerad von ihm und Corbulo gewesen war, als sie gemeinsam in Thrakien gedient hatten. Paetus war vor zehn Jahren von Livilla ermordet worden, da er als Stadtquästor versucht hatte, sie auf Befehl des Senats zu verhaften, damals nach dem Sturz ihres Geliebten Seianus. Mit seinem letzten Atemzug hatte Paetus Vespasian gebeten, ein Auge auf Lucius zu haben. Vespasian hatte es ihm zugesichert, doch nun wurde ihm schmerzlich bewusst, wie sehr er es vernachlässigt hatte, sein Versprechen zu halten.

Sabinus, der neben Vespasian saß, rutschte unruhig auf seinem Stuhl herum. «Ist keine andere Einheit verfügbar?»

Corbulo schüttelte den Kopf. «Der Legion sind zwei Alae gallischer Reiter angeschlossen, aber die sind zu … nun ja, zu gallisch. Sie hassen aus Prinzip alle Germanen und würden es mit jedem, der ihnen über den Weg liefe, auf einen Kampf anlegen. Das wäre Eurer Mission nicht zuträglich. Und unsere eigene Kavallerieeinheit könnte es nicht mit germanischer Reiterei aufnehmen, falls es tatsächlich zu einem Kampf kommen sollte. Ich fürchte, Mucianus hat recht: Die Batavier sind die besten Männer für diese Aufgabe.»

«Dann nehmen wir sie. Außerdem bin ich dem jungen Lucius etwas schuldig.» Vespasian sah zu Sabinus, der seinem Blick jedoch auswich. «Und mein Bruder übrigens auch», fügte er leise hinzu. «Mucianus, schickt Lucius Paetus umgehend Nachricht, er soll morgen mit sechs *Turmae* seiner Batavier hier sein. Ich denke, einhundertachtzig Mann sollten zu unserem Schutz genügen, doch zugleich sind es nicht so viele, dass sie direkt als Bedrohung wahrgenommen werden. Sagt ihm auch, ich will ein paar, die sich in der Germania Magna gut auskennen. Maximus, lasst sechs Transportschiffe bereitmachen, damit wir morgen Nachmittag im Hafen an Bord gehen können. Wegtreten, meine Herren.»

«Du hast die hunderttausend Denar, die du von Paetus geliehen hattest, noch nicht an seine Familie zurückgezahlt, oder?», sagte Vespasian anklagend zu Sabinus, sobald sie allein waren. «Ich habe dir doch gesagt, du hättest dir das Geld niemals leihen sollen.»

«Halte mir keine Vorträge, Bruder. Ich habe es mir geliehen, weil Paetus es mir angeboten hat und weil es zu der Zeit die einzige Möglichkeit war, zu einem größeren Haus zu kommen. Nur weil du knauserig bist, muss nicht gleich jeder andere auch so leben. Bei den Steinen des Saturn, du hast ja nicht einmal ein eigenes Haus.»

«Mag sein, aber wenigstens gehört all mein Geld mir, und ich kann nachts erheblich ruhiger schlafen, wenn ich weiß, dass ich keine Schulden habe. Wie schläfst du eigentlich?»

«Weitaus komfortabler als du und ausgezeichnet.»

«Aber wie kannst du nur? Mit jedem Monat wächst die Schuld um weitere Zinsen. Wann wirst du sie zurückzahlen?»

«Bald, zufrieden? Ich wollte sie schon vor Jahren zurückzahlen, aber als der Aventin abbrannte und damit auch mein Haus, brauchte ich das Geld für den Wiederaufbau. Danach habe ich es irgendwie vergessen.»

«Lucius hat es gewiss nicht vergessen.»

«Lucius weiß wahrscheinlich gar nicht, dass ich das Geld noch schuldig bin.»

Vespasian starrte seinen Bruder missbilligend an. «Dann werde ich es ihm sagen.»

«Du scheinheiliger kleiner Scheißer.»

«Nun, dann kläre du die Angelegenheit mit ihm, sobald er eintrifft. Ich will jedenfalls nicht, dass das zwischen euch schwärt, wenn wir durch Germanien ziehen in dem Versuch, dein verschwenderisches Leben zu retten.» Vespasian machte auf dem Absatz kehrt und stürmte aus dem Praetorium.

Vespasian straffte sich vor Stolz, als er am folgenden Morgen mit Galba zum Lagertor hinausmarschierte, um die II Augusta zu inspizieren. Zwar war die Legion nicht in voller Truppenstärke versammelt, da ein paar Centurien dazu abkommandiert waren, kleinere Lager und Wachtürme entlang des Rhenus zu bemannen, aber es war dennoch ein eindrucksvoller Anblick: Mehr als viertausend Legionäre standen in Reih und Glied, zu Kohorten formiert, auf dem ebenen Gelände zwischen dem Lager und dem Fluss. Als Vespasian auf das Podium stieg, wünschte er, sein Vater hätte ihn jetzt sehen können, doch er wusste, dass sie sich wahrscheinlich nie wiedersehen würden. Sie hatten sich verabschiedet, und beide waren dankbar gewesen, die Gelegenheit dazu zu haben. Das war mehr, als den meisten anderen vergönnt war.

«Die Zweite Augusta», brüllte Primus Pilus Tatius, «stillgestanden!»

Der *Bucinator* neben ihm setzte sein Horn an den Mund und blies drei aufsteigende Töne. Als der letzte erstarb, schrien alle Centurionen gleichzeitig einen Befehl, und die gesamte Legion nahm Haltung an wie ein Mann, wobei sie mit einem Krach die Enden ihrer *Pila* – Wurfspeere mit langen Eisenschäften – auf den Boden stießen und ihre mit Bronze überzogenen Schilde, die mit einem weißen Pegasus gegenüber einem Steinbock verziert waren, vor die Brust nahmen. Es folgte Stille, nur durchbrochen vom Flattern der Standarten und dem Krächzen der Krähen hoch in den Wipfeln einer Baumgruppe links von Vespasian.

Vespasian überblickte die Reihen verhärteter Gesichter, die über die Schilde hinweg geradeaus starrten unter Helmen aus poliertem Eisen, auf dem sich das schwache Sonnenlicht spiegelte, und für ein paar Augenblicke genoss er das Gefühl des Stolzes.

«Legionäre der Zweiten Augusta», donnerte Galba mit einer Stimme, die in Vespasians Ohren kaum lauter klang als bei ihrem Gespräch am Vorabend, «der Kaiser hat es für passend erachtet, Titus Flavius …», er warf einen raschen Blick auf eine Wachstafel, die er in der Hand hielt, «… Vespasianus zu eurem neuen Legatus zu ernennen. Ihr werdet ihm in allen Dingen gehorchen.» Mit einem knappen Kopfnicken in Richtung der versammelten Legion wandte er sich Vespasian zu und gab ihm das kaiserliche Mandat zurück.

Vespasian stand auf dem Podium und hielt das Mandat zum Gruß in die Höhe, den Männern zugewandt, die jetzt seinem Kommando unterstanden. Der leichte Wind spielte mit dem scharlachroten Legatusmantel und dem Helmbusch aus weißem Rosshaar. Die Legion grüßte ihn mit ohrenbetäubendem Gebrüll, als er das Mandat erst nach rechts, dann nach links hielt, sodass jeder das Symbol seiner Autorität als ihr rechtmäßiger Befehlshaber sehen konnte.

Mit dramatischer Geste ließ er den Arm fallen, und die Männer verstummten. Er holte tief Luft, sodass seine Brust sich unter dem bronzenen Muskelkürass weitete, und legte die linke Hand auf die purpurne Schärpe, die er um die Taille trug. «Männer der Zweiten Augusta, ich bin Titus Flavius

Vespasianus, und ich wurde vom Kaiser beauftragt, diese Legion zu befehligen. Ihr werdet mich noch gut kennenlernen und ich euch. Ich werde keine langen Lobreden auf euren Mut und eure Tapferkeit halten. Wenn ihr Lob verdient, werdet ihr es in einem Wort oder zweien erhalten, und wenn ich euch unzulänglich finde, werdet ihr es in einem Wort oder zweien erfahren.»

«Ihr solltet sie peitschen», grollte Galba mit so gedämpfter Stimme, dass nur die Hälfte der Anwesenden es hören konnte.

«Ich werde mir immer die Zeit nehmen, eure Klagen anzuhören. Kommt damit zu mir und nehmt die Sache nicht selbst in die Hand. Wir sind durch ein wechselseitiges Band der Disziplin aneinander gebunden, und dieses Band wird sicherstellen, dass wir in Eintracht miteinander leben und kämpfen. Wenn irgendjemand dieses Band zerreißt, lässt er damit jeden Einzelnen in der Legion im Stich und wird bestraft werden.

Doch ich zweifle nicht daran, dass die Worte des Lobes, die ich zu euch spreche, jene des Tadels weit überwiegen werden. Ich weiß, als Bürger von Rom und Soldaten seiner ruhmreichen Zweiten Augusta werdet ihr eure Pflicht ehrenvoll und gewissenhaft erfüllen. Ich setze mein Vertrauen in euch und fordere im Gegenzug von euch Treue und Gehorsam. Ich empfehle mich euch, Legionäre der Zweiten Augusta!»

Primus Pilus Tatius zog sein Schwert aus der Scheide und reckte es in die Höhe. «Die Zweite Augusta grüßt Legatus Vespasian. Ave Vespasian!»

Mit tosendem Jubel, der die Krähen aus ihren Bäumen aufscheuchte, folgte die ganze Legion dem Beispiel ihres ranghöchsten Centurios und schwenkte ihre Pila. Der Jubel ging rasch in einen Sprechgesang über, die Legionäre riefen lauthals «Vespasian» und stießen im Takt dazu ihre Waffen in die Luft.

Vespasian hütete sich, die Huldigung allzu lange andauern zu lassen. Schon so mancher Legatus war seines Kommandos wieder enthoben worden, da ein ängstlicher Kaiser jeden fürchtete, der zu viel Beifall bekam. Spione gab es überall. Er kreuzte die ausgestreckten Arme vor der Brust, um erneut Ruhe zu gebieten. Augenblicklich setzten die Legionäre ihre Pila wieder auf dem Boden auf, eine Bewegung, die sich von der vordersten bis zur hintersten Reihe fortpflanzte, und erwarteten die Worte ihres Legatus.

Vespasian schwieg noch einen Moment, empfand wiederum den Wunsch, sein Vater könnte ihn sehen, und überlegte, wie er den letzten Teil dessen, was er zu sagen hatte, am besten formulieren sollte. Die Krähen, die über ihren Köpfen kreisten, landeten nun, da Ruhe eingekehrt war, nach und nach wieder in den Bäumen. «Dies ist eine kurze erste Begegnung, da ich gleich wieder aufbreche und für etwa einen Monat in einer Angelegenheit des Kaisers unterwegs sein werde. Ich übertrage das Kommando meinem obersten Tribun Mucianus, und Lagerpräfekt Maximus wird ihn unterstützen. Ihr werdet den beiden gehorchen, als kämen ihre Befehle von mir.»

Links von Vespasian flatterten die Krähen, die sich seit der letzten Störung gerade erst wieder niedergelassen hatten, plötzlich erneut laut krächzend auf. Unter ihnen ertönte das Donnern zahlreicher Hufschläge. Vespasian wandte sich um und sah eine fast zweihundert Mann starke Kavallerieeinheit in vier Mann breiter Kolonne herangaloppieren. Als sie näher kamen, konnte er die langen Bärte und Hosen erkennen, die bei den germanischen Stämmen üblich waren. An der Spitze ritt ein junger römischer Offizier. Fünfzig Schritt vor dem Podium ließ der Offizier die Zügel los, hob die Arme und ließ sie dann nach beiden Seiten ausgestreckt fallen. Er ergriff wieder die Zügel und bremste sein Pferd. Die Soldaten hinter ihm fächerten sich, von hinten beginnend, nach rechts und links auf und verringerten ihr Tempo erst, als sie fast auf gleicher Höhe mit ihrem Befehlshaber waren.

Während er sein Pferd im Schritt weitergehen ließ, hob der junge Offizier die rechte Hand, ohne sich umzuschauen, und ließ sie nach ein paar Schritten fallen. Augenblicklich kam seine Truppe in zwei perfekten Linien zu je neunzig Mann zum Stehen. «Lucius Iunius Caesennius Paetus, Präfekt der Ersten Batavischen Ala, meldet sich auf Befehl von Legatus Vespasian zur Stelle.» Paetus grüßte zackig, dann schaute er sich um, ehe er mit breitem Grinsen unschuldig fragte: «Ich störe doch nicht etwa?»

«Wann immer ich mit ihm zu tun hatte, war er respektlos und unverschämt», teilte Corbulo Vespasian mit, während sie in der blassen Spätnachmittagssonne zusahen, wie die Batavier unter Paetus' Aufsicht ihre Pferde über Rampen auf die Flussschiffe führten. «Nur weil seine Familie sich rühmen kann, mehr als zehn Konsuln hervorgebracht zu haben, bildet er sich ein, er könnte mit allen anderen umspringen, wie es ihm beliebt. Er hat sogar meine Führerschaft kritisiert und meine Entscheidungen hinterfragt, könnt Ihr Euch das vorstellen?»

«Tatsächlich? Das ist schändlich.» Allerdings fiel es Vespasian keineswegs schwer, es sich vorzustellen. Auch wenn Corbulos Zweig der Domitier seit ein paar hundert Jahren Senatorenrang innehatte, war Corbulo als Erster bis zum Konsul aufgestiegen. Vespasian konnte durchaus verstehen, dass Paetus, der aus einer weit älteren und vornehmeren Familie stammte, den steifen und förmlichen Corbulo als nicht ganz ernst zu nehmenden Emporkömmling betrachtete. Doch er hütete sich auszusprechen, was er dachte.

«Nun, viel Glück mit ihm. Ich hoffe, dass er nie wieder meinen Weg kreuzt», murmelte Corbulo, als der Gegenstand seiner Entrüstung auf sie zukam.

«Eure vier Pferde und die Reservepferde werden zuletzt verladen, Herr», meldete Paetus, «unmittelbar bevor wir an Bord gehen. Die Pferde meiner Jungs sind an Schiffe gewöhnt, denen macht es nichts aus, zu warten.»

«Sehr gut, Präfekt.»

Paetus schaute Corbulo fragend an. «Soweit ich weiß, gibt es für Euch kein Pferd. Plant Ihr, ebenfalls mitzukommen, *vormaliger* Legatus?»

Corbulo schnaubte erbost, nickte Vespasian zum Abschied knapp zu, machte auf dem Absatz kehrt und stürmte über den Kai davon.

«Jetzt, da Ihr unter mir dient, werdet Ihr Euch weniger großspurig und anständiger betragen, Paetus», teilte Vespasian ihm mit, während sie Corbulo nachblickten.

«Anständiger betragen, alles klar, Herr», erwiderte Paetus, doch Vespasian konnte sich des Eindrucks nicht erwehren, dass durchaus nicht «alles klar» war.

Vespasian beschloss, die Sache vorerst auf sich beruhen zu lassen. Irgendwie mochte er den Sohn seines alten Freundes. Mit seinem offenen, freundlichen runden Gesicht und den fröhlichen blauen Augen war er das Ebenbild seines Vaters zu der Zeit, als Vespasian und er sich in Thrakien zum ersten Mal begegnet waren. Hinzu kam, dass Vespasian sich schuldig fühlte. Er hatte sein Versprechen nicht gehalten, Paetus' heranwachsenden Sohn unter seine Fittiche zu nehmen, und so fand er nun, dass er ihm einiges durchgehen lassen sollte. Er verstand, warum Corbulo mit seiner aristokratischen Reserviertheit und seinen Vorurteilen den jungen Mann nicht leiden konnte. Er selbst wollte jedoch nicht über ihn urteilen, ehe er gesehen hatte, wie der junge Paetus sich als Anführer seiner Truppe machte. Auch wenn er für einen Kavalleriepräfekten ziemlich jung war, überraschte es Vespasian nicht, dass er bereits so weit aufgestiegen war, denn Angehörige alter Patriziergeschlechter mit einer langen Reihe von Konsuln unter ihren Vorfahren konnten mit rascher Beförderung rechnen. Paetus' Vater hatte diesen Rang etwa im gleichen Alter innegehabt.

«Wie viele noch, Ansigar?», rief Paetus einem vollbärtigen Decurio zu – die Batavier dienten unter ihren eigenen Befehlshabern.

«Vier, Herr», kam die Antwort mit starkem Akzent.

«Sieht aus, als ob deine Turma gewinnt.» Paetus schaute den steinernen Kai entlang zu den anderen fünf Schiffen hinüber, bei denen noch etliche Pferde darauf warteten, an Bord zu gehen. «Dann bekommen du und deine Jungs so viel Bier, wie ihr trinken könnt, wenn wir wieder in unserem Lager sind.»

Ansigar grinste. «Sofern die Nornen, die unser Schicksal

bestimmen, unseren Lebensfaden lang genug gesponnen haben. Allerdings sind sie heimtückische Huren.»

Paetus schlug seinem Untergebenen auf die Schulter. «Das heißt Weiber.»

«Nein, Präfekt, das heißt Göttinnen.»

Paetus lachte laut auf. «Weibliche Götter! Verschlagene Biester – es gibt nichts Schlimmeres, wie?»

«Kein Wunder, dass das arrogante Arschloch ihn nicht leiden kann», bemerkte Magnus, der sich mit Ziri zu Vespasian gesellte. Ziri übergab ihm einen alten, reichlich abgenutzten Reisemantel. «Er kann sich ja nicht mal überwinden, überhaupt mit Untergebenen zu reden, geschweige denn Späße mit ihnen zu machen.»

«Ich nehme an, du sprichst von Corbulo, dem vormaligen Konsul.»

«Der mit der langen Nase, der immerfort heiße Luft von sich gibt und den ich eben hochgradig wütend gesehen habe, wie er auf dem Kai Leute beiseiterempelte? Ja, von dem spreche ich.»

Vespasian schüttelte seufzend den Kopf, dann nahm er seinen Militärmantel ab und gab ihn Ziri. Er schaute zur Sonne hinauf, die sich im Westen bereits rötlich färbte. «Wo ist Sabinus?»

Magnus grinste. «Er hat einen Stier aufgetrieben und wartet auf den Sonnenuntergang, um ihn Mithras zu opfern, damit unsere Mission gelingt.»

Vespasian band den Reisemantel über seine *Lorica Hamata*, die Kettentunika der Auxiliartruppen. «Dann sollte er sich beeilen, ich will aufbrechen, sobald es dunkel ist.»

«Aber wohin aufbrechen?»

«Wir müssen so weit flussabwärts fahren, wie wir können, und dann möglichst unbemerkt das bewirtschaftete Land auf der anderen Seite des Flusses durchqueren. Ehe es hell wird, müssen wir in den Bergen sein.»

«Ja, Herr, das ist mir schon klar, ich wollte wissen: Wohin gehen wir eigentlich?»

«Wie meinst du das? Du sagtest doch, du kennst den Weg.»

«Habe ich das gesagt?» Magnus schwieg kurz, und an seinem Gesicht war abzulesen, dass es ihm dämmerte. «Ach so! Jetzt verstehe ich. Ihr erwartet von mir, dass ich uns zum Teutoburger Wald führe.»

«Es liegt nahe, dort mit der Suche zu beginnen.»

«Das mag naheliegen, aber wenn Ihr wollt, dass ich dorthin finde, dann liegt es nicht nahe, von hier aufzubrechen. Wir waren in Noviomagus oben im Norden stationiert. Von dort sind wir ostwärts an der Küste entlangmarschiert und dann nach Süden durch das Land der Chauken. Den Schauplatz der Schlacht haben wir erreicht, indem wir einem Fluss namens Amisia folgten.»

«Nun, das ist doch ein Anfang. Dann halten wir uns also in nordöstlicher Richtung, bis wir auf diesen Fluss stoßen. Paetus hat Männer dabei, die sich in der Gegend auskennen. Von dort aus kannst du uns den Schauplatz von Arminius' größtem Sieg zeigen, und dann lassen wir Thumelicus eine Nachricht zukommen, dass wir etwas haben, das ihn interessieren dürfte, etwas, das seinem Vater gehört hat. Er wird kommen, seine Neugier wird ihn dazu zwingen.»

Magnus schien skeptisch. «Wird er nicht eher argwöhnen, dass es eine Falle ist?»

«Vielleicht, aber ebendarum nehme ich nur sechs Turmae mit: Ein Mann von Thumelicus' Rang wird weit mehr als hundertachtzig Mann aufbieten können, also hat er von uns nichts zu befürchten.»

«Aber wir haben von ihm eine ganze Menge zu befürchten! Großartig, wir gehen also zum Schauplatz des fürchterlichsten Massakers seit Menschengedenken und fordern den Gegner auf, das Ganze noch einmal durchzuspielen, wenn auch in viel kleinerem Maßstab.»

«Du hättest ja nicht mitkommen müssen.»

«Natürlich musste ich, das muss ich immer, weil ich Eurem Onkel mein Leben verdanke.»

«Diese Schuld hast du schon mehrfach zurückgezahlt.»

«Mag sein», murmelte Magnus. «Wie dem auch sei – wisst Ihr, wo Thumelicus sich aufhält?»

«Nein.»

«Wie sollen wir ihm dann eine Nachricht schicken, wenn wir dort sind?»

Vespasian zuckte die Schultern.

«Ihr wisst es nicht, stimmt's?»

«Nein», gestand Vespasian, «so weit habe ich noch nicht geplant.»

VII

❧

S achte mit ihm, Jungs», zischte Paetus, da eins der Pferde
der Batavier auf der Rampe scheute, über welche die
Tiere aus dem offenen Laderaum des Bootes heraufgeführt
wurden.

Vespasians Finger zuckten nervös hinter seinem Rücken,
während er beobachtete, wie zwei Soldaten der Auxiliartruppe sich bemühten, das Tier zu bändigen. Sie zogen es
am Halfter herunter, streichelten seine Nüstern und redeten
in ihrer fremdartigen, unmelodischen Sprache besänftigend
auf es ein. Die Worte schienen das Pferd zu beruhigen, und
endlich ließ es sich die Rampe her.aufführen, dann eine andere hinunter, von Bord in das flache Wasser am östlichen
Flussufer.

Vespasian schauderte und zog den Reisemantel fester um
seine Schultern. Flussaufwärts lagen die anderen fünf Trans-
portboote so dicht am Ufer, wie ihr flacher Rumpf es zuließ.
Im blassen Licht eines Viertelmonds konnte er die Silhouetten der Männer und Pferde ausmachen, die von Bord gingen.
Bei jedem Wiehern, jedem gedämpften Ruf und jedem Plat-
schen spannte Vespasian sich an und spähte nach Osten in
die Düsternis, doch es war nichts zu sehen.

Nachdem Sabinus sein Opfer dargebracht und sich ihnen

angeschlossen hatte, waren sie sechs Stunden lang flussabwärts gefahren, bis sie einen Uferabschnitt gefunden hatten, an dem kein Lichtschimmer aus den Fenstern von Bauernhäusern zu sehen war. Das bedeutete allerdings nicht, dass keine menschlichen Behausungen in der Nähe waren. Vespasian wollte unbedingt mit seiner kleinen Truppe an Land gehen, ohne von den Einheimischen bemerkt zu werden. Die Kunde von ihrer Ankunft sollte ihnen nicht vorauseilen. Zwar lebten die Stämme entlang des Flusses in Frieden mit dem Imperium und trieben Handel mit Rom, jenen weiter landeinwärts war jedoch durchaus zuzutrauen, selbst bestgeschützte römische Handelskolonnen zu überfallen und abzuschlachten.

«Ich habe Ansigar mit acht der Jungs ausgeschickt, um die Umgebung auszukundschaften, solange wir mit der Landung beschäftigt sind, Herr», teilte Paetus ihm mit, gerade als ein weiteres Pferd sich mit beängstigend lautem Schnauben ins brusttiefe Wasser stürzte.

«Gut. Geht das hier nicht leiser?»

«Das *ist* leise. Alle unsere Pferde haben das schon früher mitgemacht. Ihr werdet noch erfahren, wie laut es werden kann, wenn wir versuchen, Eure vier und die Reservepferde von Bord zu bringen. Es wird ihnen nicht gefallen.»

Vespasian verzog das Gesicht. «Dann seht zu, dass es so schnell wie möglich geschieht. Ich gehe jetzt an Land.»

«Das ist sicher das Beste, Herr. Dort wird es sich längst nicht so laut anhören, da könnt Ihr Euch besser entspannen.»

Vespasian warf Paetus einen finsteren Blick zu, doch der hatte ihm bereits den Rücken gekehrt und konzentrierte sich wieder auf das Ausschiffen.

«Und, schließt Ihr Euch allmählich doch Corbulos Meinung an, Herr?», fragte Magnus munter und lud seinen Packsack Ziri auf die Schulter.

«Bring meinen auch an Land, Ziri», befahl Vespasian etwas barscher als beabsichtigt. Verärgert über sich selbst, ging er die Rampe hinauf.

Als er nass und frierend aus dem Fluss stieg, stand Sabinus bereits am Ufer und rieb sich die Beine kräftig mit einem Tuch ab. Um sie herum waren die Soldaten damit beschäftigt, ihre Pferde zu satteln.

«Hast du mit Paetus gesprochen?», wollte Vespasian wissen, dessen Laune sich durch das Bad nicht gebessert hatte.

«Das habe ich, und er war äußerst entgegenkommend.» Sabinus reichte Vespasian sein feuchtes Tuch.

«Wie meinst du das?»

«Ich meine, er war sehr dankbar, dass ich das Thema angesprochen habe. Er wusste gar nichts von der Schuld, und als Zeichen seiner Dankbarkeit hat er auf alle Zinsen bis auf die der ersten zwei Jahre verzichtet und mir gesagt, ich solle das Geld zurückzahlen, sobald ich dazu in der Lage bin – vorausgesetzt natürlich, ich überlebe diese Expedition.»

Vespasian rieb sich gereizt die Arme mit dem Tuch ab. «Ich kann es nicht glauben, er hat dir Tausende erlassen.»

«Ich wusste, dass du meine Erleichterung mitempfinden würdest, Bruder. Ich komme allmählich zu dem Schluss, dass er ein wirklich großzügiger und anständiger junger Mann ist, wie sein Vater es einst war. Zudem stammt er aus einer mächtigen Familie und wird gewiss eines Tages Konsul – sofern er nicht vorher durch unsere Schuld umkommt. Genau die Sorte Mann, die ich gern zum Schwiegersohn hätte. Immerhin ist meine Flavia schon elf, in einem oder zwei Jahren werde ich mich nach einem Mann für sie umsehen.»

«Du würdest deine Tochter mit ihm verheiraten, um von seinem Geld profitieren zu können?»

«Dafür sind Töchter schließlich da, oder nicht?»

Das Poltern von Hufen auf Holz und ein schriller Pferdeschrei hinderten Vespasian daran, seine Meinung zu äußern. Als er sich umdrehte, sah er, dass ein Pferd sich am oberen Ende der Rampe aufbäumte. Dann schlugen die Vorderhufe krachend wieder auf, und es keilte nach hinten aus, wobei es den ausgestreckten Unterarm eines Soldaten traf. Dieser brach wie ein Zweig, und gesplitterter Knochen stach aus dem Fleisch hervor. Der Mann hielt sich schreiend den zertrümmerten Arm. Das Pferd, von seinem Schrei noch mehr erschreckt, machte einen Satz nach vorn. Es landete halb auf der Rampe nach unten, knickte mit dem Vorderbein in einem unmöglichen Winkel ein und stürzte dann, mit den drei unversehrten Beinen ausschlagend und schrill wiehernd, mit einem gewaltigen Platsch in den Fluss.

«Bringt den Mann zum Schweigen», rief Paetus über das gequälte Stöhnen des Bataviers hinweg, «und erlöst das Pferd mit einem Speer von seinem Leiden.»

Das Tier im Fluss kämpfte und schrie weiter, während ein halbes Dutzend Soldaten mit Wurfspeeren an der Bordwand des Bootes Aufstellung nahmen. Sie hielten kurz inne, um den Körper des Pferdes in all dem Tumult auszumachen, dann schleuderten sie ihre Waffen. Ein weiterer langgezogener Schrei zeugte von der Zielsicherheit einiger Würfe, doch er brach mit einem Gurgeln und Röcheln ab, da das Tier vergeblich versuchte, den Kopf über Wasser zu halten. In einem Schwall Luftblasen ging es in dem aufgewühlten, vom Mond beschienenen Fluss unter.

«Den Göttern sei Dank», murmelte Vespasian, als es endlich wieder einigermaßen still war.

«Vielleicht hätte ich auch den Laren dieses Flusses opfern sollen», sagte Sabinus. «Dann hätten sie es möglicherweise nicht für nötig befunden, eines unserer Pferde zu fordern.»

Vespasian wandte sich um und schaute seinen Bruder an, dessen Gesichtsausdruck keine Spur von Ironie verriet. «Ich dachte, du verehrst nur Mithras.»

Sabinus zuckte die Schultern. «Wir sind weit vom Geburtsort meines Herrn entfernt – vielleicht könnte es nicht schaden …» Ein gequälter Aufschrei nicht weit landeinwärts ließ ihn verstummen. Es folgte ein weiterer, schrillerer Schrei, doch die Stimme war dieselbe. Ein dritter Schrei ging schließlich in einen langgezogenen Klagelaut über, der schwächer wurde und abrupt abbrach. Soeben war jemand ganz in ihrer Nähe unter großen Schmerzen gestorben.

Alle Tätigkeit am Ufer und auf den sechs Booten war zum Stillstand gekommen, und die Soldaten der Auxiliartruppe starrten in die Dunkelheit. Der Laut war ihnen durch Mark und Bein gegangen und schien auf geisterhafte Weise noch immer um sie herum nachzuhallen. Ferne Hufschläge, die sich in schnellem Galopp näherten, durchbrachen die Stille.

Vespasian schaute sich rasch um. Die meisten Soldaten waren noch damit beschäftigt, ihre Pferde bereit zu machen, nur ganz wenige waren bereits voll bewaffnet und im Sattel. «Zu mir, in zwei Reihen zu Fuß!», brüllte er und zog sein Schwert.

Das laute Kommando riss die Soldaten aus ihrer Erstarrung. Sie nahmen die ovalen Schilde vom Rücken und griffen im Laufen hastig nach Speeren oder zogen ihre *Spathae* – Kavallerieschwerter, die länger waren als der Gladius der Infanterie. Ihre Kameraden, die noch auf den Booten waren, folgten Paetus' Beispiel und sprangen in den Fluss, um an Land zu waten, während die Hufschläge aus der Nacht immer näher kamen.

Vespasian fühlte Magnus' Schulter zu seiner Rechten, Sabinus ging links von ihm in Stellung, und sie hielten ihre Schilde überlappend vor sich. Er warf einen Blick nach rechts, an Magnus vorbei, die Linie entlang und sah einen soliden Schildwall mit Paetus in der Mitte und eine zweite Reihe dahinter. Ein paar Nachzügler kamen noch angerannt, aber abgesehen davon war das Manöver in weniger als hundert Herzschlägen ausgeführt worden.

«Diese Batavier verstehen ihr Handwerk», murmelte Magnus, «das heißt, für eine Kavallerietruppe.»

«Paetus! Paetus! Batavier!», übertönte eine Stimme die herannahenden Hufschläge. Plötzlich verringerte sich ihr Tempo, und die schemenhaften Gestalten von Reitern tauchten aus der Düsternis auf. Vespasian zählte acht.

Die Männer, angeführt von Ansigar, lenkten ihre Pferde am Schildwall vorbei. Ein paar Soldaten in der Linie entspannten sich ein wenig, doch ihre Decurionen brachten sie mit schroffen Befehlen dazu, ihre Schilde rasch wieder zu heben. Ansigar hielt sein Pferd an und saß ab. Paetus verließ seine Position und ging auf ihn zu, Vespasian und Sabinus schlossen sich ihm an.

«Und, Decurio?», fragte Paetus.

«Ich weiß nicht recht, Präfekt», erwiderte Ansigar, nahm seinen Helm ab und wischte sich mit dem Arm über die Stirn. «Einer meiner Jungs, Rothaid, war plötzlich nicht mehr da. Keiner der anderen hat bemerkt, wie er sich entfernte, er ist einfach verschwunden. Dann hörten wir die Schreie. Sie klangen, als wären sie etwa eine halbe Meile von uns entfernt, aber sie verstummten so schnell wieder, dass wir die Stelle nicht ausmachen konnten, deshalb haben wir kehrtgemacht und sind schnell zurückgekommen.»

«War es denn Rothaid?»

«Der geschrien hat? Ja, ganz sicher. Aber wir haben da draußen nichts gesehen.»

«Danke, Decurio. Lass die Männer wegtreten und stell Wachen auf, dann bringt die übrigen Pferde an Land.»

Ansigar salutierte und führte seine Patrouille davon. Dabei bellte er Befehle, mit der Landung weiterzumachen.

Paetus wandte sich an die Brüder. «Ich würde gern denken, dass wir einfach nur das Pech hatten, auf eine Räuberbande oder dergleichen zu stoßen, aber etwas stimmt hier nicht.»

«Das denke ich auch», schloss Sabinus sich ihm an. «Warum sollten Räuber Aufmerksamkeit auf sich ziehen, indem sie einen Mann von einer Patrouille töten?»

«Darum geht es nicht», warf Vespasian ein. «Die Frage ist vielmehr: Warum töten sie ihn mit so viel Aufsehen? Sie wollten doch, dass wir ihn hören.»

«Du meinst, das war eine Warnung an uns? Aber wer weiß, dass wir hier sind, und könnte uns abschrecken wollen?»

«Genau das ist die Frage. Wir wussten ja selbst nicht, wo

wir landen würden, also brauchen wir nicht an einen Verräter zu denken. Folglich müssen wir annehmen, dass entweder Leute, die Rom nicht so freundlich gesonnen sind, uns
flussabwärts verfolgt haben, oder –»

«Oder es war eben doch Pech», fiel Paetus ihm ins Wort.
«Wie dem auch sei, sie haben keinen Versuch unternommen,
uns während der Landung anzugreifen, also können wir davon ausgehen, dass sie nicht zahlreich genug sind, um eine
ernste Bedrohung für uns darzustellen.»

«Noch nicht», sagte Vespasian, dann schwieg er.

Der erste blasse Schimmer der Morgendämmerung kroch
vor ihnen am Himmel empor, während die Kolonne den
Anstieg in die bewaldeten Berge am anderen Rand der Fluss-
ebene begann, ihre Pferde am Zügel führend. Die Landung
war ohne weitere Zwischenfälle verlaufen, und als sie die
Ebene überquert hatten, war von den Männern, die Rothaid
getötet hatten, nichts zu hören oder zu sehen gewesen. Nur
seine Leiche hatten sie gefunden, mit ausgestochenen Augen
und durchgeschnittener Kehle. Was Vespasian an dem Fund
stutzig machte, war die Tatsache, dass Rothaid noch ein
Schwert in der rechten Hand hielt, dieses jedoch keinerlei
Blutspuren aufwies. Anscheinend hatte er keinen Versuch
unternommen, sich zu verteidigen, während er so grässlich
zugerichtet worden war. Nachdem Vespasian während des
Ritts völliges Stillschweigen befohlen hatte, brachte er es
jetzt nicht über sich, gegen seinen eigenen Befehl zu verstoßen, indem er nach einer Erklärung fragte.

Sie stiegen höher, während die Sonne aufging, und bald
war es hell genug, dass sie reiten konnten, ohne Gefahr zu

laufen, dass ihre Pferde stolperten. So ließen sie den Fluss bald einige Meilen hinter sich. Paetus hatte zwei seiner Männer, die behaupteten, den Weg zum Fluss Amisia zu kennen, zu Führern bestimmt. Nachdem sie die Kolonne durch die Bergkette und hinab in das bewaldete Hügelland jenseits davon geführt hatten, schlugen sie einen nördlichen und ganz leicht östlichen Kurs ein, auf dem sie, wie sie ihren Vorgesetzten versicherten, ihr Ziel in sechs bis sieben Tagen erreichen würden.

Der Wald war dicht und bestand hauptsächlich aus Kiefern und Tannen, das Unterholz jedoch war überraschend licht. So konnten die Pferde ohne Mühe ihren Weg finden und gelegentlich sogar traben. Das wäre tief im Inneren des Waldes, der sich über zweihundert Meilen nach Süden erstreckte, unmöglich gewesen, wie Ansigar ihnen erklärt hatte. Sie befanden sich am nördlichen Ausläufer dieses Waldlandes, wo die Abstände zwischen den Bäumen größer waren, sodass man leichter vorankam und mehr Licht den Boden erreichte – im Widerspruch zum Namen des Waldes, den Ansigar als «Schwarzwald» übersetzte.

Obwohl sie in der vergangenen Nacht nicht geschlafen hatten, ritten sie weiter, solange es hell war. Im Dunkeln wären sie unter diesen Bedingungen unmöglich vorangekommen, deshalb hatte Vespasian entschieden, das Tageslicht auszunutzen und bei Einbruch der Dämmerung das Lager aufzuschlagen. Als sie tiefer in den Wald vordrangen, wurde die Luft stickiger, und die Bäume standen dichter, sodass der Himmel kaum noch zu sehen war und die Atmosphäre düster und drückend wurde. Das Atmen fiel Vespasian schwerer, und er ertappte sich dabei, dass er sich immer öfter umschaute, in die Schatten zwischen den Bäumen spähte oder hinauf in das Gewirr der Äste und Zweige, die sie zu umfangen schienen wie eine böse Macht. Nach dem Raunen und den beunruhigten Blicken der Batavier zu urteilen, war er nicht der Einzige, der das Gefühl hatte, als rückte eine wachsende Bedrohung von allen Seiten gegen sie vor.

«Wenn es hier schon so ist», grummelte Magnus, der Vespasians Unbehagen teilte, «dann würde ich wirklich ungern ins Herz des Waldes gehen. Die germanischen Götter müssen dort drin sehr mächtig sein.»

«Ja, und mir scheint, sie haben für Römer nicht viel übrig.»

«Mir scheint, sie haben für überhaupt niemanden etwas übrig.»

Im Lauf des Tages schickte Paetus Patrouillen in alle Richtungen aus. Doch wenn sie nach einer oder zwei Stunden zurückkehrten und Meldung machten, hatten sie nichts Bedrohlicheres gesehen als ein paar sehr große Wildpferde, Rehe und wilde Keiler, von denen zwei nicht schnell genug gewesen waren, um den Speeren der Batavier zu entgehen.

Als die Sonne unterging, schlugen sie ihr Lager auf. Eine Turma wurde dazu eingeteilt, rings um das Gelände in Zweiergruppen Wache zu halten. Als der Wald in der alles verschlingenden Dunkelheit verschwand, wurde der bedrohliche Anblick durch die unheimlichen Geräusche der Nacht abgelöst: Eulenschreie, seltsame Tierlaute und das Ächzen der Bäume im Wind.

Die Keiler wurden ausgenommen und am Spieß über Lagerfeuern geröstet, und sie lieferten genügend Fleisch, dass jeder zu seiner Verpflegungsration ein paar Bissen vom Braten abbekam. Die Mahlzeit wärmte die Männer, konnte sie jedoch nicht aufheitern, und es herrschte gedrückte Stimmung.

Die übrigen fünf Turmae losten aus, wer wann Nachtwache halten musste. Am besten waren die dran, die als Erste oder Letzte an der Reihe waren. Die anderen wickelten sich murrend in ihre Decken, da sie wussten, dass sie in der Nacht geweckt werden würden – sofern sie bei all der bösen Ahnung, die auf ihnen lastete, überhaupt schlafen konnten.

Als der Morgen dämmerte, stieß Magnus Vespasian an der Schulter an. «Hier, Herr, eine kleine Stärkung.» Er reichte ihm einen Becher mit dampfend heißem verdünntem Wein und ein Stück Brot.

Vespasian setzte sich auf, steif von dem knotigen Waldboden und mit schmerzendem Rücken, und nahm sein Frühstück entgegen. «Danke, Magnus.»

«Dankt nicht mir, ich brauche nicht früh aufzustehen, um das Feuer anzufachen und den Wein zu erhitzen. Das ist Ziris Aufgabe, und als Sklave verdient er keinen Dank.»

«Danke ihm trotzdem.» Vespasian tunkte sein Brot in den Becher.

«Wenn ich damit erst mal anfange, wird er demnächst noch Lohn verlangen», knurrte Magnus, dann weckte er Sabinus. Überall im Lager erwachten die Männer, reckten ihre steifen Glieder und unterhielten sich leise in ihrer Muttersprache, während sie ihr Frühstück zubereiteten.

«Guten Morgen, meine Herren», grüßte Paetus, der mit langen Schritten auf sie zukam und ausgesprochen guter

Dinge schien. Hinter ihm kam gerade die letzte Turma vom Wachdienst zurück und stellte sich zum Abzählen auf. «Ich habe eben mit den beiden Jungs gesprochen, die uns führen. Sie nehmen an, dass wir gegen Mittag in offeneres Gelände gelangen werden.»

«Was bedeutet das?», fragte Sabinus zwischen zwei Schlucken Wein. «Nur alle zehn Schritt ein Baum statt alle fünf Schritt?»

Paetus lachte. «So ungefähr, Sabinus, aber es sind auch andere Baumarten und kaum Unterholz, sodass wir erheblich schneller vorankommen dürften und nicht mehr ständig das Gefühl haben, von bösen germanischen Waldgeistern belauert zu werden. Wir müssen nur etwas mehr auf der Hut sein, denn die Gegend, in die wir kommen, ist viel dichter besiedelt, und die Einheimischen lieben die Römer nicht sonderlich.»

«Welcher Wilde tut das schon?»

«Präfekt!», rief der Decurio der eben zurückgekehrten Turma.

«Was gibt es, Kuno?»

«Mir fehlen zwei Mann, Herr.»

Paetus runzelte die Stirn. «Bist du sicher?», fragte er in einem Ton, der verriet, dass er Zweifel an Kunos Rechenkünsten hegte.

«Batavier können zählen, Herr.»

Vespasian wechselte einen erschrockenen Blick mit Sabinus. «Das klingt nicht gut.»

Sabinus begann, seine Sandalen zu schnüren. «Wir sollten uns auf die Suche nach ihnen machen.»

Kuno führte sie mit acht Mann seiner Turma zu der Stelle, wo die Vermissten Wache gestanden hatten. Von den Männern war nichts zu sehen als eine Menge Fußabdrücke am Boden, wo sie und die Wachen vor ihnen auf und ab gegangen waren.

«Nichts deutet auf einen Kampf hin», stellte Vespasian fest, als er den Boden in Augenschein nahm. «Kein Blut, niemand hat etwas verloren.»

«Decurio, die Männer sollen sich aufteilen und die Umgebung absuchen», befahl Paetus. «Aber sie bleiben in Sichtweite, verstanden?»

«Ja, Herr.»

«Denkt Ihr, sie könnten desertiert sein, Paetus?», fragte Sabinus, während die Batavier begannen, sich aufzufächern.

«Unwahrscheinlich, so weit von ihrer Heimat entfernt, und erst recht nicht hier.»

«Wieso, was ist an diesem Ort so Besonderes?»

«Die Führer sagen, wir kommen sehr bald an einen Fluss namens Moenus. Sie kennen eine Furt, und auf der anderen Seite gelangen wir in das Gebiet eines Stammes, den man die Chatten nennt. Sie sind mit den Bataviern verfeindet. Früher gehörten sie einmal zum selben Volk, doch vor ein paar hundert Jahren haben sie sich zerstritten. Ich habe keine Ahnung, worüber, anscheinend erinnert sich niemand mehr daran. Jedenfalls ist die Sache ernst. Die Batavier sind nach Norden gezogen, und die Chatten haben sich hier angesiedelt, aber zwischen den beiden Stämmen herrscht noch immer eine Blutfehde. Zwei Batavier würden sich niemals allein so nah beim Territorium der Chatten herumtreiben, das wäre Irrsinn.»

«Präfekt! Seht Euch das an», rief Kuno und kam auf sie zu, einen Helm der Auxiliartruppe in der Hand.

Paetus nahm den Helm, warf einen kurzen Blick darauf und zeigte ihn dann den Brüdern. Der Rand war blutig, und etwas verfilztes Haar klebte daran. «Ich bezweifle stark, dass wir sie jemals wiedersehen.»

Die Kunde vom Verschwinden der Wachposten und ihrer wahrscheinlichen Ermordung lief durch die ganze Kolonne, die sich wenig später formierte. So verließen sie ihr Lager in gesteigerter Beklommenheit, in nördlicher Richtung mit leicht östlichem Einschlag, einen flachen Hang hinunter.

«Denkt Ihr, das könnten die Chatten gewesen sein, die ihre Blutfehde gegen die Batavier fortsetzen?», fragte Magnus, nachdem die Brüder ihm von dem alten Zerwürfnis erzählt hatten.

Sabinus schüttelte den Kopf. «Unwahrscheinlich. Das Gebiet der Chatten liegt jenseits des Moenus, sie leben nicht so nah am Rhenus. Was hätten sie überhaupt hier zu suchen gehabt?»

«Galba hat mir erzählt, dass er früher im Jahr eine raubende Kriegerhorde über den Fluss zurückschlagen musste», teilte Vespasian ihnen mit, «also kommen sie durchaus so weit nach Westen.»

Sabinus zuckte die Schultern. «Selbst wenn, woher sollten sie gewusst haben, dass sechs Bootsladungen Batavier ausgerechnet an dieser Stelle anlanden würden?»

«Auch wieder wahr», räumte Magnus ein. «Aber jemand wusste offenbar davon, und dieser Jemand folgt uns. Ich habe den bösen Verdacht, dass die beiden Wachposten nicht die Letzten sein werden, die auf dieser Expedition verschwinden.»

«Ich fürchte, da könntest du recht haben, Magnus.» Sabinus drehte den Kopf und spähte in die Schatten des Waldes. «Selbst das Licht meines Herrn Mithras vermag diese Düsternis kaum zu durchdringen. Ohne seinen beständigen Schutz haben die, die uns verfolgen – wer immer es ist – viel leichteres Spiel.» Plötzlich griff er nach seinem Schwert. Als zwischen den Bäumen ein paar batavische Vorreiter in Sicht kamen, ließ er das Heft wieder los. «Aber was führen sie im Schilde? Wollen sie uns abschrecken?»

«Wovon abschrecken?», fragte Vespasian zurück. «Woher könnten sie wissen, wohin wir unterwegs sind? Mir geht die Frage nicht aus dem Kopf, wie sie uns überhaupt aufgespürt haben, nachdem wir mitten in der Nacht an einem vorher nicht festgelegten Ort angelandet sind.»

«Ich glaube, diese Frage kann ich beantworten», meldete sich Magnus zu Wort. «Sie können uns dort nicht erwartet haben, weil sie nicht wissen konnten, wo wir landen würden, also müssen sie uns gefolgt sein. Sie können aber die Verfolgung nicht vom östlichen Ufer aufgenommen haben, weil sie dann nicht gesehen hätten, wie wir nachts den Hafen verließen. Also müssen sie entweder im Hafen gewesen sein – dann hätten wir sie aber bemerkt – oder bereits auf dem Fluss, ein Stück stromaufwärts, um uns dann ungesehen zu folgen.»

Vespasian dachte kurz darüber nach, dann nickte er. Die Kolonne setzte sich jetzt in Trab. «Ja, ich glaube, du hast recht. Das würde allerdings bedeuten, derjenige muss gewusst haben, dass wir von Argentoratum aus mit Booten losfahren würden. Nur wusste das bis zum Vortag noch niemand. Und erst recht wusste niemand, dass wir fast unmittelbar nach unserer Ankunft wieder aufbrechen würden.»

«Es sei denn, es wurde demjenigen schon vor unserer Ankunft mitgeteilt.»

«Aber wer sonst hier hatte Kenntnis davon, was wir planten?»

«Hier niemand, aber mir fallen drei Leute in Rom ein, die es wussten.»

«Claudius' Freigelassene?»

Magnus nickte.

«Aber die haben selbst ein Interesse an unserem Erfolg. Sie würden unsere Mission nicht gefährden wollen, schließlich war das Ganze ihr Plan.»

«Dann sagt mir doch, wer sonst noch weiß, dass wir hier sind, abgesehen von Euren Angehörigen?»

«Nur Galba», räumte Vespasian verwirrt ein. «Aber ich habe ihm nicht gesagt, wohin genau wir gehen. Und warum sollte er den Chatten helfen wollen? Er hasst sie. Vergiss nicht, er hasst jeden, dessen Stammbaum nicht bis zur Gründung der Republik zurückreicht.»

«Halt!», rief Paetus dicht vor ihnen.

«Was ist?», fragte Vespasian und folgte seinem Blick.

Voraus lichteten sich die Bäume deutlich, sodass goldene Lichtstrahlen auf den Waldboden fielen und die Männer, deren Augen an die Düsternis gewöhnt waren, blendeten.

Paetus deutete auf zwei junge Bäume, nicht höher als sechs Fuß, die zwanzig Schritt weiter direkt auf ihrem Weg standen. Vespasian kniff die Augen zusammen, und als er sich allmählich an die Helligkeit gewöhnte, erkannte er, dass jeder Baum eine einzelne grausige, runde Frucht trug.

«Schneidet sie ab», befahl Paetus den beiden Führern an seiner Seite.

Die zwei Batavier ritten zögernd auf die abgetrennten Köpfe zu, die in den Zweigen der jungen Bäume hingen. Als sie sich ihnen näherten, verfing sich eines der Pferde mit einem Vorderhuf an etwas, das unter dem Laub am Boden verborgen war. Ein lautes Krachen ertönte, gefolgt vom Knarren eines Seils, dann sausten von oben zwei dunkle Schatten durch die schräg einfallenden Sonnenstrahlen direkt auf die Soldaten herab. Deren Pferde scheuten unter schrillem Wiehern, sodass die Reiter rücklings abgeworfen wurden, da traf auch schon der linke Schatten mit dumpfem Laut das eine Pferd. Der andere verfehlte das zweite nur knapp und schwang weiter auf die Spitze der Kolonne zu. Er streifte den Waldboden, wirbelte totes Laub auf, dann beschrieb er einen Bogen aufwärts, wobei er eine Flüssigkeit absonderte, bis er seinen Schwung verlor. Als er für einen Moment reglos in der Luft hing, blickte Vespasian zu dem enthaupteten Körper einer der beiden Wachen auf. Zugleich hatte er alle Mühe, sein verschrecktes Pferd zu bändigen. Aus dem Halsstumpf tropfte eine widerliche Flüssigkeit herab, die die Pferde unten noch mehr verstörte, dann schwang der Körper im Bogen wieder abwärts auf die zwei herrenlosen Pferde zu. Diese gerieten vollends in Panik und gingen durch.

«Das ist nicht mehr witzig», beklagte sich Magnus. Hinter ihm war die ganze Kolonne in Unordnung geraten, da die Panik auch die weiter entfernten Tiere ergriff.

Vespasian sprang aus dem Sattel, wobei er nur knapp

den ausschlagenden Hinterhufen von Paetus' Pferd entging, und lief in die Bahn des zurückschwingenden Körpers. Er verlagerte das Gewicht aufs linke Bein und trat mit dem rechten Fuß gegen die Brust der Leiche, als diese erneut den Tiefpunkt erreichte. Der Schwung warf ihn heftig auf den Rücken. Als er den Kopf hob, sah er den toten Körper in leichter Drehung neben dem anderen baumeln. Beiden waren die gekreuzten Arme vor der Brust festgebunden, und in der rechten Hand war jeweils ein Dolch mit einer Schnur befestigt. Ehe Vespasian Zeit hatte, über den seltsamen Anblick nachzudenken, übertönten Schmerzensschreie und die Laute verwundeter Pferde das allgemeine Rufen und Wiehern. Als er sich umschaute, prasselten Pfeile aus den Bäumen auf die Kolonne herab. Mehrere Männer und Pferde gingen zu Boden und gerieten unter die Hufe anderer Pferde, während weitere Pfeile niedergingen. Nach nicht mehr als zehn Herzschlägen endete der Pfeilhagel so plötzlich, wie er begonnen hatte.

Vespasian spähte in die Richtung, aus der die Pfeile gekommen waren, und sah flüchtig ein paar schattenhafte Gestalten, die zu Fuß davonliefen. «Paetus, wir könnten sie einholen», rief er, sprang auf und schaute sich nach seinem Pferd um, doch es war nirgends zu sehen.

«Mir nach!», brüllte Paetus über den Lärm hinweg den Männern in seiner Nähe zu, die noch einigermaßen fest im Sattel saßen. Er selbst trieb sein Pferd an, das prompt reagierte, da es nichts lieber wollte, als vom Schauplatz des Schreckens davonzulaufen. Ein Dutzend Batavier folgten ihrem Präfekten in die Schatten und waren kurz darauf außer Sicht.

Vespasian ging zu Sabinus, packte dessen Ross am Zügel und half ihm, das Tier zu bändigen, während Magnus und Ziri absaßen und ihren Pferden beruhigend über die Flanken strichen. Allmählich kehrte wieder eine gewisse Ruhe in der Truppe ein, nur das Stöhnen der Verwundeten und das Schnauben der verängstigten Pferde störten noch die Stille.

Aus der ungeordneten Kolonne tauchte Ansigar auf. «Wir haben drei Tote und fünf Verwundete, einer ist schwer verletzt, und vier Pferde hat es erwischt, Herr», meldete er. «Wo ist der Präfekt?»

«Macht Jagd auf unsere Angreifer», antwortete Vespasian. «Komm, ich will dir etwas zeigen.» Er führte den Decurio zu den Leichen an den Seilen. Die beiden Führer, die von ihren Pferden gestürzt waren, rappelten sich gerade unter Schmerzen wieder auf und starrten auf das makabre Bild. «Was sagst du dazu?», fragte Vespasian und zeigte auf die Dolche in den Händen der Toten. «Dein Mann, Rothaid, wurde mit seinem Schwert in der Hand gefunden, aber das Schwert war nicht blutig – als hätte es ihm jemand in die Hand gegeben.»

Ansigar lächelte düster und strich sich über den langen, gepflegten Bart. «Jemand *hat* es ihm in die Hand gegeben.»

«Was hat das zu bedeuten?»

«Es bedeutet, dass wir es mit ehrenhaften Männern zu tun haben.»

«Nennst du das etwa ehrenhaft, Leute hinterrücks zu ermorden?»

«Diese Männer verdammen ihre Opfer nicht dazu, nach dem Tod als gestaltlose Schatten auf Erden zu wandeln. Indem sie den Sterbenden eine Waffe in die Hand geben, stellen sie sicher, dass die Jungfrauen des Allvaters Wotan sie finden und nach Walhalla bringen, wo sie schmausen und kämpfen bis zur letzten Schlacht.»

«Dann ist es also nur eine religiöse Angelegenheit und hat keine Bedeutung, über die wir uns Gedanken machen müssten?»

«Es hat ganz erhebliche Bedeutung: Es bedeutet, dass unsere Verfolger, wer sie auch sein mögen, definitiv Germanen sind, aber sie hegen keinen Groll gegen uns Batavier. Sonst würden sie sich nicht darum scheren, was nach dem Tod aus ihren Opfern wird. Es muss ihnen um das gehen, wofür wir stehen: Rom.»

Aus dem Wald ertönten warnende Rufe, und wenig später kehrte Paetus an der Spitze seiner Männer zurück.

«Habt Ihr sie zur Strecke gebracht?», fragte Vespasian den Präfekten, als dieser sich aus dem Sattel schwang.

«Einen von ihnen.»

Hinter ihm saßen die Soldaten ebenfalls ab. Sie hoben einen leblosen Körper von einem der Pferde und warfen ihn mit dem Gesicht nach oben auf den Boden. Er war Mitte zwanzig, das blonde Haar war auf dem Kopf zu einem Knoten gebunden, und der obligatorische Bart wies blutige Strähnen auf. Der Mann war nur mit schlichten braunen Wollhosen und ledernen Stiefeln bekleidet. Seine nackte Brust wies eine verschlungene Tätowierung auf und war mit dem Blut verschmiert, das aus einer Speerwunde über dem Herzen lief. Dicht über dem rechten Ellenbogen trug er eine breite silberne Armspange.

«Wie viele waren es?»

«Etwa zwanzig.» Paetus schaute auf den Toten hinunter

188

und schüttelte den Kopf. «Er hat angehalten und sich dem Kampf gestellt, sodass die anderen Gelegenheit hatten zu fliehen. Es war selbstmörderisch. Bis wir ihn getötet hatten, waren die Übrigen bereits verschwunden, als hätte der Wald sie verschluckt.»

Ansigar kniete nieder und hob den wallenden Bart an. Darunter trug der Mann einen fast handbreiten Metallreif um den Hals. Ansigar spuckte angewidert aus. «Es gibt nur einen Stamm, der einen eisernen Halsreif trägt. Dieser Mann gehört zu den Chatten.»

VIII

Drei Tage lang zog die Kolonne in großer Eile weiter, wobei sie ins Land der Chatten gelangten und dieses durchquerten, und drei Nächte lang suchten die geisterhaften Jäger sie heim und ließen in der Dunkelheit allem Anschein nach willkürlich Männer verschwinden, ohne sich jemals sehen zu lassen. Überhaupt waren sie seit dem Hinterhalt nicht mehr sichtbar in Erscheinung getreten, doch ihre bedrohliche Gegenwart zeigte sich jeden Morgen in der langsam schrumpfenden Zahl der Soldaten und später am Tag in den grausigen Funden enthaupteter Körper auf dem Weg. Am zweiten Abend hatte Paetus, um dem lautlosen Töten ein Ende zu machen, die Zahl der Wachen verdoppelt. Die Männer gingen nun in Vierergruppen Patrouille, doch das hatte nur dazu geführt, dass in jener Nacht vier Männer gestorben waren. Am dritten Abend hatte er überhaupt keine Wachen um das Lager herum aufgestellt, sondern sie stattdessen zwischen ihren schlafenden Kameraden patrouillieren lassen. Dennoch war auf rätselhafte Weise ein Mann verschwunden.

«Jeden Tag schaffen sie es, die Leichen drei oder vier Meilen voraus auf unserem Weg zurückzulassen», bemerkte Vespasian, als sie den enthaupteten Körper des jüngst Getöteten an den Stamm einer mächtigen Eiche genagelt vorfanden. «Sie wissen offenbar, wohin wir unterwegs sind.»

«Und das wussten nur Pallas, Narcissus und Callistus», stellte Magnus fest und verscheuchte eine der zahlreichen Fliegen, die der Gestank des Todes angelockt hatte.

Sabinus runzelte verwirrt die Stirn. «Das ergibt einfach keinen Sinn. Warum sollte Narcissus mich für einen Auftrag verschonen, den er anschließend selbst sabotiert?»

«Es muss ja nicht er sein, auch Pallas oder Callistus könnten dahinterstecken», schlug Magnus vor.

«Nehmt ihn ab und begrabt ihn», befahl Paetus Ansigar, dann schwang er sich wieder in den Sattel.

Ansigar erteilte in seiner schroff klingenden Muttersprache ein paar Befehle, woraufhin eine Gruppe verängstigt aussehender Soldaten vortrat und sich murrend an die unliebsame Arbeit machte.

«Viel länger machen die Männer das nicht mehr mit, Paetus», bemerkte Vespasian und stieg neben dem Präfekten auf sein Pferd. «Wie lange bleiben wir noch auf dem Gebiet der Chatten?»

«Laut unseren Führern noch einen Tag. Wir müssen den Fluss Adrana überqueren, dann geht es durch vergleichsweise flaches, überwiegend bewirtschaftetes Gelände weiter zur Amisia und ins Land der Cherusker. Wir kommen also hoffentlich bald schneller voran.»

«Aber wir haben auch weniger Deckung.»

Paetus zuckte die Schultern. «Unsere Verfolger auch.»

Vespasian dachte daran, wie gut es ihren Peinigern bislang gelungen war, sich ihren Blicken zu entziehen. «Ich bezweifle stark, dass uns das etwas nutzen wird, Paetus.»

Als die Sonne ihren höchsten Stand erreichte, ließen sie endlich den Wald hinter sich und ritten auf hügeliges Weideland hinaus. Da und dort waren in mittlerer Entfernung ein paar armselige Behausungen zu sehen, umgeben von Weiden, auf denen Kühe grasten. Nach all der Zeit inmitten von Bäumen kam ihnen diese Landschaft vor wie ein wunderbar weites, sonnenbeschienenes Paradies, wo man frei atmen konnte und nicht dauernd in den Schatten nach einem unsichtbaren Feind Ausschau halten musste.

«Die Adrana verläuft gleich nördlich von hier, nur noch knapp eine Viertelstunde zu Pferde, Präfekt», sagte einer der Führer zu Paetus und zeigte auf eine langgestreckte Anhöhe eine Meile voraus. «Von dem Höhenkamm dort müssten wir sie sehen können. Allerdings gibt es keine Furt, wir müssen hinüberschwimmen.»

«Ich brauche sowieso dringend ein Bad», erwiderte Paetus munter. «Ansigar, schicke einen Trupp aus vier Mann voraus, sie sollen auskundschaften, ob unsere rätselhaften Freunde uns am Ufer erwarten.»

Während die Kundschafter in vollem Galopp davonritten, führte Paetus den Rest der Kolonne in leichtem Galopp weiter. Vespasian trieb sein Pferd an. Er fühlte sich durch die veränderte Landschaft belebt, und für den Moment überwog die Erleichterung, schnell reiten zu können, seine Angst, den Blicken der Feinde ausgesetzt zu sein. «Ich kann es kaum erwarten, mir den Waldgeruch abzuwaschen.»

Magnus schien weniger zuversichtlich. «Es ist noch nie was Gutes daraus entstanden, durch einen Fluss zu schwimmen, erst recht mit so was.» Er zog an seiner Kettentunika. «Die sind nicht dazu gemacht, Auftrieb zu geben.»

«Dann zieh sie aus und binde sie an den Sattel, das Pferd kommt mit dem Gewicht schon zurecht.»

Magnus knurrte und wandte sich an Ziri, der neben ihm ritt. «Wie ist es um deine Schwimmkünste bestellt, Ziri?»

«Ich weiß nicht, Herr, ich habe es noch nie versucht.»

«Na großartig! Jetzt ist nicht der günstigste Zeitpunkt, es zu lernen.»

Die Kolonne ritt donnernd über das Grasland, das stetig bis zu dem Höhenkamm anstieg. Oben angekommen, zog Paetus die Zügel an. Vespasian brachte sein Pferd neben ihm zum Stehen und schirmte seine Augen gegen die grelle Sonne ab. Unter ihnen, rund zwei Meilen entfernt, wand sich ein Fluss durch die saftig grüne Landschaft, die unregelmäßig in Felder aufgeteilt war. Die Ufer waren von dichtstehenden Bäumen gesäumt, nur stellenweise hatte man freien Blick auf das träge dahinströmende, schlammig gefärbte Wasser. Die vier Kundschafter hatten bereits ein Drittel des Weges zum Ufer zurückgelegt. Auf der anderen Seite erstreckten sich Felder und kleine Wäldchen, so weit das Auge reichte. Dies war eine fruchtbare Landschaft, in der viel Ackerbau betrieben wurde.

«Der Fluss scheint nicht breiter als dreißig bis vierzig Schritt zu sein», sagte Paetus zuversichtlich. «Das sollte uns nicht allzu lange aufhalten.» Er hob einen Arm und drehte sich im Sattel, um seinen Männern einen Befehl zu erteilen, da veränderte sich sein Gesichtsausdruck plötzlich. «Scheiße.»

Vespasian fuhr herum und sah eine dunkle Masse aus dem Wald kommen – Reiter, nach seiner Schätzung wenigstens hundert.

«Das wird kein Spaß», murmelte Paetus vor sich hin,

dann streckte er den Arm nach vorn aus und trieb sein Pferd zum Galopp an. Die Kolonne folgte seinem Beispiel.

Und die Chatten eine Meile hinter ihnen ebenfalls.

Vespasian beugte sich im Sattel vor und trieb sein Ross den Hang hinunter. Sein Mantel flatterte laut hinter ihm, während um ihn herum die Batavier ihre Pferde zu noch höherem Tempo antrieben und ihr Geschrei das Donnern der Hufschläge übertönte. Sehr schnell legten sie die Hälfte der Strecke zurück und holten zu dem Kundschaftertrupp auf. Als Vespasian einen Blick über die Schulter warf, sah er die ersten Chatten über dem Höhenkamm auftauchen. Nachdem er im Kopf kurz gerechnet hatte, erkannte er das Unvermeidliche und rief Paetus zu: «Sie werden uns erledigen, während wir den Fluss durchqueren. Wir müssen anhalten und uns dem Kampf stellen. Wir sind ihnen zahlenmäßig um wenigstens fünfzig Mann überlegen.»

«Meine Jungs sind schnelle Schwimmer, Herr», schrie Paetus über das Dröhnen der galoppierenden Pferdehufe hinweg. «Im Fluss werden wir weniger verlieren als in einem Kampf. Es ist unsere beste Chance, die Heimat lebend wiederzusehen.»

Vespasian verstand die Logik: Je mehr Männer sie jetzt einbüßten, umso angreifbarer würden sie sein, wenn und falls sie den Teutoburger Wald erreichten. Er richtete den Blick auf den Fluss, der nur noch eine gute halbe Meile entfernt war. Die Kundschafter erreichten gerade das Ufer. Dann schaute er noch einmal zurück. Die Chatten holten nicht auf, vielleicht bestand tatsächlich noch eine Chance. Während er aus dieser schwachen neuen Hoffnung Kraft zu schöpfen suchte, stolperte das Pferd eines Kundschafters, stürzte und begrub seinen Reiter unter sich. Im nächsten Augenblick wurden zwei weitere Reiter aus dem Sattel gerissen, der vierte wendete sein Pferd und ritt in hohem Tempo den Hang wieder hinauf. Hinter ihm, jenseits des Flusses, regte sich etwas, und binnen weniger Herzschläge erschienen am anderen Ufer hundert oder mehr Krieger.

Sie saßen in der Falle.

«Halt!», schrie Paetus und hob einen Arm. «Und kehrt.» Die meisten Batavier hatten die neue Bedrohung nördlich des Flusses bereits erkannt und ließen sich das nicht zweimal sagen. Mit herausragender Reitkunst hielten sie ihre schäumenden, augenrollenden Pferde an, wendeten sie und formierten sich zwei Reihen tief zu ihren Turmae. Währenddessen verringerten die Chatten ihr Tempo und bildeten einen Keil mit einem einzelnen Mann an der Spitze, die im Trab stetig näher kam.

Paetus warf einen Blick auf die Formation des Gegners und wandte sich an Ansigar, der an seiner Seite war. «Die beiden äußeren Turmae formieren sich hinten zu einer Kolonne. Wir werfen die Speere, dann teilen wir uns, ehe es zum Zusammenstoß kommt.»

Der Decurio nickte und erteilte ein paar Befehle, die von seinen fünf Kollegen weitergegeben wurden. Die Turmae rechts und links außen zogen sich in einem präzisen, zügig durchgeführten Manöver hinter die mittleren vier zurück und formierten sich zu zwei Mann breiten Kolonnen.

«Batavier! Bereit machen zum Vorrücken!», rief Paetus, und beim letzten Wort hob sich seine Stimme um eine Oktave.

Überall in den Reihen zogen die Soldaten Wurfspeere

aus den Ledertaschen an ihren Sätteln und schoben die Zeigefinger in die Schlaufen, die mittig am Schaft befestigt waren. Ihre Pferde stampften und schnaubten, warfen die Köpfe hoch und atmeten so schwer, dass man sehen konnte, wie ihre mächtigen Brustkörbe sich ausdehnten.

«Wir versuchen ein ziemlich kniffliges Manöver», erklärte Paetus, an die Brüder gewandt. «Ihr und Eure beiden Jungs haltet Euch am besten hinter Ansigar und mir und folgt unserem Beispiel.»

Sabinus wollte protestieren, da es ihm nicht passte, in einem Kampf in die hinteren Reihen verwiesen zu werden, doch Vespasian beugte sich hinüber und legte ihm eine Hand auf die Schulter. «Ich habe gesehen, zu welchen Manövern er mit seinen Reitern fähig ist. Ich denke, es ist wirklich das Beste, wenn wir tun, was er sagt.»

«Ich habe noch nie zu Pferde gekämpft», grummelte Magnus, während sie ihre Plätze hinter Ansigars Turma in der Mitte der Linie einnahmen. «Das ist wider die Natur.»

«Und wie war das damals in der Kyrenaika, gegen Ziris Leute?», erinnerte Vespasian ihn und rückte die Armschlaufe an seinem Schild zurecht.

«Da bin ich beim Angriff nur hinter Euch hergeritten, und so bald wie möglich habe ich am Boden weitergekämpft.»

«Dann halte es diesmal genauso. Du und Ziri, ihr könnt mir und Sabinus den Rücken decken.»

«Wird gemacht, und ich werde Euch im Auge behalten und aufpassen, dass Ihr Euch nicht zu sehr reinsteigert, wenn Ihr versteht, was ich meine?»

Vespasian knurrte, doch er wusste, dass sein Freund recht

hatte: Er hatte sich in der Vergangenheit schon oft selbst in Gefahr gebracht, indem er die Kontrolle verloren und wie im Rausch gekämpft hatte, ohne wahrzunehmen, was um ihn herum vorging. Heute würde er diesen Fehler nicht wieder machen.

Eine Viertelmeile vor ihnen hob der Anführer der Chatten den rechten Arm, an dem die Hand fehlte. Die Chatten hielten an, ihr Anführer jedoch ließ sein Pferd langsam weitergehen, bis er nur noch fünfzig Schritt entfernt war. Dann machte er halt, strich sich über den blonden Bart, der unter seinen Wangenklappen hervorquoll, und musterte die Batavier.

Die Batavier beobachteten ihn schweigend.

Vespasian warf einen Blick über die Schulter. Die Krieger am anderen Ufer blieben, wo sie waren. Er rief Paetus zu: «Wir wollen hören, was er zu sagen hat, Präfekt.»

«Römer und Batavier, die im Sold von Rom stehen», rief der Anführer der Chatten in überraschend gutem Latein. «Ihr seid uns zahlenmäßig überlegen, aber wir haben den Vorteil, bergab anzugreifen. Vielleicht könntet ihr uns alle töten, doch ihr würdet dabei so viele Männer verlieren, dass die Überlebenden keine Chance hätten, lebend ins Imperium zurückzukehren.» Er nahm seinen Helm ab und wischte sich mit dem Stumpf seines rechten Arms den Schweiß von der Glatze.

Mit einem Schlag kam Vespasian eine Erinnerung, und er wandte sich an Sabinus, doch ehe er etwas sagen konnte, sprach der Mann weiter:

«Ich mache euch ein Angebot, Batavier: Liefert eure römischen Befehlshaber und eure Waffen aus, dann eskortieren wir euch zurück zum Rhenus und lassen euch in Freiheit ziehen.»

Ansigar spuckte aus. «Unsere Schwerter den Chatten ausliefern! Und dann auch noch so wenigen? Niemals!»

Überall in den Reihen der Batavier wurde ausgespuckt und zustimmend gemurmelt.

Ansigar wandte sich an Vespasian. «Die Chatten kämpfen hauptsächlich zu Fuß. Das hier ist keine Kavallerie, sondern bloß Infanterie zu Pferde. Sie können es nicht mit uns aufnehmen.»

Vespasian nickte. «Danke, Decurio. Ich denke, wir haben genug gehört, Präfekt. Bringen wir die Sache hinter uns.»

«Ich stimme Euch voll und ganz zu, Herr.» Paetus machte eine wegwerfende Geste zu dem Anführer der Chatten. «Kehre zu deinen Männern zurück, die Verhandlungen sind beendet.»

«So sei es.» Der Mann setzte seinen Helm wieder auf und ritt schnell zur Keilspitze seiner Formation zurück. Ein Reiter empfing ihn und gab ihm einen Schild, in dessen Schlaufen er seinen verstümmelten rechten Arm steckte, dann zog er mit der linken Hand das Schwert.

«Decurionen, wartet auf mein Zeichen, die Speere zu werfen, dann teilt euch auf», rief Paetus. «Batavier, im Trab vorwärts!»

Zaumzeug klimperte, und Hufe stampften, als die sechs Turmae sich in Bewegung setzten. Vom Höhenkamm ertönte Gebrüll, und die Chatten begannen, ihnen hangabwärts entgegenzureiten.

«Galopp!», schrie Paetus, als die beiden Fronten noch vierhundert Schritt voneinander entfernt waren.

Im nächsten Moment drohte Vespasian zurückzufallen, da er nicht so schnell auf den Befehl reagierte wie Paetus' gut ausgebildete Männer.

Die Chatten, denen das Gefälle zustattenkam, ritten jetzt in halsbrecherischem Tempo, wobei sie in etwa ihre Keilformation beibehielten. Sie stießen ihre Schlachtrufe aus, dass Speichel sprühte und sich in ihren Bärten verfing, und schwangen Speere, Wurfspeere oder Schwerter über den Köpfen.

«Batavier, Angriff!», schrie Paetus bei zweihundert Schritt Abstand, und die Soldaten ritten noch schneller, ein heranrasender Wall aus Pferdeleibern, Schilden und Kettenhemden.

Vespasian empfand den Rausch des Angriffs, als er sein Ross in vollem Tempo galoppieren ließ. Sein Mund war trocken, das Blut pulsierte in seinem Körper, und all seine Sinne waren geschärft, sodass die Schläge Hunderter Hufe und die Schreie von Mensch und Tier ohrenbetäubend klangen. Zwei Reihen vor sich sah er Paetus' roten Helmbusch aus Rosshaar, der den glänzenden Eisenhelm zierte, sah, wie der Präfekt sein Schwert über den Kopf hob, während der Abstand sich beängstigend schnell verringerte. Die vier Decurionen in der vorderen Reihe folgten dem Beispiel ihres Vorgesetzten und hoben ebenfalls ihre Waffen; ihre Männer holten mit dem rechten Arm aus, die Wurfspeere fest umklammert. Fünfzig Schritt vor dem Zusammenprall ließ Paetus sein Schwert hinabsausen, und sofort taten seine Unterbefehlshaber dasselbe. Als die Chatten ihre Wurfgeschosse schleuderten, schnellten gleichzeitig hundertzwanzig Wurfspeere durch die Luft, der herannahenden Keilformation entgegen. Noch während die Salven sich in der Luft kreuzten, schwenkte plötzlich, ohne dass ein Kommando gegeben wurde, Ansigars Turma fünfundvierzig Grad nach rechts und nahm die Turma an ihrer Außenseite mit. Die Männer zogen ihre Schwerter. Vespasian lenkte sein Pferd zur Seite, um ihnen zu folgen. Die zwei Turmae zu seiner Linken schwenkten in die entgegengesetzte Richtung, sodass die Formation sich in der Mitte der Länge nach aufspaltete.

Die ersten Wurfgeschosse der Salve prasselten auf die Batavier nieder, und zwei Soldaten vor Vespasian gingen schreiend in einem Gewirr tierischer und menschlicher Gliedmaßen zu Boden. Vespasians Pferd übersprang das zuckende, auskeilende Hindernis ohne sein Zutun. Die gellenden Schreie der Verletzten übertönten noch den Hufdonner der Reiterei. Ein markerschütternder Stoß durchfuhr Vespasian, als sein Pferd wieder landete. Er blickte auf. Der Mann mit dem Armstumpf an der Spitze des Keils war jetzt auf gleicher Höhe mit ihm, hatte jedoch kein Gegenüber, sondern ritt durch eine dreißig Fuß breite Schneise. Die Formation hinter ihm war zwar durch gestürzte Pferde in ihren Reihen in Unordnung geraten, doch der Schwung der nachfolgenden Krieger trieb den Keil weiter vorwärts. Ansigars Turma hielt auf ihrem schrägen Kurs geradewegs auf das hintere Drittel der Formation der Chatten zu. In der Zeit, die Vespasian brauchte, um sich den Staub aus den Augen zu blinzeln, kamen die Pferde beider Seiten sich so nah, dass sie scheuten, unwillig, in ihre Artgenossen hineinzurennen. Doch der Schwung trug sie vorwärts, bis Metall gegen Metall krachte, Tier gegen Tier in einem Mahlstrom des Grauens, der Schlachtenlust und des Blutdurstes. Die Wucht des

Zusammenpralls, der sich spiegelbildlich genauso auf der anderen Seite des Keils ereignete, zerriss die Formation in zwei Teile; während das hintere Drittel abrupt zum Stillstand gebracht wurde, raste der vordere Teil durch die Lücke. Vespasian wagte es, sich rasch umzuschauen, denn er fürchtete, sie könnten kehrtmachen und den Bataviern in den Rücken fallen. Doch seine Sorge war unbegründet. Die Soldaten der beiden hinteren Turmae hatten sich durch einen Neunzig-Grad-Schwenk aus der Kolonne zu zwei Linien formiert und waren zum Angriff übergegangen, indem sie beide Flanken der abgetrennten Keilspitze gleichzeitig attackierten. Vespasian wandte sich wieder nach vorn dem Getümmel zu.

Die Soldaten vor ihm verloren den Zusammenhalt, da die beiden Formationen in einem chaotischen Nahkampf verschmolzen. Eisen schepperte gegen Eisen, Schilde dröhnten unter mächtigen Schlägen, Pferde wieherten schrill, Männer schrien, und Blut spritzte. Vespasian nahm verschwommen eine schnelle Bewegung links von sich wahr, riss seinen Schild hoch und fing so den Abwärtsschlag eines Schwertes ab. Die Klinge grub sich in seinen Schildbuckel und blieb darin stecken. Der Aufprall durchfuhr heftig seinen linken Arm, doch er zwang ihn aufwärts, während er sich seitlich drehte, um sein Schwert in die ungedeckte nackte Brust seines Gegners zu stoßen. Die Augen des Mannes, bereits vom Rausch des Gemetzels geweitet, traten vor Qual hervor, und er stieß einen schrillen Schrei aus, wobei er Blutströpfchen versprühte. Vespasian bohrte seine Klinge weiter durch die Lunge, bis sie auf das Rückgrat traf und der Sterbende hintenüberstürzte. Mit einer gewaltigen Anstrengung, mit den

Schenkeln fest an sein Pferd geklammert, zog Vespasian seine Waffe zurück, um nicht mit zu Boden gerissen zu werden. Gleichzeitig grub das Pferd des toten Gegners seine Zähne in das Hinterteil des seinen. Das bäumte sich vor Schmerz auf und schlug wild mit den Vorderhufen. Vespasian warf sich nach vorn, drückte das Gesicht in die Mähne des Tieres und umklammerte mit dem Schildarm den Pferdehals, um sich im Sattel zu halten. Hinter ihm stieß Magnus dem angriffslustigen gegnerischen Reittier sein Schwert ins Auge und weiter ins Gehirn.

«Das ist verdammt noch mal wider die Natur!», brüllte Magnus, während Pferdeblut auf seinen Arm spritzte. Der Kopf seines Opfers senkte sich ruckartig, sodass es das Gleichgewicht verlor, dann knickten alle vier Beine gleichzeitig ein, das Tier brach zusammen und riss Magnus mit sich.

Vespasians Pferd, von dem rasenden Schmerz der Zähne in seinem Fleisch befreit, ließ sich wieder auf alle viere fallen, wobei es mit einem Huf die laufenden Nüstern eines Chattenpferdes traf. Es gelang Vespasian, sich anzuklammern, bis sein Reittier das Gleichgewicht wiedererlangte. Aus dem Augenwinkel sah er zu seiner Rechten einen berittenen Krieger, der Sabinus zurückgedrängt hatte und Schläge auf seinen Schild niederprasseln ließ. Er richtete sich mit einem Ruck auf und riss seinen rechten Arm herum, sodass seine Schwertschneide den Gegner seines Bruders an der Schulter traf. Der Mann fuhr zurück, als die Waffe Sehnen durchtrennte und Knochen splittern ließ, und Vespasian wandte sich rasch wieder nach links, weg von Sabinus, der nun wieder die Oberhand hatte. Er sah gerade noch, wie Magnus sich aufrappelte, unbewaffnet, und ein Gegner mit gesenktem Speer geradewegs auf ihn zu ritt. Vespasian stieß seinen Schild nach vorn, um den Speer abzulenken; Magnus packte den Schaft, riss mit aller Kraft daran und zerrte den Gegner aus dem Sattel.

«Komm runter zu mir, du haariger Hurensohn!», brüllte Magnus, als der Krieger stürzte. Er riss dem Mann den Speer vollends aus der Hand und hieb ihn ihm mit Wucht auf den Kopf, kaum dass der Gegner auf dem Boden aufgeschlagen war. Der stand nicht wieder auf. Ziri sprang von seinem Pferd, um an der Seite seines Herrn zu kämpfen, und fing mit seinem Schild einen Abwärtsschlag von links ab. Magnus drehte blitzschnell den Speer herum und rammte ihn einem heranstürmenden Pferd in die Brust. Indessen richtete Vespasian seine Aufmerksamkeit wieder auf das, was vor ihm im Gange war.

Inmitten des Chaos war Paetus' roter Helmbusch zu sehen, umgeben von Bataviern. Ihre blutroten Schwerter sausten rechts und links von ihm durch die Luft und schlugen eine Schneise durch das Getümmel. Die Chatten waren jetzt so eng zusammengedrängt, dass sie nicht mehr von der Stelle kamen. Sie konnten nur noch kämpfen, wo ihre Pferde eben standen. Einen Augenblick später übertönte ein gewaltiges Krachen die Schreie und den Waffenlärm: Die beiden äußersten Turmae hatten die Flanken des Keils umschlossen und fielen der Formation jetzt in den ungedeckten Rücken. Die Batavier, schon im Vorgefühl des Sieges, brüllten triumphierend und drangen desto heftiger gegen den Feind vor, dem jeder Ausweg abgeschnitten war. Und so fielen die Chatten unter den zischenden Schwertklingen der Soldaten, von allen Seiten bedrängt, während die Überreste der abgetrennten Keilspitze von den beiden hinteren Turmae zurückgeschlagen wurden. Die Chatten waren umzingelt.

Vespasians Herz schlug heftig, Begeisterung wallte in ihm auf, doch ihm war klar, dass er sich beherrschen musste. Er wollte nichts dringender, als zu töten, und so tötete er, aber nicht in wildem Rausch, sondern mit Maß und Entschlossenheit. Wie lange das Töten ging, wusste er nicht. Es kam ihm vor wie eine Ewigkeit, da durch seine geschärfte Wahrnehmung die Zeit verlangsamt schien, doch in Wirklichkeit dauerte das Ganze kaum länger als ein Wagenrennen, sieben Runden um die Arena.

Dann war es plötzlich vorbei.

Der brutale Schlachtenlärm war einem Missklang aus kläglichen Schreien und dem Gewimmer verwundeter Menschen und Tiere gewichen – den Bataviern waren die Gegner ausgegangen. Allerdings waren nicht alle tot. Mehr als zwanzig der Krieger von der Spitze des Keils waren ausgebrochen und flohen jetzt in Richtung Fluss. Da und dort am Hang ritten ein paar weitere Glückliche einzeln oder zu zweit in dieselbe Richtung, die meisten jedoch lagen am Boden, von den Pferden der Batavier niedergetrampelt, und fast dreißig Batavier lagen zwischen ihnen. Magnus, Ziri und ein paar Soldaten, die ihre Pferde verloren hatten, gingen auf dem Schlachtfeld umher und gaben den verwundeten Chatten und denjenigen Bataviern, die zu schwer verletzt waren, um noch reiten zu können, den Gnadenstoß.

Vespasian rang nach Luft. Er ließ den Blick über das Gemetzel gleiten, dann schaute er auf seine eigenen blutbesudelten Arme und Beine hinunter und konnte kaum glauben, dass sie noch da waren. Nachdem er sich vergewissert hatte, dass er unversehrt war, überkam ihn ein Gefühl der Dringlichkeit. «Magnus, lass ein paar am Leben, auch den Hurensohn, dem eine Hand fehlt, wenn du ihn findest.» Er saß ab und machte sich daran, die toten Chatten in Augenschein zu nehmen.

Sabinus ritt auf ihn zu. Aus einer Wunde an seiner Stirn sickerte Blut. «Danke für deine Hilfe, Bruder. Am Ende ist es mir mit knapper Not gelungen, den Hurensohn zu erledigen, aber mit knapper Not genügt ja.»

«Du kannst dich erkenntlich zeigen, indem du mir hilfst, den Mann zu suchen, dem eine Hand fehlt.»

«Was ist mit ihm?», fragte Sabinus und schwang sich aus dem Sattel. «Du wolltest mir vorhin etwas sagen.»

Vespasian drehte mit dem Fuß einen Toten um. «Ich habe ihn wiedererkannt, wir sind uns in Rom schon einmal begegnet.»

«Wo denn?»

«Es war am Tag von Caligulas Ermordung. Wie du ja weißt, waren Onkel Gaius und ich im Theater. Wir gelangten wohlbehalten hinaus und liefen in eine Seitengasse, um dem Gedränge zu entgehen. Dort kamen wir an einem toten Germanen von der Leibgarde vorbei, und dann war da am Ende der Gasse noch einer, der verwundet an der Mauer lehnte. Er war kahlköpfig, mit blondem Bart, und du hattest ihm soeben die rechte Hand abgeschlagen.»

«Ich?»

«Ja, du. Als ich aus der Gasse kam, sah ich einen Mann im Mantel, der sich hinkend entfernte. Er hatte eine Verletzung am rechten Bein. Das warst doch du, oder etwa nicht?»

Sabinus überlegte kurz, dann nickte er. «Ja, das muss ich wohl gewesen sein. Zwei der überlebenden Germanen der Leibgarde haben mich aus dem Palast verfolgt. Ich weiß, dass ich einen töten konnte, aber wie es dem anderen ergangen ist, habe ich nicht mitbekommen, weil er gleichzeitig mich verletzt hat. Doch dann ging er schreiend zu Boden, und ich blieb auf den Beinen und konnte entkommen. Du denkst also, bei alldem hier geht es um Rache an mir, weil ich ihn der Hand beraubt habe, mit der er den Trinkbecher zu halten pflegte?»

«Nein, es steckt mehr dahinter. Wenn wir davon ausgehen, dass Magnus recht hat und nur Claudius' Freigelassene wissen, wohin wir unterwegs sind, dann muss einer von ihnen versuchen, uns aufzuhalten. Das Ganze war Pallas' Idee, also warum sollte er den Plan sabotieren wollen? Und wie du schon sagtest, ergibt es ebenso wenig Sinn, dass Narcissus dich verschont haben sollte, nur um dann zu versuchen, dich hier zu töten. Somit bleibt noch Callistus. Ich bin überzeugt, er steckt dahinter.»

«Warum bist du dir da so sicher?»

«Wegen etwas, das Pallas gesagt hat, als er mir erzählte, woher er wusste, dass du verwundet wurdest und deshalb noch in der Stadt sein musstest. Er sagte, Callistus habe den verwundeten Mann von der Leibgarde befragt.»

Sabinus wischte sich einen Blutstropfen aus dem Auge und betrachtete ihn nachdenklich. «Also gut, das stellt eine Verbindung zwischen dem einhändigen Hurensohn und Callistus her, aber es erklärt nicht, welchen Nutzen Callistus davon hätte, zu verhindern, dass wir den Adler finden. Ihm muss ebenso wie Pallas und Narcissus daran gelegen sein, dass Claudius bei den Legionen an Ansehen gewinnt.»

«Ja, aber er steht auch in einem Konkurrenzkampf mit den beiden. Pallas hat zu mir gesagt, Narcissus sei der Mächtigste unter ihnen dreien, und er und Callistus kämen erst an zweiter Stelle. Ich habe sie beobachtet, als sie an dem Abend, da der Senat vor dem Prätorianerlager mit Claudius zusammentraf, das Podium verließen. Narcissus hatte den Ehrenplatz, er half Claudius hinunter. Dann versuchten Pallas und Callistus, ihre jeweilige Überlegenheit zu demonstrieren, indem sie sich gegenseitig den Vortritt ließen. Keiner wollte die Herablassung des anderen annehmen, und so stiegen sie schließlich zusammen hinunter. Wenn nun Pallas' Plan aufgeht und wir mit dem Adler zurückkehren, wird er erheblich in Claudius' Gunst aufsteigen, und Callistus wird das Gefühl haben, auf den dritten Platz hinabgestuft zu werden.»

«Wenn wir hingegen scheitern, fällt die Schuld auf Pallas.»

«Genau, Sabinus, und die Runde würde an Callistus gehen.»

«Obwohl er den großen Plan, für Claudius einen Sieg in Britannien zu erringen, gefährdet hat?»

«Nicht, wenn er zugleich selbst einen Plan hat, wie Claudius bei den Legionen an Beliebtheit gewinnen kann.»

«Aber wie?»

Vespasian biss sich auf die Unterlippe und schüttelte den Kopf. «Ich weiß es nicht, aber Callistus ist nicht dumm, also wird er schon einen Plan haben.»

«Da sind zwei, in denen noch genügend Leben steckt,

dass sie ein paar Fragen beantworten können», verkündete Magnus und kam auf die Brüder zu, «allerdings keine Spur von unserem einhändigen Kumpel. Er muss entkommen sein und ist bestimmt schon über den Fluss. Aber ich denke, wir werden ihn wiedersehen.»

Vespasian wandte sich um und schaute nach Norden. Am anderen Flussufer waren jetzt rund zweihundert Krieger in Stellung. «Hier werden wir den Fluss nicht durchqueren können, aber darum machen wir uns Gedanken, nachdem wir herausgefunden haben, was unsere Gefangenen wissen.»

«Den nächsten, Ansigar», befahl Vespasian, «und dann frag ihn noch einmal.»

Ansigar stemmte sich mit seinem Gewicht auf das Messer, sodass es den Knochen durchtrennte, und der Ringfinger fiel blutend auf die Erde, wo er neben seinem kleineren vormaligen Nachbarn landete. Ansigar knurrte erneut etwas auf Germanisch, doch sein Opfer, ein älterer Chattenkrieger, der auf dem Rücken lag, von zwei Soldaten gehalten, schwieg mit schmerzverzerrtem Gesicht. Seine schweißnasse Brust hob und senkte sich unregelmäßig. Er hatte eine tiefe Stichwunde in der linken Schulter, knapp unter dem eisernen Halsreif.

Vespasian schaute auf die verstümmelte linke Hand des Mannes auf dem blutigen Stein hinunter, der als Schneidbrett diente. Sie war schlaff und stand in unnatürlichem Winkel von seinem Unterarm ab. Sie hatten ihm den Arm brutal gebrochen, nachdem er sich zum ersten Mal geweigert hatte zu sagen, warum die Chatten sie angegriffen hatten. «Den dritten», zischte er. «Auch wenn ich das Gefühl habe, dass wir mit dem hier nur unsere Zeit vergeuden. Aber vielleicht ermuntert es unseren anderen Freund zum Reden.» Er warf einen Blick zu dem zweiten Gefangenen, einem jüngeren Mann, der mit auf dem Rücken gefesselten Händen am Boden kniete und entsetzt seinen gefolterten Kameraden anstarrte. Er versuchte, sich aus dem Griff der zwei Batavier zu befreien, da fiel der dritte Finger.

Der ältere Mann weigerte sich noch immer zu reden.

«Soll ich ihm die Hand abschlagen, Herr?», fragte Ansigar.

«Ja.»

Ansigar zog sein Schwert und berührte mit der Klinge das Handgelenk. Der Krieger spannte sich an. Dem jüngeren Mann entfuhr ein Schluchzer.

«Warte!», rief Vespasian, als Ansigar mit dem Schwert ausholte. «Schlage seinem Freund die rechte Hand ab.»

Der verstümmelte Krieger wurde fortgeschleift, und die Fesseln des jüngeren Mannes wurden durchtrennt. Als seine beiden Bewacher ihn zu dem Stein zerrten, begann er zu schreien und sich zu winden wie ein gestrandeter Aal. Sie zwangen ihn auf den Rücken und packten seinen rechten Arm. Ansigar zeigte ihm das Schwert, da stieß der verängstigte Mann einen Wortschwall auf Germanisch aus.

«Er sagt, der einhändige Mann ist vor einem halben Mond gekommen und hat mit ihrem König Adgandestrius geredet», übersetzte Ansigar. «Er weiß nicht, was gesprochen wurde, aber als der Mann wieder ging, gab der König ihm hundert seiner Krieger mit und befahl ihnen, ihm bedingungslos zu gehorchen. Der Einhändige führte sie zum Rhenus, gegenüber von Argentoratum, und befahl ihnen, am östlichen Ufer zu warten, während er mit zwei Fischerbooten mit jeweils drei Mann ans westliche Ufer übersetzte.» Ansigar schaute den Mann an, und als der noch etwas sagte, übersetzte er wiederum: «Sie warteten sieben Tage lang, dann kehrte in der Nacht eines der Boote zurück mit dem Befehl, nordwärts am Fluss entlangzureiten, bis sie auf den Einhändigen träfen.»

«Wie heißt der Mann?», wollte Vespasian wissen.

Ansigar stellte die Frage.

«Gisbert», lautete die Antwort, gefolgt von einem weiteren Wortschwall in der schroff klingenden Sprache.

«Als sie Gisbert wiedertrafen», fuhr Ansigar fort, «sagte er ihnen, er sei einem römischen Überfallkommando gefolgt, mehr noch, es seien Batavier, ihre Feinde. Er bewies es, indem er ihnen die Leiche eines Mannes zeigte, den er getötet hatte. Er sagte, sie sollten den Trupp aufspüren und jede Nacht einen Mann oder zwei töten, ihnen jedoch immer gestatten, im Sterben eine Waffe in der Hand zu halten.» Ansigar schwieg, während der junge Mann in seinem Bericht fortfuhr, dann gab er ihn wieder: «Er sagte, Ihr würdet immer nordwärts ziehen, mit leichtem Einschlag nach Osten, und sie sollten jeden Tag die Leichen auf Eurem Weg ablegen. Sie verstanden nicht, warum, aber sie gehorchten ihm, wie sie ihrem König gehorcht hätten. Gestern schickte Gisbert eine Nachricht an Adgandestrius in Mattium ...»

«Was ist Mattium?», unterbrach Vespasian ihn.

Ansigar übersetzte die Frage, und der junge Mann schaute Vespasian mit verwirrtem Stirnrunzeln an, ehe er antwortete.

«Es ist die größte Siedlung der Chatten, östlich von hier»,

übersetzte Ansigar. «Die Nachricht lautete, zweihundert Mann sollten Euch am Nordufer des Flusses erwarten und Euch töten, wenn Ihr versuchtet hinüberzuschwimmen. Doch sie waren so dumm, sich zu verraten, indem sie auf den Kundschaftertrupp schossen. Daraufhin hat Gisbert zu ihnen gesagt, wir seien gekommen, um ihren König umzubringen, aus Rache für den Überfall über den Rhenus.»

«Ihren König umbringen? Bist du sicher?»

Ansigar fragte den jungen Mann noch einmal. Der antwortete unter Kopfnicken, schien jedoch noch immer verwirrt.

«Das hat er gesagt. Er befahl ihnen, uns anzugreifen. Sie wussten, dass sie uns nicht besiegen konnten, weil sie normalerweise zu Fuß kämpfen und nur ungern zu Pferde, aber ihr König hatte ihnen befohlen, dem Mann zu gehorchen, also hatten sie keine Wahl.»

«Frag ihn, was er glaubte, das Gisbert erreichen wollte, indem er so viele von ihnen opferte.»

«Er kann nur vermuten, dass er möglichst viele von uns töten wollte», erklärte Ansigar, nachdem er die Antwort angehört hatte, «sodass wir keine Chance haben würden, den Fluss zu durchqueren, da die zweihundert Mann das andere Ufer verteidigten.»

«Das ist ihm nicht schlecht gelungen», stellte Paetus fest. «Uns sind nur noch etwas über hundertdreißig Mann geblieben. Gegen eine solche Überzahl können wir nicht hinübergelangen.»

«Dann reiten wir eben am Ufer entlang, bis wir eine andere Möglichkeit zur Überquerung finden», schlug Sabinus vor.

Vespasian betrachtete die Truppe, die das Nordufer besetzt hielt. «Sie werden einfach auf der anderen Seite mit uns Schritt halten. Ansigar, frage ihn, ob es irgendwo eine Brücke gibt.»

«Er sagt, bei Mattium ist eine», teilte Ansigar ihnen nach einem kurzen Wortwechsel auf Germanisch mit. «Allerdings wird sie sehr gut bewacht.»

«Das kann ich mir denken. Nun, meine Herren, es sieht aus, als säßen wir in der Klemme. Irgendwelche Vorschläge?»

«Ich würde sagen, entweder wir folgen dem Fluss nach Osten und versuchen, ihn bei Nacht heimlich zu durchqueren, oder wir stürmen die Brücke, oder wir kehren um.»

Vespasian und Sabinus wechselten einen Blick. Beiden war klar, was die Umkehr für Sabinus bedeuten würde.

«Zunächst einmal errichten wir einen Scheiterhaufen für die Toten», entschied Vespasian, «und dann ziehen wir ostwärts weiter und sehen, was Fortuna für uns bereithält.» Er warf einen Blick auf die beiden gefangenen Chatten. «Erledige sie, Ansigar.»

Ansigar nahm sein Schwert und setzte es dem jungen Mann an den Hals. Dessen Augen weiteten sich vor Entsetzen, und er begann, eindringlich zu reden. Ansigar ließ die Waffe sinken, und der Gefangene schaute zu Vespasian auf und nickte heftig.

«Er sagt, er kann uns helfen, über den Fluss zu gelangen», teilte Ansigar den anderen mit.

«Ach, tatsächlich?», entgegnete Vespasian unbeeindruckt. «Und was meint er, wie? Will er vielleicht mit uns hinüberfliegen?»

«Er sagt, die Männer auf der anderen Seite werden uns verfolgen, wohin wir auch gehen, aber sie werden nicht herüberkommen, weil es sie zu viel Zeit kosten würde. Er sagt, der Fluss macht eine weite Schleife nach Norden und dann wieder zurück, etwa zehn Meilen östlich von hier. Wenn wir seinem Lauf bis zu der Biegung am Beginn der Schleife folgen und uns dann ostwärts halten, stoßen wir nach drei Meilen über Land wieder auf den Fluss. Die Männer auf der anderen Seite müssen acht Meilen weit seinem Lauf folgen, so gewinnen wir Zeit, ihn zu durchqueren und weiterzureiten, ehe sie uns einholen.»

Vespasian blickte in die entsetzten Augen des jungen Mannes. «Traust du ihm, Ansigar?»

«Mir scheint, wir müssen es drauf ankommen lassen, Herr.»

VIIII

Der dichte Qualm, der vom Scheiterhaufen aufstieg, war noch sichtbar, als die Kolonne der Batavier bereits vier Meilen weiter gen Osten zog, der Flussbiegung entgegen. Sie ritten in gemächlichem Trab, um ihre Pferde für den Galopp über Land zu schonen, mit dem sie genügend Vorsprung vor den Chatten gewinnen würden, um den Fluss durchqueren zu können. Wie vorhergesagt, verfolgten die Chatten sie auf der Nordseite des Flusses. Gelegentlich waren ihre Silhouetten zwischen den Bäumen zu sehen, die beide Ufer säumten, nicht weiter entfernt, als ein Pfeil fliegen konnte.

Das Land war hier zunehmend bewirtschaftet. Überall in den sanften Hügeln lagen kleine, geschlossene Familienhöfe aus einem Langhaus mit ein paar Hütten darum herum. Holzrauch von den Herdfeuern wölkte zum Himmel, und da und dort zog sein süßlicher Geruch durch die Luft. Ältere Männer, Jungen und ein paar Frauen arbeiteten auf den Feldern. Sie nahmen kaum Notiz von der Kolonne, solange diese in größerer Entfernung dahinzog. Wenn die Fremden bis auf etwa eine Meile herankamen, zogen die Einheimischen sich hastig in die relative Sicherheit ihrer Behausungen zurück.

Nachdem sie ein paar Stunden lang stetig vorangekommen waren, erreichten sie eine kleine Anhöhe. Eine halbe Meile vor ihnen machte der Fluss eine Biegung nach Norden. Hier begann die Schleife. Von Bäumen gesäumt, strömte er träge in die Ferne und verschwand hinter der kleinen Bergkette, die ihn zu diesem Umweg zwang.

Der gefangene Chatte plapperte aufgeregt auf Ansigar ein. Der wandte sich daraufhin an Vespasian, Sabinus und Paetus, die hinter ihm ritten. «Er sagt, dies ist die Stelle. Wenn wir geradeaus weiterreiten, stoßen wir am Ende der Schleife wieder auf den Fluss, wir können ihn gar nicht verfehlen.»

Vespasian warf einen Blick zum Nordufer, aber die Bäume standen hier so dicht, dass nichts zu erkennen war. Dennoch wusste er, dass die Chatten noch dort waren. «Dann sollten wir uns beeilen. Wenn sie das Äußerste aus ihren Pferden herausholen, können sie immer noch eine Viertelstunde nach uns an der Stelle sein, wo wir den Fluss durchqueren wollen.»

«Dann werden ihre Pferde allerdings erschöpft sein», gab Paetus zu bedenken.

«Schon, ihre Speere aber nicht», ließ sich Magnus hinter ihm vernehmen.

Vespasian überhörte den düsteren Einwurf und trieb sein Pferd an. «Bringen wir es hinter uns.»

Die Kolonne galoppierte hinter ihm den flachen Hang hinunter, Hufe donnerten und Zaumzeug klirrte, und so beschleunigten sie über die letzte halbe Meile, die der Fluss noch in Ost-West-Richtung verlief. Am nördlichen Ufer zeugten vereinzelte Schatten zwischen den Bäumen davon, dass die Gegner mit ihnen Schritt hielten. An der Flussbiegung führte Vespasian die Kolonne geradeaus weiter. Undeutlich nahm er schwache Rufe ihrer Verfolger wahr, die gezwungen waren, sich nordwärts von ihrer Beute zu entfernen. Doch er schaute sich nicht um, sondern konzentrierte sich darauf, sein Pferd in einem Tempo galoppieren zu lassen, das es drei Meilen weit halten konnte, ohne seine Kräfte zu erschöpfen. Danach musste es noch in der Lage sein, durch den Fluss zu schwimmen.

Das Gelände vor ihnen stieg an, sodass die Pferde sich immer mehr anstrengen mussten, da auf jeden Abhang ein längerer Aufstieg folgte, bis sie den höchsten Punkt der kleinen Bergkette erreicht hatten. Von hier aus konnten sie die ganze weite Flussschleife überblicken. Erleichterung durchströmte Vespasian, als er sah, dass geradeaus vor ihnen der Fluss tatsächlich wieder zu seinem vorherigen Lauf zurückkehrte – der Gefangene hatte nicht gelogen. Dann bemerkte er eine Rauchwolke, die über einer Anhöhe jenseits des Flusses hing, eine Meile hinter der Biegung, und er begriff mit Schrecken, dass der Mann nicht die ganze Wahrheit gesagt hatte: Der Rauch verbarg Teile einer großen, von einer Palisade umgebenen Stadt auf der Anhöhe.

«Frage ihn, was das ist», forderte Vespasian Ansigar auf. Insgeheim kannte er die Antwort bereits, und ihm war alles andere als wohl dabei.

Ehe Ansigar die Frage stellen konnte, riss der Gefangene sein Pferd nach Süden herum und trieb es aus Leibeskräften mit den Fersen an. Ansigar wollte die Verfolgung aufnehmen.

«Lass ihn!», rief Vespasian. «Wir dürfen keine Zeit damit vergeuden, ihn zu verfolgen.»

«Hier war ich schon mal», teilte Magnus Vespasian mit, während Ansigar sich wieder in die Kolonne einreihte. «Wir haben diese Stadt vor fünfundzwanzig Jahren überfallen und geplündert. Offenbar haben sie sie wieder aufgebaut. Das ist Mattium, die größte Siedlung der Chatten.»

«Das hätte ich mir denken können. Er sagte, sie läge weiter östlich am Fluss, und er hat uns geradewegs zu ihr geführt.»

«Noch können wir umkehren.»

«Nein. Ich anstelle der Chatten hätte für diesen Fall genug Männer zurückgelassen, um uns an der Flussüberquerung zu hindern. Hier können wir wenigstens unbehelligt ans andere Ufer gelangen.»

«Ihr meint wohl, unbehelligt bis auf den Rest des Stammes, der uns drüben erwartet.»

Vespasian widersprach seinem Freund nicht. Er betete im Stillen, es möge ihnen gelingen, den Fluss zu durchqueren und sich davonzumachen, ehe scharfe Augen auf den Wachtürmen von Mattium sie erspähten.

Als sie sich dem Fluss näherten, begannen die Soldaten, ihre Trinkschläuche von den Sätteln zu lösen und sie auszuleeren. Vespasian warf einen Blick zu Paetus, der das Gleiche tat. «Warum tut Ihr das?»

«Für den Auftrieb, Herr. Ihr wäret gut beraten, es ebenso zu machen, schließlich dürfen wir keinen Augenblick verlieren. Wenn wir drüben sind, füllen wir sie neu.» Im Weiterreiten begann Paetus, seinen Trinkschlauch aufzublasen.

«Ihr solltet tun, was er sagt», riet Magnus und griff nach seinem Trinkschlauch. «Und du auch, Ziri.»

Der kleine Marmaride blickte seinen Herrn entsetzt an, als

dieser das Wasser aus seinem Schlauch ausgoss. «Nein, Herr. Man darf kein Wasser vergeuden, das bringt Unglück.»

«In der Wüste vielleicht, aber hier? Blödsinn. Mach schon.»

Vespasian hatte seinen Trinkschlauch eben fertig aufgeblasen, als sie die ersten Bäume am Ufer erreichten und ihr Tempo verringerten. Paetus sprang vom Pferd und legte seinen Schild auf den Boden. «Bindet den Schlauch an die mittlere Griffschlaufe Eurer Schilde», wies er die Brüder und Magnus an, die ebenfalls absaßen. «Und achtet darauf, dass der Hals fest verknotet ist, damit keine Luft entweicht.»

«Präfekt!» Ansigar deutete nach hinten.

«Scheiße! Sie sind herübergekommen!», rief Paetus aus. «Los, schnell in den Fluss!»

Vespasian schaute den Hang hinter ihnen hinauf. Eine gute Meile entfernt donnerte eine Reiterfront auf sie zu, insgesamt etwa hundert Mann. Die Chatten hatten sich aufgeteilt.

Vespasian nestelte an der Lederschnur an seinem aufgeblasenen Trinkschlauch, wickelte sie um den Hals und band sie an seinem Schild fest. Die Soldaten um ihn herum, die in dieser für ihn neuen Übung schon Routine hatten, führten bereits ihre Pferde in den Fluss und trieben sie an, die fünfzig Schritt zum anderen Ufer zu schwimmen. Sie legten ihre Schilde mit den improvisierten Luftsäcken darunter auf die Wasseroberfläche und sich selbst flach darauf; die hölzernen Schilde mit dem zusätzlichen Auftrieb der Luft trugen ihr Gewicht mitsamt den schweren Kettenhemden. Mit den Beinen schlagend, fest an den Sattelknauf ihrer Pferde geklammert, begannen die Batavier mit der Flussdurchquerung.

Die Chatten hatten den Abstand nun fast halbiert, und ihre Rufe waren deutlich zu hören.

Endlich gelang es Vespasian, den Luftsack zu befestigen, und er eilte hinter Sabinus ans Wasser.

«Beeil dich, verdammt, Ziri», grollte Magnus und hob seinen fertig präparierten Schild auf. Die meisten Soldaten waren bereits im Wasser. Als er zu Ziri hinüberschaute, mühte dieser sich ab, die Schnur um den Hals seines Trinkschlauchs zu knoten. «Du dummer Wüstenbewohner! Du hast das Wasser nicht ausgegossen – wie verdammt noch mal soll das Ding schwimmen?»

«Ich vergeude kein Wasser, Herr, das ist wider die Natur.»

«Beritten zu kämpfen ist wider die Natur, aber nicht, Wasser zu vergeuden. Jetzt gieß es aus.»

«Nein, Herr.»

Magnus warf einen Blick nach hinten. Die Chatten waren keine halbe Meile mehr entfernt. «Verdammt noch mal, wir haben keine Zeit mehr. Du kannst nur beten, dass der Schild deinen mickrigen kleinen Körper auch so trägt. Jetzt beeil dich, bevor die Chatten dir einen Speer in den Arsch rammen.» Er lief mit seinem Pferd in den Fluss, Ziri folgte. Die ersten Soldaten stiegen bereits am anderen Ufer aus dem Wasser, als Magnus sich auf seinen Schild legte und sein Pferd begann, ihn hinüberzuziehen.

Vespasian schaute sich auf halbem Weg um, ob sein Freund ihm folgte. Die Chatten waren jetzt nur noch gut vierhundert Schritt vom Ufer entfernt. «Beeil dich, Magnus!»

«Sagt das dem Pferd, nicht mir», gab Magnus zurück, der

Mühe hatte, auf seinem improvisierten Floß zu balancieren. Hinter ihm war endlich auch Ziri als Letzter ins Wasser gegangen und versuchte mit wenig Erfolg, auf seinem Schild zu liegen, der keinen zusätzlichen Auftrieb hatte. Seine Bemühungen verschreckten sein Pferd noch mehr.

Vespasian näherte sich jetzt dem anderen Ufer, wo die meisten Soldaten inzwischen gelandet waren und hastig ihre Trinkschläuche neu füllten, ehe sie wieder aufsaßen. Sein Pferd legte die Ohren zurück und ruderte noch ein paarmal mit den kräftigen Beinen, dann fanden seine Hufe Grund, und es erklomm das Ufer. Dabei wühlte es das braungrüne Wasser auf, dass es Vespasian in die Augen spritzte. Er ließ den Sattel los, packte seinen Schild, kämpfte sich weiter vorwärts und mühte sich ab, im Schlick des Flussbetts Halt zu finden. Sabinus streckte ihm eine Hand entgegen, er ergriff sie und ließ sich aufs Trockene ziehen. «Danke, Bruder», stieß Vespasian keuchend hervor. Sofort drehte er sich um und hielt nach Magnus und Ziri Ausschau. Gerade kamen die letzten paar Soldaten aus dem Wasser, und Ansigar und die anderen Decurionen trieben ihre Männer an, rasch aufzusitzen. Magnus war bis auf zehn Schritt ans Ufer heran, Ziri jedoch befand sich noch mitten im Fluss. Er hatte seinen Schild verloren und hielt sich nur mühsam über Wasser, verzweifelt an den Sattel seines Pferdes geklammert. Das Tier schnaubte und warf beim Schwimmen widerwillig den Kopf hoch.

Die Chatten näherten sich jetzt unter Kriegsgeschrei den Bäumen, die das südliche Ufer säumten, die Wurfspeere bereit zum Angriff.

«Halt dich fest, Ziri, und schlag mit den Füßen», schrie Vespasian und schwang sich in den Sattel, als auch schon die ersten Wurfspeere durch die Luft zischten und um den in Bedrängnis geratenen Marmariden herum ins Wasser niedergingen.

«Wir reiten jetzt los», rief Paetus. «Wir können nicht auf ihn warten.»

Magnus stolperte an Land. «Reitet nur zu, ich warte auf ihn.»

«Sie werden euch gefangen nehmen. Wenn wir jetzt reiten, haben wir schon eine Meile Vorsprung, ehe sie den Fluss durchquert haben.»

Magnus' Miene war finster entschlossen. «Ich sagte, ich warte auf ihn!»

Paetus wendete sein Pferd und trieb es zwischen die Bäume, gefolgt von seinen Männern.

Vespasian warf Sabinus einen Blick zu. «Reite schon voraus, Sabinus, wir kommen nach.»

Draußen im Fluss stieß Ziris Pferd einen durchdringenden schrillen Schmerzenslaut aus, da ein Wurfspeer sich in sein Hinterteil bohrte. Seine Beine schlugen heftig aus. Im nächsten Moment traf ein weiterer Speer das Tier in den Hals, sodass die gequälte Kreatur noch schriller schrie und sich wild aufbäumte. Das aufgewühlte Wasser färbte sich blutig, und Ziri, der sich nur mühsam angeklammert hatte, verlor den Halt.

«Herr!», schrie Ziri auf und ruderte verzweifelt mit den Armen in dem Versuch, den Kopf über Wasser zu halten.

«Du kannst nichts mehr für ihn tun», redete Vespasian Magnus eindringlich zu, der mit offenem Mund zusah und ohnmächtig die Fäuste ballte. «Es sei denn, du willst ihm Gesellschaft leisten.»

Ziris Kopf verschwand unter der Oberfläche, während die Bewegungen seines Pferdes schwächer wurden. Dann ruderte der Marmaride so heftig mit den Armen, dass sein Gesicht noch einmal auftauchte. Den Kopf in den Nacken gelegt, starrte er mit aufgerissenen Augen zu Magnus. «Herr! He–» Ein Ruck durchfuhr ihn – ein Speer war in seinen Scheitel eingeschlagen und durchbohrte Gaumen und Unterkiefer, bis die blutige Spitze am Kinn wieder austrat.

Magnus brüllte vor Trauer und Wut laut auf, als Ziri unterging, erst der Kopf, dann die Arme, bis schließlich auch die Finger verschwanden und nur noch der Speerschaft aus dem Wasser ragte und seine Position in dem Element markierte, das seiner Wüstenheimat so gänzlich fern und fremd war.

«Der kleine braune Dummkopf», zischte Magnus mit zusammengebissenen Zähnen und schwang sich in den Sattel. «Ich habe ihm befohlen, seinen Trinkschlauch auszuleeren, aber der Schwachkopf dachte, es würde ihm Unglück bringen, das Wasser zu vergeuden.» Er trieb sein Pferd die Böschung hinauf.

Vespasian folgte ihm. Drüben gingen gerade die ersten Chatten in den Fluss. «Jetzt kann er bis in alle Ewigkeit Wasser trinken, nur weil er ein paar Tropfen nicht vergeuden wollte.»

«Das nenne ich eine verdammte Ironie des Schicksals.»

Vespasian und Magnus strapazierten ihre Pferde bis zum Äußersten, um die Batavier einzuholen, die inzwischen eine Viertelmeile Vorsprung hatten. Da die bedrohlich wirkende, von Rauch überschattete befestigte Siedlung Mattium auf der Anhöhe ihnen den Weg nach Osten versperrte und sie wussten, dass die andere Hälfte der feindlichen Reiter nördlich von ihnen dem Flusslauf folgte, blieb ihnen nur eine Richtung: Nordosten.

So nah bei der größten Siedlung der Chatten war das Land ordentlich bewirtschaftet, sodass ihre Pferde niedrige Steinmauern und Hecken überspringen mussten.

«Mein Pferd hält nicht mehr lange durch», rief Magnus Vespasian zu, als er wieder einmal nach einem Sprung unsanft landete.

Vespasian erwiderte nichts. Er wusste, dass die Kräfte seines eigenen Reittiers ebenfalls schwanden, auch wenn es ihm noch besser erging als manchen der Batavier vor ihnen. In dem Bemühen zusammenzuhalten passte die Kolonne ihr Tempo den Langsamsten an, sodass ihr Vorsprung auf weniger als hundert Schritt geschrumpft war. Vespasian und Magnus holten stetig auf. Als Vespasian einen Blick hinter sich warf, sah er die ersten Verfolger am Nordufer zwischen den Bäumen zum Vorschein kommen, eine gute Meile entfernt.

«Scheiße, das sieht nicht gut aus!», rief Magnus plötzlich und zeigte auf Mattium oben auf der Anhöhe.

Das Tor war geöffnet worden, und Reiter kamen über den gewundenen Weg in die Ebene herunter.

Auch Paetus hatte sie offenbar bemerkt, denn die Kolonne schwenkte etwas weiter nach Norden. Gleich darauf kehrte sie jedoch zu ihrem ursprünglichen Kurs zurück. Vespasian wusste sofort und ohne hinzuschauen, was das zu bedeuten hatte: Die Chatten, die dem Fluss gefolgt waren, hatten sich von seinem Lauf gelöst und ritten jetzt über Land, um ihnen den Weg abzuschneiden. Sie waren eingeschlossen.

Paetus ließ die Kolonne anhalten, und wenig später hatten Vespasian und Magnus sie erreicht. «Es gibt nur zwei Möglichkeiten: Wir können kämpfen oder uns ergeben», sagte er zu den Brüdern, als sie neben ihm ihre Pferde zum Stehen brachten.

«Dann scheint mir, es gibt überhaupt nur eine Möglichkeit», erwiderte Vespasian. «Denn wenn wir kämpfen, werden wir alle sterben. Gisbert hat angeboten, unsere Männer zurück zum Rhenus zu eskortieren, wenn wir uns ergeben. So werden wenigstens sie überleben.»

«Batavier ergeben sich nicht», stieß Ansigar verächtlich hervor, «erst recht nicht den Chatten. Das wäre eine solche Schande, dass wir nie mehr heimkehren könnten.»

Paetus lächelte bitter. «Nun, meine Herren, dann steht uns wohl ein blutiges Ende mitten in der Germania Magna bevor, so oder so. Ich muss sagen, ich will weitaus lieber im Kampf sterben, als von irgendeinem Barbaren hingerichtet zu werden, der sich König nennt, nur weil sein Urgroßvater aus den Bergen herabgestiegen ist und allen anderen die Köpfe abgeschlagen hat. Ansigar, bring die Männer nach Norden in Stellung, wir versuchen, in dieser Richtung durchzubrechen.»

Der Decurio salutierte und ritt davon. Dabei rief er barsche Befehle, und die Turmae begannen, sich zu einer Linie zu formieren. Indessen waren die Chatten auf allen drei Seiten bis auf fünfhundert Schritt heran.

«Es tut mir leid, Vespasian», sagte Sabinus ungewohnt ernst und aufrichtig, «es war meine Schuld, dass du in diese Angelegenheit hineingezogen wurdest.»

Vespasian lächelte seinem Bruder zu. «Nein, es war die Schuld von Claudius' Freigelassenen und ihren Intrigen gegeneinander.»

«Hurensöhne.»

«Nun scheint sich die Prophezeiung zu meiner Geburt also doch als falsch zu erweisen. Es sei denn, sie besagte, dass ich im Alter von einunddreißig Jahren von Germanen abgeschlachtet werde?»

«Was? Ach so, ich verstehe. Nein, das besagte sie nicht, also war das alles Blödsinn. Ich habe sowieso nie daran geglaubt, aber Mutter bestand darauf, dass die Zeichen auf den drei Lebern diese Bedeutung hätten.»

«Welche Bedeutung?»

Sabinus zuckte die Schultern und schaute sich nach den drei herannahenden Einheiten der Chatten um, die ihr Tempo verringert und ebenfalls eine Linie gebildet hatten.

«Komm schon, Sabinus, wenn doch sowieso alles Unfug war, kannst du es mir ebenso gut jetzt verraten.»

Sabinus blickte seinen Bruder abschätzend an. «Also gut. Vater hat, wie üblich, bei der Zeremonie zu deiner Namensgebung einen Ochsen, ein Schwein und einen Widder geopfert. Als er die Lebern herausnahm und sie beschaute, waren auf allen dreien Flecken zu sehen. Ich weiß noch, wie mich das begeistert hat – ich war überzeugt, es müsse bedeuten, dass Mars dich ablehnt. Du musst wissen, ich habe dich gehasst.»

«Warum? Was hatte ich dir getan?»

«Ich hatte gehört, wie Vater dem Mars gelobte, gut auf dich achtzugeben und dich mit großer Sorgfalt aufzuziehen, sogar mit größerer Sorgfalt als mich. Ich war rasend eifersüchtig auf dich. Aber die Flecken auf den Lebern bedeuteten gar nicht, dass Mars dich ablehnte, ganz im Gegenteil. Jede Leber war unterschiedlich gezeichnet, alle geradezu unheimlich deutlich, doch was damals wie eine unmissverständliche bildliche Botschaft erschien, erweist sich nun als nichts weiter –»

«Römer!»

Die Brüder schauten sich um. Die Chatten aus Mattium hatten in fünfzig Schritt Abstand angehalten. Ein Mann kam näher.

«Scheiße! Das ist der Hurensohn, der uns hergeführt hat», rief Vespasian, der ihren vormaligen Führer auf Anhieb erkannte. «Er muss über die Brücke gekommen sein.»

Der Mann rief ein paar Sätze auf Germanisch.

«Vielleicht ist dies hier doch nicht das Ende, Bruder», vermutete Sabinus. «Meinem Herrn Mithras sei Dank, dass ich nicht meinen Schwur gebrochen habe.»

Vespasian warf Sabinus einen erbosten Blick zu. Dann ritt Ansigar zu ihnen hinüber und übersetzte. «Sie verlangen nicht, dass wir uns ergeben, aber sie verlangen, dass wir mit ihnen kommen, um weiteres Blutvergießen zu vermeiden. Wir dürfen unsere Waffen und unsere Ehre behalten. Das ist kein schlechtes Angebot.»

«Was wollen sie von uns?», fragte Sabinus, ohne den Ärger seines Bruders zu beachten.

«Ihr König will mit den Befehlshabern sprechen. Adgandestrius lädt Euch in seine Halle ein.»

Die Tore von Mattium öffneten sich und gaben den Blick auf eine Ansammlung rechteckiger Holzhütten unterschiedlicher Größe frei, die völlig planlos kreuz und quer standen. Vier dicke, in die Erde gerammte Pfähle bildeten die Ecken, die Wände hatten keine Fenster, und die Türöffnungen waren nur mit Häuten verhängt. In der Mitte jedes der strohgedeckten Dächer gab es ein Loch, aus dem sich Rauch kringelte.

Der Chatte, der voranritt, führte die Kolonne über die Hauptstraße aus gestampfter Erde, die in Windungen den Hang hinauf verlief. Zu beiden Seiten verloren sich schmale Gassen in der qualmigen Düsternis. Der Geruch von Holzrauch und der Gestank menschlichen Unrats stiegen Vespasian in die Nase. Frauen und alte Männer spähten neugierig aus den Eingängen der Hütten nach den Fremden, die da vorbeiritten, und flachsblonde Kinder hielten im Spielen inne und liefen aus dem Weg, um nicht unter die Hufe der Pferde zu geraten.

«Onkel Gaius würde es hier gefallen», bemerkte Vespasian mit einem Blick auf ein paar auffallend schöne, wenn auch recht schmutzige Jungen.

Sabinus lachte. «Vielleicht sollten wir versuchen, ein paar zu kaufen, um sie ihm mitzubringen.»

«Das sollten wir. Er beklagt sich doch immer, wie schwer es ist, auf dem Sklavenmarkt welche zu finden, die noch frisch und unverbraucht sind. Er liebt es, sie einzureiten.»

«Na, viel unverbrauchtere als hier wird man kaum finden. Denen muss man nur den Dreck abwaschen, dann sind sie bereit zum Einreiten.»

Die Brüder lachten. Dabei warf Vespasian einen Blick zu

Magnus, der mit düsterer Miene im Sattel saß und offenbar noch immer nicht zu Späßen aufgelegt war.

Endlich mündete die Straße in ein freies Gelände mit ein paar Marktbuden am Rand. Auf der anderen Seite stand ein großes Langhaus, wenigstens zwanzig Fuß hoch, mit einem schrägen Strohdach, das stellenweise von grünem Moos bewachsen war.

Der Führer saß ab und sprach mit Ansigar.

«Wir sollen hier warten», übersetzte der Decurio, «und bekommen etwas zu essen. Ihr drei werdet vom König in seiner Halle erwartet.»

«Willst du mitkommen?», fragte Vespasian Magnus, während sie aus den Sätteln stiegen.

«Lieber nicht, sonst verderbe ich am Ende das Treffen, indem ich Ziri räche.»

«Wie du willst.» Vespasian klopfte seinem Freund auf die Schulter, dann folgte er gemeinsam mit Sabinus und Paetus dem Führer in das Langhaus.

Als sie eintraten, mussten Vespasians Augen sich erst an das schwache Licht gewöhnen. Vier Reihen langer Tische, auf denen Talgkerzen standen, nahmen die vordere Hälfte der Halle ein. In der Mitte loderte in einer runden Feuerstelle ein Feuer, dessen Rauch unter der hohen, gewölbten Decke hing und durch ein rundes Loch in der Mitte abzog. An der Wand waren Geweihe, Hauer von Keilern und Hörner angebracht, dazwischen Schilde, Schwerter und anderes Kriegsgerät. Der hintere Teil der Halle war leer bis auf vier riesenhafte Krieger, die an den vier Ecken einer Estrade standen, auf der in einem Stuhl mit hoher Lehne ein alter Mann mit langem, grauem Bart saß. Sein silbernes Haar war oben zu einem Knoten gebunden, und er trug einen Goldreif auf dem Kopf. «Ich bin Adgandestrius, König der Chatten», stellte er sich in akzentfreiem Latein vor. «Tretet näher.»

Sie folgten ihrem Führer durch den Mittelgang zwischen den Tischen. Dabei knirschten die Binsen, mit denen der Boden bestreut war, unter ihren Füßen. Auf halbem Weg zwischen der Feuerstelle und dem König blieb der Führer stehen und verbeugte sich. Er wurde mit einem Wink einer knotigen Hand entlassen und trat zur Seite, wo er vor einem roten Vorhang aus zusammengenähten Stoffstücken von zwei Fuß im Quadrat stehen blieb.

Adgandestrius musterte die Römer einen Moment lang, bis sein Blick auf Vespasian fiel. «So, Ihr seid also die Römer, von denen Gisbert mir erzählte, Galba habe sie ausgesandt, um mich zu töten?»

«Er hat gelogen», erwiderte Vespasian.

«Das weiß ich – jetzt.» Adgandestrius wies auf den Führer. «Es ist Euer Glück, dass Ihr diesen jungen Mann am Leben gelassen habt, sonst läget Ihr jetzt tot dort unten in der Ebene. Als Ihr ihn fragtet, was Mattium ist, wurde ihm klar, dass Gisbert ihn belogen hatte. Wie konntet Ihr in der Absicht gekommen sein, mich zu töten, wenn Ihr nicht einmal den Namen des Ortes kanntet, wo ich zu finden war? Wir Chatten sind ehrenhafte Männer, wir sprechen die Wahrheit und verachten alle, die versuchen, uns mit Lügen und Halbwahrheiten zu hintergehen. Ich werde von Euch kein Blutgeld für die vielen meiner Männer fordern, die Ihr getötet habt, denn Ihr musstet Euch selbst gegen eine Lüge verteidigen, und ich trage Schuld, weil ich sie geglaubt habe. Ich selbst werde das Blutgeld zahlen und Euer Leben verschonen.»

«Ihr seid ein gerechter Mann, Adgandestrius.»

«Ich bin ein König, ich muss gerecht sein, sonst würde ein anderer meinen Platz einnehmen. Doch das Alter trübt allmählich meine Urteilskraft, darum habe ich Gisbert geglaubt. Auch wenn es mir seltsam erschien, dass Rom wegen eines unbedeutenden Überfalls Männer ausschicken sollte, um mich zu töten. Ich habe einmal Tiberius angeboten, für ihn Arminius zu vergiften, aber er hat es abgelehnt. Er sagte, Rom habe es nicht nötig, seine Feinde heimtückisch zu ermorden. Rom zöge es vor, sie in der Schlacht zu schlagen. Also weshalb sollte Rom jetzt auf Mord zurückgreifen? Dann kam mir zu Ohren, dass Ihr einen neuen Kaiser habt, der ein sabbernder Schwachkopf ist, und ich dachte, dieser Schwachkopf besäße offenbar weniger Ehrgefühl als seine Vorgänger. So schluckte ich die Lüge. Doch jetzt will ich die Wahrheit erfahren: Wozu seid Ihr hergekommen?»

Vespasian war klar, dass es unehrenhaft wäre, Adgandestrius täuschen zu wollen, nachdem dieser so gnädig gegen sie war, und so entschied er sich für Ehrlichkeit. «Wir sind gekommen, um den Adler der Siebzehnten Legion zu finden, der in der Schlacht im Teutoburger Wald verlorenging.»

«Weshalb jetzt, nach all den Jahren?»

Nachdem er einmal angefangen hatte, die Wahrheit zu sagen, sah Vespasian nun keine andere Möglichkeit, als weiter ehrlich zu sein. Also berichtete er dem König von dem Plan, mit dem Claudius' Freigelassene seine Herrschaft absichern wollten.

«Soso, Britannien?», sagte Adgandestrius nachdenklich, als Vespasian geendet hatte. «Wird Rom der Eroberungen denn niemals müde?» Die Frage war rhetorisch, jeder in der Halle kannte die Antwort. «Und warum wollte Gisbert Euch aufhalten?»

«Wir wissen es nicht, aber wir nehmen an, dass es politische Gründe hatte.»

«Dann wollen wir ihn fragen.» Der König sagte ein paar Worte auf Germanisch, woraufhin zwei seiner Wachen die Halle verließen. Augenblicke später kehrten sie mit Gisbert zurück, der mit einem starken Strick um die Brust gefesselt war. Die Wachen warfen ihn auf die Binsen vor der Estrade, wo Adgandestrius voller Abscheu auf ihn hinunterschaute. «Lügner!»

Gisbert richtete sich mühsam auf die Knie auf und senkte den Kopf. «Ich hatte keine Wahl. Wenn ich Euch die Wahrheit gesagt hätte, dann hättet Ihr mir nicht geholfen.»

«Nein, das hätte ich nicht. Ich würde mich hüten, mich auf eine Auseinandersetzung mit Rom einzulassen. Die römischen Legionen stehen gleich jenseits des Rhenus, und ich will sie nicht dazu herausfordern, noch einmal in voller Stärke auf unserer Seite des Flusses einzufallen. Wer hat dich dazu gebracht, das zu tun? Wer in Rom will verhindern, dass der Adler gefunden wird, und den Anschein erwecken, ich sei für das Scheitern der Unternehmung verantwortlich?»

Gisbert schüttelte den Kopf. «Das kann ich nicht sagen.»

Einer seiner Bewacher wollte ihn ohrfeigen, doch Adgandestrius hielt ihn mit einer Geste zurück. «Wenn du nicht antwortest, wird dein Tod lang und qualvoll sein, und ich werde dir nicht die Gnade eines Schwertes gewähren. Du wirst niemals nach Walhalla gelangen. Wenn du meine Frage beantwortest, stirbst du schnell und mit einer Waffe in der Hand.»

Gisbert schaute zu dem König auf. «Habe ich Euer Wort darauf?»

«Nur ein Lügner kann am Wort eines Ehrenmannes zweifeln.»

«Also gut: Es war Claudius' Freigelassener Callistus.»

«Warum?», fragte Vespasian, erfreut, seine eigene Theorie bestätigt zu finden.

«Er will selbst den Ruhm für den Fund des Adlers ernten. Versteht Ihr, er weiß, wo der Adler ist, und befürchtete, Ihr würdet ihm zuvorkommen.»

«Und wo ist der Adler?»

«Das weiß ich nicht, aber ich weiß, dass er Männer ausgeschickt hat, ihn zu holen. Meine Aufgabe war, Euch und Sabinus zu töten, und es wäre mir ein Vergnügen gewesen, da Sabinus mir die Hand abgeschlagen hat. Aber Ihr habt es mir schwergemacht, da Ihr mit so vielen Männern ausgezogen seid. Ich hatte nur mit wenigen gerechnet, da ich dachte, Ihr würdet unbemerkt bleiben wollen. Also habe ich versucht, Eure Männer abzuschrecken, indem ich immer wieder welche töten ließ, bis wir in die Nähe dieses Ortes hier kamen und ich genug Verstärkung holen konnte, um Euch anzugreifen.»

«Aber du bist nicht mit ihnen über den Fluss gekommen? Du hättest uns zwischen den beiden Streitmächten zermalmen können.»

«Ich wollte nur Euch zwei töten, nicht die Batavier.»

«Du hast auf dem Weg hierher genug von ihnen bei Nacht ermordet.»

«Ja, aber ich habe immer darauf geachtet, dass sie eine Waffe in der Hand hielten, und ich wollte nicht mehr als nötig töten. Ihr müsst wissen, die Germanen der kaiserlichen Leibgarde werden aus den zwei Stämmen am Westufer des Rhenus rekrutiert, den Ubiern und den Bataviern, und ich bin ein Batavier. Ich vermeide es nach Möglichkeit, Angehörige meines eigenen Stammes zu töten.»

Plötzlich ergab für Vespasian alles einen Sinn, und er sagte sich, dass er dem Tribun Mucianus etwas schuldig war, weil dieser vorgeschlagen hatte, die Batavier aus der Auxiliartruppe mitzunehmen. Das hatte ihm das Leben gerettet.

Adgandestrius strich sich nachdenklich über den Bart. «Diesmal spricht er die Wahrheit. Gibt es sonst noch etwas, das Ihr ihn fragen möchtet?»

«Nur eines noch: Wie hat Callistus herausgefunden, wo der Adler versteckt ist?»

«Ich weiß es nicht genau, aber es hat etwas mit Schiffen zu tun.»

«Mit Schiffen?»

«Ja. Als er mich zu sich rief, um mir Anweisungen zu erteilen, hat er gesagt, er habe eben eine Nachricht von jemandem oben im Norden erhalten, der dafür zuständig sei, Schiffe zu beschaffen. Wofür, weiß ich nicht, aber derjenige hatte herausgefunden, wo der Adler ist.»

Vespasian schaute Sabinus an. «Callistus sagte, dass an der Nordküste zu wenige Schiffe für die Invasion stationiert sind, und der Feldherr dort oben werde sich darum kümmern. Er hat auch den Namen des Mannes erwähnt. Kannst du dich noch daran erinnern?»

Sabinus überlegte kurz, dann schüttelte er den Kopf. «Tut mir leid, aber ich hatte in dem Moment dringendere Probleme im Sinn.»

«Die Frage ist leicht zu beantworten», ließ sich Paetus vernehmen. «Jeder am Rhenus weiß das, weil dieser Feldherr seit Februar flussauf und flussab Schiffe requiriert: Publius Gabinius.»

«Richtig, so hieß er. Klingt der Name vertraut, Gisbert?»

«Nein, solche Einzelheiten hat Callistus mir gegenüber nie erwähnt.»

Vespasian gab Adgandestrius mit einem Kopfnicken zu verstehen, dass er mit der Befragung fertig war. Der König winkte einen seiner Krieger zu sich und sagte etwas auf Germanisch. Der Mann trat vor und durchtrennte Gisberts Fesseln mit einem Dolch. Gisbert verharrte kniend und blickte in das Gesicht seines Henkers auf. Der Krieger zog sein Schwert und reichte es ihm mit dem Heft voran. Als Gisbert es mit seiner verbliebenen Hand ergriff, stieß der Krieger ihm seinen Dolch in die Halsgrube und tiefer bis ins Herz. Blut quoll pulsierend aus der tiefen Wunde, als die Klinge wieder herausgezogen wurde. Gisbert starrte seinen Henker noch immer an, seine Brust hob und senkte sich schwer vor Anstrengung zu atmen, und das Licht in seinen Augen erlosch allmählich. Ehe er sie schloss, zuckten seine Lippen, als wollte er lächeln. Er fiel vornüber auf die blutigen Binsen und blieb reglos liegen, das Schwert noch in der Hand.

Die Leiche wurde hinausgeschafft, und der König richtete seine Aufmerksamkeit wieder auf Vespasian und seine Gefährten. «Ich weiß nicht, wer diesen Adler hat, ich habe es nie gewusst.» Er gab dem Führer, der vor dem roten Vorhang stand, einen Wink. Der Mann teilte den Vorhang in der Mitte und befestigte beide Hälften an Stangen, die mit Scharnieren an der Wand angebracht waren.

Die drei Römer sogen die Luft zwischen den Zähnen ein, als das Steinbock-Emblem einer Legion und fünf Kohortenstandarten unter einer erhobenen Hand mit nach außen gekehrter Handfläche zum Vorschein kamen. Die Vorhänge selbst waren aus den Flaggen genäht, die von der Querstange einer Centurienstandarte hingen. Jedes Stück stand für achtzig längst verstorbene Männer.

«Arminius hat die Trophäen im Geheimen ausgegeben und das Los über die Verteilung bestimmen lassen, um Eifersucht zwischen den Stämmen zu vermeiden. Jeder König musste schwören, den anderen niemals zu verraten, welche er bekommen hatte. Ich erhielt den silbernen Steinbock der Neunzehnten und fünf Kohortenstandarten sowie all diese Centurienfahnen. Über den Verbleib der Übrigen wusste nur Arminius Bescheid, und der ist tot.»

«Aber sein Sohn ist noch am Leben.»

Adgandestrius runzelte die Stirn. «Ja, das ist wahr, und es ist wohl möglich, dass er es weiß. War das Euer Plan – Thumelicus zu fragen?»

«Ich dachte, wenn wir zum Teutoburger Wald gingen, könnten wir eine Möglichkeit finden, ihm eine Botschaft zu senden. Ich habe etwas, das seinem Vater gehört hat und ihn interessieren dürfte.» Vespasian löste Arminius' Messer von seinem Gürtel und reichte es dem König.

Adgandestrius zog es aus der Scheide, um die Klinge in Augenschein zu nehmen. Er betrachtete die eingravierten Runen eingehend, dann gab er das Messer zurück. «Ja, das würde ihn sicher sehr interessieren, vielleicht genug, um ihn zu einem Treffen mit Euch zu bewegen. Ich weiß, wo er ist, und werde ihm eine Botschaft schicken, dass Ihr beim nächsten Vollmond – in fünf Tagen – am Kalkrieser Berg im Teutoburger Wald sein werdet. Dort kann er sich mit Euch treffen, wenn er es wünscht.» Mit einiger Mühe stemmte er sich aus seinem Stuhl hoch, ging zu den Standarten hinüber und zog den Steinbock der XVIIII aus seiner Halterung. «Ich gebe Euch ein paar meiner Männer als Eskorte mit, um Euch sicher dorthin zu geleiten, und wenn Ihr von hier fortgeht, werdet Ihr das Emblem der Neunzehnten als Geschenk von mir mitnehmen.»

Die Römer machten verblüffte Gesichter, als er das Emblem Sabinus überreichte. Der alte König schmunzelte. «Ihr fragt Euch wohl, warum ich Euch helfe? Aus demselben Grund, weshalb ich auch Thumelicus bitten werde, Euch zu unterstützen – nicht nur für das Messer seines Vaters, sondern wegen etwas viel Bedeutenderem: Wenn der Schwachkopf in Rom seinen Adler zurückbekommt und dazu das Emblem der Neunzehnten, dann wird sein Ansehen bei den Legionen zweifellos gesichert sein, sodass er seine Invasion Britanniens verwirklichen und seinen Sieg erringen kann. Dafür werden jedoch Legionen aus den Garnisonen am Rhenus und Danuvius abgezogen werden, und damit haben wir wenigstens vier Legionen mitsamt Auxiliartruppen weniger an unseren Grenzen stehen. Was zum Schaden der keltischen Stämme Britanniens ist, wird zu unserem Nutzen sein: Wenn Rom nach Norden auf diese Insel geht, wird es nicht mehr die Macht haben, uns noch einmal gefährlich zu werden. Ich werde Euch helfen und bete darum, dass auch Thumelicus es tut, weil wir auf diese Weise sicherstellen, dass Germanien auf Generationen hinaus frei bleibt – vielleicht sogar für immer.»

X

H ier ist es!», rief Magnus, als die Kolonne, angeführt
von zwanzig von Adgandestrius' Kriegern, verlangsamte, weil der Pfad schmaler wurde. Er war an der Nordseite von einem Sumpf begrenzt, an der Südseite von einem
steilen Hang. «Ich erinnere mich an die Stelle, hier hat Arminius nach vier Tagen andauernder Kämpfe an wechseln-
den Orten die letzten unserer Jungs in die Falle gelockt. Von
den ursprünglich fast fünfundzwanzigtausend Mann waren
nur noch sieben- oder achthundert übrig. Varus hatte sie im
strömenden Regen stetig nach Nordwesten angetrieben, um
den Germanen zu entkommen, doch es gelang ihnen, sie
zu überholen, indem sie eine Abkürzung durch die Berge
nahmen. In den Bäumen oberhalb einer freien Fläche haben
sie ihnen dann aufgelauert. Unsere Jungs haben sie nicht
bemerkt, bis auf einmal fünftausend dieser haarigen Hurensöhne anfingen, Wurfspeere nach ihnen zu schleudern.
Fünfzigtausend Speere in weniger als hundert Herzschlägen,
könnt Ihr Euch das vorstellen?»

Vespasian konnte, und ihn schauderte dabei. «Das bringt
eine Kolonne zum Stillstand.»

«Allerdings. Sie konnten nicht in den Sumpf ausweichen,
denn es hatte vier Tage lang ununterbrochen geregnet – die

es versuchten, sind einfach versunken. Sie konnten auch weder vor noch zurück, weil weitere fünftausend ihnen den Rückzug abschnitten und der Weg vor ihnen aufgegraben und mit Hindernissen versperrt war.»

«Ihnen blieb also nichts anderes übrig, als zu kämpfen?»

«Nein. Wir werden bald einen langen Erdwall sehen, den sie als letzte Abwehr errichtet haben. Er zieht sich über etwa eine Viertelmeile. Die Überlebenden konnten sich die Wilden noch eine Weile vom Leib halten, aber dann beschlossen die anderen Stämme, die bislang nur zugesehen hatten, auch mitzukämpfen. Varus erkannte, dass die Lage ausweglos war, und tat, was die Ehre gebot. Danach dauerte es keine Stunde mehr, bis die meisten unserer Jungs tot waren. Nur wenige entkamen, und manche von denen schlossen sich uns als Führer an, als wir den Ort wieder aufsuchten. Ich habe den einen und anderen ganz gut kennengelernt.»

«Wie hatte das Ganze angefangen?», erkundigte sich Sabinus.

«Also, Varus führte seine Männer vom Sommerlager am Fluss Visurgis zum Winterquartier am Rhenus. Drei Legionen, sechs Auxiliarkohorten und drei Alae Kavallerie: über zwanzigtausend Mann abzüglich ein paar Kohorten, die auf Ersuchen der germanischen Stämme zurückgeblieben waren, um den Frieden Roms zu wahren. Das hatten die heimtückischen Hurensöhne getan, um Varus in Sicherheit zu wiegen, und mit Erfolg. Er schickte sogar die Legati und ein paar Tribune über den Winter nach Rom zurück. Er dachte, alles sei in schönster Ordnung, als er gen Westen aufbrach, über die Militärstraße, die dem Fluss Lupia folgte. Sie hieß die Pontes Longi, wegen der vielen Brücken. Ein unschöner

Ort. Wir hätten beinahe Varus' Los geteilt, als wir ein paar Jahre später versuchten, auf diesem Weg heimzukehren.»

«Wir haben die Überreste dieser Straße fünfzig Meilen südlich von hier überquert», warf Paetus ein. «Wie kam es, dass Varus und seine Truppen so weit von ihrem Weg abwichen?»

«Arminius hat ihnen eine fingierte Nachricht geschickt, hier oben im Norden sei eine Rebellion ausgebrochen. Varus vertraute ihm und mochte ihn, und darum glaubte er ihm – obwohl er gewarnt worden war, dass eine Verschwörung gegen ihn im Gange sei. Er entschied also, seine Kolonne nicht aufzuteilen, sondern mit sämtlichen Männern nach Norden zu gehen, sogar mitsamt dem Begleittross und den langsamen Fuhrwerken, hierher in diese bergige, dichtbewaldete, von tiefen Schluchten durchzogene Gegend. Der verdammte Schwachkopf! Varus ließ zu, dass germanische Führer seine schwerfällige, sechs oder sieben Meilen lange Kolonne in ein Tal ein paar Meilen südöstlich hinter uns lotsten, in dem es von Wilden nur so wimmelte. Sie hielten sich in den Bäumen versteckt.»

«Hatte er denn keine Kundschafter an den Flanken?», fragte Vespasian, schaute den Hang zu seiner Linken hinauf, zwischen die Eichen, Buchen und Birken, und malte sich aus, wie leicht sich hier eine ganze Armee verstecken könnte.

«Doch, wie die paar überlebenden Jungs berichteten, hatten sie zahlreiche Kundschafter. Das Problem war, dass die auf Arminius' Seite standen und leider die ungefähr fünftausend Krieger an beiden Seiten der Berge über ihnen übersahen, ebenso wie die weiteren zehntausend, die als Zuschauer mitgekommen waren und sich nur einmischen wollten, wenn es für Arminius gut lief. Jedenfalls, Varus dachte sich nichts dabei, Cherusker und Chatten aus den Auxiliartruppen als Kundschafter einzusetzen. Schließlich waren die Stämme treu, und auf diese Weise konnte er all seine Legionäre hübsch in Reih und Glied marschieren lassen, zu acht Mann nebeneinander, ganz ordentlich und militärisch, wie die Feldherren es lieben.»

«Aber sehr langsam.»

«Genau, und sie mussten immer wieder Bäume fällen, um Platz für die Formation zu schaffen. Außerdem regnete es in Strömen, und ein stürmischer Westwind heulte, so stark, wie ich es nur in Germanien je erlebt habe. Unsere Jungs konnten die Wilden weder sehen noch hören, bis die Speere und die Steine aus ihren Schleudern mitten in die Kolonne einschlugen. Die Jungs hatten ihre Pila noch an den Tragestangen befestigt. Es war sämtlichen Berichten zufolge ein verdammter Schlamassel. Dann kamen die Wilden und unsere eigenen Leute von den Auxiliartruppen unter Geheul und Gebrüll den Hang runter, und die Angelegenheit wurde sehr persönlich – wenn Ihr versteht, was ich meine –, und binnen kurzem war die Kolonne in zwei Teile gespalten.»

«Wie haben sie es bis hierher geschafft, dass sie an diesem Weg gestorben sind?», fragte Sabinus, betrachtete das Emblem der XVIIII und fragte sich, wo es gefallen sein mochte.

«Irgendwann konnten sie eine gewisse Ordnung wiederherstellen. Varus ließ die Hälfte der Jungs ein Lager errichten, während die Übrigen die Hundesöhne abwehrten. Als die Nacht hereinbrach, zogen sie sich endlich zurück, und Varus gönnte seinen Männern ein paar Stunden Schlaf in der Nässe, ehe er wenige Stunden vor Tagesanbruch alle

Fuhrwerke unbrauchbar machen ließ und heimlich aus dem Lager verschwand. Als die Germanen erwachten, fanden sie im Lager keine Legionäre mehr vor, nur jede Menge zurückgelassene Vorräte. Nun, wie Ihr Euch wohl denken könnt, waren sie nicht erpicht darauf, unseren Jungs nachzujagen, ehe sie das alles gründlich durchsucht hatten. In der Zwischenzeit versuchte Varus, weiter nach Nordwesten zu ziehen, um Arminius zu Hilfe zu kommen. Er glaubte, der Überfall habe darauf abgezielt, ihn aufzuhalten, damit er nicht zum eigentlichen Schauplatz der Rebellion gelangte. Er begriff nicht, dass Arminius selbst dahintersteckte, dieser selbstherrliche Schwachkopf! An solchen hat es den Legionen noch nie gemangelt.»

«Ich finde, er hat sich ehrenhaft verhalten», wandte Vespasian ein. «Schließlich wusste er nicht, dass die Nachricht fingiert war, also versuchte er, seine Pflicht gegenüber Rom und seinem Freund zu erfüllen, indem er Arminius zu Hilfe eilte.»

Magnus knurrte und warf Vespasian einen skeptischen Blick zu. «Wie dem auch sei, sie zogen den ganzen Tag weiter, so schnell sie konnten, und es gab nur vereinzelte kleine Scharmützel, dann schlugen sie wieder ihr Lager auf. Am nächsten Tag hatte die Haupttruppe der Germanen sie eingeholt, und in der folgenden Nacht kämpften unsere Jungs fast ununterbrochen, um zu verhindern, dass die Wilden in das Lager eindrangen. Dann, am Morgen des vierten Tages, zogen sich die Germanen zurück, und die Überlebenden der Kolonne marschierten weiter. Aber die Germanen setzten ihnen ständig zu und zwangen sie, diese Richtung beizubehalten, bis sie schließlich hier ankamen. Und damit war es um sie geschehen. Sie waren umzingelt und konnten nirgendwohin entkommen. Die Überlebenden der Kavallerie versuchten noch einen Durchbruch, aber sie kamen nicht weit. Varus stürzte sich in sein Schwert, und die Jungs hatten die Wahl, ob sie im Kampf ihr Leben ließen, sich selbst töteten oder sich ergaben, um entweder geopfert zu werden oder ein Leben in Sklaverei zu erdulden. Nur sehr wenigen gelang noch die Flucht, weniger als fünfzig von all den vielen.» Plötzlich hielt Magnus sein Pferd an. «Scheiße! Die hatten wir doch alle runtergeholt.»

Vor ihnen hingen zu beiden Seiten des Weges Schädel an Bäumen, mit langen Nägeln durch die Augenhöhlen befestigt.

«Scheint, als ob die Germanen sie wieder aufgehängt haben», bemerkte Sabinus.

Magnus spuckte angewidert aus und schloss den rechten Daumen in die Faust zum Schutz vor dem bösen Blick. Hinter den Schädeln mündete der Pfad in eine weite sandige Fläche, zweihundert Schritt breit und eine halbe Meile lang. Darauf lagen Tausende menschlicher Knochen jeder Form und Größe verstreut, verwittert und mit Flechten bewachsen. «Und nicht nur das, sie haben auch eine Menge unserer Jungs wieder ausgegraben.»

Die Kolonne ritt knirschend über die Lichtung. Zu ihrer Linken lag der Wall, die letzte verzweifelte Abwehr von Varus' Legionen, stellenweise eingerissen, als wären Hunderte Füße darübergetrampelt. An einer Stelle ragte der verweste Huf eines toten Maultiers heraus. Von dem ausgedehnten Sumpf zu ihrer Rechten wehte der Gestank stehenden Wassers herüber, und vor ihnen war der Weg wieder von Bäumen eingeschlossen, sodass dies die ideale Stelle für ein Gemetzel war. Obwohl in den Zweigen der frühlingsgrünen Bäume Vögel sangen, empfand Vespasian die Atmosphäre als bedrückend, als ob Tausende Augen sie beobachteten. Er bemühte sich, nicht auf die Knochen der längst gefallenen Legionäre hinunterzuschauen, doch eine morbide Neugier zwang ihn dazu. Beinknochen, Armknochen, Wirbel, Rippen, Schädel und Becken lagen wahllos herum, manche unversehrt, andere mit Kerben von Waffen, und nicht wenige wiesen Fraßspuren von wilden Tieren auf. Da und dort kamen sie an primitiven Altären aus Stein vorbei, auf denen ebenfalls Knochen lagen, diese jedoch von Feuer geschwärzt. «Wie lange ist es her, dass du hier warst, Magnus?»

«Das müssen jetzt fünfundzwanzig Jahre sein.»

«Das eigentlich Seltsame ist, dass sie in dieser langen Zeit nicht auf natürliche Weise in den Boden eingesunken sind. Es ist, als würde jemand sich darum kümmern.»

«Vielleicht die da?», schlug Magnus vor, als eine Gruppe aus fünf Reitern hundert Schritt vor ihnen zwischen den Bäumen zum Vorschein kam und ihnen den Weg versperrte.

Die Chattenkrieger an der Spitze der Kolonne gaben das Zeichen zum Anhalten. Zwei von ihnen ritten weiter, um kurz mit den Fremden zu reden, dann kehrten sie zurück und sprachen mit Ansigar.

Der Decurio nickte und wandte sich an die römischen Befehlshaber. «Das sind Cherusker. Thumelicus erwartet uns auf dieser Anhöhe.»

Der Hügel war nicht sehr hoch, nicht mehr als dreihundertfünfzig Fuß, und sie erklommen ihn rasch, obwohl der Hang dicht mit Bäumen bestanden war. Vespasian konnte sich gut vorstellen, wie so viele Krieger sich an den Hängen hatten verstecken können. Knapp unterhalb des Gipfels machten sie einen Umweg um eine Lichtung mit einer Gruppe Buchen in der Mitte, wo ein weißes Pferd angebunden war und friedlich neben einem Altar graste. Drei Köpfe, einer davon frisch, die anderen in unterschiedlichen Stadien der Verwesung, hingen an ihrem langen Haar von den umgebenden Zweigen. Auf dem Boden darunter lagen Schädel, an denen noch Fleischfetzen und Haare klebten, Zeugnisse davon, wie diese grausigen Früchte reiften. Blut tropfte von dem Altar.

Als der Hang flacher wurde, standen die Bäume spärlicher. Die Kuppe war gerodet, nur von Gras und Frühlingsblumen bewachsen, jedoch von einem denkbar unwahrscheinlichen Anblick beherrscht: einem zehn Fuß hohen roten Lederzelt von fünfzig Fuß im Quadrat neben einer einzelnen uralten Eiche.

Vespasian warf nur einen Blick darauf und begriff, was er vor sich sah.

«Bei Merkurs lieblichem Arsch», rief Magnus aus, «das muss Varus' Kommandozelt sein, das sie vor all den Jahren bei dem zurückgelassenen Gepäck gefunden haben.»

Sabinus war ebenso überwältigt. «Sicher haben sie alles erbeutet, was die Kolonne mit sich führte. Bei der Nässe muss es unmöglich gewesen sein, etwas zu verbrennen.»

Die fünf Cherusker saßen beim Zelteingang ab und bedeuteten der Kolonne, das Gleiche zu tun. Ihr Anführer, ein

Mann in den Sechzigern, ging hinein. Kurz darauf kam er wieder heraus und sprach mit Ansigar.

«Ihr dürft eintreten», teilte der Decurio Vespasian, Sabinus und Paetus mit. «Wir lassen inzwischen die Pferde grasen.»

«Kommst du diesmal mit?», fragte Vespasian Magnus und ging auf den Eingang zu.

«Stottert der Kaiser?»

Vespasian schob die lederne Zeltplane beiseite und fand sich in einem kurzen Gang mit ledernen Wänden wieder, genau wie im Prätorium in Poppaeus' Lager damals in Thrakien, auch wenn dieses Zelt keinen transportablen Marmorboden hatte, sondern nur gewachste Bretter. Er ging ein paar Schritte den Gang entlang und trat durch eine Tür in den Hauptteil des Zeltes. Überall flackerten Talgkerzen und beleuchteten einen elegant eingerichteten Raum, der mit gutgepolsterten Sofas und kunstvoll geschnitzten Stühlen und Tischen eingerichtet und mit kleinen Bronzefiguren sowie Schalen und Krügen aus Keramik und Glas dekoriert war. Am anderen Ende stand ein mächtiger Tisch aus Eichenholz, auf dem mehrere Schriftrollen lagen. Daneben saß auf einem kurulischen Stuhl ein römischer Statthalter in voller Militäruniform. Und doch konnte das nicht sein, denn er war zu jung für einen Statthalter und trug einen schwarzen Vollbart.

«Willkommen, Römer», sagte der Mann. «Ich bin Thumelicus, Sohn des Erminaz.»

Vespasian öffnete den Mund, um Thumelicus zu begrüßen, doch der gebot ihm mit erhobener Hand Einhalt.

«Nennt mir nicht Eure Namen», sagte Thumelicus mit

Nachdruck und starrte ihn aus durchdringenden blauen Augen an, aus denen keinerlei Gefühl sprach. «Ich wünsche sie nicht zu erfahren. Nachdem ich aus Eurem Reich entkommen war, beschwor ich Donar den Donnerer, er solle mich von oben mit einem Blitz erschlagen, wenn ich mich jemals wieder mit Rom einließe. Jedoch habe ich auf das Ersuchen meines alten Feindes Adgandestrius den Gott gebeten, dieses eine Mal eine Ausnahme zu machen, für das Wohl meines Stammes und Germaniens.» Er wies auf die Sofas, die im Raum verteilt standen. «Setzt Euch.»

Vespasian und seine Begleiter folgten der Aufforderung und machten es sich so bequem, wie es unter Thumelicus' eindringlichem Blick eben möglich war. Seine Nase war ausgeprägt, aber schmal, und wies die Spuren mehrerer Brüche auf. Seine Wangenknochen waren hoch, und sein üppiger, gepflegter schwarzer Bart reichte fast bis zu ihnen hinauf. Der lange Schnurrbart verdeckte die schmalen, blassen Lippen teilweise. Vespasian konzentrierte sich auf sein Kinn und konnte unter dem Bart eine Spalte erkennen. Dies war definitiv der Mann.

«Adgandestrius hat mir mitgeteilt, Ihr wünschtet, dass ich Euch helfe, den letzten der Adler zu finden, welche Eure Legionen beim Sieg meines Vaters hier im Teutoburger Wald verloren haben.»

«So ist es.»

«Und warum denkt Ihr, ich würde Euch helfen?»

«Es wäre in Eurem eigenen Interesse.»

Thumelicus schnaubte verächtlich, beugte sich vor und zeigte mit dem Finger auf Vespasian. «Römer, im Alter von zwei Jahren wurde ich zusammen mit meiner Mutter Thusnelda im Triumphzug des Germanicus vorgeführt – eine Schmach für meinen Vater. Um ihn noch tiefer zu demütigen, wurden wir nach Ravenna geschickt, wo wir bei der Frau seines Bruders Flavus lebten – Flavus, der stets für Rom gekämpft hat, sogar gegen sein eigenes Volk. Und als dritte Schmach wurde ich mit acht Jahren gezwungen, eine Ausbildung zum Gladiator zu beginnen. Ich, der Sohn des Befreiers von Germanien, musste im Sand der Arena zum Ergötzen des Pöbels in irgendeiner Provinzstadt kämpfen. Ich trat mit sechzehn zu meinem ersten Kampf an und gewann zweiundfünfzig Kämpfe später mein hölzernes Schwert der Freiheit. Das war vor vier Jahren, ich war zwanzig. Sobald ich frei war, beglich ich zuerst meine Rechnung mit meinem Onkel Flavus und seiner Frau, dann kehrte ich mit meiner Mutter hierher zu meinem Stamm zurück. Wie könnten nach allem, was Rom mir angetan hat, meine Interessen und die Euren jemals zusammenfallen?»

Vespasian erzählte ihm von der geplanten Invasion Britanniens und von Adgandestrius' strategischer Sicht auf die Konsequenzen.

«Und Ihr könnt garantieren, dass Rom nicht einfach drei oder vier zusätzliche Legionen aufstellen wird, um jene zu ersetzen, die in Britannien gebraucht werden?», fragte Thumelicus. «Natürlich nicht. Rom hat genügend Männer für viele weitere Legionen, das sollte diesem alten Mann auch klar sein. Solange nicht eine verheerende Seuche das Imperium heimsucht, wird seine Bevölkerung weiter anwachsen. Immer mehr Gemeinden in allen Provinzen bekommen die Bürgerrechte zugesprochen. Laufend werden Sklaven freigelassen – sie selbst können nicht in die Legionen eintreten, wohl aber ihre Söhne. Auf kurze Sicht stimme ich Adgandestrius allerdings zu: Durch eine Invasion Britanniens wären wir höchstwahrscheinlich für etwa eine Generation sicher.» Thumelicus nahm den Helm mit dem Helmbusch ab und legte ihn auf den Tisch. Das Haar fiel ihm bis auf die Schultern. Er schaute die Römer an und lachte tief und bitter. «Wäre mein Vater nicht gewesen, dann würde heute noch ein Römer in Germanien diese Uniform tragen. Doch dank ihm kann nun ich sie tragen, während ich mit den Nachfolgern des Mannes verhandele, dem sie einst gehörte. Ich kann sie in seinem Zelt empfangen und ihnen auf seinem Geschirr eine Stärkung servieren lassen.»

Thumelicus klatschte zweimal laut in die Hände. Daraufhin wurde der Eingang hinter ihm geöffnet, und zwei bärtige Sklaven in den Fünfzigern schlurften mit Tabletts herein, die mit silbernen Bechern, Bierkrügen und Tellern mit Essen beladen waren. Während sie durch den Raum gingen und Speisen und Getränke auf Tischen abstellten, bemerkte Vespasian mit Erschrecken, dass ihr Haar nach römischer Sitte kurz geschnitten war.

«Ja, Aius und Tiburtius wurden beide hier gefangen genommen, vor zweiunddreißig Jahren», bestätigte Thumelicus, der Vespasians Gesichtsausdruck richtig gedeutet hatte. «Seither sind sie Sklaven. Sie haben nicht versucht zu fliehen, nicht wahr, Aius?»

Der Sklave, der gerade Vespasian bediente, wandte sich um und neigte den Kopf vor Thumelicus. «Nein, Herr.»

«Sage ihnen, warum nicht, Aius.»

«Ich kann nicht nach Rom zurückkehren.»

«Weshalb nicht?»

248

«Wegen der Schande, Herr.»

«Was für eine Schande, Aius?»

Aius warf einen ängstlichen Blick zu Vespasian, dann schaute er wieder seinen Herrn an.

«Du kannst es ihnen sagen, Aius, sie sind nicht gekommen, um dich zurückzuholen.»

«Die Schande, den Adler verloren zu haben, Herr.»

«Den Adler verloren?», wiederholte Thumelicus bedächtig, die blauen Augen auf den alten Soldaten gerichtet.

Die Jahre der Knechtschaft und Schande schienen plötzlich schwer auf Aius zu lasten, er ließ den Kopf hängen, und seine Brust bebte von unterdrückten Schluchzern.

«Und du, Tiburtius?», fragte Thumelicus und starrte nun den zweiten Mann, der etwas älter und fast silberhaarig war, ebenso durchdringend an. «Empfindest du die Schande noch?»

Tiburtius nickte nur stumm und stellte das letzte Gefäß neben Thumelicus auf dem Tisch ab.

Vespasians Erschrecken schlug in Zorn um, als er die beiden römischen Bürger so niedergedrückt von Schande und Sklaverei sah. «Warum habt ihr nicht getan, was die Ehre gebietet, und euch selbst getötet?», fragte er mit kaum verhohlenem Abscheu.

Ein Lächeln umspielte Thumelicus' Mundwinkel. «Du darfst ihm antworten, Aius.»

«Arminius hat uns vor die Wahl gestellt, in einem ihrer Weidenkäfige als Opfer verbrannt zu werden oder bei all unseren Göttern zu schwören, am Leben zu bleiben, um zu tun, was er von uns verlangte. Niemand, der ein Opfer im Weidenkäfig mit angesehen und angehört hat, würde das

Feuer wählen. Wir haben so entschieden, wie jeder Mann es getan hätte.»

«Da kann ich nicht widersprechen, Kumpel», ließ Magnus sich vernehmen. Als Aius die vertraute Ausdrucksweise hörte, warf er ihm einen Blick zu, in dem entferntes Wiedererkennen lag. «Bei der Aussicht, dass meine Eier über dem Feuer gebraten werden, würde ich alles schwören.»

«Aber sie wären ja nicht gebraten worden», belehrte Thumelicus ihn und nahm den Deckel von dem Gefäß auf dem Tisch. «Wir entfernen die Hoden immer vorher.»

«Das ist aber wirklich sehr fürsorglich von Euch.»

Thumelicus steckte die Finger in den Topf. «Ich kann dir versichern, es geschieht nicht aus Sorge um die Opfer.» Er zog etwas Kleines, Weißgraues, Eiförmiges heraus und biss die Hälfte ab. «Wir glauben, dass es uns Stärke und Manneskraft verleiht, die Hoden unserer Feinde zu essen.»

Vespasian und seine Begleiter sahen entsetzt zu, wie Thumelicus geräuschvoll und genüsslich kaute. Er steckte die andere Hälfte in den Mund und verspeiste sie mit ebensolchem Genuss, während die beiden Sklaven überraschenderweise an der anderen Seite des Tisches Platz nahmen.

Thumelicus spülte seinen Imbiss mit einem Schluck Bier hinunter. «Nach der Schlacht hier und all den Schlachten und Kämpfen, die mein Vater in unserem Ringen um die Freiheit ausgefochten hat, ließen wir fast sechzigtausend Hoden einlegen, und mein Vater verteilte sie unter den Stämmen. Dieses Gefäß enthält die letzten, die den Cheruskern noch geblieben sind. Ich spare sie für besondere Anlässe auf. Vielleicht sollten wir darüber nachdenken, unsere Vorräte bald aufzufüllen?»

«Ihr wäret verrückt, es zu versuchen», entgegnete Sabinus. «Ihr könntet niemals über den Rhenus kommen.»

Thumelicus neigte zustimmend den Kopf. «Nicht, solange wir untereinander so uneinig sind wie jetzt. Und selbst wenn es uns gelänge, würdet Ihr Verstärkung aus anderen Teilen Eures Reiches schicken und uns bald wieder zurückschlagen. Hingegen besitzt Ihr umgekehrt noch immer die Stärke, über den Fluss zu kommen, und deshalb bin ich hier und rede mit Euch, entgegen all meinen Prinzipien. Soweit ich informiert bin, hat einer von Euch etwas, das er mir zeigen will.»

Vespasian zog das Messer seines Vaters hervor und reichte es Thumelicus.

«Wie ist das in Euren Besitz gelangt?», fragte er und nahm die Klinge in Augenschein.

Vespasian erzählte die Geschichte des Messers, während Thumelicus mit einem Finger über die Runen strich.

Als er geendet hatte, dachte der Germane kurz nach, dann nickte er. «Ihr sprecht die Wahrheit. Genau so hat mein Vater es in seinen Memoiren berichtet.»

«Er hat seine Memoiren geschrieben!», rief Vespasian aus, unfähig, seinen Unglauben zu verhehlen.

«Ihr vergesst, dass er ab dem Alter von neun Jahren in Rom erzogen wurde. Er hat Lesen und Schreiben gelernt, wenn auch nicht sonderlich gut, da es ihm eingeprügelt werden musste. Wir erachten diese Fertigkeiten für unmännlich. Aber er hatte eine bessere Idee: Er beschloss, seinen unterworfenen Feinden seine Memoiren zu diktieren und sie am Leben zu halten, damit sie sie vorlesen könnten, wann immer es nötig sein sollte. Heute ist es vielleicht nötig. Mutter, möchtest du dich uns anschließen?»

Der Vorhang öffnete sich erneut, und eine hochgewachsene, stolze Frau mit angegrautem Haar und Augen in dem tiefsten Blau, das Vespasian je gesehen hatte, trat ein. Ihre Haut war faltig, ihre Brüste hingen tief, doch es war deutlich zu erkennen, dass sie in ihrer Jugend eine Schönheit gewesen sein musste.

«Mutter, ist es erforderlich, diesen Römern Vaters Geschichte zu erzählen? Was sagen die Knochen?»

Thusnelda zog aus einem Lederbeutel an ihrer Taille fünf gerade, geschnitzte, dünne Knochenstücke hervor. Sie waren auf allen vier Seiten mit Zeichen bedeckt, die Vespasian inzwischen als Runen erkannte. Thusnelda blies darauf und murmelte halblaut eine Beschwörung, dann warf sie die Knochen auf den Boden.

Sie beugte sich darüber, berührte sie und studierte eine kleine Weile, wie sie gefallen waren. «Mein Mann würde wollen, dass diese Männer seine Geschichte erfahren. Um dich zu verstehen, müssen sie verstehen, woher du kommst, mein Sohn.»

Thumelicus nickte. «Dann sei es so, Mutter. Wir wollen beginnen.»

Vespasian deutete auf die beiden Sklaven, die jetzt die Schriftrollen auf dem Tisch ordneten. «Er hat also diese zwei verschont, damit sie seine Lebensgeschichte niederschreiben und vorlesen?»

«Ja, wer wäre besser geeignet, vom Leben des Arminius zu erzählen, als die *Aquiliferi* – die Adlerträger – der Siebzehnten und Neunzehnten Legion?»

Die Sonne war längst untergegangen, als die zwei alten Sklaven, einst stolze Träger der größten Heiligtümer ihrer Legionen, Arminius' Lebensgeschichte mit ihrem eigenen mündlichen Bericht davon abschlossen, wie er von einem Verwandten ermordet wurde. Es war nicht einfach nur eine Lesung gewesen; Thusnelda hatte Teile aus dem Gedächtnis beigesteuert, und Thumelicus hatte Vespasian und seine Freunde ermuntert, Aius und Tiburtius nach ihren Erinnerungen an die Schlacht im Teutoburger Wald zu fragen. Er befahl den alten Männern auch, ihre Antworten aufzuschreiben. Magnus, der bei der Schlacht der Langen Brücken zugegen gewesen war und im folgenden Jahr bei den Schlachten am Angrivarierwall und bei Idistaviso, Arminius' erster Niederlage, teilte seine Erinnerungen an Germanicus' zwei Feldzüge sechs beziehungsweise sieben Jahre nach dem Massaker – bevor Tiberius ihn aus Eifersucht auf seinen Erfolg und aus Angst zurückrief. Thumelicus schien aufrichtig erfreut, diese neuen Ansichten aus einem anderen Blickwinkel zu hören, und befahl seinen Sklaven, Notizen zu machen, was sie pflichtschuldig taten. Dabei wurden ihre Blicke verschleiert und sehnsüchtig, als sie in einfacher Legionärssprache von den Legionen reden hörten. Auf ihren gealterten Gesichtern war tiefe Scham abzulesen, nicht nur über den Verlust der Adler, sondern auch darüber, dass sie anschließend nicht den Mut gehabt hatten, den Tod im Feuer zu wählen, und so zu einem Leben ohne Hoffnung auf Erlösung verdammt waren. Abgesehen von gelegentlichen Fragen hatten Vespasian, Sabinus und Paetus nichts beizutragen, und so saßen sie da und lauschten der Geschichte, nippten an ihrem Bier und aßen ein wenig von den

Speisen, die in Schalen aufgetischt worden waren. Etliche Male lehnten sie höflich die angebotenen Leckerbissen aus Thumelicus' Topf ab.

Niemand sprach, als die beiden alten Männer geendet hatten und anfingen, die Schriftstücke auf dem Tisch wieder einzurollen und in ihren Röhren zu verwahren, ohne von ihrer Arbeit aufzublicken.

Thumelicus schaute nachdenklich in seinen Trinkbecher. «Mein Vater war ein großer Mann, und dass ich ihn nie kennengelernt habe, war ein Verlust.» Er sah auf und durchbohrte Vespasian mit seinem Blick. «Aber ich habe Euch nicht hier bei mir sitzen und seine Geschichte anhören lassen, nur um mich anschließend ein wenig in Selbstmitleid zu suhlen. Ich wollte, dass Ihr dies hört, damit Ihr meine Beweggründe für das verstehen könnt, was ich als Nächstes tun werde. Ich beabsichtige, mich gegen alles zu wenden, wofür mein Vater stand.»

Sabinus beugte sich vor. «Heißt das, Ihr könnt uns sagen, wo der Adler versteckt ist?»

«Ich kann Euch sagen, welcher Stamm ihn hat, das ist leicht: die Chauken an der Küste nördlich von hier. Aber ich werde noch mehr tun. Ich selbst werde Euch helfen, ihn zu finden.»

«Warum solltet Ihr das tun?», fragte Vespasian.

«Mein Vater hat versucht, sich selbst zum König eines größeren Germanien zu machen, in dem er alle Stämme unter einem einzigen Herrscher vereinen wollte. Stellt Euch nur vor, über welche Macht er verfügt hätte, wenn es ihm gelungen wäre. Er hätte die Kraft gehabt, Gallien zu erobern. Aber hätte er auch die Kraft gehabt, es zu halten? Ich denke, nicht – noch nicht, solange Rom so stark ist. Doch das war *sein* Traum, es ist nicht der meine. Ich blicke weit in die Zukunft auf eine Zeit, da Rom unweigerlich seinen Niedergang beginnt wie alle früheren Reiche vor ihm. Für die Gegenwart betrachte ich die Vorstellung eines größeren Germanien als Bedrohung für alle Stämme, die darin vereint würden. Es könnte Anlass zu hundert Jahren Krieg gegen Rom geben, einem generationenlangen Krieg, den zu gewinnen wir noch nicht genügend Krieger haben.

Deshalb strebe ich nicht danach, der Anführer eines vereinten Germanenvolkes zu werden. Allerdings argwöhnen viele unter meinen Landsleuten, dass ich das will. Manche ermutigen mich aktiv, indem sie mich ihrer Unterstützung versichern, andere hingegen sind eifersüchtig und glauben, mein Tod wäre ihren eigenen Bestrebungen zuträglich. Ich hingegen will nur in Frieden das Leben führen, das mir meine ganze Jugend hindurch verwehrt war: ein Leben als Cherusker in einem freien Germanien. Ich will nichts von Rom, weder Rache noch Gerechtigkeit. Wir haben uns einmal von seiner Herrschaft befreit. Es wäre töricht, uns selbst in eine Lage zu bringen, in der wir erneut für unsere Freiheit kämpfen müssten.

Rom aber wird nie aufhören, seinen Adler zurückhaben zu wollen, und solange er sich auf unserem Grund und Boden befindet, werden immer wieder Römer kommen und nach ihm suchen. Die Chauken werden ihn nicht herausgeben, warum sollten sie? Aber dass sie ihn behalten, bringt uns alle in Gefahr. Ich will, dass Ihr ihn bekommt, Römer. Nehmt ihn und benutzt ihn für Eure Invasion und lasst uns in Frieden. Also werde ich Euch helfen, ihn zu stehlen. Die Stämme werden erfahren, dass ich Rom geholfen habe, und sie werden nicht mehr wünschen – oder fürchten –, dass ich in die Fußstapfen meines Vaters trete.»

«Werden die Chauken das nicht als Kriegserklärung auffassen?», fragte Vespasian.

«Das würden sie, wären da nicht noch andere Umstände, die mit hineinspielen. Ich weiß, dass Rom von vielen der Stämme in Germanien Tributzahlungen fordert, und ich weiß auch, dass Rom von den Stämmen an der Küste statt Gold neuerdings Schiffe verlangt. Nun liegen den Nachbarn der Chauken, den Friesen, ihre Schiffe sehr am Herzen, und ich habe gehört, um nicht zu viele davon ausliefern zu müssen, haben sie das Geheimnis um den Verbleib des verlorenen Adlers verkauft, und zwar an –»

«Publius Gabinius!»

«Ganz recht. Die Chauken werden ihren Adler also bald verlieren, aber wenn wir ihn an uns bringen können, ehe Publius Gabinius mit einer römischen Streitmacht eintrifft, könnte dies das Leben vieler Chauken retten.»

«Wie weit ist es?»

«Dreißig Meilen östlich von hier fließt der Visurgis. Auf ihm können wir bis ins Land der Chauken an der Nordküste gelangen. Wenn wir Boote nehmen, sind wir übermorgen dort.»

XI

Am Vormittag des folgenden Tages erreichte die Kolonne die Überreste eines kleinen römischen Militärhafens, der verlassen lag, seit die Legionen sich vor fünfundzwanzig Jahren über den Rhenus zurückgezogen hatten. Die meisten Dächer der eingeschossigen Baracken und Lagerhäuser waren noch einigermaßen intakt, die Ziegelwände hingegen bröckelten unter dichtem, dunklem Efeu und anderen Kletterpflanzen. Rauchschwalben segelten durch die offenen Fenster ein und aus, deren Läden längst verrottet waren, und bauten ihre Schlammnester unter den Dachvorsprüngen der verlassenen Gebäude. Ein Rudel wilder Hunde, außer den Vögeln anscheinend die einzigen Bewohner, folgte in einigem Abstand der Kolonne, die über die von Gras überwucherte Pflasterstraße hinunter zum Fluss ritt.

«Meine Leute haben diesen Hafen nicht niedergebrannt, weil mein Vater fand, er sei von strategischem Nutzen», erklärte Thumelicus. Er hatte Varus' Uniform abgelegt und trug stattdessen eine schlichte Tunika und Hosen, wie es bei seinem Volk üblich war. «Er hat hier ein Versorgungslager angelegt, von dem er über den Fluss schnell Vorräte zu seinen Truppen bringen konnte, aber nach seiner Ermordung wurde das Lager aufgegeben.»

«Warum?», fragte Vespasian. «Es könnte Euch noch immer ungemein nützlich sein.»

«Ja, das sollte man meinen, das Problem wäre nur: Wer würde es auffüllen, und wer sollte es bewachen?», warf Magnus ein. «Ich nehme an, um letztere Aufgabe würden sich einige reißen, aber für erstere gäbe es wohl kaum Freiwillige.»

Thumelicus lachte. «Ich fürchte, du hast meine Landsleute nur allzu gut durchschaut. Kein Clanoberhaupt würde sein Getreide und sein Pökelfleisch Männern eines anderen Clans zur Bewachung anvertrauen, auch wenn sie alle Cherusker sind. Mein Vater besaß die Stärke, sie dazu zu bringen, aber seit er nicht mehr ist, sind die früheren Zustände wieder eingekehrt: Alle streiten untereinander und stehen nur zusammen, wenn Gefahr von einem anderen Stamm droht.»

«Da sieht man mal, wie kurz wir davorstanden, die ganze Provinz zu unterwerfen», bemerkte Paetus, während sie an einem halbverfallenen Tempel aus Ziegel vorbeikamen. «Dass wir all das hier so tief in Germanien gebaut haben, zeigt doch, dass wir recht zuversichtlich gewesen sein müssen, uns hier halten zu können.»

«Diese Zuversicht, oder eher übertriebene Zuversicht, wurde Varus zum Verhängnis.»

Magnus machte ein finsteres Gesicht. «Wohl eher Arroganz. Noch so ein selbstherrliches Arschloch.»

Vespasian wollte gerade dazu ansetzen, den längst verstorbenen Feldherrn zu verteidigen, als er von der sinnlosen Diskussion abgelenkt wurde, da sie jetzt zwischen einer Reihe Lagerhäuser hindurch auf den Uferkai gelangten. Vor ihnen lagen an hölzernen Stegen vier lange Boote mit breitem Rumpf, hohem Bug und Heck, einem einzelnen Mast mittschiffs und Bänken für fünfzehn Ruderer auf jeder Seite.

«Wir wohnen in Langhäusern und fahren mit Langbooten», bemerkte Thumelicus geistreich. «Wir Germanen finden, dass das ein guter Witz ist.» Als niemand lachte, schaute er Vespasian und seine Begleiter stirnrunzelnd an. Auf allen Gesichtern zeichnete sich der gleiche Ausdruck ab: Verwirrung. «Was ist los?»

Paetus wandte sich ihm zu. «Pferde, Thumelicus, das ist los. Wie nehmen wir unsere Pferde mit?»

«Gar nicht. Die Pferde sind der Preis für die Boote.»

«Und wie kommen wir dann zurück über den Rhenus?»

«Ihr werdet heimkehren, indem Ihr aufs Meer hinausfahrt und dann westwärts der Küste folgt. Eure Batavier können mit diesen Booten umgehen, sie sind gute Seefahrer.»

«Aber ihre Segelkünste werden uns nicht vor Stürmen bewahren», murmelte Magnus. «Als Germanicus das letzte Mal nach Gallien zurückgesegelt ist, hat er die Hälfte seiner Flotte im nördlichen Meer verloren. Ein paar der armen Hunde wurden sogar in Britannien an Land gespült.»

«Dann seid Ihr ja schon zur Stelle, wenn die Flotte zur Invasion landet.»

Sabinus warf Thumelicus einen säuerlichen Blick zu. «Ist das wieder so ein Germanenwitz? Ich fand ihn nämlich auch nicht besonders komisch.» Die Aussicht auf eine Seefahrt stimmte ihn alles andere als heiter. Das Meer war nun einmal nicht sein Element.

«Nein, nur eine Feststellung. Jedenfalls ist das mein Angebot: Eure Pferde gegen die Boote, dann seid Ihr morgen im Land der Chauken.»

Vespasian nahm Sabinus und Magnus beiseite. «Uns bleibt keine andere Wahl, als uns auf den Handel einzulassen. Wenn Gabinius vor uns den Adler findet, dann ist es Callistus' Verdienst, und Narcissus kann einfach sagen, Sabinus habe seinen Teil der Vereinbarung nicht eingehalten und sein Leben sei verwirkt. Außerdem wird der Rückweg über das Meer viel leichter zu bewerkstelligen sein als über Land, wenn wir die gesamte Kavallerie der Chauken auf den Fersen haben.»

«Aber wenigstens bleibt mein Mageninhalt dann da, wo er hingehört.»

«Nicht, wenn die Chatten dich mit einem Speer durchbohren», konterte Vespasian.

Sabinus schwieg kurz, um diesen Einwand zu überdenken. «Da hast du wohl nicht ganz unrecht, Bruder. Also dann, nehmen wir die Boote.»

Vespasian wandte sich an Thumelicus. «Abgemacht.»

«Aber was ist mit meinen Pferden?», fragte Paetus mit zusammengebissenen Zähnen. «Es dauert Monate, sie auszubilden und –»

«Ihr werdet tun, was man Euch befiehlt, Präfekt», fiel Vespasian ihm barsch ins Wort. An Thumelicus gewandt, ergänzte er: «Aber die Sättel und das Zaumzeug behalten wir.»

«Einverstanden.»

Paetus entspannte sich ein wenig, sah jedoch noch immer unzufrieden aus. «Ich lasse die Männer absitzen und alles auf die Boote bringen.»

«Ich finde, das ist eine ausgezeichnete Idee, Präfekt», erwiderte Vespasian und ließ sich aus dem Sattel gleiten.

«Ich finde, das ist eine verdammt schlechte Idee», grummelte Magnus und blieb sitzen.

«Ach, jetzt willst du auf einmal gern ein Kavalleriesoldat sein?»

«Das ist immer noch besser, als nach Hause zu schwimmen.»

Die Batavier stimmten einen düsteren, melancholischen Gesang an, passend zum langsamen Rhythmus der Ruderschläge, als sie mit den Langbooten flussabwärts fuhren. Ihre Schilde hatten sie neben sich an der Bordwand befestigt, um sich zumindest ein wenig vor Überraschungsangriffen mit Pfeilen zu schützen. Vögel flatterten durch die windstille Luft und vollführten ihre Balzrituale über der glatten Wasserfläche und zwischen den überhängenden Bäumen am Ufer, an denen das junge Laub spross. Gelegentlich drangen die süßen Düfte der neuen Jahreszeit durch den Moschusgeruch der Batavier, die an den Rudern schwitzten, nackt bis zur Taille, sodass die starken Muskeln an Armen, Brust und Bauch zu sehen waren. In die Mittagssonne blinzelnd, glitten sie nordwärts durch eine überwiegend flache Landschaft dem Meer entgegen.

Vespasian und Magnus standen am Heck des zweiten Bootes auf einer kleinen Gefechtsplattform neben Ansigar, der das Steuerruder betätigte und das Boot genau in der Mitte des hundert Schritt breiten Flusses hielt. Vor ihnen befehligte Thumelicus das erste Boot mit einem seiner Männer als Steuermann.

Die Strömung war träge, und sie kamen nicht schnell voran, sosehr die Männer sich auch anstrengten. Vespasian wurde allmählich ungeduldig. Er warf einen Seitenblick zu Magnus, der kein Wort mehr gesprochen hatte, seit er widerwillig vom Pferd gestiegen und an Bord gekommen war. Er hatte eingesehen, dass er keine andere Wahl hatte, wenn er nicht zurückbleiben wollte. «Du hast gesagt, du weißt, wie die Germanen die Adler verstecken.»

Magnus schaute finster nach vorn, als hätte er ihn nicht gehört.

«Nun komm schon, Magnus, dieses Boot ist doch gar nicht so übel.»

Magnus brach sein düsteres Schweigen. «Darum geht es nicht, Herr. Es ist nur … Germanien scheint nichts als Unglück zu bringen. Wenn man all die Knochen toter Römer dort einfach so rumliegen sieht, dann muss man doch denken, dass in diesem Land ein Fluch gegen uns wirkt. Irgendwo hier in der Gegend haben wir gegen Arminius' Armee gekämpft, an einem Ort namens Idistaviso. Am Ende zogen die Germanen sich unter schweren Verlusten zurück, und Germanicus verkündete den Sieg, aber so einfach war das nicht. Ich habe an dem Tag eine ganze Menge Kumpel verloren.» Er schaute zum östlichen Ufer. «Sie liegen irgendwo da draußen, und Ziri liegt am Grund eines Flusses – alle tot, in einem Land, in dem andere Götter herrschen.»

«Wenn man an seine Götter glaubt und sie verehrt, folgen sie einem bestimmt überallhin.»

«Vielleicht, aber ihre Macht schwindet umso mehr, je weiter sie sich von ihrer Heimat entfernen. Hier in Germanien ist die Macht von Wotan und Donar – und was immer sie hier für Götter haben – stark, das merkt man. Ihr habt doch den Hain am Weg zu Thumelicus' Zelt gesehen. Diese Köpfe sind nicht einfach so an den Bäumen gewachsen, die wurden da aufgehängt, nachdem die Menschen geopfert worden waren. Wir hatten nichts als Scherereien, seit wir den Rhenus überquert haben, und jetzt fahren wir noch größeren Scherereien entgegen. Selbst wenn wir Neptun eine ganze Herde weißer Stiere opfern würden, damit er uns auf dem nördlichen Meer sicher bewahrt – wie soll er uns hören und uns beistehen, wenn die einheimischen Götter Menschenopfer bekommen?»

«Menschenopfer sind abscheulich.»

«Sagt das mal den germanischen Göttern. Ich glaube nicht, dass sie Euch zustimmen würden, wenn man bedenkt, wie gut sie für ihr eigenes Volk sorgen. Mir gefällt die Vorstellung nicht, den Adler zurückzuerbeuten und dann mit ihm aufs Meer zu fahren, wenn der Zorn der germanischen Götter uns verfolgt.»

«Warum sollten sie uns zürnen? Wir nehmen den Adler doch nicht ihnen weg, sondern dem Stamm.»

Magnus schaute seinen Freund in ungläubigem Erstaunen an. «Natürlich nehmen wir ihn den Göttern weg. Ich sagte doch, ich habe gesehen, wie die Germanen einen Adler verstecken. Er wird in einem ihrer heiligen Haine sein, der demjenigen ihrer blutgierigen Götter geweiht ist, welcher ihn ihrer Meinung nach am besten beschützen kann. Und dieser Gott wird nicht erfreut sein, wenn wir den Adler mitnehmen – *sofern* wir ihn mitnehmen, so einfach ist das nämlich nicht. Man kann da nicht so mir nichts, dir nichts zwischen den Bäumen hindurch auf die Lichtung spazieren und die Stange mit dem Adler aus dem Boden ziehen. Sie stellen Fallen.»

«Was für Fallen?»

«Verdammt fiese Fallen.»

«Wie fies?»

«Sagen wir mal so: Als wir den Adler der Neunzehnten auf dem Gebiet der Marsen fanden, endete der junge Tribun, der versuchte, ihn vom Altar zu nehmen, in einem zehn Fuß tiefen Erdloch, und ein Spieß hatte sich so tief in seinen Arsch gebohrt, dass das Letzte, was er wahrnahm, der Geschmack seiner eigenen Scheiße war.»

«Das ist allerdings fies.»

«Sag ich doch. Und anschließend wurden die Jungs, die ihm zu Hilfe kommen wollten, von zwei an Seilen schwingenden Felsbrocken zerschmettert, die plötzlich aus den Bäumen kamen. Ihr habt ja gesehen, wie die Chatten es mit den Leichen gemacht haben, die an Seilen in unseren Weg schwangen. In solchen Sachen sind sie hier ziemlich gut.»

«Dann müssen wir eben sehr vorsichtig sein. Immerhin haben sie den Adler der Neunzehnten doch am Ende bekommen.»

«Aber davon rede ich doch gerade. Sie haben den Adler bekommen, und dann sind sie damit schnurstracks zurück über den Rhenus. Wenn wir dagegen diesen Adler finden, dann müssen wir ihn auf dem Seeweg zurückbringen. Als Germanicus uns nach seinen Siegen hier über diese Route heimführte, haben die germanischen Götter uns aus Rache einen Sturm geschickt ... Den Rest der Geschichte kennt Ihr ja. Und wir haben jetzt genau dasselbe vor.»

«Dann werden wir darauf achten, den richtigen Göttern

zu opfern. Die Batavier verehren sie schließlich auch.» Vespasian wandte sich an Ansigar, der besorgt schien. Er hatte das Gespräch offenbar mit angehört. «Wer ist euer Gott des Meeres, Ansigar?»

«Es gibt mehrere, die hilfreich sein könnten, aber in diesem Fall denke ich, wir sollten speziell der Nehalennia opfern, der Göttin des nördlichen Meeres. Wir rufen sie vor jeder Reise an. Wenn irgendjemand uns helfen kann, dann sie.»

«Was fordert sie?»

Der Decurio kratzte sich am Bart. «Je mehr wir ihr geben können, umso mehr wird sie uns helfen.»

Am folgenden Morgen hing fahler Dunst in der Luft, und eine dünne Schneeschicht bedeckte die Erde, sodass die flache Landschaft farblos wirkte. Bäume und andere natürliche Landmarken in der Ferne erschienen nur als dunklere Grauschattierungen. Als Vespasian sich blinzelnd aufsetzte, wickelten die Soldaten sich gerade aus ihren klammen Decken und murrten über ihre steifen, schmerzenden Glieder, wobei ihr Atem Dampfwolken in der kalten Luft bildete. Bis auf ein paar Stunden am späten Nachmittag, als die Brise stark genug gewesen war, um die Segel zu hissen – auf denen der Eberkopf prangte, das Emblem der Cherusker –, hatten sie ununterbrochen gerudert, fast bis Mitternacht, im Schein des nicht mehr ganz vollen Mondes, der sich funkelnd auf der Wasserfläche gespiegelt hatte. Jetzt steckte ihnen die Anstrengung in den Gliedern, und ein paar Stunden Schlaf auf dem harten, kalten Boden hatten ein Übriges getan.

«Die Eisgötter», bemerkte Ansigar, an Vespasian gerichtet, während er den Schnee von seiner Decke klopfte.

«Was?»

«Jeden Mai ziehen die Eisgötter drei Tage lang durch Germanien und betrachten die Gegend, dann kehren sie in ihr Reich zurück, bis es Zeit ist, den Winter wieder ins Land zu bringen. Erst nachdem sie ihren Gang beendet haben, trauen sich die Frühlingsgeister hervor.»

«Seht Ihr», ließ sich Magnus vernehmen und schloss wieder den Daumen in die Faust, «die haben hier wirklich sonderbare Götter.»

Eine halbe Stunde später, nach einem ordentlichen Frühstück aus Brot und eingelegtem Kohl, stießen sie vom Ufer ab und fuhren weiter stromabwärts. Der Dunstschleier, der beide Ufer unsichtbar machte und die körperlosen Rufe der Vögel abschwächte, verlieh dem Fluss eine bedrohliche Atmosphäre. Das rhythmische Plätschern, mit dem die Ruder die Wasseroberfläche durchbrachen, und das Knarren der hölzernen Boote erschienen laut im Vergleich zu den gedämpften Geräuschen der Umgebung, und die Batavier warfen beim Rudern immer wieder ängstliche Blicke über die Schulter, nun, da sie sich – wie Thumelicus ihnen beim Aufbruch mitgeteilt hatte – im Land der Chauken befanden.

So ruderten sie durch den frühen Morgen. Als die Sonne höher stieg und gegen das Werk der Eisgötter ankämpfte, klarte es etwas auf, doch der Dunst blieb.

«Was für ein Volk sind die Chauken eigentlich?», erkundigte sich Vespasian bei Ansigar, um sich selbst von seinem wachsenden Unbehagen abzulenken.

«Ebenso wie bei ihren Nachbarn, den Friesen, gibt es

zwei Sorten. An der Küste, wo das Land flach, nass und nicht für den Ackerbau geeignet ist, sind sie Seefahrer. Sie fischen und gehen entlang der Küste auf Beutezüge, mit Booten wie diesen. Hier hingegen, im Binnenland, halten sie Vieh und Pferde und treiben Ackerbau. Sie haben Verträge mit Rom, nach denen sie Männer für die Auxiliartruppen stellen müssen, und sie erfüllen ihr Soll und zahlen auch eine nominelle Steuer. Wie den meisten Stämmen ist ihnen daran gelegen, mit Rom gut auszukommen, damit sie sich darauf konzentrieren können, ihre Nachbarn zu bekämpfen und die Stämme weiter im Osten, die liebend gern unsere Gebiete in ihren Besitz bringen würden. Gemeinsam mit den Langobarden halten sie die wilderen Stämme östlich des Albis in Schach.»

«Was für Stämme gibt es dort draußen?»

«Gerüchteweise hören wir viele Namen, doch wir kennen nur ein paar: Sachsen und Angeln entlang der Küste und Sueben am Albis und dann weiter im Osten die Goten, Burgunden und Vandalen. Sie alle sind Germanen. Mit den meisten von ihnen haben wir keinen Kontakt, auch wenn gelegentlich ein Händler- oder Räubertrupp von den Sachsen oder den Angeln nach Süden kommt und wir mitunter gewaltsam gegen sie vorgehen müssen.» Unvermittelt drückte Ansigar gegen das Steuerruder, sodass das Boot scharf abdrehte. Als Vespasian sich nach dem ersten Boot umschaute, sah er, dass es ebenfalls den Kurs geändert hatte. Weiter voraus erkannte er die Ursache des plötzlichen Manövers: Im sich lichtenden Dunst zeichneten sich Silhouetten ab, und es wurde erkennbar, dass eine römische Flotte am Ufer lag. Tausende Legionäre gingen gerade an Land.

Publius Gabinius war ihnen zuvorgekommen.

«Das ist die wichtigste Ortschaft der Chauken», flüsterte Thumelicus und zeigte auf eine große Siedlung, die etwa eine Meile entfernt auf einem niedrigen Höhenrücken erbaut war. Es war die einzige Erhebung in der flachen und tristen, von Schnee gepuderten Landschaft, über der noch immer leichter Dunst hing. «Ihre heiligen Haine befinden sich in den Wäldern östlich von dort. In einem davon muss der Adler sein.»

Doch Vespasian, der aus der Deckung eines Dickichts spähte, interessierte sich weder für die Chaukenstadt noch für den Wald. Sein Blick war auf die sechs Kohorten einer unberittenen Auxiliartruppe gerichtet, die nordwestlich davon auf dem reifüberzogenen Ackerland in einer Linie in Stellung waren, schützend vor einer Legion, die gerade aus einer Kolonne in Gefechtsordnung wechselte. Gegenüber der römischen Streitmacht hatte sich eine riesige Masse Chauken versammelt. Sie wuchs ständig weiter, da Männer aus der Umgebung herbeiströmten, von weithin dröhnenden Hornsignalen gerufen.

«Das könnte uns zupass kommen», bemerkte Vespasian mit dampfendem Atem, «es lenkt sie ab.»

«Das erste Mal, dass wir hier Glück haben», pflichtete Magnus ihm grinsend bei. «Sieht aus, als hätten sie für eine Weile alle Hände voll zu tun.»

Sabinus schien ebenso erfreut. «Wir sollten uns auf den Weg machen, bevor wir uns hier den Hintern abfrieren. Wenn wir uns südlich von ihnen halten, gibt der Dunst uns Deckung, so müssten wir unbemerkt den Wald erreichen können.»

Thumelicus hingegen wirkte skeptisch. «Es ist nicht

ideal. Die Chauken wissen sicher, weshalb diese Männer gekommen sind, und werden den Adler entweder anderswohin bringen oder eine große Truppe dazu abstellen, ihn zu bewachen.»

«Dann sollten wir uns beeilen», versetzte Vespasian und blies in seine kalten Hände. «Von hier ist es eine Meile zurück zu den Booten und anderthalb Meilen zu dem Wald dort. Mit Glück könnten wir schon in einer Stunde mit dem Adler wieder auf dem Fluss sein.» Noch während er sprach, löste sich eine Gruppe Krieger zu Pferde aus den Reihen der Chauken und ritt langsam auf die römische Frontlinie zu. Einer der Reiter hielt einen grünen Zweig hoch.

Thumelicus lächelte. «Sie wollen verhandeln. Das verschafft uns vielleicht mehr Zeit. Also los.»

Sie kehrten durch das Dickicht zu der Stelle zurück, wo Ansigar und fünf Turmae der Batavier am Boden kauernd warteten. Die sechste Turma hatten sie zur Bewachung der Boote zurückgelassen, die sie außer Sichtweite der römischen Flotte auf das Ufer gezogen hatten.

«Eine Turma bleibt hier, um unseren Rückzug zu decken», befahl Paetus, «die übrigen kommen mit uns. Sie sollen sich geduckt halten und schnell laufen.»

Thumelicus und seine Männer führten sie in flottem Laufschritt über das ebene Gelände. Nördlich von ihnen waren die zwei Armeen noch größtenteils vom eisigen Dunst verborgen, der sich jedoch zusehends lichtete, da die Sonne höher stieg. Hin und wieder hob er sich ein wenig, sodass Gestalten sichtbar wurden. Die beiden Streitmächte standen sich noch immer gegenüber.

Als sie fast eine Meile weit gelaufen waren, ertönte ein gewaltiger Schrei, gefolgt von Gebrüll und dem rhythmischen Trommeln von Waffen gegen Schilde. Die Chauken begannen, sich in einen Kampfrausch zu steigern.

«Klingt, als hätten sie beschlossen, keine Freunde zu werden», keuchte Magnus. «Hoffen wir, dass sie gleich stark sind und sich da eine Weile gegenseitig in Atem halten.»

Sie liefen schneller, wateten platschend durch einen eisigen Bach, dessen Wasser vom Unrat aus der Chaukensiedlung braun war, und rannten weiter. Dabei hielten sie sich ein ganzes Stück südlich der Anhöhe mit der Siedlung.

Die tiefdröhnenden Signale von Cornua gaben Kommandos durch die Kohorten weiter. Im Gegenzug ließen die Chauken ihre Hörner erschallen, die mehr dazu dienten, den Feind einzuschüchtern, als dazu, den eigenen Leuten Befehle zu übermitteln.

Wieder zerrissen Gebrüll und Schlachtrufe die Luft, bis sie in den unverkennbaren Schreien und dem Geheul eines Barbarenangriffs untergingen. Als Thumelicus sie in den Wald führte, hallte Schlachtenlärm über die Landschaft, das Scheppern von Eisen auf Eisen und die dumpfen Laute von Schilden, die Schläge abfingen. Wenig später folgten die Schreie von Verwundeten und Sterbenden.

«Der erste Hain ist gleich östlich von hier, etwa vierhundert Schritt entfernt», sagte Thumelicus und steigerte sein Tempo.

Sie rannten über einen gewundenen, stellenweise verschneiten Pfad tiefer in den Wald, wobei sie gelegentlich über herabgefallene Äste von Eichen oder Buchen springen mussten. Hinter ihnen mühten die Decurionen sich ab, ihre

Turmae wenigstens einigermaßen in der Form einer zwei Mann breiten Kolonne zu halten, doch es gelang ihnen nicht, da ihre Männer es nicht gewohnt waren, als Fußsoldaten eingesetzt zu werden.

Vespasians Herz hämmerte, und seine Beine arbeiteten schwer, um mit dem zusätzlichen Gewicht der Kettentunika zu rennen. Er seufzte erleichtert, als Thumelicus allmählich das Tempo verringerte. Paetus wandte sich um und gab Ansigar ein Zeichen. Der brachte mit ein paar Handbewegungen über Kopf die Kolonnen dazu, sich zu einer Linie aufzufächern, wie sie es sonst zu Pferde taten. So liefen sie tief geduckt weiter zwischen den Bäumen hindurch, sorgsam auf jeden Schritt bedacht, die Wurfspeere bereit.

«Geradeaus vor uns», flüsterte Thumelicus und gab das Zeichen zum Anhalten.

Vespasian spähte durch den schwachen Dunst des Waldes, dessen dichtes Laubdach das Sonnenlicht abhielt. Ein Stück voraus war die Atmosphäre lichter, denn die Sonne schien hier ungehindert bis auf den Boden. Von fern war noch schwach der Schlachtenlärm zu hören, doch in der Nähe störte nur Vogelgesang die Stille. «Bleibt mit Euren Männern hier», sagte er zu Paetus. «Sabinus, Magnus und ich gehen mit Thumelicus und seinen Leuten nachsehen.»

Paetus nickte und richtete flüsternd ein paar Worte an Ansigar, während Thumelicus geduckt weiterlief. Als sie sich dem Hain näherten, erkannte Vespasian eine Lichtung mit vier uralten Eichen in der Mitte. Zwischen diesen lag auf zwei großen, abgeflachten Steinen eine Platte aus grauem Granit. Daneben war Holz aufgeschichtet, über dem leicht schaukelnd ein Käfig aus dicken Weidenzweigen hing. Er hatte genau die Form eines gekreuzigten Mannes, war jedoch etwas größer.

Magnus spuckte aus und schloss den rechten Daumen in die Faust. «Sieht aus, als hätten sie hier eins ihrer Brandopfer im Weidenkäfig vorbereitet, für die sie anscheinend eine solche Vorliebe haben.»

«In dem Käfig ist niemand», stellte Vespasian fest, der näher heranschlich. «Durch die Zwischenräume scheint Licht. Thumelicus, was meint Ihr?»

«Es scheint niemand in der Nähe zu sein. Wenn der Adler hier sein sollte, dann sicher nicht weit vom Altar, aber da keine Wachen postiert sind, halte ich es für unwahrscheinlich.» Er trat auf die Lichtung hinaus, zu beiden Seiten von seinen Männern flankiert. Vespasian, Sabinus und Magnus folgten ihm äußerst vorsichtig, wobei sie mit ihren Wurfspeeren den Boden prüften aus Angst vor verborgenen Fallgruben mit Spießen.

Die Suche am Altar und in der Umgebung verlief ergebnislos. Sie sahen in dem aufgeschichteten Holz nach und schauten nach Hohlräumen in den Bäumen, ständig von dem Gedanken verfolgt, dass ihnen, falls sie den Feinden in die Hände fielen, ein grausiges Schicksal als Brandopfer in dem Weidenkäfig über ihnen drohte.

«Er ist nicht hier», schloss Thumelicus endlich. «Wir sollten weiter zum nächsten Hain gehen, etwa eine halbe Meile nördlich von hier.»

Vespasian gab Paetus, der am Rand der Lichtung wartete, ein Zeichen, und sie wandten sich nach Norden.

Diesmal näherten sie sich dem Hain mit noch größerer

Vorsicht. Eine Turma, in Zweiergruppen aufgeteilt, ging mit Thumelicus und seinen Männern vor, um die Lage auszukundschaften. Sie waren im immer schwächer werdenden Dunst nur gerade eben noch zu erkennen. Das Getöse der Schlacht hatte sich indessen gesteigert, war jedoch nicht näher gekommen. Die Düfte des feuchten Waldes, moderiger Geruch vom alten Laub am Boden und die saubere, frische Luft weckten in Vespasian den Wunsch, er befände sich auf einem morgendlichen Spaziergang in den Wäldern auf seinem Landgut bei Cosa, fern von diesem fremden Land voller Gefahren und rätselhafter Sitten. In einem kurzen, stummen Gebet an seinen Schutzgott Mars bat er darum, niemals wieder die Germania Magna betreten zu müssen, sofern er diesmal entkommen sollte. In seinem Inneren schien sich eine Antwort zu bilden. Nicht dass alles gut werden würde, nein, nur ein einziges Wort: Britannien. Ihn schauderte, als er daran dachte, welche Schrecken die römischen Legionen auf jener von Nebel verhüllten Insel erwarteten, die von der römischen Zivilisation noch fast gänzlich unberührt war. Zum ersten Mal kam ihm der Gedanke, er und die II Augusta könnten Teil der Invasionstruppen werden.

Er schob die verstörende Vorstellung von sich und ging weiter, froh über die tröstliche Gegenwart von Magnus und Sabinus. Vor ihnen hob Thumelicus die Hand und ließ sich auf ein Knie sinken. Vespasian und seine Begleiter schlossen zu ihm auf.

«Heilige Pferde», flüsterte Thumelicus.

Diese Lichtung war größer als die erste, und diesmal stand in der Mitte ein kleiner Ulmenhain. Er war von einem Kreis aus grob zugehauenen hölzernen Säulen umgeben, zehn Fuß hoch und in einem Schritt Abstand voneinander. Auf jeder Säule lag ein Schädel. Vier weiße Pferde standen angebunden und fraßen Heu, das um den Kreis herum auf dem leicht verschneiten Boden aufgeschüttet war. Das Bild glich jenem, das sich ihnen auf dem Weg zu ihrem Treffen mit Thumelicus geboten hatte, und wie ein Widerhall jener Szene hingen auch hier von den Zweigen der Bäume um einen hölzernen Altar drei Köpfe, ein frischer und zwei halbverweste.

Nachdem sie ein paar Herzschläge lang gewartet hatten, wurde klar, dass wiederum niemand in der Nähe war. Die Pferde blickten neugierig zu ihnen auf, als sie auf den Hain zugingen, dann fraßen sie weiter, da die Eindringlinge offenbar weder eine Bedrohung darstellten noch Futter bei sich hatten.

Vespasian trat zwischen zwei hölzernen Säulen hindurch in den Hain. Auf dem Boden verstreut lagen noch mehr Köpfe in unterschiedlichen Stadien der Verwesung. Haarbüschel, die an die Zweige darüber gebunden waren, zeigten an, wo sie gehangen hatten, bis die Kopfhaut so stark verwest war, dass sie herabgefallen waren. «Wer waren diese Menschen, Thumelicus?»

«Wahrscheinlich Sklaven, vielleicht auch Krieger von anderen Stämmen, die bei einem Scharmützel gefangen genommen wurden. Jeder, der in Gefangenschaft gerät, weiß, was ihn erwartet.» Thumelicus wischte die dünne Schneedecke von dem Altar. Eingetrocknetes Blut war in das Holz eingezogen.

«Reizend», murmelte Magnus, der mit einem Wurfspeer auf dem Boden stocherte auf der Suche nach Hinweisen darauf, dass hier kürzlich etwas vergraben worden war. «Ich nehme an, Eure Götter gieren danach.»

«Unsere Götter haben uns die Freiheit bewahrt, also müssen sie Menschenopfer wohl schätzen, ja.»

«Eine Freiheit, in der Ihr Euch gegenseitig bekämpft», bemerkte Sabinus und bückte sich, um nachzuschauen, ob an der Unterseite des Altars etwas befestigt war.

«So sind die Menschen: Der größte Feind ist immer derjenige, der einem am nächsten ist – so lange, bis Eindringlinge von außerhalb diesen Feind zum wertvollsten Verbündeten machen. Aber kommt jetzt, der Adler ist nicht hier. Es gibt noch einen weiteren Hain, wo wir nachsehen können. Wenn ich mich recht entsinne, liegt er östlich von hier.»

Sie drangen tiefer in den Wald vor. Hier hatte sich an Farn und tiefhängenden Zweigen der Dunst stellenweise noch gehalten. Obwohl sie sich von der Schlacht entfernten, schien der Lärm sich zu steigern.

«Es klingt, als ob unsere Jungs sie zurückdrängen», bemerkte Magnus nach einer Weile. «Ausnahmsweise mal halte ich das für keine gute Sache.»

Sabinus zuckte die Schultern. «Wir können nichts weiter tun, als uns zu beeilen. Ich würde ungern Gabinius in die Hände fallen, wenn wir das haben, worauf er aus ist. Das gäbe einen interessanten Meinungsaustausch.»

«Hoffen wir, dass es nicht dazu kommt», sagte Vespasian.

Da brachte Thumelicus sie mit einer Geste zum Schweigen und duckte sich.

«Was ist?», flüsterte Vespasian, der neben ihm in die Hocke ging.

Thumelicus lauschte, dann deutete er nach vorn. Durch den Dunst waren leise Stimmen zu hören. «Sie sind nicht weiter als hundert Schritt entfernt, das muss bedeuten, dass sie den Hain bewachen. Ich glaube, wir haben Glück.»

Vespasian winkte Paetus zu sich. «Schickt einen Mann vor, um herauszufinden, wie viele es sind.»

Der Präfekt nickte und ging leise zu seinen Männern zurück. Augenblicke später schlich ein Batavier davon, und Paetus kam wieder.

«Sie werden mit einem Angriff von Norden oder Westen rechnen», sagte Vespasian leise, «also sollten wir uns aufteilen. Ihr führt zwei Turmae um den Hain herum an die Nordseite, ich gehe mit den zwei anderen nach Süden, wo sie hoffentlich nicht auf eine Bedrohung gefasst sind. Wartet, bis Ihr uns kämpfen hört, dann fallt ihnen in den Rücken.»

«Ich gebe Euch Ansigars und Kunos Turmae.»

Vespasian nickte dankend und spähte voraus. Es dauerte nicht lange, bis der Kundschafter zurückkehrte. «Fünfzig, vielleicht sechzig», meldete er mit starkem Akzent.

Vespasian atmete erleichtert auf. «Danke, Soldat.» Er wandte sich wieder an Paetus. «Nichts, womit wir nicht fertigwerden könnten. Geht jetzt. Wir geben Euch Vorsprung, bis wir bis fünfhundert gezählt haben, damit Ihr im Bogen außen herum auf die andere Seite gelangen könnt.»

«Diese Männer werden kein Pardon geben», warnte Thumelicus den Präfekten, als dieser sich zum Gehen wandte. «Sie haben geschworen, den Adler zu schützen, auf Leben und Tod.»

«Sofern er dort ist», warf Magnus ein.

«Oh, er ist gewiss dort, warum sonst sollten sie diesen Hain bewachen und nicht die anderen beiden?»

Magnus vergewisserte sich, dass sein Schwert lose in der Scheide steckte. «Stimmt auch wieder.»

Sabinus richtete sich auf. «Dann also los, auf sie.»

Die Lichtung wurde bald sichtbar, bald verschwand sie wieder, da ein leichter Wind aufgekommen war, der den Dunst umhertrieb. Gelegentlich sahen sie die Chaukenkrieger nordöstlich des Hains stehen, der aus etwa zwanzig Bäumen unterschiedlicher Arten bestand.

«Donar, schärfe unsere Schwerter und schenke uns den Sieg», murmelte Thumelicus und umklammerte ein Amulett in Form eines Hammers, das er an einer Lederschnur um den Hals trug. «Mit diesem Adler werden wir unser Vaterland für immer von den Römern befreien.»

«Und wir werden Euch mit Freuden in Ruhe lassen», fügte Magnus hinzu.

Überall in der Linie vollzogen Männer ihre Rituale vor der Schlacht, überprüften ihre Waffen, schnallten Riemen fester und murmelten Gebete an ihre Schutzgötter.

«Also dann, bringen wir es hinter uns», sagte Vespasian, nachdem er eine weitere Bitte an Mars Victor gesandt hatte, er möge ihm helfen, sich in der Hitze des Gefechts zu beherrschen. Gegen die Chatten war es ihm gelungen, also konnte es wieder gelingen. Er gab Ansigar zu seiner Linken und Kuno zu seiner Rechten das Zeichen vorzurücken.

Fast sechzig Mann schlichen in zwei Linien auf den Rand der Lichtung zu. Vor ihnen redeten die Chauken miteinander, schärften ihre Schwerter und Speerspitzen mit Steinen und ließen ihre Muskeln spielen. Da der Schlachtenlärm noch immer zu hören war, rechneten sie vorerst nicht mit einem Angriff.

Vespasian hob den Arm, holte tief Luft, vergewisserte sich mit raschen Blicken, dass die Decurionen hinsahen, dann streckte er den Arm nach vorn. Wie ein Mann stießen die Batavier ihren Schlachtruf aus und stürmten zwischen den Bäumen hervor auf den Feind zu, Schild an Schild, die Wurfspeere bereit.

Die völlig überrumpelten Chauken versuchten hastig, sich zu zwei Reihen zu formieren. Ihre Befehlshaber brüllten sie an und stießen sie auf ihre Positionen, als auch schon die Salve Wurfspeere aus flacher Flugbahn durch die Lücken in dem unvollständigen Schildwall einschlug. Schreie gellten über die Lichtung, da ein Dutzend und mehr Krieger von den Füßen gerissen wurden, denen die schlanken, blutigen Speerspitzen aus dem Rücken ragten. Vespasian sah zu, wie sein Wurfgeschoss einen blonden Hünen in den Hals traf und zurückschleuderte, wobei unter seinem hellen Bart ein Schwall von Blut hervorquoll. Dann rannte er über die Lichtung und zog im Laufen sein Schwert.

Die zwei Turmae hielten ihre Formation und prallten geschlossen gegen die desorganisierten Germanen, rammten ihnen ihre Schildbuckel mit Wucht in die Gesichter, stießen zugleich mit ihren langen Kavalleriespathae tief in Unterleiber und schlitzten Bäuche auf. An ein paar Stellen hatten die Gegner inzwischen ihren Schildwall geschlossen und erwiderten den Angriff mit der Kraft und dem Mut der Verzweiflung. Sie stießen mit ihren langen Speeren so heftig über die Ränder der Schilde hinweg nach ihren heranstürmenden

Gegnern, dass, verstärkt durch deren Schwung, die Spitzen durch die Kettentuniken von ein paar Bataviern noch eine halbe Daumenlänge tief in deren Brust getrieben wurden. Die Wunden waren nicht so tief, dass sie direkt tödlich waren, aber doch schmerzhaft genug, um die Männer außer Gefecht zu setzen und mit dem nachfolgenden Schwerthieb zu töten.

Vespasian stellte das linke Bein vor und drückte damit von hinten gegen seinen Schild, um ihn mit mehr Wucht gegen den flachen Holzschild eines jungen Kriegers zu schmettern, der mit gebleckten Zähnen sein langes Schwert herabsausen ließ. Magnus an Vespasians rechter Seite riss seinen Schild hoch, um den Schlag mit der eisenverstärkten Kante abzufangen. Funken sprühten, Vespasian duckte sich unwillkürlich und sah dabei, dass der linke Fuß seines Gegners ungedeckt war. Mit einem schnellen, wuchtigen Stoß rammte er die Spitze seiner Spatha knirschend durch Knochen bis in die Erde darunter. Mit einem schrillen, durchdringenden Schrei stolperte der junge Chauke rückwärts und riss dabei seinen durchbohrten Fuß los. Vespasian warf sich mit der Schulter so heftig gegen seinen Schild, dass der Gegner, ohnehin bereits aus dem Gleichgewicht gebracht, auf den Rücken fiel. Mit einem schnellen Schritt war Vespasian über ihm, stieß mit dem Fuß den Schild des Mannes beiseite, sodass sein Unterleib ungeschützt war, und rammte ihm sein blutiges Schwert zwischen die Beine. Er hielt die Waffe fest gepackt, während der Germane vor Qual heftig zuckte, dann drehte er die Klinge nach rechts und links, und die Schreie des Kriegers steigerten sich. Als Blut aufspritzte, riss er seine Waffe zurück und rückte gegen den nächsten Mann vor. Indessen stieß der Batavier hinter ihm dem sich windenden Krieger sein Schwert in den Hals, sodass die Schreie verstummten und das letzte Leben aus ihm wich.

Vespasian schlug mit dem Schwert vorwärts gegen einen Schild. Magnus und Sabinus zu beiden Seiten rückten nach, sodass sie wieder Schulter an Schulter mit ihm standen, schwitzend und blutbespritzt, und sie schrien mit unartikuliertem Gebrüll ihren Trotz heraus. Plötzlich lief eine Schockwelle durch das ganze Getümmel – Paetus' Turmae waren den Germanen in den Rücken gefallen. Jetzt war es nur noch eine Frage der Zeit. Die Batavier nutzten ihren Vorteil aus, da die dahinschwindende Truppe der Chauken immer schwächer zurückschlug, bis der Letzte von ihnen auf den aufgewühlten Boden sank und sein Gehirn aus dem zertrümmerten Schädel quoll.

«Halt und neu formieren!», schrie Paetus, als die Batavier, keuchend und mit aufgerissenen Augen, sich zu beiden Seiten eines Walls aus stöhnenden Verwundeten und Toten gegenüberstanden, von denen die meisten Germanen waren. Die Decurionen brachten ihre Männer mit barschen Kommandos dazu, wieder Linien zu bilden, ehe sie noch im Schlachtentaumel auf ihre eigenen Kameraden losgingen.

Vespasian sog die kühle Luft ein und versuchte, sein wildhämmerndes Herz zu beruhigen, erleichtert, dass er in dem kurzen, aber heftigen Zusammenstoß nicht in kopflosen Blutrausch verfallen war. «Wir sollten anfangen zu suchen», sagte er keuchend zu Thumelicus, dessen Schwertarm blutverschmiert war.

Der Germane nickte, erteilte seinen fünf Mann einen

knappen Befehl, ihm zu folgen, und wandte sich dem Hain zu.

«Die Männer sollen sich bereithalten, schnell von hier zu verschwinden, sobald wir zurückkommen», befahl Vespasian Paetus, dann schlossen er, Sabinus und Magnus sich Thumelicus an.

Der Hain bestand aus so vielen unterschiedlichen Baumarten, dass er offenbar vor vielen Jahren von Menschen gepflanzt worden sein musste. Vespasian trat zu Thumelicus an den steinernen Altar in der düsteren Mitte, zwischen einer uralten Stechpalme und einer altehrwürdigen Eibe.

«Keine Spur von dem Adler», stellte der Germane verwundert fest. Er stampfte mit dem Fuß auf den moosbewachsenen, gefrorenen Boden, doch der war fest, und nichts deutete darauf hin, dass hier kürzlich etwas vergraben worden war.

«Vielleicht in den Bäumen?», schlug Sabinus vor.

Nach einer vergeblichen Suche schüttelte Thumelicus den Kopf. «Er ist nicht hier.»

«Aber Ihr habt doch gesagt, er sei hier.» Vespasian hätte seine Enttäuschung am liebsten hinausgeschrien.

«Ich habe es angenommen. Aber vielleicht haben sie ihn auch weiter ins Binnenland gebracht.»

«Warum sollten sie dann diesen Hain bewachen?»

«Ich weiß es nicht.»

«Vielleicht wollten sie uns nur glauben machen, er sei hier», vermutete Magnus. «Rund fünfzig Mann wären schließlich nicht genug, um entschlossene Gegner davon abzuhalten, den Adler zu holen, aber durchaus genug, um Leute dazu zu verleiten, am falschen Ort zu suchen.»

Vespasian runzelte die Stirn. «Wo können sie ihn dann versteckt haben?»

«Ich weiß nicht, vielleicht sollten wir einen ihrer Verwundeten fragen.»

«Die werden nicht reden, ganz gleich, womit Ihr ihnen droht», erklärte Thumelicus.

«Wie wäre es mit der Aussicht auf ein fieses Ende in diesem Weidenkäfig auf der ersten Lichtung? Das könnte –»

«Natürlich!», rief Vespasian aus und wandte sich an Magnus. «Du hast recht. Sie haben tatsächlich versucht, von der Stelle abzulenken, wo er versteckt ist, indem sie den falschen Hain bewachten. Er ist im ersten Hain. Wir haben überall nachgeschaut, nur nicht in dem Weidenkäfig. Bei den Göttern, wer will sich denn auch so einem grausigen Ding nähern? Und es hatte ja den Anschein, als wäre der Käfig leer, das Licht schien durch die Zwischenräume. Aber wieso schaukelte er, obwohl es doch windstill war? Weil sie ihn eben erst hochgezogen hatten, als wir ankamen! Wir müssen sie knapp verpasst haben. Der Adler ist dort drin.»

Sabinus schlug sich auf den Hinterkopf. «Natürlich, wie dumm. Beinahe hätte ich im Scherz gesagt, das wäre ein gutes Versteck.»

«Wäre das denn komisch gewesen?», fragte Thumelicus.

«Eigentlich nicht.»

«Das finde ich auch. Wir sollten gehen.»

«Wir suchen am falschen Ort», rief Vespasian Paetus entgegen, als er hinter Thumelicus den Hain verließ. «Wir müssen uns beeilen.»

«Was ist mit meinen Verwundeten?»

Vespasian erwiderte nichts. Ihm war klar, dass Paetus

selbst wusste, wie mit denjenigen zu verfahren war, die zu schwer verletzt waren, um sie tragen zu können.

Thumelicus führte sie in südwestlicher Richtung aus dem Hain. Trotz der Strapazen der vergangenen Stunde fühlte Vespasian sich nicht erschöpft, sondern eher belebt durch die Aussicht darauf, den Adler zu finden. Rechts von ihnen klang der wüste Schlachtenlärm immer näher, und das Gefühl der Dringlichkeit trieb ihn zusätzlich an. Er wusste, sobald die Römer die Linien der Verteidiger durchbrachen, würde es im Wald nicht nur von Fliehenden der unterlegenen Seite wimmeln, sondern auch von Gabinius' Leuten, die hinter derselben Trophäe her waren.

Nachdem sie fast eine Meile weit mit brennender Lunge gerannt waren, erreichten sie wieder die erste Lichtung, diesmal von der anderen Seite. Der Weidenkäfig in Form eines Menschen hing noch immer über dem Altar zwischen den vier Eichen, die den kleinen Hain bildeten. Thumelicus rannte darauf zu, blieb stehen und blickte zu dem schaurigen Artefakt auf.

«Seht Ihr ihn?», fragte Vespasian, als er neben ihm anhielt.

«Nein, ich kann im Inneren nichts erkennen. Wir müssen ihn herunterholen.»

«Wir sollten sehr vorsichtig sein.»

Thumelicus warf Vespasian einen gequälten Blick zu. «Glaubt Ihr wirklich, ich wüsste nicht, was für Fallen es zum Schutz geben kann?» Er wandte sich an seine fünf Männer und sagte etwas auf Germanisch zu ihnen. Sofort machte sich der Leichteste unter ihnen daran, auf eine der Eichen zu klettern. Andere bildeten mit verschränkten Händen eine Räuberleiter, um ihm hinaufzuhelfen. «Haltet Abstand von dem Altar», riet Thumelicus Vespasian, Sabinus und Magnus.

Sie wichen zurück und schauten ängstlich nach oben, wo das Laub raschelte und der Weidenkäfig schwankte und sich um sich selbst drehte, während der Mann höher kletterte. Thumelicus warf einen Blick auf den schaukelnden Weidenmann und rief etwas, das wie eine Warnung klang. Der Krieger kletterte langsamer weiter, und das Schaukeln des Weidenkäfigs wurde schwächer.

Plötzlich ertönte ein Schreckensschrei, und man hörte gespannte Seile knarren. Thumelicus sprang zurück. «Runter!»

Vespasian warf sich auf den Boden. Die Seile knarrten lauter, dann schwangen zwei Baumstämme mit angespitzten Enden aus den Wipfeln und im Bogen quer über die Lichtung, sodass sie am tiefsten Punkt auf Brusthöhe waren. Sie sausten an beiden Seiten knapp am Altar vorbei. Das Geräusch der gespannten Hanfseile wurde höher und lauter, als die Stämme den höchsten Punkt erreichten, einen Herzschlag lang reglos in der Luft hingen und dann zurückpendelten.

Als sie wieder über die Lichtung schwangen, erkannte Vespasian, dass sie in der Mitte durch eine schmale Eisenklinge verbunden waren, die zwischen der Oberfläche des Altars und den Füßen des Weidenmannes hindurchglitt. «Damit sollte jeder, der versuchte, den Korbmann herunterzuholen, mitten entzweigeschnitten werden.»

«Ein reizendes Völkchen, diese Germanen», grollte Magnus, als die Stämme mit abnehmendem Schwung zurückpendelten.

«Findet Ihr, die Römer sind netter, weil Ihr Menschen kreuzigt oder wilden Tieren vorwerft?», fragte Thumelicus, während er sich wieder aufrichtete.

«Stimmt auch wieder.»

Als die Pendelbewegung sich verlangsamte, befahl Thumelicus seinen Männern, die Stämme anzuhalten und die Seile durchzuschneiden. Sie taten es vorsichtig, traten danach rasch wieder zurück und schauten nervös in die Bäume hinauf, doch dort oben wurde keine weitere Falle ausgelöst.

Thumelicus rief seinem Mann im Baum etwas zu und erhielt eine knappe Antwort. «Er sagt, da oben sind keine Seile mehr zu sehen bis auf das, an dem der Weidenmann hängt», teilte Thumelicus Vespasian mit. «Es scheint, als könnten wir uns ihm jetzt gefahrlos nähern.» Er kletterte auf den Altar. Als er daraufstand, war sein Kopf auf gleicher Höhe mit den Knien des Weidenmannes. «Sie sind so gebaut, dass man sie öffnen kann – aus naheliegenden Gründen», erklärte er und nahm den Korb aus dicken Weidenruten in Augenschein. «Dieser ist an beiden Seiten zu öffnen. Wir müssen ihn herunterholen.» Er zog sein Schwert und reckte sich auf die Fußballen, sodass er mit der Klinge gerade eben an das Seil reichte. Während er begann, es durchzuschneiden, nahmen zwei seiner Männer zu beiden Seiten des Altars Aufstellung, um den Weidenmann aufzufangen. Das Seil summte, als die scharfe Klinge sich hindurchfraß. Vespasian schaute nach oben. Er versuchte zu erkennen, woran es befestigt war, sodass es genau mittig zwischen den vier Bäumen herabhing, doch sie waren zu hoch, und in den düsteren Wipfeln hing noch immer schwacher Dunst.

Thumelicus sägte heftiger mit seiner Klinge, und nach und nach trennten sich die Stränge des Seils, bis nur noch wenige übrig waren. Er schaute zu seinen Männern hinunter, um sich zu vergewissern, dass sie zum Auffangen bereitstanden, dann durchtrennte er das Seil vollends. Das lose Ende schnellte in die Bäume hinauf, der Weidenmann fiel und landete mit den Füßen knirschend auf dem Altar. Die beiden Cherusker packten die Beine, um zu verhindern, dass er kippte, da ertönte von oben ein leises metallisches Geräusch. Vespasian sah, wie Thumelicus für einen Augenblick erstarrte und dann den Kopf hob. Erschrocken riss er Mund und Augen auf, als die Sonne durch den Dunst brach und zwei grelle Blitze von poliertem Eisen aus dem Laubdach herabfuhren. «Donar!», rief er gen Himmel.

Krachend traf ein Schwert den Altar, bog sich ein wenig und federte mit einem klingenden Laut zurück, dann fiel es zu Boden. Eine dünne Schnur war an den Griff geknotet und verschwand nach oben zwischen den Bäumen. Vespasian sah sich nach dem anderen Schwert um, da bemerkte er, dass Thumelicus' Beine zitterten, als drohten sie einzuknicken. Er hob den Blick – Thumelicus hatte den Kopf in den Nacken gelegt, und aus seinem Mund ragte wie ein Kreuz auf einer Hinrichtungsstätte das Heft des zweiten Schwertes. Darum herum strömte Blut und lief in Thumelicus' Bart. Die Klinge war genau senkrecht in seinen Hals gedrungen und hatte die inneren Organe durchbohrt, bis sie im Becken auf Knochen getroffen war. Thumelicus' Augen waren ungläubig auf das Heft vor ihnen gerichtet, als könnte er nicht begreifen, wie es dorthin gelangt war. Ein gurgelnder Laut entfuhr seiner Kehle, und Blut schwappte über das

Schwertheft mit der Schnur daran, dann kippte er gegen den Weidenmann, und beide stürzten vom Altar, wobei Thumelicus eine Spur von Blutspritzern durch die Luft zog. Er landete auf der Brust des Weidenmannes und federte von dem Zweiggeflecht leicht wieder hoch. Als er zum zweiten Mal aufschlug, öffnete sich der Weidenmann, und ein in weiches Leder gewickeltes Bündel rollte heraus.

Vespasian bückte sich, um es aufzuheben. Es war schwer. Er schaute kurz auf Thumelicus hinunter. Das Licht schwand aus seinen Augen, doch Vespasian glaubte, einen triumphierenden Glanz zu erkennen. Sabinus starrte seinen Bruder ungläubig an. Der zog die Augenbrauen hoch und übergab ihm das Bündel.

Sabinus legte es auf den Boden und schlug das Leder auseinander. «Wir haben ihn», flüsterte er, als ein goldener Adler mit ausgebreiteten Schwingen zum Vorschein kam, den Hals gebogen, bereit zum Töten, in den Klauen Jupiters Donnerkeile – der Adler, den Augustus vor mehr als fünfzig Jahren seiner Legio XVII gegeben hatte.

Sabinus schaute Vespasian an, und zum ersten Mal überhaupt sprach aus seinen Augen echtes brüderliches Gefühl. «Danke, Bruder. Ich verdanke dir mein Leben.»

XII

Flammen loderten aus Strohdächern, und Rauch wölkte von der Siedlung auf, sodass der letzte Dunst scharfem Brandgeruch wich. Die überlebenden Chauken flohen Hals über Kopf vom Schlachtfeld in den Schutz der Wälder, verfolgt von sechs Kohorten in geordneter Formation, während der Rest der römischen Streitmacht über die Stadt herfiel. Die unüberhörbaren Schreie der Frauen zeugten davon, dass eine Gräueltat nach der anderen verübt wurde.

Vespasian rannte, so schnell ihn seine Beine trugen, zurück zu dem Dickicht, wo ihre Nachhut wartete. Neben ihm lief Paetus an der Spitze der ersten Turma, hinter ihm keuchten Magnus und Sabinus. Thumelicus' Männer trugen ihren Anführer auf den Schultern, in dessen Körper noch immer das Schwert steckte. Sie hatten es nicht ohne einen Priester herausziehen wollen, da sie fürchteten, es läge womöglich ein Fluch darauf. Vespasian konnte sich das durchaus vorstellen, denn er erinnerte sich an Thumelicus' Worte: «Ich beschwor Donar den Donnerer, er solle mich von oben mit einem Blitz erschlagen, wenn ich mich jemals wieder mit Rom einließe.»

Als sie durch den schmutzigen, übelriechenden Bach wateten, warf Vespasian einen Blick nach rechts, dann wandte er sich erschrocken an Paetus. «Seht, jetzt kommen sie an diese Seite. Sie werden uns unweigerlich bemerken.»

Paetus schaute auf, ohne sein Tempo zu verringern, und sah fast eine ganze Ala einer berittenen Auxiliartruppe um die Westseite der Siedlung zum Vorschein kommen. Sie verfolgten etwa fünfzig berittene Chauken. «Wenn wir Glück haben, sind sie so beschäftigt, dass sie uns nicht weiter beachten, schließlich sind wir Römer.»

«Schon», räumte Magnus ein, «aber wir sind Römer, die in die falsche Richtung rennen.»

«Dann sollten wir wohl besser aufhören zu rennen», schlug Vespasian vor.

«Keine schlechte Idee, Bruder», keuchte Sabinus und verringerte sofort sein Tempo.

Auch die erschöpften Batavier erhoben keine Einwände, als Paetus ein Zeichen gab und die Decurionen daraufhin befahlen, zu einem schnellen Marschtempo abzubremsen. Zugleich brachten sie ihre Reihen wieder einigermaßen in militärische Ordnung.

«Ansigar soll Thumelicus' Männern die Waffen abnehmen», verlangte Vespasian, an Paetus gerichtet, «und eine Turma soll sie in die Mitte nehmen. Erklärt ihnen, dass es nur zum Schein ist, bis wir wieder den Fluss erreicht haben.»

Paetus grinste und sah sich nach seinem ranghöchsten Decurio um.

Sabinus schob die schwere Trophäe, die er unter dem Arm trug, auf die andere Seite. «Was bezweckst du?»

«Das wirst du bald sehen», erwiderte Vespasian. Er beobachtete, wie drei Turmae sich von der Ala lösten und auf sie zukamen.

Paetus holte ihn wieder ein. «Sie haben verstanden, es gab keine Probleme. Ich kümmere mich um die Jungs dort, wenn es recht ist, Herr. Ich weiß, wie ich mit ihnen reden muss.»

Sie brauchten nicht lange zu warten. Etwa zweihundert Schritt weiter trafen sie auf die Kavallerie, die sich vor ihnen aufgebaut hatte und ihnen den Weg abschnitt. Paetus ließ die Batavier anhalten und ging auf die Formation zu, einen Ausdruck rechtschaffener Entrüstung auf dem Patriziergesicht. «Was bildest du dir ein, Decurio?», brüllte er den Befehlshaber der mittleren Turma an. «Wie könnt ihr es wagen, meiner Einheit den Weg zu versperren, als wären wir Teil des Abschaums, den wir soeben geschlagen haben? Wir haben die schwere Arbeit geleistet, während ihr bequem auf euren Pferden gehockt und so getan habt, als wäre es an der äußersten rechten Flanke besonders gefährlich.»

Der Decurio, ein glattrasierter Mann Ende zwanzig, schaute unter dem schmalen Rand seines Kavalleriehelms unbehaglich auf Paetus hinunter. «Es tut mir leid, Präfekt, mein Befehlshaber wollte, dass ich herausfinde, was Ihr da tut.»

«Das geht ihn verdammt noch mal nichts an, was wir hier tun. Ich schlage vor, er vertreibt sich weiter die Zeit damit, kleine Trüppchen geschlagener Germanen übers Land zu hetzen. Währenddessen bringen richtige Soldaten die Leiche eines Häuptlings, den sie soeben in den germanischen Hades geschickt haben, zu den Schiffen, damit wir uns seiner weit weg von hier entledigen können. Aus dem Weg jetzt, Soldat.»

Der Decurio schaute an Paetus vorbei zu Thumelicus'

Männern, die mit dem Leichnam inmitten von Ansigars Turma standen. «Aber Ihr seid Kavallerie, Herr.»

Paetus lief puterrot an. «Natürlich sind wir verdammte Kavallerie, du Schwachkopf. Aber wenn Kavalleriesoldaten ihrer Pferde verlustig gehen, weil die schwanzlutschende Besatzung der Transportschiffe es nicht geschafft hat, mit dem Rest der Flotte mitzuhalten, was dann? Dann wird aus der Kavallerie beschissene Infanterie, Decurio, so ist das. Und jetzt verpisst euch, bevor ich wütend werde.»

Der Decurio grüßte zackig. «Bitte um Verzeihung, Herr.» Auf ein schnelles Handzeichen teilten sich die Turmae, um den Trupp durchzulassen. Paetus knurrte missmutig, Ansigar bellte einen Befehl, und die Batavier marschierten weiter. Dabei verhöhnten sie die berittenen Soldaten, bis Ansigar sie mit einem gewaltigen Brüllen zur Ordnung rief, woraufhin sie ihre Ansichten lieber für sich behielten.

Vespasian atmete auf, als er an den hintersten Reihen der Truppe vorbei war, und hielt den Blick fest auf das Dickicht gerichtet, das jetzt nur noch eine halbe Meile entfernt war. «Ihr habt mich an Euren Vater erinnert, wie er in Thrakien vor unserem Befehlshaber Poppaeus Meldung machte, Paetus.»

Der junge Präfekt lächelte wehmütig. «Als ich klein war, brachte er mich immer zum Lachen, indem er mir seine Centurionenstimme vormachte.»

Vespasian klopfte Paetus auf die Schulter und dachte voller Zuneigung an seinen längst verstorbenen Freund zurück. Nachdem sie ein paar hundert Schritt weitergegangen waren, warf er einen Blick über die rechte Schulter. Die Turmae galoppierten gen Osten, um den Rest ihrer Ala einzuholen.

«Jetzt können wir wieder rennen, Paetus.» Er fiel in Laufschritt und steigerte sein Tempo langsam, damit die Männer hinter ihm die Formation halten konnten. Vor der Chaukensiedlung lagen unzählige Leichen über die Ebene verteilt. Dazwischen gingen Verwundete und Trupps mit Tragen, um die Verletzten, die nicht selbst laufen konnten, zu den Sanitätszelten in der Nähe der Flotte zu bringen.

Bald erreichten sie das Dickicht, wo die Nachhut sich ihnen anschloss. Sie ließen die brennende Siedlung und die Verwüstung hinter sich und liefen gemeinsam weiter Richtung Fluss.

Vespasian verringerte das Tempo ein wenig, denn ihm war bewusst, dass die Männer erschöpft waren und noch eine ganze Weile angestrengt würden rudern müssen, wenn sie an der römischen Flotte vorbeikommen wollten. «Wir sollten zwei der Boote zurücklassen, Paetus, damit sich die Ruderer auf den anderen beiden abwechseln können und noch Männer übrig sind, um einen Angriff abzuwehren, falls wir das Pech haben sollten, verfolgt zu werden.»

Paetus rechnete kurz im Kopf, dann rief er Ansigar zu: «Können die Boote jeweils an die siebzig Mann tragen?»

«Schon, aber dann liegen sie tiefer im Wasser und sind langsamer.»

«Dann nehmen wir drei», entschied Vespasian. Gerade kam der Fluss in Sicht.

Die Turma, welche die Boote bewachte, fing an, sie ins Wasser zu schieben, während die anderen den flachen, grasbewachsenen Hang zum Flussufer hinunterliefen.

Ansigar rief den anderen Decurionen Befehle zu, und die Turmae verteilten sich, jeweils zwei auf ein Boot.

«Was wird aus Thumelicus' Männern?», erkundigte sich Vespasian bei dem Decurio, nachdem dieser aufgehört hatte, seine Männer anzubrüllen.

Ansigar besprach sich kurz mit den Cheruskern, dann kam er wieder zu Vespasian. «Sie fahren mit dem vierten Boot gen Süden, um Thumelicus' Leichnam zu seiner Mutter zurückzubringen, Herr.»

«Mit nur fünf Mann wollen sie dieses Boot rudern?»

Ansigar zuckte die Schultern. «Sie sagen, sie können es schaffen, wenn sie dicht am Ufer bleiben und sich aus der Hauptströmung heraushalten.» Er steckte einen Finger in den Mund und hielt ihn dann in die Luft. «Sie behaupten, dieser leichte Nordwind wird auffrischen, und dann können sie bald das Segel hissen.»

Vespasian folgte Ansigars Beispiel, benetzte ebenfalls einen Finger und hielt ihn hoch. Die nach Norden gewandte Seite fühlte sich etwas kühler an. «Das heißt, wir haben Gegenwind. Nun ja, richte ihnen meinen Dank aus und wünsche ihnen Glück.» Er wandte sich wieder den Booten mit den Bataviern zu, die jetzt fast voll besetzt waren, watete ins Wasser und kletterte mit Hilfe einer Strickleiter über das Heck an Bord.

Magnus zog ihn über die Reling. «Zeit, aufzubrechen, findet Ihr nicht auch, Herr?»

«Höchste Zeit, Magnus», bestätigte Vespasian. Ansigar erklomm nach ihm die Leiter, ergriff das Steuerruder und rief etwas. Anscheinend zählte er laut, denn die Batavier tauchten gleichzeitig ihre Ruder ins Wasser, legten sich in die Riemen, und das Boot glitt in die sanfte Strömung hinein.

Vespasian befahl Ansigar, direkt auf das andere Ufer zu-zusteuern, um so viel Abstand wie möglich von der römi-schen Flotte zu halten. Die Strömung trieb sie flussabwärts, während sie quer dazu ruderten, und bis sie die andere Seite erreichten, waren sie fast auf gleicher Höhe mit der Flotte. Nun, da es aufgeklart hatte, war diese deutlich sichtbar, fünfhundert Schritt östlich von ihnen. Ein paar Meilen vor-aus machte der Fluss eine Biegung nach Westen.

«Gib einen schnelleren Takt vor, Ansigar», verlangte Ves-pasian, als der Decurio am Steuerruder das Langboot nach Norden wendete. «Wenn wir um die Biegung dort gelangen, ehe sie uns bemerken, dann haben wir es geschafft.» Er hielt den Blick fest auf die römischen Schiffe gerichtet, haupt-sächlich Biremen, die entlang einem Uferabschnitt von einer halben Meile auf Grund lagen. Die Rufe ihrer Besatzungen hallten über die glatte Wasserfläche, die wie ein Spiegel in der Mittagssonne glänzte.

«Wir müssen schon wirklich Glück haben, damit sie uns nicht bemerken.» Sabinus drückte den in Leder gewickelten Adler an die Brust. «Ich nehme an, ungefähr jetzt stellt Ga-binius fest, dass wir ihm zuvorgekommen sind – dank Thu-melicus.»

«Das ist auch so eine verdammte Ironie, nicht wahr? Die-ses Land ist voll davon», verkündete Magnus. «Arminius' Sohn hat versucht, einen römischen Adler zu stehlen, den sein Vater erbeutet hatte, damit er nach Rom zurückge-bracht werden kann, hat damit einen Schwur gegenüber Do-nar gebrochen, und der hat ihn von oben mit einer Falle der Germanen erschlagen. Und all das, weil drei ehemalige Skla-ven ihren Herrn und sich selbst an der Macht halten wollen, zugleich aber untereinander um das Privileg kämpfen, von einem sabbernden Schwachkopf als besonders nützlich angesehen zu werden.»

Vespasian runzelte die Stirn. «Da fragt man sich doch, was für eine Regierung wir unter Claudius erleben werden.»

«Wahrscheinlich die gleiche wie immer.»

«Nein, bislang war es unter jedem Kaiser anders. Augustus ist es gelungen, gemeinsam mit dem Senat zu herrschen, ohne dass der Eindruck entstand, als hätte letztendlich er die Macht – auch wenn alle wussten, dass es so war. Tiberius war nicht subtil genug, um dieses Spiel zu spielen, deshalb ging die Beziehung zwischen Kaiser und Senat in die Brüche, weil keine Seite verstehen konnte, was die andere wollte. Dann hat Caligula alle Macht an sich gerissen und mit der Zustimmung des Pöbels geherrscht, während der Senat sich ängstlich duckte und willkürliche Hinrichtungen fürchtete, wann immer dem Kaiser das Geld ausging. Und jetzt haben wir einen Strohmann als Kaiser, der dem Senat misstraut, weil dieser ihn nicht unterstützt hat. Dieser Kaiser wird von drei griechischen Freigelassenen manipuliert, denen niemand trauen kann – obwohl ich einen von ihnen als Freund bezeichnen würde – und die das Reich zu ihrem eigenen Nutzen zu regieren scheinen.»

«Das ist der Grund, weshalb ich mich aus der Politik raushalte», kommentierte Magnus. «Es kümmert mich einen feuchten Furz, wie und von wem wir regiert werden, solange sie mich in meinem kleinen Winkel von Rom in Ruhe lassen, und das tun sie, weil ich mich einen Dreck um sie schere. Wenn Ihr es ebenso halten würdet, hätte *ich* ein weitaus friedlicheres Leben, wenn Ihr versteht, was ich meine?»

Sabinus schnaubte verächtlich. «Ein Mann deiner Klasse kann eine solche Einstellung haben, aber wie könnte ein Senator es vermeiden, in die Politik hineingezogen zu werden?»

«Indem er aufhört, ein Senator zu sein, oder wenn seine Dignitas ihm das nicht erlaubt, dann wenigstens, indem er aufhört, in den Senat zu gehen und sich um prestigeträchtige Ämter zu bewerben.»

«Und wie sollte ein Mann dann aufsteigen und an Einfluss gewinnen?»

«Ich habe in meinem Bezirk eine ganze Menge Einfluss.»

«Weil du der *Patronus* einer Bruderschaft der Straße bist.»

«Genau, ich stehe an der Spitze meiner, äh ... meiner Sphäre oder meines Gewerbes, sozusagen, und ich strebe nicht nach mehr. Ihr Herren dagegen lauft rum und spielt Politik in einer Sphäre, von der Ihr von vornherein wisst, dass Ihr darin niemals bis an die Spitze gelangen könnt, weil Ihr aus der falschen Familie stammt. Was ist also das Ziel des Ganzen?»

«Ich nehme an, das Ziel ist, Konsul zu werden», erwiderte Vespasian. «Das wäre für unsere Familie eine große Ehre.»

«Das wäre es vor zweihundert Jahren gewesen, aber was bedeutet es jetzt? Nichts, außer dass einem zwölf Liktoren vorangehen und man anschließend die Möglichkeit hat, Statthalter einer Provinz zu werden irgendwo im Arschloch des Imperiums, fernab der Annehmlichkeiten Roms. Seht den Tatsachen ins Auge, meine Herren: Die Verhältnisse sind nicht mehr so wie in der alten Republik, und Ihr tragt gerade dazu bei, sie noch zu verschlimmern.»

«Das ist immer noch besser, als auf einem Landgut zu hocken, wo man nichts weiter zu erhoffen hat, als dass der neue Wein besser wird als der des Vorjahres», entgegnete Sabinus.

Vespasian hatte seine Zweifel. «Ich weiß nicht, Sabinus. Ebendas wollte ich gern, als ich noch jünger war, und jetzt frage ich mich manchmal, ob es nicht eine gute Idee wäre, in dieses Leben zurückzukehren.»

«Blödsinn, du würdest dich langweilen.»

«Würde ich das? Ich bin mir nicht mehr sicher.» Vespasian schaute sich noch einmal nach der römischen Flotte um, da fiel ihm eine Bewegung am Ufer ins Auge: Ein großer Reitertrupp näherte sich. An der Spitze ritt ein Mann in der Uniform eines Feldherrn. Sein bronzener Kürass und Helm glänzten in der Sonne, und sein roter Mantel blähte sich hinter ihm. «Scheiße! Das muss Gabinius sein, und die Männer sehen aus wie die Soldaten, die uns aufhalten wollten. Mir scheint, ihm ist eben bewusst geworden, dass er gar keine Kavallerie ohne Pferde in seiner Truppe hatte.» Noch während Vespasian das sagte, sah er, wie der Feldherr seine Augen mit der Hand abschirmte und in ihre Richtung starrte, dann hörte er ihn rufen. Augenblicklich regten sich die Besatzungen der Biremen, die ihm am nächsten waren, und die Schiffe wurden bereit gemacht, um die Verfolgung aufzunehmen. «Können wir noch schneller, Ansigar?»

«Nicht ohne zu riskieren, dass die Ruder sich verfangen.»

«Dann riskiere es, denn sonst holen sie uns ohne Zweifel ein.»

Auf einen Ruf von Ansigar steigerten die Batavier ihr Tempo, und Vespasian fühlte, wie das Boot ein wenig beschleunigte, doch zugleich bemerkte er, dass das Wasser nicht mehr spiegelglatt war. Die Cherusker hatten recht behalten: Der Nordwind frischte auf. Vespasian schob den Gedanken von sich. Der Gegenwind würde die Biremen der Verfolger ebenso verlangsamen wie die Langboote.

«Das erste legt ab», stellte Magnus mit zusammengebissenen Zähnen fest, als eine Bireme, von vielen Männern geschoben, ins Wasser zurückglitt. «Wieso haben wir eigentlich immer Scherereien mit unserer eigenen Marine? Ich meine mich zu erinnern, dass wir in Moesien von denen beschossen wurden.»

«Verdammter Abschaum», murmelte Sabinus. Wie jeder Mann, der unter den Adlern gedient hatte, hegte er eine sehr schlechte Meinung von der Marine.

Vespasian beobachtete angespannt, wie fünf weitere Schiffe, die mit dem Bug auf Grund gelegen hatten, zurück ins Wasser geschoben und die Ruder ausgefahren wurden. Sie sahen aus wie Gänse, die sich aufplusterten, um Rivalen zu vertreiben.

Bis die Langboote die Biegung des Flusses erreichten, hatten bereits alle sechs Biremen die Verfolgung aufgenommen und waren weniger als eine Meile hinter ihnen.

Ansigar rief seinen Leuten etwas zu, woraufhin fünfzehn Mann, die noch nicht gerudert hatten, ihre Kameraden ablösten. Nach Vespasians Empfinden wurde das Boot dadurch nicht schneller, doch er wusste, nur wenn die Ruderer regelmäßig abgelöst wurden, konnten sie ihr Tempo halten und vielleicht den Biremen davonfahren, die diesen Luxus nicht hatten. Zum dritten Mal an diesem Tag schickte er ein Gebet an Mars, seine Hand über sie zu halten und nicht zuzulassen, dass ihre hart erkämpfte Beute ihnen doch noch entrissen wurde.

Die Biegung kam näher. Den Bataviern, die sich mit aller Kraft in die Riemen legten, lief der Schweiß hinunter. In der Eile der Flucht war ihnen keine Zeit geblieben, ihre Kettentuniken abzulegen. Ansigar brüllte etwas, um sie anzufeuern, Speichel verfing sich in seinem Bart, und seine blauen Augen durchbohrten die Männer, als könnte er sie durch seinen Willen dazu bringen durchzuhalten. Nur eine Bootslänge hinter ihnen hielten die anderen beiden Langboote das – im wahrsten Sinne des Wortes – aufreibende Tempo.

Der Fluss krümmte sich nach Nordwesten, und Vespasian spürte Hoffnung in sich aufkeimen, als er sich nach den Biremen umschaute. Sie schienen etwas zurückgefallen zu sein. Vielleicht konnten sie dieses Rennen gewinnen. Gerade als sie um die Biegung waren, sodass er die Verfolger nicht mehr sehen konnte, ließ ein Ruf von Ansigar ihn herumfahren.

«Bei Junos breitem Arsch!», rief Magnus aus. «Was verdammt noch mal ist das?»

Vespasian fiel die Kinnlade hinunter. Weniger als eine halbe Meile flussabwärts waren zehn rechteckige Segel zu sehen, jedes mit dem Bild eines Wolfs darauf. Unter den Segeln erkannte er die hohen, geschnitzten Buge und schlanken Rümpfe von Langbooten. An Bord drängten sich Männer. Vespasian schaute Ansigar an. Er brauchte die Frage nicht auszusprechen.

Der Decurio biss sich auf die Lippe. «Der Wolf der Chauken. Die Clans von der Küste sind ihren Vettern im Binnenland zu Hilfe gekommen.»

«Werden sie uns vorbeilassen?», fragte Sabinus mit mehr als einem Anflug von Verzweiflung in der Stimme.

«Das bezweifle ich, und wir können sie nicht ausmanövrieren, weil der Wind zu ihren Gunsten steht. Sie werden uns aufhalten, und wenn sie an unserem Akzent erkennen, dass wir Batavier sind, werden sie annehmen, wir gehörten zu Gabinius' Streitmacht und wollten Beute heim ins Imperium bringen, und dann …» Ansigar brauchte den Satz nicht zu beenden. Sie alle wussten, was dann geschehen würde.

«Aber wenn sie die Biremen sehen, werden sie doch sicher abdrehen und fliehen», sagte Vespasian mit einem Blick nach hinten. «Gegen die haben sie keine Chance.»

Ansigar schüttelte den Kopf. «Jedes dieser Boote wird von einem Clanhäuptling befehligt. Wenn eins von ihnen abdreht, ohne ehrenhaften Feindkontakt gemacht zu haben, dann wäre der Mann nicht mehr Clanhäuptling, wenn er wieder heimkehrt – sofern er überhaupt wieder heimkehren würde.»

«Dann bleibt uns nur eine Option: Wir müssen auf die Biremen warten. Sie werden es mit den Chauken aufnehmen, und in dem Chaos haben wir vielleicht eine Chance, uns den Weg freizukämpfen.» Vespasian wandte sich wieder seinen Begleitern zu. Keiner hatte eine bessere Idee. «Also zurückrudern, Ansigar.»

Auf Ansigars Kommando tauchten die Bataver gleichzeitig die Ruder ins Wasser, sodass das Langboot an Fahrt verlor, während fünf Boote sich von der Chaukenflotte lösten und ihnen entgegenkamen. Paetus' Boot holte zu ihnen auf, und Vespasian erklärte ihm rasch seinen Plan. Bis er auch mit Kuno im dritten Boot gesprochen hatte, hatten die Ruderer bereits die Richtung umgekehrt, und die drei Gefährte glitten nun rückwärts durchs Wasser. Da kam die erste Bireme um die Biegung in Sicht.

«Das war wohl ein ganz schöner Schreck für sie», bemerkte Magnus kichernd, als Warnrufe der Chauken über das Wasser hallten. Die fünf Langboote, die noch mitten im Strom waren, änderten den Kurs, um sich denen anzuschließen, welche auf die Bataver zuhielten.

Die römische Flottille war jetzt auf gleicher Höhe mit ihnen, nur hundert Schritt entfernt, und fächerte sich zu einer Gefechtsformation auf. Die schrillen Pfeifen der Taktgeber steigerten das Tempo, während die Artilleristen an Bord die kleinen Wurfgeschütze im Bug der Schiffe luden.

Vespasian beobachtete, wie sie auf die Chauken zuhielten. «Sie scheinen uns vorerst vergessen zu haben. Los geht's, Ansigar, wir kämpfen an ihrer Seite.»

Die drei Langboote glitten schräg vorwärts, näher an ihre vormaligen Verfolger heran. Vespasian, Sabinus und Magnus nahmen ihre Schilde und gingen zu der Gefechtsplattform im Bug. Auf dem Weg nahmen sie ein paar Wurfspeere aus der Waffenkiste unter dem Mast, in der Sabinus auch den Adler verstaut hatte, zusammen mit dem Steinbock. Die Bataver, die eben vom Rudern abgelöst worden waren, schlossen sich ihnen an. Verschwitzt und mit verbissenen Mienen ließen sie ihre Muskeln spielen und wogen ihre Waffen in den Händen.

Rechts von ihnen krachte es mehrmals laut. Die Artillerie hatte bereits auf vierhundert Schritt Entfernung, was der äußersten Reichweite entsprach, zu schleudern begonnen, und gleich darauf stoben dicht hinter der Linie der Chauken sechs Wasserfontänen auf.

«Zielt anständig, Arschlöcher!», schrie Sabinus unsinnigerweise den Artilleristen zu, die ihre Geschütze neu luden. Das angestrengte Stöhnen von hundertzwanzig Ruderern auf jeder Bireme, die Rufe der Marineoffiziere und die Pfeifen der Taktgeber übertönten seine Stimme.

Die beiden Linien waren keine dreihundert Schritt mehr voneinander entfernt. Die Chauken hatten die Riemen eingelegt und zu rudern begonnen, um zusätzlichen Schwung zu gewinnen. Vespasian konnte sie jetzt deutlich sehen. Obwohl die Bänke voll besetzt waren, blieben noch wenigstens zwanzig Krieger zum Kämpfen übrig. Sie feuerten ihre Kameraden an den Rudern an und drängten sie, das Tempo zu steigern.

Wieder ertönte ein sechsfacher lauter Krach, und Vespasian beobachtete, wie im Segel eines herannahenden Chaukenbootes ein Loch erschien und die Köpfe von drei Männern, die auf der Gefechtsplattform standen, einfach verschwanden. Die Umstehenden wurden rot von dem Blut, das aus den Halsstümpfen spritzte. Die Körper blieben aufrecht stehen, da auf der Plattform dichtes Gedränge herrschte – alle brannten darauf, es den verhassten Invasoren zu zeigen. Ein Langboot nahe der Mitte der chaukischen Linie bekam Schlagseite. Männer schöpften fieberhaft mit

Eimern und Schilden das Wasser hinaus, das durch ein Loch im Rumpf eindrang, während die Ruderer unbeirrt weiterruderten.

Bei hundert Schritt Abstand schleuderten die Wurfgeschütze eine letzte Salve. Da sie auf den Bugen der Biremen zehn Fuß über den Gegnern standen, zielten sie jetzt schräg abwärts, sodass ihre schweren Steingeschosse von oben in die Rümpfe der Langboote einschlugen. An einem Boot schnellten ein halbes Dutzend Ruder kreuz und quer nach oben, da ein Geschoss eine Reihe Ruderer traf, manche enthauptete und andere verstümmelte. Blut spritzte auf, und leblose Körper kippten vorwärts gegen die Kameraden, sodass diese aus dem Takt gerieten. Dann fielen die Ruder der Toten ins Wasser zurück, und das Langboot drehte sich seitlich, wobei es dem nächsten in die Quere kam, es mittschiffs rammte und daran entlangschrammte. Der solide hölzerne Rumpf riss die Ruder herum, sodass diese gegen die Ruderer schlugen, und Schmerzensschreie übertönten den Jubel der römischen Marinesoldaten, da durch die Wucht Rippen zertrümmert und Arme gebrochen wurden. Doch die übrigen acht Langboote fuhren weiter.

Jetzt gingen Bogenschützen auf den Decks der Biremen in Stellung und ließen einen stetigen Pfeilhagel auf die herannahenden Boote los, aber die Krieger hoben ihre Schilde, um sich und ihre Kameraden an den Rudern zu schützen.

Vespasian lockerte seine Spatha in der Scheide. Seine Eingeweide krampften sich zusammen, und er ertappte sich bei dem Wunsch, er hätte für den bevorstehenden Nahkampf den kürzeren Gladius der Infanterie. Vor ihm hielten zwei Langboote geradewegs auf die drei Gefährte der Batavier zu. Sie waren nah genug, dass er die Gesichtszüge der Männer in den Bugen ausmachen konnte, die offenbar schon im Schlachtenrausch waren. Zu seiner Rechten, nicht weiter, als fünf Ruderlängen entfernt, pflügte die nächste Bireme mit ihrem bronzeverstärkten Bugsporn durch das schäumende Wasser.

«Speere werfen!», schrie Vespasian und holte mit seinem Wurfspeer aus, sobald er das Weiße im Auge der Gegner sehen konnte. Die Batavier hinter ihren Schilden schleuderten die erste Salve, als Ansigar den Befehl brüllte. Die Ruderer zogen die Riemen ein, packten Schilde und Wurfspeere und gingen an den Seiten des Langboots in Stellung, das, von seinem eigenen Schwung getrieben, weiterglitt. Ansigar steuerte es direkt in die Lücke zwischen den beiden herannahenden Chaukenbooten, die jetzt ebenfalls die Ruder einzogen. Die erste Gegensalve schlug mit heftigem Stakkato in ihre Schilde und den Bug ein, gerade als Vespasian mit dem zweiten Wurfspeer ausholte, doch die Disziplin der Batavier war ebenso unerschütterlich wie ihr Schildwall, und es waren keine Schmerzensschreie zu hören. Links von Vespasian ließen Paetus' und Kunos Männer unter Gebrüll ihre Speere los. Ein paar feindliche Krieger stürzten rücklings in den Fluss und gingen sofort unter, sodass im nächsten Moment nur noch blutig verfärbtes Wasser zu sehen war.

«Speere werfen!», schrie Vespasian noch einmal, als der Abstand sich auf zehn Fuß verringert hatte. Die zweite Salve schlug in die Chauken ein und riss mehr von ihnen in den Fluss, die übrigen hielten ihre langen Speere für den Nahkampf bereit. Ein mächtiges Krachen von Holz veranlasste

Vespasian, einen Blick nach rechts zu werfen, wo der Bugsporn der Bireme neben ihm sich in ein Langboot gebohrt hatte und es zurückschob. Chaukenkrieger sprangen ins Wasser und packten die Ruder der Bireme, stießen mit ihren Speeren durch die Ruderluken nach den Männern im Inneren und versuchten, seitlich am Schiffsrumpf hochzuklettern. Dabei gaben sie leichte Opfer für die Bogenschützen ab, die sich über die Bordwand beugten und sie abschossen.

Ansigar hielt stetig seinen Kurs in der Hoffnung, zwischen den beiden Langbooten hindurchgleiten zu können, doch die Steuermänner der Chauken verstanden ihr Handwerk: Im letzten Moment drehten beide Boote nach Steuerbord ab und hielten genau auf die Boote von Vespasian und Paetus zu, sodass nur Kunos unbehelligt an ihnen vorbeikam.

«Festhalten!», schrie Vespasian, da der Zusammenstoß unausweichlich war.

«Verdammt!», grummelte Magnus neben ihm und klammerte sich an die Reling. «Erst Pferde, jetzt Langboote – ist denn hier alles wider die Natur?»

Ein markerschütternder Ruck durchfuhr von knapp steuerbord vom Bug das ganze Boot, sodass ein paar Batavier, die sich nicht gut genug festgehalten hatten, auf die Knie fielen. Speere bohrten sich mit der Wucht der Entschlossenheit in die Schilde der Batavier, während das Boot anfing, sich seitlich zu drehen. Vespasian hieb auf einen Schaft ein, der in Magnus' Schild feststeckte. Hinter ihm kommandierte Ansigar brüllend ein paar Männer an die Ruder, um das Boot wieder auf Kurs zu bringen. Ein Soldat stieß einen schrillen Schrei aus, taumelte rücklings und riss eine blutige blattförmige Speerspitze aus seinem Kiefer. Zwei Chaukenkrieger sprangen in die Lücke, ehe sie geschlossen werden konnte, und stießen von oben mit ihren Speeren zu, während ihre Kameraden mit den ihren auf die Schilde der Batavier einstachen, die allmählich zurückwichen. Weitere Chauken kamen unter begeistertem Kampfgeschrei herüber und drängten die Verteidiger noch weiter zurück, von der Gefechtsplattform hinunter und zwischen die Ruderbänke. Die Chauken folgten und schlugen unablässig auf den Schildwall ein.

Vespasian stand zwischen Sabinus zu seiner Rechten und Magnus zu seiner Linken und drückte seinen Schild nach vorn und aufwärts in dem Versuch, die langschäftigen Waffen abzulenken, um darunter hindurch näher an die Gegner heranzukommen, jedoch vergebens. Sabinus hob seinen Schild einem brutalen Speerstoß von oben entgegen, und die Spitze bohrte sich mit einem dumpfen Laut dicht oberhalb des Schildbuckels ins Holz. Indem er sich von seinem Bruder wegdrehte, riss er an dem Speer, um den Besitzer aus der Linie zu zerren. Vespasian duckte sich nach rechts und führte mit dem Schwert einen tiefen Querschlag unter dem Schild des Mannes. Ein Ruck durchfuhr seinen Arm, als er auf Widerstand stieß, doch er hielt die Waffe fest, die sich mit einem Geräusch wie vom Hackbeil eines Schlachters ins Schienbein des Gegners grub. Mit einem gellenden Aufschrei machte der Krieger einen Schritt nach vorn, um das Gleichgewicht zu halten, doch der untere Teil seines Beins kam nicht mit. Er stürzte auf das Deck, und aus dem Stumpf, wo zuvor sein Fuß gewesen war, spritzte Blut auf die Füße seiner Kameraden.

Vespasian nutzte seinen Vorteil und drängte zusammen mit seinen Nebenmännern in die entstandene Lücke. Sein blutiges Schwert schnellte über seinen Schild hinweg dem nächsten Krieger ins Gesicht. Der Mann schielte ungläubig auf die Klinge, die seinen Nasenrücken zerschmetterte. Die Linie der Chauken geriet kurz ins Wanken. Magnus stürzte vorwärts, wobei er mit seinen gebrüllten Flüchen das allgemeine Geschrei übertönte, zog die Batavier zu seiner Linken mit und schlug einen Speerschaft vor sich mit dem Schwert beiseite. Der Krieger rutschte auf dem blutigen Deck aus und ließ für einen Augenblick seinen Schild sinken. Schon fand Magnus' Klinge ihr Ziel.

Jetzt waren sie an den Speeren vorbei und hautnah an die Gegner heran, die ihr Boot geentert hatten. Die zweite Reihe der Batavier schloss auf und hielt ihre Schilde über die Köpfe der ersten Reihe, um Speerstöße von den Chauken abzuwehren, die noch oben auf der Gefechtsplattform standen. Vespasian spürte den Druck in seinem Rücken, als der Mann hinter ihm vorwärtsschob. Er stieß wiederholt mit seiner Spatha zu, bis er fühlte, wie sie in Fleisch drang, dann drehte er die Klinge und wurde mit einem Schrei belohnt. Zu beiden Seiten neben ihm gewannen die Batavier an Boden und trieben die letzten paar Chauken, die an Deck noch übrig waren, vor der Gefechtsplattform in die Enge. Da die Männer keine Möglichkeit hatten, wieder hinaufzuklettern, fanden sie ein schnelles Ende. Die Krieger auf der Plattform zogen sich aus der Reichweite der Schwerthiebe zurück, die auf ihre Fußknöchel gezielt waren. Es entstand eine Pattsituation.

Vespasian trat zurück und überließ seinem Hintermann

seinen Platz in der vordersten Reihe. Ansigar hielt mit je fünf Mann zu beiden Seiten, die unablässig ruderten, das Langboot schräg zu dem der Chauken und verhinderte so, dass noch mehr Krieger an Bord kommen konnten. Zu seiner Linken war Paetus' Trupp schwer in Bedrängnis, von den Gegnern fast bis zum Mast zurückgedrängt. Von Kunos Boot hingegen war nichts zu sehen. Zur Rechten schwamm allerlei Treibgut im Fluss, aus den Ruderluken einer Bireme schlugen Flammen, und Krieger aus einem Langboot kletterten mit Enterhaken an Bord. Die übrigen Biremen hatten die letzten drei Langboote, die noch schwammen, umzingelt und ließen Pfeile auf die Schilde der Besatzungen niederprasseln, die nichts weiter tun konnten, als sich zu ducken.

Ein plötzlicher Ruck fuhr durch das Langboot, und Geschrei aus vielen Kehlen übertönte die Kakophonie der Schlacht auf dem Fluss. Ein Krieger stürzte von der Gefechtsplattform ins Wasser, die übrigen dort oben mussten sich an der Bordwand festklammern, um sich auf den Beinen zu halten. Augenblicklich sprangen Magnus und Sabinus hinauf, gefolgt von den Bataviern, um auszunutzen, dass die Gegner aus dem Gleichgewicht gebracht waren. Währenddessen schaute Vespasian sich um und erkannte die Ursache der Erschütterung: Kunos Boot hatte einen Bogen beschrieben und die Chauken von hinten gerammt. Jetzt sprangen Kunos Männer an Bord und fielen über die überrumpelte Besatzung her, die sich ganz auf Vespasians Langboot konzentriert hatte.

Als der letzte Krieger von der Plattform stürzte, stießen Sabinus und Magnus das Chaukenboot zurück und überließen es Kunos Männern, die Sache zu Ende zu bringen.

«Ansigar!», schrie Vespasian und zeigte auf Paetus' Boot. Dort hatten inzwischen mehr als dreißig Chauken Paetus' Männer bis hinter den Mast zurückgeschlagen.

Der Decurio begriff und zog das Steuerruder herum, um der Besatzung des Bootes neben ihnen in ihrer Bedrängnis zu Hilfe zu kommen. Mit ein paar Ruderschlägen brachten sie die Langboote fast Seite an Seite. Die Batavier bewaffneten sich mit den verbliebenen Wurfspeeren und schleuderten zwei erbitterte Salven aus kurzer Distanz den Chauken in die Flanke. Mehr als ein Dutzend Mann wurden durchbohrt und gingen zu Boden, eine Schockwelle lief durch die Übrigen, und ein paar hielten inne, um sich nach der neuen Bedrohung umzuschauen. Das war Gelegenheit genug für Paetus und seine Männer: Mit neuer Kraft drängten sie vorwärts, zwischen die langen Speere ihrer Gegner, und nutzten mit ihren Schwertern die Lücken in deren Schildwall. Als Vespasians Boot noch dichter herankam, machten die Chauken, die der Reling am nächsten waren, kehrt und flohen, denn ihnen war klar, dass sie bald in der Unterzahl sein würden. Ihre drei Kameraden, die bereits von vorn in Kämpfe verwickelt waren, fielen den Schwertern der Batavier zum Opfer. Ansigar schrie etwas auf Germanisch, und die Verteidiger überrannten sie schier, wobei sie mehr mit ihren Schildbuckeln und Fäusten ausrichteten als mit ihren Klingen. Als der letzte Gegner entwaffnet und ohnmächtig zu Boden ging, stießen die geflüchteten Chauken ihr Langboot ab und ruderten zurück, während Krieger den Überlebenden von dem anderen Boot aus dem Wasser halfen.

«Lasst sie ziehen!», rief Vespasian. «An die Ruder, wir sollten von hier verschwinden.»

«Ich glaube nicht, dass das klug wäre, Legatus», rief eine Stimme hinter ihm. «Ihr habt selbst gesehen, wie gut unsere Artillerie zielt.»

Vespasian fuhr herum und sah eine Bireme nur zwanzig Schritt entfernt. An der Reling lehnte, prächtig mit seinem roten Helmbusch, dem bronzenen Muskelkürass und dem wehenden roten Mantel, Publius Gabinius. Er lächelte freudlos. «Ich an Eurer Stelle würde meine großzügige Einladung annehmen, an Bord meines Schiffes zu kommen. Ach, und würdet Ihr wohl Euren hübschen kleinen Fund mitbringen?»

Vespasian schaute von der Reling der Bireme auf die drei Ströme Blut hinunter, die in den Fluss liefen. Ansigar rezitierte ein Gebet auf Germanisch, während das Lebensblut der drei Gefangenen ins Wasser gegossen wurde, zu Ehren von Nehalennia, der Göttin des nördlichen Meeres.

«War das wirklich nötig?», fragte Gabinius.

Vespasian sah schulterzuckend zu, wie die Opfer von Ansigars Langboot über Bord geworfen wurden. «Ich weiß es nicht.»

«Aber ich», beteuerte Magnus. «Und ich muss sagen, mir ist erheblich wohler, jetzt, wo ich weiß, dass wir auf der Heimreise eine germanische Göttin auf unserer Seite haben.»

«Ich nehme an, es kann nicht schaden.» Gabinius richtete seine Aufmerksamkeit nun stattdessen auf das Bündel, schlug das Leder auseinander und nahm den Adler in beide Hände, um ihn bewundernd zu betrachten. «Selbstverständlich werde ich den Ruhm dafür, das hier zurückgeholt zu haben, für mich beanspruchen.»

Sabinus sah ihn mit tiefem Groll an. «Und Callistus wird wohl dem Kaiser stolz erzählen, es sei sein Plan gewesen?»

Gabinius blickte auf, und auf seinem hageren, langen Gesicht zeichnete sich Überraschung ab. «Woher wisst Ihr das?»

«Der Mann, den Callistus ausgeschickt hat, um uns aufzuhalten, hat es uns erzählt. Im Gegenzug durfte er mit einer Waffe in der Hand sterben.»

Gabinius rümpfte die Nase. «Diesbezüglich sind sie hier sehr eigen. Nun, wir legen schließlich auch Wert darauf, dass man uns eine Münze für den Fährmann in den Mund steckt, das ist im Grunde nichts anderes. Wie dem auch sei, er hatte recht. Callistus wird seinen vermeintlichen Sieg genießen, aber ich werde in die Geschichte eingehen als der Mann, der den Adler der Siebzehnten gefunden hat.»

Vespasian schaute zum östlichen Flussufer hinüber, das langsam vorbeizog, während sie nordwärtsfuhren, dem Meer entgegen und zurück ins Imperium. Hinter ihnen folgte der Rest der Flotte. «Wisst Ihr eigentlich, dass Euer Diebstahl meinen Bruder das Leben kosten wird, Gabinius?»

«Diebstahl ist ein hartes Wort. Man könnte argumentieren, dass Ihr gescheitert wäret, wenn ich nicht die Chauken angegriffen hätte. Doch das spielt keine Rolle, jetzt befindet sich der Adler jedenfalls in meinem Besitz, das allein zählt. Und dass Sabinus meinetwegen sein Leben verlieren wird, möchte ich doch stark bezweifeln.»

«Wie könnt Ihr da so sicher sein?»

«Weil Narcissus es mir gesagt hat.»

Vespasian war entrüstet. «Narcissus wusste, dass Ihr hin-

311

ter dem Adler her wart, und hat zugleich uns danach ausgeschickt?»

«Natürlich wusste er es. Er schert sich einen Dreck darum, wer den Adler findet, solange er nur gefunden wird. Das Endergebnis ist für ihn so oder so dasselbe, und er betrachtet es als gute Politik, Zwietracht unter den Leuten zu säen, die ihm untergeordnet sind.»

Magnus spuckte auf das Deck. «Diese verdammten griechischen Freigelassenen.»

Gabinius grinste, dann betrachtete er voller Stolz seine Beute. «Ja, ich fürchte, man kann ihnen nicht trauen.»

«Was ist mit Pallas, wusste auch er davon?», fragte Vespasian. «Und wusste er, dass Callistus jemanden ausgeschickt hatte, um uns zu töten?»

«Ich weiß nicht, ob er von Callistus' Plan wusste, aber ich bin sicher, er wusste nicht, dass Callistus einen Mörder ausgeschickt hatte, sonst hätte er Narcissus davon erzählt. Narcissus hat aber nichts von Callistus' Mörder erwähnt, im Gegenteil: In seinem Brief an mich hat er ausdrücklich betont, ich dürfe Euch nicht töten, falls wir uns begegnen sollten, also hätte er Callistus' kleine List in keiner Weise gutgeheißen.»

Sabinus war sichtlich erleichtert. «Nun, das ist wenigstens etwas. Wenn er nicht unseren Tod will, kann ich wohl nach Rom zurückkehren, und dann kann ich Callistus vor Narcissus als mordgierigen kleinen griechischen Hurensohn entlarven.»

Vespasian seufzte, erschöpft von den Strapazen des Tages und den Machenschaften von Claudius' Freigelassenen. «Das würde ich gar nicht erst versuchen. Welche Beweise haben wir, abgesehen von unserem Wort? Callistus wird einfach alles abstreiten, und du würdest ihn dir nur noch mehr zum Feind machen. Außerdem wird es Narcissus gleichgültig sein. Er betrachtet das große Ganze, und ihm kommt es einzig darauf an, dass der Adler für seinen Herrn gefunden wurde und er seine Pläne weiterverfolgen kann.»

«Ich denke, da habt Ihr recht, Vespasian», pflichtete Gabinius ihm bei. «Außerdem, Sabinus, steht es Euch nicht frei, nach Rom zurückzukehren. Narcissus hat mir in seinem Brief Befehle für Euch beide erteilt für den Fall, dass der Adler gefunden wurde – natürlich unter der Voraussetzung, dass Ihr überleben würdet. Vespasian, Ihr sollt zur Zweiten Augusta zurückkehren, und Sabinus, Narcissus – oder besser gesagt, der Kaiser – hat Euch zum Legatus der Vierzehnten Gemina ernannt, die in Mogontiacum am Rhenus stationiert ist.»

Sabinus erschrak. «Die Vierzehnte? Warum?»

Gabinius zuckte die Schultern. «Ich weiß es nicht. Die kaiserliche Politik wird offenbar immer undurchsichtiger und scheinbar willkürlich, doch ich bin sicher, es gibt einen guten Grund.»

«Bestimmt, und der hat sicher mehr mit Narcissus' Ehrgeiz zu tun als mit meinen Verdiensten.»

«Da mögt Ihr wohl recht haben. Wir leben in einer sonderbaren Welt, in der Männer unseres Standes gezwungen sind, Befehle von Freigelassenen entgegenzunehmen. Aber Eure alte Legion, die Neunte Hispana, könnt Ihr ohnehin nicht zurückbekommen, die hat der Bruder der Kaiserin, Corvinus, übernommen.»

«Ja, ich weiß. Ein Gutes hat es ja: Dadurch wird er noch

eine Weile in Pannonien bleiben und kann uns nicht in die Quere kommen.»

«Nur für ein Jahr.»

«Wie?»

«Nächstes Jahr am Ende der Feldzugsaison geht Aulus Plautius, der zum Dank für seine Unterstützung für Claudius zum Statthalter von Pannonien ernannt wurde, nach Gesoriacum an der Nordküste der Gallia Belgae, und er nimmt die Neunte mit. Die Zwanzigste wird ebenfalls dorthin verlegt, ebenso wie Eure beiden Legionen und die angeschlossenen Auxiliartruppen. Ihr, meine Herren, habt die Ehre, Teil von Aulus Plautius' Invasionsstreitmacht zu werden, die Britannien erobern wird.»

Vespasian überlief ein kalter Schauder, als er an nebelverhangene Wälder und fremde Götter dachte. Er wechselte einen Blick mit seinem Bruder. «Ich hatte schon so eine Ahnung, dass diese ‹Ehre› auf uns zukommt, und mir graut davor.»

Sabinus war verblüfft. «Es scheint, als wäre Narcissus entschlossen, uns auf die eine oder andere Weise umzubringen.»

Nur Paetus schien erfreut.

Magnus spuckte noch einmal auf das Deck. «Ein verdammt großartiger Abschluss für diesen Tag.»

TEIL III

INVASION BRITANNIENS,
FRÜHJAHR A. D. 43

XITII

Macht euch bereit, meine Schönen!», brüllte Primus Pilus Tatius seiner doppelt starken Centurie zu. Die hundertsechzig Mann kauerten, auf ein Knie gestützt, auf dem nassen Deck einer Trireme, die sich schnell dem Ufer näherte. Sofort beugten die Männer sich vor und stemmten die rechte Hand und den unteren Rand ihrer Schilde auf die Planken, die Pila und die Griffschlaufen der Schilde fest in der linken Hand. «Sehr schön, Jungs. Es tut nicht weh – nicht sehr.»

Vespasian nickte befriedigt über die Disziplin der ersten Centurie der ersten Kohorte der II Augusta, während er, gegen den Regen anblinzelnd, das Ufer näher kommen sah, nun keine hundert Schritt mehr entfernt. Neben ihm im Bug des Schiffes hielt der Aquilifer der II Augusta den Legions-adler hoch. Dahinter verlor sich die Reihe der Schiffe, die keine Segel gehisst hatten, sondern im gleichmäßigen Takt der Pfeifen gerudert wurden, im strömenden Regen. Vespasian verfluchte das Wetter in diesen nördlichen Gefilden und klammerte sich fest an die Reling. Zwei Seeleute liefen nach vorn an die Seile, mit denen die beiden zwanzig Fuß langen, acht Fuß breiten *Corvi* senkrecht gehalten wurden, die Landebrücken, über die sie von Bord gehen würden.

«Ruder einziehen», rief der *Trierarchus*, der Schiffsführer der Trireme, vom Heck durch einen Schalltrichter.

Daraufhin ertönte aus der Pfeife des Taktgebers ein schrilles, langgezogenes Signal, und hundertzwanzig Ruder wurden durch die Luken eingezogen. Der Strand war nur mehr weniger als fünfzig Schritt entfernt. Wieder nickte Vespasian befriedigt: Das war der vorgeschriebene Abstand, in dem das Rudern eingestellt wurde, damit das Schiff nicht zu weit auf Grund lief. Er vergewisserte sich, dass sein Schwert lose in der Scheide steckte, und sein Blick glitt an der Reihe der Triremen entlang. Bei einer waren die Ruder noch ausgefahren. «Verdammt, wer ist das, Tatius?»

Der Primus Pilus zählte rasch die Schiffe ab. «Die dritte und vierte Centurie der zweiten Kohorte, Herr!»

Vespasian knurrte und stemmte sich fest gegen die Bordwand. Tatius tat das Gleiche mit einer Hand, während er mit der anderen den Aquilifer an der Schulter packte, damit der Adler nicht fiel. Mit einem leichten Aufwärtsruck lief der Schiffsrumpf knirschend auf Grund und verlor so plötzlich an Fahrt, dass Vespasian Arme und Beine anspannen musste, um nicht nach vorn geschleudert zu werden. Das Knirschen der Kiesel steigerte sich zu einem ohrenzerreißenden schrillen Kreischen, dann kam die Trireme unter dem Ächzen von Planken mit einem Ruck zum Stillstand, ein Stück auf Grund gelaufen, aber nicht so weit, dass sie feststeckte.

«Aufstehen!», rief Tatius.

Wie ein Mann kam die erste Centurie auf die Beine und wechselte die Pila in die rechte Hand. Die Corvi wurden knarrend hinuntergelassen und krachten auf den Kies.

«Die erste Centurie geht im Laufschritt an Land», brüllte Tatius und betrat zusammen mit dem Aquilifer die Landebrücke. Vespasian sprang auf die zweite Rampe und lief hinunter. Das Holz federte unter seinen Schritten, dann sprang er auf den Kies. Hinter ihm liefen die Männer in Vierergruppen auf den Strand hinunter.

Unter den gebrüllten Befehlen von Tatius und seinem Optio hatten sie sich in vier Reihen zu vierzig Mann formiert, kaum dass die Letzten von Bord waren.

«Im Laufschritt hundert Schritt vorwärts!», bellte Tatius, nachdem er sich vergewissert hatte, dass die Reihen gerade waren.

Die erste Centurie trabte den ansteigenden Kiesstrand hinauf. Die fünfte Centurie, die ein Stück weiter rechts an Land gegangen war, nahm ihren Platz ein, und von links kam der Rest der ersten Kohorte im Laufschritt herbei, um sich daneben einzureihen.

«Halt!», befahl Tatius, der dicht vor dem Aquilifer stand.

Die erste Kohorte kam knirschend zum Stehen.

Vespasian blickte den Strand entlang und sah die anderen neun Kohorten der II Augusta in zwei präzise ausgerichteten Linien am Strand entlang aufgestellt. Das Ganze hatte kaum länger als zweihundert Herzschläge gedauert. Die Schiffe, die sie hergebracht hatten, schaukelten auf dem flachen Wasser. Ohne ihre schwere Last trieben sie wieder frei, nur eines lag noch auf Grund: das der dritten und vierten Centurie der zweiten Kohorte.

Während Vespasian auf seinen Primus Pilus zuging, erschien über den Hügeln am oberen Ende des Strandes ein einzelner Reiter, der ein zweites Pferd am Zügel führte. Vespasian spähte mit zusammengekniffenen Augen durch den Regen zu ihm hinüber.

«Herr!», rief Magnus und lenkte sein Ross den Strand hinunter.

Vespasian runzelte überrascht die Stirn, als sein Freund aus dem Regen auftauchte.

«Was gibt es, Magnus?»

«Aulus Plautius hat eine Versammlung aller Legati und Auxiliarpräfekten einberufen, da dachte ich mir, ich bringe Euch ein Pferd. Narcissus ist eben eingetroffen. Ich nehme an, da ist was im Gange. Ich glaube jedenfalls nicht, dass er den ganzen weiten Weg auf sich genommen hat, nur um bei einem Becher heißem Wein an einem hübschen Feuerchen etwas zu plaudern.»

«Kann er denn nie aufhören, sich in alles einzumischen? Also gut, ich komme gleich.» Vespasian wandte sich an Tatius. «Sehr gut, Primus Pilus, bis auf diesen verdammten Trierarchus, der nicht weiß, wann der rechte Zeitpunkt ist, mit Rudern aufzuhören. Geht und staucht ihn etwas zusammen, ja?»

«Jawohl, Herr!»

«Kehrt mit den Männern und den Schiffen nach Gesoriacum zurück, gebt ihnen etwas zu essen und dann wiederholt das ganze Manöver heute Nachmittag noch einmal bei Ebbe. Und diesmal will ich keine Fehler. Ich komme dazu, wenn ich kann.»

«Jawohl, Herr!», bellte Tatius und stand stramm.

Vespasian nickte und stieg auf das Pferd, das Magnus mitgebracht hatte. «Nun, dann wollen wir mal sehen, was für Pläne dieser schmierige Grieche wieder hat, um uns das Leben noch schwerer zu machen.»

Der Regen peitschte gnadenlos herab, während Vespasian und Magnus die zehn Meilen zu Aulus Plautius' Hauptquartier ritten. Es befand sich in der Villa, die Caligula sich an der Küste gleich außerhalb des ummauerten Hafens von Gesoriacum hatte bauen lassen, damals vor vier Jahren, als er in den Norden gekommen war, um Britannien zu erobern. Alles Land um den Hafen am *Fretum Gallicum,* der Meerenge zwischen Gallien und der Insel Britannien, war entweder gepflügt und mit Weizen oder Gerste bestellt oder eingezäunt worden als Weideland für mehr Schweine und Maultiere, als Vespasian je zuvor gesehen hatte. Sie ritten durch eine Gegend, die praktisch ein einziges riesiges Landgut war, so groß, dass es selbst an einem klaren Tag bei weitem nicht zu überblicken war.

Eine Invasionsstreitmacht aus vier Legionen und etwa ebenso vielen Auxiliartruppen zu verpflegen war eine gewaltige Aufgabe. Immerhin handelte es sich um insgesamt fast vierzigtausend Mann, dazu all die Helfer – die Lenker der Fuhrwerke, Maultiertreiber, Sklaven und die Besatzungen der tausend Schiffe. Doch diese riesigen Zahlen und die damit verbundenen organisatorischen Herausforderungen hatten Vespasian nicht erschreckt, als er vor sechs Monaten an der Spitze der II Augusta nach Gesoriacum gekommen war, sondern ihn vielmehr inspiriert. Dass jeder Mensch und jedes Tier täglich ernährt werden mussten, war ein logistisches Problem von solch gewaltigem rechnerischem Ausmaß, dass ihm der Kopf schwirrte, wenn er nur an die riesigen Mengen Futter dachte, die nötig waren, um genügend Schweine zu füttern, damit die gesamte Streitmacht für einen Tag ihre Ration Fleisch bekam, oder daran, wie viele Quadratmeilen Grasland die fünftausend Maultiere der Armee im Monat abweiden würden. Im Vergleich dazu erschienen ihm seine Probleme, die II Augusta zu verpflegen, trivial und geringfügig, und doch waren es reale Probleme, die er freudig in Angriff genommen hatte, nachdem er wieder in Argentoratum eingetroffen war.

Er und Sabinus waren mit Gabinius' Flotte ins Imperium zurückgekehrt – was für Sabinus zwei äußerst unangenehme Tage auf See bedeutet hatte –, dann waren sie über den Rhenus stromaufwärts zu ihren neuen Legionen gelangt. Paetus und seine Batavier hatten sie auf ihrer Reise gen Süden begleitet. Die See war ruhig gewesen, was – wie Magnus immer wieder betont hatte – dem Umstand zu verdanken war, dass Ansigar zur rechten Zeit Nehalennia, der Göttin des nördlichen Meeres, geopfert hatte.

Gleich nach ihrer Ankunft in Mogontiacum hatte sie die Kunde vom Tod ihres Vaters erreicht. Allerdings wurde sie durch die Nachricht abgemildert, dass Vespasian eine Tochter geboren war: Domitilla. Flavia hatte ihm persönlich geschrieben, und er las den Brief mit Freude und Erleichterung. Die Überlebenschancen von Mutter und Kind bei der Geburt standen in etwa so wie die eines Soldaten auf dem Schlachtfeld.

Vespasian verabschiedete sich von seinem Bruder, der bei seiner neuen Legion zurückblieb, und erreichte die seine Mitte Juni. Den Rest des Jahres und die ersten Monate des folgenden brachte er damit zu, mit der II Augusta das Ein-

und Ausschiffen zu üben, bis die Soldaten es so reibungslos beherrschten, wie es seiner Meinung nach möglich war. Es war ein langwieriges Unterfangen, da ihm nur eine einzige Trireme zur Verfügung stand. Alle anderen waren – kurzsichtigerweise, wie er fand – für die Invasionsflotte requiriert worden. Während die Centurien im Wechsel auf das einzige Schiff und wieder hinunterrannten, arbeitete Vespasian sich detailliert in die Aufgabe ein, eine Legion zu befehligen und ständig mit Ausrüstung, Kleidung, Verpflegung und Vieh zu versorgen. Er genoss es, denn ihm schien, dass er nun das Beste beider Welten hatte: Er verwaltete ein riesiges Gut und diente zugleich unter einem der Adler Roms.

Was Publius Gabinius mit dem Adler der XVII getan hatte, wussten Vespasian und Sabinus allerdings nicht, und es kümmerte sie auch nicht. Der Adler schien einfach verschwunden – jedenfalls wurde er nicht offiziell erwähnt. Doch sie gaben sich damit zufrieden, dass sie überlebt hatten und offenbar wieder in der Gunst standen. Den Steinbock der XVIIII hatte Sabinus vor Gabinius geheim gehalten und ihn nach Rom zu Pallas gesandt in der Hoffnung, er möge ihm in seinem Machtkampf mit Callistus nützlich sein. Außerdem wollte er sich für seine Ernennung zum Legatus der XIIII Gemina erkenntlich zeigen, die die beiden Brüder sich noch immer nicht erklären konnten. Sabinus hatte Vespasian brieflich mitgeteilt, dass er keine Rückmeldung zu seiner Gabe erhalten hatte, allerdings auch keinen Hinweis darauf, dass sein Leben noch immer in Gefahr war. Deshalb ging er nunmehr davon aus, dass die wenigen Leute, die von seinem Anteil an der Ermordung Caligulas wussten, diesen vergessen hatten. Vespasian wiederum hatte erfreut festgestellt, dass das Verhältnis zwischen seiner Familie und Claudius' drei Freigelassenen nun ausgeglichen zu sein schien, wenigstens auf einer persönlichen Ebene. Von seinem Standpunkt als Befehlshaber musste er allerdings feststellen, dass das unablässige Gerangel zwischen den Freigelassenen die Vorbereitungen für die Invasion immer wieder behinderte. Jeder der drei nutzte seinen Einfluss aus, um die Planung in einer Weise zu beeinträchtigen, die ihn selbst in einem günstigen Licht erscheinen ließ, seine zwei Kollegen jedoch in einem schlechteren. Bestellungen von Artilleriegeschützen wurden erst verdoppelt und dann plötzlich widerrufen, ehe schließlich erneut bestellt wurde, aber nur die Hälfte der ursprünglichen Anzahl. Gold- und Silbermünzen wurden von der Münzstätte in Lugdunum im Süden der Provinz losgeschickt, nur um auf halbem Weg nach Norden wieder zurückgerufen zu werden. Schiffe verschwanden und tauchten nach ein paar Tagen wieder auf, jedoch mit lediglich der Hälfte der Besatzung. Am ärgerlichsten war allerdings, dass regelmäßig widersprüchliche Befehle bezüglich des zeitlichen Ablaufs, der Geschwindigkeit und der Zielorte der Invasion eintrafen. Aulus Plautius bekam Wutanfälle darüber, dass diese Zivilisten sich in etwas einmischten, das doch ganz offensichtlich eine rein militärische Unternehmung war.

«Vielleicht hat es ja doch sein Gutes, dass Narcissus hergekommen ist», sinnierte Vespasian, während sie an dem ersten der vier riesigen Lager mit Legionären und Auxiliartruppen vorbeiritten, die Gesoriacum umgaben.

Magnus wischte sich das Wasser aus den Augen. Obwohl er einen breitkrempigen Lederhut trug, lief ihm der Regen in Strömen über das Gesicht. «Ihr meint, jetzt, wo er hier ist, kann er seine Meinung jeden Tag so viele Male ändern, wie er will, und nicht nur dann, wenn gerade ein Kurier aufbricht?»

«Ich meine, wenn er selbst sieht, welcher gewaltige logistische Aufwand hier getrieben wird, hört er vielleicht auf, sich ständig einzumischen.»

«Ganz bestimmt – so sicher, wie der Kaiser aufhören wird zu sabbern.»

«Danke, Präfekt. Ich teile Euch der Zweiten Augusta zu. Ihr werdet Euch nach dieser Besprechung bei Legatus Vespasian melden», sagte Aulus Plautius, als der Präfekt der Cohors I Hamiorum wieder Platz nahm, nachdem er über die Bereitschaft seiner neu aus dem Osten eingetroffenen Bogenschützen Bericht erstattet hatte. «Damit wären wir mit Euren Berichten am Ende, meine Herren.» Er ließ den Blick über die vier Legati und dreiunddreißig Auxiliarpräfekten gleiten, die auf Faltschemeln in dem großen Raum in seinem Hauptquartier saßen, welchen er als Besprechungsraum nutzte. Die Wände waren weiß getüncht worden – Vespasian vermutete, dass sich darunter äußerst unmilitärische Fresken verbargen. Durch die zwei offenen Fenster konnte er beobachten, wie der Regen unablässig auf das graue, aufgewühlte Meer hinunterprasselte. «Wie wir wohl alle sehen, muss noch einiges geschehen, um die Lagerräume der Quartiermeister zu füllen. Zum Beispiel haben wir genügend Stiefel, dass jeder Mann in der Truppe mit anständigem Schuhwerk in Britannien landen kann. Aber was ist nach einem Monat harter Kämpfe in diesem feuchten Klima? Ich will keine Fußsoldaten verlieren, weil das Schuhwerk knapp ist, und keine Reiter, weil es an Reservepferden mangelt. Ich zweifle nicht daran, dass Ihr alle bereits Eure Quartiermeister dazu anhaltet, alles Mögliche zu tun, um die knappen Vorräte aufzustocken, aber mir scheint, es wäre gut, dieses Problem allgemeiner zu betrachten.» Plautius wies auf den sehr korpulenten Mann in lächerlich extravaganter Militäruniform, der neben ihm saß. «Wie Ihr wisst, wird Gnaeus Sentius Saturninus die unterworfenen Stämme verwalten und die Klientelkönige im Auge behalten, wenn die Streitmacht weiterzieht. Deshalb erscheint es mir sinnvoll, ihm den Oberbefehl über die Versorgung zu übertragen, da natürlich sämtliche Nachschublinien durch die von ihm verwalteten Gebiete verlaufen werden.»

Sentius lächelte wie ein Mann, der Profit witterte.

«Somit ist es höchst unwahrscheinlich, dass ich meine komplette Lieferung Reservezelte zu sehen bekomme, ehe wir aufbrechen», flüsterte Vespasian Sabinus zu, der neben ihm saß, während Plautius die administrativen Fähigkeiten und die Integrität seines stellvertretenden Kommandeurs pries.

Sabinus musste sich das Grinsen verbeißen. «Und ich muss mich wohl von der Hoffnung verabschieden, dass meine Lieferung Schaufeln, Kochgeschirr und Getreidemühlen rechtzeitig und vollständig eintrifft.»

«Ich begreife immer noch nicht, wie er es geschafft hat, sich diesen Posten zu erschleichen, nachdem er die Rückkehr zur Republik vorgeschlagen hatte, als Claudius Kaiser wurde.»

Sabinus zuckte die Schultern. «Warum bin ich Legatus der Vierzehnten?»

«… und damit wir also bis Mitte Juni bereit sind», fuhr Plautius fort, «um die bevorstehende Ernte in Britannien zu nutzen, erwarte ich von jedem von Euch, sich mit seinen Ersuchen um Versorgungslieferungen an Sentius zu wenden.» Unter den anwesenden Befehlshabern erhob sich Gemurmel, das wahlweise als Zustimmung zu einem praktikablen Plan zu deuten war oder als Resignation darüber, wie die Versorgung in der Armee nun einmal vonstattenging. Plautius entschied sich für erstere Deutung. «Gut. Morgen sind die Kalenden des April, das bedeutet, uns bleiben noch fünfundsiebzig Tage. Präfekten, Ihr seid entlassen. Legati, Ihr begleitet mich, um dem kaiserlichen Sekretär Bericht zu erstatten.»

Narcissus hatte sich im ersten Stockwerk von Caligulas Villa eingerichtet. Vespasian war nicht überrascht, die prunkvolle Ausstattung und die Statuen zu sehen, mit denen die Treppen und Flure auf dem Weg zu seinen Räumen dekoriert waren. Der ungestüme junge Kaiser mit seinem extravaganten Geschmack hatte hier seine Spuren hinterlassen. Was ihn allerdings überraschte, war die Anwesenheit von Prätorianern, die vor Narcissus' Räumen Wache standen. «Claudius' Freigelassener scheint sich sämtliche Statussymbole eines Kaisers anzumaßen», raunte er Sabinus zu, als ein Centurio einen sichtlich beleidigten Aulus Plautius vor der Tür stehen ließ, während er selbst hineinging, um sich bei dem einstigen Sklaven zu erkundigen, ob er bereit sei, den General der Invasionsstreitmacht zu empfangen.

«Vielleicht wurden die Saturnalien auf das ganze Jahr ausgedehnt, und niemand hat es uns gesagt», vermutete Sabinus.

Vespasian warf einen Blick auf die anderen beiden Legati, Corvinus und den jüngst eingetroffenen Gnaeus Hosidius Geta, dem in Anerkennung seiner Leistungen beim Anschluss von Mauretanien ans Imperium im vergangenen Jahr der Befehl über die XX übertragen worden war. Keiner von beiden schien erfreut darüber, dass ein Freigelassener, so mächtig er auch sein mochte, sie warten ließ.

«Der kaiserliche Sekretär wird Euch jetzt empfangen, General», verkündete der Centurio und öffnete die Tür.

«Wie überaus gütig von ihm», versetzte Plautius gereizt.

Vespasian bemerkte einen mitfühlenden Ausdruck in den Augen des Centurios, dann betrat er den hohen Empfangsraum, an dessen anderem Ende Narcissus hinter einem großen Schreibtisch saß und sich bei ihrem Eintreten nicht erhob. Vespasian kam nicht dazu, sich weitere Gedanken über die Anmaßung des Freigelassenen zu machen, denn sein Blick fiel auf einen Tisch mit Schreibutensilien zur Linken von Narcissus, und an diesem Tisch saß Caenis.

Sein Herz tat einen Sprung, und er wäre beinahe gestolpert. Sie warf ihm einen Blick zu, in dem ein verhaltenes Lächeln lag.

«General Plautius», säuselte Narcissus, und Vespasian richtete seine Aufmerksamkeit wieder auf das Geschehen, «und die Legati Corvinus, Vespasian, Sabinus und Geta. Es freut mich, dass Ihr alle in diesem erfrischenden nördlichen Klima so wohlauf scheint. Nehmt doch Platz.» Er gab Caenis einen Wink, und sie nahm einen Stilus und begann zu schreiben. «Dies ist eine offizielle Unterredung, deshalb wird meine Sekretärin Protokoll führen. Der Kaiser sendet Euch seine Grüße und lässt Euch ausrichten, dass ich in seinem Namen spreche.»

«Das ist unmöglich!», platzte Plautius heraus, als Narcissus geendet hatte.

Narcissus verzog keine Miene. «Nein, General, es ist nicht unmöglich, es ist notwendig.»

«Wir brechen Mitte Juni auf, damit wir nur Getreide für einen Monat mitnehmen müssen, um die Zeit bis zur Ernte zu überbrücken.»

«Dann müsst Ihr eben mehr Getreide mitnehmen.»

«Hast du eine Ahnung, wie viel mehr wir brauchen werden, wenn wir schon nächsten Monat aufbrechen?»

Narcissus zuckte die Schultern, schloss die Augen halb und breitete die offenen Hände aus, als wäre diese Frage für ihn völlig irrelevant.

«Drei Pfund pro Tag mal vierzigtausend Mann mal sechzig Tage, bis die erste Ernte eingebracht werden kann, das macht ... das macht ...» Plautius wandte sich hilfesuchend an seine Legati.

«Das macht einhundertzwanzigtausend Pfund am Tag, also insgesamt sieben Millionen zweihunderttausend Pfund, General», half Vespasian ihm aus.

«Genau! Und das ist nur die Verpflegung für die Soldaten. Ich brauche noch einmal ein Viertel dieser Menge, um all das Personal zu verpflegen, dazu kommt die Gerste für die Pferde der Kavallerie und die Lasttiere. Und bis wir eine anständige Straße gebaut haben, muss all das mit Packmaultieren transportiert werden, die jeweils maximal hundertsechzig Pfund tragen können.»

«Dann schlage ich vor, Ihr erklärt den Bau einer Straße zur Priorität, General, denn so wird es geschehen.» Narcissus legte eine Hand vor sich auf die Tischplatte in einer Geste, die sanft und zugleich energisch war. Sein Blick verhärtete sich. «Nach meiner Rechnung werden von dem Zeitpunkt, da Ihr Eure Nachricht absendet, bis zu Claudius' Eintreffen bei Euch hundert Tage vergehen. Wenn er also vor der Herbst-Tag-und-Nacht-Gleiche in Gallien sein soll, weil ab Mitte September ernsthafte Stürme drohen, müsst Ihr bis Anfang Juni den Tamesis überquert haben und Eure Nachricht an Claudius schicken.»

Plautius starrte Narcissus voller Abscheu an. «Und wie soll diese Nachricht lauten?»

«Oh, das ist ganz einfach, General: Ihr solltet Eurem Kaiser mitteilen, dass Ihr auf erbitterten Widerstand gestoßen seid und Verstärkung braucht, und wenn irgend möglich ihn in persona, damit er die Zügel des Kommandos in die Hand nehmen kann, die sich als so schwer erwiesen haben. Ich werde die Botschaft dann vor dem Senat verlesen lassen, und dieser wird den Kaiser anflehen, Roms bedrängte Legionen zu retten. Daraufhin wird er alles stehen und liegen lassen, Euch zu Hilfe eilen und die dringend benötigte Verstärkung mitbringen.»

«Die schon draußen vor der Stadt bereitstehen wird?»

«Falsch, General, sie wird *hier* bereitstehen. Ihr könnt sie in ein paar Tagen inspizieren, wenn Ihr es wünscht.»

«Du hast sie mitgebracht?»

«Natürlich. Decimus Valerius Asiaticus befehligt sie, bis der Kaiser eintrifft.»

«Du inszenierst das alles so, dass ich wie ein Schwachkopf dastehe.»

«Nein, General, ich inszeniere es so, dass Claudius als Held dasteht. Welche Figur Ihr dabei macht, ist völlig irrelevant.»

«Denkst du etwa, der Senat wird das glauben?»

«Keinen Augenblick. Aber das Volk wird es glauben, und wenn er mit reicher Beute und Gefangenen zurückkehrt, um seinen Triumph zu feiern, werden die Leute den handfesten Beweis sehen.»

«*Meinen* Triumph.»

«Nein, General, den Triumph des Kaisers, den Triumph, für den das Volk ihn lieben wird. Was wollt Ihr mit der Liebe des Volkes anfangen? Was würde sie Euch nutzen?» Narcissus schwieg kurz, um die unterschwellige Drohung wirken zu lassen. «Nun könnt Ihr entweder mitspielen in der Gewissheit, dass Ihr belohnt werdet, oder ich kann mir jemand anderen suchen, der gewillt ist, meinem Herrn zu helfen, sich die Liebe des Volkes zu sichern. Wie hättet Ihr es gern?»

Plautius schürzte die Lippen und atmete tief durch. «Wir brechen in siebzehn Tagen auf, vier Tage nach den Iden des April.»

«Hervorragend, General, mein Herr wird dem zustimmen. Und ich bin sicher, die Auguren werden finden, dass es ein ganz besonders günstiger Tag für diese Unternehmung ist, sobald sie erfahren, dass der Kaiser dieses Datum präferiert. Und nun möchte ich Euch nicht länger aufhalten, Ihr alle habt sicher eine Menge zu tun.» Mit einem hoheitsvollen Wink seiner fleischigen Hand entließ er die Männer, die gesellschaftlich über ihm standen und von denen keiner ihn grüßte.

Aulus Plautius erhob sich, puterrot vor Zorn, drehte sich auf dem Absatz um und hätte beinahe seine Legati umgerannt, die ebenfalls aufstanden. Während Vespasian ihm folgte, bemerkte er, dass Corvinus und Geta einen besorgten Blick wechselten, der seine eigenen Empfindungen bezüglich dieser neuen Entwicklung widerzuspiegeln schien – sie gefährdete den Erfolg der ganzen Unternehmung. Magnus hatte nicht unrecht gehabt, dachte er und schloss sich Sabinus an, der ebenso besorgt aussah.

«Legati Sabinus und Vespasian», hielt Narcissus sie in sanftem Ton zurück, als sie gerade die Tür erreicht hatten, «auf ein Wort im Privaten, wenn ich bitten darf.»

Corvinus warf den Brüdern einen fragenden Blick zu. Sie machten kehrt. Narcissus entließ indessen Caenis. Als sie den Raum verließ, ging sie dichter als nötig an Vespasian vorbei, sodass er ihren Duft riechen konnte.

«Ihr fragt Euch vielleicht, weshalb Ihr beide nicht in Ungnade gefallen seid», begann Narcissus, sobald die Tür sich geschlossen hatte. «Insbesondere Ihr, Sabinus, da Ihr Euren Teil unserer Vereinbarung nicht erfüllt habt.»

«Wir haben den Adler gefunden», widersprach Sabinus und setzte sich wieder. «Gabinius hat ihn uns ab–»

Narcissus brachte ihn mit einer Handbewegung zum Schweigen. «Ich bin vollauf darüber im Bilde, was geschehen ist, Legatus, und warum und wie, denn es geschah mit meiner Billigung. Wie Ihr beide Euch sicher denken könnt, machte es für mich keinen Unterschied, wer den Adler fand. Als Callistus im Geheimen zu mir kam, nachdem Ihr Rom verlassen hattet, und sagte, er habe Informationen über den Verbleib des Adlers, gab ich ihm meine Einwilligung, Gabinius danach auszuschicken. Es kam mir zupass, zwei Expeditionen in Gang zu setzen, und es kam mir auch zupass, dass meine Kollegen sich darum zankten, wer den Ruhm dafür ernten würde, den Adler zu finden. Was mir allerdings nicht zupass kam, war Callistus' kleiner Plan, Euch töten zu lassen, denn das hätte die Erfolgsaussichten geschmälert. Hätte ich eher davon erfahren, dann hätte ich es verhindert.»

Vespasian begegnete Narcissus' Blick, und ausnahmsweise einmal glaubte er ihm. «Es freut uns sehr, das zu hören.»

«Das ist schön, aber nicht weiter von Bedeutung. Viel relevanter ist der zweite Grund, weshalb ich nicht wollte, dass Ihr getötet werdet. Wie Ihr ja wisst, hatte ich Gabinius ausdrücklich angewiesen, Euch nichts anzutun, falls Eure Wege sich kreuzen sollten, und ich habe ihm außerdem eine Kopie Eurer Befehle geschickt, um ihm unmissverständlich klarzumachen, dass Ihr unter meinem Schutz steht.»

«Selbst wenn der Adler nicht gefunden worden wäre?»

«Selbst wenn der Adler nicht gefunden worden wäre.»

Die Brüder wechselten einen raschen Blick, nun ganz und gar verwirrt.

Narcissus' Gesicht verriet einen seltenen Anflug von Belustigung. «Glaubt mir, das war noch nicht der Fall, als wir unsere Vereinbarung trafen. Damals hatte ich durchaus die Absicht, Euch töten zu lassen, Sabinus, falls Ihr scheitern solltet. Aber in der Politik ändern sich die Dinge mitunter sehr schnell, und als Politiker muss man mit diesen Entwicklungen gehen, wenn man überleben will.

Ich will ehrlich zu Euch sein. In den ersten Monaten von Claudius' Herrschaft wurde mir klar, dass ich nicht den größten Einfluss auf meinen leicht zu beeindruckenden Patron hatte. Mir leiht er zwar sein Ohr, seine äußerst attraktive junge Frau Messalina aber hat Zugang zu einem ganz anderen Körperteil von ihm, und ich denke, wir sind uns alle einig darüber, welche Position die einflussreichere ist.»

Vespasian konnte nicht widersprechen, da plötzlich ein Bild von Caenis in ihm aufstieg und ihn ablenkte. Sabinus knurrte zustimmend, in Gedanken zweifellos bei Clementinas Zuwendungen.

«Jedoch hat Messalina, anders als ich, nicht Claudius' Interessen im Sinn. Sie verfolgt ausschließlich ihre eigenen Interessen und die ihres Bruders Corvinus. Das wäre für sich genommen nicht überraschend, aber was mir Sorge bereitet, ist, dass ihre Ambitionen nur um Wollust und Macht kreisen und dass der Kaiser nicht der einzige Mann ist, mit dem sie das Bett teilt.» Narcissus legte die Fingerspitzen aneinander und beugte sich über den Tisch vor. «Sie hat angefangen, ein großes Netzwerk aus ehrgeizigen jungen Männern zu knüpfen, die durch die Bande wechselseitiger Befriedigung und beiderseitiger Gier nach Macht an sie gebunden sind. Mit anderen Worten: einen zweiten Hof.»

«Warum erzählst du dem Kaiser nichts davon?», fragte Vespasian, dem sich nicht erschließen wollte, was das mit ihm und seinem Bruder zu tun hatte.

«Das habe ich, und Pallas und Callistus ebenfalls, aber er glaubt uns nicht. Er glaubt niemandem, der etwas gegen die Mutter seines neugeborenen Sohnes sagt. Deshalb muss ich einen Keil zwischen die beiden treiben, und Ihr beide sollt Bestandteil dieses Keils sein.»

«Warum gerade wir?»

«Weil ich Männer brauche, denen ich vertrauen kann.»

Die Brüder schauten Narcissus verblüfft an.

«Ihr scheint überrascht, meine Herren. Natürlich kann ich Euch vertrauen, weil ich der Einzige bin, der Eure Karrieren fördern kann, wie ich bewiesen habe, indem ich Euch zu Befehlshabern von Legionen machte. Ihr habt die Wahl zwischen mir und dem Schicksal, in Vergessenheit zu geraten – oder Schlimmeres. Haben wir uns verstanden?»

Sie hatten allerdings verstanden. Vespasian und Sabinus gestanden schweigend die Wahrheit dieser Feststellung ein.

«Schön. Nun, ich glaube, Messalinas Ziel ist es, die höchsten Ränge in der Armee mit ihren Liebhabern zu besetzen, sich dann ihres Gemahls zu entledigen und Corvinus ihren kleinen Sohn adoptieren zu lassen. Die Geschwister werden als Co-Regenten herrschen, bis das Kind das Mannesalter erreicht, oder noch länger, unterstützt von ihrem Netzwerk aus treuen Bettgefährten, welche die Loyalität der Legionen sicherstellen werden. Sie liegt Claudius immer wieder in den Ohren, um Männern, die eben erst ihrem Bett entstiegen sind, Positionen als ranghohe Tribune, Auxiliarpräfekten oder Legati zu verschaffen. So, wie sie es ganz zu Anfang mit Geta gemacht hat.»

«Geta ist ihr Liebhaber?» Sabinus war bestürzt.

«Einer von vielen.»

«Aber er wurde zum Legatus in Mauretanien ernannt, kurz bevor sie das Kind zur Welt brachte.»

«Ich nehme an, er hat spezielle Vorlieben. Jedenfalls wusste ich, dass die beiden eine Affäre hatten, während sie schwanger war. Seltsam war allerdings, dass Claudius Geta ernannte, ohne dass ich oder meine Kollegen es vorgeschlagen hätten. Das war höchst ungewöhnlich. Da wurde ich erstmals darauf aufmerksam, dass Messalina ihren Einfluss auf Claudius ausnutzte. Dann, kurz nachdem Ihr Rom verlassen hattet, bestand Claudius auf etwas, das militärisch überhaupt keinen Sinn ergab. Wir hatten bereits über die Zusammensetzung der Invasionsstreitmacht entschieden: drei Legionen vom Rhenus – was vernünftig ist, nun, da wir mit den germanischen Stämmen zu einer gewissen Einigung gelangt sind – und eine der Legionen aus Hispanien, wo es seit den Kantabrischen Kriegen vor fast dreißig Jahren friedlich zugeht. Doch Claudius legte Veto gegen diese Legion aus Hispanien ein und verlangte, dass stattdessen Corvinus' Neunte aus Pannonien entsandt wurde, einer Provinz, in der die Lage, gelinde gesagt, unruhig ist. Er ließ sich nicht davon abbringen und erklärte, der Familie seiner geliebten Frau gebühre ein Anteil an dem Ruhm.

Zu dem Zeitpunkt konnte ich ihre wahren Beweggründe nur erahnen, aber ich wusste, sie würde nicht ohne einen sehr triftigen Grund darauf bestehen, dass ihr Bruder unnötig in Gefahr gebracht wird. Deshalb begann ich, gegen ihre Pläne zu arbeiten. Ich fing sofort an, meinen eigenen Leuten möglichst viele Posten in den anderen drei Legionen zu verschaffen. Vespasian, Ihr wart bereits zum

Legatus der Zweiten Augusta ernannt worden, was meinen Zwecken dienlich war. Um aber meine Position noch zu stärken, entschied ich, über Euren Anteil am Aufstieg meines Patrons hinwegzusehen, Sabinus, und Euch die Vierzehnte zu geben, da Ihr bereits bei der Neunten Hispana Erfahrung als Legatus gesammelt hattet, die mir in der Zukunft nützlich werden könnte. Doch dann, vor ein paar Monaten, lehnte der Kaiser meinen Kandidaten für den Legatus der Zwanzigsten ab und setzte an seiner statt Geta ein. Angeblich geschah es zum Lohn für seine Leistungen bei dem Feldzug in Mauretanien und dessen Anschluss ans Imperium. Das bestätigte meinen Verdacht einmal mehr: Messalina machte sich die Invasion für ihre eigenen Zwecke zunutze.»

Vespasian schaute stirnrunzelnd erst Sabinus an und dann wieder Narcissus. «Wieso sind wir dann noch hier? Weshalb hat sie Claudius nicht überredet, auch uns zu ersetzen?»

«Oh, das hat sie versucht, sie hat sich sogar sehr darum bemüht, aber etwas hat ihre Pläne durchkreuzt: der Steinbock der Neunzehnten. Zu diesem Zeitpunkt hatte ich mich bereits gezwungen gesehen, meinen beiden Kollegen meine Befürchtungen anzuvertrauen, was geschehen würde, wenn sie ihre Leute in allen vier Legionen hätte. Daraufhin zeigte Pallas mir den Steinbock, den Ihr ihm geschickt hattet.» Narcissus schwieg kurz und ließ den Blick abwechselnd auf den beiden Brüdern ruhen. «Den Ihr *ihm* geschickt hattet, nicht *mir*, doch diesen kleinen Mangel an Loyalität will ich einmal beiseitelassen. Jedenfalls war der Steinbock genau das, was wir brauchten. Wir präsentierten ihn Claudius und erklärten, er sei ein Geschenk von Euch beiden. Der Kaiser war begeistert, brachte ihn in einem großartigen öffentlichen Akt zum Marstempel und sonnte sich in der Aufmerksamkeit des Volkes. Seither seid Ihr beide unantastbar, Claudius will kein Wort gegen Euch hören. Nicht einmal Messalina kann ihn dazu bewegen, seine ‹zwei treuen Flavier›, wie er Euch nennt, durch andere Männer zu ersetzen.»

Sabinus fuhr sich mit den Fingern durchs Haar. «Warum bedeutete ihm der Steinbock so viel, wenn er doch schon den Adler der Siebzehnten hat?»

Vespasian brauchte Narcissus nur einmal anzusehen und verstand. «Weil er noch nichts von dem Adler weiß, Bruder. Ist es nicht so, kaiserlicher Sekretär?»

«Der Adler wird zum passenden Zeitpunkt gefunden werden.» Narcissus' Ton machte deutlich, dass das Thema damit abgeschlossen war. «Ich hatte also die Gewissheit, dass noch zwei der vier Legionen, die nach Britannien gehen sollen, unter meinem Einfluss stehen, nicht unter ihrem. Außerdem ist es mir gelungen, dafür zu sorgen, dass Asiaticus die Verstärkungstruppen befehligt. Wie Ihr beide ja sehr wohl wisst, hat er dem Kaiser schon früher gute Dienste geleistet.»

Vespasian erinnerte sich, welche Rolle Asiaticus, damals Konsul, gespielt hatte, als er und Corbulo vor acht Jahren auf Geheiß von Claudius' Mutter, der werten Antonia, Poppaeus ermordet hatten. Pallas und Narcissus hatten den Mord geplant, und er hatte Claudius immensen Reichtum eingebracht. Bei der Erinnerung erbleichte Vespasian – er war nicht stolz auf seine Tat. «Ich nehme an, durch ihre gemeinsame Vergangenheit ist sichergestellt, dass Asiaticus Claudius treu bleibt.»

Narcissus machte eine wegwerfende Handbewegung. «Es geht vielmehr um die Tatsache, dass Asiaticus Claudius geholfen hat, seinen unverhofften Gewinn aus dem Vorfall mit Poppaeus gut anzulegen, und er selbst hat reichlich davon profitiert. Unlängst hat er sogar die Gärten des Lucullus erworben. Er ist zutiefst dankbar, und ich kann mich auf ihn ebenso verlassen wie auf Euch beide. Wenn alle vier Legionen und die Verstärkungstruppen von Messalinas Männern befehligt würden, bekäme Claudius nicht seinen Sieg.»

«Sie würde ihn sabotieren?», fragte Vespasian ungläubig. «Aber das wäre Irrsinn. Ihr muss doch daran gelegen sein, Claudius' Stellung zu festigen, um ihre eigene abzusichern.»

«Nicht, wenn man das große Ganze betrachtet. Als Aulus Plautius das Kommando übertragen wurde, gab es eine Debatte darum, wer an seine Stelle treten würde, falls er umkommen sollte. Die nächstliegende Wahl wäre dieses fette Schwein Sentius gewesen, aber selbst Claudius erkannte, dass das eine Katastrophe wäre, und ich war nicht so töricht, ihn umstimmen zu wollen. Es würde zu lange dauern, einen geeigneten Kandidaten aus Rom oder einer der Provinzen herbeizuschaffen, deshalb habe ich Asiaticus dazu erkoren, die Verstärkungstruppen zu befehligen. So wäre er nur ein paar Tagesritte entfernt. Doch im Gegenzug schlug Messalina – zweifellos unter Einsatz ihrer weiblichen Reize – ihrem Gemahl vor, ihren Bruder zum designierten Befehlshaber zu ernennen, da er näher am Kampfgeschehen wäre. Claudius hat zugestimmt und lässt es sich nicht mehr ausreden. Corvinus hat diesbezüglich ein kaiserliches Mandat, und ich denke, er hatte die Absicht, davon Gebrauch zu machen.»

«Er will Plautius ermorden?»

«Er *wollte* Plautius ermorden, jetzt ist er sich nicht mehr so sicher. Ihr habt vielleicht bemerkt, wie er und Geta besorgte Blicke wechselten. Ihre Sorge galt nicht dem Gelingen der Invasion, sondern der Tatsache, dass ihre Pläne durchkreuzt wurden. Corvinus' und Messalinas ursprüngliche Idee war, dass er das Kommando an sich reißen sollte, sobald der Sieg sicher wäre. Er würde den Ruhm für sich beanspruchen, und Claudius könnte ihn ihm als dem Bruder der Kaiserin nicht verwehren. Claudius' eigener Stand würde somit durch die Invasion geschwächt, nicht gestärkt. Um dem entgegenzuwirken, beschloss ich, dass Claudius beim endgültigen Sieg persönlich zugegen sein und die Streitmacht anführen soll, auch wenn mir klar war, dass dazu die Zeitplanung erheblich vorverlegt werden muss, was die Logistik der ganzen Unternehmung stark strapaziert. Claudius, der noch nie eine Chance auf persönlichen militärischen Ruhm hatte, war sofort begeistert von der Idee, und Messalina konnte es sich nicht leisten, sich offen dagegenzustellen, auch wenn ich nicht daran zweifle, dass sie zwischen den Laken reichlich Sorge um sein Wohlergehen äußern wird. Wenn Corvinus nun also beschlösse, Plautius zu ermorden, so täte er es in dem Wissen, dass ohnehin der Kaiser kommen und allen Ruhm für sich beanspruchen wird, also welchen Sinn hätte es?»

«Gar keinen.»

«Dennoch wird er es möglicherweise versuchen, und dann werden er und Geta den Befehl, am Tamesis zu warten, missachten und weiterziehen, um den Sieg zu erringen, ehe Claudius eintrifft. Deshalb brauche ich Euch beide: Ihr müsst dafür sorgen, dass Plautius am Leben bleibt, und verhindern, dass Corvinus und Geta zu weit vorrücken, ehe der Kaiser ankommt.»

«Wir sollten Plautius warnen», schlug Sabinus vor. «Es wäre leichter, sein Überleben zu sichern, wenn er selbst auf der Hut wäre.»

Vespasian schüttelte den Kopf. «Nein, Bruder. Ich nehme an, diese Möglichkeit hat der kaiserliche Sekretär bereits aus Sicherheitsgründen ausgeschlossen.»

Narcissus zog anerkennend eine Augenbraue hoch. «In der Tat, Legatus. Plautius darf von alldem nichts wissen, und Ihr müsst mir schwören, dass Ihr Euch damit nicht an ihn wendet, ganz gleich, was geschieht. Und ich meine, *was immer* geschieht.» Er wandte sich wieder Sabinus zu. «Wenn er von diesem drohenden Verrat wüsste, würde er eins von diesen beiden Dingen tun oder auch beides: Er würde an den Kaiser schreiben und verlangen, dass Corvinus und Geta abgelöst werden, und da ich nicht in Rom bin, um Claudius' Korrespondenz zu filtern, würde der Brief den Kaiser erreichen. Und vielleicht würde Plautius die beiden auch zur Rede stellen. So oder so wäre Messalina gewarnt, dass ich ein Auge auf sie habe, und das darf nicht geschehen. Dann wäre mein Leben in großer Gefahr, und Messalina wäre bei jeglichen zukünftigen Verschwörungen noch vorsichtiger. Um diese Harpyie loszuwerden, muss ich dafür sorgen, dass sie sich sicher fühlt, sodass sie vor lauter Arroganz unachtsam wird.» Ein bitteres Lächeln umspielte Narcissus' Mundwinkel. «Es wird Euch vielleicht überraschen zu erfahren, dass ich, um sie in Sicherheit zu wiegen, dieser rachsüchtigen Hure sogar geholfen habe, alte Feinde ihrer Familie zu verfolgen.»

Vespasian seufzte. «In der kaiserlichen Politik überrascht mich gar nichts mehr.»

Caenis fiel Vespasian um den Hals, küsste ihn und drückte sich fest an ihn. «Ich habe dich vermisst, mein Liebster.»

Vespasian erwiderte die Zärtlichkeit ebenso innig, während Sabinus und Magnus sich in seinem Zelt umschauten, als wären die schlichte Einrichtung und spärliche Dekoration plötzlich einer eingehenden Betrachtung würdig.

«Was machst du denn hier?», fragte Vespasian, als er sich endlich von ihr löste.

«Genau das, wonach es aussieht: Ich bin die Sekretärin des Sekretärs, und ob du es glaubst oder nicht, zu Hause in Rom habe ich selbst wiederum einen Sekretär!»

Vespasian lachte. «Der Sekretär der Sekretärin des Sekretärs? Das ist wirklich der Gipfel der Bürokratie.»

«Mag sein, aber Narcissus, Pallas und Callistus lieben es. Je mehr Funktionäre sie im Palast unterbringen und je mehr Protokolle sie erlassen, umso schwerer kann irgendjemand außer ihnen selbst den Gang der Dinge durchschauen.»

«Aber warum arbeitest du für Narcissus und nicht für Pallas?»

«Claudius hat es mir befohlen, und meinem Patron und Kaiser kann ich doch schließlich nicht widersprechen, oder? Ich nehme an, es war Narcissus' Idee, und Pallas hat es gebilligt. Sie benutzen mich, um hinter Callistus' Rücken miteinander zu kommunizieren.»

«Dieser widerwärtige kleine Dreckskerl wollte uns umbringen lassen», stieß Sabinus hervor.

«Ja, als Pallas davon erfuhr, wurde er wütender, als ich ihn je zuvor erlebt habe. Er wäre um ein Haar laut geworden. Das hat das wenige Vertrauen zunichte gemacht, das er und Narcissus zu Callistus hatten. Jetzt versuchen sie, Beweise dafür zu finden oder zu fingieren, dass Callistus mit Messalina gemeinsame Sache macht, damit er mit ihr untergeht. Rom ist derzeit kein angenehmer Aufenthaltsort.»

«Wie kommt unser Onkel damit zurecht?», erkundigte sich Vespasian.

«Er hält sich aus allem heraus, so gut es geht, auch wenn seine neue häusliche Situation ihn zwingt, mehr aus dem Haus zu gehen, als es ihm lieb ist.»

«Dann ist Mutter endlich eingetroffen?»

«Ja, vor zwei Monaten. Artebudz hat sie begleitet. Sie und Flavia vertreten sehr unterschiedliche Ansichten über Kindererziehung.»

Vespasian verzog das Gesicht. «Das kann ich mir vorstellen. Und ich nehme an, sie behalten ihre Ansichten nicht für sich, wie?»

«Ich fürchte, nein. Ich habe Briefe von ihnen beiden an dich und auch einen von deinem Onkel. Zweifellos beklagt sich jeder über die anderen.»

«Das ist ja nicht besser als die Zankerei unter Claudius' Freigelassenen», bemerkte Magnus und griff nach dem Weinkrug.

«Sogar noch schlimmer», kicherte Sabinus, «die wohnen wenigstens nicht alle im selben Haus.»

Vespasian warf seinem Bruder einen finsteren Blick zu.

«Vielleicht sollte ich doch allmählich über ein eigenes Haus nachdenken.»

«Aber komm nicht auf die Idee, mich um einen Kredit zu bitten, Bruder.»

«Ich an Eurer Stelle würde noch eine Weile warten, Herr», riet Magnus und schenkte sich ein. «Wenn Narcissus und seine Kumpane die Kaiserin stürzen wollen, verspricht die Lage in Rom, etwas instabil zu werden.»

«Sofern es ihnen gelingt, sie zu stürzen.»

«Oh, davon bin ich überzeugt. Die Frage ist: Wer wird dann ihren Platz einnehmen? Eine Menge hinterhältige Weiber werden sich darum reißen.»

«Vorerst genügt es, wenn wir uns über *ein* hinterhältiges Weib den Kopf zerbrechen, die anderen werden uns noch früh genug Sorgen bereiten. Da Narcissus uns in diesen Kampf hineingezogen hat, sehe ich keinen Grund, weshalb er uns nicht auch in den nächsten hineinziehen sollte.» Vespasian legte Caenis einen Arm um die Schultern. «In der Zwischenzeit habe ich zu tun.»

Magnus leerte seinen Becher. «Ich dachte, Ihr wolltet heute Nachmittag weiter mit Euren Jungs für die Invasion üben.»

«Ich bin sicher, das können sie auch ohne mich.»

«Während Ihr anderswo eindringt, wenn Ihr versteht, was ich meine?»

Caenis lächelte. «So ungefähr, Magnus.»

XIIII

S eid ihr ganz sicher?», fragte Aulus Plautius, an die beiden gallischen Händler gerichtet, die nervös vor ihm in
seinem von flackernden Öllampen erhellten Besprechungsraum standen.

«Ja, General», erwiderte der Ältere der beiden, «mein
Sohn und ich haben gestern davon gehört. Wir sind heute
früh bei Tagesanbruch von Britannien in See gestochen, da
hatten sie schon angefangen, in den Gebieten der Cantiaker
Truppen auszuheben. Das ist am südwestlichen Zipfel der
Insel.»

«Ich weiß, wo die Cantiaker leben», fuhr Plautius ihn an.
Die Nachricht hatte seine Laune nicht verbessert. «Wie viele
Stämme?»

«Die Catuvellaunen und sämtliche Stämme unter ihrer
Herrschaft.»

«Wer befehligt sie?»

«Caradoc, oder Caratacus, wie Ihr Römer ihn nennt, und
sein Bruder Togodumnus von den Catuv–»

«Ich weiß, welchem Stamm sie angehören!» Plautius warf
dem älteren Mann einen klimpernden Geldbeutel zu. «Ihr
könnt gehen.» Die Händler verbeugten sich und verließen
eilends den Raum. Plautius wandte sich an einen hünenhaf-

ten, langhaarigen Mann Anfang dreißig mit rotem Gesicht und einem langen Schnurrbart. «Was denkt Ihr, Adminius, wie viele Männer?»

Der Brite antwortete, ohne zu zögern: «Wenn meine beiden Brüder dort sind, heißt das, die Trinovanten, die Atrebaten, das Bündnis der Regner und die Cantiaker, möglicherweise auch noch die Dobunner und die Belger von weiter westlich. Das ergibt eine Streitmacht aus wenigstens hunderttausend Kriegern, vielleicht mehr, die uns bei der Landung empfangen werden. Und ich kann Euch versichern, sie werden zur Stelle sein, denn unmittelbar nach der Landung haben sie am ehesten eine Chance, uns zu schlagen.»

«Nicht alle Atrebaten und Regner», warf ein älterer Brite mit angegrautem Haar und ebenso langem schwarzem Schnurrbart ein.

Plautius fuhr sich mit einer Hand durch das kurzgeschnittene Haar. «Warum meint Ihr das, Verica?»

«Mein Neffe, der König von Vectis, hasst Caratacus. Sein Unterstamm wird sich der Streitmacht nicht anschließen. Und von meinem Volk, den Regnern, werden es auch nicht alle tun.»

«Trotzdem werden es noch viel mehr sein, als seinerzeit Caesar gegenüberstanden, und er hatte es schon schwer genug.» Plautius wandte sich seinen Legati zu, die zu seiner Rechten saßen. «Nun, meine Herren, anscheinend haben sie erfahren, dass wir früher als geplant kommen. Die Frage ist: Was tun?» Er konnte nicht verhehlen, dass er beunruhigt war.

Vespasian warf einen Blick auf seine drei Kollegen, von denen keiner so aussah, als hätte er eine Idee. «Wir müssen die Sache hinauszögern. Eine Streitmacht von solcher Größe kann sich zu dieser Jahreszeit nicht längere Zeit von dem ernähren, was das Land hergibt. Sie werden sich bald wieder zerstreuen müssen.»

«Ich stimme Euch zu, Vespasian, dass es das Nächstliegende wäre, aber politisch ist es unmöglich. Ich sehe mich selbst schon wegen Verrats vor Gericht stehen, wenn wir auch nur eine Stunde zu spät aus dem Hafen auslaufen. Wir müssen in zwei Tagen aufbrechen, und das bedeutet, dass wir morgen anfangen, die Soldaten einzuschiffen.»

«Dann könnten wir an einer anderen Stelle als vorgesehen landen», schlug Sabinus vor.

«Darüber denke ich auch nach. Tribun Alienus, die große Landkarte.» Plautius erhob sich und ging zu seinem Kartentisch, seine Legati folgten ihm. Ein junger Tribun mit schmalen Streifen entrollte eine Karte der Süd- und Ostküste Britanniens und des Küstenabschnitts von Gallien, welcher der Insel gegenüberlag. Plautius zeigte auf Gesoriacum und dann auf einen Punkt knapp nordöstlich der Stelle, wo die britannische Küste am nächsten war. «Ich hatte geplant, hier zu landen, genau wie Caesar, und zwar aus drei Gründen: erstens weil ich kein zusätzliches Risiko durch eine unnötig lange Überfahrt über das Meer eingehen wollte; zweitens weil wir Caesars Bericht vom Ort der Landung haben und von diesen verdammten Gezeiten, auf die sie hier oben so versessen sind; und drittens ist auch die Nachschublinie so am kürzesten. Von hier aus plante ich, geradewegs nach Norden zur Hauptstadt der Cantiaker zu marschieren und Adminius wieder auf seinen Thron zu bringen.» Er fuhr mit dem Finger zu einer Stadt ein Stück landeinwärts von einer

347

Insel am östlichen Zipfel Britanniens. «Zugleich sollte die Flotte die Meerenge zwischen dieser Insel, Tanatis, und dem Festland unter Kontrolle bringen, sodass sie Zugang zur Mündung des Tamesis und dem Festland hätte. Außerdem wollte ich eine Truppe südwärts schicken, um den kleinen natürlichen Hafen unterhalb der weißen Klippen hier zu sichern.» Er zeigte auf die Stelle, wo der Abstand zwischen Britannien und Gallien am geringsten war. «Nachdem wir Rückendeckung hätten und entlang unserer Versorgungslinien eine prorömische Regierung eingerichtet wäre, würden wir in einem Gewaltmarsch die dreißig Meilen von der Stadt der Cantiaker – oder Cantiacum, wie ich sie von jetzt an nennen will – entlang des Mündungsbereichs zurücklegen. Wir würden nördlich dieser Bergkette vorrücken, damit unsere Flanke gedeckt ist, und die einzige Brücke über diesen Fluss, den Afon Cantiacii, einnehmen, der hier in den Mündungsbereich des Tamesis fließt. Diese Route hat zwei große Vorteile: Wir können von unserer Flotte in der Mündung Verstärkung und Nachschub bekommen, und wir können uns die Berge zunutze machen, die, wie Adminius mir berichtet hat, nur teilweise bewaldet sind, und dort unsere Tiere weiden lassen.» Plautius zeichnete mit dem Finger eine Linie nach, die fast parallel zum Ufer des Mündungsbereichs verlief. «Von hier aus wollte ich gen Westen ziehen, an dieser Furt den Tamesis durchqueren ins Gebiet der Catuvellaunen und dann ostwärts auf ihre Hauptstadt marschieren, die Festung Camulos, benannt nach ihrem Schutzgott des Krieges.»

«Was ist, wenn die Briten die Brücke zerstören, ehe wir sie erreichen?», fragte Vespasian und betrachtete auf der

Karte den Fluss, der das einzige größere Hindernis vor der Furt durch den Tamesis zu sein schien.

«Aller Wahrscheinlichkeit nach werden sie das, und sie werden versuchen, uns an der Flussüberquerung zu hindern. Aber wenn wir über den Tamesis wollen, müssen wir ohnehin kämpfen, da wird es nicht schaden, wenn die Jungs an diesem Fluss schon ein bisschen üben.»

«Und wir haben unsere Batavier, acht Kohorten Infanterie und eine Ala Kavallerie. Ich habe gesehen, wie sie Flüsse durchqueren, für sie ist es kein Problem. Wir sollten unsere Stärken ausnutzen, Herr.»

«Oh, das werden wir. Wir führen im Gepäcktross leichte Boote mit, um eine Brücke über den Fluss zu bauen, damit werden sie nicht rechnen. Aber nun müssen wir den ganzen Plan ändern, da hunderttausend haarige Wilde uns am Strand erwarten werden, mit diesem hässlichen blaugrünen Lehm beschmiert, mit Steinschleudern und wenig gastfreundlich.»

«Warum landen wir nicht gleich in der Nähe der Festung Camulos?», schlug Corvinus vor, und etwas an seinem Blick bestätigte Vespasian, dass Narcissus' Theorie begründet war.

«Die kann ich nicht ohne den Kaiser einnehmen.»

«Dann landen wir doch noch weiter nördlich auf dem Gebiet der Parisier, mit denen haben wir einen Friedensvertrag», sagte Sabinus und zeigte auf ein Gebiet hoch im Norden der Ostküste, «und ziehen an der Küste hinunter. Früher oder später müssen wir das sowieso alles erobern.»

«Es wäre militärischer Irrsinn, Legatus, unsere Truppen ans Ende einer so langen Versorgungslinie auf dem Seeweg zu stellen. Nur eine Frau würde das für durchführbar halten.»

Sabinus verkrampfte sich bei dieser Beleidigung sichtlich.

«Ich bitte um Verzeihung, Sabinus, das war meiner unwürdig. Wir sollten alle Möglichkeiten in Erwägung ziehen.»

Sabinus entspannte sich wieder und gab mit einer Geste zu verstehen, dass er die Entschuldigung annahm. Corvinus neben ihm grinste.

«Wie wäre es, wenn wir weiter im Westen landen?», schlug Geta vor und legte den Finger auf eine Insel vor der Südküste. «Die Meerenge zwischen Vectis und dem Festland würde der Flotte Schutz bieten. Oder hier, gleich östlich davon, ist dieser natürliche Hafen. Soweit ich weiß, ist das Vericas Hauptstadt, also könnten wir auf einen freundlichen Empfang hoffen.»

Verica neigte zustimmend den Kopf. «Von meinem Volk, den Regnern, gewiss, aber sie sind nur ein Unterstamm der Atrebaten. Ihr müsstet Euch den Weg gen Norden freikämpfen, und zuvor müsstet Ihr erst meinen Neffen auf Vectis besiegen.»

Plautius schüttelte den Kopf. «Und auf dem Weg nach Norden könnte die Flotte uns nicht unterstützen. Unsere Versorgungslinie über Land wäre mehr als siebzig Meilen lang, ehe wir den Tamesis erreichen würden, und wir wären auf unserem Weg nach Norden von Osten und von Westen her angreifbar. Das ist zu riskant. Ein einziger Rückschlag, und wir könnten abgeschnitten werden und eine schmähliche Niederlage erleiden. Wenn wir also im Blick behalten, dass nur ein Narr seine Kräfte auf solch feindlichem Gebiet aufteilen würde, ehe er einen entscheidenden Sieg errungen hätte, müssen wir eine Möglichkeit finden, mit der gesamten Streitmacht im Südosten zu landen.»

Vespasian räusperte sich und zeigte auf den Kanal zwischen Tanatis an der äußersten östlichen Spitze Britanniens und dem Festland. «Dann kehrt doch Euren ursprünglichen Plan um, Herr. Landet hier hinter den feindlichen Truppen und marschiert nach Süden, um ihnen in den Rücken zu fallen. Früher oder später müssen wir ohnehin gegen sie kämpfen, und wenn sie uns schon den Gefallen tun, all ihre Männer an einem Ort zu versammeln, dann denke ich, wir sollten das ausnutzen.»

«Wie sind die Strände hier beschaffen, Adminius?»

«Günstig für unsere Zwecke.» Er zeigte auf eine Landzunge am Festland. «Wir nennen diesen Ort ‹Rhudd yr epis›, das heißt ‹Pferdefurt›. Es ist ein sanft ansteigender Strand, der im Schutz der Insel liegt, und von dort gibt es einen gut gangbaren Weg über die gesamten zehn Meilen zur Stadt der Cantiaker.»

«Wir müssten also zuerst eine Truppe auf Tanatis an Land bringen, um die Insel einzunehmen, ehe die eigentliche Streitmacht bei diesem Rutupis landet, oder wie auch immer das heißt, den Landekopf sichert und dann zur Stadt weitermarschiert. Wenn wir die erobert haben, wenden wir uns nach Süden und kümmern uns um Eure feindseligen Brüder. Werden sie gegen uns kämpfen oder versuchen, an einen anderen Ort zu fliehen, der für sie günstiger ist?»

«Sie werden kämpfen, ihnen bleibt gar nichts anderes übrig. Nach Westen können sie nicht entkommen, weil da ein riesiger Eichenwald ist. Niemand lebt dort, für eine Streitmacht dieser Größe wäre er undurchdringlich. Also müssten sie kämpfen, um uns entweder zu besiegen oder an uns vorbeizukommen.»

Plautius starrte eine Weile lang auf die Landkarte. «Ja, der Gedanke hat etwas für sich, auch wenn eine größere Anzahl von ihnen entkommen wird, ganz gleich, wie wacker wir kämpfen. Ich werde Sentius mit einer kleinen Truppe dort unten zurücklassen, wo wir eigentlich landen wollten, um die Versorgungswege zu sichern, und mit der Haupttruppe nach Nordwesten weitermarschieren, um die Überreste der britannischen Armee zu verfolgen. Ihnen wird nichts anderes übrig bleiben, als die Brücke zu überqueren, sie dann zu zerstören und zu versuchen, uns an der Überquerung des Flusses zu hindern. Das wird ein blutiger Tag werden. Anschließend werden diejenigen von ihnen, die dann noch übrig sind, sich über den Tamesis zurückziehen.» Plautius schwieg kurz, um die Angelegenheit zu überdenken. «Ja, so kann es gelingen, und wir könnten binnen anderthalb Monaten nach der Landung über den Tamesis sein, nachdem wir diese britannische Streitmacht in drei Schlachten geschlagen haben.»

«Und dann sitzen wir drei Monate lang da rum, drehen Däumchen und warten auf meinen Schwager, während die Briten eine neue Streitmacht aufstellen?», fragte Corvinus und warf Plautius einen fragenden Blick zu.

«Legatus, ich möchte Euch daran erinnern, dass Euer Schwager unser Kaiser ist, und wenn das seine Befehle sind, dann muss ich sie befolgen.»

«Es sind nicht *seine* Befehle, sie kommen von seinem anmaßenden Freigelassenen, und das wisst Ihr auch … Herr.»

«Das macht keinen Unterschied, er war vom Kaiser ermächtigt.»

«Bis Ende Juni könnten wir den gesamten Südosten einnehmen!»

«Mäßigt Eure Lautstärke, Legatus. Wenn Ihr noch mehr Widerworte gebt, dann schwöre ich bei den Göttern meines Hauses, ich werde Euch Eures Kommandos entheben und Eurem hochgeschätzten Schwager schreiben, dass ich Euch des Verrats verdächtige.»

«Ich bin sicher, mein Kollege wollte nur der Enttäuschung Ausdruck verleihen, die wir alle über diese Verzögerung empfinden», warf Vespasian rasch ein und erntete einen verwirrten, finsteren Blick von Corvinus. «Und ich bin sicher, er versteht so gut wie jeder andere von uns die politische Notwendigkeit, die hinter dieser Verzögerung steckt.»

Plautius knurrte. «Ich bin sicher, Ihr habt recht, Vespasian. Es ist für uns alle äußerst frustrierend, aber so ist es nun einmal. Zwietracht untereinander ist das Letzte, was wir brauchen können, also wollen wir nicht mehr davon sprechen, nicht wahr, Corvinus?»

Corvinus schob das Kinn vor, als wollte er den Streit fortsetzen, besann sich dann jedoch eines Besseren. «Nein, Herr.»

«Gut. Sämtliche Versorgungsschiffe sind bereits beladen und haben den Hafen verlassen. Morgen Mittag beginnen wir mit der Einschiffung der Armee. Die Männer werden auf den Schiffen übernachten, und eine Stunde nach Mitternacht laufen wir mit der Flut aus. Noch Fragen?»

Die vier Legati schüttelten die Köpfe.

«Lasst morgen Mittag Eure Legionen und die Auxiliartruppen in voller Montur vor den Lagern antreten, jeder mit Rationen für siebzehn Tage im Gepäck. Meine Herren, wegtreten.»

Vespasian grüßte gemeinsam mit den anderen drei Legati und wandte sich ab, um neben Sabinus forsch hinauszumarschieren. Corvinus folgte ihnen mit Geta.

«Was spielt Ihr für ein Spiel, Bauerntölpel?», ertönte Corvinus' schleppende Stimme an Vespasians Ohr, während ein Sklave hinter ihnen die Tür zum Besprechungsraum schloss. «Ich hätte angenommen, Ihr und Euer Bruder, der Hahnrei, würdet mit Begeisterung zusehen, wie Plautius versucht, mich meines Kommandos zu entheben.»

Sabinus fuhr herum, packte Corvinus an der Kehle und stieß ihn gegen die Wand des Ganges. «Wie habt Ihr mich eben genannt?»

Corvinus riss den rechten Arm hoch, schlug damit unter den von Sabinus und befreite sich aus dessen Griff. «Ich habe die Dinge nur beim Namen genannt.»

Vespasian packte seinen Bruder an den Schultern, während Geta sich vor Corvinus stellte. «Lass ihn, Bruder! Komm, wir gehen.» Sabinus wehrte sich noch kurz, als Vespasian ihn wegzog.

Corvinus grinste ihnen über Getas Schulter hinweg höhnisch zu. «Die Wahrheit schmerzt, wie?»

Sabinus schäumte. «Eines Tages, Ihr arroganter Dreckskerl, eines Tages bringe ich Euch zu Fall.»

«Das halte ich für äußerst unwahrscheinlich, immerhin teilt meine Schwester mit dem Kaiser das Bett.»

«Das wird sie nicht für immer, sie –»

«Sabinus!», schrie Vespasian ihn an.

Corvinus schnaubte verächtlich. «Und wer wird sie aus seinem Bett zerren? Ihr vielleicht?» Er hielt abrupt inne, dann lächelte er wissend. «Oder Narcissus? Ist es das, worüber er mit Euch reden wollte, als er Euch neulich zurückhielt? Ist das der Grund, weshalb Euer Bruder, der Bauerntölpel, eben für mich Partei ergriffen hat? Das sah ihm gar nicht ähnlich. Warum sonst sollte er wollen, dass ich mein Kommando behalte, wenn nicht, um den Eindruck zu erwecken, alles sei in schönster Ordnung? Dieser schmierige Grieche führt etwas gegen meine Schwester im Schilde, und Ihr beide steckt mit ihm unter einer Decke.»

«Seid nicht so dumm, Corvinus», entgegnete Vespasian und verstellte seinem Bruder den Weg. «Warum sollte er das tun? Er will schließlich nur das Beste für den Kaiser.»

Corvinus zog die Augenbrauen hoch. «Tatsächlich? Nun, ich nehme an, das stimmt, sofern die Interessen des Kaisers mit seinen eigenen zusammenfallen – wo nicht, habe ich meine Zweifel. Guten Abend, meine Herren, und danke für das kleine Gespräch, es war äußerst erhellend.» Damit ging er davon. Geta warf den Brüdern noch einen finsteren Blick zu, dann folgte er ihm.

Vespasian wandte sich an Sabinus. «Das war wirklich –»

«Sag es nicht, du kleiner Scheißer. Mir ist durchaus bewusst, wie dumm das war.»

Vespasian erwachte kurz vor Tagesanbruch von den Geräuschen der Männer draußen im Lager. Er fühlte Caenis' warmen Körper in seiner Armbeuge und lauschte ein paar Augenblicke ihrem leisen Atem. Viel Zeit würde vergehen, ehe sie wieder so intim zusammen sein konnten. An diesem Abend würde er schon an Bord des Schiffes sein, das bereitlag, um sie zu der wilden Insel jenseits des Meeres zu bringen.

Er drückte das Gesicht in ihr Haar, atmete ihren Duft ein und küsste sie zärtlich, ehe er den Arm unter ihr herauszog und leise aus dem Bett stieg.

«Ist es Zeit zu gehen, mein Liebster?», fragte Caenis verschlafen, als er begann, sich anzukleiden.

«Meine Offiziere werden sich bald bei mir melden, und den Rest des Tages werde ich damit beschäftigt sein, meine Männer einzuschiffen.»

«Dann sollten wir uns lieber jetzt verabschieden. Narcissus will, dass ich mit seinen persönlichen Botschaften an den Kaiser nach Rom zurückkehre, sobald ihr an Bord seid.»

Vespasian setzte sich noch einmal aufs Bett und nahm sie in die Arme.

«Wird es sehr lange dauern, Vespasian?»

«Wenigstens zwei Jahre, wahrscheinlich länger.»

«Die kleine Domitilla wird drei oder vier sein, ehe sie ihren Vater kennenlernt.»

«Vorausgesetzt, dass nicht vorher irgendein lehmbeschmierter Wilder mir den Garaus macht.»

«Sag nicht so etwas, mein Liebster, das bringt Unglück. Dir wird nichts zustoßen, das weiß ich.»

«Ich habe Briefe für Flavia, Mutter und Gaius, die du nach Rom mitnehmen könntest, wenn es dir nichts ausmacht.»

Caenis küsste ihn auf die Wange. «Aber natürlich. Flavia und ich kommen sehr gut miteinander aus, sehr zum Erstau-

nen deiner Mutter. Sie hat dem kleinen Titus sogar beige-
bracht, mich Tante zu nennen. Auch wenn ich mir jedes Mal,
wenn er das sagt, so sehr wünsche, er würde mich stattdessen Mutter nennen.»

Vespasian umarmte sie fest, unfähig, etwas zu erwidern.
Ihm war nur allzu bewusst, welch großes Opfer Caenis
brachte, um mit ihm zusammen sein zu können. «Pass in
Rom gut auf dich auf und halte dich nach Möglichkeit vom
Palast fern. Ich nehme an, nachdem Sabinus so indiskret war,
werden Narcissus' Intrigen eskalieren.»

«Ich kann mich nicht von dort fernhalten, ich muss jeden
Tag in den Palast, jetzt, da ich für ihn arbeite, auch wenn er
hierbleibt. Aber selbst wenn er und Messalina offen Krieg
führten, würde es ihr nicht gelingen, ihn zu stürzen. Claudius ist zu sehr auf ihn angewiesen.»

«Sie könnte versuchen, ihn ermorden zu lassen.»

«Narcissus ist ein sehr vorsichtiger Mann. Er lässt sogar
sein Essen von einem Sklaven vorkosten. Aber selbst wenn
es ihr gelänge, würde mir nichts geschehen, weil ich keine
Bedrohung für sie darstelle. Und ohnehin habe ich während
Caligulas Herrschaft so lange im Verborgenen gelebt, dass
sie wahrscheinlich nicht einmal meinen Namen kennt.»

«Hoffen wir, dass es so ist.»

«Ganz bestimmt. Wer sich Sorgen machen sollte, ist Sabinus. Narcissus war alles andere als erfreut.»

«Das ist eine Untertreibung», erwiderte Vespasian und
dachte an das Gespräch zurück, das Narcissus mit ihnen
beiden geführt hatte, kurz nachdem Sabinus sich vor Corvinus verraten hatte. Narcissus war rasend wütend geworden,
hatte Sabinus mit eisigen Blicken durchbohrt und ihn mit

ganz leiser, tonloser Stimme niedergemacht. Die Schmach, von einem bloßen Freigelassenen so behandelt zu werden, war für Sabinus fast unerträglich gewesen, und Vespasian hatte seinem Bruder beruhigend eine Hand auf die Schulter legen müssen, als Narcissus ihn unfähig genannt und gedroht hatte, ihn seines Kommandos zu entheben. Erst als Vespasian darauf hinwies, dass Corvinus nur spekulierte und keinerlei Beweise für seinen Verdacht hatte, beruhigte Narcissus sich wieder. Er rief einen Centurio der Prätorianergarde zu sich und trug ihm auf, dafür zu sorgen, dass jedweder Bote, der in dieser Nacht Corvinus' Lager verließ, abgefangen würde. Doch das war nur eine vorübergehende Maßnahme, und ihnen allen war klar, dass Corvinus Mittel und Wege finden würde, seine Schwester von seinem Verdacht zu unterrichten. Narcissus hatte sie mit einer kurz angebundenen Warnung entlassen, wenn es ihm nicht gelänge, Messalina aus dem Weg zu schaffen, ehe sie nach Rom zurückkehrten, würden sie die Wahl zwischen zwei Möglichkeiten haben: entweder sich selbst das Leben zu nehmen oder die Kaiserin zu ermorden und dann für das Verbrechen hingerichtet zu werden.

«Du solltest jetzt gehen, mein Liebster», sagte Caenis und küsste ihn auf den Mund. «Ich kann es nicht ertragen, den Abschied in die Länge zu ziehen.»

«Ich auch nicht.» Vespasian stand auf und kleidete sich fertig an.

«Herr! Herr!», ertönte Magnus' Stimme aus dem Wohnbereich des Zeltes.

«Ich weiß, ich komme schon.»

Magnus steckte den Kopf durch die Vorhänge, mit denen der Schlafbereich abgeteilt war. «Nein, Ihr wisst nicht. Mucianus hat mich nach Euch geschickt. Wir haben ein gewaltiges Problem: Die Jungs weigern sich, das Lager abzubrechen.»

«Was? Das ist Meuterei. Wer sind die Rädelsführer?»

«Das ist es ja gerade, Herr, es scheint keine zu geben. Es geht nicht nur um die Zweite Augusta, es betrifft alle vier Legionen und sämtliche Auxiliartruppen. Sie sind sich alle einig. Als sie den Befehl bekamen, das Lager abzubrechen, wurde ihnen klar, dass es jetzt ernst wird, dass das keine Übung mehr ist, und das gefällt ihnen nicht. Sie sagen, die Insel wird von mächtigen Göttern bewacht und es wimmelt dort von fremdartigen Geistern, und sie weigern sich zu gehen. Das Unbekannte schreckt sie, wie man so sagt. Die gesamte Armee hat sich geweigert, sich einzuschiffen. Sie wollen nicht nach Britannien.»

«Ich schlage vor, Ihr versammelt umgehend die Armee und sprecht zu den Männern, General, sonst lasse ich Euch in Ketten nach Rom bringen», drohte Narcissus ohne irgendwelche Vorreden, kaum dass er in Plautius' Besprechungsraum gestürzt war. Seine Stimme klang eisig. «Und Ihr seid nicht der Einzige, dessen Karriere beendet wäre.» Er blickte drohend in die Runde der versammelten Legati, Auxiliarpräfekten, Tribune und Lagerpräfekten.

Plautius begegnete Narcissus' finsterem Blick mit Fassung. «Das wäre äußerst unklug, kaiserlicher Sekretär.»

«Unklug? Haltet Ihr es etwa für klug zuzulassen, dass eine Armee von vierzigtausend Mann ihrem Kaiser den Gehorsam verweigert?»

«Das halte ich nicht für klug, aber ich halte es für unklug, sie dazu bringen zu wollen, an Bord der Schiffe zu gehen … jetzt im Augenblick.»

«Sie müssen auf die Schiffe, wenn Ihr heute Nacht in See stechen wollt.»

«Wir werden nicht heute Nacht in See stechen.»

Narcissus starrte Plautius einen Moment lang sprachlos an. «Wollt Ihr mir sagen, General Plautius, dass auch Ihr Euch weigert zu gehen?»

«Nein, wir gehen, nur nicht heute Nacht. Wir geben den Männern etwas Zeit, sich zu beruhigen. In ein paar Tagen werde ich zu ihnen sprechen, und am Tag danach brechen wir auf.»

«Das sind Soldaten, die tun, was man ihnen befiehlt und wann man es ihnen befiehlt, nicht irgendwann, wenn es ihnen genehm ist, nachdem sie sich ‹beruhigt› haben.»

«Ich bin voll und ganz deiner Meinung, kaiserlicher Sekretär, aber hier geht es nicht darum, was den Männern genehm ist, sondern was dir und dem Kaiser und allen anderen genehm ist, denen etwas daran liegt, diesen Feldzug rasch und erfolgreich durchzuführen.»

Vespasian musste sich das Grinsen verbeißen, als er Narcissus’ sonst so undurchdringliche Miene zum ersten Mal völlig verblüfft sah.

«Ich fürchte, General, Ihr werdet mich darüber aufklären müssen, inwiefern eine Verzögerung der Invasion zu einer raschen Durchführung des Feldzugs beitragen soll. Ich hätte angenommen, sie hätte genau den gegenteiligen Effekt.»

«Das liegt daran, dass du kein Soldat bist, Narcissus. Du

bist ein Palastfunktionär, der von militärischen Angelegenheiten so viel versteht wie ich von Etikette.»

«Wie könnt Ihr es wagen, so mit mir zu reden!»

«Nein, Narcissus! Wie kannst du es wagen, hier hereinzuplatzen, mir und meinen Offizieren zu drohen und mich vor ihnen zu erniedrigen. Du magst Einfluss auf den Kaiser haben und dich selbst für ungemein bedeutend halten, aber du bist immer noch bloß ein Freigelassener, ein ehemaliger Sklave. Ohne Claudius bist du nichts, und das weißt du. Du bist ein Niemand, der binnen Stunden nach dem Ableben deines Herrn tot wäre, und wenn diese Invasion kein Erfolg wird, dürfte es sehr bald dazu kommen. Ich hingegen stamme aus der Familie der Plautier, und ich werde deine Arroganz nicht länger hinnehmen. Du wirst mir nun also zuhören, Freigelassener: Gestern erfuhren wir von ein paar gallischen Händlern, dass sich jenseits der Meerenge mehr als hunderttausend Krieger versammeln.» Er zeigte anklagend mit dem Finger zum Fenster, durch das man das ruhige Meer in der Morgensonne glänzen sah. Ein Schiff unter Segeln glitt langsam davon. «Ich scheue mich nicht, es mit einem zahlenmäßig dreifach oder sogar fünffach überlegenen Feind aufzunehmen, wenn es sich um undisziplinierte Wilde handelt. Aber ich denke, selbst du wirst mir zustimmen, dass ‹je weniger Gegner, desto besser› eine vernünftige militärische Maxime ist, erst recht, wenn man die eigene Streitmacht erst an Land bringen muss. Nun sage mir, was du durch dieses Fenster siehst, kaiserlicher Sekretär.»

Narcissus blinzelte ins gleißende Licht. «Das Meer.»

«Und was ist auf dem Meer?»

«Ein Schiff.»

«Ein Schiff? Aber das ist nicht einfach irgendein Schiff. Dieses Schiff wird darüber entscheiden, ob wir den Tamesis in fünfundvierzig oder schon in dreißig Tagen überschreiten, denn dieses Schiff wird binnen eines Marktintervalls die britannische Armee zerstreuen.»

Jetzt war Narcissus vollends verwirrt. «In neun Tagen! Wie das?»

«Weil dieselben Händler, die gestern von mir Silber im Austausch gegen Informationen über die Briten angenommen haben, jetzt nach Britannien zurückkehren. Heute Abend werden sie von Togodumnus und Caratacus Silber annehmen und ihnen berichten, dass unsere Truppen gemeutert haben und wir nicht kommen. Wenn die Krieger das hören, werden sie auseinandergehen und auf ihre Höfe zurückkehren, was sie nicht täten, wenn wir morgen plötzlich auftauchen würden. Nun, ich denke, selbst ein militärisch unkundiger Mann wie du kann begreifen, dass ein Feind viel leichter zu besiegen ist, wenn seine Armee sich aufteilt, und dass es weniger Leben kosten wird. Und deshalb, kaiserlicher Sekretär, schlage ich vor, du überlässt die Zeitplanung dieser Unternehmung mir, denn hier geht es nicht um Politik. Wir brechen an den Kalenden des Mai auf. Und sei unbesorgt, der Kaiser wird immer noch rechtzeitig herbeigerufen, um seinen glorreichen Sieg zu erringen.»

«Das will ich Euch geraten haben, General.» Narcissus warf Plautius einen finsteren Blick zu, dann wandte er sich ab und verließ den Raum so würdevoll, wie er es unter den Umständen vermochte.

Plautius wandte sich wieder seinen versammelten Offizieren zu, als wäre nichts geschehen. «Nun, meine Herren, wo waren wir? Ach ja, bei den Strandabschnitten, an denen wir landen wollen. Wir bleiben bei dem neugewählten Ort für den Fall, dass sie an der Stelle, wo wir ursprünglich landen wollten, eine Truppe zurückbehalten, auch wenn ich nicht damit rechne. Wir landen in drei Wellen. Legatus Corvinus, Ihr habt die Ehre, die erste Welle anzuführen.»

Corvinus grinste vor selbstgefälligem Stolz. «Danke, General.»

Plautius zeigte mit einem Stock auf eine Karte von Britannien, die hinter ihm an ein Holzbrett genagelt war. «Eure Neunte Legion und die angeschlossenen Auxiliartruppen werden auf Tanatis landen und die Insel sichern. Ich befehlige die zweite Welle, bestehend aus der Zweiten und Vierzehnten Legion unter den Legati Vespasian und Sabinus mit ihren Auxiliartruppen. Wir landen eine Stunde später auf dem Festland bei diesem Rutupiae, wie ich es fortan nennen will. Die Zweite formiert sich und marschiert unverzüglich auf Cantiacum zehn Meilen landeinwärts. König Adminius begleitet Euch. Am ersten Abend wird Adminius sich mit Verwandten treffen, die ihm die Treue zugesichert haben, und ihnen den Eid im Namen von drei der Unterstämme in der Region abnehmen, während seine Vertreter die Übergabe der Stadt aushandeln. Falls diese Leute uneinsichtig sind, belagert sie. Verstanden, Vespasian?»

«Jawohl, Herr.»

«Gut. Außerdem werdet Ihr Eure batavische Kavallerie unter Präfekt Paetus gen Westen schicken, um auszukundschaften, was uns dort erwartet.» Plautius hielt in der Schar der Befehlshaber nach Paetus Ausschau. «Aber Ihr geht nicht in Feindkontakt, Präfekt, Ihr sollt nur kundschaften, ist das klar? Ich kann in meiner Armee keine Draufgänger brauchen.»

Paetus setzte seine ernsteste Miene auf. «Keine Draufgänger, Herr!»

Plautius musterte den jungen Präfekten einen Moment lang scharf und versuchte vergebens, Anzeichen von Unverschämtheit auszumachen, dann knurrte er und fuhr fort: «Die Vierzehnte marschiert südwärts und schickt ihre thrakische und gallische Kavallerie zum Kundschaften weit voraus, um festzustellen, ob dort unten noch ein Teil der britannischen Armee steht. Wenn nicht, lasst Ihr in dem natürlichen Hafen bei den weißen Klippen eine Garnison zurück und marschiert dann nach Cantiacum, wo Ihr nicht später als drei Tage nach der Landung mit uns zusammentrefft. Einhundert Triremen werden Euch die Küste hinunter folgen und in dem Hafen bleiben, damit sie im weiteren Verlauf des Feldzugs für Operationen an Land und zur See entlang der Südküste zur Verfügung stehen. Während sie dort warten, werden die Besatzungen den Hafen für unsere Zwecke ausbauen. Ich will Lagerhäuser, Anlegestege und einen Leuchtturm. Wir beabsichtigen, uns dort dauerhaft niederzulassen, Sabinus, verstanden?»

«Jawohl, Herr.»

«Noch Fragen?»

«Was, wenn wir die gesamte hunderttausend Mann starke Streitmacht dort unten vorfinden?»

«Dann schickt Ihr mir Nachricht, dass Ihr Verstärkung braucht, und zwar schnell wie Merkur.»

«Verstanden, Herr, schnell wie Merkur.»

Plautius nickte knapp. «Die dritte Welle befehligt Legatus Geta. Sie besteht aus seiner Zwanzigsten und deren Auxiliartruppen sowie den Versorgungsschiffen mit Ausrüstung, Artillerie und Verpflegung für einen Monat. Ihr folgt uns in zwölf Stunden Abstand, damit unsere Transportschiffe genug Zeit haben, den Strandabschnitt nach der Landung wieder zu räumen. Wenn Ihr gelandet seid, Geta, werden Eure Männer binnen zwei Tagen ein befestigtes Lager errichten, groß genug für die gesamte Streitmacht, für den Fall, dass wir einen Rückschlag erleiden sollten. Das wird die Basis einer ständigen Garnison mit einem Hafen. Am dritten Tag schließt Ihr Euch dann bei Cantiacum der Zweiten und Vierzehnten an.»

Geta schien durchaus nicht erfreut, mit Bauarbeiten betraut zu werden.

«Wenn Geta das Lager verlässt, kommt Ihr, Corvinus, mit Euren Jungs über die Meerenge und besetzt es. Anschließend lasst Ihr die Hälfte der übrigen Marinetruppe den Hafen bauen und schickt die andere Hälfte nach Norden in die Mündung des Tamesis, um mit der Haupttruppe gen Westen zu ziehen. Bis dahin sollten wir bereit zum Vormarsch sein, vorausgesetzt, Sabinus stößt im Süden nicht auf allzu großen Widerstand. Ich werde diesbezüglich am dritten Tag nach der Landung Befehle ausgeben, wenn alles an seinem Platz ist und ich mir ein besseres Bild vom Gegner machen konnte. Noch Fragen, meine Herren?»

Vespasian schaute sich im Raum um. Niemand schien die offensichtliche Frage stellen zu wollen. «Ja, General, ich hätte eine: Was unternehmen wir gegen die Meuterei?»

«Nichts, Vespasian. Bis wir aufbrechen, vergehen fast zwei Marktintervalle, und in dieser Zeit werden noch reichlich Händler über die Meerenge hin- und herfahren. Sie müssen den Eindruck gewinnen, wir befänden uns mit unseren Truppen in einer Pattsituation. Sie werden es glauben, weil sie gesehen haben, wie vor vier Jahren, als Caligula eine Invasion versuchte, dasselbe geschah. Ich will, dass nichts unternommen wird, was für die Briten darauf hindeuten könnte, dass wir doch noch kommen, und sie veranlassen würde, ihre Krieger wieder in Stellung zu bringen. Die Versorgungsschiffe bleiben beladen, aber die Männer verbleiben im Lager und machen nur allgemeine Übungen. Am Tag vor unserem Aufbruch liegt es an mir, sie zu überreden, dann werden wir sehen. Meine Herren, wegtreten.»

«Ich glaube nicht, dass er es schafft», sagte Magnus zu Vespasian, als sie vor dem Tor zum Lager der II Augusta standen.

«Wir werden sehen.»

«Meint Ihr? Also ich glaube, wir werden ein Fiasko erleben. Ich habe mit vielen der Jungs gesprochen, und sie wollen nicht gehen. Sie haben eine scheiß Angst, weil sie Geschichten von ein paar Altgedienten gehört haben, Jungs, die, nachdem sie ihren Dienst abgeleistet hatten, noch einmal in die Legionen eingetreten sind. Nicht wenige von denen in der Vierzehnten Gemina waren mit dabei, als Germanicus' Flotte damals vor siebenundzwanzig Jahren auf dem Rückweg aus Germanien in diesen Sturm geriet. Sie sind an der britannischen Küste gestrandet, und sie erzählen Geschichten von Wesen, die halb Mensch, halb Fisch waren, und von Geistern und was weiß ich. Das gefällt den Jungs nicht, Herr, ganz und gar nicht.»

Vespasian betrachtete die Gesichter der Legionäre, die in Kohorten durch das Tor hinausmarschierten, um mit den anderen Legionen und Auxiliarkohorten auf dem ebenen Gelände zwischen dem Hafen und den fünf umgebenden riesigen Lagern zu exerzieren. Das fünfte war von Asiaticus' neu eingetroffenen Verstärkungstruppen errichtet worden: zwei Kohorten Prätorianer, vier Kohorten der Legio VIII und Auxiliartruppen – sogar Elefanten waren dabei –, die Claudius offiziell aus Rom mitbringen würde. «Sie sehen allerdings verdrossen aus, gelinde gesagt.»

«Verdrossen! Ich würde sagen, die sehen aus, als ob ihnen das Ganze mächtig stinkt und ihnen nach Meuterei zumute ist.»

«Vielleicht, wir werden sehen», murmelte Vespasian, doch insgeheim musste er seinem Freund beipflichten.

Bislang hatte er keinen Grund gehabt, seine Meinung zu ändern. In den ersten paar Tagen nach Plautius' Befehlsausgabe stand die Disziplin in den Lagern am Rand des Zusammenbruchs. Die Centurionen und ihre Optiones hatten alle Mühe, ihre Männer im Zaum zu halten, damit es nicht zu einer ausgewachsenen Rebellion kam. Vespasian selbst musste zwei Hinrichtungen befehlen, mehr als ein Dutzend Männer auspeitschen und unzählige mit dem Rebenstab prügeln lassen, und es kam ihm vor, als wären ständig mehr Soldaten zum Latrinendienst abkommandiert, als überhaupt die Latrinen benutzten. Doch neuerdings beruhigten sich die Männer, und in die Truppe kehrten wieder Disziplin und Zusammenhalt ein. Die Bestrafungen wurden weniger, Exerzieren und Instandhaltung der Ausrüstung nahmen ihren Fortgang. Doch auch wenn die Moral der Männer gestiegen war, bezweifelte Vespasian, dass sie ausreichen würde, damit Aulus Plautius in ein paar Stunden eine Chance hätte, sie zum Einschiffen zu bewegen.

Ein Gutes hatte die Verzögerung: Er konnte mehr Zeit mit Caenis verbringen. Zwar waren sie tagsüber beide mit ihren jeweiligen Pflichten ausgelastet, doch die Nächte gehörten ihnen, und die kosteten sie voll aus. Außerdem erfuhr Vespasian von Caenis viel über Narcissus' Laune, und es war klar, dass Plautius nicht als Einziger leiden würde, wenn die Invasion nicht in Gang kam. Narcissus würde seine Drohung wahr machen, allen beteiligten Offizieren die Karriere zu ruinieren. Ob auch Narcissus' eigener Status auf dem Spiel stand, konnte Caenis nicht mit Gewissheit sagen. Sie vermutete es jedoch, denn sie war sich sicher, dass sowohl Pallas als auch Callistus das Scheitern gegen ihn verwenden würden, ebenso wie Messalina, falls und wenn sie erführe, was ihr Bruder argwöhnte. Es schien Vespasian, als hätte Narcissus möglicherweise ebenso viel zu verlieren wie Plautius, wenn diese Versammlung nicht gut verliefe. Jetzt wäre ein passender Zeitpunkt, den Adler zu finden.

Diese Gedanken gingen ihm durch den Kopf, während er zusah, wie seine Männer aufmarschierten, um in Reih und Glied neben den zwei Kohorten der Prätorianergarde auf dem Ehrenplatz gegenüber dem Podium Aufstellung zu nehmen. Als sie in Position waren und er ihren Gruß entgegengenommen hatte, ging er an seinen Platz bei Sabinus und den übrigen Legati und Auxiliarpräfekten neben dem Podium, von dem aus Plautius zu den Männern sprechen würde. Zahlreiche Herolde standen auf dem Gelände verteilt, um seine Worte weiterzugeben.

Plautius erschien, sobald die letzte Einheit Aufstellung genommen hatte. Wie es ihm als Prokonsul zustand, marschierten ihm elf Liktoren voraus, sodass Narcissus, der neben ihm ging, mit seinem Gefolge aus nur zwei Sklaven ein wenig albern wirkte. An den Stufen zum Podium ließ Plautius den Freigelassenen stehen und stieg hinauf, während seine Liktoren sich davor aufbauten und ihre Fasces präsentierten, Symbole für die Macht Roms, die er in seinen Händen hielt: die Macht, zu befehlen und die Todesstrafe zu verhängen.

Von irgendwoher aus den Reihen der Männer, deren eiserne Rüstungen in der warmen Morgensonne glänzten, ertönte ein Kommando, und sie grüßten lautstark ihren obersten Befehlshaber, wenn auch nicht mit der gleichen Begeisterung, wie Vespasian es früher erlebt hatte.

Nach ein paar Augenblicken – wohlweislich, bevor die Huldigungen von selbst verstummten – gebot Plautius mit erhobenen Händen Ruhe. «Soldaten Roms, ich stehe hier vor euch nicht nur als euer Feldherr, sondern auch als euer Bruder. Als euer Feldherr werde ich euch anführen, als euer Bruder jedoch werde ich all die Härten, die uns bevorstehen mögen, mit euch gemeinsam durchmachen. Als Soldat weiß ich, dass Härten ebenso zu eurem Leben gehören wie Siege – und siegen werden wir. Doch wir müssen ausziehen, um diesen Sieg zu erringen, wir können ihn uns nicht verdienen, wenn wir hier in unseren Zelten bleiben.»

Plautius legte eine Pause ein, damit die Herolde seine Worte durch die riesige Menge weitergeben konnten, aus der Standarten und Banner hochgehalten wurden und zuvorderst die Adler der vier Legionen. Vespasian musterte die

Gesichter der Legionäre, die ihm am nächsten waren. Ihre Mienen stimmten ihn nicht hoffnungsvoll.

«Ich verstehe eure Angst», fuhr Plautius fort. «Das Unbekannte schreckt euch. Aber Britannien ist nicht unbekannt. Unsere Armeen waren vor fast hundert Jahren bereits dort, und sie sind zurückgekehrt! Und als sie zurückkehrten, erzählten sie nicht von seltsamen Ungeheuern und bösen Geistern, sondern von Menschen – Menschen, die man besiegen konnte. Sie kehrten mit Tributzahlungen und Verträgen zurück.»

«Mir scheint, er fängt die Sache verkehrt an», flüsterte Sabinus Vespasian zu, während die Worte über das Gelände weitergegeben wurden. «Sie scheren sich einen Dreck um Tributzahlungen und Verträge, sie wollen Beute und Frauen.»

«Beides kann er ihnen aber nicht in Aussicht stellen. Wenn wir die Stämme befrieden wollen, müssen wir sie in der Schlacht schlagen, dann ihre Kapitulation annehmen und sie uns zu Verbündeten machen oder wenigstens neutral halten, damit wir weiter nach Westen marschieren können, ohne ständig Angst haben zu müssen, dass sie uns in den Rücken fallen.»

Wie um Sabinus' Worte zu bekräftigen, wurde in den Reihen vor ihnen ein Murren laut. Tributzahlungen und Verträge konnten die Männer nicht begeistern.

Ein beunruhigter Ausdruck huschte über Plautius' Gesicht, als er fortfuhr: «Deshalb appelliere ich an euch, Soldaten Roms: Lasst euch nicht durch unbegründete Angst von ruhmreichen Eroberungen abhalten. Ich kenne bereits persönlich die Tapferkeit der Neunten Hispana und ihrer Au-

xiliartruppen aus unserer gemeinsamen Zeit in Pannonien.»
Halbherziger Jubel erhob sich aus dieser Legion und den
angeschlossenen Kohorten. «Und ich kenne die Tapferkeit
der Zweiten, Vierzehnten und Zwanzigsten und ihrer angeschlossenen Auxiliartruppen, welche die Grenze unseres
Imperiums am Rhenus verteidigt haben, aus den Berichten,
die ich las, als mir das Kommando über diese Expedition
übertragen wurde. Ich freue mich darauf, mich persönlich
davon zu überzeugen.» Aus der übrigen Armee erhob sich
kein solcher Jubel, stattdessen wurde das Murren lauter, und
die Soldaten begannen, die Schäfte ihrer Pila auf den Boden
zu stoßen. Centurionen brüllten ihre Männer an, um dem
Einhalt zu gebieten, jedoch vergebens. Nur die Prätorianer blieben reglos stehen. Plautius schaute mit ängstlichem
Blick zu Narcissus hinunter und nickte dem Freigelassenen
zu. Narcissus gab den Prätorianerkohorten ein Zeichen,
dann wandte er sich den Stufen zum Podium zu. Aus den
Reihen der Prätorianer traten zwei Mann vor, die eine große
hölzerne Truhe trugen. Überall in der versammelten Armee bildete sich aus dem Stampfen der Pila ein einheitlicher
Rhythmus heraus.

Vespasian war ebenso angespannt wie die Befehlshaber
um ihn herum.

«Was kann dieser hinterhältige Dreckskerl schon Hilfrei-
ches tun?», murmelte Sabinus in den anschwellenden Lärm
hinein.

«Ich nehme an, er setzt alles auf einen Wurf», erwiderte
Vespasian, als Narcissus neben Plautius der Armee gegen-
übertrat. «Mit dem Würfel, für den wir unser Leben riskiert
haben.»

Die beiden Prätorianer hoben ihre Last auf das Podium und kehrten zu ihrer Einheit zurück. Das rhythmische Stampfen wurde lauter, und da und dort waren über den Lärm Rufe auszumachen: «Nein!» und «Wir gehen nicht!».

Narcissus kniete nieder, um die Truhe zu öffnen, und griff hinein.

Die Armee wurde immer lauter, mehr und mehr Männer riefen ihre Weigerung zu gehen. Centurionen und Optiones, vierzigfach in der Unterzahl, konnten nicht verhindern, dass die Situation eskalierte, und so standen sie wütend da, ohnmächtig angesichts solch massenhaften Ungehorsams.

Narcissus richtete sich wieder auf, in beiden Händen eine Holzstange, deren anderes Ende noch in der Truhe verborgen war. Mit einem Schwung richtete er die Stange auf und hielt den Adler der XVII in die Höhe.

Die vordersten Reihen der beiden mittleren Legionen hörten zuerst auf, mit ihren Pila aufzustampfen. Die Stille breitete sich zu den beiden äußeren Legionen und durch die Reihen weiter nach hinten aus bis zu den Auxiliarkohorten im Hintergrund. Bald waren alle Blicke auf das Symbol Roms gerichtet, das vor ihnen hochgehalten wurde.

«Euer Kaiser hat für euch Roms gefallenen Adler wieder aufgerichtet», rief Narcissus schrill, sobald er sich Gehör verschaffen konnte. «Er gibt euch den Adler der Siebzehnten zurück!» Die Herolde wiederholten seine Worte durch die Reihen der nunmehr schweigenden Soldaten. Dann brachen die Prätorianerkohorten in Jubel aus, den die Legionen zu beiden Seiten aufnahmen. Wie eine Welle lief er von Kohorte zu Kohorte durch die Armee, nur hundert Schritt hinter den Rufen der Herolde, bis jeder Mann wusste, was er da vor sich sah, und seine Begeisterung ebenso laut hinausschrie wie die Kameraden in den vorderen Reihen.

Vespasian und die anderen Befehlshaber stimmten von ganzem Herzen in den Beifall ein, der ebenso dem wiedererrungenen Adler galt wie der theatralischen Inszenierung, mit der Narcissus das Blatt gewendet hatte. Plautius wandte sich dem goldenen Bildnis zu, das über der Invasionsstreitmacht schwebte, und grüßte es, indem er scheppernd einen Arm gegen die Brust schlug und Haltung annahm. Überall in den Legionen ahmten Centurionen seine Geste nach und brüllten ihre Männer an, das Gleiche zu tun. Binnen weniger Herzschläge reckten sich vierzigtausend Fäuste, die Pila umklammert, dem Adler entgegen, während die Prätorianer einen Sprechchor anstimmten: «Ave, Caesar!» Bald fielen alle mit ein, und die einstimmigen Rufe waren ohrenbetäubend.

Narcissus reckte im Takt dazu den Adler in die Höhe und ließ die Männer brüllen, bis sie heiser wurden. Als der Sprechchor allmählich schwächer wurde, ließ er den Adler sinken und übergab ihn mit dramatischer Geste Plautius, der ihn küsste und dann in der linken Hand hielt, während er mit der rechten Ruhe gebot. «Die treuen Soldaten des Kaisers danken ihm für dieses Geschenk», rief er, als der Lärm erstarb.

«Es ist dem Kaiser eine Freude, seine tapferen Legionen und Auxiliartruppen mit einer solchen Gabe auszuzeichnen», erwiderte Narcissus und wandte sich den Truppen zu, während seine Worte durch die Reihen weitergegeben wurden. Als der letzte Herold geendet hatte, fuhr Narcissus fort: «Der Kaiser hat dies für euch getan – werdet ihr jetzt tun, was er wünscht? Werdet ihr, freigeborene Soldaten Roms, euch nun einschiffen?»

Schweigend starrte die gesamte Armee auf den Freigelassenen des Kaisers, der im Namen seines Herrn an sie appellierte.

Vespasian fühlte, wie sein Herz klopfte.

«Io Saturnalia!», ertönte plötzlich eine Stimme aus der Menge.

Vespasian fühlte zwei weitere Herzschläge, dann hörte er Gelächter, laut und ausgelassen, und dazwischen immer wieder den fröhlichen Ausruf «Io Saturnalia!». Der Ruf breitete sich rasch aus, bis alle Anwesenden lachten, alle außer Narcissus, der dastehen und sich verspotten lassen musste als der Sklave beziehungsweise Freigelassene, der während der Saturnalien für einen Tag die Kleider seines Herrn tragen und in dessen Haus das Kommando führen durfte. Er warf einen hilfesuchenden Blick zu Plautius, doch der hütete sich, die Männer zur Ordnung zu rufen, jetzt, da sich die Spannung vieler Tage entlud.

«Sie haben also tatsächlich die Saturnalien ausgedehnt, ohne uns Bescheid zu sagen», stellte Sabinus lachend fest.

«Offensichtlich!», erwiderte Vespasian, der Narcissus' Schmach ebenso genoss wie den Stimmungsumschwung der Armee. «Und es hat die Jungs in Festtagslaune versetzt. Ich glaube, nach dem hier werden sie für einen Ausflug zu haben sein.»

XV

W o verdammt noch mal sind wir?», grummelte Magnus und spähte in den dichten Nebel, der sie umfing, als sie eine Stunde vor Tagesanbruch erwachten.

Vespasian biss von einem Stück Brot ab. «Ich würde annehmen, an derselben Stelle, wo wir gestern Abend unser Lager aufgeschlagen haben: an einem Weg etwa drei Meilen vor Cantiacum. Es sei denn, einer dieser britannischen Götter wäre in der Nacht auf die Erde herabgestiegen und hätte tausend Mann an irgendeinen unliebsamen Ort versetzt.»

«Auf dieser Insel ist alles unliebsam.»

«Das stimmt nicht. Dieser Weg ist mir ganz lieb, er wird uns direkt nach Cantiacum führen. Unliebsam ist allerdings der Nebel und auch die Tatsache, dass Adminius' Unterhändler noch nicht zurückgekehrt sind und mit ihm selbst nicht vor der zweiten Stunde des Tages zu rechnen ist. Ich muss wissen, wie die Stimmung in der Stadt ist, ehe ich blindlings vorrücke, sonst fällt uns noch jemand in die Flanke. Patrouillen zu unserem Schutz kann ich nicht ausschicken, weil der Weg gleich westlich von hier durch Sumpfland führt.»

«Na also, da habt Ihr's: Das ist unliebsam.»

«Für die Briten nicht. Adminius hat mich gewarnt, ich

375

solle mich nicht zu sicher fühlen, wenn meine Flanke durch Sümpfe geschützt ist. Die Einheimischen können sich darin bewegen, sogar im Nebel. Und ich will vermeiden, dass mir der Gegner in die Flanke fällt, wenn ich nirgendwohin ausweichen kann außer in einen Sumpf. Denk daran, wie es Varus ergangen ist.»

«Dann warten wir also?»

«Ja, mein alter Freund, wir müssen warten, bis der Nebel sich lichtet. Aber jede Stunde Verzögerung ist eine Stunde, die die Briten gewonnen haben, um sich vorzubereiten. Hoffentlich kommen Adminius' Leute bald zurück, dann wissen wir mehr. Wir sehen uns später.» Vespasian wandte sich ab und ging durch das Tor zurück ins Marschlager.

Er suchte sich einen Weg zwischen Grüppchen frierender Legionäre hindurch, die bei einem kargen Frühstück kauerten, da es unter diesen Umständen unmöglich war, Lagerfeuer zu entzünden. Sie murrten darüber, dass sie die Nacht unter dem wolkenverhangenen Himmel hatten verbringen müssen, nur mit einer Decke zum Schutz vor der Witterung, und senkten nicht die Stimmen, wenn er vorbeiging. Vespasian fand es unter seiner Würde, die Klagen zu beachten, nahm sich jedoch vor, den Maultiertross mit ihren Lederzelten ausfindig zu machen, der mit der dritten Welle der Invasion in Rutupiae gelandet war.

Die Landung selbst war gänzlich ereignislos verlaufen, da sie auf keinerlei Widerstand gestoßen waren – genau wie sie es in ihren Gebeten bei zahlreichen Opfern erfleht hatten, ehe die Flotte um Mitternacht ausgelaufen war. Auch wenn die Lebern der Opfertiere darauf hingedeutet hatten, dass die Götter ihrem Vorhaben hold waren, und die heiligen

Hühner ihre Körner in einer Weise aufgepickt hatten, die Gutes verhieß, war ein Moment gekommen, da sie alle geglaubt hatten, die Götter hätten sie verlassen. Auf der Hälfte der Überfahrt hatte der Wind aufgefrischt und gedroht, sie zurück nach Gallien zu wehen. Ein paar Stunden lang war das Licht von Caligulas gewaltigem Leuchtturm in Gesoriacum, mit dem er dem Pharos von Alexandria nachgeeifert hatte, wieder größer geworden, ganz gleich, wie sehr die Ruderer sich angestrengt hatten. Doch schließlich stimmte eine strahlende Sternschnuppe, die westwärts in die Richtung ihres Eroberungszuges über den Nachthimmel flog, sie wieder zuversichtlich. Wenig später flaute der Wind ab, sodass ihre Mägen sich beruhigen konnten, nachdem die Decks schon voll mit Erbrochenem waren, und als der Morgen dämmerte, lag die Küste Britanniens gut sichtbar vor ihnen. Und sie war menschenleer. Plautius' Vorhersage hatte sich bestätigt: Die Armee der Briten hatte sich wieder zerstreut, keine dunkle Horde folgte ihnen die Küste entlang nach Norden, um sie an der Landung zu hindern.

Plautius ging als Erster an Land und löste damit das Versprechen ein, das er seinen Männern gegeben hatte, nachdem sie am Vortag ihre Heiterkeit endlich wieder hatten zügeln können. Da ihnen nicht bewusst gewesen war, wie die Politik in Rom sich entwickelte, war es ihnen als verkehrte Welt erschienen, dass die Wünsche des Kaisers durch seinen Freigelassenen übermittelt wurden. Als Plautius dann abschließend an ihre Ehre appellierte, fügten sie sich ihm unter gewaltigem Jubel. Vespasian nahm an, sie waren einfach froh, dass die natürliche Ordnung wiederhergestellt war und ein General von hoher Geburt ihnen Befehle erteilte – auch wenn das Wiedererscheinen des Adlers sichtlich Eindruck auf sie machte, ebenso wie Plautius' Versprechen einer Siegesprämie von zehn Denar für jeden Mann.

Sie hatten unverzüglich damit begonnen, das Lager abzubrechen und sich einzuschiffen, was ihnen dank monatelanger Übung reibungslos gelungen war. Zwölf Stunden später, mit dem Gezeitenwechsel, stach die erste Welle in See. Vespasian und Sabinus brachen eine Stunde später mit der zweiten Welle auf in der Hoffnung, bald nach dem Morgengrauen am Landeplatz zu sein. Doch der ungünstige Wind verzögerte ihre Überfahrt, und so war es Mittag, ehe die II Augusta polternd über die Landebrücken auf den Strand hinunterlief und auf dem knirschenden Kies Aufstellung nahm, wie sie es so viele Male geübt hatte. Vespasian gestattete seinen Männern, eine kalte Mahlzeit aus Brot und getrocknetem Schweinefleisch zu sich zu nehmen, ohne allerdings ihre Formation aufzulösen, während Paetus' berittene Späher zum Kundschaften auszogen. Als sie eine Stunde später zurückkehrten, berichteten sie, zwischen dem Strand und Cantiacum sei nichts weiter zu sehen als ein paar verlassene Bauernhöfe, in denen die Asche der Herdfeuer noch glomm – die Briten hatten sich zurückgezogen. Plautius gab den Befehl zum Vormarsch.

Sabinus führte seine Legion gen Süden, und Vespasian zog mit der II Augusta, begleitet von Adminius und den anderen Exilanten, über einen vielbegangenen Weg westwärts, während die dritte Welle Schiffe am Horizont hinter der Insel erschien, die jetzt Corvinus mit der VIIII besetzt hielt.

Nach dreistündigem Marsch ließ Vespasian auf Adminius' Rat hin auf dem letzten Stück trockenen Geländes vor einem Abschnitt tiefgelegenen Sumpflands zwischen zwei Flüssen anhalten. So blieb den Männern vor Einbruch der Nacht noch genügend Zeit, das riesige Marschlager zu errichten, das eine solch große Truppe benötigte. Adminius' Unterhändler setzten ihren Weg nach Cantiacum fort, um die Stimmung in der Stadt auszuloten und falls nötig um ihre Kapitulation zu verhandeln. Währenddessen ging Adminius selbst zu der Zusammenkunft mit seinen treuen Verwandten an einem Ort weiter nördlich, unweit der Flussmündung. Vespasian hatte gehofft, die Unterhändler würden vor der Dunkelheit zurückkehren, doch jetzt, zwölf Stunden später, waren sie noch immer fort. Das ist das einzig Besorgniserregende im ansonsten bemerkenswert reibungslosen Ablauf der Operation, dachte Vespasian, während er sich jetzt dem Prätorium näherte – das und der Nebel.

«Guten Morgen, Herr», grüßte ihn Mucianus, als er das Prätorium betrat, das natürlich nur durch Markierungen auf dem Boden abgegrenzt war, denn ihr Gepäck hatte sie noch nicht eingeholt. Der Adler der Legion und die Standarten der Kohorten standen an einem Ende, bewacht von einem *Contubernium*, einer Einheit aus acht Mann. «Ich habe eben die mündlichen Berichte von den ranghöchsten Centurionen sämtlicher Kohorten sowohl der Legionen als auch der Auxiliartruppen erhalten: Wir sind weniger als hundert Mann unter unserer vollen Truppenstärke, und die Stimmung unter den Jungs ist gut, abgesehen davon, dass sie frieren, es nass ist und sie eine warme Mahlzeit brauchen.»

«Und zweifellos auch eine warme Frau?»

Mucianus grinste. «Das sowieso, Herr. Ich wollte nicht Eure Zeit damit vergeuden, Euch das zu berichten.»

«Danke für Eure Rücksichtnahme, Tribun, ich werde sie in meinem Bericht an Plautius erwähnen. Sagt Maximus, er soll Adminius zu mir bringen, sobald der ins Lager zurückkehrt.»

«Ja, Herr.»

Mucianus verließ das Prätorium. Vespasian setzte sich auf die klamme Decke, die in den wenigen Stunden Schlaf, die er bekommen hatte, sein einziger Schutz gewesen war, zog seinen Mantel fest um die Schultern und kaute an seinem Brotkanten. Dabei überdachte er, welche Optionen er hätte, falls Adminius' Männer nicht zurückkehren sollten.

Maximus, der Lagerpräfekt, näherte sich mit Adminius der Stelle, wo der Eingang zum Zelt gewesen wäre, und stand stramm. Vespasian schrak aus seinen Gedanken auf. «Bitte um Erlaubnis einzutreten, Herr.»

Vespasian winkte die beiden heran und erhob sich. «Haben sich Eure Leute unterworfen, Adminius?»

Adminius winkte ab. «Ja, aber das macht nur ein paar tausend Krieger aus.»

«Immerhin ein paar tausend Schwerter weniger, die uns in den Rücken fallen könnten.»

Adminius knurrte eine widerstrebende Zustimmung. «Aber es tat gut, sie nach fünf Jahren Exil wiederzusehen.»

«Das kann ich mir denken. Und, was denkt Ihr bezüglich Eurer Unterhändler?»

«Sie werden sehr bald zurückkehren, Legatus, sie müssen kurz nach Tagesanbruch aufgebrochen sein.»

«Wieso hat es so lange gedauert?»

«Sie haben getrunken.»

«Getrunken?»

«Ja, offenbar haben sie mit den Ältesten über die Kapitulation der Stadt verhandelt, sonst wären sie schon zurück – oder tot. Bei uns besiegelt man einen solchen Handel, indem man die ganze Nacht miteinander trinkt.»

«Und woher wisst Ihr, dass sie nicht ermordet wurden?»

«Wenn die Ältesten entschieden hätten, sie zu töten, hätten sie einen lebend zurückgeschickt, mit herausgeschnittener Zunge zum Zeichen dafür, dass die Verhandlungen beendet sind.»

«Dann können wir uns der Stadt also gefahrlos in Kolonne nähern, da das Sumpfland es uns unmöglich macht, in Gefechtsordnung anzurücken?»

Der Exilkönig nickte.

Vespasian hatte seine Entscheidung getroffen. «Maximus, sagt Paetus, er soll ein paar Turmae ein Stück den Weg entlang vorausschicken, sie sollen sich in einer Stunde wieder melden. Die Männer werden inzwischen das Lager abbrechen. Ich will, dass sie bereit zum Abmarsch sind, sobald sich der Nebel genügend lichtet, dass man hundert Schritt weit sehen kann. Wir liegen bereits hinter unserem Zeitplan zurück, wir haben keinen Augenblick mehr zu verlieren.»

Maximus machte kehrt und bellte dem diensthabenden Bucinator vor dem Prätorium einen Befehl zu; der setzte sein Horn an den Mund und blies ein Signal aus fünf Tönen. Seine Kollegen bei den Kohorten nahmen das Signal auf, unsichtbar im Nebel, dann ertönten die Rufe von Centurionen und Optiones, die ihre Männer von den Resten ihres kalten Frühstücks aufschreckten. Bald hörte Vespasian von allen Seiten die vom Nebel gedämpften Geräusche einer Legion, die sich marschbereit machte. «Adminius, begleitet mich zum Tor. Ich will mit Euren Leuten sprechen, sobald sie eintreffen.»

Magnus war noch dort und unterhielt sich mit dem Centurio der Wache, als sie ankamen. «Ich dachte, Ihr wolltet nicht losmarschieren, ehe der Nebel sich verzieht oder Ihr wisst, ob die Stadt uns gehört oder nicht, Herr.»

«Es ist ein kalkuliertes Risiko, das ich eingehen muss. Plautius wird mich in Stücke reißen, wenn ich nicht bald nach Cantiacum komme, ich bin ohnehin schon spät dran.»

«Ja, aber das ist nicht Eure Schuld. Erst sind wir gestern verspätet gelandet und konnten bis zum Abend nicht die vorgesehene Strecke zurücklegen, und dann das hier.» Er wedelte mit der Hand durch die Nebelschwaden.

Vespasian sah Magnus mit hochgezogenen Augenbrauen an.

«Ach, wie dumm von mir. Wir sind bei der Armee. Natürlich ist es Eure –»

Der Ruf eines Wachpostens unterbrach ihn. Zwanzig Schritt voraus zeichneten sich die Umrisse von Reitern im Nebel ab.

«Sind das Eure Männer, Adminius?», fragte Vespasian zutiefst erleichtert.

«Ja, Legatus. Ich werde mit ihnen sprechen.»

Adminius ging seinen Gefolgsleuten entgegen, um sie zu begrüßen. Zugleich ritten zwei Turmae von Paetus' Bataviern, angeführt von Ansigar, aus dem Tor. Der Decurio grüßte Vespasian und winkte Magnus fröhlich zu, ehe er im Nebel verschwand.

Adminius' Männer saßen ab, und nachdem sie ein paar Worte mit ihrem König gewechselt hatten, gingen sie auf

Vespasian zu. Ihre Augen waren blutunterlaufen, und sie stanken nach Alkohol.

«Wir können in die Stadt einmarschieren, Legatus», teilte Adminius ihm mit. «Die Ältesten werden die Tore öffnen.»

«Ich bin erleichtert, das zu hören.»

«Es gibt allerdings ein Problem.»

Vespasians Lächeln erstarb. «Was?»

«Ja, viele der jungen Krieger waren mit der Entscheidung der Ältesten nicht einverstanden. Etwa tausend sind in der Nacht verschwunden, um sich Caratacus in der größten Siedlung der Atrebaten südwestlich des Afon Cantiacii anzuschließen. Er wird noch heute Abend erfahren, dass wir hier sind.»

Vespasian schloss die Augen. «Plautius wird mich kreuzigen.»

«Warum verdammt noch mal habt Ihr sie nicht aufgehalten und getötet, Legatus?», fuhr Plautius ihn an, als Vespasian seinem General bei dessen Ankunft in Cantiacum zwei Tage später die peinliche Meldung machte.

Vespasian zuckte zusammen, so heftig war der Wutausbruch. «Wir hatten am ersten Tag keine Zeit mehr, bis zur Stadt zu marschieren, Herr. Zwei Stunden vor Sonnenuntergang hatte ich die Wahl, das Lager aufschlagen zu lassen oder meine Männer durch drei Meilen Sumpfland zu führen, aus dem das hintere Ende der Kolonne erst lange nach Einbruch der Dunkelheit wieder hinausgekommen wäre.»

«Aber dann wäret Ihr im Zeitplan gewesen! Und Ihr hättet die Stadt umzingeln und sämtliche langhaarigen Wilden, die etwas gegen uns hatten, töten können. Doch stattdessen habt Ihr das denkbar Schlechteste getan: Ihr habt eine Abordnung in die Stadt geschickt, um zu verkünden, dass wir morgen ankommen, und die Ältesten dazu zu bewegen, sich auf unsere Seite zu stellen, sodass all die jungen Heißsporne genügend Zeit hatten, sich nach Westen davonzumachen, wo sie Caratacus' Streitmacht verstärken. Schwachkopf!»

«Ja, Herr», gestand Vespasian, innerlich glühend vor Scham. Nicht nur, weil ihm selbst klarwurde, welch kapitalen Fehler er begangen hatte, sondern auch, weil Corvinus und Geta sichtlich belustigte Zeugen dieses öffentlichen Rüffels waren. Nur Sabinus zeigte keine Reaktion, während Plautius in seinem Zelt auf und ab ging. Der Regen trommelte auf das Dach und nahm mit jeder Windbö zu und ab. Der muffige Geruch feuchter Wollkleidung hing in der Luft.

«Im Krieg kann eine Verzögerung tödlich sein, Legatus», fuhr Plautius fort, nachdem er sich wieder etwas gefasst hatte. «Lest nur Caesar noch einmal, wenn Ihr verstehen wollt, wie entscheidend es ist, durch schnelles Handeln die Initiative zu ergreifen.»

«Ja, Herr.»

«Warum habt Ihr keine Kavallerie hinter ihnen hergeschickt, sobald Ihr davon erfahren hattet?»

«Der Nebel war –»

«Der Nebel! Wir alle hatten Nebel. An den verdammten Nebel werdet Ihr Euch in diesem feuchten Arschloch der Welt gewöhnen müssen. Hättet Ihr sofort Kavallerie ausgeschickt, dann wären sie den Hurensöhnen zumindest auf den Fersen gewesen, wenn sich der Nebel endlich gelichtet hätte. Verdammt noch mal, die waren zu Fuß unterwegs!»

«Ja, Herr. Es tut mir leid, Herr.»

Plautius starrte Vespasian eine Weile lang finster an, dann stieß er einen tiefen Seufzer aus. «Nun, jetzt ist es geschehen, und tausend Mann sind keine so riesige Zahl, wenn man das große Ganze betrachtet. Aber lasst Euch das eine Lehre sein, Vespasian: Wenn ich Euch das nächste Mal einen Befehl erteile, dann befolgt Ihr ihn, es sei denn, Ihr könnt mir den Beweis dafür erbringen, dass Jupiter persönlich auf die Erde herabgestiegen ist, Euch kastriert und Euch die Augen ausgestochen hat, um Euch daran zu hindern. Denn wenn nicht, werde ich genau das tun. Habt Ihr mich verstanden?»

Wieder zuckte Vespasian zusammen. «Jawohl, Herr!»

«Gut. Setzt Euch.»

Vespasian nahm wieder neben Sabinus Platz. Geta und Corvinus wechselten einen belustigten Blick.

«Hört auf zu feixen», knurrte Paetus sie an und nahm an seinem Schreibtisch Platz. «Ich nehme an, das wird nicht der letzte Fehler sein, der bei dieser Unternehmung passiert, aber ich bin mir sicher, es wird der letzte sein, den Vespasian begeht. Und nun zur Sache, meine Herren.» Er entrollte ein Schriftstück und studierte es kurz, ehe er sich wieder an seine Untergebenen wandte. «Bislang ist das Ganze einigermaßen reibungslos verlaufen. Ich fasse zusammen: Sabinus hat im Süden praktisch niemanden angetroffen, wir haben den Hafen bei den weißen Klippen unter unsere Kontrolle gebracht, und die Marine hat damit begonnen, ihn auszubauen. Wir haben eine große Schwadron in der Mündung des Tamesis nördlich von uns, Rutupiae ist gesichert, und die Arbeiten an dem Hafen haben begonnen. Die Neunte hat Getas Lager besetzt und bereits zwei Meilen provisorischer Straße von dort in unsere Richtung gebaut. Adminius agiert als unsere Marionette und hat uns die Treue der hiesigen Unterstämme und einer zivilen Verwaltung gesichert, die unter Sentius' wachsamem Auge eingerichtet wird. Unsere berittenen Patrouillen berichten, dass zwischen uns und dem Afon Cantiacii keine größere feindliche Streitmacht steht, und die Brücke ist noch intakt. Da wir also nicht damit rechnen müssen, dass uns jemand in den Rücken oder in die Flanke fällt, werden wir sofort den Vormarsch nach Westen beginnen. Ich will, dass Eure Legionen zwei Stunden nach dem Ende dieser Besprechung marschbereit sind, ist das klar?»

«Jawohl, Herr!», antworteten alle vier Legati zugleich.

«Gut. Das war der einfache Teil. Von nun an haben wir das Überraschungsmoment nicht mehr auf unserer Seite, und die Briten kennen die Gegend viel besser als wir. Wir werden in breiter Front vorrücken, schnell, aber ohne zu großen Schaden auf den Feldern anzurichten. Ich will, dass hinter uns eine gute Ernte heranreift, schließlich sollen diesen Winter weder unsere Jungs hungern noch die Stämme, die sich uns ergeben. Sabinus' Vierzehnte marschiert in der Mitte. Zwischen uns und dem Fluss liegt überwiegend sanftes Hügelland, wir brauchen also nicht von unserer geraden Route abzuweichen, es sei denn, dass Feinde auftauchen. Eure Auxiliartruppen werden vorausreiten, um zu kundschaften.

Geta, Eure Zwanzigste übernimmt die rechte Flanke. Ihr entfernt Euch nicht weiter als zwei Meilen von Sabinus. Eure Aufgaben sind zweierlei: erstens zu verhindern, dass irgendetwas an dieser Flanke vorbeigelangt, und zweitens

Kontakt zu der Schwadron in der Mündung zu halten, die uns versorgt. Eure Auxiliartruppen werden reichlich zu tun haben.

Vespasian, Eure Zweite bildet unsere linke Flanke. Ihr rückt am nördlichen Rand dieser Hügel vor, und Eure Auxiliartruppen übernehmen das höher gelegene Gelände. Ich will regelmäßig Berichte von der Südseite. Niemand darf sich an uns vorbeischleichen.

Corvinus, die Neunte deckt uns den Rücken. Zwei Eurer Auxiliarkohorten bleiben in Rutupiae und bauen das Lager zu einem dauerhaften Kastell aus. Zwei andere arbeiten weiter an der Straße. Ich will nichts Großartiges, wir bauen eine richtige, wenn wir die Zeit und die Sklaven dazu haben. Vorerst genügt es, wenn Fuhrwerke darüberfahren können. Ich will, dass Eure Alae Patrouillenritte im Süden unternehmen, damit die Einheimischen merken, dass wir da sind, und sich an uns gewöhnen. Die Legion und die übrigen Kohorten folgen uns in einem halben Tagesmarsch Abstand für den Fall, dass jemand versucht, uns in den Rücken zu fallen.

Ihr alle nehmt Euer eigenes Gepäck mit, jetzt, da es uns eingeholt hat. Der Belagerungstross und das übrige schwere Gerät zieht mit der Neunten. Noch Fragen, meine Herren?»

«Muss die Neunte immer die Nachhut bilden?», fragte Corvinus in unverhohlen spöttischem Ton.

«Ihr habt mich gefälligst mit ‹Herr› oder ‹General› anzureden, Legatus!», fuhr Plautius ihn an und schlug mit der Faust auf den Tisch. «Dass Ihr der Bruder der Kaiserin seid, bedeutet nicht, dass Ihr hier über mir steht. Dies ist eine Armee in einem Kriegsgebiet, keine Essensgesellschaft auf dem Palatin. Habt Ihr mich verstanden, Mann?»

Corvinus fuhr angesichts der Heftigkeit dieser Rüge beinahe sichtbar zurück. Seine Kiefermuskeln arbeiteten. «Jawohl, General», antwortete er schließlich.

«Das ist das zweite Mal in kurzer Zeit, dass Ihr meine Anweisungen in Frage gestellt habt. Ein drittes Mal wird es nicht geben. Die Neunte wird tun, was ihr befohlen wird. Bis zum Fluss bildet sie die Nachhut, aber wenn wir den Tamesis erreichen, wird sie die am wenigsten erschöpfte Legion sein, und dann wird sie hart kämpfen müssen. Wenn wir die Furt durch den Tamesis gesichert haben und auf Claudius warten, wird Eure Legion südwärts ziehen, Verica auf seinen Thron setzen und dann Vectis einnehmen, um unseren Vormarsch nach Westen in der nächsten Saison vorzubereiten. Ihr werdet also reichlich zu tun haben. Ich weiß aus unserer gemeinsamen Zeit in Pannonien, dass Ihr das Zeug dazu habt, Corvinus, darum habe ich keine Einwände erhoben, als Ihr Teil dieser Armee wurdet.» Plautius zeigte drohend mit dem Finger auf Corvinus. «Gebt mir keinen Grund, es zu bereuen.» Er rollte sein Dokument wieder ein, erhob sich und wandte sich an die drei übrigen Legati. «Wir brechen in zwei Stunden auf, so bleiben Euch vier Stunden, ehe Ihr das Lager für die Nacht aufschlagen müsst. Bis dahin will ich Vespasians und Getas Legionen in den genannten Positionen zu beiden Seiten von Sabinus haben, bereit für einen vollen Tagesmarsch morgen. Ich beabsichtige, übermorgen vor Einbruch der Dunkelheit am Afon Cantiacii zu sein. Hoffen wir, dass wir dort nicht auf Widerstand stoßen. Meine Herren, wegtreten.»

Zum ersten Mal, seit sie in Britannien gelandet waren, wärmte die Sonne Vespasians Gesicht, als er und Magnus, begleitet von einer Turma Legionäre der II Augusta, den grasbewachsenen Nordhang der Höhen an der linken Flanke der vorrückenden Armee hinaufritten. Im Sonnenschein wirkte die Landschaft gänzlich verwandelt. Verschwunden war die Düsternis vor Nässe triefender Vegetation und regenfleckiger Pfützen auf dem schlammigen Boden unter einem drückend schweren, grauen Himmel, an dem die Wolken so tief zu hängen schienen, dass man glaubte, sie berühren zu können. Stattdessen erstreckten sich um sie herum üppig grünes Weideland, Wälder und Felder mit sprießendem Weizen, die Luft war klar und frisch, und nun, da die Wärme in seinen Körper zurückkehrte, hatte Vespasian das Gefühl, dass dieses Land vielleicht doch nicht so elend war.

Zwei Tage waren seit der Besprechung bei Plautius vergangen, und ihr Vormarsch war ebenso schnell wie ereignislos verlaufen. Die einzigen Hindernisse waren das Wetter und gelegentliche feindliche Kühe oder Schafe gewesen, die unweigerlich ihren Weg zu den Kochstellen derjenigen Centurie fanden, die sich rühmen konnte, es mit dem schrecklichen Gegner aufgenommen zu haben.

«Allmählich kommt mir der Verdacht, dass eine Seuche fast alles Lebendige westlich von Cantiacum dahingerafft hat», bemerkte Magnus, als sie wieder einmal an einem verlassenen Gehöft vorbeikamen. «Und nach der frischen Schafscheiße zu urteilen, kann es nicht lange her sein.»

«Aber wo sind die Leichen?», fragte Vespasian, den die Mutmaßung seines Freundes zum Schmunzeln reizte. «Vielleicht kann Paetus uns etwas dazu sagen. Wir müssten bald auf ihn treffen.»

«Ich verstehe nicht, warum Ihr ihm nicht eine Nachricht geschickt habt, statt den ganzen Weg hier heraufzukommen.»

Vespasian hielt sein Pferd an und wendete es. «Darum», sagte er und deutete mit ausgestrecktem Arm auf die Aussicht, die sich ihnen bot.

Das Land unter ihnen war von acht Mann breiten Kolonnen durchzogen, die in fast gerader Linie nach Norden marschierten. Die drei Legionen in der Mitte rückten in breiterer Formation vor, je vierzig Mann nebeneinander, in zwei langen Kolonnen zu fünf Kohorten, gefolgt von zahllosen Packmaultieren und Fuhrwerken. Zwischen Vespasian und seiner II Augusta in nur drei Meilen Entfernung verteilten sich seine sieben unberittenen Auxiliarkohorten, von denen die nächste – die Bogenschützen der I Hamiorum – sich hundert Schritt hangabwärts von ihnen befand. Vor den drei Legionen waren die acht Kohorten unberittener Batavier der XIIII Gemina als Kundschafter unterwegs, um Fallen und Hinterhalte zu entdecken und so das wertvollere Leben der römischen Bürger in den Legionen zu schützen. Eine Turma kehrte gerade im Galopp von einem Patrouillenritt nach Westen zurück. Der tiefe, dröhnende Ton der Cornua scholl von der Armee herauf, und ihre zahllosen Helme glänzten im Sonnenlicht.

In der Ferne, zehn Meilen nördlich, erschien in der Mündung des Tamesis die Schwadron aus Triremen und Versorgungsschiffen wie kleine Punkte auf dem glitzernden Wasser. Und im Osten, fünf Meilen hinter der letzten

Kolonne, war wie ein düsterer Schatten der Tross mit den Belagerungsmaschinen und dem übrigen schweren Gepäck zu sehen, gefolgt von der fast quadratischen Formation der VIIII Hispana mit ihren Auxiliarkohorten an den Flanken.

«Was für ein Anblick», sagte Vespasian und schaute andächtig darauf. «Das ist eine wirklich große Armee.»

Magnus blieb ungerührt. «Ich habe schon größere gesehen.»

Vespasian war enttäuscht über die Reaktion seines Freundes, ließ es sich jedoch nicht anmerken. Er hatte nicht bedacht, dass Magnus unter Germanicus in Germanien gedient hatte, wo die Armeen fast doppelt so groß gewesen waren. «Ja, mag sein», murmelte er, wendete sein Pferd und trieb es bergauf zu dem Wald, der die Kuppe bedeckte. «Eigentlich wollte ich mir hauptsächlich selbst ein Bild von der Landschaft machen, die vor uns liegt.»

«Natürlich, sehr vernünftig.»

«Und mich persönlich vergewissern, wie die Lage bei Paetus ist.»

«Sicher.»

Bei Paetus war die Lage im Wesentlichen so wie bei allen anderen Befehlshabern der Armee: ruhig. «Wir haben kaum einen Menschen gesehen», teilte er Vespasian und Magnus mit, als sie ihn zwischen den Bäumen einholten. «Gelegentlich begegnen wir kleinen Gruppen, Familien ohne Männer im kampffähigen Alter, die sich mit ihrem Vieh in den Wäldern verstecken. Ich erlaube den Jungs nicht, sie anzurühren, nicht einmal, um sich etwas für den Kochtopf zu holen. Alle meine Patrouillen aus dem Süden hatten bei ihrer Rückkehr von nichts weiter zu berichten als von vereinzelten feindlichen Rehen, die ihre kriegerischen Fähigkeiten durch überragende Leistungen im Davonlaufen unter Beweis stellten. Hier ist nichts, und niemand zieht durchs Land.»

«Mein Gefühl sagt mir, dass wir sie bald finden werden, Paetus.» Vespasian überblickte das dichtbewaldete Land im Süden. «Wie weit habt Ihr Eure Patrouillen dorthin vordringen lassen?»

«Zehn Meilen, Herr. Bis auf ein paar Köhler haben wir nichts entdeckt. Der Wald ist dicht, darin könnte sich eine Armee versteckt halten, allerdings käme sie nur langsam voran.»

«Danke, Paetus. Lasst Eure Jungs weiter kundschaften.» Vespasian wendete sein Pferd.

«Ihr wisst natürlich, wo sie alle stecken?», fragte Magnus, während sie zwischen den Bäumen hinausritten.

«Wo denn?»

«Alle am selben Ort.»

«Darauf bin ich auch schon gekommen. Die Frage ist: Erwarten sie uns am Fluss, versuchen sie, an uns vorbeizukommen, um uns in den Rücken zu fallen, oder haben sie noch etwas anderes vor, womit wir nicht rechnen?»

Magnus blickte plötzlich ernüchtert drein. «Ich glaube Letzteres, Herr, seht nur.» Er zeigte nach Westen auf eine Anhöhe gleich hinter der Spitze der batavischen Infanterie.

Vespasian folgte seinem Blick. Über der Kuppe erschien eine dunkle Masse, die durch den aufgewirbelten Staub nur undeutlich zu erkennen war. Dann scholl von fern das Gebrüll unzähliger hasserfüllter Stimmen herüber. «Sie müssen von Sinnen sein! Sie können uns doch nicht frontal angreifen.»

Tausende Krieger, angeführt von Hunderten zweispänniger Wagen, die über das Grasland rasten, stürmten auf die XIIII Gemina und die II Augusta zu. Die Batavier waren offenbar durch Kundschafter vorab gewarnt worden, und die acht Kohorten hatten sich zu einer geschlossenen Linie formiert. Sie bildeten einen Schutzschild vor den Legionen, die sich nun ebenfalls in Schlachtordnung brachten.

«Ich glaube, Ihr solltet jetzt zu Eurer Legion zurückkehren, Herr.»

XVI

Es scheint, als ob wir es mit etwa dreißigtausend zu tun haben, Herr. Plautius hat uns befohlen, die Kohorten eins bis vier unserer gallischen Auxiliartruppe vorzuschicken, um die Batavier zu unterstützen», meldete Mucianus, als Vespasian und Magnus ihre Pferde am Kommandoposten der II Augusta aus vollem Lauf zum Stehen brachten, zwischen den beiden Treffen ihrer zehn Kohorten, die jetzt in Schlachtformation waren. «Ich habe sie ausgesandt. Sie sind vor nicht langer Zeit zu den Bataviern gestoßen. Die fünfte Kohorte habe ich an unsere linke Flanke beordert, zusammen mit der übrigen Kavallerie der Legion.»

«Gut. Wie lauten unsere Befehle?»

«In zwei Treffen aufstellen, um eine möglichst breite Front zu bilden, aber in offener Formation bleiben – das haben wir befolgt. Und dann sollen wir warten.»

«Warten?»

«Ja, Herr, warten.»

«Also schön. Schickt einen Boten zur Ersten Hamiorum mit der Nachricht, sie sollen in Reichweite unserer linken Flanke kommen. Wenn es hart auf hart kommt, will ich Bogenschützen zur Unterstützung haben. Und schickt auch jemanden zu Paetus, er soll auf dem Hang bleiben für den Fall, dass sie versuchen, uns auszumanövrieren. Anschließend könnt Ihr Euch wieder Eurer ersten und zweiten Kohorte anschließen.»

«Jawohl, Herr!»

Vespasian schaute über die Köpfe seiner vorderen Kohorten und weiter den Hang hinauf. Hundert Schritt entfernt waren die Auxiliartruppen vier Reihen tief gestaffelt zu einer Linie formiert, die fast eine Meile breit war. Dahinter, auf der Kuppe der Anhöhe, tanzte eine Masse aus Tausenden nackter und halbnackter Einheimischer unter Kriegsgeschrei, ihre Waffen schwingend, während Hunderte Wagen vor ihnen über das kurze Gras fuhren. Die geschickten Fahrer brachten ihre Gefährte nah genug heran, dass der einzelne Krieger darin ein paar Wurfspeere gegen die schildbewehrten Auxiliartruppen schleudern konnte, ehe er sein stämmiges Pony wieder den Hang hinauflenkte, gefolgt von der nächsten Welle und einer weiteren, ehe die Ersten erneut an der Reihe waren. Gelegentlich ließ sich ein Krieger im Schlachtenrausch dazu hinreißen, von seinem Wagen zu springen und allein auf die Frontreihe der Auxiliartruppen loszustürmen – mit den unausweichlichen Folgen. Seinen schnellen, blutigen Tod begrüßte die Masse der Einheimischen, die zusahen, mit stürmischem Beifall.

Ein Mann fiel Vespasian besonders ins Auge: Groß und kräftig gebaut, die breite Brust und die muskulösen Arme mit grünblauem *Vitrum*, Färberwaid, bemalt und das Haar mit Kalk zu steif abstehenden Stacheln frisiert, stand er stolz auf seinem schnellen Wagen, reckte sein Schwert in die Luft und feuerte jede Welle an, die den Hang hinunter auf die römischen Linien zuraste. «Dieser Häuptling muss entweder Caratacus oder Togodumnus sein.»

«In ihren Wagen im Kreis zu fahren wird ihnen aber nichts nützen», bemerkte Magnus. «Warum befiehlt er ihnen nicht einfach anzugreifen?»

«Ich nehme an, den edlen Kriegern auf den Wagen steht die Ehre zu, als Erste Kontakt zum Feind zu haben. Sie erwarten von uns, ein paar Vertreter vorzuschicken, die es Mann gegen Mann mit ihnen aufnehmen. Laut Caesar ist das ihre Art, eine Schlacht einzuleiten.»

«Nun, dann müssen sie sich jetzt wohl an unsere Art gewöhnen. Unsere Jungs haben sich nicht mal die Mühe gemacht, Wurfspeere auf sie zu vergeuden.»

Das Dröhnen von Cornua pflanzte sich durch die Linie fort; eine nach der anderen wurden die Standarten der Auxiliartruppen gesenkt, das Zeichen zum Vorrücken. Die Batavier und Gallier, deren Urgroßväter sich Rom und seinen Eroberungszügen einst so erbittert widersetzt hatten, marschierten jetzt los, um im Namen Roms zu erobern.

Der Häuptling sprang von seinem Wagen, drehte sich zu seiner Kriegerhorde weiter oben auf dem Hang um und breitete die Arme aus, das Schwert in einer Hand, den Schild in der anderen, als wollte er sie alle umarmen. Die Wagen rasten davon, die Männer blieben mit ihrem Häuptling auf dem Schlachtfeld zurück, und langsam wandte er sich wieder dem heranmarschierenden Feind zu.

Die Briten griffen an.

Es war ein Ansturm, wie Vespasian ihn nie zuvor gesehen oder gehört hatte: wild, unkoordiniert und in seiner Tollkühnheit furchteinflößend. Mit einem Gebrüll, das selbst Plutos düsteres Reich erschüttern musste, und ohne einen Gedanken an eine Formation, in der sie sich gegenseitig hätten unterstützen können, rannten Tausende Krieger, mit fremdartigen blaugrünen Mustern bemalt, über dem stachelig von den Köpfen abstehenden Haar lange Schwerter schwingend, Hals über Kopf den Hang hinunter. Jeder versuchte, seine Kameraden zu überholen, um für sich die Ehre zu beanspruchen, als Erster einen blutigen Schlag zu führen. Sie schienen die Gefahr gar nicht wahrzunehmen, dabei wurden Hunderte von der ersten Salve Wurfspeere durchbohrt, sobald sie auf fünfzig Schritt heran waren. Doch die anderen sprangen über ihre Toten und Verwundeten hinweg, die in Fontänen von Blut zu Boden gingen, wobei die Schäfte brachen, und rannten weiter, als auch schon eine zweite Salve in die Masse ungeschützter Leiber einschlug, sie von den Füßen riss, dass sie mit durchgebogenem Rücken und gebleckten Zähnen ihren letzten Schrei ausstießen.

Nachdem sie ihre Wurfspeere geschleudert hatten, hielten die Soldaten inne, das Gewicht auf das linke Bein verlagert, den ovalen Schild vor sich gehalten, das Schwert bereit. Die hinteren Reihen schlossen auf, um die Männer vorn zu unterstützen, als die Wucht des Anpralls die meilenlange Frontlinie erschütterte.

Vespasian hielt den Atem an. Die Kohorten gaben stellenweise ein wenig nach, dann wurden die Linien wieder gerade, da Centurionen ihre Männer mit gebrüllten Befehlen vorwärtstrieben und selbst mit gutem Beispiel vorangingen. Sie wehrten die Schläge und Abwärtshiebe der gegnerischen Langschwerter ab und stachen im Gegenzug mit ihren

Spathae tödlich nach vorn zu, als die Briten versuchten, ihre Front zu durchbrechen.

Doch die zahlenmäßige Überlegenheit der Briten genügte nicht, um ihnen einen Vorteil zu verschaffen. Ihre Langschwerter waren nicht für den Nahkampf gemacht, und nachdem sie ihre Schilde gegen die ihrer Gegner geschmettert und nach deren Köpfen geschlagen hatten, wichen sie wieder zurück, um ihre Waffen richtig gebrauchen zu können: Abwärts- und Querschläge von über Kopf wie im Einzelkampf, nicht als Teil eines Schildwalls. Die Linie festigte sich wieder, der erste Anprall war abgefangen, und über die Schreie hinweg dröhnten die Cornua – Plautius hatte das Zeichen gegeben, dass die II Augusta und die XIIII Gemina vorrücken sollten, um die Auxiliartruppen abzulösen.

«In offener Formation vorwärts!», rief Vespasian dem *Cornicen* am Kommandoposten zu. Eine Folge dröhnender Töne wurde durch die Kohorten der Legionen wiederholt. Standarten wurden gesenkt, und die II Augusta marschierte los, um zum ersten Mal die Schlacht gegen diesen neuen, wilden Feind zu erleben.

Vespasian ließ sein Pferd im Schritt gehen, im gleichen Tempo wie die marschierenden Soldaten. Er empfand einen nie gekannten Stolz, da ihm bewusst wurde, dass er hier eine ganze Legion in einer regulären Schlacht befehligte. Sein gesamtes bisheriges Leben hatte zu diesem Moment hingeführt, und nun würde sich erweisen, ob er dessen würdig war. Er stählte sich innerlich, entschlossen, Plautius keinen Grund zur Rüge zu geben – Fehler würde er nicht mehr machen.

«Jetzt kommt es auf den richtigen Zeitpunkt an», murmelte Magnus hinter ihm.

«Was machst du denn noch hier?»

«Das frage ich mich auch gerade.»

«Nun, wenn du bleiben willst, dann lenke mich nicht ab, denn du hast es erkannt: Jetzt kommt es auf den richtigen Zeitpunkt an.» Vespasian richtete seine Aufmerksamkeit wieder auf den Vormarsch der vorderen fünf Kohorten. Sie marschierten in offener Formation, wobei jeder zweite Mann in der Reihe zwischen die Kameraden daneben trat, sodass Gassen entstanden, durch die ein Mann laufen konnte.

Dreißig Schritt bevor die II Augusta die schwerbedrängte Auxiliartruppe erreichte, blickte Vespasian auf seinen Cornicen hinunter, der neben ihm marschierte. «Pila bereit!»

Der Mann blies drei Töne, die von seinen Kollegen in den vorderen Kohorten wiederholt wurden. Die Standarten gaben das Kommando wieder, und die Männer der ersten vier Reihen holten mit dem rechten Arm aus, das schwere Pilum in der Hand. Als sie auf zehn Schritt heran waren, lösten sich die beiden hintersten Reihen von der Auxiliartruppe und sprinteten durch die Gassen in die II Augusta.

«Pila werfen!», rief Vespasian.

Auf einen tiefen Ton aus dem Cornu brüllten die Centurionen den Befehl, und mehr als tausend Pila flogen über die Köpfe der Auxiliartruppe hinweg, um mit dem Schwung ihrer Bleigewichte plötzlich auf die Gegner niederzuprasseln, wobei sie Schädel, Brustbeine und Schultern brutal zertrümmerten.

Die Salve der XIIII Gemina neben ihnen schlug einen Augenblick später ein, und zugleich ließen die Bogenschützen der I Hamiorum von der Flanke einen Pfeilhagel los, der Hunderte niederstreckte. Die gesamte britannische Frontlinie geriet für einen Moment ins Wanken, und das genügte. Die übrigen Soldaten der Auxiliartruppe machten kehrt und rannten durch die Gassen in den Linien der sie ablösenden Legionen, und sobald sie durch waren, wurden die Reihen geschlossen, indem jeder zweite Mann hinter seinem Nebenmann hervortrat. Da und dort gelang es Briten, in die Formation einzubrechen, sodass in den sonst so geordneten Reihen der Kohorten stellenweise Gemetzel ausbrach, das jedoch rasch wieder beendet war.

Vespasian schaute auf seinen Cornicen hinunter. «Die hinteren Reihen, Pila werfen.»

Wieder folgten ein paar Töne, die überall durch die Legion wiederholt wurden, und die hintersten beiden Reihen hoben ihre Pila über die Köpfe ihrer Kameraden, während diese begannen, mechanisch ihre Schwerter in die Leiber der brüllenden Feinde zu stoßen.

Wieder hagelten Pilumspitzen mit Widerhaken an dünnen Eisenschäften mit Gewichten, die die Durchschlagskraft steigerten, auf die Briten nieder und durchbohrten etliche. Der Boden unter ihren Füßen, bereits aufgewühlt und mit Blut, Urin und Kot besudelt, wurde dadurch noch schlüpfriger.

Die Legionäre der II Augusta, die noch frisch und unverbraucht waren und seit mehr als zwei Jahren keine richtigen Kämpfe erlebt hatten, gingen ebenso begeistert wie gnadenlos ans Werk. Bald häuften sich die Toten auf dem Boden, da die Legionäre sich mit ihren Schwertern vorarbeiteten, unterstützt von schnellen Pfeilsalven der Hamaner, welche auf die hinteren Reihen der Feinde niedergingen und alle zur Strecke brachten, die versuchten, die Flanke zu umgehen.

Die vereinte Stärke und Taktik der zwei koordiniert kämpfenden Legionen war zu viel für Krieger, die an den Kampf Mann gegen Mann gewöhnt waren. Sie begannen, sich von der Truppe zu lösen, erst einzeln oder zu zweit, dann zu Dutzenden und Hunderten, bis schließlich der Rest der Armee fast ebenso schnell und lautstark den Hang wieder hinauflief, wie sie ihn heruntergekommen war. Zurück blieben Tausende, die reglos oder sich windend im stinkenden Schlamm lagen.

«Halt!», befahl Vespasian.

Das Cornu dröhnte, und aus den anderen Cornua ertönte das Echo. Die II Augusta kam zum Stehen und schrie den besiegten Feinden ihren Hohn nach, die davonliefen, nachdem sie erfahren hatten, was es hieß, einer römischen Legion gegenüberzutreten.

Doch die Hohnrufe verstummten rasch, als eine neue Armee, ebenso groß, wenn nicht größer, auf einer Anhöhe zwei Meilen nördlich erschien, gegenüber der XX. Jetzt war diese Legion an der Reihe, ihren Mut zu beweisen.

«Die Linie ablösen!», rief Vespasian.

Ein weiteres Signal dröhnte durch die Legion, und die hinteren fünf Kohorten rückten vor, sodass ihre erschöpften, blutverschmierten Kameraden sich durch die Gassen in der Formation zurückfallen lassen konnten und eine neue Frontlinie aus frischen Soldaten gebildet wurde für den Fall, dass die Legion an diesem Tag noch einmal kämpfen musste.

Hinter ihnen hatten die gallischen und batavischen Auxiliartruppen begonnen, sich wieder zu formieren, und von den Maultierkarren des Quartiermeisters hinter den Linien wurde Nachschub an Wurfspeeren ausgegeben.

Die II Augusta sah zu, wie die Neuankömmlinge sich in einen Schlachtenrausch steigerten und sich mit Kampfgebrüll selbst Mut machten.

«Was ist denn aus ihren Wagen geworden?», fragte Magnus, als er bemerkte, dass sie fehlten.

«Ich weiß es nicht», erwiderte Vespasian kopfschüttelnd. «Aber die viel interessantere Frage ist: Warum haben sie nicht vereint angegriffen? Sie hätten mit sechzigtausend Mann zugleich auf uns losstürmen können.»

«Das wären immer noch nicht genug gewesen.»

«Nein, wahrscheinlich nicht. Es war Irrsinn, uns in offenem Gelände anzugreifen. Warum haben sie nicht einfach am Fluss auf uns gewartet? Bis dahin sind es höchstens noch drei oder vier Meilen.»

«Ich bin sicher, den Gefallen werden sie uns auch noch tun. Und diese Truppe da auch, nachdem die Jungs von der Zwanzigsten sie mit ihrem Eisen bekannt gemacht haben.»

Aus der Mitte der neu eingetroffenen Horde trat ein einzelner Krieger hervor. Zwar war er auf die Entfernung nur undeutlich zu erkennen, doch aus dem Gebrüll der Stammesangehörigen schloss Vespasian, dass es sich um einen sehr bedeutenden Mann handeln musste. Er lächelte kalt. «Ich vermute, das ist der Bruder des Mannes, der unsere Gegner angeführt hat. Mir scheint, hier gibt es eine Geschwisterrivalität.»

«Ach, darum haben sie nicht gewartet. Es gibt doch nichts Schlimmeres, als den Ruhm mit seinem Bruder teilen zu müssen ... Und es sieht aus, als würde der Eure Euch heute noch übertrumpfen.»

Zu ihrer Rechten machte sich die XIIII Gemina bereit, die XX neben ihr zu unterstützen, während die britannische Horde auf der Anhöhe begann, sich zu einer breiteren Front aufzufächern. Die zwei Treffen Kohorten der Gemina hatten bereits die Plätze getauscht, und jetzt wurden ihre Auxiliartruppen vorgeschickt, um wiederum den ersten Ansturm der Wilden abzufangen.

Sie brauchten nicht lange zu warten. Mit einem Gebrüll, das einem selbst auf zwei Meilen Entfernung noch das Blut in den Adern gefrieren ließ, strömte die dunkle Masse aus Kriegern den Hang hinunter, ohne erkennbare Formation, wie geschmolzenes Pech, das aus einem Kessel auf den Feind hinuntergeschüttet wurde.

Immer näher kamen sie, da verdunkelte eine erste Salve Wurfspeere von den hispanischen und aquitanischen Auxiliartruppen der Legio XX den Himmel über ihnen und ging gleich darauf nieder, um sie mit scharfen Eisenspitzen zu durchbohren. Vespasian sah in stiller Bewunderung zu. Die Angreifer gerieten nicht ins Stocken, als die erste und dann die zweite Salve auf sie einprasselten.

«Herr!», rief eine jugendliche Stimme, gerade als die deutlich zahlreichere Horde der Angreifer auf die Frontlinie traf.

Vespasian schaute sich um und erblickte den Tribun mit schmalen Streifen aus Plautius' Stab, der auf einem verschwitzten Pferd saß und salutierte.

«Ja, Tribun Alienus?»

«Der General beglückwünscht Euch zu Eurem bisherigen Einsatz und lässt ausrichten, ihr sollt Eure Auxiliartruppen vorrücken lassen, um die Flanke des Feindes zu bedrohen. Er glaubt, das wird sie in die Flucht schlagen. In diesem Fall sollt Ihr sie verfolgen, so schnell es möglich ist, und versuchen, sie zur Strecke zu bringen, wenn sie den Afon Cantiacii überqueren.»

«Danke, Tribun. Ihr könnt dem General ausrichten, dass es so geschehen wird.»

Alienus salutierte wieder, dann ritt er im Galopp davon, während Vespasian die Befehle an Maximus, den Lagerpräfekten, weitergab. Dieser würde die bereitstehenden Boten der Kavallerieeinheit der Legion instruieren und anschließend das Manöver leiten.

Die Reiter galoppierten los, und Vespasian richtete seine Aufmerksamkeit wieder auf die Kämpfe zu seiner Rechten. Die Linie der Auxiliartruppen hielt, und auf ein Dröhnen der Cornua rückten die XIIII und die XX vor, um sie abzulösen.

Magnus grinste schief. «Eins muss man den Legionen lassen: Was die Taktik betrifft, gewinnen sie keinen Preis für Erneuerung.»

«Warum sollte man eine bewährte Taktik ändern?», entgegnete Vespasian und verfolgte andächtig das präzise Manöver, mit dem die hinteren Reihen sich von der Auxiliartruppe lösten und sich zwischen den Legionären hindurch zurückzogen.

Bis beide Legionen voll in die Kämpfe verwickelt waren, trampelten schon die Auxiliartruppen der II Augusta, noch blutverschmiert, im Laufschritt mit scheppernden Waffen und Rüstungen in acht Mann breiten Kolonnen an Vespasian vorbei und weiter durch die Gassen zwischen den vorderen Kohorten der Legion. Auf dem offenen Gelände angelangt, fächerten sich die Kolonnen zu beiden Seiten auf, und in einer flüssigen Bewegung, die jahrelanger Übung zu verdanken war, bildeten die Soldaten eine vier Reihen tief gestaffelte Linie, wobei jede Einheit lückenlos an die nächste anschloss. Die Rufe ihrer Centurionen und Optiones, die die Reihen ausrichteten, gingen im Schlachtenlärm unter, im Gebrüll, Geschrei und metallischen Scheppern, das klang, als würden ganze Viehherden gleichzeitig geschlachtet, während Tausende Schmiede wie von Sinnen auf ihre Ambosse hämmerten.

Als die Reihen gerade waren, begann die Auxiliartruppe vom linken Ende der Linie her loszumarschieren, von Maximus koordiniert, bis sich die ganze Einheit um fünfundvierzig Grad gedreht hatte. Dann rückten sie im Laufschritt gegen die ungedeckte Flanke der Briten vor.

Vespasian warf einen Blick den Hang hinauf. Von der geschlagenen Armee war nichts zu sehen. «Langsam vorrücken!»

Wieder ertönte das Cornu, und wieder marschierte die II Augusta in stetigem Tempo den Hang hinauf, um ihre Auxiliartruppen zu verstärken, die den Feind jetzt fast erreicht hatten. Der Anblick einer frischen Einheit, die aufs Schlachtfeld strömte, flößte den Männern der XIIII und XX neuen Mut ein, und sie kämpften desto erbitterter, während zugleich die Briten ins Wanken gerieten; die weniger Kühnen machten kehrt und flüchteten bergauf, statt es mit dem neuen Gegner aufzunehmen. Panik begann sich in der Masse der Krieger breitzumachen. Immer mehr ergriffen die Flucht, bis nur noch die blutrünstigsten übrig waren, die rasch den gnadenlosen Schwertern der Legionen zum Opfer fielen.

Dann war es plötzlich vorbei.

Maximus rief die Auxiliartruppen der II Augusta zurück. Sie hatten nicht einmal wirklich anzugreifen brauchen, ihre bloße Anwesenheit hatte genügt, um die Schlacht zu wenden. Jetzt liefen sie rasch in die Richtung, in die die Legion vorrückte, und gingen hundert Schritt vor ihr in Stellung.

Rechts von Vespasian lösten die XIIII und XX ihre vorderen Kohorten ab und ließen die Auxiliartruppen durch, damit sie vor ihnen eine schützende Linie bildeten, ehe sie weiter vorrückten, sodass die drei Legionen versetzt marschierten, die II Augusta voran.

Vespasian saß bolzengerade auf seinem Pferd, und sein Herz schlug heftig. «Im Laufschritt!», rief er zu dem Cornicen hinunter, voller Stolz, da seine Legion auf dem Marsch nach Westen die Führung übernahm, um einen geschlagenen, aber noch nicht vernichteten Feind zu verfolgen.

Das Kommando wurde geblasen, und binnen weniger Herzschläge stampfte die Legion in höherem Tempo über das bereits niedergetrampelte Gras. Vor ihnen reagierten auch die Auxiliarkohorten und begannen, die letzten hundert Schritt die Anhöhe hinaufzutraben, auf deren Kamm jetzt ein einzelner Krieger erschien. Augenblicke später kam eine Vielzahl weiterer Gestalten dazu, die sich über den ganzen Höhenzug gegen die Nachmittagssonne abzeichneten.

Die Auxiliartruppen hielten an, und zum dritten Mal an diesem Tag machten sie sich zur Schlacht bereit.

«Halt!», befahl Vespasian.

«Die Hurensöhne sind nicht geflohen, wie sie sollten», beklagte sich Magnus, als das Signal des Cornus die Legion zum Stehen brachte.

«Wir müssen sie eben so lange immer wieder schlagen, bis sie fliehen», murmelte Vespasian und versuchte abzuschätzen, wie viele Männer hinter denen, die bereits sichtbar waren, noch verborgen sein mochten.

Die XIIII Gemina und die XX liefen weiter, bis sie auf gleicher Höhe mit der II Augusta waren, dann hielten auch sie an. Zum ersten Mal an diesem Tag senkte sich Stille über das Feld, auf dem sich die beiden Streitmächte jetzt gegenüberstanden.

Vespasian warf einen Blick über die Schulter zu Plautius' Kommandoposten hinter Sabinus' Legion. Gerade ritten die Boten los. Er wandte sich wieder dem Feind zu. Die Männer standen reglos da. Ein paar angespannte Augenblicke lang starrten sich beide Seiten an, und ihr Herzschlag beschleunigte, dann ging der Anführer der Kriegerschar auf die II Augusta zu. Nach zehn Schritt hielt er einen grünen Zweig hoch, und die Männer hinter ihm folgten.

«Sie haben schon genug», rief Magnus, während überall in den römischen Linien Jubel ausbrach.

«Das glaube ich nicht. Sieh.» Vespasian zeigte auf die langsam vorrückenden Briten. Hinter ihnen folgte niemand auf den Höhenrücken nach. «Offenbar ist das nur ein Stamm, und zwar ein kleiner. Ich werde mit ihnen reden.» Er trieb sein Pferd an, während die Briten langsamer gingen und dann gleichzeitig ihre Waffen auf den Boden warfen. Anschließend wichen sie ein paar Schritte zurück und fielen auf die Knie.

Vespasian ritt im Galopp durch die Reihen seiner Legion und weiter an den Auxiliartruppen vorbei, bis er sein Pferd vor dem Anführer der Krieger zum Stehen brachte, der als Einziger nicht kniete.

Der Brite blickte zu ihm auf. Sein langes, rotes Gesicht war um die Augen und auf der Stirn von Sorgenfalten gezeichnet, was ihm zusammen mit dem herabhängenden silbernen Schnurrbart das Aussehen eines vom Leben erschöpften, sorgenbeladenen Mannes verlieh. «Ich bin Bodvoc, König der Dobunner, Untertan von Caratacus und Herr über nichts als mein eigenes Schicksal», sagte er in passablem Latein. «Heute haben ich und meine Krieger alles getan, was die Ehre uns gebietet, und nun, nachdem wir unser Blut vergossen haben, wählen wir unser Schicksal. Wenn wir ein untergeordneter Stamm bleiben, so werden wir es aus eigener Entscheidung tun, und wir wollen lieber der Macht Roms untertan sein als unseren Nachbarn, den Catuvellaunen. Wie lautet Euer Name, General?»

«Titus Flavius Vespasianus, aber ich bin kein General, ich bin Legatus.»

«Das spielt keine Rolle, Legatus. Gegen diese Legion haben wir gekämpft, als wir Caratacus folgten, diese Legion hat uns besiegt, und dieser Legion ergeben wir uns nun.» Er zog sein Schwert aus der Scheide und ließ es vor den Hufen von Vespasians Pferd ins Gras fallen, dann legte er seinen Zweig darüber, sodass das Laub es bedeckte. «Wir gehören jetzt Euch. Tut mit uns, was Ihr wollt.»

«Was geht hier vor sich, Legatus?», rief Plautius und hielt sein Pferd an.

«Ich habe soeben die Kapitulation von Bodvoc von den Dobunnern angenommen, Herr.»

«So, habt Ihr das?» Plautius schaute auf den König hinunter. «Nun, Bodvoc, Eure Leute haben tapfer gekämpft, auch wenn sie von Männern angeführt wurden, die das militärische Geschick eines Maultiers besitzen. Ich nehme an, Ihr schuldet Caratacus und Togodumnus keinen Dank dafür, wie sie sich heute aufgeführt haben.»

Der König schüttelte den Kopf. «Bedauerlicherweise wollte Caratacus den Ruhm, Euch zu schlagen, für sich allein beanspruchen und nicht auf seinen Bruder warten, obwohl dessen Streitmacht schon in Sicht war. Ich verstehe etwas von Ehre, und ich verstehe, wenn ein Mann um der Ehre willen sterben muss, aber ich opfere meine Männer nicht für die selbstherrliche Ehre eines Narren.»

«Und schwört Ihr bei Eurer Ehre, dass Eure Männer sich Rom unterwerfen werden?»

«Ich werde meinem Leben selbst ein Ende machen, wenn auch nur einer dieser Männer die Hand gegen Euch erhebt.»

«Wenn das so ist, behaltet Ihr Euer Leben und Eure Freiheit. Ihr bleibt hier, die Reservelegion wird Euch bewachen. Solltet Ihr versuchen zu fliehen oder in irgendeiner Weise Euer Wort brechen, wird die Hälfte von Euch am Kreuz sterben, und die andere Hälfte wird versklavt.»

Der König verbeugte sich. «Das wird nicht nötig sein, General.»

«Hoffentlich nicht. Vespasian, kommandiert zwei Kohorten Eurer Auxiliartruppen dazu ab, bei ihnen zu bleiben, bis die Neunte eintrifft. Das wird nicht lange dauern, sie sind schon in Sichtweite. Dann ziehen wir weiter. Wir haben einen Fluss zu überqueren.»

Die Sonne strahlte golden und neigte sich dem westlichen Horizont zu, die grasbewachsene Kuppe der letzten Anhöhe vor dem Afon Cantiacii war in sanftes, warmes Licht getaucht. Vespasian ritt mit Mucianus, Maximus und Magnus seiner Legion und den Auxiliartruppen voraus, eskortiert von sechzig der hundertzwanzig Reiter der Legion. Die andere Hälfte war zum Kundschaften an den Fluss geritten. Sie hatten berichtet, dass die Briten das Westufer erreicht und die Brücke hinter sich zerstört hatten.

Vespasian musste ein begeistertes Grinsen unterdrücken bei dem Gedanken daran, wie gut er und seine Legion sich heute geschlagen hatten. Er schaute sich nach seinen Männern um, die hinter ihm müde den Hang hinaufstapften. «Wir müssen dafür sorgen, dass die Jungs eine anständige Mahlzeit und genug Schlaf bekommen, Maximus. Erlaubt ihnen eine halbe Essensration extra, wenn wir das Lager aufgeschlagen haben, aber keinen zusätzlichen Wein. Ich will nicht, dass sie morgen früh einen Kater haben. Mein Gefühl sagt mir, dass es ein harter Tag wird.»

«Das mit dem Essen lässt sich einrichten, Herr, aber was den Schlaf angeht, den werden wohl nicht alle bekommen. Ich nehme an, Ihr wollt viele Patrouillen, da die Langhaarigen sicher ein paar Überfälle über den Fluss versuchen werden.»

Vespasian verfluchte sich im Stillen dafür, dass die Begeisterung sein Denken getrübt hatte. «Ihr habt natürlich recht, Maximus, aber versucht, die Dienste gleichmäßig zu verteilen.»

«Ich achte darauf, dass nur eine Centurie aus jeder Kohorte in der Nacht wachen muss.»

Vespasian kam sich töricht vor, dass sein Lagerpräfekt ihn an eine simple Vorsichtsmaßnahme hatte erinnern müssen – auch wenn es in äußerst taktvoller Weise geschehen war –, und er schwor sich, in Zukunft nach dem Rausch der Schlacht nüchterner zu sein. Maximus würde nicht noch einmal Anlass haben, ihn zu korrigieren. Doch andererseits sagte er sich, dass das Teil seiner Rolle war: Der Lagerpräfekt war bei weitem der erfahrenste Soldat in der Legion. Er war im Allgemeinen als einfacher Rekrut in die Legion eingetreten und hatte sich hochgedient bis zum rangniedersten Centurio der zehnten Kohorte. Dann war er durch die Ränge der Centurionen aufgestiegen und irgendwann Primus Pilus der ersten Kohorte geworden, ehe er in den höchsten Rang befördert wurde, den ein Legionär erreichen konnte. Mit seiner umfangreichen Erfahrung in Schlachten und Verwaltung war er dazu da, ein Auge auf seine weniger erfahrenen Vorgesetzten zu haben, die gesellschaftlich über ihm standen: den Legatus und den obersten Tribun.

Es ist ein gutes System, sinnierte Vespasian, während sie die letzten paar Fuß zur Kuppe der Anhöhe aufstiegen, vorausgesetzt, der Legatus war nicht so arrogant, den Rat eines Mannes, der gesellschaftlich weit unter ihm stand, in den Wind zu schlagen – ein Fehler, der in der Gesellschaft nur allzu verbreitet war. Er schwor sich, diesen Fehler nie zu machen. Lieber ein wenig töricht dastehen und sicher sein, als um jeden Preis sein Gesicht wahren und am Ende tot sein.

Er wurde abrupt aus seinen Gedanken gerissen, sobald er den Höhenrücken überwand. «Mars Victor, halte deine Hand über uns», flüsterte er, als er eine halbe Meile weit den Hang hinunter zum Fluss schaute, auf die zerstörte hölzerne Brücke und dann zum jenseitigen Ufer.

Drüben, vom Fluss den Hang hinauf und fast eine Meile nach beiden Seiten, waren mehr Menschen versammelt, als er je auf einmal gesehen hatte, außer in Rom im Circus Maximus. Sie lagerten ungeordnet in Gruppen und Grüppchen, und vor seinen Augen kamen immer noch mehr über den Höhenkamm und schlossen sich ihren Landsleuten an. Als die römischen Legionen auf der Anhöhe sichtbar wurden, stand die gesamte britannische Armee auf und brüllte ihren Trotz hinaus. Es war ohrenbetäubend.

«Das müssen mehr als hunderttausend sein.»

Maximus hielt sein Pferd neben ihm an und überblickte die Szene. «Ja, das dürfte ungefähr stimmen, vielleicht zehntausend mehr oder weniger – und ihre Zahl wächst stetig. Wenn ich Plautius wäre, würde ich nicht bis morgen warten. Noch bleiben uns ein paar Stunden Tageslicht, reichlich Zeit, eine Brücke zu bauen.»

Magnus stieß einen leisen Pfiff aus und sagte andächtig: «Also das nenne ich mal eine große Armee!»

XVII

Aulus Plautius grinste seine Legati und Auxiliarpräfekten an, die um einen runden Tisch unter freiem Himmel versammelt waren. «Wir handeln sofort, meine Herren, um auszunutzen, wie sorglos sie ihr Lager aufgeschlagen haben – ehe einer von ihnen Initiative zeigt und Wehranlagen aufbaut.» Er entrollte eine grobe Karte vom Afon Cantiacii, breitete sie auf dem Tisch aus und legte den Finger auf den Fluss. «Wir sind hier. Gleich nördlich von uns macht der Fluss einen Knick und verschwindet dann hinter diesem Hügel, sodass er für eine halbe Meile vom Lager der Briten aus nicht zu sehen ist.» Er zeigte auf die Karte und dann zu der zweihundert Fuß hohen Anhöhe nördlich von ihnen, etwa eine Meile jenseits der zerstörten Brücke. «Ich will, dass die acht Kohorten batavischer Infanterie so schnell wie möglich hinüberschwimmen.» Er wandte sich an einen bärtigen Auxiliarpräfekten. «Civilis, als Präfekt der ersten Kohorte übertrage ich Euch das Kommando. Sobald Ihr drüben seid, besetzt Ihr diese Anhöhe. Das dürfte ihre Aufmerksamkeit wecken. Mein Gefühl sagt mir, dass diese undisziplinierte Horde auf Euch losstürmen wird, aber vom höher gelegenen Gelände aus seid Ihr im Vorteil. So solltet Ihr in der Lage sein, sie lange genug aufzuhalten, dass wir unser Ziel beinahe erreichen können, ehe sie bemerken, was wir da tun. Dann werden sie von Euch ablassen, und der Ansturm wird sich gegen die Zweite Augusta richten. Noch Fragen?»

Civilis runzelte die Stirn. «Was ist dieses Ziel, für das wir sie ablenken sollen?»

«Die Zweite Augusta wird natürlich eine Brücke über den Fluss schlagen. Ihr müsst diese Anhöhe um jeden Preis verteidigen. Los jetzt, wir dürfen keinen Augenblick verlieren, und möge Fortuna – oder welchen Gott auch immer Ihr Batavier verehrt – Euch beschützen.»

«Fortuna ist schon recht, Herr.» Civilis salutierte zackig, ebenso wie seine sieben Kollegen, und entfernte sich im Laufschritt, um seine Männer in Marsch zu setzen.

Plautius blickte in die Runde seiner Befehlshaber. «Wir haben hier zwei große Vorteile: Die Briten wissen nicht, dass wir acht Kohorten zu je achthundert Mann haben, die in voller Rüstung durch einen Fluss schwimmen können, und sie wissen auch nichts von Pontonbrücken. Sie denken, wir würden auf die Ebbe warten und dann anfangen, Pfähle ins Flussbett zu schlagen, um eine richtige Brücke zu bauen. Also lassen wir sie in ihrem Glauben. Ich will, dass Ihr alle zum Schein Eure Lager aufschlagt, um die Langhaarigen in Sicherheit zu wiegen und sie von Civilis' Männern abzulenken, während die nordwärts marschieren. Aber hebt nur Gräben aus, ladet nicht die Zelte und das Gepäck ab.» Plautius' Blick blieb an Vespasian hängen. «Die Fuhrwerke mit den Booten müssten jeden Moment eintreffen. Lasst sie abladen und in Eurem vermeintlichen Lager bereithalten.» Als Nächstes richtete er seine Aufmerksamkeit auf Sabinus.

«Sobald die Batavier auf der Anhöhe dort erscheinen, Sabinus, will ich, dass Eure Legion zu der zerstörten Brücke marschiert und zum Schein versucht, sie instand zu setzen. Auf diese Weise werden die Briten hin- und hergerissen sein, ob sie sich darauf konzentrieren sollen, die Batavier zu vertreiben, oder darauf, Eure Jungs mit Steinschleudern von der Brücke fernzuhalten. Ich fürchte, Ihr werdet ein paar Verluste hinnehmen müssen, aber es ist von entscheidender Wichtigkeit, dass Ihr an der Brücke bleibt.»

«Jawohl, General.»

«Vespasian, sobald die Briten im Norden beschäftigt sind, lasst Ihr die Boote zu Wasser. Hier.» Er zeigte auf einen Abschnitt des Flusses eine Meile südlich der zerstörten Brücke. «An dieser Stelle weichen die Hänge zu beiden Seiten vom Ufer zurück, sodass Ihr nicht bergauf zu kämpfen braucht, wenn Ihr drüben seid. Ihr habt eine Stunde, um den Fluss zu überqueren und einen Brückenkopf zu sichern, damit Getas Legion nach Euch hinübergelangen kann.» Damit wandte er sich an Geta. «Ich will, dass Eure Legion sich hier formiert, wo wir sind, sobald die Batavier auf ihrer Anhöhe erscheinen. Dann müsst Ihr nordwärts marschieren, um Caratacus und seinen Bruder zu verwirren. Sie werden denken, dass Ihr versucht, den Fluss an derselben Stelle zu überqueren wie die Batavier, und das wird sie von Vespasian ablenken. Nach einer Stunde kehrt Ihr um und geht in der Abenddämmerung über die Brücke der Zweiten Augusta. Wenn Ihr drüben seid und sobald der Mond untergegangen ist, lasse ich die Brücke im Schutz der Nacht zum Standort der Vierzehnten verlegen – sie wird bei Tagesanbruch bereit sein. Dann greifen wir an, die Zweite in der Ebene am Fluss und die Zwanzigste auf dem höher gelegenen Gelände, beide in Richtung Norden, um sich mit der Vierzehnten zusammenzuschließen. Wir rollen die Armee der Langhaarigen von hinten auf und zermalmen sie zwischen uns und den Bataviern.»

«Was ist mit der Neunten, General?», fragte Corvinus, sichtlich beleidigt, dass seine Legion nicht erwähnt worden war.

«Dazu wollte ich gerade kommen, Legatus. Haltet sie außer Sicht auf dem abseitigen Hang, führt sie dann morgen früh bei Tagesanbruch hinüber und folgt der Vierzehnten über die Brücke. Wenn die Briten die Flucht ergreifen, werden die Überlebenden versuchen, den Tamesis zu erreichen. Direkt nördlich von hier ist er weniger als eine Meile breit und bei Ebbe anscheinend so flach, dass man, wenn man die richtigen Pfade kennt, nur ein paar hundert Schritt zu schwimmen braucht, um ihn zu durchqueren. Wir werden versuchen zu verhindern, dass sie dorthin gelangen, und die Flotte wird versuchen, sie im Wasser zur Strecke zu bringen, aber ich bin sicher, viele tausend werden ans andere Ufer entkommen. Während wir mit denen hier aufräumen, will ich, dass die Neunte so schnell wie möglich westwärts marschiert, das Nordufer an der Furt flussaufwärts besetzt und es bis zu unserem Eintreffen hält. Wenn Ihr kämpfen müsst, um hinüberzugelangen, dann sei es so. Ist diese Aufgabe mit Eurer Dignitas vereinbar, Corvinus?»

Corvinus blickte finster drein. Da er nicht recht wusste, wie er darauf antworten sollte, ohne töricht zu erscheinen, nickte er nur stumm.

Plautius lächelte verkniffen. «Schön, es freut mich, dass

ich etwas gefunden habe, das Eurer würdig ist. Nun, meine Herren, die Schlachtordnung für Eure Legionen und Auxiliartruppen überlasse ich Euch. Tut, was ich befohlen habe, in jedweder Weise, die Ihr für passend erachtet. Gibt es noch Fragen?»

Vespasian schaute in die Runde der Befehlshaber: Die meisten betrachteten die Karte, während sie den Plan im Geiste durchgingen, und ihr Nicken und zustimmendes Gemurmel zeugten davon, dass sie ihn präzise und praktikabel fanden. Er ertappte Corvinus und Geta bei einem komplizenhaften Blickwechsel und begriff, dass der Zeitpunkt, den Narcissus vorhergesehen hatte, nahte. Als er zu Sabinus hinüberschaute, nickte der. Er hatte den Blick ebenfalls bemerkt und die Bedeutung erkannt.

Nach einer kleinen Weile knurrte Plautius zufrieden. «Gut. Beim ersten Feindkontakt erwarte ich, dass Ihr alle in vorderster Front kämpft. Die Männer müssen sehen, dass ihre Befehlshaber keine Angst vor der schieren Masse der lehmbeschmierten Hurensöhne haben. Jetzt geht zurück zu Euren Truppen und fangt an, zum Schein Lager zu errichten. Die Batavier sollten spätestens in einer Stunde auf der Anhöhe dort erscheinen. Ich werde dem Mars Victor, der Fortuna und dem Jupiter opfern, damit sie der Armee hold sind. Hoffen wir, dass sie mich erhören, denn es wird wirklich knapp werden. Meine Herren, wegtreten.»

«So, meine Schönen, dann wollen wir mal diese elenden Boote abladen», bellte Primus Pilus Tatius zwei Centurien Legionären zu, die dazu ausgebildet waren, die Pontonbrücke zusammenzusetzen, und jetzt wenig begeistert vor einem Tross aus zwanzig Ochsenkarren mit jeweils zwei fünfzehn Fuß langen Booten standen.

«Spart Euch die Mühe, Primus Pilus», rief Vespasian und ritt so schnell den Hang hinauf, wie seine Dignitas es zuließ. «Ich habe mir eben das Gelände zwischen hier und der Stelle angeschaut, wo die Brücke entstehen soll – da ist flaches Grasland. Es geht viel schneller, wenn wir die Ochsen ausspannen und die Boote auf den Karren zum Fluss hinunterbringen.»

«Wenn Ihr es sagt, Herr.» Tatius wandte sich wieder seinen Männern zu, von denen manche bereits den eben erteilten Befehl ausführten. «Packt die elenden Boote wieder dahin, wo ihr sie hergenommen habt! Warum ladet ihr sie von den schönen Karren ab, mit denen wir sie zum Fluss runterfahren können?» Die Legionäre schauten ihren Primus Pilus verwirrt an, hüteten sich jedoch, Fragen zu stellen. «So ist es besser, jetzt spannt die Ochsen aus und bringt sie weg. Und esst sie nicht auf, sie sind Eigentum der Armee und müssen sich wieder bei ihrem rechtmäßigen Befehlshaber melden.»

«Sind die Offiziere im Prätorium versammelt, Tatius?»

«Ja, Herr, als ich ging, um mich dieser Boote anzunehmen, waren sie dort.»

Vespasian lenkte sein Pferd durch die sorgfältig choreographierte Geschäftigkeit, die den Eindruck erwecken sollte, als errichteten sie ein Marschlager. Tatius folgte ihm, nachdem er die Aufsicht über den Pontontrupp den Optiones der Centurien übertragen hatte.

All seine Tribune, Präfekten und Centurionen aus der Legion und den angeschlossenen Auxiliarkohorten erwarteten ihn, als er im Herzen des Lagers absaß und einem bereitstehenden Sklaven sein Pferd übergab.

«Ich will mich kurzfassen, meine Herren, da wir in einer halben Stunde bereits auf dem Weg sein müssen. Tatius hat die fünfte und sechste Centurie der zehnten Kohorte, die beide im Pontonbau ausgebildet sind, mit den Booten zusammengebracht.» Er schaute seinen Lagerpräfekten an. «Sind die Planken da, Maximus?»

«Ja, Herr. Gerade werden Hämmer und Nägel an die erste Centurie der zweiten Kohorte ausgegeben.»

«Ausgezeichnet. Ich war eben unten am Fluss, die Ebbe kommt, aber es sind noch gut fünfzig Schritt hinüber, das sind dreizehn bis vierzehn Bootsbreiten. Wir haben also genug Boote, um zwei nebeneinanderzulegen.» Er richtete den Blick auf Paetus. «Sobald wir anfangen, Paetus, will ich, dass Eure Jungs zum Fluss hinunterlaufen und im Eiltempo hindurchschwimmen.»

Der junge Präfekt grinste. «Ich habe bereits die Trinkschläuche ausleeren lassen und pro Mann zehn Wurfspeere ausgegeben.»

«Gut. Wenn Ihr drüben seid, müsst Ihr alle aufhalten, die versuchen, uns am Brückenbau zu hindern.»

«Ja, Herr.»

«Die Bogenschützen der Ersten Hamiorum unterstützen Euch vom diesseitigen Ufer.» Vespasian schaute sich nach dem Präfekten dieser Kohorte um. «Wie viele Pfeile haben Eure Jungs bekommen?»

«Jeder fünfzig, und auf den Fuhrwerken stehen noch einmal doppelt so viele als Reserve bereit.»

Vespasian nickte. «Das sollte für heute genügen. Ich will,

dass alle Legionäre mit Bolzengeschützen sich den Hamanern anschließen, Maximus.» Der Lagerpräfekt nickte. «Wenn die Brücke fertig ist – und wir sollten zu Janus beten, dass das in einer halben Stunde gelingt –, geht die erste Kohorte über den rechten Teil voran, mit Tatius und mir in der vordersten Reihe. Ihr alle werdet unserem Beispiel folgen, meine Herren, und in den Frontreihen Eurer Einheiten kämpfen, selbst die jungen Herren.» Vespasian ließ den Blick über die fünf jugendlichen Gesichter der Militärtribune mit schmalen Streifen gleiten, deren glänzende Augen und ernste Mienen Begeisterung und Besorgnis gleichermaßen verrieten. Er betete, keiner von ihnen möge dem kopflosen Schlachtenrausch verfallen, von dem er selbst in seiner Jugend sich mehrfach hatte hinreißen lassen. In den disziplinierten Reihen der Legionen war dafür kein Platz. «Drüben angekommen, formiert sich die erste Kohorte in Richtung Norden, mit dem Fluss an ihrer Flanke. Ihr folgt die zweite mit Mucianus in der vordersten Reihe, und dann kommen die anderen Kohorten der Reihe nach. Wir bilden drei Treffen mit vier Kohorten im zweiten. Der linke Teil der Brücke ist für die Auxiliartruppen. Ich will, dass die gallische Kavallerie zuerst hinübergeht, um so schnell wie möglich das höher gelegene Gelände an unserer linken Flanke zu besetzen und es zu halten, bis die fünf Kohorten gallischer Infanterie eintreffen. Sie sollen dort oben in Stellung gehen und Kontakt zur linken Flanke der Legion halten. Die Kavallerie der Legion überquert den Fluss zuletzt und fungiert als Reserve. Die Hamaner und die Artillerie bleiben an diesem Ufer und rücken mit uns vor. Die *Carroballistae* sollten also auf den Wagen bleiben und von dort aus abgeschossen werden.

Heute werden wir allerdings nicht mehr weitermarschieren, denn unser Befehl lautet, den Brückenkopf zu halten und auf die Zwanzigste zu warten. Falls es kurze taktische Vorstöße geben sollte, werden sie von der ersten Kohorte angezeigt. Ihr werdet zu ihrer Unterstützung mitgehen. Alles klar, meine Herren?»

Die Antwort war zustimmendes Gemurmel von den versammelten Befehlshabern. «Ich bezweifle stark, dass wir unsere Stellung unbehelligt erreichen werden, aber je schneller wir sind, desto größer unsere Chancen, die Briten zu überrumpeln. Doch seid gewiss, sie werden kommen und uns zusetzen, und sie werden versuchen, uns über den Fluss zurückzuschlagen.» Er schaute zu der Kriegerhorde auf der gegenüberliegenden Anhöhe, keine tausend Schritt entfernt. Das Hohngeschrei war verstummt, jetzt schienen sie damit beschäftigt, ihr Abendessen zu kochen und zu trinken. Ihre Stimmen waren als beständiges Dröhnen im Hintergrund zu hören. «So weit dürfen wir es nicht kommen lassen, also müssen wir hart kämpfen, denn wir sind fünf- oder sechsfach, vielleicht sogar siebenfach in der Unterzahl. Unser Ziel ist, vor Einbruch der Dunkelheit einen Brückenkopf zu sichern. Dann kommt die Zwanzigste herüber, um sich uns anzuschließen und unsere Auxiliartruppen auf dem höher gelegenen Gelände abzulösen. Anschließend steht uns eine harte Nacht bevor. Wir bleiben in Formation und schlafen nur kurz im Wechsel, und das nach einem anstrengenden Tag. Am Morgen beginnt unser Vormarsch nach Norden, und das, meine Herren, wird ein blutiger Weg.»

Während seine Offiziere über die Wahrheit seiner Worte

nachsannen, veränderte sich der Klang der vielen tausend Stimmen, die von jenseits des Flusses herüberdröhnten, erst allmählich, dann schneller, und wiederum erhob sich trotziges Gebrüll.

Vespasian schaute nach Norden und lächelte verbissen, sein Puls beschleunigte, und sein Magen zog sich zusammen. «Die Batavier haben es geschafft. Nun geht es also los, meine Herren. Kehrt zu Euren Einheiten zurück, brecht den sinnlosen Lagerbau ab und lasst sie in Kolonnen Aufstellung nehmen. Ich gebe den Befehl zum Aufbruch, sobald ich denke, dass die Briten hinreichend abgelenkt sind. Die Batavier, die Hamaner, die Artillerie und die Brückenbauer setzen sich zuerst in Marsch. Ich gehe mit ihnen, Mucianus, und sobald wir den Fluss erreicht haben, führt Ihr die Männer hinaus. Wegtreten.»

Mit scheppernden Waffen und Rüstungen grüßten die Offiziere ihren Legatus, wandten sich forsch ab und marschierten davon, zurück auf ihre Posten. Vespasian schaute wieder über den Fluss. Die britannische Horde begann, in einer seltsam flüssigen, strudelnden Bewegung nordwärts zu strömen.

«Wie ein Schwarm Stare, der die Richtung ändert», bemerkte Magnus, der von hinten an ihn herangetreten war.

«Ich glaube nicht, dass ich schon einmal so viele Stare auf einmal gesehen habe.» Vespasian drehte sich zu seinem Freund um und stutzte. «Was soll denn diese Aufmachung?»

«Nun, die Kettentunika trage ich, um es den Wilden zu erschweren, meine Eingeweide zu untersuchen. Was den Helm betrifft, so ist dieser ganz nützlich, um zu verhindern, dass einem der Schädel gespalten wird, und mit dem Schild kann man einen Schwertschlag viel wirksamer abwehren als mit dem linken Arm, wenn Ihr versteht, was ich meine?»

«Allerdings. Heißt das, du bist entschlossen zu kämpfen?»

«Ich hatte in Erwägung gezogen, mich hier oben ins Gras zu setzen und das Ganze in Ruhe bei einem kleinen Imbiss zu beobachten, aber dann dachte ich mir, es könnte etwas kühl werden, und da wäre es doch besser, mich in der vordersten Reihe neben Euch gemütlich einzukuscheln. Ach ja, und das hier habe ich Euch mitgebracht.» Magnus reichte Vespasian seinen Schild.

«Wirst du nicht allmählich zu alt für so was?», fragte Vespasian und nahm den Schild mit dankendem Kopfnicken entgegen.

«Ich bin gerade mal einundfünfzig, in mir stecken noch reichlich Kampfgeist und Manneskraft. Außerdem habe ich noch nie gegen Briten gekämpft. Das dürfte interessant werden.»

Vespasian schüttelte den Kopf. Ihm war klar, dass es unmöglich wäre, Magnus diesen Kampf auszureden, an dem er als Zivilist eigentlich keinen Anteil haben sollte. Außerdem wurde ihm bewusst, dass er es auch gar nicht wollte. Mit seinem Freund an seiner Seite würde er sich erheblich wohler fühlen. Er schaute sich wieder nach dem anderen Flussufer um, wo die Briten jetzt nordwärts strömten. Während er beobachtete, wie die dunkle Menschenmasse den grasbewachsenen Hang überschattete, trennte sich plötzlich ein Teil davon ab und bewegte sich zum Fluss hinunter – die XIIII näherte sich der zerstörten Brücke. Vespasian sandte ein stummes Gebet an Sabinus' Gott Mithras, er möge die Hand über seinen Bruder halten. Zugleich begann eine halbe Meile zu seiner Rechten die XX ihre Finte, indem sie hinter der XIIII gen Norden marschierte, zu der Stelle, wo die Batavier den Fluss durchquert hatten.

«Das hat ihr Interesse geweckt», bemerkte Magnus, denn beim Anblick der neuen Bedrohung wurde das Gebrüll der Briten lauter.

«Allerdings, jetzt bewegen sich fast alle von uns fort. Zeit, zu handeln.» Er wandte sich an den Bucinator, der beim Prätorium wartete. «Blast ‹Vorwärts›.»

Die Töne erklangen, hoch und klar, und sofort dröhnten die tieferen Cornua. Links von Vespasian begannen die beiden Centurien, welche die Brücke bauen sollten, ihre Karren den Hang hinunterzuschieben. Während sie rasch an Tempo gewannen, galoppierte Paetus' Kavallerie davon, gefolgt von den Hamaner Bogenschützen im Laufschritt und den sechzig Maultierkarren mit den Bolzengeschützen der Legion.

Vespasian atmete tief durch und wappnete sich innerlich für das, was ihm jetzt bevorstand. Er wusste, dass die folgenden paar Stunden eine der härtesten Prüfungen seines Lebens werden würden. «Bringen wir es hinter uns, mein Freund.»

«Ich hatte gehofft, dass Ihr das vorschlagen würdet.»

Vespasian und Magnus folgten den Karren den Hang hinunter, während ringsumher die Kohorten der II Augusta und ihre Auxiliartruppen sich zur Schlacht gegen einen Feind bereit machten, der ihnen zahlenmäßig weit überlegen war. Vespasian wusste, dass die Kämpfe dieses Nachmittags unbedeutend erscheinen würden im Vergleich zu dem, was die II Augusta am anderen Ufer des Afon Cantiacii erwartete.

«Ihr sollt sie nicht anstarren, ihr sollt sie zu Wasser lassen!», brüllte der Centurio der sechsten Centurie der zehnten Kohorte vier seiner Legionäre an, die nach der Anstrengung, ein Boot vom Karren zu heben, eine kurze Verschnaufpause machten. Hinter ihm rammten Männer mit Vorschlaghämmern acht dicke Pfosten in den trockeneren Boden ein Stück vom Ufer entfernt. Die Legionäre drehten das Boot hastig herum und trugen es durch das hohe Schilf auf den Schlick dahinter. Von den bösen Blicken ihres Centurios zu größerer Eile getrieben, machten sie die beiden Ruder los, die an den Bänken festgebunden waren, und schoben das Boot in den Fluss. Sobald es schwamm, sprangen alle vier mit schlammigen Sandalen hinein.

Vespasian sah zu und warf hin und wieder einen beunruhigten Blick nach Norden, vorbei an den Artilleriefuhrwerken, die sich in drei Reihen zu zwanzig hinter den Hamanern formierten, zu der Stelle, wo die Briten auf die vermeintliche Bedrohung zu stürmten. Entlang des Ufers wurde die Prozedur des Abladens wiederholt, bis alle Boote auf dem träge dahinströmenden Fluss schaukelten.

Das Hämmern hörte auf, als der Optio, der diesen Trupp befehligte, befand, dass die acht Pfosten – vier für jede Brücke – fest genug eingeschlagen waren, um die vier langen Seile, die eingerollt auf dem Boden lagen, daran zu befestigen. Dahinter lagen die Boote für die zweite Brücke im Wasser bereit. Etwas weiter südlich am anderen Ufer sah

Vespasian die letzten von Paetus' Männern aus dem Fluss steigen, um sich der Ala anzuschließen, die sich bereits in vier Linien formierte. Bislang war keine feindliche Truppe in Sicht, die sie bedrohte.

«Es könnte gelingen», sagte Vespasian und schaute an Magnus vorbei den Hang hinauf, von wo die II Augusta im Laufschritt auf sie zukam.

Magnus spuckte aus, ballte die Faust um den Daumen und murmelte ein Gebet, um den bösen Blick abzuwehren.

«Tut mir leid.»

«Die ersten Boote!», brüllte der Centurio. Sein Kollege an der zweiten Brücke bellte den gleichen Befehl.

Sofort wurden fünf Boote auf den Fluss hinausgerudert und in Position gebracht. Als das erste Boot auf Höhe der Pfosten war, packten zwei Legionäre es und hielten es fest, während zwei weitere die eingerollten Seile, von denen jedes an zwei Pfosten befestigt war, den beiden Männern im Bug und im Heck des Bootes reichten, die nicht ruderten. Diese fädelten sie schnell durch große Metallösen, die in beide Enden des Bootes geschraubt waren, und sicherten sie, ehe sie die Seile an ihre Kollegen im zweiten Boot weitergaben, das an ihrer Seite erschien. Die Ruderer hielten die Boote nebeneinander, während die Seile durchgefädelt, verknotet und dann an das dritte Boot weitergegeben wurden. Der äußere Mann ruderte ständig, um die Linie gerade zu halten, und zog sein Ruder erst aus dem Wasser, wenn das nächste Boot seine Position erreichte. Neben ihnen arbeitete der Trupp an der zweiten Brücke auf die gleiche Weise.

Vespasian schaute wieder zu der Anhöhe im Norden.

Streitwagen in gewaltiger Zahl fuhren in hohem Tempo den grasbewachsenen Hang hinauf auf die Batavier zu, die oben auf der Kuppe in Stellung waren. Plötzlich stieg von den Auxiliartruppen eine dünne, dunkle Wolke auf, beschrieb einen Bogen am Himmel und senkte sich auf die Wagen. Die Schreie, die auf die Salve folgten, wurden vom Hintergrundlärm übertönt, dem Gebrüll aus zigtausend Kehlen, doch selbst auf diese Entfernung konnte Vespasian ausmachen, dass Dutzende der Wagen am Hang zum Stehen kamen, da die Zugtiere reglos am Boden lagen.

«Die nächsten fünf!», riefen die Centurionen, als die letzten zwei Boote festgemacht waren, und das Kommando lenkte Vespasians Aufmerksamkeit wieder auf seine eigentliche Aufgabe.

Fünf weitere Boote wurden an beiden Seiten in den Fluss hinausgerudert. Am Ufer trabte eine mit Hämmern und Nägeln ausgestattete Centurie an den Pfosten vorbei, gefolgt von Maultierkarren voller Planken. Die ersten vier Legionäre lösten die bisherigen Insassen der bereits gesicherten Boote ab, stiegen hinein, und hinter ihnen bildete sich eine Kette, um die zwei Fuß breiten Planken weiterzureichen. Auf den Booten angekommen, wurden sie quer über die dicken, waagerechten Dollborde gelegt und mit langen Nägeln befestigt. Von der Mitte nach außen begann ein zwölf Fuß breiter hölzerner Steg Gestalt anzunehmen und erreichte bald das Ufer. Bis die letzten Planken festgenagelt waren, lagen bereits die nächsten fünf Boote an ihren Plätzen. Jetzt fehlte nur noch ein Drittel der Strecke zum anderen Ufer, und der ganze Prozess begann erneut, indem nun die letzten Boote in Position gebracht wurden. Am anderen Ufer kam gerade Paetus' Ala vorbei, als zwei Boote ein Contubernium Legionäre mit Vorschlaghämmern und Pfählen an Land brachten, um die Brücken am westlichen Ufer festzumachen.

Lagerpräfekt Maximus nahm neben Vespasian so zackig Haltung an, dass seine *Phalerae* – seine militärischen Auszeichnungen – schepperten, und grüßte. «Die Zweite Augusta und ihre Auxiliartruppen stehen in Kolonne bereit zur Überquerung, Legatus!»

«Danke, Präfekt.» Vespasian drehte sich zu den zehntausend Mann um, die seinem Befehl unterstanden. Zwei je acht Mann breite Kolonnen erstreckten sich den Hang hinauf. Die warme Sonne, die sich gen Westen neigte, beschien ihre müden, verbissenen Gesichter und spielte auf dem polierten Eisen ihrer Rüstungen und den Standarten, denen sie bis in den Tod folgen würden.

Das schrille Signal eines *Lituus*, des langen Horns der Kavallerie, scholl über den Fluss und erschreckte Vespasian – nicht durch seine Lautstärke, sondern durch seine Bedeutung. Er machte sich nicht die Mühe, in die Richtung zu schauen, aus der es gekommen war, sondern wandte den Kopf stattdessen nach Norden, wo er das erblickte, wovor ihm gegraut hatte. Die Bewegungen der II Augusta waren nicht unbemerkt geblieben – wie auch? Eine beträchtliche Truppe hatte sich von der Horde der Briten gelöst und kam jetzt über das flache Grasland am Ufer auf sie zu, angeführt von einer großen Formation Streitwagen. Paetus' Ala hatte sich ausgerichtet und ritt im Trab dem herannahenden Feind entgegen, der nur eine Meile entfernt war.

«Sorgt dafür, dass das hier schneller geht, Maximus, sonst

sind wir in Kämpfe verwickelt, noch ehe die erste Kohorte drüben ist.»

Der Lagerpräfekt warf einen Blick zu den Enden der Brücken, wo noch die jeweils letzten zwei Boote in Position gebracht wurden, und rannte davon, wobei er die Männer lautstark zur Eile antrieb.

Magnus runzelte die Stirn. «Das wird nicht viel nützen, die Jungs machen schon so schnell, wie sie können. Ich habe noch nie gesehen, wie in so kurzer Zeit eine Brücke über einen Fluss entsteht.»

Vespasian schenkte ihm keine Beachtung, sondern winkte den Präfekten der Cohors I Hamiorum zu sich heran.

«Zieht im gleichen Tempo wie unsere Kavallerie nordwärts. Wenn es sein muss, sprintet, aber ich will, dass alle zehn Herzschläge achthundert Pfeile zu ihrer Unterstützung kommen, wenn sie den Feind erreichen. Und zielt auf die Pferde.»

Der Präfekt salutierte und eilte davon. Augenblicke später hatten die Hamaner sich abgewandt und liefen am Fluss entlang nach Norden, parallel zu den trabenden Pferden der Batavier.

Magnus' Vorbehalten zum Trotz hatte Maximus' Erscheinen am Ende der Brücke die Männer zu noch größerer Leistung angetrieben, und gerade wurden die letzten zwei Boote mit den Seilen an ihrer Position befestigt. Vespasian zog sich ein paar Schritt hangaufwärts zurück und nahm seinen Platz in der vordersten Reihe der ersten Kohorte ein, neben Tatius. Magnus reihte sich an seine andere Seite ein. Hinter ihnen stand in aufrechter Haltung der Adlerträger der II Augusta, prächtig mit seinem Wolfsfell, bereit, die heilige Standarte in der bevorstehenden Schlacht mit beiden Händen hochzuhalten, während die Kameraden um ihn herum kämpften, um sie gegen den Feind zu verteidigen. Vespasian musste all seine Willenskraft aufbieten, um ruhig stehen zu bleiben, während die Taue an den Pfählen festgemacht und die letzten Planken über die Boote genagelt wurden. Ein Blick nach Norden verriet ihm, dass eine halbe Meile entfernt die Batavier bis auf weniger als zweihundert Schritt an den Feind heran waren und die Hamaner ungeordnet sprinteten, um mit ihnen Schritt zu halten.

«Schaut nicht hin, Herr, Ihr könnt sowieso nichts ändern», raunte Magnus ihm ins Ohr.

Vespasian umklammerte das Heft seines Schwertes und vergewisserte sich, dass die Klinge lose in der Scheide steckte, um sich selbst von der quälenden Anspannung abzulenken. Dies war das erste Mal seit den Aufständen der Juden vor fast fünf Jahren, dass er das Geschenk der werten Antonia, das Schwert ihres Vaters Marcus Antonius, im Kampf gebrauchte, ging es ihm durch den Kopf. In Germanien hatte er es vermisst, denn die längere Spatha der Kavallerie war nicht –

«Die Brücke räumen!», rief Maximus.

Die Arbeitstrupps rannten über die hölzerne Konstruktion zurück, sodass sie ins Schwanken geriet.

«Los, Primus Pilus!», befahl Vespasian, noch ehe die letzten Männer von der Brücke waren.

«Die erste Kohorte im Laufschritt marsch.»

Das Cornu dröhnte, die Standarten wurden zweimal abgesenkt, und die achthundert Mann der fünf doppelt starken Centurien der ersten Kohorte marschierten los.

«Ohne Tritt!», befahl Tatius kurz vor der Brücke.

Die Soldaten fielen aus dem Gleichschritt, um die Pontonbrücke nicht in eine Schwingung zu versetzen, die sie zerstört hätte, dann trampelten sie über den hölzernen Steg.

Vespasian musste sich beherrschen, um nicht hinüberzurennen, sondern das von Tatius vorgegebene Tempo zu halten. Hinter ihm dröhnten die genagelten Sohlen auf den Planken, verstärkt durch die Hohlräume der Boote darunter, wie ein beständiges Donnergrollen in einem heftigen Unwetter. Seine Anspannung wuchs mit jedem Schritt, und sein Blick huschte immer wieder nach Norden, wo Paetus' Männer jetzt in eine Reihe von Scharmützeln mit den Kriegern auf den Streitwagen verwickelt waren. Diese drehten kurz vor der Frontlinie ab, und die Fahrer schleuderten Wurfspeere in die batavische Ala, die das Kompliment erwiderte. Viele der Ponys stürzten, sodass die hölzernen Gefährte mitsamt Fahrern durch die Luft flogen und zu Dutzenden als Hindernisse vor der Linie der Kavallerie liegen blieben. Die Formation aufzubrechen wäre verheerend gewesen, und so hatten die Batavier gezwungenermaßen angehalten. Jetzt kämpften sie Mann gegen Mann gegen die Fahrer der wenigen Wagen, denen sie den Rückweg hatten abschneiden können, sowie gegen jene Krieger, die aus den Trümmern ihrer Gefährte gekrochen waren. Gerade rasten ein paar hundert Wagen erneut auf die in ihrer Beweglichkeit eingeschränkten Batavier zu. Unter dem unablässigen Pfeilhagel der Hamaner am Ostufer schleuderten sie je zwei

oder drei Wurfspeere in die Ala und streckten unter gequälten Schmerzenslauten von Mensch und Tier viele nieder.

Plötzlich erzeugten Vespasians Schritte kein Geräusch
mehr, und der Boden unter ihm hörte auf, sich zu bewegen;
die erste Reihe hatte das andere Ufer erreicht. Eine halbe
Meile weiter nördlich ergriff Paetus' Ala indessen die Flucht,
da sie den verheerenden Verlusten durch einen bewegli-
chen Feind, den sie nicht richtig zum Kampf stellen konnte,
nicht länger standzuhalten vermochte. Die Briten ihrerseits
litten schwer unter dem Beschuss durch die Hamaner Bogenschützen, doch sie verfolgten ihren Feind in dem Wissen, dass sie bald außer Reichweite der Pfeile sein würden.
Im Gefolge der Wagen stürmten Tausende Krieger vorwärts,
eine einzige undisziplinierte, aber entschlossene Masse.

Die erste Kohorte strömte ans westliche Ufer. Tatius
trieb seine Männer zu höherer Geschwindigkeit an, da er die
Gefahr erkannte, jeden Moment im offenen Gelände angegriffen zu werden, ehe sie sich formiert hatten. Er zählte laut
die Schritte, während sie über die Wiese rannten, die Paetus' Reiter bei ihrem verlustreichen Vorstoß nach Norden
bereits niedergetrampelt hatten. Neben ihnen donnerte die
Ala gallischer Kavallerie auf den Hang zu. Auch den Reitern
war bewusst, dass in diesem äußerst knapp kalkulierten Manöver Schnelligkeit entscheidend war. Hinter ihnen folgten
ihre unberittenen Landsleute in aller Hast, angefeuert von
den Rufen ihrer Centurionen und Optiones. Als Tatius bis
fünfzig gezählt hatte, waren die Batavier nur mehr fünfhundert Schritt entfernt. Sie trieben ihre schäumenden Pferde
an und ritten um ihr Leben, ihren langsameren Verfolgern
davon, die ihrerseits nun die Reichweite der Hamaner Bo-

genschützen verlassen hatten. Diese zielten stattdessen auf die unberittenen Krieger, die hinter den Wagen herstürmten und als dichtgedrängte Masse ein leichtes Ziel abgaben.

Bei siebzig Schritt warf Vespasian dem Primus Pilus einen nervösen Seitenblick zu, sagte jedoch nichts. Ihm war klar, dass der kampferprobte Veteran wusste, wie breit die Front sein musste, damit die achthundert Mann seiner Kohorte sich formieren konnten. Mit wildhämmerndem Herzen zwang Vespasian sich weiterzurennen. Magnus an seiner Seite ächzte vor Anstrengung.

«Rechts schwenkt!», schrie Tatius, als er bei hundert angelangt war.

Die vorderste Reihe drehte nach Norden ab. Die fliehenden Batavier waren jetzt auf weniger als dreihundert Schritt heran. Nach zwanzig weiteren quälenden Herzschlägen hob Tatius den rechten Arm. «Halt, eine Linie bilden!» Er verringerte sein Tempo allmählich, um zu verhindern, dass die Kohorte in einem verheerenden Ziehharmonika-Effekt ineinanderlief, und kam endlich zum Stehen. Hinter ihm fächerte sich die Kolonne auf, wobei immer vier Mann zu jeder Seite in Position gingen, und mit der Präzision und Leichtigkeit, die endlosen Übungen zu verdanken waren, verwandelte sich die Kolonne in eine breite Front, vier Mann tief gestaffelt. Hinter ihnen lief die gallische Auxiliartruppe stampfend weiter auf das höher gelegene Gelände zu, und die zweite Kohorte ließ gerade die Brücke hinter sich, während die Batavier vor ihnen zur Seite auswichen, um an ihren Kameraden vorbeizureiten. Dabei gaben sie den Blick auf die Wagen und die Masse der unberittenen Krieger frei.

Tatius sah Vespasian fragend von der Seite an.

Vespasian nickte. «Es ist Eure Centurie, Primus Pilus, Ihr erteilt die Befehle – so lange, bis ich beschließe, dass die Legion etwas anderes tun soll, als die Stellung zu halten.»

«Jawohl, Herr! Präsentiert die Pila!»

Überall in der Kohorte dröhnten Cornua, und seine untergeordneten Centurionen wiederholten das Kommando. Sämtliche Soldaten der vordersten Reihe, von Tatius in der Mitte ausgehend, stellten das linke Bein nach vorn, hielten ihren Schild vor sich und schoben die mit Widerhaken versehene Spitze des Pilums über den Rand. Zwar war das Pilum nicht als Stichwaffe gedacht, doch Tatius wusste aus langjähriger Erfahrung, dass ein solider Schildwall mit bedrohlichen Eisenspitzen auf Augenhöhe der Ponys die stämmigen Tiere abschrecken würde, die, nur noch hundert Schritt entfernt, auf sie zu galoppierten.

Vespasian warf einen Blick über die linke Schulter. Über die Köpfe der verbissen dreinschauenden Legionäre hinweg sah er, dass die Standarte der zweiten Kohorte auf gleicher Höhe mit ihm war; sie hatten die Linie ergänzt. Die dritte Kohorte war flüchtig durch die Lücken in der Formation als vorbeihuschende Gestalten auszumachen. Dahinter sammelte sich Paetus' Kavallerie, und die Gallier hatten den Aufstieg auf die Hänge begonnen. Er wandte sich wieder dem herannahenden Grauen zu, das nur mehr fünfzig Schritt entfernt war, und erkannte, dass die dritte Kohorte ihr Manöver nicht mehr vor dem Zusammenprall beenden konnte.

Eine sehr schnelle Folge von scharfem Knall und dumpfen Einschlägen veranlasste ihn, nach rechts zu schauen, und er sah undeutlich sechzig aus Carroballistae abgeschossene Bolzen tief über den Fluss fliegen und krachend in die

Streitwagen einschlagen. Bei rasendem Tempo starben Tiere und Menschen, die Gefährte gingen zu Bruch, ein heilloses Gemetzel binnen eines Herzschlags. Dicht vor Vespasian prallte ein Pony, das in den Hals getroffen war, gegen das nächste, sodass der Bolzen beide Tiere durchbohrte und sie verband, während der Fahrer des wiederum nächsten Wagens aus seiner knienden Haltung hochgerissen und gepfählt, wie er war, gegen den Bauch eines wild mit den Hufen schlagenden Tieres geschleudert wurde. Dort blieb er mit weit aufgerissenem Mund hängen. Das ganze Gewirr wurde herumgeschleudert, Blut spritzte, und unter gequälten Schreien fielen die Opfer krachend zu Boden. Überall in der heranstürmenden britannischen Horde stürzten Streitwagen um und zerbrachen, Räder, geflochtene Seitenwände und Holzsplitter trafen die Nachfolgenden, die noch unversehrt waren, im Gesicht. Sie versuchten, den Wracks am Boden auszuweichen, wobei die Verwundeten niedergetrampelt und halbbenommene Überlebende, die taumelnd auf die Füße kamen, umgerannt wurden. Der Ansturm verlor immer mehr an Tempo. Fahrer und Krieger zu Fuß schauten angstvoll über den Fluss zur Artillerie der II Augusta hinüber, die solche Verheerung anrichten konnte. Wenige Augenblicke nach dem Einschlag der Salve war die heranstürmende Truppe zum Stillstand gekommen. Mehr als fünfzig Wagen lagen in Trümmern, entweder von den schweren Geschossen direkt getroffen oder von den umherfliegenden Wrackteilen.

Vespasian erkannte, dass jetzt der rechte Zeitpunkt war, die Initiative zu ergreifen. «Die Zweite Augusta rückt vor!»

Cornua dröhnten, der Adler und die Standarte der ersten Kohorte wurden abgesenkt, und achthundert Mann marschierten gleichzeitig los. Die zweite Kohorte folgte ihrem Beispiel, während die dritte mit Maximus in der vordersten Reihe sich auf dem letzten Stück ebenen Bodens vor dem Hang fertig in Position brachte. Hinter ihnen trabten noch immer Legionäre und Soldaten der Auxiliartruppen über die Brücke und verstärkten die Legion weiter. Vor ihnen machten die Streitwagen, die allen Schwung verloren hatten und zum Stillstand gekommen waren, kehrt und flohen unter dem triumphierenden Hohngeschrei der Römer zurück zu der Masse der Fußsoldaten, die nur vierhundert Schritt entfernt das Gelände vom Flussufer bis zum Höhenrücken überzog.

«Halt!», rief Vespasian, als sie sich dem ersten der zahlreichen Wracks näherten, mit denen das Schlachtfeld übersät war.

Die Linie kam kurz vor dem Gewirr aus toten oder sich windenden Ponys und Männern zwischen den Trümmern dreier Wagen zum Stehen, während die dritte Kohorte, jetzt in Formation, im Laufschritt aufholte.

«Das war der einfache Teil», murmelte Magnus mit einem Blick zu der Horde, die unaufhaltsam auf sie zuströmte.

«Findest du? Ich würde sagen, zehntausend Mann unter den Augen des Feindes fast ohne Verluste über einen Fluss zu bringen war alles andere als einfach. Sieh mal.» Vespasian zeigte nach links.

Oben auf der Anhöhe zeichnete sich die gallische Kavallerie gegen das tiefgoldene Licht ab. Die erste der Auxiliarkohorten hatte sie fast eingeholt. Die nächsten zwei waren dicht dahinter, während die letzten beiden gerade als Reserve in Stellung gingen. Vor ihren Augen erreichte die führende Kohorte den Höhenrücken und begann, eine Linie zu bilden. Die Kavallerie überließ ihnen die Stellung und verschwand auf dem abseitigen Hang. Die nächsten zwei Kohorten schwenkten ebenfalls herum, sodass sie dem Feind entgegenblickten, dann trabten alle drei los, bis sie zur linken Flanke der Legion aufschlossen, sodass eine geschlossene Linie entstand, vier Mann tief gestaffelt und mehr als eine halbe Meile breit.

Als die letzten beiden gallischen Kohorten vorrückten, um das zweite Treffen zu vervollständigen, knurrte Magnus und wandte sich wieder den Briten zu. «Wie dumm von mir. Ich hatte gar nicht erkannt, dass der einfache Teil ist, bis Sonnenuntergang eine Stunde lang die Stellung zu halten – gegen eine Horde, die fünf- bis sechsmal so zahlreich ist wie wir.»

Vespasian beobachtete, wie die Masse der Krieger heranströmte, und er bemerkte, dass sie langsamer wurde. An ihrer linken Flanke, entlang des Flussufers, waren jetzt Hunderte Schleuderer in einen Kampf gegen die Bogenschützen verwickelt. Die ungeschützten Hamaner erlitten schwere Verluste, als die Geschosse ihrer mit Schilden bewehrten Gegner in ihre Reihen einschlugen, und Dutzende waren bereits zu Boden gegangen. Die Übrigen zogen sich aus der Reichweite der Schleudern zu ihren Nachschubkarren zurück, um sich neu mit Pfeilen zu bevorraten. Dahinter in der Ferne hielten die unberittenen Batavier noch immer die Anhöhe und wehrten Angriffe ab. Wie es Sabinus' Legion an der Brücke erging, konnte Vespasian nicht erkennen, da die Schar vor ihm ihm die Sicht versperrte. Diese kam jetzt zum Stehen, nur zweihundert Schritt entfernt.

Wieder trat aus der Mitte der britannischen Linie ein Häuptling vor, hochgewachsen und stolz. Er drehte sich zu seinen Gefolgsleuten um, hob die Arme und rief mit lauter, klarer Stimme etwas in seiner Muttersprache.

«Das ist nicht derselbe, mit dem wir es heute Morgen zu tun hatten, Herr», stellte Tatius fest. «Also muss es Togodumnus sein.»

Gebrüll erscholl, und in der feindlichen Horde wurden Dutzende *Carnyces* erhoben – lange, aufrecht gehaltene Hörner mit Mündungen in Form von Tierköpfen. Sie brachten Laute hervor, die von schrillem Stakkato, das an Fuchsgebell erinnerte, über vibrierende Töne in mittlerer Lage bis zu tiefem Dröhnen ähnlich dem eines Cornu reichten. Der Lärm schwoll an und übertönte den Krach der Carroballistae, die eine Salve Bolzen mit tödlicher Präzision auf die Horde der Briten abschossen und blutige Schneisen hinterließen, welche sich jedoch bald wieder schlossen.

Togodumnus beachtete diesen geringfügigen Verlust gar nicht. Er wandte sich jetzt den Invasoren zu und reckte sein Schwert in die Höhe, dass es golden in der Abendsonne aufblitzte. Mit einem hasserfüllten Schrei ließ er es niedersausen.

Die Briten stürmten los.

Angeführt von Togodumnus in der Mitte, wogte die Masse vorwärts. Der Angriff war weitaus planvoller als jener, den Vespasian erst an diesem Morgen erlebt hatte. Kein einzelner Krieger stürmte voraus, um persönlichen Ruhm zu erringen, und auch wenn es keine Formation im eigentlichen Sinne gab, entstand doch der Eindruck einer gewissen Ordnung. Vespasian erkannte, dass diese Gegner entschlossen waren, die Legion durch ihre schiere Überzahl zu überwältigen.

Er warf Tatius einen Blick zu. «Eure Kohorte, Primus Pilus.»

Tatius nickte. «Pila bereit, anschließend in Abwehrstellung!»

Wieder wurden seine Befehle durch die schweigende Kohorte weitergegeben, und achthundert rechte Arme holten aus. Überall entlang der Linie folgten die Centurionen dem Beispiel der führenden Kohorte. Die Legionäre machten sich bereit, sich dem Anprall der feindlichen Horde entgegenzustemmen, die, blankes Eisen schwingend, über das Gelände strömte wie Quecksilber, angeführt von der Mitte, die jetzt den Seiten beträchtlich voraus war.

Wieder schickte die Artillerie sechzig blitzschnelle Bolzen in die Masse und durchbohrte Dutzende, deren Schreie im Kampfgebrüll der Zigtausend untergingen. Die Schleuderer zielten nun auf die Artilleristen, die mühsam ihre Carroballistae neu spannten. Ihre ledernen Schleudern im Laufen über den Köpfen schwingend, ließen sie Hunderte Steine auf die Karren einprasseln und brachen Mensch und Maultier die Knochen. Manche der Tiere gingen mitsamt Karren durch, während die Männer hastig Deckung suchten.

Vespasian fühlte, wie seine Eingeweide sich zusammenkrampften, als die Briten näher kamen. Er tröstete sich mit dem Gedanken, dass jeder Mann in der römischen Linie die gleiche Angst empfinden musste. Er konnte sie förmlich riechen.

Da er kein Pilum hatte, lockerte er seinen Gladius in der Scheide und betete im Stillen, es möge ihm gelingen, die Waffe mit dem gleichen Geschick zu führen wie ihr längst verstorbener einstiger Besitzer. Die Briten waren jetzt nur noch fünfzig Schritt entfernt, sodass Vespasian deutlich die verschlungenen Muster erkennen konnte, die mit Vitrum auf ihre nackten Oberkörper und Arme gemalt waren, und die langen, herabhängenden Schnurrbärte über aufgerissenen, brüllenden Mündern mit gebleckten Zähnen. Er spannte seinen Schildarm an.

Mit metallischem Krachen und dem Dröhnen von Schild gegen Schild prallte die Mitte der vorgewölbten Front gegen die dritte Kohorte. Vespasian warf einen Blick nach links, wo die Pila der zweiten Kohorte gerade himmelwärts flogen. Oben auf der Anhöhe ließen die gallischen Auxiliarkohorten dunkle Wolken aus Wurfspeeren los, während auch die nachfolgenden Teile der britannischen Front gegen die Schilde der Römer anprallten und wieder eine gerade Linie entstand.

«Pila werfen!», brüllte Tatius, als die menschliche Woge auch die äußersten Schilde der zweiten Kohorte erreichte.

Mit einem vereinten angestrengten Stöhnen schleuderten die achthundert Legionäre der ersten Kohorte ihre Pila, setzten stampfend den linken Fuß vor und zogen in einer einzigen vielfach eingeübten Bewegung ihre Schwerter. Vespasian fühlte, wie sein Hintermann ihm seinen Schild fest gegen den Rücken drückte, während die todbringende Salve auf die brüllende Horde zuflog.

Für einen Moment schien die Zeit angehalten. Stille trat ein, dann zerrissen Schreie die Luft, schrill und plötzlich, als die bleibeschwerten Pila die heranstürmenden Krieger durchbohrten und rücklings umrissen. Blut spritzte, da Männer gepfählt wurden, Gesichter von Bleikugeln zerschmettert, Schilde durchschlagen, Arme am Körper festgepflockt. Zu Hunderten gingen sie zu Boden, mit weitaufgerissenen Augen und unter Todesgeschrei. Waffen flogen aus ausgestreckten Armen, manche rissen noch die Kameraden hinter sich im Sturz um, dann rannten jene, die von der Salve verschont geblieben waren, vorbei und schienen durch die gegenläufige Bewegung plötzlich desto schneller zu werden.

Vespasian biss die Zähne zusammen und duckte sich hinter seinen Schild, alle Muskeln angespannt, als die menschliche Woge sich an der ersten Kohorte brach, von links nach rechts, mit rasend schneller, immer näher kommender Folge dröhnender Schläge entlang der Linie. Und dann durchfuhr der Anprall seinen Körper mit solcher Wucht, dass sein rechtes Bein beinahe nachgegeben hätte. Der Schild, der gegen seinen Rücken drückte, stieß ihn nach vorn, und alle Luft schien aus seiner Lunge zu entweichen, während er sich verzweifelt bemühte, auf den Füßen zu bleiben.

Sein Instinkt übernahm die Führung.

Schwer atmend riss er seinen Schild hoch und zerschmetterte mit der Kante den Arm, der im Begriff war, ein Schwert auf ihn niedersausen zu lassen. Er fühlte, wie die Waffe ihn im Fallen am Rücken traf, während er seinen Gladius schräg durch den Spalt zwischen seinem und Magnus' Schild stieß. Weiches Fleisch wurde aufgeschlitzt, und im nächsten Moment sprudelte warmes Blut auf seinen linken Fuß. Gebrüll, metallisches Scheppern und der dumpfe Anprall menschlicher Leiber gegen lederbezogenes Holz dröhnten ihm in den Ohren. Er zog seine Klinge zurück, hob den Blick und starrte in die Augen des Mannes, den er eben tödlich getroffen hatte. Durch den Druck der nachdrängenden blutdurstigen Krieger wurde er nun aufrecht gegen seinen Schild gedrückt. Der Mund unter dem langen, von Schleim und Schmutz verklebten Schnurrbart war aufgerissen, und der Mann rang röchelnd nach Luft. Vespasians Schildbuckel hatte dem Briten bereits die Rippen gebrochen, und jetzt, da er gegen ebendiesen gepresst wurde, vermochte er kaum mehr zu atmen. Er legte den Kopf zurück und verdrehte die Augen, deren Weiß blutunterlaufen war. Zugleich wurde der Druck von hinten stärker. Vespasian warf sich seinerseits nach vorn gegen ihn, unterstützt von den Männern hinter ihm. Der Gestank von frischem Kot stieg ihm in die Nase und überdeckte den metallischen Blutgeruch. Tatius und Magnus zu beiden Seiten von ihm, ebenfalls hinter ihre Schilde geduckt, stießen sämtliche Flüche aus, die ihnen einfielen, während sie gemeinsam mit allen anderen Männern in der römischen Frontlinie mit aller Kraft versuchten, dem geballten Ansturm standzuhalten.

In dem Gedränge waren jegliche Waffen nutzlos geworden. Selbst wenn man eine Lücke zwischen den Schilden finden konnte, war der Gegner auf der anderen Seite ohnehin bereits tot, entweder von einem Schwert durchbohrt oder durch den enormen Druck zu Tode gequetscht. Diese Toten bildeten eine Barriere, sodass auch von der Seite der Briten keine Schwerter mehr niedersausten. Plötzlich verstärkte sich der Druck gegen Vespasians Rücken, und ihm wurde klar, dass die Kohorten des zweiten Treffens nun ebenfalls von hinten schoben. Er stand schräg mit der Schulter gegen seinen Schild gestemmt und hielt auch mit dem Kopf, der rechten Faust und dem linken Knie dagegen. Hätte er seinen ganzen Körper eingesetzt, dann wäre ihm langsam und qualvoll der Brustkorb zerquetscht worden. Der Kopf des toten Gegners vor ihm hing schlaff auf dem Rand seines Schilds, und aus seinem Mund lief blutiger Speichel vor Vespasians Augen über das Holz. Das Geschrei war verebbt, stattdessen war das angestrengte Stöhnen und Keuchen der beiden Kriegermassen zu hören, die mit aller Kraft gegeneinanderschoben.

Selbst mit der Verstärkung durch das zweite Treffen konnte die II Augusta der gewaltigen Kraft nicht standhalten, sondern wurde langsam und unaufhaltsam zurückgedrängt. Die Lederriemen von Vespasians Sandalen schnitten in seine Füße ein, und trotz der Nägel an seinen Sohlen fühlte er, wie sie Fingerbreit um Fingerbreit rückwärtsrutschten und dabei Furchen in den grasbewachsenen Boden zogen. Je länger diese wurden, desto mehr schwand seine Hoffnung. Nach seiner Schätzung waren sie bereits wenigstens zehn Schritt zurückgeschoben worden, und ihm war klar, dass die Front bald irgendwo nachgeben und es unausweichlich zur Katastrophe kommen würde, doch da ließ der Druck plötzlich nach. Die Linien kamen wieder zum Stillstand. Er wagte einen Blick über den Rand seines Schilds, wobei er den Toten davor als Deckung nutzte, und sah Chaos in der britannischen Horde: Die Hamaner zielten tief auf die Beine und Hinterteile der hinteren Reihen.

Dem unablässigen Schleuderbeschuss zum Trotz bewiesen die Bogenschützen aus dem Osten ihren Mut und Kampfgeist, indem sie sich auf jene konzentrierten, die die gesamte Legion bedrohten, statt auf die Schleuderer, die auf sie selbst zielten. Viele gingen zu Boden, doch die Übrigen lösten Pfeil um Pfeil auf die Briten, die ihnen am nächsten waren – jene, die der ersten Kohorte direkt gegenüberstanden.

Vespasian erkannte, dass dies ihre einzige Chance war. Sie mussten die Gelegenheit nutzen, ehe die Hamaner zum Rückzug gezwungen wurden. Er wandte sich an Tatius. «Vorwärts!»

Der Primus Pilus wandte sich um und bellte das Kommando nach links und rechts. Es wurde nicht nur von seinen untergebenen Centurionen wiederholt, sondern von der ganzen Kohorte in einem heiseren Sprechgesang aufgenommen.

Vespasian stemmte sich gegen seinen Schild, wobei er den vereinten Druck der Männer hinter ihm fühlte, und schob seinen linken Fuß einen halben Schritt vor. Neben ihm gelang Magnus und Tatius das Gleiche. Dieser erste kleine Gewinn an Boden genügte, um der Kohorte neue Kräfte zu verleihen, und der Sprechgesang verwandelte sich rasch von einem Grollen in eine laute Bekundung ihrer Entschlossenheit. Es folgte der nächste Stoß, und wieder war er einen Schritt vorgerückt, dann einen weiteren.

«Die Hurensöhne verlieren den Halt», rief Magnus ihm zu.

«Was?»

«Der Boden ist so aufgewühlt und so voll mit Blut, Pisse und Scheiße, dass sie einfach wegrutschen.»

Mit einer weiteren vereinten Kraftanstrengung gewannen sie abermals ein paar Schritt an Boden zurück, und während sie sich wieder ihrer Ausgangsposition näherten, ließ der Gegendruck nach. Der tote Gegner vor Vespasians Schild glitt zu Boden, ebenso wie ein paar hundert weitere erstochene oder zu Tode gequetschte Krieger, sodass ein kleiner Wall aus Leichen entstand. Unter den Briten dahinter brach jetzt heilloses Chaos aus. Viele waren in dem blutigen Schlamm ausgeglitten, andere waren im Rückzug über Verwundete gestolpert, die von den Pfeilen der Hamaner niedergestreckt worden waren.

Vespasian warf einen Blick zu Tatius. Sie nickten einander zu und stiegen über die Toten hinweg, und die gesamte Frontlinie kam mit. Jetzt konnten sie ihre Schwerter einsetzen.

So desorganisiert sie waren, wehrten sich die Briten, die noch auf den Beinen waren, doch erbittert, und immer wieder warfen sich Einzelne gegen die Reihe blutverschmierter Schilde.

Vespasian schmetterte seinen Schildbuckel aufwärts gegen die nackte Brust eines Hünen vor ihm, der mit seinem langen Schwert zum tödlichen Schlag ausholte, und stach seinerseits mit dem Gladius zu, tief, sodass die Spitze der gutgeschärften Klinge sich weit in den Unterleib des Gegners bohrte. Im selben Moment entging Magnus neben ihm nur knapp einem hohen Speerstoß ins Gesicht, der vom Schild des nachfolgenden Legionärs abprallte. In einer schnellen Bewegung zog Vespasian sein Schwert zurück und schmetterte fast gleichzeitig den Rand seines Schildes dem jetzt schreienden Hünen unter das Kinn, sodass der Kiefer brach und der Mann vorübergehend verstummte. Magnus brüllte auf und trampelte mit seiner genagelten Sandale seinem speerbewehrten Gegner auf den Fuß. Der Krieger schrie vor Schmerz und riss seinen gebrochenen Fuß zurück, wobei er Magnus' Bein mitzog, da ein Nagel von dessen Sohle sich im Riemen seines Stiefels verfangen hatte. Auf dem schlammigen Grund aus dem Gleichgewicht gebracht, stürzte Magnus heftig auf den Rücken, das linke Bein unter sich verdreht. Seinem verletzten Fuß zum Trotz nutzte der Gegner die Gelegenheit und stieß mit seinem Speer zu, doch der Legionär in der zweiten Reihe machte rasch einen Schritt über Magnus hinweg und senkte seinen Schild, sodass der Speer abglitt und sich in die Erde bohrte. Dann holte er auf Kopfhöhe mit dem Gladius aus und rammte ihn geradeaus nach vorn, dem Krieger in die Kehle. Indem er den Briten zurückstieß, nahm er den Platz an Vespasians Seite ein und schloss so die Lücke.

Ohne zu wissen, was aus Magnus geworden war, kämpfte Vespasian weiter und konzentrierte sich darauf, auf den Beinen zu bleiben, während die Briten, die ausgerutscht oder gestolpert waren, sich wieder aufrappelten und, über und über mit dem widerlichen Schlamm verschmiert, vorwärtsstürmten. Doch ihrem Angriff fehlte es an Wucht, und sie kämpften jetzt einzeln, nicht mehr als geschlossene Truppe, sodass sie gegen die organisierte römische Armee, die gnadenlos gegen sie vorrückte, kaum eine Chance hatten. Ein paar Dutzend mehr von ihnen opferten sich an den blutigen Klingen der ersten Kohorte. Da und dort forderten sie ein römisches Leben, aber keinem blieb Zeit, das zu feiern. Bald wurde ihnen klar, dass es nichts gab, wofür sie sich an diesem Abend am Lagerfeuer würden rühmen können, und sie ergriffen die Flucht.

«Halt!», rief Vespasian, als die erste Kohorte nicht mehr auf Widerstand stieß.

Die Legionäre ließen sich das nicht zweimal sagen. Sie blieben stehen, nach Atem ringend, körperlich und geistig erschöpft, alle Glieder schmerzend vor Anstrengung.

Mit einem Blick nach links stellte Vespasian fest, dass sich die Lage in anderen Bereichen der Schlacht weniger günstig entwickelt hatte: Die zweite Kohorte hatte ebenfalls von der Unterstützung der Bogenschützen von der I Hamiorum profitiert und ihre Gegner fast zurückgeschlagen, die dritte jedoch war schwer in Bedrängnis geraten. Wahrscheinlich wäre der Gegner durch die Frontlinie gebrochen, wäre nicht zur rechten Zeit eine der Kohorten aus dem dritten Treffen zur Stelle gewesen und hätte die Lücke geschlossen, als die zweite vorrückte, während die dritte zurückgedrängt wurde. Doch was Vespasian am meisten Sorge bereitete, war die Situation weiter hangaufwärts: Die zwei Auxiliarkohorten an der linken Flanke waren abgedrängt worden und wurden jetzt trotz der Verstärkung durch die zwei aus der Reserve langsam wieder den Hang hinuntergezwungen. Allein die Ala gallischer Kavallerie, die den Briten an der Flanke und im Rücken zusetzte, konnte noch verhindern, dass sie genügend Schwung gewannen, um die Auxiliartruppen gänzlich zu vernichten.

Vespasian zeigte auf die letzten paar hundert Briten, die noch in Kämpfe mit der zweiten Kohorte verwickelt waren. «Tatius, nehmt die erste und macht diesen Hurensöhnen den Garaus, und dann rollt sie mit der zweiten von der Flanke auf. Ich lasse die vierte und fünfte hier hinter Euch, damit sie diesen Abschnitt sichern. Die anderen Kohorten schicke ich los, die Auxiliartruppen abzulösen.»

Tatius nickte nur zum Zeichen, dass er verstanden hatte. In diesem Moment dachte niemand an militärische Förmlichkeiten. Vespasian wandte sich ab und schritt rasch durch die Reihen, nicht, ohne im Vorbeigehen keuchenden Männern auf die Schultern zu klopfen. Schnelligkeit war jetzt entscheidend.

«Ich berufe mich auf mein Vorrecht als Zivilist, den Rest dieser Angelegenheit auszusitzen, Herr», verkündete Magnus, der Vespasian hinkend entgegenkam. «Meine Neugier ist befriedigt, und ich hätte dabei fast mein Leben gelassen.»

Vespasian wies mit einer Kopfbewegung auf den Gepäcktross der II Augusta, der gerade über die Brücke rumpelte. «Ich nehme an, dort drüben lässt sich ein Weinschlauch auftreiben, der deutlich weniger Widerstand leisten wird als ein Brite.»

Magnus grinste, dann verzog er vor Schmerz das Gesicht. «Ja, genau das brauche ich jetzt: einen Gegner, der sich nicht wehrt, wenn ich an seine Innereien will.»

Vespasian sah seinem Freund nach, der vom Schlachtfeld hinkte, und er spürte, wie die Erschöpfung von ihm Besitz ergriff, nun, da die Anspannung nachließ. Doch ihm war klar, dass er wenig Gelegenheit zum Ausruhen haben würde, bis der Sieg errungen war, und das würde nicht vor morgen der Fall sein.

Er wandte sich wieder der Schlacht zu. Die Schreie der Verstümmelten und Sterbenden und der Waffenlärm hatten nicht nachgelassen, doch Vespasian hatte sich daran gewöhnt. Von seiner hohen Warte zu Pferde an der Spitze der vier

Turmae berittener Legionäre beobachtete er, wie die achte, neunte und zehnte Kohorte im Laufschritt den schwerbedrängten gallischen Auxiliartruppen zu Hilfe eilten. Diese hatten bereits wieder bis auf die Hälfte des Hanges zurückweichen müssen, wobei sie eine Spur aus Toten zurückgelassen hatten. Zu seiner Rechten hatte die erste Kohorte inzwischen die übrigen Krieger, gegen welche die zweite noch gekämpft hatte, getötet oder in die Flucht geschlagen. Jetzt griffen beide gemeinsam die Flanke der britannischen Horde an, die noch immer gegen die Mitte der unregelmäßigen römischen Frontlinie andrängte. Vespasian hatte den Hamanern einen Boten geschickt mit dem Befehl, mit der Artillerie auf der anderen Seite des Flusses zu bleiben. Sie sollten einen weiteren Angriff entlang des von Leichen übersäten Ufers verhindern, denn ein Teil der zurückgeschlagenen Briten schloss sich jetzt ihren Kameraden an, die gegen Sabinus' Legion kämpften. Diese versuchte noch immer zum Schein, die zerstörte Brücke instand zu setzen, und zog damit viele tausend Gegner vom eigentlichen Kampfgeschehen ab. Hinter ihnen war im schwindenden Licht eben noch die batavische Infanterie auszumachen, die nach wie vor ihre Anhöhe besetzt hielt. Von der XX, die zur Ablenkung losmarschiert war, sah Vespasian hingegen nichts. Doch er sagte sich, dass schließlich keine zwei Stunden vergangen waren, seit die Batavier die Anhöhe besetzt und damit die Schlacht in Gang gebracht hatten, und nicht einmal eine Stunde, seit er die Brücke überquert hatte, auch wenn es sich anfühlte wie wenigstens ein Tag. Er blickte zum Himmel auf – bald würde die Nacht hereinbrechen, sehr zu seiner Erleichterung. Das Schlachtfeld lag bereits ganz im Schatten.

Wenn sie noch ein wenig länger die Stellung hielten, würde die Dunkelheit die Briten zum Rückzug zwingen.

Nachdem er den Reservekohorten klare, knappe Befehle erteilt hatte, konnte er jetzt nur die Ergebnisse abwarten, denn er selbst hatte entschieden, bei der Kavallerie der Legion zu bleiben, um etwaige Lücken zu schließen.

Paetus ritt von seiner Ala zu ihm herüber, die sich gesammelt hatte, allerdings längst nicht mehr vollzählig war. «Von meinen Jungs sind nur knapp dreihundert noch kampftüchtig, Legatus, aber sie sind bereit und brennen darauf, sich wieder in die Schlacht zu stürzen. Es passt ihnen nicht, dass sie vor der gesamten Armee geschlagen wurden, erst recht, da viele von ihnen Verwandte bei der Infanterie dort oben am Hang haben. Wir werden hart kämpfen, um die Schande wettzumachen.»

Vespasian musterte den jungen Präfekten einen Moment lang. Blutdurchtränkte Verbände an seinem rechten Oberschenkel und um den unbehelmten Kopf zeugten deutlich von den erbitterten Kämpfen, die der Legion die nötige Zeit verschafft hatten, um den Fluss zu überqueren. «Gut gemacht, Paetus, danke. Eure Ala soll sich neben mir formieren, und sagt Euren Jungs, sie haben keinen Grund, sich zu schämen. Wenn sie nicht solche Opfer gebracht hätten, wäre es uns bis jetzt nicht gelungen, über den Fluss zu gelangen.»

Paetus grüßte. «Mit Vergnügen, Herr.»

Vespasian blickte dem Sohn seines längst verstorbenen Freundes nach, der zu seinen Leuten zurückritt, und hoffte, ihm nicht noch einmal einen Befehl erteilen zu müssen, der sein Leben in solche Gefahr brachte.

Ein unverkennbar römischer Jubel riss ihn aus seinen düsteren Gedanken, und als er sich umschaute, sah er, dass die Haupttruppe der Briten zu zerfallen begann. Hunderte strömten jetzt gen Norden davon, um den gnadenlosen Klingen der ersten und zweiten Kohorte zu entgehen, die den Briten in die Flanke fielen und ihre ungerüsteten Leiber der dritten Kohorte entgegendrängten. Diese, angeführt von Maximus in der vordersten Reihe, erkannte, dass ihr Leiden fast ausgestanden war, und kämpfte mit neuer Kraft. Die einzige Auxiliarkohorte, die noch nicht zurückgeschlagen worden war, schöpfte ebenfalls wieder Mut, obwohl ihre Reihen sich erheblich gelichtet hatten. Immer mehr Briten machten kehrt und flohen, bis nur noch etwa tausend Krieger zurückblieben, die einigermaßen geordnet langsam den Rückzug antraten, befehligt von dem Häuptling in ihrer Mitte.

«Togodumnus!», flüsterte Vespasian vor sich hin. Er beobachtete, wie die Briten angesichts des geballten römischen Gegenangriffs zurückwichen. Aus ihren Reihen ertönten wieder die kurzen, hohen Töne aus den Carnyces, während ihre Front sich stetig zurückzog. Auf das Hornsignal kamen die Wagen von Norden her schnell auf sie zu, zwischen den fliehenden Kriegern hindurch, während oben am Hang die gallischen Auxiliartruppen endlich aufgaben und flohen. Togodumnus verlangsamte seinen Rückzug und sah zu, wie seine Krieger von der rechten Flanke die geschlagenen Gallier verfolgten und mit ihren Schwertern nach den hintersten schlugen. Indessen rannte die Auxiliartruppe, um sich bei den Reservekohorten nur dreißig Schritt hangabwärts in Sicherheit zu bringen. Vespasian beobachtete, wie der britannische Häuptling innehielt und sich nach seinen vormaligen Gegnern umschaute, die nun ihrerseits von hinten bedroht wurden, als überlege er, ob es sich lohne, den Durchbruch an der rechten Flanke zu nutzen. Die Reservekohorten öffneten ihre Formation, sodass die Gallier hindurchlaufen konnten. Mit atemberaubender Präzision schlossen sie die Reihen wieder, unmittelbar bevor die ersten Briten durchzubrechen drohten, sodass nur ein paar Nachzügler aus der Auxiliartruppe vor der Frontlinie ihrem Schicksal überlassen blieben. Als Togodumnus erkannte, dass die Linie hielt, setzte er mit seinen Männern den Rückzug fort, Schritt für Schritt, die Schwerter auf die Feinde gerichtet, die jetzt die Gelegenheit nutzten, ihre vordersten Reihen abzulösen. Fünfzig Schritt von der Frontlinie entfernt, drehten sie sich einfach um und liefen davon, den herannahenden Streitwagen entgegen.

Die römischen Centurionen befolgten ihre Befehle und hielten die Stellung. Es gab keine Verfolgung – ihre schwere Infanterie in dichter Formation hätte ohnehin keine Chance gehabt, die leichtfüßigeren Briten einzuholen.

Vespasian starrte auf den Rücken des entschwindenden Togodumnus. Wenn er noch eine Chance haben wollte, die Formation in ihrem Rückzug aufzubrechen und vielleicht die bedeutendste Beute des Tages zu machen, musste er sofort handeln. Mit einem raschen Blick hangaufwärts vergewisserte er sich, dass die Reservekohorten dem Vorrücken der Briten Einhalt geboten hatten und die Überreste der gallischen Auxiliartruppe sich hinter ihnen sammelten. Die Flanke war vorerst gesichert. «In Kolonne vorwärts!» Ein Lituus erscholl hinter ihm, und er trieb sein Pferd an. Dabei gab er Paetus ein Zeichen, das Gleiche zu tun.

Er beschleunigte zum leichten Galopp und führte die vier Turmae der Legion auf die kleine Lücke in der römischen Linie zu, die durch die Bewegung der ersten und zweiten Kohorte zur Flanke entstanden war. Die abziehenden Briten waren nicht mehr als zweihundert Schritt entfernt, kehrten ihnen noch immer den Rücken und konzentrierten sich darauf, die Wagen zu erreichen, die nahten, um ihren Rückzug zu decken. Vor der Lücke verlangsamten die Turmae ein wenig, da sie sich aus der Kolonne zu einer Linie formieren mussten, um durch den Engpass zu gelangen. Dadurch hatte Paetus' Ala Zeit, aufzuholen. Ohne abzuwarten, bis die Reihen sich wieder geordnet hatten, zog Vespasian seine Spatha und reckte sie in die Höhe. «Auf sie, Jungs!» Die Turmae brüllten auf und trieben ihre Pferde zum Galopp an, die Zügel in der linken Hand, die Schilde am Unterarm, in der Rechten die Wurfspeere.

Vespasians Mantel flatterte im Wind, während die Hufe seines Pferdes in wachsendem Tempo den widerwärtigen Schlamm des Schlachtfeldes hinter sich ließen und über festeren Boden galoppierten. Nachdem er so lange eingeengt in der dichten Frontreihe gestanden hatte, empfand er jetzt die Begeisterung des Ansturms. Er drehte sich um und feuerte seine Männer mit lauten Rufen an. Er brannte darauf, den britannischen Häuptling einzuholen.

Die schrillen Töne der Litui wurden von denen der Batavier erwidert, die dicht hinter ihnen folgten und es nicht erwarten konnten, sich für die Schmach ihres Rückzugs zu rächen.

Durch die Signale wurden die Briten auf ihre Verfolger aufmerksam, und Panik machte sich unter ihnen breit bei der Aussicht darauf, in offenem Gelände von Kavallerie eingeholt zu werden. Die Vordersten, schon bis auf eine knappe Viertelmeile an die rettenden Streitwagen heran, fingen an zu rennen, und so zog sich die Truppe auseinander, noch während Togodumnus seinen Kriegern Kommandos zubrüllte, sich zu formieren, um der Bedrohung zu begegnen. Doch die Befehle kamen zu spät – ein paar hundert waren bereits fort, als die Übrigen, verwirrt und desorganisiert, versuchten, irgendwie eine Linie zu bilden.

«Speere werfen!», schrie Vespasian, sobald sie so dicht heran waren, dass sie die Gesichter der Gegner ausmachen konnten. Die Wurfspeere der Turmae flogen in die Luft, beschleunigt durch die Geschwindigkeit des Ansturms, und schlugen als tödlicher Hagel in die ungeordneten Reihen ein. Schlanke, spitze Geschosse durchbohrten nacktes Fleisch, schleuderten Männer rückwärts und pflockten sie am Boden fest, und die Schäfte vibrierten von der Wucht des Einschlags. Die Verwirrung stieg, Panik griff um sich, die Lücken wurden größer. Vespasian lenkte sein Pferd direkt auf einen Krieger zu, der allein versuchte, eine fünf Schritt breite Lücke zu schließen, das Schwert beidhändig über den Kopf erhoben, die Augen vor Entsetzen weit aufgerissen. In dem Moment, als die Waffe niedersauste, stieß Vespasian seine Spatha waagerecht nach vorn, über die Nase seines Pferdes hinweg, sodass die gegnerische Klinge scheppernd davon abprallte. Als wäre er an Haaren und Fußknöcheln gleichzeitig zurückgerissen worden, verschwand der Krieger unter den Hufen von Vespasians Pferd, und der brach durch die Linie, zu beiden Seiten von Soldaten gefolgt, die den Vorteil ausnutzten. Er teilte nach rechts einen Schlag aus, schlitzte einen Hals auf, dass das Blut heraussprudelte, und ritt weiter auf Togodumnus zu, der hinter einer Mauer aus Kriegern breitbeinig dastand und ihm entgegenblickte.

Wieder lief es wie eine Welle durch die Formation der Briten: Die Salve Wurfspeere der Batavier ging auf sie nieder, gefolgt vom Ansturm der Ala, die durch neuentstandene Lücken in der Linie brach und es genoss, blutige Rache zu üben. Immer mehr Krieger ergriffen die Flucht, Togodumnus jedoch blieb unerschütterlich stehen. In seinen Augen loderte Hass, und sein rundes, rotes Gesicht war zu einem höhnischen Grinsen verzogen. Mit einem Aufbrüllen stürmte er durch die Mauer seiner Getreuen, das Schwert erhoben, und sprang auf Vespasian zu, der sein Pferd nach rechts herumriss und den Hieb mit seinem Schild abfing. Plötzlich stürzten Togodumnus' Gefolgsleute sich auf die Soldaten zu beiden Seiten von Vespasian. Eisen blitzte auf, Pferde stiegen, Blut spritzte und abgehackte Gliedmaßen fielen zu Boden, doch Vespasian hatte nur Augen für den britannischen Häuptling. Er lenkte sein ungestümes Pferd wieder geradeaus und trieb es geradewegs auf Togodumnus zu. Der Brite machte einen Satz rückwärts, senkte sein Schwert und stieß es mit beiden Händen in die breite Brust des Tieres. Mit schrillem Wiehern stieg das Pferd und riss Togodumnus die Waffe aus den Händen. Vespasian flog rücklings aus dem Sattel und landete so heftig auf dem harten Boden, dass ihm die Luft wegblieb. Togodumnus duckte sich unter den ausschlagenden Vorderhufen hindurch, stürzte sich auf Vespasian und zog dabei ein schmales Messer aus dem Gürtel. Vespasians Sicht war verschwommen, sodass er nur undeutlich die Gestalt ausmachen konnte, die auf ihn zu sprang. Er wälzte sich nach links, und der Häuptling landete schwer an der Stelle, wo er selbst eben noch gewesen war. Im nächsten Moment gaben die Hinterbeine des Pferdes nach, das Tier kippte hintenüber und brach mit einem letzten Schnauben zusammen. Togodumnus drehte den Kopf und schrie auf, als der tote Körper auf ihn stürzte. Knochen brachen, dann federte der schlaffe Pferdeleib noch einmal hoch und landete ein zweites Mal so heftig auf dem Häuptling, dass es ihm den Brustkorb zertrümmerte. Seine blicklosen Augen starrten in den sich verdunkelnden Himmel.

Dann waren die Streitwagen da.

Speere mit schweren Schäften schlugen in das Getümmel ein, gefolgt von noch frischen Kriegern, die über die Deichseln ihrer Gefährte nach vorn liefen und von dieser erhöhten Position aus geradewegs die Soldaten ansprangen, um sie aus den Sätteln zu reißen in dem verzweifelten Versuch, ihren Häuptling zu retten. Ihre stämmigen Ponys prallten indes gegen die Pferde der Römer.

Vespasian rappelte sich hoch, noch immer nach Luft ringend, wich einem heranrasenden Gespann aus und schaute sich im Dämmerlicht nach einem herrenlosen Pferd um. Er entdeckte eines, stieß einem Briten, der gerade auf den Hals des zu Boden gegangenen Reiters einhieb, sein Schwert in den Rücken, packte die Zügel und benutzte den Körper des Toten als Tritt, um sich in den Sattel zu schwingen. Ihm war klar, dass mit Togodumnus' Tod das Ziel erreicht war, und da es rasch dunkelte, rief er: «Rückzug! Rückzug!»

Die Soldaten in seiner Nähe gaben das Kommando an ihre weiter entfernten Kameraden weiter. Alle, die nicht ge-

rade in Kämpfe verwickelt waren, begannen, sich zurückzuziehen. Da der größte Teil der britannischen Fußsoldaten
jetzt hinter den Wagen in Sicherheit war, sahen die frischen
Krieger sich zahlenmäßig unterlegen und strebten bereits
wieder der Sicherheit ihrer Gefährte zu. Fast als hätten sie
eine Vereinbarung getroffen, ließen die Kämpfenden nach
und nach voneinander ab. Müde gingen sie auseinander und
schleiften ihre Verwundeten mit, bis die beiden Seiten sich
im schwindenden Licht über das verlassene Schlachtfeld
hinweg ansahen. Von jenseits des Flusses war der Lärm Tau-
sender marschierender Füße zu hören – die Legio XX war
zurückgekehrt.

«Wie ich sehe, musstet Ihr hart kämpfen, Vespasian», be-
merkte Gnaeus Hosidius Geta anerkennend und stieg vom
Pferd. Gerade marschierten die Kohorten der XX über die
Brücke. «Eine beachtliche Leistung, den Brückenkopf ge-
gen eine solche Überzahl zu verteidigen, auch wenn es
Wilde sind.»

Vespasian konnte nur mit Mühe seine Überraschung darüber verbergen, dass ein Mann, der ihm sonst beinahe feindselig begegnete, ihm nun Komplimente machte. «Danke,
Geta. Die Jungs haben sich den Tag über gut geschlagen.» Er
schaute sich nach den Reihen der Briten um, die den Bataviern die Anhöhe überlassen und sich auch von der zerstörten
Brücke zurückgezogen hatten, jetzt, da die XIIII Gemina
sich nicht mehr daran zu schaffen machte. Die ganze Armee
schien vollauf damit beschäftigt, Lagerfeuer zu entzünden,
die zu Tausenden golden in der Dämmerung flackerten,
und schenkte der XX, die über den Fluss kam, keine Beach-

tung. «Es scheint, als wären sie mehr daran interessiert, ihr Abendessen zu kochen, als daran, Euch an der Überquerung zu hindern.»

Geta machte eine wegwerfende Handbewegung. «Pöbel, nichts weiter sind sie. Mutig, das schon, aber es fehlt ihnen an Disziplin und anständiger Führung.»

«Jetzt haben sie jedenfalls einen Führer weniger – ich habe vorhin Togodumnus getötet. Beziehungsweise mein Pferd hat ihn getötet, indem es sterbend auf ihn stürzte und ihn zerquetschte.»

Geta schaute Vespasian besorgt an. Hinter ihm marschierte seine Legion vorbei und weiter den Hang hinauf. «Das war möglicherweise nicht das Geschickteste.»

«Warum nicht? Ein Häuptling weniger, der Widerstand organisieren könnte.»

«Das wohl, aber heute ist uns die Tatsache zustatten gekommen, dass die Brüder unfähig waren zusammenzuarbeiten. Sie haben ihre Truppen aufgeteilt, erst heute Morgen, und heute Nachmittag dann wieder. Meint Ihr nicht, wenn es nur einen einzigen Befehlshaber gegeben hätte, dann hätte er eine Truppe bei den Bataviern zurückgelassen, um sie in Schach zu halten, die Vierzehnte nicht weiter beachtet und seine gesamte übrige Streitmacht dazu eingesetzt, Euch über den Fluss zurückzuschlagen?»

Vespasian runzelte die Stirn. «Ja, ich denke, da könntet Ihr recht haben.»

«Ich weiß, dass ich recht habe. Und morgen haben sie nur noch einen einzigen Befehlshaber, also werden wir es schwerer haben. Das hättet Ihr vielleicht bedenken sollen, ehe Ihr Eurem Pferd erlaubtet, Togodumnus zu töten.»

Geta wandte sich ab und folgte seiner Truppe den Hang hinauf, sein eigenes Ross am Zügel führend.

Vespasian sah ihm nach und überdachte angestrengt Getas Worte, dann schob er sie von sich. Auch wenn er nicht leugnen konnte, dass der Einwand berechtigt war, mussten am Ende doch sowohl Caratacus als auch Togodumnus sterben oder sich ergeben, damit Rom triumphieren konnte, und er war überzeugt, dass seine Leistungen am heutigen Tag dazu beigetragen hatten, dieses Ziel schneller zu erreichen.

Bis es ganz dunkel war und ein beinahe voller Mond das Gelände beschien, hatte die Legio XX ihre Position an der linken Flanke der II Augusta eingenommen. Reihen um Reihen römischer Soldaten zogen sich vom Fluss bis über den gesamten Hang hinauf und richteten sich darauf ein, dort die ganze Nacht zu stehen. Ihre Helme schimmerten im Mondlicht wie aufgereihte Perlen. Das letzte Gepäck kam über die Brücke, gefolgt von platschenden Geräuschen, da die Ingenieure ins Wasser stiegen, um Seile anzubringen. Mit diesen würden sie die ganze Pontonbrücke nordwärts ziehen, sobald der Mond untergegangen war. Vespasian bat im Stillen Mars um Beistand für den kommenden Tag, denn ein Rückzug über den Fluss würde dann nicht mehr möglich sein.

XVIII

Der erste Schimmer der Morgendämmerung kroch am östlichen Horizont herauf, und da und dort zwitscherten Vögel. Vespasian beendete eben seinen Patrouillengang durch die fünf Kohorten, die Wache standen. Er lobte die Männer für ihre Tapferkeit am vergangenen Tag und ermutigte sie, den Gefahren dieses neuen Tages mit der gleichen Entschlossenheit zu begegnen. Maximus hatte die zehn Kohorten abwechseln lassen, sodass jede vier Stunden Schlaf unter dem klaren Himmel bekam, an dem die Sterne funkelten, nachdem der helle Mond untergegangen war. Ihr Abendessen aus Brot und gesalzenem Schweinefleisch hatten sie in Reih und Glied stehend zu sich genommen. Feuer waren nicht entzündet worden, um den feindlichen Schleuderern und den wenigen Bogenschützen kein leichtes Ziel zu bieten. Die Schleuderer hatten sich ein paarmal im Dunkeln genähert, unbemerkt, bis ihre Geschosse völlig überraschend in die Reihen eingeschlagen waren. Ein paar Soldaten waren in den ersten Momenten des Angriffs niedergestreckt worden, ehe sie die Schilde richtig erhoben hatten. Nach dem ersten derartigen Angriff hatten nur noch die sehr Erschöpften oder Sorglosen ihre Schilde sinken lassen, was ihnen scharfe, gezischte Rügen von ihren Centurionen eingetragen hatte.

Im Übrigen wurde die II Augusta während der langen Nacht nicht weiter angegriffen. Anhaltender Schlachtenlärm vom abseitigen Hang in den frühen Morgenstunden deutete allerdings darauf hin, dass die Briten in der Nacht versucht hatten, die Auxiliartruppen der Legio XX auszumanövrieren. Da kein Alarm geschlagen wurde, nahm Vespasian an, dass die Truppen den Gegner erfolgreich zurückgeschlagen hatten, und ein Bote von Geta bestätigte das, kurz bevor er seinen Inspektionsgang antrat.

Vespasian atmete tief die frische Luft des Frühsommermorgens ein und ließ den Blick über die schemenhaften Reihen der Legionäre gleiten. Er fragte sich, wie viele er heute in den Tod schicken oder zu einem elenden Leben mit fehlenden Gliedmaßen verdammen würde, abhängig von der Mildtätigkeit Fremder. Ihm war klar, dass solche düsteren Überlegungen zu nichts führten, doch die Verantwortung als Befehlshaber lastete seit den Kämpfen des vergangenen Tages schwer auf ihm. Zwar fand er, dass er seine Sache gut gemacht hatte – das hatte immerhin das Lob des weit erfahreneren Geta bestätigt, auch wenn es ein Lob mit Einschränkungen war –, doch er war sich bewusst, mit welch knapper Not die Sicherung des Brückenkopfes gelungen war. Winzigkeiten entschieden über Sieg oder Niederlage, und die Vorstellung, vor der gesamten Armee zu versagen, setzte ihm zu, seit Aulus Plautius ihn öffentlich gerügt hatte, weil er nicht schnell genug nach Cantiacum marschiert war. Das war ihm eine Lehre gewesen, auch wenn sein Fehler ohne verheerende Folgen geblieben war. Er wusste jetzt, dass ein zu vorsichtiger Befehlshaber die Armee ebenso in Gefahr bringen konnte wie ein allzu tollkühner. Manchmal musste man eine Entscheidung treffen, ohne sämtliche Fakten zu kennen, deshalb war ein gutes Urteilsvermögen der Schlüssel zu richtigen Entscheidungen. Doch ein solches erlangte man nur durch Erfahrung, und an Erfahrung mangelte es ihm.

Während die anderen fünf Kohorten, eben aus ihrem kurzen Schlaf geweckt, zügig auf ihre Positionen im zweiten Treffen gingen, betrachtete er die wettergegerbten, verhärteten Gesichter der Centurionen. Er sah, dass jeder dieser Männer weit mehr Erfahrung hatte als er selbst nach seinen vier Jahren als Militärtribun und bislang zwei Jahren als Legatus, und doch war er ihnen aufgrund seiner höheren Geburt übergeordnet. Wie mochten sie nach der Verzögerung vor Cantiacum von ihm denken? Vertrauten sie ihm auf Leben und Tod, nachdem er gestern durch die rechtzeitige Verstärkung der linken Flanke die Legion knapp davor bewahrt hatte, umzingelt zu werden? Oder sahen sie in ihm nur einen weiteren unerfahrenen Befehlshaber, der über ihnen stand, weil das System es nun einmal so vorsah und sie dafür sorgen mussten, dass die Legion trotz ihm funktionierte? Vespasian wusste es nicht und konnte niemanden danach fragen. Er lächelte wehmütig und sinnierte darüber, dass Einsamkeit wohl das Los eines Befehlshabers war. Es gab niemanden, mit dem er seine Gedanken und Zweifel hätte teilen können, nicht einmal Magnus, denn damit hätte er Schwäche gezeigt, und diese Eigenschaft wurde von allen Soldaten gleichermaßen verachtet, vom jüngsten Rekruten bis hin zum erfahrensten Feldherrn.

Ein Cornu dröhnte von der zerstörten Brücke herüber, und im schwachen Dämmerlicht konnte er undeutlich Gestalten ausmachen, die flussaufwärts davon über die neu in Position gebrachte Pontonbrücke trabten. Plautius wartete nicht, bis es hell wurde, sondern ergriff die Initiative, ehe der Feind richtig wach war. Dankbar für eine weitere Lektion in entschlossenem Handeln, tröstete Vespasian sich mit der unstrittigen Tatsache, dass er – sollte er diesen Feldzug überleben – einer der schlachtenerprobtesten und erfahrensten Legati in den Legionen sein würde. Und er lernte von einem General, den er trotz seiner zweifelhaften politischen Haltung zu bewundern begann. Er schritt auf den Kommandoposten der II Augusta in der Lücke zwischen den beiden Treffen zu, wo sein neues Pferd ihn bereits erwartete. Entschlossen, sich heute keine Fehleinschätzungen zu erlauben, stählte er sich für Stunden voller Lärm, Blut und Tod. Seine Zuversicht wuchs, als er aufsaß und die gewaltige Legion um sich herum überblickte. Sie würden siegen, weil Rom keinen anderen Ausgang hinnahm.

Vespasian atmete noch einmal tief durch, schnallte den Kinnriemen an seinem Helm enger, dann schaute er auf den Cornicen hinunter, der dicht neben ihm stand. «Die II Augusta rückt vor!»

Die Briten waren buchstäblich im Schlaf überrumpelt worden. Die kleine Einheit, die bei der zerstörten Brücke zurückgeblieben war, hatte nicht bemerkt, wie bei völliger Dunkelheit die Pontonbrücke geräuschlos flussabwärts verlegt worden war. Sie waren erst darauf aufmerksam geworden, als die führenden Kohorten der XIII Gemina mit Aulus Plautius und Sabinus in der vordersten Reihe plötzlich über eine Brücke herangestürmt waren, die scheinbar aus dem Nichts aufgetaucht war. Noch ehe sich einer von ihnen einen Reim darauf machen konnte, sahen sie sich bereits den todbringenden Klingen der ersten Kohorte der Gemina gegenüber. Augenblicke später flüchteten alle, die noch nicht tot oder verwundet am Boden lagen, zurück zur Haupttruppe ihrer Landsleute weiter oben am Hang. Diese brach in Zornesgebrüll aus, so laut, dass es selbst den Frieden des Hades erschüttert hätte.

Die II Augusta marschierte stetig weiter, die XX an ihrer Seite, gefolgt von den Auxiliartruppen. An diesem Tag würde das Gemetzel hauptsächlich im Nahkampf stattfinden. Vespasian wollte die leichteren Auxiliartruppen dazu einsetzen, die Briten zu verfolgen, wenn sie geschlagen waren und Chaos ausbrach. Die Legionäre wussten, dass es an ihnen lag, die Horde, die eine Meile vor ihnen eilends zu den Waffen griff, zu brechen. Sie schlugen im Vorrücken langsam und rhythmisch mit ihren Pila auf ihre Schilde und sangen im Takt dazu die Hymne des Mars, um sich selbst Mut einzuflößen.

Die Männer der XX nahmen den Gesang auf, bis zehntausend Stimmen über das Gelände schollen. Sie sangen das Lob des Kriegsgottes und baten ihn, die Hand über sie zu halten, während sie Reihe um Reihe im Zwielicht dem Feind entgegenmarschierten.

Vespasian blickte nach beiden Seiten an den Linien in Eisen gerüsteter schwerer Infanterie entlang, die stetig gegen einen furchteinflößenden, zahlenmäßig vielfach überlegenen Feind vorrückten. Ihre Gesichter zeigten, dass jeder Mann entschlossen war, in der bevorstehenden Schlacht sein Möglichstes zu tun, um für sich selbst und seinen Nebenmann zu kämpfen im Geiste der Kameradschaft, die eine Legion zusammenschweißte. Jeder war so bedeutend wie der Nächste. Vespasian straffte die Schultern und saß bolzengerade im Sattel, das Herz von Stolz erfüllt. Der Selbstzweifel, der eben noch an ihm genagt hatte, verschwand, und an seine Stelle trat eine Gewissheit: Er würde seine Legion befehligen, so gut er es vermochte. An seiner eigenen Fähigkeit zu zweifeln hieße, die Männer an seiner Seite im Stich zu lassen. Rom würde siegen, er würde seinen Teil zu diesem Triumph beitragen, und durch seine Leistungen am heutigen Tag würde sein Name in die Erinnerung Roms eingehen.

Mehr als die Hälfte der Kohorten der XIIII Gemina war über die Brücke, als der Angriff erfolgte. Zahlreiche körperlose Stimmen erhoben sich aus der Dunkelheit, steigerten sich zu gellendem Kriegsgeschrei, und eine Masse Krieger wälzte sich wie ein Schatten den Hang hinunter. Im noch schwachen Licht waren keine einzelnen Gestalten auszumachen, doch ihre Absicht war deutlich: Sie strebten alle in eine Richtung, der XIIII entgegen, um sie über den Fluss zurückzuschlagen, ehe die II und die XX sich mit ihnen zusammenschließen konnten. Da die batavischen Auxiliartruppen noch immer die Anhöhe weiter nördlich besetzt hielten, war die XIIII Gemina auf ihre fünftausend Legionäre reduziert – fünftausend gegen fast hunderttausend. Der Druck gegen ihre Schilde würde unerträglich sein. Sie würden ihm nicht lange standhalten können.

«Im Laufschritt!», rief Vespasian über den Lärm der heranstürmenden Briten und den Schlachtengesang seiner eigenen Männer hinweg dem Cornicen zu.

Binnen weniger Herzschläge wurde der Befehl durch die

gesamte Legion weiterübermittelt. Das Marschtempo steigerte sich, der Gesang jedoch blieb derselbe.

Am östlichen Ufer beschleunigten auch die Hamaner und die Wagen der Artillerie, die parallel zur Legion an ihrer Seite des Flusses entlangzogen. Zwar wussten sie, dass sie mit ihren Pfeilen und Bolzen gegen eine solch riesige Horde nur wenig ausrichten konnten, aber dennoch war jeder Gegner, den sie töteten, ein kleiner Beitrag zur Unterstützung der Legion.

Nun, da es heller wurde, waren einzelne Gestalten auszumachen, die den Hang hinunter den Kohorten entgegenstürmten. Diese formierten sich jenseits der Pontonbrücke. Das erste Treffen aus fünf Kohorten mit Sabinus in der vordersten Reihe war schon in Stellung, das hintere bestand bislang aus zwei Kohorten, und die übrigen reihten sich ein, sobald sie über die Brücke waren. Verglichen mit den heranströmenden Massen des Feindes, bot die Formation einen kläglichen Anblick. Vespasian gab sich keinen Illusionen hin – sie würde überrollt werden, ihre Flanken waren gänzlich ungeschützt.

Er schätzte die Entfernung auf fünfhundert Schritt, eine Strecke, die sie in halb so vielen Herzschlägen zurücklegen konnten. So lange musste Sabinus durchhalten.

Undeutlich sah er eine Wolke aus der XIIII Gemina aufsteigen: Pila. Einen Augenblick später folgte die nächste Salve, doch beide wurden von der britannischen Horde verschluckt wie von einem Fluss. Der Tod von ein paar Tausend konnte einer solchen Masse nichts anhaben.

Dann prallten die Fronten aufeinander. Die Linie der Römer erzitterte, wäre an ein paar Stellen fast durchbrochen worden, dann wich sie ein paar Schritt zurück, ehe sie sich wieder festigte. Gleich darauf verschwand sie, wie von der gegnerischen Horde verschlungen. Über ihnen malten die ersten Sonnenstrahlen hohe Wolken tiefrot, als ob der Himmel selbst blutete.

Nur der Schlachtenlärm aus der dichtgedrängten Masse zeugte noch von der Existenz der Legion. Die letzten zwei Kohorten überquerten die Brücke und verschwanden ebenfalls im Getümmel, um ihre Kameraden zu verstärken, die offenbar noch standhielten. Vespasian wusste vom Vortag, welch entsetzliches Drängen und Schieben jetzt zwischen den beiden Fronten im Gange war, mit einer Kraft, die Rippen brach.

Als noch zweihundert Schritt ihn und seine Truppe vom Gegner trennten, wandte sich ein guter Teil der Briten von der XIIII Gemina ab und der II Augusta zu, sodass der Druck gegen Sabinus' Legion nachließ. Sie hatten die entscheidenden ersten Augenblicke standgehalten, sie konnten gewiss noch ein Weilchen länger gegen weniger Feinde bestehen. Die Krieger, die noch oben auf dem Hang waren, änderten ebenfalls die Richtung und steuerten auf die XX zu, was die Bedrohung für die schwerbedrängte Legion wiederum verringerte. Die Hamaner am Ostufer begannen, eine Salve nach der anderen ins Getümmel zu lösen. Sie streckten bereits Hunderte nieder, während die Artilleristen noch fieberhaft dabei waren, ihre Geschütze auszurichten und zu laden.

Vespasian schob die Angst um seinen Bruder von sich und konzentrierte sich darauf, zum richtigen Zeitpunkt seine Befehle zu erteilen. Rings um ihn her scholl die

Hymne an Mars gen Himmel und übertönte das Scheppern der Ausrüstung und die Schritte der Legionäre, jedoch nicht den Lärm der Kämpfe, die inmitten der feindlichen Horde tobten. Jetzt waren die Briten beinahe dicht genug heran, dass die Legion die erste Salve ihrer tödlichen Waffen losschicken konnte. Er erteilte den Befehl, und die Pila flogen. Mehr als zweitausend der mit Widerhaken besetzten Spitzen schlugen in die vorderen Reihen der Briten ein, mähten junge Krieger nieder wie eine blutige Ernte und säten Schrecken in die Herzen der Kameraden hinter ihnen, die über die aufgespießten Körper hinwegsprangen, während deren Lebensblut in die Erde sickerte.

Doch sie kamen näher. Vespasian gab das Kommando zum Ansturm, die Cornua dröhnten, und die Legion beschleunigte auf den letzten paar Schritten. Der Gesang geriet ins Stocken, als die breite Frontlinie mit ihren Schilden, jeder mit der Wucht von vier Männern dahinter, sich gegen die Briten warf. Beiden Seiten ging durch die Heftigkeit des Zusammenpralls die Luft aus. Der römische Schildwall schob sich weiter vor, durch den Schwung des Ansturms getrieben. Die disziplinierten Legionäre in ihren schweren Rüstungen stießen die zahlreicheren, aber leichter gerüsteten und weniger geordneten Briten unerbittlich zurück.

Dann schepperte Eisen, und Schreie gellten.

Die Legion verlor allmählich an Tempo und kam schließlich zum Stillstand. Sehr zu Vespasians Erleichterung hielt die Frontlinie, doch sie war gefährlich dünn. Er schrie über den Tumult hinweg Befehle, damit die fünf Kohorten des zweiten Treffens vorrückten, ebenfalls ihre Pila warfen und ihre Kameraden von hinten verstärkten. Noch immer aus vollen Kehlen die Hymne singend, setzte sich die andere Hälfte der Legion in Bewegung. Jeder Soldat schleuderte in rascher Folge seine beiden Pila über die Köpfe der vorderen Reihen hinweg und drückte dann seinen Schild gegen den Rücken des Vordermannes.

Die zusätzliche Kraft einer halben Legion genügte, um die ohnehin lose Formation der Briten aufzubrechen. Hunderte gingen tot zu Boden, Hunderte mehr wurden zurückgestoßen, Blut quoll pulsierend aus tödlichen Wunden. Die Legion gewann neuen Schwung und rückte weiter vor. Die Männer in der ersten Reihe, die beim Zusammenprall mit dem Feind aufgehört hatten zu singen, fielen wieder in die Hymne ein und priesen den Gott des Krieges, während sie gnadenlos ihre Schwerter vorschnellen ließen.

Dann fuhr ein neues Grauen in die Kriegerschar, denn die Artillerie schleuderte eine verheerende Salve schwerer hölzerner Bolzen in ihre Flanke. So schnell, dass es nur verschwommen sichtbar war, schienen Männer einfach zu verschwinden und zehn Schritt entfernt wieder zu erscheinen, einen Bolzen seitlich in der Brust, Überraschung in den leblosen Augen.

Die Männer der II Augusta sangen weiter, die Klingen mit Blut und Fäkalien verschmiert, und trampelten über gefallene britannische Krieger. Die Frontreihe stieg über die Körper hinweg, die Männer der zweiten Reihe durchbohrten sie mit ihren Schwertern, auch jene, die allem Anschein nach schon tot waren. Sie wollten nicht riskieren, dass doch noch einer lebte und ihnen ein Messer in den Unterleib rammte.

Die Briten wurden Schritt um Schritt zurückgedrängt, wobei sie über Leichen stolperten. Als die Sonne höher stieg, schwand ihr Widerstand allmählich dahin. Vespasian wusste nicht, wie lange sie schon kämpften – die Zeit schien bedeutungslos geworden, nur die regelmäßigen Salven der Artillerie gaben einen Takt vor. Er glaubte, acht gezählt zu haben, war sich jedoch nicht gewiss. Sicher war, dass die tödlichen Bolzen das Flussufer von Feinden befreit hatten, sodass die erste Kohorte kaum noch auf Widerstand stieß. Durch die Schneise konnte er die linken Kohorten der XIIII Gemina sehen. Sie hielten noch immer ihre Stellung. Mit einer gemeinsamen Anstrengung konnte die II Augusta sich mit ihnen vereinen und eine geschlossene Front bilden.

Eine weitere Artilleriesalve zischte durch die Luft, riss wiederum zahlreiche Briten unter Blutfontänen von den Füßen und schleuderte sie mit verrenkten Gliedmaßen zu Boden wie Marionetten mit durchtrennten Fäden. Diesmal gerieten die Briten ins Zaudern, und die Männer der II Augusta spürten es. Sie nutzten die vorübergehende Schwäche des Gegners aus und drängten mit neuer Kraft nach vorn, stießen mit Schwertern und Schildbuckeln, stampften mit den Füßen, Schwertstich, Schritt, Schwertstich, Schritt, die hinteren Reihen noch immer singend, während die vorderen ihren kostbaren Atem für den Kampf aufsparten.

Die Briten zogen sich immer rascher zurück, je schneller die unaufhaltsame römische Kriegsmaschine wurde, und die nicht rechtzeitig fliehen konnten, fielen. Die erste Kohorte schwenkte jetzt nach links, auf die linke Flanke der XIIII Gemina zu, verstellte damit allerdings der Artillerie das Schussfeld. Die II Augusta gewann zunehmend an Boden und konnte sich bald mit ihrer Schwesterlegion zusammenschließen.

Die Sonne stieg über den Höhenkamm im Osten und tauchte das Schlachtfeld in Morgenlicht, begleitet vom langgezogenen Dröhnen der Cornua und den schallenden Signalen der Litui, da ertönten von der Anhöhe zahlreiche Hörner. Die Briten blickten in ihrem Rückzug auf, und Verzweiflung zeichnete sich auf ihren Gesichtern ab. In diesem Moment machte der erste Mann kehrt und ergriff die Flucht.

Die Verfolgungsjagd begann.

Vespasian warf einen Blick nach rechts. Entlang des Höhenrückens am anderen Ufer zeichneten sich die VIIII Hispana und ihre Auxiliartruppen gegen die goldene Morgensonne ab. In Schlachtordnung marschierten sie den Hang hinunter, frisch und bereit, das tödliche Werk zu verrichten, das ihre Daseinsberechtigung war. Nachdem die Briten es bereits mit drei Legionen aufgenommen hatten und unter großen Verlusten zurückgedrängt worden waren, war der Anblick einer vierten selbst für den kühnsten Krieger zu viel. Mutlosigkeit griff um sich wie ein Brand auf einem Stoppelacker, sodass immer mehr flohen.

Die Schultern der ersten Kohorte berührten die Flanke der XIIII Gemina – die Front war geschlossen. Dann wurden Gassen zwischen den Einheiten gebildet. Vespasian nahm seinen Platz an der Spitze der Kavallerie der Legion ein, trieb sein Pferd an und führte sie zusammen mit Paetus' Ala und den Galliern durch die Gassen, um den fliehenden Gegnern in den Rücken zu fallen. Hinter ihnen folgten die Infanteriekohorten. Während sie schnell über das mit

Leichen übersäte Gelände vorrückten, ertönten wiederum Hörner, diesmal von der Anhöhe, welche die batavischen Fußsoldaten besetzt hielten. Vespasian warf einen Blick hinauf und sah alle acht Kohorten den Hang herunterstürmen, auf die ungeordnete, lückenhafte Flanke der geschlagenen Horde zu. Sie brannten auf Rache für die harten Kämpfe und blutigen Verluste des Vortages, und während Vespasians Schwert den ersten ungeschützten Rücken auf seinem Weg aufschlitzte, warfen sich die Batavier von der anderen Seite mit tödlicher Entschlossenheit gegen den Feind.

Die Kavallerie löste ihre Formation auf, und die Männer ritten unter Schwerthieben und -stichen zwischen den Fliehenden hindurch, die hangaufwärts um ihr Leben rannten. Gelegentlich stießen sie auf mehr oder weniger organisierte Widerstandsnester, Krieger, die sich im Rückzug zu einigermaßen geordneten Pulks von hundert oder mehr Männern zusammengeschlossen hatten. Diesen wichen sie aus – schließlich wollte keiner ausgerechnet im Augenblick des Sieges fallen – und konzentrierten sich stattdessen auf die Vielzahl einzelner Krieger. Diese gingen zu Hunderten zu Boden, stießen wüste Flüche aus, wenn die Klingen der Invasoren sie tödlich trafen und sie auf die blutgetränkte Erde ihres Heimatlandes stürzten, das Rom nun in Besitz nehmen würde.

Vespasian ließ keine Gnade walten. Er lenkte sein Pferd mal zu dieser, mal zu jener Seite, um möglichst viele der Besiegten zur Strecke zu bringen. Allerdings gab er dabei acht, mit seiner Kavallerie nicht zu weit in die Haupttruppe der Briten einzudringen, damit sie nicht abgeschnitten und umzingelt wurden, denn das hätte zweifellos einen qualvollen

Tod bedeutet. Weiter hangaufwärts, wo das Getümmel der Fliehenden dichter war, tötete die Kavallerie der Legio XX mit der gleichen Leichtigkeit. Mit einem raschen Blick hinter sich stellte Vespasian fest, dass die XIIII Gemina zur Seite gewichen war und die ersten Einheiten der VIIII Hispana sich anschickten, die Brücke zu überqueren, um ihren Eilmarsch nach Westen anzutreten, zur Furt durch den Tamesis. In geringerer Entfernung kam ein Trupp römischer Kavallerie im Galopp auf ihn zu, angeführt von Aulus Plautius in seiner Feldherrnpracht, mit Mantel und Helmbusch.

«Legatus!», rief der General im Näherkommen. «Zieht Eure Reiter zurück, ehe sie abgeschnitten werden. Wir nehmen mit den unberittenen Auxiliartruppen die Verfolgung auf. Wir werden sie nach Norden bis an den Tamesis zurückschlagen, und hoffentlich werden ein paar tausend bei dem Versuch, den Fluss zu durchqueren, ihr Leben lassen.»

«Jawohl, General.» Vespasian rief dem nächsten *Liticen* zu: «Zum Rückzug blasen!»

Der Mann hob sein Horn und ließ das Signal ertönen.

«Eure Legion hat Rom und dem Kaiser wacker gedient, Vespasian. Ich werde dafür sorgen, dass die richtigen Leute davon erfahren. Heute war für unser aller Karrieren ein guter Tag.»

Vespasian blickte Plautius an. Unter seinem Mantel war er voller Blut, er hatte Schnitte davongetragen, und sein Kürass wies gewaltige Dellen auf. «Die Vierzehnte hatte es am schwersten, wie mir scheint. Wie geht es meinem Bruder?»

Plautius runzelte die Stirn und wischte sich geronnenes Blut vom Gesicht. «Er wird überleben. Er hat einen Speerstoß in die rechte Schulter abbekommen, kurz bevor die

Briten die Flucht ergriffen. Die Blutung konnte gestillt werden, allerdings wird er wohl ein paar Tage sein Kommando nicht ausüben können. Ich habe meinen Leibarzt beauftragt, ihn zu versorgen.»

«Danke, General.» Vespasian hatte Mühe, sein Pferd zu bändigen, während sich um sie herum die Kavallerie sammelte. Die temperamentvollen Tiere stampften mit den Hufen und schnaubten, da der Blutgeruch sie nervös machte. «Ich bin sicher, er hat schon Schlimmeres überstanden. Wie lauten Eure Befehle für die Zweite, General?»

Ehe Plautius etwas erwidern konnte, ertönte von weiter hangaufwärts das schrille Signal eines Lituus. Alle erkannten, was es bedeutete.

«Sie sind in Schwierigkeiten», stellte Vespasian fest und hielt in die Richtung Ausschau, aus der das Signal gekommen war. Etwa eine halbe Meile entfernt war ein kleiner Trupp berittener Legionäre der XX von der Masse der Briten im Rückzug eingeschlossen worden.

Plautius spuckte aus. «Verdammte Schwachköpfe, genau das wollte ich vermeiden. Ich habe ohnehin schon so wenig Kavallerie, ich kann es mir nicht leisten, diese Narren zu verlieren, wenn wir es vermeiden können. Legatus, nehmt Eure Männer und folgt mir.»

Plautius schnalzte mit den Zügeln und ritt den Hang hinauf. Vespasian trieb ebenfalls sein Pferd an, während er seinen Männern und Paetus' Ala zurief, ihm zu folgen. Gerade hatten die unberittenen Auxiliartruppen der II Augusta aufgeholt, um dem Feind auf dem Rückzug zuzusetzen.

Im Galopp holten sie bald die letzten Nachzügler ein und streckten sie nieder, wo sich die Gelegenheit ergab, unternahmen jedoch keine Anstrengungen, sie zu verfolgen, denn sie hatten es eilig, den bedrängten Reitern zu Hilfe zu kommen. Der kleine Trupp war von Hunderten Kriegern umzingelt, die sie immer weiter von den römischen Linien abdrängten und einen nach dem anderen töteten. Wieder gellte ein Signal aus dem Lituus, das abrupt in einem Misston endete – der Signalgeber war getroffen.

Plautius ritt ungebremst in die Schar der Peiniger hinein. Zwei der hintersten gerieten unter die Hufe seines Pferdes, zwei weitere wurden mit gebrochenen Knochen beiseitegeschleudert. Das Ross stieg, schlug mit den Vorderhufen aus und zerschmetterte Schädel und Schultern, während er einen Krieger glatt enthauptete. Die Überraschung des Mannes zeichnete sich noch auf seinem Gesicht ab, der kopflose Körper blieb einen Moment lang stehen, und eine Blutfontäne schoss aus dem Halsstumpf, dann brach er zusammen und begrub den abgetrennten Kopf unter sich.

Vespasian folgte seinem General ins Getümmel. Zu beiden Seiten von seiner Kavallerie flankiert, schlug er eine blutige Schneise in die Horde der Briten, die so auf ihre Opfer konzentriert waren, dass sie die Gefahr hinter sich noch gar nicht wahrgenommen hatten. Plautius war ebenso wütend auf seine Kavallerie, weil sie sich in diese Lage gebracht hatte, wie auf die Männer, die versuchten, seine kostbaren berittenen Soldaten zu töten. Sein Zorn trieb ihn zu einer wahren Orgie des Tötens an, und niemand wagte auch nur den Versuch, ihn aufzuhalten. Vespasian metzelte im Gefolge seines Generals alle nieder, die diesem entgangen waren. Die Flanken seines Pferdes waren so voller Blut, dass seine Waden daran klebten.

Die Briten, die an diesem Tag bereits einmal die Flucht ergriffen hatten, gaben ihre umzingelte Beute rasch preis und versuchten, sich hangaufwärts in Sicherheit zu bringen. Zurück blieben die rund achtzig Überlebenden der Kavallerie der Legio XX. Erschüttert darüber, welche Verluste sie noch unmittelbar vor dem Ende der Schlacht erlitten hatten, sahen sie sich ihrem zornigen General gegenüber.

Plautius fuhr den nächstbesten Decurio an: «Verfolgt sie den verdammten Hang rauf und rettet wenigstens noch etwas von eurem Stolz!» Dann wandte er sich an Vespasian. «Begleitet sie mit Euren Jungs und sorgt dafür, dass sie sich nicht noch einmal wie Grünschnäbel benehmen. Tötet nur die Nachzügler und macht auf dem Höhenrücken halt. Wenn jeder fünf erledigt, haben wir es bei der nächsten Begegnung immerhin mit tausend Hurensöhnen weniger zu tun.»

«Halt!», rief Vespasian und reckte seinen Schwertarm in die Luft. Blut lief an der Klinge hinunter über seine Finger und das Handgelenk. Rechts neben ihm lag die Leiche des letzten Kriegers, den er auf der Flucht getötet hatte. Dessen langer Schnurrbart hatte sich im Gras verfangen, und seine unteren Zähne waren in den Boden geschlagen; die Augen starrten blicklos auf seine blutige Schädeldecke, die wie eine grausige Schale vor ihm lag.

Während sich die Kavallerie hinter ihm sammelte, überblickte Vespasian von der Anhöhe aus die Szene. Im Norden strömte der größte Teil der geschlagenen Armee zum Tamesis, der nur zehn Meilen entfernt in der warmen Sonne funkelte. Sie wurde von den geordneten Abteilungen der batavischen Infanterie und der Auxiliartruppen verfolgt, die Nachzügler töteten, die Haupttruppe jedoch nicht angriffen, sondern nur nordwärts trieben. Die übrigen Briten zogen gen Westen. An der Spitze, wenige Meilen entfernt, waren ein paar Streitwagen zu sehen, und die Letzten, die sich nur knapp vor den Spathae der Kavallerie gerettet hatten, waren nicht mehr als zweihundert Schritt entfernt.

«Ein Feind auf der Flucht ist doch immer wieder ein herzerwärmender Anblick, nicht wahr, Legatus?», bemerkte Plautius und brachte sein Pferd neben Vespasian zum Stehen. «Das war ein ordentliches Tagewerk. Wir müssen an die vierzigtausend dieser Hunde getötet haben. Welche Ironie, dass ich nach einem solchen Sieg an den Kaiser schreiben muss, um seine Hilfe zu erbitten.»

«Ihr habt ihm ja noch ein paar übrig gelassen.»

«Ja, ein paar zu viele für meinen Geschmack. Das müssen zwanzigtausend sein, die dort nach Westen ziehen, und weitere vierzigtausend streben zum Fluss.»

«Warum versucht Ihr nicht, es zu Ende zu bringen, General?»

«Weil ich verdammt noch mal nicht genug Kavallerie habe. Die werden nicht so dumm sein, anzuhalten und sich noch einmal den Legionen zu stellen. Wenn ich fünfzehntausend Reiter hätte, könnte ich sie zur Strecke bringen, ohne dass sie anhalten. Aber man sollte sich nicht wünschen, was man nicht hat, sondern sich darauf konzentrieren, das, was man hat, bestmöglich zu nutzen. Ich habe den Auxiliartruppen Befehle geschickt, das weitere Töten für heute dem Fluss und den Katapulten der Flotte zu überlassen. Ich bin sicher, das wird ihnen ganz recht sein. Die Neunte folgt den Übrigen nach Westen und besetzt die Furt durch den Tamesis. Und dann müssen Caratacus und Togodumnus sich entscheiden.»

«Togodumnus ist tot, Herr, ich sah ihn sterben.»

«Tatsächlich? Wer hat ihn getötet?»

«Mein Pferd.»

Plautius betrachtete Vespasians Reittier anerkennend. «Da habt Ihr ein tüchtiges Ross.»

«Es war ein anderes Pferd. Togodumnus hat es getötet und sich dann von ihm zerquetschen lassen, als es zu Boden stürzte.»

«Wie unachtsam von ihm. Aber ich bin dankbar für das Opfer Eures Pferdes, das wird die Angelegenheit politisch sehr erleichtern. Caratacus herrscht im Westen, Togodumnus' Reich jedoch lag nördlich des Tamesis mit Camulodunum als Hauptstadt – der Stadt, in die Claudius persönlich einmarschieren will. Wenn diese Leute geschlagen und führerlos sind und wir das Nordufer des Tamesis besetzen, dann denke ich, wir können sie zur Vernunft bringen. Vorausgesetzt, wir geben ihnen keinen weiteren Grund, uns zu hassen. Gut gemacht, Legatus, Euer Pferd hat womöglich Tausende Leben gerettet.»

Vespasian war versucht, Plautius zu bitten, er möge das Geta erklären, doch er hielt sich zurück. «Danke, Herr.»

Plautius nickte befriedigt und wandte sich an die Überreste der Kavallerie der Legio XX. «Wer von euch ungewaschenen Arschlöchern ist dafür verantwortlich, dass ich so viele meiner Reiter verloren habe?»

Der Decurio, der vorhin bereits Plautius' Zorn abbekommen hatte, wagte eine Antwort: «Es war unser Legatus, Herr.»

«Geta? Wo ist der Schwachkopf?»

Der Decurio wies mit einer Kopfbewegung hangabwärts. «Dort hinten, Herr. Er wurde getroffen, als Ihr gerade zu uns durchgebrochen seid. Ich glaube, er ist tot.»

Vespasian und Plautius machten kehrt und ritten wieder den Hang hinunter. Der Boden war jetzt zu allen Seiten mit Leichen und Blutlachen übersät. Vespasian schaute sich um, entgeistert über das Ausmaß dessen, was geschehen war: Tausende und Abertausende tote britannische Krieger lagen auf dem Schlachtfeld, von der Anhöhe der Batavier im Norden entlang der Linie, wo die XIIII Gemina vor der Pontonbrücke die Stellung hielt – über welche jetzt die VIIII Hispana den Fluss überquerte –, und weiter nach Süden bis zum Schauplatz des ersten Gefechts der II Augusta am Vortag. Sie lagen einzeln, in Gruppen oder in langen Reihen wie Treibholz, das eine Flutlinie markierte, stumme Zeugen dafür, wo sie mit geringer Aussicht auf Sieg gegen die Macht Roms angetreten waren. Unter den Toten waren auch Römer, aber längst nicht so viele – nach Vespasians Schätzung vielleicht einer auf vierzig Briten. Es war ein entscheidender Sieg zu einem relativ geringen Preis gewesen, dennoch stimmte der Anblick ihn düster: Zahllose junge Männer waren in der Blüte ihres Lebens niedergemetzelt worden, weil sie ihre Heimat gegen eine Invasion verteidigt hatten, die, soweit Vespasian es verstand, nicht durch strategische Notwendigkeit motiviert war, sondern durch das Bestreben dreier Freigelassener, ihren unkriegerischen, sabbernden Herrn an der Macht zu halten, damit sie selbst davon profitieren konnten. Er schob den bitteren Gedanken rasch von sich, denn ihm war klar: Solange er sich nicht auf seine Landgüter zurückzog und einer Laufbahn in Rom entsagte, würde er immer wieder Zeuge des Eigennutzes in der Politik werden.

«Abgesehen von der Verteidigungslinie der XIIII muss dies eine der wenigen Stellen sein, wo mehr als zwanzig unserer Jungs zusammen gefallen sind», bemerkte Plautius, als sie sich dem Punkt näherten, wo sie die in Bedrängnis geratene Kavallerie gerettet hatten.

Vespasian überblickte das Gewirr aus Soldaten und ihren Pferden, insgesamt fast vierzig. Ihre Kameraden untersuchten sie gerade auf Lebenszeichen. Dahinter marschierten die Auxiliartruppen der VIIII Hispana vorbei, die Vorhut ihrer Legion. «Meine Batavier haben ebenfalls schwere Verluste erlitten, als sie uns die nötige Zeit verschafften, uns nach der Überquerung der Brücke zu formieren.»

«Ja, das habe ich beobachtet, sie haben große Tapferkeit bewiesen. Ich werde dafür sorgen, dass der Kaiser von Paetus' Leistungen erfährt, wenn er herkommt. Und auch Civilis mit den unberittenen Bataviern gebührt Lob. Das Ablenkmanöver auf der Anhöhe war entscheidend für den Ausgang der Schlacht. Wusstet Ihr, dass er der Enkel des letzten Batavierkönigs ist?»

«Nein, das wusste ich nicht.»

«Seine Männer behandeln ihn, als wäre er der König persönlich. Sie würden ihm überallhin folgen.»

«General!», rief ein Soldat, der inmitten der Leichen stand. «Ich habe den Legatus gefunden, er atmet noch.»

Vespasian und Plautius saßen ab und suchten sich einen Weg zwischen den Toten hindurch. Blut sickerte unter Getas Brustpanzer hervor, der dicht unterhalb der Rippen durchbohrt war. Der Legatus war bewusstlos, doch er atmete.

Plautius schaute mit einer Mischung aus Missbilligung und Bedauern auf ihn hinunter. «Bring ihn zu meinem Arzt, Soldat, du findest ihn in einem Zelt jenseits des Flusses.»

Der Mann grüßte, dann machten er und seine drei Gefährten sich daran, den verwundeten Legatus aus dem Gewirr toter Leiber zu befreien.

Plautius schüttelte den Kopf. «Er ist ein ausgezeichneter Befehlshaber. Es ist mir unbegreiflich, weshalb er einen solch dummen Fehler begangen hat. Jeder weiß doch, dass man mit Kavallerie nicht zu weit zwischen fliehende Feinde vordringt. Damit bringt man sich nur selbst in Schwierigkeiten.»

«Vielleicht hat er Caratacus gesehen und versucht, ihn zur Strecke zu bringen.»

«Das werden wir erfahren, sofern es meinem Arzt gelingt, ihn zu retten. Ihr solltet jetzt zu Eurer Legion zurückkehren. Ich erwarte gleich morgen früh einen vollständigen Bericht über die Verluste. Übermorgen bei Tagesanbruch marschieren wir nach Westen, nachdem ich Gewissheit habe, dass Togodumnus' Leute entweder tot oder über den Fluss sind. Ich will nicht, dass eine Streitmacht von dieser Größe mich in den Hintern beißt. Eure Legion übernimmt die Führung, da Ihr der Einzige unter meinen Legati seid, der noch kampftüchtig ist.» Er sah die erste Kohorte der VIIII Hispana mit dem Adler an der Spitze vorbeimarschieren. «Jetzt sind sie an der Reihe.» Dann bemerkte er Corvinus, der stolz neben der Kolonne herritt, und lenkte sein Pferd zu ihm. «Treibt Eure Jungs zum Eilmarsch an, Legatus, Schnelligkeit ist jetzt entscheidend, und Ihr habt dreißig Meilen vor Euch. Ich will, dass Ihr morgen Nachmittag am Tamesis seid.»

«Wir werden dort sein, General.»

«Daran zweifle ich nicht. Die Flotte wird Euch folgen, sobald sie mit den Briten fertig ist, die versuchen, den Fluss zu durchqueren. Und denkt daran, besetzt das nördliche Ufer und haltet es – rückt nicht weiter vor.»

Corvinus lächelte verkniffen und grüßte. «Selbstverständlich, Herr. Lebt wohl!»

Der Ton seiner letzten Worte klang in Vespasians Ohren seltsam endgültig. Er schaute Corvinus nach, während der davonritt, dachte an Narcissus' Verdacht und fragte sich, ob er Plautius einweihen sollte. «Vertraut Ihr ihm, Herr?»

«Ihm vertrauen? Mir bleibt nichts anderes übrig. Narcissus hat kurz vor unserer Einschiffung angeregt, ich solle ihn vorschicken. Er meinte, Claudius würde es gern sehen, wenn ich seinem Schwager die Gelegenheit gäbe, als erster Römer seit Iulius Caesar den Tamesis zu überqueren. Das würde ein gutes Licht auf die kaiserliche Familie werfen, und es würde vom Kaiser nicht unbemerkt bleiben. Ausnahmsweise einmal war ich mit diesem schmierigen Freigelassenen einer Meinung.»

«Aber er schien nicht sonderlich erpicht darauf, Claudius' Ankunft abzuwarten.»

«Er wird seine Befehle befolgen.»

«Was, wenn nicht?»

«Er wird. Narcissus hat betont, sowohl er als auch seine

Schwester hätten durch Claudius' vorgeblichen Sieg alles zu gewinnen.»

Vespasian starrte ungläubig Plautius' Profil an. «Seid Ihr sicher, dass er das gesagt hat?»

«Natürlich bin ich sicher, Legatus! Ich bin nicht taub.»

«Ich bitte um Verzeihung, Herr. Ich kehre jetzt zu meiner Legion zurück.» Vespasian grüßte und wendete sein Pferd. Im Davonreiten schaute er hangaufwärts zur VIIII Hispana, und in einem Augenblick der Klarheit erkannte er, was Narcissus getan hatte und warum: Er hatte erste Schritte unternommen, um Messalina aus dem Weg zu schaffen.

XVIIII

«Was soll das heißen, Ihr könnt Plautius nicht warnen?», fragte Magnus, der nicht recht begriff, was er eben gehört hatte.

Sabinus auf seinem Feldbett hob den Kopf und verzog vor Schmerz das Gesicht. «Mein Bruder hat recht, Magnus. Wir mussten Narcissus versprechen, uns nicht an Plautius zu wenden, was auch immer geschieht.»

«Aber warum? Er könnte Corvinus jetzt noch aufhalten, die Neunte hat weniger als einen Tagesmarsch Vorsprung vor uns.»

Vespasian hielt seinem Bruder einen Becher mit dampfendem Wein an den Mund, und Sabinus nahm dankbar einen Schluck. «Er will nicht, dass Corvinus aufgehalten wird. Er wusste, dass dies geschehen würde, weil er es so arrangiert hat. Plautius soll selbst sehen, wie Corvinus Verrat begeht. So kann er Claudius, wenn er kommt, statt eines bloßen Verdachts hieb- und stichfeste Beweise präsentieren. Claudius schenkt den Warnungen seines Freigelassenen bezüglich Messalina und ihres Bruders keinen Glauben, aber wenn Plautius ihm den Beweis zeigt, wird er sich vielleicht von dem überzeugen lassen, was er vor sich sieht.»

Magnus schaute sich in dem schwachbeleuchteten Zelt um. Seine Ungeduld war ihm anzusehen. «Und was werdet Ihr jetzt unternehmen?»

«Unternehmen? Vorerst natürlich nichts. Narcissus hat uns aufgetragen, dafür zu sorgen, dass Plautius am Leben bleibt und Corvinus und Geta nicht zu weit vorrücken. Wir haben es ursprünglich so verstanden, dass sie nicht weiter als bis an den Tamesis marschieren sollen, doch so hat er es nicht gemeint. Er meinte, sie dürfen jenseits des Tamesis nicht zu weit nach Norden vorrücken. Mit anderen Worten: Wir sollen sie aufhalten, nachdem sie sich schuldig gemacht haben, aber bevor sie Camulodunum erreichen.»

«Nun, Geta wird so schnell nirgendwohin gehen, er kann von Glück sagen, dass er überlebt hat. Das habe ich von einem Krankenpfleger gehört, der ein Kumpel von mir ist. Er sagt, Geta ist bis auf weiteres außer Gefecht. Damit ist die Hälfte der Bedrohung ausgeschaltet.»

«Und was noch wichtiger ist, Corvinus weiß nichts davon, weil er zu weit entfernt war, um zu sehen, wie Geta vom Schlachtfeld getragen wurde. Wenn also Geta derjenige war, der Plautius beseitigen sollte, während Corvinus nach Norden marschiert, dann wird es nicht so bald geschehen.»

Sabinus ließ sich mit einem Seufzer zurücksinken. «Wohl wahr, aber Priscus, sein Tribun mit breiten Streifen, befehligt jetzt die Zwanzigste, und wer weiß, wie es um seine Sympathien bestellt ist.»

Vespasian stellte den Becher neben der einzigen Öllampe im Raum auf dem einfachen Nachttisch ab. «Wir müssen Plautius irgendwie im Auge behalten. Indessen marschieren wir morgen gen Westen. Die Zweite Augusta bildet die Vorhut, weil ich derzeit der einzige Legatus bin, der noch auf den Beinen ist, also übernimmt meine Kavallerie das Kundschaften.»

Magnus kicherte. «Und so wird Paetus nur erfahren, was er erfahren soll.»

«So ungefähr.»

«Und wie wollt Ihr Corvinus aufhalten?»

«Das ist ein Punkt, an dem ich nicht anders kann, als Narcissus' vorausschauendes Denken aufrichtig zu bewundern.»

Die Schwerverletzten waren mit Fuhrwerken nach Rutupiae zurückgeschickt worden. Der lange Tross zog gen Osten, verschleiert vom Rauch der Dutzenden Scheiterhaufen, auf denen sie ihre Gefallenen verbrannten. Die Dobunner hatten das Schlachtfeld teilweise geräumt, doch viele Tote lagen noch immer in der Sonne, und die Männer waren damit beschäftigt, unter der Aufsicht von nur zwei Auxiliarkohorten die Leichen ihrer einstigen Verbündeten aufzuschichten. Bodvoc hatte sein Wort gehalten, seine Leute arbeiteten willig.

Vespasian kehrte dem düsteren Bild den Rücken und ritt zu seiner Legion, die auf der Anhöhe zur Kolonne formiert war, bereit zum Abmarsch gen Westen. Abgesehen von einem Besuch bei Sabinus am Vorabend und ein paar kurzen Phasen erholsamen Schlafes war er vollauf mit dem Nachspiel der Schlacht beschäftigt gewesen. Er hatte von allen seinen Kohorten die Aufstellungen ihrer jeweiligen Verluste in Empfang genommen und erleichtert festgestellt, dass sie vergleichsweise glimpflich davongekommen waren: knapp dreihundert Tote und doppelt so viele Verletzte, von denen fast hundert nie wieder in der Legion dienen würden. Tote oder schwerverletzte Centurionen, Optiones und Standartenträger mussten ersetzt werden, und so wurden nach den Empfehlungen der überlebenden Offiziere jeder Kohorte Beförderungen vorgenommen. Schließlich wurden die wenigen Centurien, die schwere Verluste erlitten hatten, vorübergehend aufgelöst und die Überlebenden anderen Einheiten zugeteilt, um diese auf eine respektable Stärke aufzustocken. All das war in großer Hast noch am Tag nach der Schlacht geschehen, um die Legion und vor allem ihre Befehlskette wieder kampfbereit zu machen.

Und Kämpfe würde es geben, dessen war Vespasian gewiss. Wie von Plautius vorhergesagt, war es der Mehrzahl der Briten gelungen, den Tamesis zu überqueren, auch wenn die Flotte sich nach Kräften bemüht hatte, sie daran zu hindern, und Tausende im Wasser massakriert hatte. Die Auxiliartruppen hatten versucht, sie über die Pfade durchs Sumpfland bis an den Fluss zu verfolgen, doch da sie die Gegend nicht kannten, hatte es sich als nahezu unmöglich erwiesen. Viele waren im Morast stecken geblieben und durch das Gewicht ihrer Kettenhemden eingesunken. Ein paar Kohorten Batavier gelangten tatsächlich bis an den Fluss und waren so töricht hindurchzuschwimmen, nur um unter schweren Verlusten von ein paar tausend Einheimischen zurückgeschlagen zu werden, die sich am nördlichen Ufer versammelt hatten. Auch der Beschuss mit Ballisten von den Triremen der Flotte hatte an diesem Ausgang nichts ändern können.

Vespasian erreichte die Spitze der Kolonne. Er reckte einen Arm in die Luft und ließ ihn feierlich fallen. Ein tiefes Hornsignal ertönte, das durch die Reihen weitergegeben wurde, dann setzte sich die II Augusta in Bewegung. Vor ihnen kundschafteten zwei Auxiliarkohorten in lockerer Ordnung das Gelände aus, zwei weitere an beiden Flanken. Hinter ihnen folgten die Legionen XX und XIIII, beide ohne ihre Legati. Sabinus war immerhin für kräftig genug befunden worden, in einem geschlossenen Fuhrwerk zu reisen. Geta hingegen war zwar wieder bei Bewusstsein, jedoch durch den Blutverlust sehr geschwächt, und so war er mit den anderen Verwundeten zu den Lazarettzelten in Rutupiae geschickt worden.

Beim Reiten dachte Vespasian darüber nach, wie geschickt Narcissus eine Situation herbeigeführt hatte, in der er vom sicheren Gallien aus den Gegner zwingen konnte, sich selbst zu entlarven. Die Ereigniskette, die der Freigelassene dadurch in Gang setzte, konnte durchaus zum Sturz der Kaiserin führen. Vespasian wusste, dass er als kleiner Spielstein in einem großen Spiel benutzt wurde, doch so war es stets in der undurchsichtigen Welt der kaiserlichen Politik, in der zu leben wohl ewig sein Schicksal sein würde – sofern er sich nicht auf seine Landgüter zurückzog. Aber wäre er mit dem ruhigen Leben, das er sich früher einmal gewünscht hatte, noch glücklich? Einem Leben, in dem, wie Sabinus es so verächtlich ausgedrückt hatte, das einzig Aufregende die Frage war, ob der neue Wein besser sein würde als der des Vorjahres. Er dachte an das Gespräch zurück, das sie vor zwei Jahren in Germanien geführt hatten. Zu jener Zeit hatte er einen solchen Rückzug ernsthaft in Erwägung gezogen, um zu verhindern, dass er immer wieder in die kaiserliche Politik hineingezogen wurde. Jetzt hingegen erkannte er, dass sein Bruder recht gehabt hatte: Er würde sich langweilen. Nun, da er eine Legion in der Schlacht befehligt hatte und von seinem General für seine Leistungen gelobt worden war, nun, da er wusste, dass er die nötigen Fähigkeiten besaß und dass weitere Schlachten bevorstanden, aus denen er lernen würde – wie konnte er sich da auf einen Hof zurückziehen und den Wandel der Jahreszeiten beobachten? Er schaute sich nach der Legion um, an deren Spitze er ritt, und genoss den Stolz, den er empfand. Er würde sich nicht zurückziehen, wenigstens noch nicht. Er würde seine Karriere weiterverfolgen, und der Preis dafür würde sein, dass er in die Politik hineingezogen wurde.

Er tröstete sich damit, dass er diesmal eine bedeutendere Rolle spielte: Es lag an ihm, zu entscheiden, wie lange er wartete, ehe er Plautius meldete, was seine Kundschafter ihm zweifellos schon in wenigen Stunden berichten würden. Er musste Corvinus genügend Zeit lassen, sich selbst in Plautius' Augen ganz und gar zu verdammen. Dabei ging es ihm nicht so sehr um Narcissus' Machtkampf mit Messalina – auch wenn ihm klar war, dass es die Wahl zwischen zwei Übeln war, er selbst aber dennoch besser dran sein würde, wenn Narcissus den Sieg davontrug. Vielmehr ging es ihm um die Gelegenheit zur Rache an Corvinus dafür, dass er Clementina entführt und an Caligula ausgeliefert hatte, der sie wiederholt brutal geschändet hatte. Vespasian lächelte in kalter Befriedigung, als er sich das Gefühl ausmalte, Vergeltung an einem Mann zu üben, der seiner Familie solches Unrecht angetan hatte.

«Ihr scheint recht zufrieden mit Euch selbst», stellte Magnus fest und lenkte sein Pferd neben ihn. «Konntet Ihr besonders ergiebig scheißen, ehe wir aufgebrochen sind?»

«Ja, in der Tat. Wo warst du? Ich habe vorhin nach dir gesucht, um dir davon zu erzählen.»

«Ein Jammer, dass mir dieser Genuss entgangen ist. Nun, macht Euch keine Sorgen, ich war unten bei Sabinus, und er hat mich dafür entschädigt, indem er sich in seinem Fuhrwerk erleichtert hat, während ich dort war. Aber was ich eigentlich sagen wollte: Ich habe wieder mit meinem Kumpel, dem Krankenpfleger, gesprochen, und er hat mir erzählt, er habe ein Gespräch zwischen einem mächtig unzufriedenen Plautius und Geta mit angehört. Plautius wollte wissen, warum Geta den dummen Fehler begangen hat, seine Einheit zu weit in die fliehende Truppe vorstoßen zu lassen, sodass vierzig seiner kostbaren Reiter sich unerlaubt über den Styx entfernt haben.»

Magnus schwieg. Vespasian schaute ihn an. «Und? Nun erzähl schon, was er gesagt hat.»

«Er hatte keine richtige Begründung, er hat nur gesagt, dass die Begeisterung mit ihm durchgegangen ist und es nicht wieder vorkommen wird.»

«Hat Plautius sich damit zufriedengegeben?»

«Anscheinend. Er hat Geta noch eine Weile angeschrien, bis der Arzt ihm aus medizinischen Gründen davon abgeraten hat, dann ist er gegangen. Er hat Geta nur noch gewarnt, sich in seiner Armee nie wieder als tollkühnes Arschloch aufzuführen, und eine vage Drohung ausgesprochen, in der es um Getas Hoden, einen schweren Hammer und einen Amboss ging.»

«Das ergibt doch keinen Sinn. Man mag von Geta halten, was man will, aber er steht in dem Ruf, ein ausgezeichneter Befehlshaber zu sein. Sieh dir nur mal den Feldzug in Mauretanien an. Sämtlichen Berichten zufolge hat er sich dort mustergültig verhalten. Es sieht ihm nicht ähnlich, solch einen dummen Fehler zu begehen.»

«Das tun wir doch alle hin und wieder.»

«Falls du darauf anspielst, dass ich nicht schnell genug nach Cantiacum vorgerückt bin – das ist nicht dasselbe. Ich bin bei weitem nicht so erfahren wie Geta, aber ich würde trotzdem nicht den Kopf verlieren und mit nichts als der Kavallerie meiner Legion mitten in eine Horde aufs Äußerste erboster Briten vorstoßen.»

«Mag sein, aber es gab eine Zeit, da hättet Ihr vielleicht den Kopf verloren.»

«Darüber bin ich hinweg.»

«Den Göttern sei Dank. Ich dachte immer, das würde einmal Euer Ende sein. Doch ich stimme Euch zu, es sieht Geta nicht ähnlich. Wie auch immer, wen schert es? Er hat es nun einmal getan und Plautius damit mächtig sauer gemacht.»

«Da hast du wohl recht. Nur schade, dass er nicht dabei umgekommen ist wie all die armen Hunde, die er auf dem Gewissen hat. Wie geht es eigentlich Sabinus?»

«Ach, schon viel besser, die Wunde heilt wie die Möse einer Vestalin. Der Arzt sagt, morgen kann er wieder reiten, also wird er bis zu Eurer kleinen Plauderei mit Corvinus wohlauf sein.»

«Das freut mich zu hören», erwiderte Vespasian. Da bemerkte er Paetus, der auf ihn zu ritt. «Jetzt kommt er.»

«Wer kommt jetzt?»

«Der Moment der Entscheidung.»

«Meine Patrouille ist eben von der Furt am Tamesis zurück, Herr», meldete Paetus, während er sein Pferd bremste.

«Und bis auf je eine Centurie an beiden Ufern keine Spur von der Neunten?»

Der junge Präfekt stutzte. «Woher wisst Ihr das, Herr?»

«Das spielt keine Rolle. Schickt die Patrouille gleich wieder los, ich will nicht, dass es sich herumspricht.»

«Aber Plautius –»

«Wird es zum rechten Zeitpunkt schon erfahren. Ich übernehme die Verantwortung, Paetus, Ihr müsst mir nur vertrauen. Für Euch macht die Neunte es sich gerade am Nordufer des Tamesis gemütlich, und wenn Ihr irgendjemandem etwas anderes erzählt, dann denke ich, Ihr werdet Narcissus von seiner unangenehmen Seite kennenlernen.»

Paetus zog die Augenbrauen hoch. «Ich würde Narcissus lieber von gar keiner Seite kennenlernen, Herr. Ich melde mich wieder, wenn ich berichten kann, dass die Neunte ihr Lager fertig gebaut hat.»

«Danke, Präfekt. Ich bin sehr gespannt, wie lange sie brauchen.»

Paetus salutierte grinsend.

Magnus schaute Paetus skeptisch nach, als der Präfekt davonritt. «Ihr spielt da in Narcissus' Auftrag ein äußerst gewagtes Spiel, Herr. Wenn Plautius dahinterkommt, dann werden nicht nur Getas Eier unter dem Gewicht seines Hammers zu leiden haben, wenn Ihr versteht, was ich meine?»

«Ich hoffe vielmehr, Plautius wird seine gütige Zuwendung Corvinus' Hoden widmen.»

«Auf dem Amboss des Generals ist Platz für mehr als ein Paar.»

Die unvermeidliche Verzögerung um einen Tag zwang Plautius, seine Armee zum höchstmöglichen Tempo anzutreiben, und so wurde der Marsch nach Westen für die erschöpften Legionäre zu einer strapaziösen Angelegenheit. Immerhin ging es durch sanftes Hügelland, in dem sie gut vorankamen und das Caratacus weitgehend unberührt gelassen hatte, da die VIIII Hispana ihm so dicht auf den Fersen war. So marschierte die Kolonne durch Felder mit reifendem Weizen und Gerste oder über urbares Land, nicht durch eine geschwärzte, von einer Armee im Rückzug verwüstete Landschaft, die dem Verfolger keine Nahrung bot.

Am Morgen des zweiten Tages fiel das Gelände ab, und in der Ebene wand sich nur eine Meile nördlich der Tamesis. Wegen der weiten Bögen, in denen der Fluss verlief, musste die Flotte schneller rudern, um mit der Kolonne mitzuhalten.

In der Ferne, etwa fünf Meilen westlich, konnte Vespasian die Schiffe ausmachen, die Corvinus' Vormarsch begleitet hatten. Sie lagen vor Anker, anscheinend befand sich dort die Furt. Er wusste, dass er Plautius nicht mehr lange täuschen konnte. Da fiel ihm ein Schatten am Horizont weit nördlich des Flusses ins Auge. Er lenkte sein Pferd zur Seite und ließ die Männer der ersten Kohorte vorbeimarschieren, um die Stelle eingehender zu betrachten. Nachdenklich kaute er auf der Unterlippe, ehe er schließlich sein Pferd wendete und entgegen der Marschrichtung an der Kolonne entlangritt.

«Übernehmt das Kommando, Tribun!», rief er Mucianus an der Spitze der zweiten Kohorte im Vorbeireiten zu. «Und haltet das Tempo. Ich muss mit dem General sprechen.»

Im Galopp ritt er an Reihen um Reihen marschierender Legionäre vorbei, bis er schließlich die sechshundert Packmaultiere der Legion erreichte, eins für jedes Contubernium, sowie die Fuhrwerke und die Artillerie der Centurien. Hinter diesen ritt der General mit seinem Stab, dann kam die XIIII Gemina.

Vespasian bremste sein Pferd und atmete tief durch, als er sich Plautius näherte. «General, ich muss Euch dringend unter vier Augen sprechen.»

«Er hat *was* getan?», brauste Plautius auf.

«Er ist weiter auf Camulodunum marschiert, Herr.»

«Wie könnt Ihr da so sicher sein?»

Vespasian zeigte nach Norden. «Schaut dort an den Horizont – was seht Ihr?»

Plautius spähte angestrengt in die Richtung. «Ich fürchte, meine Augen sind nicht mehr, was sie einmal waren. Was ist denn dort, Legatus?»

«Rauch, Herr, und zwar viel.»

«Das heißt nicht, dass es Corvinus ist.»

«Corvinus hat nicht angehalten, er hatte nie die Absicht.»

«Aber das ist Meilen von der Furt entfernt. Wie ist er so schnell dorthin gelangt? Gestern Abend habt Ihr noch berichtet, er habe am Nordufer bei der Furt ein Lager errichtet.»

«Das war nicht die Wahrheit, Herr.»

Plautius funkelte Vespasian erbost an. «Wenn Ihr damit sagen wollt, dass Ihr es die ganze Zeit wusstet und es gedeckt habt, dann ist das Verrat, Legatus.»

«Ich weiß, Herr. Aber wenn ich es Euch früher mitgeteilt hätte, dann hätte man mir auch das als Verrat auslegen können.»

«Vespasian, ich kann mir nicht vorstellen, inwiefern es als Verrat gelten könnte, wenn man Corvinus daran hindert, gegen die ausdrücklichen Befehle des Kaisers zu verstoßen.»

«Es sind nicht die Befehle des Kaisers, sie wurden nur in seinem Namen erteilt. Der Kaiser herrscht nicht, es wird lediglich der Anschein erweckt, als herrsche er. Die wahre Macht liegt –»

«Hört auf, mich zu belehren! Ich weiß, wer die wahre Macht hat, aber das läuft auf dasselbe hinaus: Narcissus spricht für den Kaiser.»

«Nein, Herr, das ist nicht wahr. Narcissus spricht für sich selbst, jedoch aus dem Schatten des Kaisers. Oder besser gesagt, er *ist* sein Schatten. Er benutzt Claudius dazu, die Macht auszuüben, die er nicht offen und für alle sichtbar ausüben kann, und er wacht eifersüchtig über Claudius, um sich diese Macht zu bewahren. Aber da der Kaiser ein liebestoller Narr ist, sieht er nicht, welche Bedrohung ihm aus seinem engsten Kreis droht – oder will es nicht sehen.»

«Die Kaiserin?»

«Genau.»

«Aber ohne ihn wäre sie nichts.»

«Mitnichten. Sie ist die Mutter seines Sohnes.»

«Der ist zu jung, um ohne einen Regenten zu herrschen, und niemand würde eine Frau in diesem Amt akzeptieren.»

«Das ist richtig, aber einen Mann und eine Frau würde man akzeptieren – die Mutter des jungen Kaisers und ihren Bruder.»

Plautius' Augen weiteten sich, als er begriff. «Die Frau wäre die Mutter eines wahren Caesaren und der Mann der Eroberer von Camulodunum und Begründer der neuen Provinz Britannien. Ein Paar, das nicht selbst eine Dynastie gründen könnte, weil die beiden Geschwister sind. So stellen sie keine Bedrohung für die Blutlinie des Kaisers dar, sondern sind vielmehr ihre Beschützer und Bewahrer. Perfekt – bis dem Kind etwas zustieße. Dann wären die Regenten bereits genügend in ihren Positionen gefestigt, dass die Prätorianer sie weiterhin unterstützen würden.»

«So ist es. Und wir wissen, dass die kaiserliche Familie zu allem fähig ist. Claudius' Schwester Livilla hat bereits ihren Sohn Tiberius Gemellus vergiftet, ehe sie ihrerseits von ihrer Mutter Antonia eingesperrt wurde, die sie verschmachten ließ. Wenn irgendjemand erkennen müsste, was möglich ist, dann sollte es eigentlich Claudius sein, doch der Narr will auf niemanden hören.»

«Also muss man es ihm vor Augen führen.» Plautius fasste sich an die Stirn und schloss die Augen. «Ach, jetzt wird mir alles klar. Dieser Hurensohn Narcissus hat es so arrangiert, dass ich Corvinus die Gelegenheit verschafft habe, den Befehl des Kaisers zu missachten. Ich soll derjenige sein, der Claudius die Verschwörung offenlegt, mitsamt handfesten Beweisen, die ihn davon überzeugen werden, dass sein Schwager und seine Frau etwas gegen ihn im Schilde führen. Ihr habt recht getan, mir nichts davon zu sagen, ehe Corvinus Feindkontakt hatte, Vespasian. Sonst hätte ich ihn aufgehalten, bevor er zu weit gegangen wäre.»

«Nein, er hätte Euch getötet. Ich glaube sogar, dass Ihr jetzt schon tot wäret, wenn Geta nicht verwundet worden wäre.»

«Geta!»

«Ja, ich denke, er sollte Euch in einer Weise töten, die keinen Argwohn erregen würde.»

«Zum Beispiel, indem er vor meinen Augen seine Kavallerie in eine unmögliche Lage brachte.»

«Das scheint mir doch etwas extrem, Herr, immerhin hätte er dabei selbst fast sein Leben gelassen.»

«Das war bloßes Pech. Ich habe den Decurio zu mir bestellt, nachdem ich gestern bei Geta war, weil ich nicht glauben konnte, dass ein Mann mit Getas Erfahrung im ‹Rausch der Begeisterung›, wie er es ausdrückte, einen solchen Fehler macht. Der Decurio sagte mir, dass es nicht Geta war, der sie anführte. Er ritt in der Mitte der Einheit, wo er am sichersten war. Das kam mir merkwürdig vor. Doch jetzt, im Rückblick betrachtet … Seht Euch einmal den zeitlichen Ablauf an. Ich komme den Hang herauf, um Euch zurückzurufen, dann, gerade als ich nur ein paar hundert Schritt entfernt bin, führt Geta plötzlich seine Männer mitten in eine Horde wütender Briten im Rückzug. Er weiß genau, dass ich versuchen werde, ihn zu retten, weil ich so wenige berittene Legionäre habe. Ich nehme also Euch und Eure Jungs mit und stürme los. Dabei hätte ich durchaus getötet werden können, und niemand hätte Verdacht geschöpft. Nur war ich in der Situation so wütend, dass nichts und niemand mich aufhalten konnte. Wir sind zu Getas Männern vorgedrungen, wie er es erwartet hatte, allerdings – unglücklicherweise für ihn – erst nachdem ein verirrter Speer ihn aus dem Sattel geworfen hatte und er unter die Hufe geraten war. Das kleine Arschloch hat es verdient. Vierzig seiner Jungs wurden getötet, für nichts.»

«Ich nehme an, das wäre eine Erklärung.»

«Allerdings ist das eine Erklärung. Das wird mir dieser verdammte Hurensohn büßen, wenn er sich wieder erholt hat. Warum habt Ihr mir nicht eher gesagt, dass sie versuchen würden, mich zu töten?»

«Dann hätte Narcissus mich töten lassen.»

Plautius lächelte bitter. «Jedenfalls wird Narcissus uns beide töten lassen, wenn wir Corvinus jetzt nicht aufhalten. Wie hält man eine Legion auf, die sich ihren Befehlen widersetzt, ohne dass es zur Schlacht kommt und am Ende die ganze Invasion scheitert?»

«Das hat Narcissus sich schon überlegt. Ich kann es tun, ich brauche dazu nur Paetus' Kavallerie und meinen Bruder.»

Plautius musterte Vespasian forschend. «Also gut», sagte er nach kurzem Zögern. «Mich dünkt, ich muss Euch vertrauen. Immerhin scheint Ihr zu durchschauen, wie Narcissus denkt. Nehmt, was Ihr braucht – und beeilt Euch. Ich bin dicht hinter Euch. Ich werde noch heute Nachmittag versuchen, zwei Legionen über diesen Fluss zu bringen. Jetzt, da Corvinus im Norden die Kampfhandlungen begonnen hat, bin ich gezwungen, zu Ende zu bringen, was dieser elende kleine Verräter angefangen hat. Täte ich es nicht, würden die Briten das als Schwäche deuten. Vielleicht bleibt für Claudius am Ende doch keine Schlacht mehr zu schlagen.»

«Das wäre möglicherweise nicht das Schlechteste, solange er nur als Erster in Camulodunum Einzug halten kann, General.»

«Wohl wahr.» Plautius schwieg einen Moment lang nachdenklich. «So bekommt Claudius noch immer, was er braucht, ohne dass er Gefahr läuft, sich als unfähiger Befehlshaber zu blamieren.»

«Ich frage mich, ob Narcissus auch daran bereits gedacht hat.»

«Ja, dieser schmierige kleine Freigelassene! Das frage ich mich auch.»

«Ich habe den Befehl, niemanden hinüberzulassen, Herr», erklärte der Centurio der Centurie der VIIII Hispana, die am Südufer des Tamesis in Stellung war, entschieden. Er straffte die Schultern und stand sehr aufrecht, wie um seinen Worten Nachdruck zu verleihen.

Vespasian beugte sich aus dem Sattel, sodass er dem Veteranen aus nächster Nähe ins Gesicht schauen konnte. «Daran zweifle ich nicht, Centurio, aber ich habe den Befehl, den Fluss zu durchqueren. Meine Befehle kommen von Aulus Plautius und Eure von Legatus Corvinus. Also sagt mir, wessen Befehl hat Vorrang?»

Der Centurio schluckte. «Der des Generals, Herr, aber Corvinus hat mir gesagt, der sei tot, jetzt führe er das Kommando, und niemand dürfe über den Fluss, ehe Legatus Geta eintrifft.»

«Das hat er gesagt? Nun, ich kann Euch versichern, Centurio, dass Plautius quicklebendig ist. So lebendig, dass er Euch persönlich hinrichten wird, wenn er in ungefähr drei Stunden hier ankommt und uns noch immer in einer Diskussion darüber antrifft, wer die Armee befehligt.» Er wies mit dem Daumen über die Schulter. «Und dann wären da noch ein Legatus, ein Kavalleriepräfekt sowie dreihundert Soldaten, die vor ihm bezeugen werden, dass Ihr mich daran gehindert habt, seine Befehle auszuführen.»

«Und ein Zivilist», ergänzte Magnus.

«Und ein Zivilist.»

Sabinus näherte sich. «Centurio Quintillus, nicht wahr?»

«Ja, Legatus. Es freut mich, Euch wiederzusehen, Legatus», bellte Quintillus und bemühte sich, eine noch strammere Haltung anzunehmen.

«Ganz meinerseits, Centurio. Es wäre doch schade, wenn dies unsere letzte Begegnung wäre.»

«Gewiss, Legatus.»

«Also, wie entscheidet Ihr Euch?»

Quintillus schaute sich ängstlich um und schluckte noch einmal krampfhaft. «Nun, mir scheint, unter den gegebenen Umständen sollte ich Euch besser hinüberlassen.»

«Das war eine sehr vernünftige Entscheidung.»

«Aber Ihr müsst wenigstens zwei Stunden warten, bis das Wasser tief genug gefallen ist. Es steht noch zu hoch.»

Vespasian schwang sich vom Pferd. «Nicht für diese

Jungs. Jetzt sagt mir, Quintillus, in welche Richtung ist die Neunte marschiert?»

Der Centurio deutete auf zwei kleine Hügel mit ein paar Bäumen darauf, die nebeneinander am anderen Ufer aufragten, eine gute Viertelmeile entfernt. «Sie sind zwischen den Hügeln dort verschwunden, in Richtung Nordosten, Herr. Ihr müsst zwischen ihnen hindurchreiten, nicht hinüber. Ein einheimischer Bauer hat uns erzählt, dass auf einem von beiden – ich weiß nicht, auf welchem – ein Schrein steht, der einem Gott namens Lud geweiht ist, und mit dem sollte man es sich anscheinend nicht verderben.»

«Danke für die Warnung, Centurio, ich werde dem General berichten, wie kooperativ Ihr wart. Also, Paetus, es ist an der Zeit, dass Eure Jungs nass werden.»

«Ich brauche bald eine Rast», erklärte Sabinus zähneklappernd, nachdem sie die Zwillingshügel erst drei oder vier Meilen weit hinter sich gelassen hatten. «Sonst werde ich ohnmächtig.»

Vespasian blickte zum Himmel auf. Die Sonne näherte sich dem Horizont und begann, sich rötlich zu färben. «Gut, wir machen hier halt. Heute Abend holen wir sie ohnehin nicht mehr ein. Paetus, lasst Eure Männer das Lager aufschlagen.»

Die Batavier machten sich an die Arbeit, und ehe es dunkel wurde, war der drei Fuß tiefe Graben ausgehoben und auf dem festgestampften Aushub eine Palisade von halber Mannshöhe aus Pfählen und Flechtwerk aus Haselruten errichtet. Das Lager war notgedrungen klein und beengt. Es war einfach nicht genug Platz für dreihundert Soldaten und ihre Pferde, die für den Fall eines Alarms gesattelt blieben. Da Vespasian aus naheliegenden Gründen verboten hatte, Feuer zu machen, herrschte trübe Stimmung. Die Batavier zitterten in ihrer noch immer feuchten Kleidung unter den Mänteln. Viele legten sich unter ihre Pferde, weil es dort wärmer war, auch wenn sie riskierten, zu allem Unglück noch von oben mit einem Schwall Urin durchnässt zu werden.

«Plautius müsste heute Abend die Furt erreicht und auf seiner Seite des Flusses das Lager aufgeschlagen haben», sagte Vespasian und knetete Sabinus' Schultern, um etwas Wärme in den vom Blutverlust geschwächten Körper seines Bruders zu bringen. Um sie herum kauerten die Männer in der Kälte, aßen eine freudlose Abendmahlzeit und unterhielten sich mit gedämpften Stimmen.

Magnus biss ein großes Stück von einer Scheibe gepökeltem Schweinefleisch ab. «Was denkt Ihr, was er morgen tun wird?»

«Er wird eine Legion südlich des Flusses zurücklassen und eine am Nordufer, und mit der verbliebenen wird er uns folgen», vermutete Sabinus, «für den Fall, dass es uns nicht gelingt, Corvinus aufzuhalten.»

«Ihr meint, er würde die Neunte angreifen, wenn sie sich weigert anzuhalten?»

Vespasian zuckte die Schultern. «Wenigstens würde er es als letztes Mittel androhen, er hätte gar keine andere Wahl. Ihm ist klar, dass jetzt sein Leben auf dem Spiel steht. Wenn Narcissus Claudius nicht den persönlichen Sieg verschaffen kann, den er ihm versprochen hat, wird er sich von der ganzen Angelegenheit distanzieren. Dann fällt die Schuld auf

Paetus, und er wird ein nettes, höfliches Schreiben im Namen des Kaisers erhalten mit der Aufforderung, zu tun, was die Ehre gebietet.»

Magnus kaute nachdenklich. «Und ich vermute, er wäre nicht der Einzige, der ein solches Schreiben bekäme.»

«Ich nehme an, da vermutest du richtig. Sabinus und ich wissen zu viel. Unsere Großmutter hat mich schon vor Jahren gewarnt. Sie sagte, ich sollte mich nicht in die Machenschaften der Mächtigen hineinziehen lassen, weil sie letztendlich immer nur nach größerer Macht streben und Leute unserer Klasse als Werkzeuge benutzen, deren man sich später entledigen kann. Wir sind nützlich, wenn sich die Dinge gut entwickeln, aber wenn nicht, könnten wir sie beschämen, weil wir zu viel wissen. Deshalb müssen sie uns loswerden.»

«Zu mir hat sie nie so etwas gesagt», bemerkte Sabinus mürrisch.

«Weil du ihr nie zugehört hast. Du warst zu sehr damit beschäftigt, mich zu drangsalieren, und dann bist du zur Legion gegangen und nicht mehr zurückgekehrt. Ich hingegen habe mit ihr geredet, vor allem habe ich ihr zugehört. Als ich älter wurde, habe ich erkannt, wie recht sie in vielen Dingen hatte. Magnus hat es ja bereits gesagt: In dem Rom, in dem du und ich leben, können wir nie bis an die Spitze aufsteigen, weil diese Positionen einer einzigen Familie vorbehalten sind. Dennoch verfolgen wir unsere Karrieren weiter – was sollten wir sonst tun? Uns darauf freuen, den neuen Wein zu verkosten? Wir haben also keine Wahl. Es wird immer Leute geben, die mächtiger sind als wir, und sie werden uns immer benutzen, und eines Tages werden sie unser Tod sein. Wenn wir morgen nicht erfolgreich sind, könnte dieser Tag schon sehr bald kommen, und Plautius weiß das.»

«Vielleicht sollte ich in Zukunft besser zuhören.»

Vespasian lächelte im Dunkeln. «An dem Tag, an dem du anfängst zuzuhören, werde ich um ein Darlehen bitten.»

«Herr», flüsterte Paetus, der durch die Schar ruhender Soldaten auf sie zueilte. «Ich glaube, Ihr solltet kommen und Euch das ansehen.»

«Was denn, Präfekt?»

«Ein Feuer in einiger Entfernung. Es wurde eben erst entzündet.»

Vespasian folgte Paetus zum nördlichen Wall ihres Lagers. Als er in die Nacht hinausspähte, konnte er eine kleine Flamme ausmachen, die vor seinen Augen deutlich größer wurde. Dann wurden darum herum Schatten erkennbar, und Gesang scholl schwach durch die kalte Nachtluft herüber. «Könnt Ihr etwas erkennen, Paetus?»

«Nur mit Mühe. Es ist äußerst seltsam. Sie scheinen keine Hosen zu tragen, wie die Briten es tun, sofern sie sich überhaupt die Mühe machen, sich anzukleiden.»

Vespasian kniff die Augen zusammen. In diesem Moment hoben zwei der Gestalten ein kleines Bündel in die Luft. «Ihr habt recht, sie tragen Gewänder, fast bis zu den Fußknöcheln. Was sind das für Leute?»

«Soll ich ein paar Männer losschicken, um es herauszufinden?»

«Lieber nicht, es könnte eine Falle sein. Hier im Lager sind wir alle sicherer.»

Magnus schloss sich ihnen an und schaute zu der Gruppe hinüber, die wohl aus einem halben Dutzend der sonderbar gewandeten Gestalten bestand. Das Bündel wurde wieder auf den Boden gelegt, und der Gesang verstummte. Stattdessen hörten sie jetzt einen Säugling weinen. «Ich glaube, wir werden verflucht», murmelte er düster, als eine Gestalt niederkniete und sich über das Bündel beugte. «Ich habe Geschichten über die Einheimischen hier gehört, und nichts Gutes. Ich wette, Ihr würdet lieber so ein nettes, höfliches Schreiben vom Kaiser erhalten mit der Aufforderung, die Welt von der Last Eurer Existenz zu befreien, als denen dort über den Weg zu laufen.» Das Kindergeschrei brach abrupt ab. Magnus schloss die Faust um den Daumen und spuckte aus. «Das sind Priester, man nennt sie Druiden.»

Vespasians Kehle war trocken, und der beißende Rauch von dem noch schwelenden Dorf brannte in seiner Lunge. Es war nicht das erste Mal, dass sich ihnen ein solcher Anblick bot, allerdings war diese Siedlung die größte, seit sie vor zwei Stunden im Morgengrauen das Lager verlassen hatten und an dem ausgeweideten Leichnam des winzigen Säuglings vorbeigeritten waren. Er betrachtete ein paar Augenblicke lang die düstere Szene, die verkohlten Leichen und ausgebrannten Hütten, dann wandte er sich an Sabinus. «Der Rauch, den ich gestern gesehen habe, muss von hier gekommen sein, das Dorf ist groß genug.»

«Dann kann die Neunte nicht allzu weit entfernt sein.»

Vespasian zeigte auf den halbverbrannten Körper eines kleinen Mädchens. «Corvinus erleichtert uns die Dinge nicht gerade, wenn er so etwas anrichtet. Es ist eine Sache, eine Armee zu schlagen und so viele Krieger wie möglich zu töten, aber eine gänzlich andere, grundlos Frauen und Kinder abzuschlachten, nur weil ihr Dorf zufällig am Weg liegt. Das wird die geschlagene Armee nicht dazu bringen, sich zu ergeben. Sie werden auf Rache brennen.»

«Wenn man sie oft genug schlägt, werden sie sich dennoch ergeben, weil sie uns fürchten.»

«Ja, aber wenn sie uns zugleich hassen, wie lange werden sie sich dann wohl unterwerfen, ehe sie rebellieren? Wie Plautius schon sagte: Wir beabsichtigen, uns hier dauerhaft niederzulassen. Vorfälle wie dieser werden nur den Groll schüren, und wir werden später mit römischen Leben dafür bezahlen.»

«Darüber würde ich mir keine Sorgen machen. Ein paar Leben hier und dort machen auf lange Sicht keinen großen Unterschied. Uns stehen noch eine Menge harte Kämpfe bevor, ehe wir dieses Land gänzlich unterwerfen können, und noch viele Kinder werden das Schicksal dieses kleinen Mädchens teilen. Du und ich werden für einen guten Teil dieser Tode verantwortlich sein. Wir müssen weiter, solange ich noch die Kraft dazu habe.» Sabinus schnalzte mit den Zügeln und ritt davon, während Vespasian noch immer nachdenklich das tote Kind betrachtete.

Magnus gesellte sich zu ihm. «Er hat recht, wir sollten weiterreiten, Herr. Vergesst die Kleine, sie hatte Glück, überhaupt so alt zu werden. Wenigstens hat sie schon gelebt, anders als der Säugling, den die Druiden letzte Nacht geopfert haben.»

«Da hast du wohl recht, Magnus.»

«Natürlich habe ich recht. Es bringt nichts, über den Tod zu grübeln. Er ereilt uns alle, und wann es so weit ist, liegt in der Hand der Götter.»

«Und offenbar auch in den Händen ihrer Priester», versetzte Vespasian, dann trieb er sein Pferd an und gab Paetus ein Zeichen, den Weg fortzusetzen.

Vespasian führte die Kolonne in leichtem Galopp nach Nordosten über flaches, teils bewaldetes Land. Sie folgten den Spuren der VIIII Hispana. Immer wenn sie an ausgebrannten Höfen und Dörfern vorbeikamen, wuchs sein Gefühl der Dringlichkeit. Jetzt, da Corvinus sich selbst verdammt hatte, musste er aufgehalten werden, ehe er die Möglichkeit einer ehrenhaften Kapitulation unwiederbringlich zunichtemachte.

Als die Sonne sich am blauen Himmel zwischen eilig dahinziehenden Wolken ihrem höchsten Stand näherte, erreichte die Kolonne die Kuppe des ersten kleinen Berges auf ihrem Weg, und Vespasian, Sabinus und Paetus hielten gleichzeitig ihre Pferde an.

«Scheiße!», stieß Sabinus hervor. «Er schlägt Claudius' Schlacht für ihn.»

Vespasian hieb sich selbst so heftig auf den Oberschenkel, dass sein Pferd nervös tänzelte. «Das wird Narcissus mich büßen lassen. Ich habe den rechten Zeitpunkt verpasst.»

Etwa eine Meile vor ihnen kämpften die VIIII Hispana und ihre Auxiliartruppen gegen eine feindliche Streitmacht, die wenigstens doppelt so zahlreich war. Die Legion war in breiter, dünner Front aufgestellt, mit nur zwei Kohorten in Reserve vor den Toren des Marschlagers, in dem sie die Nacht verbracht hatten. Die linke Flanke schien an sumpfiges Gelände im Norden zu grenzen, sodass die Briten sie nicht in größerer Zahl umgehen konnten, die rechte Flanke jedoch war schwer in Bedrängnis und hatte sich gekrümmt, um ein vereintes Manöver von Streitwagen und Kavallerie abzuwehren.

«Wie lauten Eure Befehle, Legatus?», fragte Paetus, während er ein paarmal scharf an den Zügeln ruckte, um sein unruhiges Pferd zu bändigen.

«Herr», rief Magnus. «Seht mal da hinter uns.»

Vespasian warf einen Blick über die Schulter. Von seiner erhöhten Position aus konnte er weit über das Flusstal schauen. Weniger als drei Meilen entfernt sah er eine sich schnell bewegende Kolonne. «Kavallerie! Das muss Plautius' Ala sein, die der Legion vorausreitet. Paetus, schickt einen Boten zu ihnen hinunter und befehlt ihnen in meinem Namen, sich zu beeilen. Und sendet einen weiteren Boten zu Plautius, um ihm zu berichten, was dort im Gange ist.»

«Jawohl, Herr. Und was tun wir?»

«Was wir tun müssen: Wir greifen die Briten an, die Corvinus' rechte Flanke bedrohen, und hoffen, dass wir sie abwehren können, bis diese Ala eintrifft. Eine Linie bilden!»

Im Nu ritten die Boten los, und die schrillen Signale des Lituus gellten durch die Luft, während die Kolonne ihre Formation zu einer vier Reihen tief gestaffelten Linie änderte, begleitet vom Klimpern des Zaumzeugs, dem Schnauben der Pferde und den Rufen der Decurionen.

Vespasian nahm seinen Bruder beiseite. «Ganz gleich, was du jetzt sagst, Sabinus – du bist auf gar keinen Fall in der Lage, hier mitzukämpfen.»

Sabinus wollte widersprechen, doch Vespasian schnitt ihm das Wort ab. «Du reitest hinunter ins Lager und siehst zu, ob du in Corvinus' Praetorium irgendetwas Interessantes findest. Das würde uns weitaus mehr nutzen, als wenn du dein Leben lässt, weil du zu schwach bist, um ein Schwert richtig zu führen.»

Sabinus fasste seinen Bruder am Unterarm. «Dieses eine Mal werde ich auf dich hören und deinen Rat annehmen, Bruder.»

«Jetzt müsst Ihr um ein Darlehen bitten, Herr», bemerkte Magnus kichernd, als Sabinus davonritt. «Sabinus hat soeben auf jemanden gehört.»

«Nun, dann geh du lieber mit ihm und gib acht, dass er es nicht wieder tut. Ich will nicht an einem Tag um zwei Darlehen bitten. An seiner Seite kannst du dich weit nützlicher machen, als wenn du hier allen im Wege bist und dich darüber beklagst, im Sattel kämpfen zu müssen.»

«Dem kann ich nicht widersprechen», räumte Magnus ein und ritt Sabinus nach.

Die Linie stand, und Vespasian nahm seinen Platz zwischen Ansigar und Paetus ein. Er zog sein Schwert, dann warf er dem jungen Kavalleriepräfekten einen Blick zu und nickte knapp.

«Erste Batavische Ala, vorwärts!», brüllte Paetus, zog seine Spatha aus der Scheide und reckte sie in die Luft.

Der Lituus ertönte, und die dreihundert überlebenden Batavier trieben ihre Pferde an, die Zügel in der Hand des Schildarms, in der erhobenen Rechten die Wurfspeere.

So ritten sie den Hang hinunter, erst im Trab, dann auf Paetus' Signal im leichten Galopp. Das Donnern der Hufe übertönte den Lärm der Schlacht vor ihnen, als sie über das Gelände auf die bedrohte rechte Flanke der Legion zu stürmten. Kurz bevor sie sie erreichten, gab Paetus den

Befehl zum Angriff. Die Soldaten stießen den Schlachtruf der Batavier aus, tief und kehlig, und trieben ihre willigen Hengste an. Vespasian umklammerte mit den Schenkeln die verschwitzten Flanken seines Rosses, fühlte, wie der mächtige Brustkorb sich mit jedem Atemzug weitete, und sah die Muskeln und Sehnen in dem kräftigen Hals arbeiten, während das Tier mit vorgerecktem Kopf und zurückgelegten Ohren über das raue Grasland galoppierte.

Ein Trupp aus ein paar Dutzend britannischen Reitern und mehreren Streitwagen löste sich aus dem Getümmel an der nunmehr durchbrochenen römischen Linie und wandte sich den Neuankömmlingen zu, doch es waren nicht genug. Viele von ihnen wurden von der zischenden Salve Wurfspeere niedergestreckt, die ihre ohnehin lockere Formation zerschlug und nicht wenige ihrer Pferde in Panik versetzte.

Da der Feind jeden Zusammenhalt verloren hatte, stürmten die Pferde der meisten Batavier durch die Lücken ins Getümmel. Nur ein paar scheuten im letzten Moment und weigerten sich, geradewegs in die Artgenossen hineinzurennen, auch wenn diese von kleinerer Statur waren.

Mit einem Querschlag trennte Vespasian den Schwertarm eines jungen berittenen Kriegers ab und schlitzte ihm die nackte Brust auf. Blut spritzte, und der Jüngling, kaum halb so alt wie er, stürzte mit einem Schmerzensschrei vom Pferd, das völlig verstört davongaloppierte. Vespasians Reittier und die seiner Kameraden bremsten von selbst plötzlich ab, da sie tiefer in die Formation der Briten vordrangen, und die Bewegungen beider Truppen gerieten ins Stocken. Viele Soldaten wendeten ihre Pferde auf der Stelle und schlugen mit ihren Schwertern nach allen Seiten um sich, um jeden Feind zu erledigen, der tapfer genug war, die Stellung halten zu wollen. Nachdem sie in einem blutigen Umkreis alle Gegner aus dem Weg geräumt hatten, ritten sie weiter und suchten sich neue Opfer. Vespasian schlug gemeinsam mit Paetus und Ansigars Turma eine Schneise zu den hinteren Reihen der Briten, die noch immer in Kämpfe gegen die äußerste rechte Auxiliarkohorte der römischen Linie verwickelt waren.

Als der Ansturm gegen ihre Reihen deutlich nachließ, stießen die Auxiliartruppen ihren Kriegsschrei aus und setzten ihr blutiges Werk mit neuer Kraft fort. Sie stachen ihre Schwerter den stämmigen Ponys in die Augen und hieben auf die baumelnden Beine der Reiter ein, zwangen sie, sich aus ihrer Formation zurückzuziehen, und allmählich entstand wieder ein Schildwall. Die Einheit gewann ihren Zusammenhalt zurück, wurde wieder zu einer schlagkräftigen Kampftruppe, die darauf brannte, für ihre toten Kameraden Vergeltung zu üben.

Vor sich die Klingen der rachsüchtigen Auxiliartruppe, von hinten durch den geschliffenen Stahl der neu auf den Plan getretenen Einheit bedroht, gerieten die Briten ins Zaudern und ergriffen dann wie in stummer Übereinkunft die Flucht. Streitwagen und Kavallerie wendeten und umrundeten die gekrümmte Flanke, um wieder zu ihrer Haupttruppe zu gelangen. Die Batavier mit Vespasian und Paetus an der Spitze nahmen Hals über Kopf die Verfolgung auf und schlugen mit ihren Schwertern auf die Rücken der Feinde und die Hinterteile ihrer Pferde ein. Die einzige Gegenwehr waren ein paar Wurfspeere von den Fahrern der Streitwagen, und so widmeten sich die Batavier mit Wonne ihrem gnadenlosen Werk. Sie vergossen so viel Blut wie möglich, ohne sich zu weit vorzuwagen und zu riskieren, dass die Horde unberittener Krieger sie umzingelte. Diese brannte noch immer darauf, den Willen der Römer zu brechen. Hinter den Bataviern richtete sich die gekrümmte Linie der Auxiliartruppe wieder gerade aus, geführt von ihren Centurionen und von den Optiones von hinten mit langen Stöcken angetrieben.

«Halt!», schrie Vespasian, als ihre Beute um die Flanke der Haupttruppe aus unberittenen Kriegern verschwand, die sich jetzt zu den Bataviern umdrehten.

«Rückzug und sammeln!», rief Paetus. Sie waren zu desorganisiert, um einen Zusammenstoß mit der Infanterie zu riskieren.

Der Lituus ertönte, und die Batavier ritten zurück, wiederum vorbei an der äußeren Auxiliartruppe, die ihnen jetzt in flottem Laufschritt entgegeneilte, Schild an Schild, immer schneller, je näher sie dem Feind kamen, bis sie in einem Akt von kühnem Opportunismus vorstießen und den Briten heftig in die Flanke fielen.

Vespasian überblickte die Szene, während die Decurionen die Reihen der Batavier hundert Schritt hinter der Auxiliartruppe ausrichteten. Die VIIII Hispana hielt stand, als die Briten wiederholt angriffen und sich dann zurückzogen, nur, um erneut vorzustoßen. Dies war nicht mehr das geistlose Drängen und Schieben einer Masse Leiber, die mit ihrem schieren Gewicht die Frontlinie zu durchbrechen suchten – dies war systematischer Nahkampf Mann gegen Mann. Sie wogten vorwärts, lange Schwerter und Speere bereit, und gingen nach kurzem Feindkontakt wieder auf Abstand, wie von einer Strömung rückwärtsgesogen, ehe sie erneut kamen. Der Effekt zog sich in Wellen über die gesamte Breite der Front, sodass immer an mehreren Stellen Kontakt bestand, in einer seltsam flüssigen Bewegung, bis auf die Stelle, wo die Auxiliartruppe den Gegnern in die Flanke gefallen war. Hier wurden die Briten gegen die Schilde der äußersten rechten Kohorte gezwungen, und das war den Legionären nur recht. Ihre Klingen töteten ungesehen, sodass die Krieger der vordersten Reihe in Todesqual schrien, wenn ihre herausquellenden Gedärme sich auf den aufgewühlten Boden ergossen, wo sie von den genagelten Sohlen der Legionäre zertrampelt wurden.

Zwischen dem Amboss der Legion und dem schweren Hammer der Auxiliartruppe gefangen, die ihre Flanke heftig attackierte, geriet die Masse der einheimischen Krieger zunehmend in Panik, und ihr Geschrei wurde immer schriller und entsetzter.

Die Legionäre schoben sich weiter vor, die Auxiliartruppe drängte den Feind immer dichter zusammen, und die Krieger fielen scharenweise, da sie keine Möglichkeit hatten, vor den grausamen Klingen zurückzuweichen. Dennoch hielten sie stand, als zwänge der Wille ihrer Götter sie, auf dem geheiligten Boden ihrer Heimat zu stehen und zu sterben. Ihre Todesschreie gellten zum Himmel zu Ehren der Gottheiten, die über sie wachten, sie am Ende aber doch nicht schützen konnten.

Dann kam ein neues Geräusch dazu: ein leises, verzweifeltes Stöhnen. Vespasian schaute nach links – auf der Anhöhe erschienen Reiter. Es wurden immer mehr, über die gesamte Breite des Höhenzuges verteilt. Im selben Maß, in dem ihre Zahl wuchs, schrumpfte die Hoffnung der Briten, denn ihnen war klar, dass hinter dieser zweiten, größeren berittenen Einheit eine weitere römische Legion folgen würde, und deren Hornsignale würden ihren sicheren Tod ankündigen.

Die Legionäre spürten die zunehmende Hoffnungslosigkeit ihrer Gegner und gingen in die Offensive, angefeuert von ihren Centurionen. Sie versuchten, auf der gesamten Linie Kontakt herzustellen, den Feind zu zwingen, auf ihre Weise zu kämpfen und umso schneller zu töten. Die Briten, die unter furchtbaren Verlusten immer weiter zurückgezwungen wurden, gerieten ins Wanken. Dann, als die zweite berittene Truppe, die an diesem Tag auf der Anhöhe erschienen war, vorrückte, ergriffen die Ersten die Flucht. Das Blatt hatte sich gewendet.

Scharenweise rannten sie, um den gnadenlosen Klingen der Legion zu entkommen. Zahlreiche Tote und Verwundete hinter sich lassend, sprinteten sie nach Osten, um ihr eigenes Leben zu retten.

Vespasian wandte sich an Paetus. «Schließt Euch mit dieser neuen Ala zusammen und verfolgt sie etwa eine Meile weit. Tötet so viele, wie Ihr könnt.»

«Mit Vergnügen, Herr. Kommt Ihr nicht mit uns?»

«Nein, Paetus. Ich gehe Sabinus suchen, und dann werden wir gemeinsam Corvinus zur Rede stellen. Wenn Ihr uns bei Eurer Rückkehr tot vorfindet, müsst Ihr zu Plautius reiten und ihm sagen, dass wir gescheitert sind.»

Paetus salutierte. Vespasian wendete sein Pferd und ritt zum Lager.

Hinter den Reihen jubelnder Kohorten erreichte Vespasian in schnellem Ritt das Südtor des Marschlagers, dann folgte er der verlassenen Via Principalis zum Praetorium im Herzen des Lagers. Er saß ab, band sein Pferd an und trat durch den unbewachten Eingang.

«Du hast dir Zeit gelassen, Bruder», ertönte Sabinus' Stimme aus den Tiefen des Zeltes.

«Ich hatte noch eine Kleinigkeit zu erledigen, es galt eine Armee Briten zu schlagen. Wo sind die Wachen?»

«Die wollten nicht kooperieren, deshalb waren Magnus und ich gezwungen, sie ihrer Waffen zu entledigen. Bis auf einen schmerzenden Kopf sollten sie keinen Schaden davongetragen haben.»

«Hast du etwas gefunden?»

«Und ob. Es ist bei Magnus im Schlafbereich.»

Vespasian folgte seinem Bruder in einen Raum an der Rückseite des Zeltes. Da saß Magnus neben einer Gestalt, die bäuchlings auf dem Bett lag. Als Vespasians Augen sich an das schwache Licht gewöhnten, konnte er das lange graue Haar und den schwarzen Schnurrbart ausmachen. «Verica! Was macht der denn hier?»

«Er ist nicht freiwillig da», teilte Magnus ihm mit. «Als wir ihn fanden, war er bewusstlos und gefesselt. Er kommt eben erst zu sich.»

Der alte König schlug langsam die Augen auf und richtete den verschwommenen Blick auf Vespasian, dann sagte er: «Sie sind gekommen, um sich zu ergeben.»

«Wer?»

«Die Catuvellaunen und die Trinovanten. Sie kamen heute Morgen, und Corvinus ließ die Legion vor dem Lager aufmarschieren. Ihre Anführer näherten sich unter dem Friedenszweig, um mit ihm zu sprechen, und ich habe für sie übersetzt. Sie sagten, sie seien gekommen, um die Waffen niederzulegen. Nachdem Togodumnus tot war, hatten sie im Osten keinen Häuptling mehr, der noch gewillt war, sich der Invasion zu widersetzen, deshalb wollten sie sich Rom unterwerfen. Corvinus hat sie für ihre Schwäche verhöhnt und gesagt, er wolle Camulodunum erobern, nicht geschenkt bekommen. Er ließ sie vor den Augen ihrer Männer hinrichten. Als ich protestierte, schlug er mich nieder. Ich habe noch mitbekommen, wie die Briten angriffen. Als sie sahen, was Corvinus getan hatte, war jeder Gedanke an Kapitulation vergessen. Danach weiß ich nichts mehr.»

«Nun, er hat seinen Sieg errungen, einen blutigen Sieg. Der Weg nach Camulodunum steht offen.»

Verica richtete sich vorsichtig auf. Voller Bitterkeit sagte er: «Der Weg stand schon heute Morgen offen, und da war er noch nicht blutüberströmt.»

«Werden sie trotzdem bereit sein, sich zu ergeben?»

«Ja, jetzt sind sie wahrhaftig geschlagen. Aber der Groll über diesen Vorfall wird tief wurzeln, und viele der Krieger werden nach Westen gehen, um sich Caratacus anzuschließen. Rom steht ein langer, erbitterter Krieg gegen ihn bevor.»

Sabinus zuckte die Schultern. «Gegen ihn hätten wir es ohnehin nicht leicht gehabt. Da machen ein paar tausend Krieger mehr auch keinen großen Unterschied mehr.»

Vespasian schüttelte den Kopf. «Darum geht es nicht. Das eigentliche Problem ist: Es wird sich herumsprechen, dass wir Kapitulationen nicht annehmen. Die Stämme werden denken, sie hätten keine andere Wahl, als bis zum Letzten zu kämpfen. Corvinus hat uns eben eine Menge römischer Leben gekostet.»

«Wenn diese Wachen gefunden werden, will ich, dass Ihr ihnen das Fell gerbt, Primus Pilus», grollte eine Stimme am Zelteingang.

«Jawohl, Herr!»

«Wie wäre es in der Zwischenzeit mit einem Becher Wein zur Feier dessen, was wir heute Morgen geleistet haben, meine Herren?»

«Danke, Legatus», antworteten drei Stimmen.

Die Brüder wechselten einen Blick. «Zeit für unsere Plauderei mit Corvinus», flüsterte Vespasian. «Magnus, du bleibst hier. Zeige dich nur, falls es zum Kampf kommt.»

Magnus nickte. Die Brüder traten hinaus in den Hauptraum des Zeltes.

«Der Bauerntölpel! Und der Hahnrei!», rief Corvinus erbost. «Wie könnt Ihr es wagen, ungebeten in mein Praetorium zu kommen!»

«Wie könnt Ihr es wagen, die Befehle des Kaisers zu missachten!» Vespasian marschierte auf Corvinus zu und blieb einen Schritt vor ihm stehen. «Und wie könnt Ihr es wagen, die bereitwillige Kapitulation zweier Stämme nicht anzunehmen!»

Corvinus' Nasenflügel bebten. Seine drei Offiziere versteiften sich und griffen nach ihren Schwertern. «Welche Ehre oder welchen Ruhm hätte es mir eingebracht, ihre Kapitulation anzunehmen, wenn meine Legion noch überhaupt nicht an den Kämpfen beteiligt war? Aber das könnt

Ihr nicht verstehen, da Ihr aus einer schäbigen kleinen Familie stammt, die den Geschmack des Ruhms gar nicht kennt, weil es ihr noch nie gelungen ist, irgendwelche Ehre zu erringen.»

«Wohingegen Ihr es für ehrenhaft erachtet, den Ruhm zu stehlen, den der Kaiser sich selbst vorbehalten hat?»

«Der Kaiser ist ein Narr!»

«Was immer der Kaiser sein mag, er ist auch Euer Schwager. Und die Leute in seinem engeren Kreis sind vollauf darüber im Bilde, dass Ihr beabsichtigt, diese Position auszunutzen, und welche Pläne Ihr mit seinem gestohlenen Ruhm habt.»

Corvinus' dunkle Augen wurden schmal. «Das sind Unterstellungen. Niemand kann beweisen, dass ich nicht in Claudius' bestem Interesse gehandelt habe.»

«Dem wäre wohl so, wenn Plautius tot wäre, doch das ist er nicht.» Vespasian genoss Corvinus' Überraschung, die dieser nach Kräften zu verhehlen suchte. «Als Ihr mit solcher Endgültigkeit von ihm Abschied nahmt in der Überzeugung, Ihr würdet ihn nie wiedersehen, da wusstet Ihr nicht, dass Euer Freund Geta nur fünfzig Schritt entfernt verwundet am Boden lag. Er hatte versucht, Plautius in den Tod zu locken, indem er seine Kavallerie opferte, doch der General hat überlebt. Geta hätte es wohl unternommen, ihn auf andere Weise zu ermorden, wäre er nicht schwerverletzt nach Rutupiae zurückgeschickt worden. Wir werden es nie mit Sicherheit erfahren, eines ist jedoch gewiss: Eure kaiserliche Vollmacht, im Falle von Plautius' Tod das Kommando zu übernehmen, ist nichts weiter als das: eine Vollmacht für einen hypothetischen Fall. Ihr führt nicht das Kommando, Corvinus, somit habt Ihr Verrat begangen, und Plautius hat uns geschickt, um Euch in Gewahrsam zu nehmen.»

Corvinus machte Anstalten, sein Schwert zu ziehen. Vespasian packte mit der Linken sein Handgelenk und hielt es fest, während er mit der Rechten seinen *Pugio* aus dem Gürtel zog und die Spitze Corvinus unter das Kinn drückte, sodass der den Kopf in den Nacken legen musste. Corvinus' drei Offiziere dagegen konnten ungehindert ihre Klingen blankziehen und richteten sie drohend auf Vespasians Kehle.

«Bedenkt, in welcher Position Ihr Euch befindet, meine Herren.» Sabinus trat vor und richtete den Blick auf zwei der drei Männer. Hinter ihm eilte Magnus mit gezogenem Schwert aus dem Schlafbereich herbei. Von draußen drang der fröhliche Lärm einer siegreichen Legion herein, die ins Lager zurückkehrte. «Vibianus, es freut mich, zu sehen, dass Ihr noch immer Primus Pilus seid, und Laurentius, ich nehme an, Ihr leistet gerade Eure letzten paar Monate ab, und die Neunte wird bald einen neuen Lagerpräfekten brauchen.» Er wandte sich an den Jüngsten der drei. «Scaevola, ich bin überzeugt, Ihr habt das Gefühl, Corvinus Treue zu schulden, weil er Euch zu seinem Tribun mit breiten Streifen befördert hat, aber ich würde Euch raten, das für einen Moment außer Acht zu lassen und zuzuhören.» Der Blick des jungen Tribuns huschte nervös zu Sabinus hinüber, dann konzentrierte er sich wieder auf Vespasian und hielt sein Schwert unbeirrt auf ihn gerichtet, ebenso wie seine beiden Gefährten. «Plautius wird sehr bald mit wenigstens einer Legion hier sein. Ihr drei habt nur zwei

Möglichkeiten: Entweder Ihr versucht, uns zu töten und dann weiter Euren Legatus bei seinem Verrat zu unterstützen, oder Ihr liefert uns Corvinus aus. Wenn Ihr Euch für die erste Option entscheidet, werdet Ihr Eure Legion gegen römische Mitbürger in den Kampf führen müssen, denn Plautius wäre dann gezwungen, die Befehle des Kaisers mit Gewalt durchzusetzen. Entscheidet Ihr Euch jedoch für die zweite Option, dann wird Euer Kaiser es Euch danken.»

Scaevola drückte seine Klinge fester an Vespasians Hals. «Warum sollte ich Euch vertrauen?»

«Ihr habt keinen Grund dazu, aber Vibianus und Laurentius, Ihr kennt mich und wisst, wie stolz ich auf die Neunte Hispana bin, die erste Legion, der ich als Militärtribun angehörte, und auch meine erste als Legatus. Glaubt Ihr, ich würde zusehen wollen, wie diese Legion in Schande fällt? Ihr beide habt ein paar Jahre unter mir gedient. Habe ich jemals etwas getan, das Euch an meinem Wort zweifeln ließe? Narcissus hat das hier eingefädelt, um Corvinus' Verrat aufzudecken. Doch zugleich hat er mich zum Legatus der Vierzehnten gemacht, damit jemand da ist, dem Ihr vertrauen könnt, jemand, von dem Ihr wisst, dass Euer Wohl und das dieser Legion ihm am Herzen liegt. Glaubt mir, meine Herren, Euer neuer Legatus hat Euch belogen und Euer Leben aufs Spiel gesetzt.»

Vibianus und Laurentius schauten einander an Corvinus vorbei in die Augen, und nach kurzem Zögern nickten beide kaum merklich. Ihre Schwerter entfernten sich langsam von Vespasians Kehle und richteten sich auf die von Corvinus.

Scaevola verzog unschlüssig das Gesicht, und Schweiß trat auf seine von der Schlacht verschmierte Stirn.

«Sie müssen hier drin sein, Herr», schrie Paetus und platzte im nächsten Moment herein. Der junge Tribun fuhr zusammen, sein Schwert zuckte, und als Vespasian zurückfuhr, rann Blut aus einem Schnitt an seinem Hals.

«Was verdammt noch mal soll ich dem Kaiser und Narcissus erzählen?», brüllte Plautius, der hinter Paetus in das Zelt stürmte. «Ihr habt gesagt, Ihr würdet diesen beschissenen Verräter aufhalten, ehe er allzu großen Schaden anrichtet.»

Vespasian schaute entsetzt auf das Blut an der Schwertklinge hinunter. In diesem Moment fiel Scaevola die Waffe aus der Hand und polterte auf den Holzboden. Seine Augen wurden glasig, Blut sickerte zwischen seinen Lippen hervor. Vibianus und Laurentius hielten den reglos dastehenden Corvinus in Schach, indem sie ihm weiter ihre Schwerter an die Kehle drückten. Scaevola brach zusammen. Aus seinem Nacken ragte ein Messer.

Vespasian betastete die Wunde an seinem Hals und stellte mit größter Erleichterung fest, dass sie nur oberflächlich war. Dann zog er Corvinus' Waffe aus der Scheide und warf sie beiseite. «Es tut mir leid, General, wir kamen zu spät.»

«Ihr sagt es, verdammt.» Plautius marschierte zu Corvinus und rammte ihm ohne Zögern die Faust mitten ins Gesicht. Die Nase brach, und Corvinus stürzte auf den toten Scaevola. «Jetzt geht es mir besser.» Er starrte wütend auf Vibianus und Laurentius, und die Sehnen an seinem Hals traten hervor. «Schafft mir diesen Scheißhaufen aus den Augen und haltet ihn in sicherer Verwahrung, bis der Kaiser kommt und ihn zum Tode verurteilt.»

«Jawohl, Herr!», erwiderten beide gleichzeitig und standen stramm.

«Wer von Euch hat den Tribun getötet?»

«Ich, Herr!», bellte Vibianus.

«Zeigt Euch selbst an, Primus Pilus.»

«Jawohl, Herr!»

«Das Verfahren ist eingestellt. Jetzt schert Euch hier raus.»

Vibianus und Laurentius grüßten noch einmal zackig, dann beeilten sie sich, Corvinus aus dem Zelt zu schleifen. Vespasian nickte Vibianus noch dankend zu.

Plautius richtete seinen erbosten Blick auf die zwei Brüder. «Ich habe gesehen, was passiert ist, ich war mit der Kavallerie auf der Anhöhe. Anscheinend haben wir sie geschlagen. Sie werden wahrscheinlich morgen kommen und ihre Kapitulation anbieten.»

«Das haben sie heute Morgen schon versucht, aber Corvinus hat die Unterhändler ermorden lassen», ließ sich Verica vernehmen und kam hinkend aus dem Schlafbereich herein.

Plautius starrte den alten König erschrocken an, dann ließ er sich auf einen Faltschemel fallen und wischte sich den Schweiß von der Stirn. «Was für ein verdammter Schlamassel. Und Narcissus wird keinerlei Schuld treffen. Was soll Claudius denn jetzt tun, wenn er hier ankommt, außer Corvinus hinrichten zu lassen und in eine bereits besetzte Stadt einzumarschieren?»

«Dann besetzt sie eben nicht», schlug Vespasian vor.

«Wenn die Stadt sich morgen ergibt, heißt das nicht, dass wir sofort einmarschieren müssen.»

Plautius stutzte, runzelte die Stirn, dann breitete sich ein Grinsen auf seinem Gesicht aus. «Aber natürlich, der Narr war ja nie im Krieg. Er weiß nicht, wie so etwas aussieht. Wir können einfach ein paar Gefangene verkleiden, wie Caligula damals, als er seine Invasion in Germanien inszenierte, und sie töten, wenn wir in die Stadt einmarschieren. Dann nimmt Claudius die Kapitulation an und kommt sich vor, als hätte er Großartiges geleistet. Er ist glücklich, Narcissus kann sich nicht beklagen, und, was das Wichtigste ist, ich habe nichts zu befürchten. Ich werde gleich einen Boten aussenden mit der Bitte, der Kaiser möge umgehend herkommen.»

«Was tun wir in der Zwischenzeit, Herr?»

«Ich schicke Vertreter von den Briten, die bereits auf unserer Seite sind, zu sämtlichen Stämmen, um herauszufinden, welche Häuptlinge willens wären, dem Schwachkopf ihre Treue zu schwören. Sabinus, ich brauche Gefangene für Claudius' triumphalen Einmarsch nach Camulodunum. Geht mit Eurer Legion für einen Monat nach Westen und sorgt dafür, dass alle von unserer Anwesenheit erfahren, dann kommt mit ein paar Gefangenen hierher zurück. Die Neunte bleibt hier, wo ich sie im Auge behalten kann. Ich habe die Zwanzigste am Tamesis damit beauftragt, eine Brücke zu bauen und das Südufer gegen Caratacus zu verteidigen. Die Zweite habe ich jenseits des Flusses zurückgelassen, sie zieht nach Süden. Somit werdet Ihr, Vespasian, jetzt an Corvinus' statt die Aufgabe übernehmen, Verica zurück in seine Hauptstadt zu geleiten und anschließend die Insel

Vectis zu besetzen, damit Euch keine Gefahr im Rücken droht, wenn Ihr in der nächsten Saison Euren Vormarsch an der Küste entlang gen Westen beginnt. Versucht es nach Möglichkeit über Verhandlungen mit dem König. Wir müssen unsere Truppen schonen. Aber falls das nicht gelingen sollte, marschiert mit Gewalt ein.

Ich rechne damit, dass Claudius kurz nach den Kalenden des September eintrifft. Bis dahin sollt Ihr wieder hier sein, Vectis gesichert, Verica an seinem Platz und der Süden Britanniens unter der Kontrolle Eurer Legion.»

XX

Mein Neffe wird nachgeben», versicherte Verica, an Vespasian gerichtet, «und sobald er das tut, wird er Rom ganz und gar treu sein.»

Vespasian umklammerte die Reling fester, da die Trireme im rauen Wasser zwischen dem Festland und der Insel Vectis von einer Windbö erfasst wurde. «Meint Ihr? Wir verhandeln jetzt seit einem Monat, und bislang hat er keinerlei Bereitschaft gezeigt.»

«Wenn erst der Ehre Genüge getan ist, wird er sich Rom beugen.»

«Aber um seiner Ehre Genüge zu tun, muss eine beträchtliche Anzahl meiner Männer sterben?»

Verica zuckte die Schultern und wischte sich salzigen Gischt vom Gesicht. «So war es von jeher. Für seine Ehre werden viel mehr seiner eigenen Krieger sterben als Legionäre.»

«Daran zweifle ich nicht, aber wozu das Ganze? Warum hat er nicht einfach kapituliert, als ich meine Unterhändler mit einem guten Angebot zu ihm schickte?»

«Weil ich ihm befohlen hatte, es nicht zu tun.»

Vespasian starrte den alten König verblüfft an. «Ihr habt was getan?»

«Ich habe getan, was für alle das Beste war, denn ich beabsichtige, Cogidubnus zu meinem Erben zu ernennen. Das Blut meines Volkes wurde im Kampf für Caratacus am Afon Cantiacii vergossen. Cogidubnus und seine Krieger waren nicht dort, weil er und Caratacus einander hassen. Würde Cogidubnus sich Rom kampflos unterwerfen, dann würde mein Volk ihn niemals anerkennen.»

«Eure Leute haben Euch wieder anerkannt, und Ihr seid mit uns zurückgekehrt.»

«Das ist wahr, aber sie haben es nur widerwillig getan. Nun, da Caratacus geschlagen und nach Westen geflohen ist, steht das Bündnis der Atrebaten und Regner nicht länger unter seiner Herrschaft. Sie haben mich wieder als ihren rechtmäßigen König angenommen, der von dem Usurpator Caratacus vom Thron gestoßen wurde. Dennoch grollen sie darüber, dass ich mit Rom gekommen bin und nicht gemeinsam mit ihnen gegen Rom gekämpft habe.»

«Um Euren Stand abzusichern, wollt Ihr also Euren Neffen zum Helden machen, indem er Widerstand gegen Rom leistet, und ihn dann zu Eurem Erben erklären, und Ihr schert Euch einen Dreck um all die Leben, die das kosten wird.»

«Ja, so könnte man es wohl ausdrücken. Entscheidend ist jedoch, dass mein Königreich stabil sein wird, wenn ich sterbe, was sehr bald geschehen wird. Es wird einen starken Nachfolger geben, der Rom unterstützt. Ihr wollt doch nicht, dass die Atrebaten und Regner nächstes oder übernächstes Jahr eine Revolte anzetteln und Eure Nachschublinien abschneiden, wenn Ihr nach Westen zieht, oder?»

«Nein, das will ich nicht.»

«So würde es aber kommen, wenn diese Schlacht nicht stattfände. Meine beiden Söhne sind tot, Legatus, und mein natürlicher Erbe ist mein einziger Enkel, der meinen Namen trägt, aber noch ein Knabe ist – zu jung, um meine Nachfolge anzutreten. Außerdem hat er die letzten drei Jahre mit mir in Rom gelebt, also kennt er meine Leute nicht, und sie würden ihn nicht akzeptieren.»

«Macht es ihm nichts aus, zugunsten seines Cousins übergangen zu werden?»

«Er weiß es noch nicht, doch ich hoffe, er wird erkennen, dass es zum Besten ist. Ich denke, er wird versuchen, es in Rom zu etwas zu bringen. Er bekam gemeinsam mit mir die Bürgerrechte verliehen und wurde in den Ritterstand erhoben, und mittlerweile spricht er fließend Latein. Zurzeit dient er als Tribun mit schmalen Streifen in Plautius' Stab. Vielleicht seid Ihr ihm schon begegnet? Tiberius Claudius Alienus ist der lateinische Name, den er angenommen hat.»

«Alienus? Ja, ich habe ihn getroffen, er ist in der Tat noch jung.»

«Und offensichtlich nicht stark genug, um mein Volk unter der Oberherrschaft Roms zusammenzuhalten.»

«Und Cogidubnus wird es sein, wenn er zeigen kann, dass er sich Rom widersetzt hat?»

«Ja. Findet Ihr nicht, dafür lohnt es sich, diese kleine Schlacht zu schlagen und ein paar Menschenleben zu opfern?»

Vespasian schaute sich nach den hundertfünfzig Mann der ersten Centurie der zahlenmäßig geschrumpften ersten Kohorte um, die auf dem Deck knieten, von Gischt durchnässt, die Blicke angespannt auf die Insel gerichtet, deren

Ufer kaum weiter als eine halbe Meile entfernt war. Selbst im blassen Licht der Morgendämmerung war zu erkennen, dass dort eine große Streitmacht versammelt war. Hinter der Centurie knieten die Bogenschützen der I Hamiorum, von denen Vespasian jedem Schiff zwei Contubernia zugeteilt hatte. Wie viele dieser Männer würden noch in dieser Stunde sterben, um die Stabilität von Vericas Königreich zu gewährleisten? Nachdem er einen Moment lang die verkrampften Gesichter betrachtet hatte, wurde ihm bewusst, dass es – pragmatisch betrachtet – keine Rolle spielte, wie viele jetzt starben, solange nur das Ziel erreicht werden konnte und Vericas erwählter Erbe als ein Mann dastand, der sich der überlegenen Macht Roms beugte, nachdem er diese Macht selbst auf die Probe gestellt hatte. Es würde Roms Position in Britannien stärken.

Verica hatte recht, sinnierte Vespasian, während der Wind an seinem Mantel zerrte: Er war alles andere als begeistert empfangen worden. In dem Monat seit Corvinus' Festnahme hatte Vespasian seine Legion in Etappen nach Süden geführt, durch das Kernland der Atrebaten. Jede Wallburg und jede Ortschaft, an die sie gekommen waren, hatten ihre Tore geöffnet und sich Rom unterworfen. Die Krieger hatten ihre Waffen niedergelegt, doch Vespasian hatte ihnen erlaubt, sie wieder aufzunehmen, vorausgesetzt, dass sie Verica als ihren König anerkannten, der im Namen des Kaisers herrschen würde. Tatsächlich trug er sogar den Namen des Kaisers, Tiberius Claudius Verica, da Claudius ihm während seines Aufenthalts in Rom die Bürgerrechte verliehen hatte. Diese Treueerklärung war jedoch nicht ohne Zögern abgegeben worden – Verica hatte lange mit den Ältesten jeder Siedlung verhandeln müssen, ehe sie bereit waren, ihren einstigen König wieder anzuerkennen. Jeder Pakt war unweigerlich mit einer durchzechten Nacht besiegelt worden, die der Gesundheit des alternden Verica jedes Mal zugesetzt hatte, und am Morgen danach waren stets weniger Krieger erschienen, um ihre Schwerter zurückzunehmen, als sie am Vortag niedergelegt hatten. Manche waren auf ihrem Weg nach Westen zu Caratacus abgefangen und in Ketten zu Plautius geschickt worden, damit er sie für Claudius' inszenierten Sieg benutzen konnte, doch eine beträchtliche Anzahl war der Gefangennahme entgangen und konnte sich der wachsenden Armee des trotzigen Häuptlings anschließen.

Im Herzen seines Herrschaftsgebiets, Regnum – einem ausgebauten natürlichen Hafen auf dem Festland knapp östlich von Vectis –, hatte Verica einen triumphaleren Einzug halten können, da seine Vettern, die Regner, ihn willkommen geheißen hatten. Die II Augusta wurde hingegen weniger herzlich empfangen, und sowohl Vespasian als auch Verica mussten sich im folgenden Monat sehr anstrengen, die Kluft zwischen beiden Seiten zu überbrücken, während die Legionäre ein Standlager errichteten und die Marine den Hafen modernisierte. An diesem Punkt hatte Vespasian die Verhandlungen mit Cogidubnus, dem König von Vectis, um die friedliche Übergabe seines Königreichs aufgenommen. Doch sein Ansinnen war immer wieder zurückgewiesen worden, obwohl er ehrenhafte Bedingungen angeboten hatte und obwohl im Kanal zwischen Vectis und dem Festland eine große römische Flotte lag.

Nun war er gezwungen, mit Hilfe dieser Flotte zu

nehmen, was Rom forderte, und erst jetzt wurde ihm klar, warum es ihm nicht freiwillig ausgeliefert wurde. Er warf dem verschlagenen alten König einen Seitenblick zu. «Warum habt Ihr mir nicht gesagt, dass Ihr Cogidubnus angewiesen habt, sich nicht kampflos zu ergeben? Ich habe fast einen Monat mit Verhandlungen vergeudet.»

«Mein Volk musste sehen, dass Ihr versuchtet, die Angelegenheit friedlich auszuhandeln. Hätte ich es Euch von Anfang an gesagt, dann wäret Ihr sofort einmarschiert, und Rom hätte als ungestümer Aggressor dagestanden.» Verica richtete seine triefenden Augen auf Vespasian. «Ihr müsst verstehen, junger Mann, wenn Rom hier dauerhaft bleiben und nicht ständig vier oder fünf Legionen allein dazu abstellen will, die Stämme in Schach zu halten, dann müsst Ihr mit der breiten Zustimmung des Volkes herrschen. Und um diese zu erlangen, muss Rom als mächtig und bündnisbereit erscheinen. Außerdem – hätte ich es Euch gesagt, dann hättet Ihr mich womöglich hinrichten lassen.»

«Das wäre äußerst unklug gewesen.»

«Ja, allerdings. Es freut mich, dass Ihr das erkennt.»

«Macht euch bereit, meine Schönen!», brüllte Primus Pilus Tatius. «Es tut nicht weh – nicht sehr.»

Die Männer der doppelt starken Centurie setzten ihre Schilde mit der Unterkante auf dem Deck auf und duckten sich dahinter. Matrosen liefen an die beiden Corvi. Jetzt schlugen vom Strand, der noch gut hundert Schritt entfernt war, immer mehr Schleudergeschosse mit dumpfem Laut gegen den Schiffsrumpf. Beim nunmehr vertrauten Anblick einer Masse mit Lehm beschmierter Einheimischer, die trotzig brüllten und zu den Tönen der Carnyces ihre Waffen in die Höhe reckten, lief Vespasian ein Schauder über den Rücken. Er fühlte, wie seine linke Hand, die den Schild hielt, schwitzte. Im Stillen betete er zu seinem Schutzgott, er möge ihn davor bewahren, heute in dieser Schlacht zu fallen, die auf kurze Sicht unnötig war, deren langfristige politische Bedeutung er nun jedoch erfasst hatte.

Ein Bleigeschoss zischte dicht an Vespasians Kopf vorbei, und er ging ebenfalls hinter seinem Schild in die Knie. «Ihr solltet Euch unter Deck zurückziehen, Verica.»

Der König nickte und ging zum Bug, aufrecht, als nähme er die Steine und Bleigeschosse, die um ihn herum durch die Luft flogen, gar nicht wahr. Vespasian schaute sich nach beiden Seiten um. Die vierzig Schiffe seiner Invasionsflotte bildeten eine Linie, so dicht, dass die Abstände zwischen den Rudern nicht größer als fünf Schritt waren, und würden gleichzeitig am Ufer auflaufen. Ihnen folgten an der rechten Flanke weitere sechs Schiffe mit Paetus' Kavallerie als Reserve.

Auf einen Befehl des Trierarchus wurden die Ruder eingezogen, und Vespasian wusste, dass sie jetzt jeden Moment auf Grund laufen würden. Mit einem gellenden Schmerzensschrei stolperte einer der Matrosen rückwärts und brach vor einem Corvus zusammen, seinen zertrümmerten Arm mit der anderen Hand umklammernd. Der Trierarchus brüllte ein Kommando, woraufhin zwei weitere Männer herbeiliefen, um seinen Platz einzunehmen. Nur einer der beiden erreichte den Bug, der andere stürzte auf das Deck, die Stirn von einem Schleudergeschoss durchschlagen. Blut lief aus seinem Mund.

Der Beschuss wurde immer dichter, Geschosse prallten

von Schilden, der Reling und dem Mast ab und rollten auf dem schwankenden Deck hin und her, das Krachen der Aufschläge ein unablässiges Stakkato. Dicht hinter ihren lederbezogenen Holzschilden kauernd, verzogen die Männer der ersten Kohorte die Gesichter und knirschten mit den Zähnen. Vespasian klingelten die Ohren von dem Knall, als ein Treffer ihm seinen Schild entgegenschleuderte und ein abgerundeter Stein, halb so groß wie eine Faust, abprallte und das Schienbein eines knienden Legionärs traf. Der Knochen brach, das Fleisch platzte auf. Der Mann schrie und presste die rechte Hand auf die Wunde, hielt jedoch mit der Linken weiter den Schild hoch, denn selbst in seiner Qual war ihm klar, dass es sein Tod wäre, ihn sinken zu lassen.

Als die Schiffe noch näher an den Strand kamen, ließ der Beschuss nach, da die Schleuderer in diesem Winkel nichts mehr ausrichten konnten. Dafür kamen sie jetzt in Reichweite der Wurfspeere. Die Legionäre hoben ihre Schilde über sich, um ein Dach zu bilden, doch ehe alle Lücken geschlossen waren, brachen schon zwei Soldaten, von Speeren durchbohrt, zusammen.

Holz knirschte auf Kies, als die Trireme auf Grund lief und abrupt zum Stillstand kam. Der Schwung warf viele der Legionäre nach vorn, sodass das schützende Dach auseinandergerissen wurde – mit verheerenden Folgen. Fast ein Dutzend konnten Tatius' gebrüllte Kommandos nicht befolgen, aufzustehen und loszumarschieren, als die beiden Corvi an quietschenden Flaschenzügen hinuntergelassen wurden und krachend auf dem Kies aufschlugen. Ein Krieger wurde darunter zerquetscht, da seine Kameraden hinter ihm so dicht gedrängt standen, dass er nicht ausweichen konnte. Als die Legionäre zu den Landebrücken liefen, nahmen zusätzlich zu den Speersalven auch die Schleuderer den Beschuss erneut auf, denn nun hatten sie wieder eine freie Sichtlinie. Vespasian hob seinen Schild, um einen schweren Speer abzulenken, zog sein Schwert und drängte sich in die dritte Reihe, um die rechte Landebrücke hinunterzulaufen. Dabei schleuderten seine Männer eine Salve Pila. Unter heftigem Beschuss mit Speeren von oben und Schleudergeschossen von vorn stürmte die erste Kohorte über die federnden Holzbohlen hinunter, wobei die vorderen Reihen ihre Schilde vor sich hielten und die übrigen mit den ihren ein Dach bildeten, nachdem sie ihre Pila geworfen hatten. Sie wussten, je eher sie den Feind erreichten, desto schneller würde der Beschuss nachlassen, da Schleudern und Wurfspeere im Nahkampf kaum zu gebrauchen waren.

So rannten sie hinunter, in die Schar der Krieger hinein, die sich neun oder zehn Mann tief am unteren Ende jeder Rampe drängten.

«Mir nach!», rief Vespasian über die Schulter den Männern in der vierten und fünften Reihe zu, als die ersten Legionäre gegen die vordersten Briten prallten. Er sprang seitlich vom Corvus hinunter, gefolgt von den Männern hinter ihm, und schlug noch im Sprung mit seinem Schild einem nackten Mann mit gebleckten Zähnen das Schwert aus der Hand. Dann zerschmetterte er dem Gegner mit dem Schildbuckel das Gesicht, sodass der krachend auf den Kies stürzte. Vespasian landete heftig auf dem bewusstlosen Briten und rollte sich seitlich ab. Dabei zog er den Schild über sein Gesicht, denn schon sauste eine Speerspitze auf ihn herab. Die Wucht des Aufpralls fuhr durch seinen ganzen Arm, die Eisenspitze blieb in dem massiven Holz des Schildes stecken. Gleichzeitig kamen ein paar der Legionäre, die ihm gefolgt waren, wieder auf die Beine. Vespasian fühlte, wie der Druck gegen seinen Schild nachließ, und roch plötzlich dicht neben sich frische Fäkalien. Er stieß seinen Schild hoch, drehte sich um und stemmte sich auf die Knie hoch, noch während der Brite mit dem Speer unter schrillen Schmerzensschreien vornüberstürzte und aus seinem aufgeschlitzten Bauch die stinkenden Innereien herausquollen. Vespasian blieb keine Zeit, dem Legionär zu danken, der seinen Gegner getötet hatte. Mühsam, da sein Schild durch den Speer zusätzlich beschwert war, kam er auf die Füße. Als er den Schild nach vorn stieß, verfing sich der Schaft an der Schulter des nächsten Kriegers, der die Lücke schließen wollte. Der Speer löste sich, fiel dem Briten vor die Füße, und der stolperte vorwärts, geradewegs Vespasians Faust mit dem Schwert entgegen. Mit einem dumpfen Knirschen brachen Kiefer und Zähne, und der Mann wurde nach hinten geschleudert. Vespasian rückte vor, durchbohrte noch schnell die Kehle des zu Boden gegangenen Gegners, ehe er sich dem Kameraden anschloss, der ihm wahrscheinlich das Leben gerettet hatte. Gemeinsam nahmen sie den Nahkampf mit dem Schwert auf, während immer mehr Legionäre hinter ihnen auf den Strand sprangen und die römische Linie immer breiter wurde. Dann kam das, worauf er gewartet hatte: Plötzlich materialisierte sich in der Stirn eines Kriegers vor ihm ein befiederter Schaft. Die Hamaner schossen jetzt in die Reihen der Feinde, säten Angst und Schrecken unter ihnen, sodass die weniger Mutigen zurückwichen und der Druck gegen die römischen Schilde sich verringerte.

Wie in einer kleinen Blase von Tod und Gewalt eingefangen, über die er nicht hinausblicken konnte, betete Vespasian, vor jedem seiner Schiffe möge sich die gleiche Szene abspielen: Wenn die Hamaner jetzt aus dem Bug schossen, hieß das, alle Legionäre waren von Bord.

Als der Druck von hinten stetig zunahm, löste sich Vespasian aus dem Getümmel und duckte sich seitlich weg, sodass der Nächste seinen Platz einnahm. Er drängte sich zwischen seinen Männern hindurch zurück zum Corvus und kletterte wieder an Deck. Als er den Strand nach beiden Seiten überblicken konnte, sah er, dass die meisten der Schiffe ihrer kriegerischen Fracht ledig waren. Stellenweise hatten Centurien aus benachbarten Schiffen sich bereits zusammengeschlossen, sodass sich eine breite Front bildete. Sämtliche Briten waren in Pulks vor den Schiffen in Kämpfe verwickelt. Jetzt war der rechte Zeitpunkt, die Initiative zu ergreifen.

«Hisst die Signalflagge», rief Vespasian dem Trierarchus zu.

Barfüßige Matrosen eilten über das Deck, und gleich darauf wurde am Hauptmast eine große, rechteckige schwarze Flagge aufgezogen. Die Reserveschiffe reagierten fast sofort und hielten an der äußersten rechten Flanke auf das Ufer zu. Vespasian betete, es möge Paetus gelingen, seine Kavallerie schnell und ungehindert an Land zu bringen, dann drängte er sich zwischen zwei Hamaner am Bug und richtete seine Aufmerksamkeit wieder auf die Kämpfe vor seinem Schiff. Die erste Centurie hatte dank der Unterstützung durch die Bogenschützen inzwischen den Gegner ein paar Schritt zurückgedrängt. Allerdings hatten die Briten im Gegenzug Schleuderer hinter ihre Linie zurückgezogen, die sich nun einen Kampf mit den Bogenschützen lieferten. Zwei der Hamaner lagen bereits verwundet auf dem Deck. Ihrer begrenzten, aber doch entscheidenden Unterstützung durch die Bogenschützen beraubt, hatte die erste Centurie jetzt Schwierigkeiten, weiter vorzurücken, um sich mit der zweiten Centurie zu ihrer Linken und der sechsten zu ihrer Rechten zusammenzuschließen. Solange sie isoliert kämpften, liefen sie ernsthaft Gefahr, von der Masse der Gegner eingeschlossen und buchstäblich verschluckt zu werden.

Vespasian wandte sich wieder dem Trierarchus zu und brüllte: «Schickt mir zwanzig Matrosen oder Ruderer mit so vielen leichten Wurfspeeren, wie sie tragen können!» Der Trierarchus bestätigte den Befehl, und Vespasian fasste den nächsten Hamaner an der Schulter. «Rückzug!»

Die Bogenschützen zogen sich bis zum Hauptmast zurück, wo sie durch die Schräglage des Schiffes aus der Sichtlinie der Schleuderer waren. Augenblicke später kam der bunt zusammengewürfelte Trupp aus der Schiffsbesatzung dazu und öffnete die Waffenkiste unter dem Mast. Jeder nahm sich ein halbes Dutzend Speere heraus.

«Auf mein Kommando», rief Vespasian laut, um den Schlachtenlärm zu übertönen, «rennt ihr zum Bug und werft so viele Speere wie möglich in den linken Teil der britannischen Horde. Die Bogenschützen kommen mit euch und kümmern sich um die Schleuderer. Verstanden?»

Die improvisierte Kampftruppe nickte nervös und gab ein zustimmendes Gemurmel von sich. Die Hamaner, die zuversichtlicher wirkten, legten schon Pfeile auf, um ihnen Deckung zu geben.

Vespasian packte selbst ein paar Wurfspeere. «Und ... los!» Er sprintete das schräge Deck hinauf, gefolgt von seinen Männern. Am Bug angekommen, warf er seinen ersten Speer nach den Briten vor Tatius und gleich darauf den zweiten. Seine Männer taten das Gleiche. Die Hamaner schossen eine Salve auf die Schleuderer, die so überrumpelt waren, dass sie den Beschuss nicht erwiderten, ehe die schnellen Bogenschützen auch schon die zweite Salve gelöst und mehr als ein halbes Dutzend von ihnen niedergestreckt hatten. Gleichzeitig schlug ein Wurfspeer nach dem anderen in die dichtgedrängte Masse der Krieger ein, mit verheerender Wirkung. Schleudergeschosse rissen zwei der Ruderer rücklings um, noch bevor sie alle ihre Speere geworfen hatten, und Blut spritzte aus grausigen Kopfwunden, doch die Übrigen brachten ihren Auftrag zu Ende, und das genügte. Die Briten wichen zurück, so groß waren ihre Verluste, und Tatius trieb seine Legionäre vorwärts. Während Vespasian sich mit seinem Trupp wieder an den Mast zurückzog, um neue Speere zu holen, sah er flüchtig, wie die äußerste Linke der ersten Centurie sich mit den Kameraden aus der zweiten zusammenschloss.

«Dasselbe noch einmal», sagte er zu seinen Männern, die alle verbliebenen Speere aus der Waffenkiste klaubten, «aber diesmal zielen wir nach rechts außen.»

Wieder stürmte Vespasian vor. Im Laufen zog er sein Schwert, doch diesmal blieb er nicht am Bug stehen, sondern rannte weiter über die Landebrücke, sprang nach rechts ab und lief hinter den Legionären vorbei, während vom Schiff die Wurfspeere niederprasselten. Er erreichte den äußersten Rand, wo die Soldaten bis zu den Oberschenkeln im blutroten Wasser standen und nach Kräften zu verhindern suchten, dass die Gegner die Flanke umgingen. Vespasian watete an ihnen vorbei, brüllte dabei Unverständliches und schmetterte seinen Schild seitlich gegen den ersten Briten, auf den er traf und der gerade einen Legionär angegriffen hatte. Vespasian kämpfte sich weiter vor zum nächsten Gegner, erstarrte jedoch, als plötzlich ein Wurfspeer knapp über seine Schulter hinwegflog und sich in die Brust des Einheimischen bohrte. Der stürzte rücklings, mit ausgebreiteten Armen, die leblosen Augen entsetzt aufgerissen.

Durch das Einschreiten ihres Legatus und den Geschosshagel von hinten ermutigt, drängten die Legionäre vorwärts. Sie ließen ihre Schwerter vorschnellen und arbeiteten sich über die glitschigen Steine unter Wasser vorsichtig weiter vor, während die hinteren Reihen der Briten den Speersalven zum Opfer fielen und ihr Widerstand dahinschwand. Schon fast auf trockenem Boden angelangt, rammte Vespasian sein Schwert mit Wucht in einen ungeschützten Oberschenkel, dass helles Blut über seinen Arm spritzte. Zwei Legionäre aus der hintersten Reihe drängten sich an ihm vorbei, um die Front zu verbreitern, und trampelten dabei über den verwundeten Krieger hinweg, der auf dem Kies lag und sein Bein umklammerte. Einer machte ihm mit einem Stich in den Hals ein Ende. In einer letzten Anstrengung räumten sie mit Schilden und Schwertern die paar Einheimischen aus dem Weg, die sie noch von den Kameraden der fünften Centurie trennten.

Die Linie war geschlossen.

Vespasian zog sich schwer keuchend zurück und überschaute mit wildem Blick den Strand. Es gab keine Lücken mehr in der römischen Formation, sämtliche Kohorten waren erfolgreich gelandet, hatten sich zusammengefügt und standen nun wenigstens vier Mann tief gestaffelt. Die Reihen des Feindes waren erheblich ausgedünnt. Allerdings lagen im flachen Wasser und auf dem Kies Dutzende, vielleicht Hunderte tote Römer, und Vespasian war klar, dass die II Augusta neue Rekruten brauchte, ehe sie im kommenden Frühjahr ihren Vormarsch gen Westen antreten konnte.

Über die Kakophonie der Schlacht erhob sich ein neuer Ton, einer, der nicht mehr zu hören gewesen war, seit die ersten Schwertschläge gefallen waren: das Signal zahlreicher Carnyces. Hundert Schritt hinter den Briten blies eine Gruppe Krieger immer wieder einen einzelnen Ton auf ihren fremdartigen, aufrecht gehaltenen Hörnern. Noch während der Ton anhielt, begannen die Briten, sich zurückzuziehen. Vespasian seufzte erleichtert. Dieses Signal konnte nur eines bedeuten: Cogidubnus' Ehre war Genüge getan. Er schaute sich nach seinem Cornicen um und rief: «Kämpfe einstellen!»

Vier tiefe Töne dröhnten, wurden in den Nachbarkohorten wiederholt, und bald ließen die Männer beider Truppen voneinander ab und wichen zurück, erschöpft und erleichtert, dass das Gemetzel ein Ende hatte. Da und dort kämpften noch Einzelne weiter, deren Blutrausch über ihren Drang zur Selbsterhaltung siegte, bis entweder der Tod des Kontrahenten die Auseinandersetzung beendete oder die Kameraden dazwischengingen.

Endlich ruhten die Waffen, die Signale der Carnyces und Cornua verstummten, und eine gespenstische Stille legte sich über den Strand, nur durchbrochen vom Stöhnen der

Verwundeten, dem Plätschern der Wellen und dem Knarren der Schiffsplanken.

Als die Briten sich in einer Linie zu den Männern mit den Carnyces zurückzogen, blieb ein einzelner Mann vor der II Augusta stehen.

Vespasian steckte sein Schwert in die Scheide und ging auf ihn zu. «Haltet die Männer in Stellung, Tatius», sagte er und schlug dem blutüberströmten Primus Pilus im Vorbeigehen auf die Schulter. «Und schickt Verica zu mir.»

Tatius gab kaum zu erkennen, dass er die Befehle gehört hatte. Seine Brust hob und senkte sich schwer vor Anstrengung.

Mit knirschenden Schritten näherte sich Vespasian über den Kies dem einzelnen Mann. Auch wenn er berücksichtigte, dass dieser höher auf dem Strand stand, konnte er doch erkennen, dass Cogidubnus ein wahrer Riese war, wenigstens einen Kopf größer als er selbst, mit einem Stiernacken, um den er einen daumendicken goldenen Halsreif trug. Silberne Armspangen, die ebenso dick waren, umspannten seine Oberarme, als müssten die Muskeln daran gehindert werden, aus der Haut hervorzubrechen.

In fünf Schritt Entfernung blieb Vespasian stehen und wartete schweigend.

Cogidubnus lächelte wissend, neigte den Kopf und kam ihm entgegen. «Ich bin Cogidubnus, der König von Vectis.»

«Titus Flavius Vespasianus, Legatus der Zweiten Augusta.» Zu Vespasians Überraschung verbeugte Cogidubnus sich nicht zum Zeichen seiner Unterwerfung, sondern streckte ihm stattdessen den Arm entgegen, als wären sie einander ebenbürtig. Vespasian ergriff ihn nicht. Er wies mit dem Kopf auf das eingetrocknete Blut, das daran klebte. «Ihr habt einen hohen Preis für Eure Ehre gezahlt, Cogidubnus.»

Der König wischte etwas von dem Blut ab. «Heute war das erste Mal, dass römisches Blut meine Haut besudelt hat, aber es wird nicht das letzte Mal sein, dass britannisches Blut die Eure besudelt, Legatus. Nehmt meinen Arm in Freundschaft, und ich schwöre bei Camulos, dem Gott des Krieges, dass dies zugleich das letzte Mal sein wird, dass ich römisches Blut vergossen habe.»

Vespasian blickte in Cogidubnus' blassgrüne Augen auf. In ihnen loderte der Stolz, jedoch war kein Anzeichen von Hass oder Rachsucht zu erkennen. Verica hatte recht behalten: Dieser Mann würde ein Freund Roms werden, und dafür hatte sich das Opfer seiner Leute am heutigen Tag gelohnt. Vespasian fasste den dargebotenen Arm mit festem Griff, der mit größerer Kraft erwidert wurde.

«Ihr dürft Euer Schwert behalten, Cogidubnus.»

«Und meine Krone? Habt Ihr die Macht, mir das zuzusichern?»

«Nein. Ich will Euch nicht belügen. Das kann nur der Kaiser gewähren, aber ich kann –»

Das schrille Signal eines Lituus von hinter den Briten schnitt ihm das Wort ab. Vespasian blickte erschrocken auf. In einer halben Meile Entfernung, auf einem kleinen Hügel rechts von der britannischen Linie, erschien in der Morgensonne glänzend Paetus' batavische Ala in Angriffsformation.

Cogidubnus ließ Vespasian los und entriss ihm seinen

Arm. «Ist das die Ehre der Römer, einen Feind, der sich ergibt, hinterrücks zu überfallen?»

Die Briten der hinteren Reihe wandten sich um, der neuen Bedrohung zu, grollend vor Abscheu über den vermeintlichen Verrat.

«Vertraut mir und kommt mit mir, Cogidubnus», beschwor Vespasian den hünenhaften König und blickte ihm in die Augen. «Sie wissen nicht, dass Ihr Euch ergeben habt. Sie müssen annehmen, dass wir uns in einer Pattsituation befinden und ihr Eingreifen die Entscheidung herbeiführen wird. Wir können das aufhalten, aber wir müssen um Eure Truppe herumlaufen, so schnell wir können.»

Cogidubnus begegnete kurz Vespasians Blick. «Nein, mitten hindurch geht es schneller.» Er machte kehrt und rannte auf seine Männer zu. Vespasian gab Tatius ein Zeichen, zu bleiben, wo er war, dann folgte er dem Briten, so schnell ihn seine kürzeren Beine trugen.

Als Cogidubnus die ersten seiner Krieger erreichte, verringerte er sein Tempo und ging weiter. Vespasian wollte ihn überholen, doch der König hielt ihn mit seiner gewaltigen Hand an der Schulter fest.

«Wir gehen langsam hindurch, Legatus, zusammen.»

Vespasian blickte auf. Paetus' Ala rückte bereits vor. «Aber wir werden zu spät kommen.»

«Meine Männer haben ihre Waffen noch nicht niedergelegt. Viele unter ihnen würden Euch gern töten, also haltet Euch dicht bei mir.»

Vespasian blieb nichts anderes übrig, als sich zu fügen, und so schritt er mit dem König in die Masse seiner blutigen, von Kampfnarben gezeichneten Krieger und quer hindurch zur rechten Ecke. Sie wichen widerwillig zurück, die Münder unter den langen Schnurrbärten verkniffen, die Blicke feindselig. Hinter Vespasian schloss sich die Menge wieder, sodass er fast völlig von Männern eingeschlossen war, die ihn hoch überragten, und ihren Schweißgestank und heißen Atem roch. Er ging erhobenen Hauptes, den Blick geradeaus gerichtet, als könnte ihre Größe ihn nicht einschüchtern. Cogidubnus redete beschwichtigend in ihrer Muttersprache auf seine Leute ein und hielt Vespasian die ganze Zeit mit festem Griff an der Schulter, um deutlich zu machen, dass der Römer unter seinem Schutz stand. Lauter werdende Warnrufe aus den hinteren Reihen der Formation ließen darauf schließen, dass Paetus' Kavallerie näher kam, doch Vespasian konnte nicht über die Köpfe der Krieger hinwegschauen.

Sie erreichten jetzt die Männer, die sich umgedreht hatten, um dem Angriff zu begegnen, und Cogidubnus drängte sich eiliger zwischen ihnen hindurch und befahl ihnen mit lauter Stimme, Platz zu machen. Plötzlich richteten die Krieger vor ihnen ihre Speere nach vorn und ließen sich auf ein Knie nieder. Vespasians Herz schlug heftig. Paetus' Reiter waren noch knapp einen Speerwurf entfernt und stürmten in vollem Galopp heran. Cogidubnus schrie seinen Männern ein Kommando zu und stieß Vespasian nach vorn. Aus Leibeskräften brüllend, rannte Vespasian auf das offene Gelände hinaus und hielt die rechte Hand hoch, die Handfläche nach vorn.

Doch die Salve war schon geworfen.

Mehr als dreihundert Speere schnellten durch die Luft auf ihn zu, gefolgt von einem heranrasenden Wall aus Pferdeleibern. Er blieb abrupt stehen, brüllte noch immer Paetus entgegen, er solle anhalten, und hob seinen Schild. Gleich darauf bohrten sich vor seinen Augen drei bedrohlich scharfe Spitzen eine Daumenbreite durch das Holz. Von der Wucht des Aufpralls knickten ihm die Beine ein, und er fiel auf die Knie, mit einer Hand hinter sich aufgestützt. Das Gewicht der Speere zog seinen Schild herunter, sodass er gänzlich ungedeckt war.

Er starrte entsetzt auf Pferde, nichts als Pferde – schwarze, braune, falbe, graue Pferde. Mit aufgerissenen Augen und Schaum vor den Mäulern, die Zähne gebleckt, die Flanken verschwitzt, hochgeworfene Köpfe, trampelnde Hufe, alles, was er sah, waren Pferde, Pferde. Plötzlich drang Lärm in sein Bewusstsein: Wiehern; Rufe in Sprachen, die er verstand, und solchen, die er nicht verstand; Hufschläge, metallisches Klirren. Ein Durcheinander aus Lärm, ebenso verwirrend wie die Bilder vor seinen Augen: sich aufbäumende Pferde, die mit den Hufen in der Luft ausschlugen, Pferde überall – doch sie überrannten ihn nicht.

Plötzlich wurde ihm bewusst, dass er ihre Bäuche sehen konnte. Sie stiegen – sie waren zum Stehen gekommen.

Und dann fielen sie nach und nach wieder auf alle viere, schnaubten, tänzelten, und er konnte jetzt die Reiter sehen, bärtige Männer mit Kettenhemden und Helmen, die Augen ebenso weit aufgerissen wie die ihrer Pferde, starrten sie angstvoll an ihm vorbei.

«Halt», schrie Vespasian heiser, als könnte er nicht glauben, dass sie tatsächlich zum Stehen gekommen waren.

«Wir haben angehalten, Herr, und zwar ziemlich abrupt.»

Vespasian blinzelte mehrmals, und schließlich erkannte

er Paetus, der von einem äußerst nervösen Pferd auf ihn hinunterschaute.

«Und in Anbetracht der Tatsache, dass diese Barbaren nicht versuchen, uns aus dem Sattel zu zerren und in Stücke zu hacken, nehme ich an, sie haben sich ergeben, und das war der Grund, weshalb Ihr Euch uns recht törichterweise in den Weg gestellt habt.»

«Und aus ebendiesem Grund habe ich meinen Männern befohlen, die Salve nicht zu erwidern», ergänzte Cogidubnus und trat vor. «Obwohl wenigstens zwanzig von ihnen getötet wurden. Aber es wären noch viel mehr gestorben, wenn der Legatus nicht gewesen wäre.» Er ragte über Vespasian auf und musterte ihn mit verwirrter Miene, als fragte er sich, was da vor ihm im Gras kniete. Schließlich streckte er die Hand aus und half Vespasian auf.

«Führt Eure Männer wieder auf den Strand, Paetus», befahl Vespasian, dem von dem eben durchgestandenen Entsetzen noch ganz übel war. Er fühlte das Gewicht der Wurfspeere, die noch immer in seinem Schild steckten, warf ihn zu Boden und zuckte zusammen – nicht drei, sondern vier Pfeilspitzen hatten ihn durchbohrt, und eine davon war blutig. Als er seinen Arm umdrehte, sah er dicht unter dem Ellenbogen eine blutende Wunde. Plötzlich durchfuhr ihn der Schmerz, und er umklammerte die Stelle.

Cogidubnus zog seine Hand weg, um die Verletzung zu untersuchen. «Sie ist nicht tief und wird gut heilen. Ihr habt sie in Ehren davongetragen – Euer mutiges Einschreiten hat viele Leben gerettet, römische wie britannische. Mag sein, dass Ihr nicht die Macht habt, mir meine Krone zurückzugeben, Legatus, doch ich würde sie lieber aus Eurer Hand empfangen als aus der eines Kaisers, der erwartet, dass andere für ihn ihr Leben lassen, während er in seinem Palast sitzt.»

Verica trat aus den Reihen der Briten hervor. «Du hast in dieser Angelegenheit keine Wahl, Neffe. Nur der Kaiser besitzt die Macht, dir dein Königreich zuzusprechen. Allerdings ist er missgestaltet und kann nicht kämpfen.»

«Dann hat Rom den falschen Kaiser. Was ist ein Kaiser, wenn er nicht seine Mannen in die Schlacht führt?»

«Ein Kaiser ist Macht – Macht, der du und ich uns nun unterwerfen müssen. Er ist auf dem Weg hierher, um die Armee nach Camulodunum zu führen. Wenn wir dorthin gehen und uns vor ihm verneigen, werden wir tun, als hätte er persönlich den großartigsten Sieg errungen, und wir werden ihm als dem größten Menschen auf Erden huldigen, auch wenn er ein sabbernder Narr ist.»

«Und diesem Mann muss ich dienen statt dem Krieger, der mich besiegt und dann so vielen meiner Männer das Leben gerettet hat?»

Vespasian verzog keine Miene. «Ja, Cogidubnus, wir alle müssen ihm dienen.»

XXI

Vespasian stand am Heck der Trireme neben dem Trierarchus, der das Schiff in den Hafen von Vericas Hauptstadt lotste. Der August war weit fortgeschritten, die Sonne
brannte unbarmherzig von einem wolkenlosen Himmel,
und über einer Hügelkette keine fünf Meilen landeinwärts
entlud sich gerade ein Gewitter. Vespasian hörte das Donnergrollen, sah die Blitze zucken und staunte über das merk-
würdige Wetter auf dieser nördlichen Insel.

«Taranis, der Donnergott, besucht oft das südliche Hügelland, um über uns zu wachen», teilte Verica ihm mit.
Dabei griff er nach dem goldenen Anhänger in Form eines
vierspeichigen Rades, den er um den Hals trug. «Er wird ein
Opfer fordern.»

«Was für ein Opfer?»

«Das entscheiden für gewöhnlich die Druiden, und sie
würden wohl eine Jungfrau bei lebendigem Leib in einem
Fass verbrennen. Allerdings sind sie nach Westen geflohen, nachdem sie mich als Gotteslästerer verflucht haben,
weil ich Rom unterstütze. Somit liegt die Entscheidung bei
mir.»

«Wir verabscheuen Menschenopfer.»

«Nachdem ich drei Jahre lang in Rom gelebt habe, ist mir

547

das nicht entgangen. Ich werde stattdessen einen Wagen und zwei Pferde opfern lassen. Ich beabsichtige, mein Volk von den extremeren Praktiken der Druiden zu entwöhnen.»

«Was genau sind Druiden?»

Verica stieß einen tiefen Seufzer aus. «Sie sind die Priesterklasse, von Steuern und dem Militärdienst befreit. Sie meinen, das Monopol auf den Willen und die Forderungen der Götter zu haben, und so fürchtet und verehrt das Volk sie gleichermaßen. Sie haben keine Angst vor dem Tod, weil sie glauben, dass die Seele weiterlebt und in einen anderen Körper übergeht. Das macht sie höchst gefährlich. Ich bin froh, sie los zu sein, denn sie mischen sich ein wie die Weiber und intrigieren wie jüngere Söhne. Aber ich bin sicher, sie werden zurückkehren und versuchen, ihre Macht über mein Volk wiederzuerlangen, und das Erste, was sie unternehmen werden, ist, mich zu töten. Sie gehören keinem Stamm an und sind niemandem als sich selbst, den Göttern unserer Väter und denen dieses Landes treu.»

«Sind das denn unterschiedliche Götter?»

«Ja. Als mein Volk auf diese Insel kam – die Barden nehmen an, dass es vor etwa fünfundzwanzig Generationen geschah –, verdrängten wir die Menschen, die vor uns hier gelebt und andere Götter verehrt hatten. Sie hatten in grauer Vorzeit zu ihren Ehren große Steinkreise errichtet. Die Druiden weihten diese Kultstätten unseren Göttern, doch einige Gottheiten der Insel blieben gegenwärtig und mächtig und forderten, verehrt zu werden.» Vericas Gesicht verdüsterte sich, und er senkte die Stimme. «Die Druiden übernahmen die Verantwortung dafür und entdeckten ihre düsteren Geheimnisse und Rituale. Dieses Wissen hüten sie eifersüchtig, und das ist mir ganz recht so, doch was ich davon weiß, erfüllt mich mit Grauen.»

Vespasian fröstelte. Die Furcht des alten Königs war unverkennbar. «Was ist es, das Euch so ängstigt?»

Verica blickte ihm eindringlich in die Augen. «Manche dieser Götter besitzen wirkliche Macht, eine kalte Macht, die zu nichts Gutem gebraucht werden kann.»

Vespasian verzog das Gesicht. «Und diese Macht liegt in den Händen der Priester?»

«In den Händen fanatischer Priester.»

«Ich habe keine guten Erfahrungen mit Priestern gemacht.»

«Niemand hat jemals gute Erfahrungen mit Priestern gemacht, außer er wäre selbst einer. Ich rate Euch, tötet sie alle, sonst wird Rom dieses Land niemals dauerhaft beherrschen. Die Druiden hätten jederzeit die Möglichkeit, das Volk aufzuhetzen, indem sie den Leuten Angst vor den Göttern einflößen. Sie wissen, dass es unter der Herrschaft Roms keinen Platz für sie gibt, also haben sie nichts zu verlieren, indem sie Eure erbittertsten Feinde werden.»

Vespasian schaute zu Cogidubnus hinüber, der auf die Reling gestützt dastand und beobachtete, wie sie sich dem neugebauten hölzernen Landungssteg näherten. «Würde Euer Neffe Euch zustimmen?»

«Ihr könnt ihn selbst fragen, aber ja, er würde. Er weiß ebenso gut wie ich: Wenn wir unser Volk in die moderne Welt hineinführen und an ihrem Wohlstand teilhaben wollen, dann müssen wir nach vorn blicken. Die Druiden blicken immer nur zurück.»

Vespasian sann über diese Worte nach, während das

Schiff vor dem Landungssteg seine Fahrt verlangsamte. Er dachte an die Priester, mit denen er es bisher zu tun gehabt hatte: Da war Rhotekes, der hinterhältige thrakische Priester, und Ahmose, der doppelzüngige Priester des Amun. Außerdem der eigennützige Jude Paulus, der diese neue jüdische Sekte erst verfolgt und dann usurpiert hatte, um daraus eine widernatürliche Religion zu schaffen, die auf Erlösung in einem angeblichen Leben nach dem Tod beruhte. All diese Erfahrungen hatten Vespasian gelehrt, welche Macht die Religion hatte, Menschen zum Kämpfen aufzustacheln, und wie leicht diese Macht missbraucht werden konnte. «Dann wird unser Marsch nach Westen nicht leicht werden.»

«So ist es, die Druiden werden zähen Widerstand leisten. Aber Ihr werdet dort draußen auch Männer wie mich finden, die sie nicht lieben und sich eher Rom als den Priestern unterwerfen wollen.»

«Ich hoffe doch, alle Menschen würden, wenn sie die Wahl hätten, Rom den Priestern vorziehen.»

Verica lächelte. «In Anbetracht ihrer Liebe zur Macht denke ich, wenn die Priester das erkennen, werden sie anfangen, Pläne zu schmieden, um Rom unter ihre Herrschaft zu bringen.»

Vespasian schauderte bei dem Gedanken. Gerade legte die Trireme sanft an, Befehle wurden gerufen und Leinen ausgeworfen.

«Ihr solltet Euch beeilen, Herr», ertönte Magnus' Stimme über den Lärm hinweg.

Vespasian blickte auf und sah seinen Freund die Laufplanke heraufkommen.

«Warum? Was gibt es?»

«Anscheinend kann der Kaiser es gar nicht erwarten, seinen Sieg zu erringen. Sabinus hat eine Nachricht geschickt, Claudius' Verstärkungstruppen haben bereits die Brücke am Tamesis erreicht, um seine Ankunft vorzubereiten. Er inspiziert gerade Gesoriacum, anschließend reist er weiter nach Rutupiae, und dann kommt er per Schiff den Tamesis herauf. In zwei Tagen wird er an der Brücke sein.»

Vespasian und Sabinus standen stramm, als von der kaiserlichen Quinquereme eine Fanfare erscholl. An Deck standen mehr als hundert Senatoren, prächtig in ihren purpurgesäumten Togen. Das Schiff, über und über mit Purpur dekoriert und mit einem kaiserlichen Zelt am Heck, machte an einem Landungssteg an der Südseite der neugebauten hölzernen Brücke über den Tamesis fest. Aulus Plautius marschierte vor zu der Stelle, wo die Landebrücke heruntergelassen wurde, und salutierte. Die Fanfare verstummte, und abgesehen von den Schreien der Möwen legte sich eine erwartungsvolle Stille über die zwei Prätorianerkohorten und die vier von der Legio VIII und ihren Auxiliartruppen, die entlang des Ufers in Reih und Glied angetreten waren, angeführt von Decimus Valerius Asiaticus.

Nach einer Wartezeit, die eines Kaisers würdig war, wurde die Zeltplane zurückgeschlagen, und im Eingang erschien eine Silhouette.

«Imperator!», rief eine einzelne Stimme aus den Reihen der Prätorianer.

Alle Anwesenden nahmen den Ruf auf, sodass er laut zum Himmel scholl und die Möwen erschrocken davonflogen, da zum ersten Mal auf der Insel Britannien die Huldigung «Imperator» ertönte.

«Er hat noch gar keinen Briten zu Gesicht bekommen und wird schon als Sieger gefeiert», rief Sabinus Vespasian ins Ohr.

«Und die Männer, die ihn feiern, waren überhaupt nicht an den Kämpfen beteiligt», fügte Vespasian hinzu, ehe er gemeinsam mit seinem Bruder in die Huldigung einstimmte.

Als der Sprechchor lauter wurde, trat Claudius vor. Er trug den Lorbeerkranz des Sieges und volle kaiserliche Militäruniform: einen purpurnen Mantel, einen bronzenen Kürass mit goldener Einlegearbeit und ebensolche Beinschienen, eine purpurne Schärpe um die Taille und einen prächtigen Helm mit purpurnem Helmbusch unter dem linken Arm. Hinkend verließ er das Zelt, sein Kopf zuckte vor Erregung, und sein rechter Arm fuhr ruckartig in die Höhe, um die Menge zu grüßen – die lächerliche Parodie eines Kaisers.

Vespasian war froh, dass er schreien konnte, sonst wäre er beim Anblick eines solch unkriegerischen Mannes in solch militärischer Aufmachung womöglich in haltloses Gelächter ausgebrochen. Ein verstohlener Blickwechsel mit Sabinus verriet ihm, dass sein Bruder ganz ähnliche Gedanken hegte. Ausnahmsweise einmal in vollkommener Eintracht feierten die Brüder ihren Kaiser.

Narcissus und Pallas kamen aus dem Zelt zum Vorschein und beeilten sich, Claudius einzuholen, ehe er versuchte, ohne Hilfe die Landebrücke hinunterzugehen. Sie fassten jeder einen kaiserlichen Ellenbogen und führten ihren Herrn auf den Landungssteg hinunter. Aulus Plautius ließ den Arm fallen, den er zuvor quer über die Brust geschlagen hatte, stand stramm, den Kopf erhoben, die Schultern gestrafft, und brüllte mit dem Sprechchor. Claudius ging auf ihn zu, um ihn mit großer Geste und unter reichlichem Speichelfluss zu umarmen und zu küssen.

Der Sprechchor verwandelte sich in Jubelgeschrei, als der Kaiser den General ein paar Augenblicke lang in den Armen hielt, ehe er sich den Truppen zuwandte. Claudius gebot mit einer Geste Schweigen, während Plautius den Blick starr geradeaus gerichtet hielt und versuchte, den Speichel auf seinen Wangen nicht zu beachten.

«S-S-Soldaten von Rom», setzte Claudius an, nachdem der Jubel verstummt war, «mein t-t-tapferer General hat seinen K-K-Kaiser um Rat und Unterstützung im Kampf gegen die Briten gebeten.» Er legte eine Pause ein und wies auf die Senatoren. «Der Senat von Rom hat mich angefleht, seinem Ruf Folge zu leisten. Sie sagten, General Plautius habe schon v-v-v-viel erreicht, sei nun jedoch auf heftigen Widerstand g-gestoßen, den nur ich, euer Kaiser, überwinden könne.»

Die Senatoren nickten bedächtig und setzten theatralische Trauermienen auf. Vespasian ließ den Blick über ihre Reihen gleiten, während Claudius stammelnd fortfuhr, und entdeckte zu seiner Freude die korpulente Gestalt seines Onkels. Gaius fing seinen Blick auf und zuckte die Schultern, dann lauschte er weiter mit übertriebener Aufmerksamkeit dem Kaiser.

«Folgt mir also, Soldaten von Rom, f-f-folgt mir, und ich werde euch zu einem ruhmreichen Sieg führen, einem Sieg, an den noch künftige Generationen sich erinnern werden als den Triumph eures Kaisers Claudius über die barbarischen Horden. Ich bin gekommen, ich sehe, ich werde s-s-siegen!»

Claudius wandte sich zu Narcissus, Pallas und den Senatoren um, die pflichtschuldig über die peinliche Anspielung lachten. Vespasian fiel auf, dass sein Onkel anscheinend fand, nie zuvor seien so markige Worte gesprochen worden. Die Legionäre jubelten wiederum ihrem Kaiser zu, zweifellos als Vorwand, um nicht Erheiterung über Claudius' lahmen Witz heucheln zu müssen.

Vespasian und Sabinus stimmten in den Jubel ein, nur Plautius tat es als Einziger nicht. Er stand stocksteif, den Blick starr auf die Quinquereme gerichtet, und die Adern an seinem Hals traten vor Zorn hervor.

Vespasian folgte seinem Blick: Am Zelteingang stand der beleibte Sentius Saturninus, was nicht weiter überraschend war. Hingegen überraschte ihn der Anblick des Mannes dahinter: Geta. Vespasian stieß Sabinus an und zeigte auf das Zelt. «Wie in Mars' Namen kommt der hierher?»

«Ach! Also da ist der kleine Dreckskerl abgeblieben», murmelte Sabinus. «Das hätte ich mir denken können. Kurz nachdem du gen Süden aufgebrochen warst, hat Plautius nach ihm geschickt, doch er kam nicht. Er schien verschwunden. Sicher hatte er davon gehört, dass Plautius Corvinus gefangen genommen hatte, und fürchtete, ihn könnte dasselbe Schicksal erwarten.»

«Und da ist er schnell zum Kaiser gelaufen, um als Erster seine Version der Geschichte vorzutragen.»

«Zweifellos eine ungemein heroische Version.»

«Dieser Hurensohn!»

«Das mag er wohl sein, aber ein schlauer Hurensohn.»

Auf einen Wink von Narcissus erschollen noch einmal die Fanfaren, und der Jubel verstummte.

Claudius ging über den Landungssteg auf die zwei Brüder zu, gefolgt von Narcissus und Pallas. «Ah! Meine treuen F-F-Flavier, die den Steinbock der Neunzehnten zurückgeholt haben.»

Die Brüder neigten die Köpfe. «Princeps.»

«Ihr wurdet von P-P-Publius Gabinius in den Schatten gestellt, der mir kürzlich den Adler der Siebzehnten zurückgebracht hat. Doch das macht nichts, Eure Tat war nützlich. Lasst Euch von Eurem Kaiser umarmen.»

Vespasian musste sich beherrschen, um nicht zurückzufahren, als er an die kaiserliche Brust gedrückt und mit überaus feuchten Küssen auf beide Wangen bedacht wurde.

«Werdet Ihr mir folgen, wenn ich den Feind aus seinen Festungen vertreibe?», fragte Claudius, nachdem Sabinus der gleichen Behandlung teilhaftig geworden war.

«Ja, Princeps.»

«Das wird g-g-großartig.» Claudius zuckte und trat zurück. Er musterte die beiden Brüder wohlgefällig von oben bis unten, dann runzelte er die Stirn. «Was ist das?»

Vespasian folgte seinem Blick und legte die Hand an das Heft seines Schwerts. «Das ist mein Schwert, Princeps.»

«Ich kenne diese Waffe.»

«Ja, Princeps, es war das Schwert Eures Großvaters Marcus Antonius.»

Claudius blickte Vespasian forschend in die Augen. «Nach ihm gehörte es meinem Vater, und anschließend fiel es an meinen Bruder Germanicus.»

«Das ist richtig, Princeps.»

«Ich weiß selbst, dass es r-r-richtig ist! Ich kenne doch die Geschichte meiner eigenen Familie. Ich weiß noch mehr: Als Germanicus starb, wollte Agrippina das Schwert ihrem ältesten Sohn geben, doch meine Mutter Antonia ließ es nicht zu. Sie sagte, sie werde darüber entscheiden, doch das hat sie nie getan. Nach ihrem Tod habe ich nach diesem Schwert gesucht, aber es war nirgends zu finden. Als ich P-P-Pallas danach fragte, gab er vor, nichts davon zu wissen.»

Vespasian warf über Claudius' Schulter einen Blick zu Pallas. Das sonst so ausdruckslose Gesicht des griechischen Freigelassenen verriet einen Anflug von Besorgnis.

«Also wie ist es in Euren Besitz gelangt?»

Pallas fing Vespasians Blick auf und schüttelte kaum wahrnehmbar den Kopf.

Vespasian schluckte. «Caligula hat es mir geschenkt, Princeps.»

«Ach, h-h-hat er das? Und wie ist er zu dem Schwert gekommen?»

«Das weiß ich nicht, Princeps. Ich nehme an, Antonia hat es ihm gegeben.»

«Das bezweifle ich. J-j-jeder in meiner Familie wusste, dass Antonia es demjenigen geben wollte, von dem sie fand, er würde am besten zum Kaiser taugen. Sie hat es nicht zufällig Euch gegeben, Vespasian?»

«Nein, Princeps. Wie ich schon sagte, Caligula hat es mir geschenkt.»

Claudius musterte ihn noch eine kleine Weile, wobei er heftig zuckte und Speichel aus seinem Mundwinkel lief. «Nun, dazu hatte er kein Recht.» Er streckte seine zitternde

Hand aus. «Da ich hergekommen bin, um Krieg zu führen, geziemt es mir wohl, das mit dem Schwert meiner Familie zu tun. Gebt es mir.»

Ohne Zögern löste Vespasian die Scheide von seinem Wehrgehänge und reichte sie Claudius.

«Danke, Legatus. Mir würde der Gedanke nicht gefallen, meine Mutter hätte es Euch gegeben. In Euren Adern fließt nicht das B-B-Blut der Caesaren.»

«Gewiss nicht, Princeps.»

«G-g-gut. Wir wollen nicht mehr davon sprechen.» Claudius zog das Schwert und nahm die Klinge in Augenschein, strich mit dem Finger über den eingravierten Namen seines Großvaters. «Eine edle Waffe, die nun wieder an ihrem rechtmäßigen Platz ist.» Er reckte sie mit absurd theatralischer Geste in die Luft und wandte sich an die Truppen. «Mit dem Schwert meiner Vorväter führe ich euch in den Krieg.»

Während die Menge «Ave Caesar!» schrie, hinkte er zu einer Quadriga mit vier weißen Rossen, die auf der Brücke für ihn bereitstand.

«Hat unser Herr dich beim Flunkern ertappt, Kollege?», erkundigte sich Narcissus bei Pallas.

«Aber nicht doch, mein lieber Narcissus, es muss genau so gewesen sein, wie Vespasian eben sagte. Nicht wahr, Vespasian?»

«Ganz genau so, Pallas.»

Narcissus schaute Pallas mit hochgezogener Augenbraue an. «Das hoffe ich inständig. Du weißt ja, wie sehr er fürchtet, jemand könnte sich gegen ihn verschwören. Da wollen wir doch nicht, dass Claudius etwa denkt, *dein* Schützling hege unrealistische Ambitionen.» Er nickte den Brüdern höflich zu, dann folgte er seinem Herrn.

«Niemand darf je die Wahrheit erfahren, Vespasian», raunte Pallas ihm im Vorbeigehen warnend zu. «Messalina hat Claudius eingeredet, überall Bedrohungen zu wittern, um von sich selbst abzulenken. Er wird immer irrationaler. Es gab schon die ersten Hinrichtungen.»

«Was hatte das alles zu bedeuten?», fragte Sabinus, während Pallas weiterging.

«Das, mein Bruder, hatte zu bedeuten, dass manche Leute in ein einfaches Geschenk zu viel hineindeuten.»

«Also hat Antonia es dir geschenkt, obwohl sie gesagt hatte, sie wolle es demjenigen geben, der ihrer Meinung nach am besten zum Kaiser tauge?»

«Ja.»

«Was, wenn sie recht hatte?»

«Wie soll das möglich sein? In unseren Adern fließt nicht das Blut der Caesaren.»

«Das Blut der Caesaren? Wie lange wird diese Blutlinie wohl noch fortbestehen?»

Gerade begann Claudius, seine Armee über die Brücke zu führen. Vespasian beobachtete, wie der Erbe von Gaius Iulius Caesar in den Fußstapfen des großen Mannes dem Nordufer des Tamesis zustrebte, und in diesem Moment wurde ihm deutlich, wie tief die Blutlinie gesunken war. Wie lange konnte sie noch bestehen? Und wenn sie endete, wessen Blutlinie würde dann an ihre Stelle treten?

Wieder kam ihm der absurde Gedanke, den er schon mehrfach von sich geschoben hatte. «Warum nicht?», murmelte er vor sich hin. «Ja, warum eigentlich nicht?»

«Meine lieben Jungen», dröhnte Gaius Vespasius Pollo, als die Senatoren von Bord des Schiffes gingen. «Ich bin erleichtert, euch heil und ganz wiederzusehen.» Er legte jedem einen Arm um die Schultern, führte sie ein wenig beiseite und senkte die Stimme. «Den Göttern sei Dank, dass diese abscheuliche Angelegenheit fast beendet ist. Es war schier unerträglich, diesen sabbernden Schwachkopf endlos darüber schwadronieren zu hören, wie bedrängt die Lage sein müsse, wenn Plautius es für nötig hielte, ihn herbeizurufen.»

Vespasian verzog ungläubig das Gesicht. «Du meinst, er glaubt tatsächlich an diese Farce, Onkel?»

«Ob er daran glaubt? Er ist überzeugt, er allein könne verhindern, dass dieser ganze Feldzug in einer noch schlimmeren Niederlage endet, als wir sie damals im Teutoburger Wald erlitten haben. Er hat sich wortreich darüber ausgelassen, wie glücklich Rom sich schätzen kann, einen Kaiser zu haben, der alles über die Geschichte und Theorie der Kriegsführung gelesen hat, was je geschrieben wurde, und über Strategie und Taktik genauestens Bescheid weiß.»

«Hat er darum den halben Senat mitgebracht, damit er einer Schar Speichellecker seine Kriegstüchtigkeit vorführen kann?»

«Tu nicht so scheinheilig, mein Junge. Ich habe erlebt, wie du selbst die lebensverlängernde Kunst der Unterwürfigkeit mit beachtlichem Geschick ausgeübt hast. Aber um deine Frage zu beantworten: Nein, zumindest ist das nicht der Hauptgrund. Wir sind hier, damit er uns im Auge behalten kann. Claudius fühlt sich so unsicher, dass er größten Wert darauf legt, die Leute, denen er am meisten misstraut, stets in seiner Nähe zu wissen.»

«Und warum bist du dann hier? Du hast doch nie etwas anderes getan, als immer denjenigen, der gerade an der Macht war, begeistert zu unterstützen.»

Gaius lachte freudlos. «Das stimmt wohl, ihr beide hingegen befehligt Legionen. Ich bin hier, um euch daran zu erinnern, dass eure Familien zu Hause in Rom Claudius auf Gedeih und Verderb ausgeliefert sind, falls ihr auf den Gedanken kommen solltet, eure Befehlsgewalt zu missbrauchen.»

«Aber Narcissus –»

«Lieber Junge, das hat nichts mit Narcissus zu tun, dahinter steckt allein Claudius. Er hat Geschmack an der Macht und am Blutvergießen, und er übt gern beides aus, um seinen Verfolgungswahn zu befriedigen. Er hat in seinen ersten zwei Jahren als Kaiser schon mehr Senatoren und Angehörige des Ritterstandes hinrichten lassen als selbst Caligula.»

«Wenn er so besorgt um seinen Stand ist, warum hat er dann Rom überhaupt verlassen?»

«Du hast recht, das ist ein Wagnis. Aber jeder Senator, der in Rom geblieben ist, hat einen Angehörigen hier bei Claudius. Und er hat Lucius Vitellius, der für den ersten Teil dieses Jahres sein Mitkonsul war, nominell die Herrschaft über Rom übertragen – auch wenn in Wirklichkeit Callistus die Entscheidungen treffen wird. Er ist jetzt der Einzige in der Stadt, der noch durchschaut, wie die gewaltige Bürokratie, die er und seine beiden Kollegen geschaffen haben, arbeitet. Claudius vertraut Vitellius, weil er in Messalinas Gunst steht. Venus allein weiß, was die kleine Schlampe ausheckt, während ihr Mann fort ist und Vitellius tut, als wüsste er von nichts.»

«Ist sie so schlimm?», erkundigte sich Sabinus mit offenkundigem Interesse. «Narcissus hat erwähnt, sie sei recht willig, gelinde gesagt.»

«Recht willig? Sie ist ein weiblicher Caligula. Jeder, der ihre Annäherungsversuche zurückweist, wird des Verrats angeklagt. Und dank ihrer Einflüsterungen ist ihr Mann so besessen von der Angst, der Senat könne sich gegen ihn verschwören, dass fast jeder Angeklagte auch verurteilt wird.» Gaius wies mit einer Handbewegung auf die vorbeigehenden Senatoren. «Sie hat jedem dieser Männer, der unter fünfzig Jahre ist, schon den Schwanz gelutscht, und Claudius schaut weg. Ich kann nur den Göttern danken, dass ich meine besten Jahre hinter mir habe, sonst wäre auch ich den unerträglichen Zuwendungen dieser Harpyie ausgesetzt. Wenn ihr beide wieder nach Rom zurückkehrt, müsst ihr euch in Acht nehmen, nicht in ihr Netz zu geraten. Aber wenn ihr vernünftig seid, bleibt ihr so lange wie möglich fort.»

Vespasian warf seinem Bruder einen fragenden Blick zu, der zustimmend nickte. «Ich glaube, Narcissus hat Pläne für sie –»

Gaius ließ Vespasians Schulter los und hielt ihm mit einer überraschend flinken Bewegung den Mund zu. «Ich will nichts davon hören! Die paar Jahre, die mir noch bleiben, möchte ich in seligem Unwissen über die kaiserliche Politik verleben. Ich beabsichtige nämlich, in meinem Bett zu sterben, nicht in meinem Bad in meinem eigenen Blut. Der einzige Grund, weshalb ich überhaupt noch in den Senat gehe, ist die unerträgliche Situation zu Hause.»

«Flavia?»

«Ja, sie und deine Mutter kommen nicht miteinander aus,

und beide erwarten von mir, dass ich ihre kleinlichen Weiber-zänkereien schlichte. Leider habe ich nicht genügend Korres-pondenz, um mich den ganzen Abend in meinem Studierzim-mer zu beschäftigen, sodass ich gezwungen bin, für eine oder zwei Stunden am Tag ihre Gesellschaft zu ertragen.»

Sabinus lachte, während sie zusahen, wie die letzten Sol-daten die Brücke überquerten. «Es scheint, als müsstest du nun doch die Unkosten für ein Haus auf dich nehmen, Brü-derchen, damit unser Onkel nicht am Ende noch den Ver-stand verliert.»

«Danke, Sabinus, aber ich entscheide selbst, wo meine Familie wohnt.»

Gaius schaute ihn an, und seine Augen wirkten plötzlich hart. «Nein, Vespasian, du musst Flavia ein Haus einrichten. Solange sie nicht ihren eigenen Haushalt hat, den sie terrori-sieren kann, wird sie mir das Leben vergällen.»

Er meinte es ernst, todernst. Vespasian hatte seinen On-kel noch nie in diesem Ton reden hören. «Ich werde es in die Wege leiten, sobald ich wieder nach Rom komme, Onkel, das verspreche ich.»

«Nein, mein lieber Junge, *ich* werde es für dich in die Wege leiten, sobald *ich* wieder nach Rom komme. So, wie es jetzt ist, kann es nicht bleiben.»

«Aber woher soll ich das Geld nehmen?»

«Du befehligst eine Legion, die gerade eine neue Provinz unterwirft – Sklaven und Beute, mein lieber Junge.»

«Da hast du wohl recht.»

«Allerdings. Jetzt lasst uns gehen und zusehen, wie un-ser ruhmreicher Kaiser und Feldherr allen zeigt, wie man es richtig macht.»

«M-m-meine Herren, diese Armee ist alles, was zwischen uns und C-C-Camulodunum steht», verkündete Claudius und wies mit unsicherer Hand auf die spärlich bewaffnete armselige Truppe aus Gefangenen, die am anderen Ufer eines kleinen Flusses in Stellung gebracht war. «Was würdet Ihr sagen, wie viele es sind, Plautius?»

Plautius überblickte die kümmerliche Zahl. «Wenigstens zehntausend, Princeps», antwortete er, obwohl er wusste, dass es nur halb so viele waren.

Claudius zuckte erregt. «Ausgezeichnet. Ich werde sie binnen einer Stunde vernichten. Plautius, wie lauteten doch gleich meine Befehle für die Schlacht?»

Plautius warf den anwesenden Offizieren einen verstohlenen Blick zu. «Ich glaube, Ihr wolltet die Kohorten der Prätorianer in der Mitte aufstellen, die vier Kohorten der Achten und dann die Vierzehnte an der rechten Flanke, die Zwanzigste an der linken und die Neunte als Reserve zurückhalten.»

«Die Legion meines Sch-Sch-Schwagers in Reserve? Das kommt nicht in Frage. Corvinus muss den Ehrenplatz an der rechten Flanke bekommen. Die Vierzehnte bildet meine Reserve.»

«Corvinus ist nicht mehr Befehlshaber der Neunten, Princeps. Er erwartet seinen Prozess vor Euch, nachdem er seine Befehle missachtet hat.»

«Welche Befehle hat er missachtet? Davon weiß ich ja noch gar nichts. Warum hast du mir das nicht gesagt, Narcissus?»

Narcissus räusperte sich. «Ich wusste nichts davon, Princeps.»

«Es ist deine Aufgabe, alles zu wissen und mich auf dem Laufenden zu halten. Plautius, warum habt Ihr ihn nicht informiert?»

Plautius warf dem Freigelassenen einen giftigen Blick zu. «Ich ... nun ... ich habe eine Nachricht geschickt, aber anscheinend hat sie ihn nicht erreicht.»

«So scheint es in der Tat, denn ich bin sicher, hätte Narcissus davon gewusst, dann hätte er die Freilassung meines Schwagers befohlen, was immer er getan haben mag.»

«Aber er wollte Camulodunum ohne Euch einnehmen, Princeps, und Euch nichts mehr zu erobern lassen.»

«Das ist eine schwerwiegende Anschuldigung, Princeps», warf Narcissus ein und setzte einen Ausdruck übertriebener Bestürzung auf, wie man ihn bei ihm selten sah. «Warum sollte er versucht haben, Euch Euren Sieg zu stehlen? Wollte er sich etwa über Euch erheben?»

Claudius kicherte. «Nein, er ist nicht wie die eifersüchtigen Senatoren, die unentwegt Komplotte schmieden. Er gehört zur Familie. Er war nur ungestüm wie meine liebe Frau – man merkt, dass die beiden Geschwister sind. Nun, es macht nichts. Es ist ihm ja nicht gelungen, und ich habe noch immer eine Armee zu schlagen und eine Stadt zu erobern, sonst hätte man wohl nicht nach mir geschickt, oder, Narcissus?»

Narcissus wusste auf die Schnelle nichts zu erwidern. Sein Mundwinkel zuckte ein wenig.

Vespasian genoss den Anblick des ratlosen Narcissus, dem dämmerte, dass er Corvinus nicht ins Verderben stürzen konnte, ohne vor Claudius einzugestehen, dass dies eine Farce war und Camulodunum bereits kapituliert hatte, doch zugleich überlief ihn ein kalter Schauder. «Der Schwachkopf lässt ihn davonkommen», flüsterte er Sabinus ins Ohr.

Sabinus biss sich auf die Lippe. «Und ich nehme an, unser Anteil an Corvinus' Verhaftung wird nicht unerwähnt bleiben.»

«Nun, Narcissus?», bohrte Claudius nach. «Hat Corvinus mir meinen Sieg gestohlen?»

«Anscheinend nicht, Princeps.»

«Warum wird ein Angehöriger der kaiserlichen Familie dann unter Arrest gehalten? Lasst ihn unverzüglich herholen, Plautius. Die Neunte übernimmt die rechte Flanke, und der Bruder meiner Messalina wird sie befehligen und an meinem Ruhm teilhaben. Ihr Übrigen geht auf Eure Posten, ich kann es nicht erwarten, in die Schlacht zu ziehen.»

Da Vespasian keine Legion zu befehligen hatte, setzte er sich mit Magnus an die Spitze von Paetus' Kavallerie, die ihn von der Küste hierher eskortiert hatte, und sah sich die Farce an. Rechts von ihnen saßen die Senatoren auf Stühlen und verfolgten das Geschehen, als wären es die Wagenrennen im Circus Maximus.

«Da sieht man's mal wieder, man kann sich vor lauter Verschlagenheit auch selbst ein Bein stellen», kommentierte Magnus, während sie zusahen, wie die ersten Kohorten der VIIII Hispana über den kleinen Fluss vorrückten und in Kontakt mit der vermeintlichen Armee der Briten kamen. «Und alle anderen sitzen mit in der Patsche.»

«Bis auf Corvinus», erinnerte Vespasian ihn, als die Schreie der ersten Verwundeten über das Gelände gellten.

«Er steht am Ende vor Claudius als Held da, dem alle Unrecht getan haben.»

«Und er wird darauf brennen, sich an Euch zu rächen.»

Vespasian zuckte die Schultern. «Wir werden weit voneinander entfernt sein. Wenn Claudius wieder abreist, gehe ich zurück in den Süden zur Zweiten, und die Neunte bleibt hier und marschiert dann in der nächsten Saison an der Ostküste entlang nach Norden.»

«Sofern Plautius sein Kommando behält.»

«Oh, das wird er», versicherte Pallas, der hinter ihnen herangeritten war und Vespasian wieder einmal überraschte. «Im Augenblick würde Claudius ihn sicher gern loswerden, aber er wird bald wieder zur Vernunft kommen, wenn Narcissus und ich ihm erst erklären, welche Folgen die Ernennung eines neuen Generals hätte: Dann müssten nachher zwei Männer in Rom öffentlich gewürdigt werden. Solchen Ruhm sollte man doch lieber auf möglichst wenige Personen beschränken, findet Ihr nicht? Nachdem das hier vorbei ist, kann Claudius im Triumph zurückkehren. Und wenn Plautius dann heimkehrt, vielleicht in vier Jahren, kann Claudius dem Volk zeigen, was für ein großmütiger Kaiser er ist, indem er jemandem Ehren zuspricht, der nicht dem Kaiserhaus angehört. Das ist offensichtlich nichts, was man gern wiederholen möchte.»

Vespasian schüttelte bedauernd den Kopf. «Hörst du denn nie auf zu taktieren, Pallas?»

«Wie sonst könnte ein niederer Freigelassener Macht ausüben? Ohne Claudius bin ich nichts. Mein Geschick hängt davon ab, dass er Kaiser bleibt, und mit dieser Schlacht haben wir das für die nähere Zukunft sichergestellt.»

«Zum Preis der Leben von ein paar tausend gefangenen Briten», murmelte Magnus mit einem Blick zu den Prätorianerkohorten, die inzwischen die Mitte der britannischen Linie immer weiter zurückdrängten.

«Mir wurde gesagt, sie hatten die Wahl, ob sie gekreuzigt werden oder mit einer Waffe in der Hand ihr Glück versuchen. Es ist ein geringer Preis dafür, dass der Kaiser vor den Augen des Senats persönlich Legionen in die Schlacht führt – und noch dazu ein Kaiser, der nicht mehr jung ist.»

«Ah! Das ist also deine nächste Sorge», stellte Vespasian fest. «Dass Claudius stirbt. Dann wirst du deine Treue doch gewiss einfach auf seinen Sohn übertragen?»

«Das wäre töricht. Der Knabe ist erst zwei Jahre alt, und er wird seine Mutter verlieren, sobald wir es arrangieren können. Wenn Claudius Glück hat, kann er mit seiner schwachen Gesundheit vielleicht noch zehn Jahre leben, aber er wird sterben, ehe sein Sohn das Mannesalter erreicht. Wer würde dann Regent? Es sind keine annehmbaren Kandidaten mehr übrig, die Blutlinie ist fast ausgestorben. Der Senat wird niemals akzeptieren, von einem Kind beherrscht zu werden, und so werden wieder republikanische Stimmen laut werden. Damit wird der Senat zum direkten Gegner der Prätorianergarde, und das Ergebnis wird Chaos sein. Ich fürchte, der Knabe ist dazu bestimmt, ein Tiberius Gemellus zu sein. Er wird niemals Kaiser, und wer immer Claudius' Nachfolge antritt, wird ihn töten.»

«Und ich nehme an, du weißt, wer das sein wird.»

Pallas zog wissend eine Augenbraue hoch. «Wenn Claudius Glück hat und noch zehn Jahre lebt, dann ja. Und Ihr tätet gut daran, Euch ein Beispiel an mir zu nehmen, wenn

Ihr nach Rom zurückkehrt, denn ich beabsichtige, in diesem Rennen auf das Siegergespann zu setzen. Ich sage Euch das als Freund: Wenn Messalina stirbt, dann gebt acht, um wessen Gunst ich mich bemühe, und Ihr werdet verstehen.»

«Du sprichst wie immer in Rätseln, Pallas.»

«Ich habe von meiner verstorbenen Herrin Antonia gelernt, dass man seine Pläne nicht immer offenlegen sollte.» Aus der römischen Formation erhob sich gewaltiger Jubel, der rasch zu einem Sprechchor wurde: «Imperator!» – «Nun, das ging schnell, meine Herren. Zeit, dass wir uns unserem ruhmreichen Kaiser anschließen, wenn er als Sieger in Camulodunum Einzug hält.»

Die Legionäre der XIIII Gemina standen in strammer Haltung entlang der unbefestigten Hauptstraße von Camulodunum, um die einheimische Bevölkerung zurückzuhalten, während Claudius in ihre Stadt einzog.

Camulodunum, wenn auch nach römischen Maßstäben nicht groß, war doch die größte Siedlung im Süden der Insel und hatte sogar ein paar öffentliche Gebäude aus Ziegel vorzuweisen. Die meisten der paar tausend Einwohner lebten in Familienverbänden in runden Hütten, und ähnlich wie in Mattium in Germanien schien auch hier recht planlos gebaut worden zu sein, abgesehen von der Hauptstraße und dem Marktplatz.

Von einer fast eine Meile langen, dreifach mannshohen stabilen Palisade umgeben und an der Nordseite durch einen schiffbaren Fluss geschützt – ihrer lukrativen Handelsroute zum Meer und weiter zum Rhenus –, wäre diese Stadt nur sehr schwer im Sturm zu erobern gewesen, und

Vespasian, der hinter Claudius ritt, empfand eine gewisse Erleichterung darüber, dass ihm das erspart geblieben war.

Die einheimische Bevölkerung gaffte ehrfürchtig, als Claudius in ihre Stadt einzog. Zwei riesenhafte Tiere, wie man sie nie zuvor in Britannien gesehen hatte, zogen den Wagen ihres neuen Herrschers. Groß und schwerfällig, mit purpurnem Tuch behängt, mit riesigen Ohren, langen, baumelnden Rüsseln und furchteinflößenden, mit Gold überzogenen Stoßzähnen, beeindruckten die Elefanten das Volk von Camulodunum mehr als die Zurschaustellung militärischer Macht dahinter.

Die Legionäre der XIIII Gemina empfingen ihren Kaiser, als er vorbeizog, indem sie wiederum im Chor «Imperator» riefen, und übertönten dabei das erstaunte Raunen der Stadtbewohner. Die wunderten sich über den krassen Gegensatz zwischen den majestätischen Tieren und dem missgestalteten Mann, dessen Wagen sie zogen. Kein Purpur und kein Gold konnten Claudius ein kaiserliches Aussehen verleihen. Er stand unbehaglich in dem Wagen, der über den von der Sonne gehärteten Lehm der Straße holperte. Mit einer Hand an die Seitenwand geklammert, die andere mit der Handfläche nach außen erhoben, nahm er die Huldigung entgegen, doch dabei bemühte er sich vergeblich, die nervösen Zuckungen seines verkrümmten Körpers zu unterdrücken.

Gleich hinter dem Wagen des Kaisers ritten Narcissus und Pallas zwischen Aulus Plautius und Sentius Saturninus, die beide über die Schmach grollten, sich öffentlich in der Gesellschaft von Freigelassenen zeigen zu müssen. Vespasian und die anderen Legati folgten ihnen in eisigem

Schweigen. Dann kamen die Senatoren, die feierlich und würdevoll einherschritten und taten, als bemerkten sie nicht, wie die Einwohner von Camulodunum sie anstarrten und mit Fingern auf sie zeigten, denn viele dieser Leute hatten noch nie eine Toga gesehen. Zum Schluss marschierten die Prätorianerkohorten, gefolgt von der jeweils ersten Kohorte der Legio XX und der VIIII Hispana, die in den Sprechchor ihrer Kameraden am Straßenrand einstimmten.

Vespasian warf einen Blick zu Corvinus, der links von ihm ritt. Dessen Gesicht zeigte den gleichen Ausdruck wie in den vergangenen zwei Tagen seit Claudius' inszeniertem Sieg: selbstzufrieden und süffisant.

«Ihr macht Euch wohl Sorgen, Bauerntölpel?», höhnte Corvinus, der Vespasians Blick bemerkt hatte.

«Warum sollte ich? Ich habe nur die Interessen des Kaisers geschützt.»

«Die Interessen des Kaisers? Blödsinn. Seit wann ist Narcissus der Kaiser? Ich weiß genau, was Ihr vorhattet, und ich weiß auch genau, wie ich verhindern kann, dass Ihr Euch wieder einmischt, wenn unsere Wege sich das nächste Mal kreuzen.»

«Das wird glücklicherweise nicht so bald geschehen, Corvinus. Ihr werdet im Norden sein und ich im Süden.»

«Falsch, Bauerntölpel, ich werde in Rom sein. Ich habe in diesem Feldzug alles erreicht, was ich wollte, und hege nicht den Wunsch, die Neunte weiter zu befehligen, nachdem sich meine Offiziere als so wenig vertrauenswürdig erwiesen haben. Deshalb habe ich ein kleines privates Gespräch mit meinem lieben Schwager geführt, besser gesagt, zwei Gespräche. Er hat eingewilligt, dass ich nach Rom zurückkehre, um seine Interessen im Senat zu vertreten und bei der Familie zu sein. Da wir gerade von Familie sprechen: In unserem zweiten Gespräch habe ich – als fürsorglicher Onkel, Ihr versteht – Claudius einen Vorschlag bezüglich des künftigen Wohlergehens seines Sohnes unterbreitet. Ich denke, Ihr werdet den Vorschlag höchst amüsant finden.»

«Nichts, das Ihr tut, könnte mich amüsieren.»

«Wir werden sehen, Bauerntölpel, wir werden sehen.»

Vespasian wandte sich ab und lenkte sein Pferd näher zu Sabinus. An der Spitze des Zuges hatte der kaiserliche Wagen inzwischen den Marktplatz erreicht, der ebenso wie die Straße von Legionären gesäumt war. Die Mahouts lenkten die Elefanten zur Seite, sodass am anderen Rand des Platzes elf britannische Könige und Häuptlinge sichtbar wurden, darunter Verica und Cogidubnus. Sie knieten in Demutshaltung vor einem leeren kurulischen Stuhl. Ihre Schwerter lagen vor ihnen auf dem Boden.

Pallas und Narcissus saßen ab und eilten zu ihrem Herrn, während die Mahouts die Elefanten zum Stehen brachten. Die beiden Freigelassenen halfen Claudius von seinem Wagen und führten ihn zu dem Stuhl.

«Folgt mir, meine Herren», befahl Plautius, schwang sich vom Pferd und gab die Zügel einem bereitstehenden Sklaven. Er ging zu Claudius und nahm hinter ihm Aufstellung, gegenüber den Männern, die gekommen waren, um der verkörperten Macht Roms ihre Ehrerbietung zu erweisen.

Vespasian nahm seinen Platz neben Plautius ein, zusammen mit Sentius und den übrigen Legati. Die Senatoren versammelten sich hinter ihnen, während die Prätorianerkohorten aufmarschierten und den Rest des Marktplatzes einnahmen. Die Kohorten aus Legionären füllten die Straße dahinter aus.

Stille legte sich über den Platz.

Vespasian stand und wartete darauf, dass etwas geschah. Endlich räusperte Narcissus sich und warf Claudius einen vielsagenden Blick zu.

«Ach j-j-ja», stammelte Claudius, sichtlich bemüht, auf dem Stuhl ohne Lehne möglichst aufrecht zu sitzen. «Natürlich. Wer spricht für die Briten?»

Verica hob den Kopf. «Jeder Mann hier spricht nur für sich selbst und seinen Stamm, doch unsere Worte sind dieselben: Wir beugen uns Rom und seinem Kaiser.»

«K-k-kommt näher und nehmt die Freundschaft Roms entgegen.»

Einer nach dem anderen rutschten die Briten auf den Knien vorwärts, die Schwerter vor sich auf den offenen Händen. Claudius forderte jeden der Reihe nach auf, sich zu erheben, und bestätigte ihn als König seines Stammes oder Häuptling eines Unterstammes unter der Oberherrschaft Roms.

Vespasian las die Scham auf allen Gesichtern. Die Zeremonie war für diese stolzen Männer eine öffentliche Demütigung. Cogidubnus fing seinen Blick auf, als er vor dem Kaiser aufstand. Sein Gesicht verriet Verwunderung und Unglauben darüber, dass die Macht Roms in solcher Gestalt erschien. Vespasian neigte kaum merklich den Kopf, und der König von Vectis schüttelte den seinen, trat zurück und nahm wieder seinen Platz ein.

Verica unterzog sich als Letzter der erniedrigenden Prozedur. Nachdem er sich unterworfen hatte, entstand unter den Prätorianern zur Linken Bewegung. Claudius erhob sich mühsam, von Pallas und Narcissus gestützt, und wandte sich zu den Senatoren um, als ein Centurio der Prätorianer mit einem imperialen Adler auf ihn zukam.

Claudius lächelte schief, nahm die Stange und hielt sie vor den Senatoren in die Höhe. «Männer des Senats, wisst Ihr, welcher Adler dies ist?»

Raunen war zu hören, doch niemand antwortete.

«Dies ist der A-A-Adler, den seit vierunddreißig Jahren keiner von Euch gesehen hat. Dies ist der Adler, den ich erst vor drei Monaten meinen treuen Soldaten gezeigt habe, in Dankbarkeit für das Leid, das sie auf sich nehmen wollten, um diese Insel zu erobern. Dies, Patres Conscripti, ist der Adler der Siebzehnten Legion. Ich, Claudius, habe den letzten gefallenen Adler Roms zurückgeholt, und ich fordere Euch auf, mit mir nach Rom zu gehen und diesen Adler an seinen rechtmäßigen Platz zu bringen: in den Marstempel.»

Die Senatoren brachen in begeisterten Jubel und Beifall aus.

Vespasian schaute seinen Bruder an. «Was haben wir eigentlich gemacht, während Claudius tapfer diesen gefallenen Adler zurückholte?»

«Wir haben überlebt, Bruder.»

«Wir kehren gemeinsam nach Rom zurück», fuhr Claudius fort, «doch zuerst müssen wir Ordnung in diese neue Provinz bringen, die ich für Rom errungen habe, die Provinz Britannien. Dies soll ihre Hauptstadt sein, und hier werde ich einen Tempel zu meinen Ehren bauen. Aulus Plautius, der mich bei diesem großartigen Sieg unterstützt hat, ernenne ich zum ersten Statthalter von Britannien und verleihe ihm das Recht, die Ornamenta triumphalia zu tragen. Tretet vor, Plautius, und empfangt noch einmal den Dank Eures Kaisers.»

Steif und förmlich ging Plautius auf Claudius zu und wurde wieder umarmt. Diesmal flüsterte Claudius ihm ein paar Worte ins Ohr, und als er sich abwandte, glühte der General offensichtlich vor Entrüstung. Plautius zögerte, dann legte er den Kopf zurück. «Patres conscripti, ich schulde Euch meinen Dank dafür, dass Ihr unseren Kaiser überzeugt habt, diese lange Reise auf sich zu nehmen und mir zu Hilfe zu kommen. Ohne seine Führung und seine strategischen und taktischen Fähigkeiten wäre unsere Sache verloren gewesen, und wir wären ins Meer zurückgeworfen worden.»

Die Senatoren applaudierten zu dieser Einschätzung und sonnten sich in der Vorstellung, sie hätten entscheidend zur Eroberung Britanniens beigetragen. Dass diese Eroberung noch längst nicht abgeschlossen war, vergaßen sie dabei geflissentlich.

Vespasian bemerkte, wie Pallas und Narcissus einen Bick wechselten. So flüchtig die Geste war, verriet sie doch ansatzweise, welche immense Befriedigung die beiden empfanden. «Wenn all das in Rom verbreitet wird, ist Claudius der Liebling des Volkes», raunte er Sabinus zu. «Und die Senatoren bekommen etwas von seinem Ruhm ab, weil sie ihn angefleht haben herzukommen.»

«Und sie werden den Adler gemeinsam mit ihm zurückbringen. Mir wird ganz übel bei dem Gedanken.»

«Ja, es ist beängstigend. Wenn ein Mann wie Claudius von seinen Freigelassenen an der Macht gehalten werden kann, wer weiß, was uns dann als Nächstes blüht?» Vespasian verzog angewidert den Mund.

Claudius übergab den Adler wieder dem Centurio. «Außerdem werde ich das Recht, die Ornamenta triumphalia zu tragen, auch C-Corvinus zusprechen, dem Bruder meiner geliebten Frau, der bei der gesamten Eroberung eine entscheidende Rolle gespielt hat.»

Vespasian schüttelte ungläubig den Kopf. «Entscheidend?»

Corvinus trat vor. Sein Gesicht war das Inbild unterwürfiger Dankbarkeit, als der Kaiser ihn umarmte.

«Von einer Anklage wegen Verrats zu den Ornamenta triumphalia – wie hat er das nur gemacht?», murmelte Sabinus, der sich keine Mühe gab, seine Empörung zu verhehlen.

«Indem er aus der richtigen Familie stammt, Bruder. Magnus hatte recht: Leute aus Familien wie der unseren vergeuden nur ihre Zeit.»

«Und die Ornamenta triumphalia gebühren auch den drei untergeordneten Legati: erstens Hosidius Geta, dessen Tapferkeit am Afon Cantiacii seine Kavallerie davor bewahrt hat, dem Feind in die Hände zu fallen. Obwohl umzingelt und schwer verwundet, hat er seine Männer in Sicherheit geführt.»

Aulus Plautius gab sich wenig Mühe zu verhehlen, wie er über diese Version der Ereignisse, die man Claudius erzählt hatte, dachte, und Geta, der nun ebenfalls von Claudius in die Arme geschlossen wurde, gab sich wenig Mühe zu verhehlen, dass die Meinung seines Generals ihn nicht im mindesten scherte.

«Und meine beiden treuen Flavier, tüchtig, ehrlich und

zufrieden damit, sich im Schatten größerer Männer für geringen Lohn anzustrengen – tretet vor.»

Vespasian ließ Claudius' Umarmung und neuerliche Küsse über sich ergehen. «Ich danke Euch, Princeps.»

Claudius hielt ihn an den Schultern fest und blickte ihm in die Augen. «Ich hoffe, dass ich Euch noch immer meinen treuen Flavier nennen kann, wenn Ihr nach Rom zurückkehrt.»

«Immer, Princeps.»

«Mir wurde gesagt, Ihr hättet eine Tochter im Säuglingsalter und einen Sohn, der ein paar Monate älter ist als der meine?»

«So ist es, Princeps.»

«Und soweit ich weiß, besitzt Ihr kein eigenes Haus, sondern Eure Familie wohnt bei Eurem Onkel Gaius Vespasius Pollo.»

«Das ist richtig», bestätigte Vespasian zögernd. Er fragte sich, weshalb Claudius sich so plötzlich für seine familiäre Situation interessierte.

«Nun, das ist perfekt. Wenn ich wieder in Rom bin, werde ich dafür sorgen, dass Eure Frau Räumlichkeiten im Palast bezieht. Ich bin sicher, sie wird sich freuen, ihr eigenes Zuhause zu haben, und ebenso bin ich überzeugt, dass meine Messalina entzückt über ihre Gesellschaft sein wird. Und natürlich können unsere beiden Söhne dann Spielgefährten sein.»

Vespasian war ganz übel, als Claudius ihn aus seinem Griff entließ. Spielgefährten? Er unterdrückte das Grauen, das in ihm aufstieg, und ging mit ausdrucksloser Miene davon, an Corvinus vorbei, der breit und unschuldig grinste.

Flavia würde bekommen, was sie sich schon lange wünschte: ihr eigenes Zuhause.

Doch solange er dem Kaiser in Britannien diente, würden seine Frau und seine Kinder in Rom leben oder sterben, je nach Corvinus' Launen und denen seiner Schwester, der Kaiserin Messalina.

NACHWORT DES AUTORS

Diese historische Fiktion basiert auf den Schriften von Sueton, Tacitus, Cassius Dio und Flavius Josephus.

Bei Josephus finden wir den ausführlichsten Bericht von Caligulas Ermordung und Claudius' Aufstieg zum Kaiser. Ich habe mich an die grundlegenden Fakten gehalten, dabei allerdings aus erzählerischen Gründen die zeitlichen Abläufe etwas gerafft. Milonia Caesonia und ihre Tochter Iulia Drusilla wurden von Lupus am folgenden Tag getötet, nicht unmittelbar nach Caligulas Tod in jenem Gang. Dabei wurde der Kopf des kleinen Mädchens tatsächlich an der Wand zerschmettert. Die Beratungen des Senats und das Hin und Her zwischen dem Senatsgebäude und dem Lager der Prätorianer, wo Claudius untergebracht war, nahmen in Wirklichkeit mehrere Tage in Anspruch. Herodes Agrippa spielte bei der Machtübernahme eine bedeutende Rolle, was erklärt, weshalb Flavius Josephus die Episode so detailliert schildert.

Die Verschwörung zu Caligulas Ermordung war viel komplexer als von mir dargestellt. Ich habe der Einfachheit halber den Kreis der beteiligten Personen verkleinert. Callistus wird bei Cassius Dio erwähnt, der uns auch das hübsche Detail liefert, dass der Konsul Pomponius Secundus im Theater Caligulas Pantoffeln küsste. Sueton berichtet, dass an jenem Vormittag ein Lustspiel mit dem Titel *Laureolus* und eine Tragödie von Kinyras aufgeführt wurden, und in dem für ihn typischen Stil weist er darauf hin, dass dieselbe Tragödie auch bei den Spielen gegeben worden war, bei denen Philip II. von Makedonien ermordet wurde. Da ich zu keinem dieser beiden Stücke Zugang hatte, habe ich stattdessen *Der Goldtopf* von Plautus verwendet, übersetzt von E.F. Watling, der wie ich ein Alumnus der Christ's Hospital School war.

Dass Sabinus an der Verschwörung beteiligt war, ist meine Fiktion. Allerdings wird sein Schwager Clemens von Flavius Josephus erwähnt. Er wurde zusammen mit den meisten anderen Beteiligten hingerichtet. Ein paar der Verschwörer bekamen die Möglichkeit, sich selbst zu töten, darunter Cornelius Sabinus, doch ich habe mir um der dramatischen Wirkung willen die Freiheit genommen, sie alle hinrichten zu lassen.

Welchen Einfluss Claudius' Freigelassene auf ihren Herrn hatten, ist umstritten. In dieser Fiktion habe ich mich entschieden, ihn besonders in den Vordergrund zu rücken. Jedenfalls wurden sie alle immens reich, ehe sie auf die eine oder andere Weise aus dem Leben schieden, also muss ihr Einfluss in der Tat beträchtlich gewesen sein.

Wir wissen nicht, wann Vespasians Vater starb – aller Wahrscheinlichkeit nach bereits früher als in meinem Roman dargestellt. Ich habe ihn jedoch noch am Leben gelassen, erstens für die Handlung und zweitens, um einen Abschied zu ermöglichen.

Dass Artebudz den Grabstein für seinen Vater Brogduos erwähnt, ist eine Referenz auf eine der zwei einzigen erhaltenen Inschriften in der norischen Sprache, die Artebudz, da er aus Noricum stammte, gesprochen haben muss. Amüsanterweise heißt Artebudz übersetzt wahrscheinlich «Bärenpenis» – ich frage mich, wie es ihm heutzutage in der Schule ergehen würde!

Sueton berichtet, Vespasian sei dank Narcissus' Gönnerschaft zum Befehlshaber der II Augusta ernannt worden.

Der zukünftige Kaiser Galba war zu dieser Zeit Statthalter der Germania Superior, also muss Vespasian ihm begegnet sein, als er A. D. 41 dorthin kam. Galba schlug in jenem Jahr tatsächlich einen Überfall der Chatten zurück.

Dass Corbulo der Legatus war, von dem Vespasian das Kommando übernahm, ist natürlich Fiktion. Ein solcher Posten wäre weit unter seiner Würde als ehemaliger Konsul gewesen, doch es ist nicht gänzlich undenkbar, dass Caligula ihn ihm übertragen haben könnte, um ihn zu erniedrigen. Jedenfalls wollte ich ihn dort haben, damit es eine Szene mit ihm und Lucius Paetus gibt. Später im Leben waren beide als Generäle draußen im Osten, und der beständige, zuverlässige Corbulo kam dem großspurigen und waghalsigen Paetus zu Hilfe. Ihr wechselseitiger Abscheu war dem Fortgang jenes Feldzuges nicht zuträglich.

Tacitus und Cassius Dio schreiben Publius Gabinius das Verdienst zu, A. D. 41 den verlorenen Adler der XVII von den Chauken zurückgeholt zu haben. Vespasians und Sabinus' Anteil daran ist meine Fiktion, ebenso wie die Rolle, die Thumelicus spielt. Thumelicus und Thusnelda wurden nach Ravenna geschickt, nachdem sie beim Triumph des Germanicus vorgeführt worden waren. Tacitus berichtet, Thumelicus sei zum Gladiator ausgebildet worden, und stellt dem Leser in Aussicht, an passender Stelle von seinem weiteren Schicksal zu erzählen. Dass dies nicht geschieht, legt den Schluss nahe, dass Thumelicus während einer der zwei Lücken in den *Annalen* gestorben ist, wahrscheinlich zwischen den Jahren 29 und 31. Allerdings ist es auch nicht unmöglich, dass sein Tod erst in die spätere Lücke zwischen den Jahren 37 und 47 fällt, und so fand ich es gerechtfertigt, ihn in dieser Fiktion noch auftreten zu lassen.

Adgandestrius war zu dieser Zeit König der Chatten und hatte Tiberius in der Tat angeboten, Arminius zu vergiften; das Angebot wurde abgelehnt. Arminius' germanischer Name kann durchaus Erminaz gelautet haben. In der englischen Originalfassung habe ich ein «t» ergänzt, um der modernen deutschen Aussprache «Erminatz» näher zu kommen.

Was die Invasion Britanniens betrifft, so wissen wir aus den Primärquellen nur sehr wenig darüber, denn Tacitus' Bericht ist nicht erhalten, der von Cassius Dio kurz, und Sueton erwähnt sie in seiner Biographie von Claudius nur ganz am Rande und in der von Vespasian in groben Zügen. Die einzige Legion, von der wir mit einiger Gewissheit sagen können, dass sie daran beteiligt war, ist die II Augusta, da wir wissen, dass Vespasian zur fraglichen Zeit ihr Legatus war, und sowohl Sueton als auch Cassius Dio bezeugen, er habe an der Invasion teilgenommen. Letzterer erwähnt auch Sabinus und Geta. Dass Corvinus der vierte Legatus war, ist meine Fiktion. Archäologische Zeugnisse sprechen dafür, dass die Legionen VIIII, XIIII und XX Teil der Streitmacht waren, und da heute allgemein davon ausgegangen wird, habe ich es übernommen, auch wenn es durchaus nicht gesichert ist.

Die Operation selbst war immens umfangreich, etwas in diesem Maßstab hat es wohl bis zur Landung in der Normandie nicht wieder gegeben – ein Vergleich, der mir zweifellos zahlreiche Leserbriefe einbringen wird. Wer das Ausmaß der logistischen Herausforderung begreifen will, dem lege ich dringend John Peddies meisterhaftes Werk *Conquest: The Roman Invasion of Britain* ans Herz. Brigadier Peddie nähert sich dem Thema aus militärischer ebenso wie aus historischer Perspektive und ergänzt das, was wir nicht wissen, durch praktische militärische Hypothesen. Da die Römer sowohl militärisch als auch praktisch orientiert waren, fand ich Peddies Analyse dessen, was geschehen sein könnte, von allen, die ich gelesen habe, am überzeugendsten und habe deshalb meine Darstellung der Invasion und einen guten Teil der Schlacht am Medway auf seinem Werk aufgebaut. Ich habe auch seine Forschungen zu den Auxiliarkohorten genutzt, die an der Invasion teilgenommen haben könnten, sowie seine Berechnungen, wann die Landung stattgefunden haben muss, damit der Kaiser noch vor der Herbst-Tag-und-Nacht-Gleiche wieder über den Kanal sein kann. Danke, John.

Die Truppen verweigerten tatsächlich zunächst die Einschiffung, und Cassius Dio berichtet, der skurrile Anblick eines Freigelassenen, Narcissus, der versuchte, im Namen des Kaisers zu freien Soldaten Roms zu sprechen, habe den Ausruf «Io Saturnalia!» ausgelöst und für solche Heiterkeit gesorgt, dass sie sich entschieden hätten, Plautius bereitwillig zu folgen. Ich habe das ein wenig ausgeschmückt, und dass dabei der Adler der XVII zum Einsatz kam, ist meine Fiktion, ebenso wie das Detail, dass Caenis Narcissus' Sekretärin wurde.

Die Römer hielten alle acht Tage Markt, aber da sie inklusiv zählten, war mit einem «Marktintervall» die Spanne von neun Tagen gemeint.

Ich habe die Theorie der Landung im natürlichen Hafen bei Chichester verworfen, weil ein Vormarsch nach Norden zur Themse von dort nicht praktikabel und die Kolonne auf dem feindlichen Gebiet von beiden Seiten angreifbar gewesen wäre. Ebenso wenig wollte ich mich der phantasievollen Vorstellung anschließen, Sentius Saturninus sei mit der VIIII Hispana bei York gelandet und dann nach Süden gezogen. Erstens hätte das so lange Versorgungslinien über die trügerische Nordsee bedeutet, dass eine solche Unternehmung schierer Irrsinn gewesen wäre, und zweitens war Saturninus zwei Jahre zuvor Konsul gewesen, sodass es äußerst unwahrscheinlich ist, dass er zur fraglichen Zeit Legatus gewesen sein sollte. Auch den Gedanken an drei separate Landungen habe ich verworfen, denn es erscheint töricht, seine Streitmacht aufzuteilen, ehe man ein gewisses Gebiet gesichert hat, und da Camulodunum das erste große Ziel war, halte ich die Vorgehensweise, die ich in diesem Roman schildere, für die nächstliegende. Die drei separaten Truppen, die Cassius Dio erwähnt, deute ich als drei Wellen.

Die Landung habe ich bei Richborough – oder Rutupiae – verortet, weil mir das strategisch am sinnvollsten erscheint. Thanet war zu jener Zeit eine Insel, und der größte Teil der Flotte landete wahrscheinlich in der Meerenge zwischen ihr und dem Festland, dem späteren Wantsum-Kanal. Die bei Cassius Dio erwähnte Sternschnuppe von Osten nach Westen, die in Fahrtrichtung der Schiffe fliegt, wird mitunter als Beleg dafür herangezogen, dass die Landung

bei Chichester stattfand – um von Boulogne nach Richborough zu gelangen, muss man in Süd-Nord-Richtung segeln.
Auf einer modernen Landkarte verhält es sich in der Tat so,
aber auf den Karten der Antike ist die Lage der Britischen
Inseln durchaus variabel! Auf der Weltkarte von Ptolemäus,
zu der Cassius Dio Zugang gehabt haben muss, liegt Chichester weit südwestlich von Boulogne statt westlich, während Richborough nordwestlich davon liegt anstatt nördlich. Deshalb habe ich mich entschieden, die Richtung der
Sternschnuppe als diejenige zu interpretieren, in der sie das
Land erobern würden.

Wir wissen nicht, wie die römische Armee zu jener Zeit
eine Landung am Strand durchführte. Caesar erwähnt in
seiner Erzählung einen Adlerträger, der vom Schiff ins Meer
springt. Ich habe Landebrücken am Bug der Schiffe angebracht, weil es möglich ist, dass fast hundert Jahre später
diese Neuerung bereits eingeführt war – in Seeschlachten
war der Corvus schon seit Jahrhunderten in Gebrauch. Da
es ebenso wenig Beweise dagegen wie dafür gibt, fand ich es
legitim, diese Rampen zu erwähnen, um den Anklang an die
Landung in der Normandie 1944 zu verstärken.

Cassius Dio berichtet im Zusammenhang mit der
Schlacht am Medway – sofern es denn der Medway war –
auch, wie sorglos die Briten ihr Lager aufschlugen, da sie
nicht damit rechneten, dass die römische Streitmacht ohne
Brücke über den Fluss gelangen könnte. Im Weiteren schildert er, dass Soldaten einer germanischen Auxiliartruppe –
wahrscheinlich Batavier, die dafür berühmt waren, diese
Leistung in voller Rüstung zu vollbringen – durch den Fluss
schwammen und die Briten überrumpelten. Der Rest der

Schlacht liegt im Vagen, jedenfalls dauerte sie zwei Tage, und Vespasian und Sabinus zeichneten sich bei der Flussüberquerung aus. Von Geta wird erwähnt, dass er den Barbaren eine entscheidende Niederlage beibrachte, nachdem er selbst beinahe in Gefangenschaft geraten wäre. Nun, das habe ich umgedeutet und entschuldige mich bei seinem Schatten dafür.

Die Themse war zur Zeit der Invasion viel breiter und somit flacher, und Berichten zufolge war der Mündungsbereich in der Nähe der Mündung des Medway seicht genug, um hinüberzugelangen. Wo Aulus Plautius' Legionen den Fluss überquerten, ist strittig. Ich habe mich für die Gegend der Blackfriars Bridge gegenüber dem Ludgate Hill entschieden.

Wir haben keine feste Vorstellung davon, wie die Ablösung der vorderen Reihen bei den Römern vonstattenging. Leider wird sie in den antiken Quellen nie erwähnt – wahrscheinlich galt sie als zu selbstverständlich. Ich habe eine von mehreren Theorien ausgewählt.

Was Claudius wirklich tat, als er eintraf, wissen wir nicht mit Sicherheit. Laut Sueton schlug er keine Schlachten. Cassius Dio berichtet, dass er den Befehl über die Legionen übernahm, die nahe der Themse warteten – auf welcher Seite, erwähnt er nicht. Weiter schreibt er, Claudius habe einen kleinen Fluss durchquert – nicht den Strom –, dann gegen die Barbaren gekämpft, sie besiegt und Camulodunum eingenommen. Diese widersprüchlichen Darstellungen bieten Raum für die unterschiedlichsten Interpretationen von Claudius' Rolle, sodass ich mich in meiner Fiktion frei fühlte.

Es wird erwähnt, dass er Elefanten mitbrachte, jedoch ist

eher unwahrscheinlich, dass sie in der Schlacht zum Einsatz kamen. Deshalb habe ich sie vor Claudius' Wagen gespannt, das hatte es in Rom durchaus schon gegeben.

Wir wissen aus einer Inschrift in Antiochia, dass Publius Anicius Maximus während der Invasion Lagerpräfekt der II Augusta war und für seine Verdienste ausgezeichnet wurde.

Zur Befehlsübermittlung benutze ich auch in diesem Band wieder das Cornu für das Schlachtfeld, die Bucina für das Lager, den Lituus für die Kavallerie und lasse die Tuba außen vor, damit es nicht zu Verwechslungen mit dem heutigen Instrument kommt.

Wir wissen nicht, welchen Stand Cogidubnus hatte, ehe er Verica auf den Thron folgte. Es gibt keine Belege dafür, dass er König von Vectis war, allerdings spricht auch nichts dagegen. Sueton berichtet, Vespasian habe Vectis unterworfen. In welcher verwandtschaftlichen Beziehung Cogidubnus zu Verica stand, falls überhaupt in einer, ist ebenfalls nicht bekannt.

Vespasians Sohn Titus wurde zusammen mit Claudius' Sohn erzogen, der als Britannicus bekannt wurde, doch davon mehr in späteren Bänden. Wann und wie es zu diesem Arrangement kam, ist natürlich meine Fiktion. Außerdem schulde ich John Grigsby meinen Dank für seine Unterstützung in Bezug auf die keltische Sprache jener Zeit und für seine außerordentlich geistreiche Theorie dazu, wie die Ortsbezeichnung Rutupiae aus Rhudd yr epis entstanden sein könnte. Jegliche Fehler bei keltischen Orts- und Personennamen sind mir zuzuschreiben. Die Adresse von Johns Website lautet www.johngrigsby.co.uk.

Mein Dank gilt wie immer meinem Agenten Ian Drury von Sheil Land Associates für seine Hilfe, seinen Rat und seine Erklärungen bezüglich der Verlagswelt. Danke auch an Gaia Banks und Virginia Ascione von der Abteilung für internationale Lizenzen. An Sara O'Keeffe, Toby Mundy, Maddie West, Corinna Zifko und alle bei Corvus / Atlantic ein großes Dankeschön, dass sie so viel Energie in die Vespasian-Reihe stecken. Danke an meine Lektorin Tamsin Shelton für ihre gründlichen Korrekturen am Manuskript, vor allem, was meine fehlerhafte Verwendung der Großschreibung angeht!

Und schließlich danke ich meiner Lektorin Richenda Todd, die wieder einmal all das aus meinem Kopf herausgekitzelt hat, was ich mit Ihnen, liebe Leser, zu teilen versäumt hatte.

Vespasians Geschichte geht in *Das Blut des Bruders* weiter.

ROBERT FABBRI

VESPASIAN

DAS BLUT DES BRUDERS

Historischer Roman

LESEPROBE

Aus dem Englischen
von Anja Schünemann

Rowohlt Taschenbuch Verlag

Die Provinzen des Imperium Romanum
von Augustus bis Septimius Severus

Mauer- und/oder Wallanlagen

*Mare
Caspium*

Olbia

Tyras

DACIA

Tomis

Pontus Euxinus

Artaxata

MOESIA

ARMENIA

THRACIA

Perinthus

Nicomedia

ACEDONIA

Ancyra
(Ankara)

CAPPA-
DOCIA

Thessalonike

Troia

GALATIA

ASSYRIA

RUS

Nicopolis

ASIA

Caesarea

Edessa

MESOPOTAMIA

rinthus

Athen

Ephesos

Tarsus

Antiochia

ACHAIA

LYCIA
ET PAMPHYLIA

CILICIA

Tigris

Euphrat

CYPRUS

SYRIA

Ktesiphon

CRETA

Knossos

Paphus

Baalbek

Mare Internum

Caesarea

Cyrene

IUDAEA

Alexandria

Petra

CYRENE

AEGYPTUS

ARABIA

N

W   O

S

Nilus

EIN VERRAT
VON UNGEKANNTEM AUSMASS

EINE FOLGENSCHWERE INTRIGE

Britannien, 45 n. Chr.: Druiden nehmen Sabinus gefangen, um ihn ihren Göttern zum Opfer zu bringen.
Vespasian muss seinen Bruder retten – und zugleich die Eroberung des Südwestens dieser heimgesuchten Insel sicherstellen, bevor die Politik in Rom ihn wieder einholt. Denn
das Reich ist alles andere als stabil: Messalinas Zeit als Kaiserin findet ihr blutiges Ende. Kaiser Claudius' drei Freigel-
lassene ringen um die Kontrolle über den Thron, und jeder
von ihnen stellt sich hinter eine andere neue Gebieterin. Wer
wird den Sieg davontragen? Und zu welchem Preis für Vespasian?

Rowohlt Taschenbuch Verlag
978 3 499 27644 6

Der dichter werdende Nebel zwang die *Turma* aus zwei-unddreißig Legionären, die Pferde zum Schritt zu bremsen. Das Schnauben der Tiere und das Klimpern des Zaumzeugs klangen gedämpft durch den Dunst, der die kleine Einheit umfing.

Titus Flavius Sabinus zog seinen feuchten Mantel fester um die Schultern und verfluchte im Stillen das elende Klima hier im Norden. Zugleich verfluchte er auch seinen direkten Vorgesetzten, General Aulus Plautius, den Oberbefehlshaber der römischen Invasionsstreitmacht in Britannien, weil dieser ihn unter solchen Bedingungen zu einer Besprechung beordert hatte.

Der Befehl war für Sabinus überraschend gekommen. Als der Bote, ein Tribun aus Plautius' Stab, am Vorabend mit einem einheimischen Führer im Winterlager der XIIII Gemina im mittleren Tamesis-Tal eingetroffen war, hatte Sabinus mit letzten Befehlen für den Feldzug in der bevorstehenden Saison gerechnet. Warum sollte Plautius von ihm verlangen, fast achtzig Meilen nach Süden zu reiten, um ihn im Winterquartier der II Augusta zu treffen, der Legion seines Bruders Vespasian? Es erschien seltsam, nachdem die Legati aller vier Legionen in der neuen Provinz erst vor ei-

Leseprobe

nem Monat im Hauptquartier ihres Generals in Camulodunum zusammengekommen waren.

Der Tribun war ein junger Mann von nicht einmal zwanzig Jahren, den Sabinus seit der Invasion vor zwei Jahren kannte. Natürlich konnte der ihm nichts über den Grund für dieses außerordentliche Treffen verraten. Sabinus erinnerte sich an die vier Jahre, die er selbst in diesem Rang in Pannonien und Africa gedient hatte – seine Oberbefehlshaber hatten ihm kaum jemals Einzelheiten anvertraut. Ein Tribun mit schmalen Streifen aus dem Ritterstand war der rangniederste Offizier, und von ihm wurde erwartet, zu lernen und fraglos zu gehorchen. Jedenfalls trug das eingerollte Dokument, das der junge Mann überbrachte, Plautius' persönliches Siegel, also blieb Sabinus nichts anderes übrig, als sich fluchend dreinzufügen. Plautius war ein Mann, der Säumigkeit und Ungehorsam nicht duldete.

Widerstrebend überließ Sabinus das Kommando über die XIIII Gemina seinem neu eingetroffenen obersten Tribun Gaius Petronius Arbiter. Im Morgengrauen ritt er mit einer Eskorte, dem Boten und seinem Führer gen Süden. Es versprach, ein frostiger, aber klarer Tag zu werden. Erst als sie am frühen Nachmittag hinauf auf die Ebene gelangten, die sie jetzt überquerten, begann sich der Nebel zu senken.

Sabinus warf einen Blick auf den einheimischen Führer, einen rotgesichtigen Mann mittleren Alters, der zu seiner Rechten auf einem stämmigen Pony ritt. Die Witterung schien ihm nichts anzuhaben. «Kannst du dich bei diesem Nebel überhaupt noch orientieren?»

Der Brite nickte, dass sein langer Schnurrbart schaukelte.

«Dies ist das Land meines Stammes, der Dobunner. Ich habe hier oben gejagt, seit ich reiten gelernt habe. Die Ebene ist ziemlich flach und eintönig. Wir müssen uns nur in südlicher Richtung halten, mit leichtem Einschlag nach Westen, dann kommen wir hinunter ins Territorium der Durotrigen hinter der römischen Frontlinie. Morgen Mittag erreichen wir das Lager der Legion an der Küste.»

Sabinus ging darüber hinweg, dass der Mann ihn nicht mit «Herr» anredete oder sonst irgendwelche Achtung vor seinem Rang an den Tag legte. Er wandte sich an den jungen Tribun zu seiner Linken. «Traut Ihr seinen Fähigkeiten, Alienus?»

Alienus' jugendliches Gesicht nahm einen respektvollen Ausdruck an. «Absolut, Herr. Er hat mich zu Eurem Lager geführt, ohne ein einziges Mal vom Weg abzukommen. Ich weiß nicht, wie ihm das gelingt.»

Sabinus musterte den jungen Mann kurz und entschied, dass seine Meinung nicht zählte. «Wir werden hier unser Nachtlager aufschlagen.»

Der Führer erschrak. «Wir können nicht draußen auf der Ebene schlafen.»

«Warum nicht? Eine feuchte Mulde ist so gut wie die andere.»

«Nicht hier. In dieser Gegend wandeln bei Nacht verlorene Seelen. Sie suchen nach einem Körper, von dem sie Besitz ergreifen können, um in diese Welt zurückzukehren.»

«Blödsinn!», versetzte Sabinus trotzig. Doch ihn beschlich ein leises Unbehagen, denn er hatte es vor seinem Aufbruch versäumt, seinem Schutzgott Mithras das passende Opfer zu bringen – im Lager der XIIII Gemina war kein geeigneter Stier vorhanden gewesen. Stattdessen hatte er einen Widder geopfert, aber ihm war nicht ganz wohl dabei gewesen.

«In einer bis zwei Stunden können wir die Ebene hinter uns lassen, und dann durchqueren wir einen Fluss», beharrte der Führer. «Dort werden uns die Toten nicht folgen, denn sie können keine Gewässer überwinden.»

«Außerdem hat General Plautius ausdrücklich verlangt, dass wir morgen kurz nach Mittag bei ihm sind», erinnerte ihn Alienus. «Wir müssen so lange weiterreiten, wie wir können, Herr.»

«Euch behagt wohl diese Geschichte von den verlorenen Seelen nicht, Tribun?»

Alienus ließ den Kopf hängen. «Nicht besonders, Herr.»

«Vielleicht wäre eine Begegnung Eurer Kühnheit ja förderlich.»

Alienus erwiderte nichts.

Sabinus warf einen Blick über die Schulter. Gerade konnte er das Ende ihrer kurzen Kolonne wieder schwach erkennen. Der Nebel schien sich ein wenig zu lichten. «Also gut, wir reiten weiter. Aber nicht aus Angst vor den Toten, sondern um pünktlich beim General zu sein.»

In Wirklichkeit fürchtete Sabinus das Übernatürliche ebenso wie Plautius' Zorn, wenn er den General warten ließ. Deshalb war er froh, seinen Befehl zurückziehen zu können, ohne das Gesicht zu verlieren. Niemand sollte denken, dass er an die zahlreichen Erzählungen von Geistern glaubte, die angeblich diese fremde Insel bewohnten. Doch das Gerede von den verlorenen Seelen gefiel ihm nicht, und noch weni-

Leseprobe

ger gefiel ihm die Vorstellung, die Nacht in ihrem Reich zu verbringen. Während seiner Zeit in diesem nördlichen Land hatte er viele solche Geschichten gehört, genug, um zu glauben, dass wenigstens in manchen ein Körnchen Wahrheit steckte.

Eine leichte Brise kam auf und wehte in Böen von Osten nach Westen, sodass der Nebel vor ihnen zu wirbeln begann und ein Bereich rechts von Sabinus aufklarte. Er richtete sich im Sattel auf, erleichtert, dass die Sicht besser wurde, wenn auch nur ein paar Dutzend Schritt weit in eine Richtung. Er murmelte ein Gebet zu Mithras, bat ihn, mit seinem Licht die Düsternis dieser nebligen Insel zu erhellen und ihm beizustehen ... Da gewahrte er flüchtig etwas aus dem Augenwinkel, doch als er sich umschaute, war es verschwunden. Der Wind trieb den Nebel wieder über das Land, und Sabinus kamen Zweifel, ob er tatsächlich eine Bewegung gesehen hatte. Vielleicht war es auch nur seine Phantasie gewesen, angeregt durch die Schauergeschichten, die sich schwer wieder aus seinen Gedanken verbannen ließen. Was man einmal gehört hatte, ließ sich nicht rückgängig machen.

Sabinus versuchte, seine Besorgnis beiseitezuschieben, während die Kolonne langsam weiter über die mit Büscheln zähen Grases bewachsene Ebene ritt. Die Brise frischte auf und trieb den Nebel in Schwaden und Wirbeln bald dahin, bald dorthin. Manchmal klarte es genügend auf, dass sie den Weg vor sich erkennen konnten, bis Augenblicke später die nächste Bö ihnen die Sicht erneut verschleierte.

Um sich von den abergläubischen Gedanken abzulenken, die die gespenstische Umgebung in ihm wachgerufen hatte, musterte Sabinus den Boten Alienus von der Seite. Er bemerkte dessen rote Wangen und die kurze Nase, und auch wenn das Gesicht des jungen Mannes recht schmal war, nahm Sabinus an, dass seine Familie keltisches Blut in sich tragen musste. Das hätte auch seinen Beinamen Alienus erklärt: Ausländer. Allerdings, so überlegte Sabinus, auf welche Familie aus dem nördlichen oder auch dem mittleren Italien traf das nicht zu? Sein eigenes rundliches Gesicht und die knollige Nase konnte man auch nicht gerade als klassisch römisch bezeichnen. «Stammt Eure Familie eigentlich aus dem Norden Italiens, Alienus?»

«Wie?» Der junge Tribun blinzelte, als tauche er gerade aus einem Tagtraum auf. «Entschuldigung, Herr, was habt Ihr gesagt?»

Sabinus wiederholte die Frage.

«Nein, Herr, ich stamme von der Südküste Britanniens. Ich bin der Enkel von Verica, dem König der vereinigten Stämme der Atrebaten und Regner. Mein britannischer Name lautet ebenfalls Verica, nach meinem Großvater.»

Das überraschte Sabinus. «Euer Latein ist ausgezeichnet.»

«Danke, Herr. Mein Großvater floh vor fünf Jahren nach Rom, nachdem Caratacus ihn aus seinem Königreich vertrieben hatte, und nahm mich mit. Wie alle britannischen Prinzen im Süden hatte ich bereits eine gute Ausbildung in Latein erhalten, und so beherrschte ich die Sprache bald fließend.»

«Dann hat Claudius Euch die Bürgerrechte verliehen?»

«Ja, und er erhob mich in den Ritterstand. Ich nahm den

Namen Tiberius Claudius an und fügte dann spaßeshalber den Beinamen Alienus hinzu. So wurde ich ein Römer, wie mein Großvater es wünschte. General Plautius nahm mich ihm zuliebe in seinen Stab auf, damit ich meine Laufbahn durch die Ämter beginnen und vielleicht sogar später einmal Senator werden kann. Ich wäre der erste Brite in diesem Amt.»

Sabinus nickte beifällig angesichts dieses durch und durch römischen Bestrebens. «Ich habe Vericas Tod sehr bedauert. Er starb vergangenen Monat, nicht wahr?»

«Er war alt und rechnete damit. Er schied von uns ohne Reue. Immerhin hatte er sein Königreich wiedererlangt, war offiziell zum Klientelkönig Roms erklärt worden und hatte in seinem Neffen Cogidubnus einen starken Erben.»

«Warum hat er nicht seinen Sohn zum Erben ernannt?»

Alienus lächelte. «Er sagte, ich sei zu jung, das Volk würde mich nicht anerkennen. Ich verstehe das: Wie könnte ein Neunzehnjähriger ein Volk beherrschen, das ihn seit fünf Jahren nicht gesehen hat? Außerdem genießt Cogidubnus das Ansehen eines Mannes, der sich Rom widersetzt hat, ehe er unterworfen wurde. Ich hingegen stehe als einer da, der sich freiwillig den Legionen Roms angeschlossen hat.»

«Dann werdet Ihr also wieder nach Rom gehen, nachdem Ihr ...» Ein stärkerer Windstoß vertrieb den Nebel um sie herum und enthüllte für einen Moment einen Grabhügel keine zehn Schritt zu ihrer Linken. Sabinus blieben die Worte im Halse stecken. Gleich darauf wehte die Brise den Dunst wieder vor das Grab, doch das Bild blieb in seinen Geist eingebrannt.

Leseprobe

Düsteres Raunen und Murren ertönten aus der Kolonne hinter ihnen. Offenbar war er nicht der Einzige, der den unheilverheißenden Anblick bemerkt hatte. Als er sich umschaute, sah er, dass nicht wenige der Soldaten den Daumen in die rechte Faust geschlossen hatten und ausspuckten, um den bösen Blick abzuwehren. Decurio Atilius rief die Männer barsch zur Ordnung, doch der Schaden an ihrer ohnehin brüchigen Moral war angerichtet. Sie sahen sich ängstlich nach beiden Seiten um, umgeben vom sich lichtenden Nebel, und fragten sich offenbar, was dieser wohl als Nächstes freigeben würde. Von den Römern schien nur Alienus sich nicht daran zu stören, dass sie so dicht an dem Grabhügel vorbeiritten. Sabinus erschien das seltsam, da der junge Mann doch eben noch einen natürlichen Widerwillen dagegen an den Tag gelegt hatte, sich zu lange in der Nähe der verlorenen Seelen aufzuhalten.

Wieder bewegte sich der Nebel, und Sabinus vergaß seinen Gedanken. Sein Herz setzte einen Schlag aus. Vor ihnen erschien das Bein eines Riesen, breit und massiv, als hätte das Ungeheuer einen großen Schritt auf sie zu gemacht und wäre in diesem Moment dort aufgestampft – nur dass kein Dröhnen zu hören gewesen war, kein Beben der Erde zu fühlen. Gleich darauf materialisierte sich das zweite Bein ebenso lautlos aus dem Dunst. Entsetzte Soldaten rissen an den Zügeln ihrer Pferde, sodass viele der Tiere stiegen und ihr Wiehern die Stille zerriss. Sabinus sah erschrocken auf. Jetzt wurde der Unterleib sichtbar, doch die Taille war noch im Nebel verborgen. Dann kam zu jeder Seite ein weiteres Bein zum Vorschein – wenigstens drei der Monster standen nebeneinander vor ihnen.

Leseprobe

Sabinus zog sein Schwert und warf einen Blick über die Schulter. «Atilius, bildet zwei Linien. Bleibt dicht zusammen!», brüllte er dem Anführer seiner Eskorte zu, die zusehends in Panik geriet. Dann wandte er sich wieder der Bedrohung zu. Der Wind wurde stärker; mehr Beine erschienen zu beiden Seiten, und sie alle waren durch einen einzigen langen Unterkörper verbunden, der nicht aus Fleisch und Knochen bestand, sondern aus Stein, aus riesigen behauenen Steinplatten. Sabinus erkannte, dass er einen Steinkreis vor sich sah, den größten, den er je erblickt hatte. Er bändigte sein Pferd und wollte sich dem einheimischen Führer zuwenden, doch der war verschwunden.

«Scheiße! Alienus?» Auch der junge Tribun war nicht zu sehen.

Hinter ihm gelang es dem Decurio, wieder ein wenig Ordnung in die Truppe zu bringen. Dann erspähte Sabinus zu seiner Linken zwei davongaloppierende Pferde. Während sie im Dunst verschwanden, näherten sich geisterhafte Gestalten, die bald sichtbar, bald unsichtbar auf ihn und seine Eskorte zukamen. Kaltes Grauen stieg in ihm auf. Dieser Anblick war kein Hirngespinst. Er schaute in die andere Richtung. Dutzende weiterer unwirklicher Gestalten näherten sich, schemenhaft im wirbelnden Dunst, als schwebten sie über dem nebelverhangenen Boden.

Sabinus und seine Eskorte waren umzingelt.

Als die ersten Schleudergeschosse von beiden Seiten die Turma trafen, empfand Sabinus wider alle Vernunft Erleichterung: Dies waren keine verlorenen Seelen, sondern Menschen aus Fleisch und Blut, die man bekämpfen und töten konnte.

Leseprobe

Schreie ertönten, doch es waren tierische Laute, keine menschlichen. Die Schleuderer zielten tief, auf die Beine der Pferde. Sabinus wurde klar, dass sie nicht gekommen waren, um zu töten, sondern um Gefangene zu nehmen.

«Atilius!», brüllte Sabinus und zeigte mit seinem Schwert nach Norden, in die Richtung, aus der sie gekommen waren. «Unsere einzige Chance ist, vereint zwischen ihnen durchzubrechen.»

Atilius schrie seinen Männern zu, kehrtzumachen. Die Turma mühte sich, inmitten des Geschosshagels, der von beiden Seiten auf sie einprasselte, eine Linie zu bilden. Fünf Rosse lagen bereits mit gebrochenen Knochen am Boden, und ihre Reiter versuchten hastig, hinter einem ihrer Kameraden aufs Pferd zu steigen. Zwei weitere Tiere stürzten und schlugen wild mit den Hufen. Ein Soldat wurde abgeworfen, der zweite aber geriet unter sein Pferd. Er blieb reglos liegen, den Kopf unnatürlich verdreht. Der andere Mann kam zittrig wieder auf die Beine, wurde jedoch gleich darauf zurückgeschleudert. Mit einem Aufschrei fuchtelte er mit den Armen, bog den Rücken durch, und seine Knie knickten ein. Wo seine Nase gewesen war, klaffte ein blutiges Loch.

Sabinus trieb sein Pferd an. «Mir nach!» Trotz des unebenen Geländes wagte er es, im leichten Galopp zu reiten. Die überlebenden Soldaten folgten ihm und zogen ihre *Spathae*, die Schwerter der Kavallerie, um sich den Weg zwischen ihren Peinigern hindurch freizukämpfen, die kaum mehr fünfzig Schritt entfernt waren.

Eine weitere Salve Schleudergeschosse schlug in ihre Reihen ein, und sechs Pferde stürzten kopfüber zu Boden. Ihre Mäuler pflügten das Gras auf, da die zertrümmerten Vorder-

Leseprobe

beine unter ihnen einknickten. Vergebens flehten die Reiter ihre Kameraden an, sie nicht zurückzulassen.

Ein Geschoss pfiff an Sabinus' Knie vorbei. Er trieb sein Pferd mit den Fersen weiter und schlug mit der Breitseite seines Schwertes fest auf das Hinterteil ein, sodass das Tier zu vollem Galopp beschleunigte. Die Schleuderer ergriffen die Flucht. Sabinus' Herz raste, Hoffnung stieg in ihm auf. Doch gerade als er glaubte, sie könnten ihre Angreifer niederreiten, wuchs ein neues Grauen plötzlich aus dem Boden: Eine Doppelreihe Männer mit Speeren, die unsichtbar auf der Erde gekauert hatten, richteten sich auf die Knie auf. Jeder hielt einen langen Jagdspeer mit Eschenholzschaft, dessen Ende im Boden steckte, die blattförmige Eisenspitze auf die Brust der Pferde gerichtet.

Der Turma blieb keine Zeit zu reagieren, ehe sie in die Dornenhecke aus geschärftem Eisen hineinstürmte. Die Klingen zerschnitten die angespannten Muskeln der Pferde und durchschlugen knirschend ihre Knochen, um in die Brusthöhlen einzudringen und lebenswichtige Organe zu verletzen. Gewaltige Herzen pumpten mit äußerster Kraft, sodass das Blut aus den furchtbaren Wunden der aufgespießten Tiere nur so spritzte. Ihr Schwung trieb die Spitzen tiefer hinein, bis zu den eisernen Querstücken am Ende der Speere.

Sabinus wurde durch den abrupten Halt vorwärts auf den Hals seines Tieres geworfen, und sein Helm mit dem roten Helmbusch flog über die feindliche Linie hinweg. Im nächsten Moment wurde er wieder zurückgeschleudert, da das verwundete Tier sich aufbäumte, schrill wiehernd vor Qual. Dabei riss es dem blutbespritzten Krieger den Speer aus den Händen und zerschmetterte dem Mann daneben mit seinen Hufen den Schädel.

Sabinus prallte mit solcher Wucht auf den Boden, dass ihm die Luft wegblieb. Er besaß gerade noch die Geistesgegenwart, sich zur Seite zu wälzen, ehe das Pferd erst aufs Hinterteil und dann auf den Rücken fiel, die Beine zuckten kraftlos in der Luft, als versuchte es, noch im Sterben davonzugaloppieren.

Sabinus kam keuchend auf die Knie, da spürte er einen Schlag auf den Kopf und sah weißes Licht. Ehe er in Bewusstlosigkeit sank, wurde er sich der bitteren Ironie bewusst: Ein Spion, der sich als Römer ausgab und sich selbst «Alienus» nannte, hatte ihn in die Falle gelockt.